AMANTE  DESPIERTO

J. R. Ward es una autora de novela romántica que está cosechando espléndidas críticas y ha sido nominada a varios de los más prestigiosos premios del género. Sus libros han ocupado los puestos más altos en las listas de best-sellers del *New York Times* y *USA Today*. Bajo el pseudónimo de J. R. Ward sumerge a los lectores en un mundo de vampiros, romanticismo y fuerzas sobrenaturales. Con su verdadero nombre, Jessica Bird, escribe novela romántica contemporánea.

www.jrward.com

LAS NOVELAS DE LA HERMANDAD
DE LA DAGA NEGRA EN PUNTO DE LECTURA

1. AMANTE OSCURO
2. AMANTE ETERNO
3. AMANTE DESPIERTO
4. AMANTE CONFESO
5. AMANTE DESATADO

J.R. WARD

AMANTE DESPIERTO

La Hermandad de la Daga Negra III

Traducción de Patricia Torres Londoño

punto de lectura

Título original: *Lover Awakened*
© Jessica Bird
© Traducción: 2007, Patricia Torres Londoño
© De esta edición:
2010, Santillana Ediciones Generales, S.L.
Torrelaguna, 60. 28043 Madrid (España)
Teléfono 91 744 90 60
www.puntodelectura.com

ISBN: 978-84-663-2396-3
Depósito legal: B-21.729-2010
Impreso en España – Printed in Spain

© Diseño de cubierta e interiores: Raquel Cané

Impreso por Litografía Rosés, S.A.

Primera edición: febrero 2010
Segunda edición: mayo 2010

DEDICADO A TI.
NUNCA HABRÁ OTRO COMO TÚ. PARA MÍ...
TÚ ERES EL ÚNICO.
SÍ, NO TENGO PALABRAS SUFICIENTES
PARA ESTO...

AGRADECIMIENTOS

MUCHÍSIMAS GRACIAS A LOS LECTORES DE LA HERMANDAD
DE LA DAGA NEGRA Y MI GRATITUD PARA
CON LAS COMPAÑÍAS DE TELEFONÍA MÓVIL.

MIL GRACIAS A KAREN SOLM, KARA CESARE, CLAIRE ZION,
KARA WILSH, ROSE HILLIARD.

GRACIAS A LOS MEJORES EQUIPOS DENTALES DEL MUNDO:
ROBERT N. MANN, D.M.D., Y ANN BLAIR
SCOTT A. NORTON, D.M.D., M.S.D. Y KELLY EICHLER Y SUS
INCOMPARABLES EQUIPOS DE TRABAJO.

COMO SIEMPRE, GRACIAS A MI COMITÉ EJECUTIVO:
SUE GRAFTON, DR. JESSICA ANDERSEN, BETSEY VAUGHAN.

A MI FAMILIA, CON AMOR.

GLOSARIO DE TÉRMINOS Y NOMBRES PROPIOS

ahvenge (tr.). Acto de retribución mortal, ejecutado por lo general por un amante masculino.

cohntehst (m.). Conflicto entre dos machos que compiten por el derecho a aparearse con una hembra.

doggen (m.). Miembro de la clase servil del mundo de los vampiros. Los doggen conservan antiguas tradiciones para el servicio a sus superiores. Tienen vestimentas y comportamientos muy formales. Pueden salir durante el día, pero envejecen relativamente rápido. Su expectativa de vida es de aproximadamente quinientos años.

Elegidas, las (f.). Vampiras criadas para servir a la Virgen Escribana. Se consideran una suerte de aristocracia aunque de una manera más espiritual que material. Tienen poca o ninguna relación con los machos, pero pueden aparearse con guerreros, si así lo dictamina la Virgen Escribana, con el fin de perpetuar su clase. Tienen el poder de adivinar el futuro. En el pasado se usaban para satisfacer las necesidades de sangre de miembros solteros de la Hermandad, pero dicha práctica ha sido abandonada por los hermanos.

esclavo de sangre (m.). Vampiro, hembra o macho, destinado a satisfacer las necesidades de sangre de otros vampiros. La práctica de mantener esclavos de sangre ha caído parcialmente en desuso, pero no está prohibida.

ghardian (m.). El que vigila a un individuo. Hay distintas clases de ghardians, pero la más poderosa es el que cuida a una hembra sehcluded.

glymera (f.). El núcleo de la aristocracia, equivalente, en líneas generales, a la crema y nata de la sociedad inglesa de los tiempos de la Regencia.

hellren (m.). Vampiro que ha tomado una sola hembra como compañera. Los machos toman habitualmente más de una hembra como compañeras.

Hermandad de la Daga Negra (n. pr.). Guerreros vampiros muy bien entrenados que protegen a su especie contra la Sociedad Restrictiva. Como resultado de una cría selectiva en el interior de la raza, los hermanos poseen inmensa fuerza física y mental, así como la facultad de curarse rápidamente. En su mayor parte no son hermanos de sangre, y son iniciados en la hermandad por nominación de los hermanos. Agresivos, autosuficientes y reservados por naturaleza, viven apartados de los humanos. Tienen poco contacto con miembros de otras clases de seres, excepto cuando necesitan alimentarse. Son protagonistas de leyendas y objeto de reverencia dentro del mundo de los vampiros. Sólo se les puede matar infligiéndoles heridas graves, como disparos o puñaladas en el corazón y lesiones similares.

leelan (adj.). Término cariñoso, traducido de manera aproximada como «lo que más quiero».

mahmen (f.). Madre. Es, al mismo tiempo, una manera de llamar a la madre y un término cariñoso.

nalla (adj.). Término cariñoso que significa «amada».

Ocaso, el (n. pr.) Reino intemporal, donde los muertos se reúnen con sus seres queridos para pasar la eternidad.

Omega, el (n. pr.). Malévola figura mística que busca la extinción de los vampiros debido a su animadversión hacia la Virgen Escribana. Existe en un reino intemporal y tiene grandes poderes, aunque carece del poder de creación.

periodo de necesidad (m.). Tiempo de fertilidad de las vampiras, que generalmente dura dos días y va acompañado de intensas ansias sexuales. Se presenta aproximadamente cinco años después de la transición de una hembra, y luego una vez cada década. Todos los machos responden en algún grado si se encuentran cerca de una hembra en periodo de necesidad. Puede ser una época peligrosa, con conflictos y luchas entre machos rivales, particularmente si la hembra no tiene compañero.

Primera Familia (n. pr.). El rey y la reina de los vampiros y sus hijos.

princeps (m.). Nivel superior de la aristocracia de los vampiros, sólo superados por los miembros de la Primera Familia o la Elegida de la Virgen Escribana. El título es hereditario; no puede ser otorgado.

pyrocant (m.). Término que designa una debilidad crítica en un individuo. Dicha debilidad puede ser interna, por ejemplo una adicción, o externa, como la existencia de un amante.

restrictor (m.). Miembro de la Sociedad Restrictiva, humano sin alma que persigue a los vampiros para exterminarlos. A los restrictores se les debe apuñalar en el pecho para matarlos; de lo contrario, son eternos. No comen ni beben y son impotentes. Con el tiempo, su cabello, su piel y el iris de los ojos pierden pigmentación, hasta que acaban siendo rubios, pálidos y de ojos incoloros. Huelen a talco para bebé. Tras ser iniciados en la sociedad por el Omega, conservan su corazón extirpado en un frasco de cerámica.

rythe (m.). Forma ritual de salvar el honor, aceptada por alguien que haya ofendido a otro. Si es aceptada, el ofendido elige un arma y ataca al ofensor, quien se presenta a la lucha sin defensas.

sehclusion (m.). Estatus conferido por el rey a una hembra de la aristocracia. Coloca a la hembra bajo la dirección exclusiva de su ghardian, que por lo general es el macho más viejo de la familia y tiene el derecho de determinar todos los aspectos de la vida de la hembra, pudiendo restringir a voluntad sus relaciones con el mundo.

shellan (f.). Vampira que ha tomado un macho como compañero. Las hembras generalmente no toman más de un compañero debido a la naturaleza fuertemente territorial de los machos apareados.

Sociedad Restrictiva (n. pr.). Orden de los cazavampiros convocados por el Omega con el propósito de erradicar a la especie de los bebedores de sangre.

symphath (m.). Especie perteneciente a la raza de los vampiros que se caracteriza, entre otros rasgos, por la capacidad y el deseo de manipular las emociones de los demás (con el propósito de realizar un intercambio de energía). Históricamente han sido discriminados y durante ciertas épocas han sido víctimas de la cacería de los vampiros. Están en vías de extinción.

tahlly (adj.). Término cariñoso que se puede traducir como «querido».

transición (f.). Momento crítico en la vida de un vampiro, cuando él o ella se convierten en adultos. A partir de la transición, deben beber la sangre del sexo opuesto para sobrevivir y son incapaces de soportar la luz solar. Generalmente tiene lugar a los veinticinco años. Algunos vampiros, sobre todo machos, no sobreviven a su transición. Antes de ella, los vampiros son físicamente débiles, sexualmente inconscientes e indiferentes, e incapaces de desmaterializarse.

Tumba, la (n. pr.). Cripta sagrada de la Hermandad de la Daga Negra. Usada como sede ceremonial, así como almacén para los frascos de los restrictores. Entre las ceremonias allí realizadas destacan las iniciaciones, funerales y acciones disciplinarias contra hermanos. Nadie puede entrar, excepto los miembros de la hermandad, la Virgen Escribana, o candidatos a la iniciación.

vampiro (m.). Miembro de una especie separada del Homo sapiens. Los vampiros tienen que beber sangre del sexo opuesto para sobrevivir. La sangre humana los mantiene vivos, pero la fuerza así adquirida no dura mucho tiempo. Tras la transición, que ocurre a los veinticinco años, no pueden salir a la luz del día y deben alimentarse regularmente. Los vampiros no poseen la capacidad de «convertir» a los humanos por medio de un mordisco o una transfusión sanguínea, aunque en algunos casos sí pueden procrear con la otra especie. Se desmaterializan a voluntad, aunque deben estar calmados y concentrarse para hacerlo, y no pueden llevar consigo nada pesado. Tienen la capacidad de borrar a voluntad los recuerdos de las personas, pero sólo los de corto plazo. Algunos vampiros leen la mente. Su esperanza de vida es superior a mil años, y en algunos casos, incluso más.

Virgen Escribana, la (n. pr.). Fuerza mística consejera del rey, guardiana de los archivos vampíricos y dispensadora de privilegios. Existe en un reino intemporal y tiene grandes poderes. Capaz de un único acto de creación, que «gastó» en su momento al dar existencia a los vampiros.

wahlker (m.). Individuo que ha muerto y regresado a la vida desde el Fade. Se les respeta mucho y son venerados por sus tribulaciones.

whard (m.). Equivalente al padrino o la madrina de un individuo.

M aldición, Zsadist! ¡No saltes...!

La voz de Phury apenas se alcanzó a oír por encima del estruendo del accidente de automóvil que había tenido lugar frente a ellos, pero la advertencia no impidió que su hermano gemelo saltara del Escalade, que en esos momentos circulaba a más de cien kilómetros por hora.

—¡V se ha salido de la carretera! ¡Demos la vuelta!

Phury se golpeó contra la ventanilla cuando Vishous giró bruscamente y la camioneta derrapó. Las luces enfocaron a Z rodando sobre el asfalto cubierto de nieve. En milésimas de segundo se puso de pie y se apresuró a acercarse, arma en mano, al coche accidentado, que estaba echando humo y ahora tenía un pino encima, a manera de sombrero.

Phury mantuvo la vista sobre su gemelo, mientras se desabrochaba el cinturón de seguridad. Era posible que los restrictores a los que habían perseguido hasta las afueras de Caldwell hubiesen terminado así por las leyes de la física, pero eso no significaba que ya estuvieran fuera de combate. Esos malditos inmortales eran eternos.

Antes de que la camioneta se hubiera detenido del todo, Phury abrió la puerta de un golpe, al tiempo que buscaba su pistola. No sabía cuántos restrictores había en el coche, ni qué clase de municiones tenían. Los enemigos de la raza de los vampiros viajaban en grupos y siempre iban armados... ¡Maldición! De pronto salieron tres cazavampiros de cabello descolorido, y sólo el conductor parecía estar herido.

Pero ni siquiera eso detuvo a Z. Como era un maniaco suicida, se fue directamente hacia el triángulo de inmortales, sin otra cosa que una daga negra en la mano.

Phury atravesó la calle corriendo, mientras oía a Vishous jadeando detrás de él. Corrían para ayudar, pero Z no los necesitaba.

Mientras los copos de nieve flotaban silenciosamente en el aire y el dulce olor del pino se mezclaba con el de la gasolina que goteaba del coche accidentado, Z acabó con los tres restrictores sólo con el cuchillo. Les cortó los tendones detrás de la rodilla, para que no pudieran correr, les rompió los brazos para que no pudieran defenderse y los arrastró por el suelo hasta que quedaron en fila, como un terrorífico grupo de muñecos.

Todo eso le llevó sólo cuatro minutos y medio, tiempo en el que incluso alcanzó a quitarles los documentos de identidad. Luego Zsadist se detuvo a tomar aire. Mientras miraba el reguero de sangre negra sobre la nieve blanca, se levantó un vaporcillo de sus hombros, una bruma curiosamente suave que empujó el viento helado.

Phury se guardó la Beretta en el cinto y sintió náuseas, como si se hubiese comido un montón de tocino grasiento. Se tocó el esternón y miró a izquierda y derecha. La carretera 22 estaba desierta a esa hora de la noche y en ese punto tan distante del centro de Caldwell. Era poco probable que hubiese testigos humanos. Los ciervos no contaban.

Él sabía lo que vendría después. Sabía que no podría evitarlo.

Zsadist se arrodilló al lado de uno de los restrictores. Con su cara llena de cicatrices, distorsionada por el odio, el labio superior deforme abierto, los colmillos largos, como los de un tigre, el pelo cortado al rape y las mejillas hundidas, parecía la personificación misma de la muerte y, al igual que la muerte, daba la impresión de sentirse cómodo trabajando en el frío. Iba muy poco abrigado, sólo llevaba un jersey de cuello tortuga negro y unos pantalones anchos, también de color negro; evidentemente, iba más armado que vestido: terciada sobre el pecho, lucía la funda característica de la Hermandad de la Daga Negra, y llevaba además dos cuchillos, amarrados a los muslos con correas. También tenía una pistolera con dos SIG Sauer.

Sin embargo, nunca usaba las pistolas de nueve milímetros. Le gustaba disfrutar de cierta intimidad cuando mataba. De hecho, era la única ocasión en que se acercaba a alguien.

Z lo agarró por las solapas de la chaqueta de cuero y lo levantó del suelo hasta que el rostro del restrictor quedó a un milímetro del suyo.

—¿Dónde está la mujer? —Como la única respuesta que obtuvo fue una risa malévola, Z le dio un puñetazo. El eco del golpe atravesó los árboles, como el ruido de una rama que se parte en dos—. ¿Dónde está la mujer?

La risa burlona del restrictor disparó la ira de Z, que se convirtió en un verdadero volcán, o un siniestro campo de fuerza. El aire alrededor de su cuerpo se cargó de magnetismo y se volvió más frío que la noche. Los copos de nieve dejaron de caer cerca de él, como si se desintegraran por la fuerza de su furia.

Phury oyó un ruido suave y miró por encima del hombro. Vishous estaba encendiendo un cigarrillo y el resplandor naranja iluminó los tatuajes alrededor de su sien izquierda y la barbita que adornaba su boca.

Al oír el sonido de otro puñetazo, V le dio una calada al cigarrillo y levantó sus ojos de diamante.

—¿Estás bien, Phury?

No, no lo estaba. La naturaleza salvaje de Z siempre había sido tema de discusión, pero últimamente se había vuelto tan violento que era difícil verlo bien. Desde que los restrictores secuestraron a Bella, había salido a la luz lo peor y más desalmado de su naturaleza.

Y seguían sin encontrarla. Los hermanos no tenían ninguna pista, ninguna información, nada. A pesar de los terribles interrogatorios a los que Z sometía a los restrictores.

Phury estaba destrozado por el secuestro. No conocía a Bella desde hacía mucho tiempo, pero sí el suficiente como para haberse dado cuenta de que era muy amable, una mujer muy valiosa, perteneciente al nivel más alto de la aristocracia de la raza. Aunque esa mujer no sólo lo había impresionado por su alta cuna. Había penetrado más allá de sus votos de castidad, había logrado llegar hasta el hombre que se ocultaba detrás de la disciplina y había tocado algunas fibras muy profundas. Phury estaba tan desesperado por encontrarla como Zsadist, pero después de seis semanas ya había perdido la esperanza de que estuviera viva. Los restrictores estaban torturando a los vampiros civiles para obtener información sobre la Hermandad y, como todos los civiles, ella sabía muy poco acerca de los hermanos. Estaba casi seguro de que ya debía de estar muerta.

Su única esperanza, triste consuelo, era que Bella no hubiese tenido que soportar infernales días de tortura antes de irse al Ocaso.

—¿Qué habéis hecho con la mujer? —le gruñó Zsadist al siguiente restrictor. Cuando lo único que escuchó como respuesta fue un "Vete a la mierda", mordió al bastardo.

Nadie en la Hermandad podía entender por qué Zsadist se preocupaba tanto por una civil desaparecida. Su misoginia era bien conocida... Todo el mundo le tenía miedo por eso. Nadie sabía por qué le importaba tanto Bella. Pero, claro, nadie, ni siquiera Phury, que era su hermano gemelo, podía predecir las reacciones de Z.

El eco del brutal ataque de Z atravesó la soledad del bosque, y Phury se sintió desolado al ser testigo de su crueldad, pues no escatimaba recursos en su empeño de hacer hablar a los restrictores; sin embargo, los cazavampiros mantenían la fortaleza y se negaban a revelar información.

—No sé cuánto tiempo más voy a poder seguir soportando esto.

Zsadist era lo único que tenía en la vida, aparte de la misión de la Hermandad de proteger de los restrictores a la raza. Phury dormía siempre solo, cuando conseguía dormir. La comida le brindaba poco placer. Las mujeres estaban fuera de discusión debido a su celibato. Y todo el tiempo estaba preocupado por lo que haría Zsadist y por quién saldría herido en el proceso. Phury se sentía como si se estuviera desangrando lentamente, a causa de miles de heridas. Como si fuera el blanco de toda la fuerza asesina de su gemelo.

V estiró su mano enguantada y agarró la garganta de Phury.

—Mírame, hombre.

Phury lo miró y se asustó. El ojo izquierdo del hermano, el que tenía los tatuajes alrededor, se dilató hasta convertirse en un agujero negro.

—Vishous, no... Yo no... —No era el momento de soltar discursitos. No sabía cómo enfrentarse al hecho de que las cosas sólo iban a empeorar.

—Esta noche la nieve está cayendo lentamente —dijo V, mientras se pasaba el pulgar sobre la yugular.

Phury parpadeó. Una extraña calma pareció apoderarse de él, y su corazón adoptó el ritmo más lento del latido del pulgar de su hermano.

—¿Qué?

—La nieve... cae tan lentamente.

—Sí... sí, así es.

—Y hemos tenido mucha nieve este año, ¿verdad?

—Ah... sí.

—Sí... mucha nieve y va a haber más. Esta noche. Mañana. El mes que viene. El año que viene. Llega cuando tiene que llegar y cae donde quiere.

—Así es —dijo Phury suavemente—. No hay forma de pararla.

—No, a menos que seas el suelo. —El pulgar se detuvo—. Pero, hermano, a mí no me parece que tú seas como la tierra. No la vas a parar. Nunca.

Se oyeron una serie de estallidos y relámpagos, mientras Z apuñalaba a los restrictores en el pecho y los cuerpos se desintegraban. Luego sólo se oyó el rumor del radiador del automóvil accidentado y la pesada respiración de Z.

Zsadist se levantó como un espectro del suelo ennegrecido, con la cara y los brazos manchados con la sangre de los restrictores. Su aura era un resplandor de violencia que distorsionaba el paisaje detrás de él, y el bosque del fondo parecía oscilar allí donde enmarcaba su cuerpo.

—Me voy al centro —dijo, mientras se limpiaba el cuchillo en el muslo—, a buscar más.

* * *

Justo antes de que el señor O volviera a salir a cazar vampiros, quitó el seguro de su Smith & Wesson nueve milímetros y miró dentro del tambor. El arma necesitaba una limpieza, al igual que la Glock. Había otra cosa que quería hacer, pero sólo un idiota dejaría que sus armas se deterioraran. ¡Demonios, los restrictores tenían que estar pendientes de sus armas! La Hermandad de la Daga Negra no era el tipo de presa con la que uno pueda permitirse el lujo de ser descuidado.

Atravesó el centro de persuasión, para lo cual tuvo que caminar alrededor de la mesa de autopsias que usaba para su trabajo. El lugar, de un solo ambiente, no tenía aislamiento y el suelo era de tierra, pero como no había ventanas, prácticamente no entraba viento. Había un camastro en el que él dormía; una ducha. No había baño ni cocina, porque los restrictores no comían. El lugar todavía olía a madera recién cortada, porque lo había construido hacía sólo mes y medio. También olía al queroseno que usaba para calentar el cuarto.

Lo único que estaba terminado era la estantería que iba del suelo al techo a lo largo de toda una pared de doce metros. Allí tenía organizadas las herramientas, con mucho cuidado, en los distintos niveles: cuchillos, prensas, alicates, martillos, sierras. Si había algo que pudiera arrancarle un grito a una garganta, los restrictores lo tenían.

Pero ese lugar no sólo estaba destinado a la tortura; también se usaba como almacén. Retener vampiros mucho tiempo era todo un reto, porque podían desaparecer frente a uno si eran capaces de calmarse y concentrarse. El acero evitaba que lograran realizar el acto de la desaparición, pero una celda con barrotes no los habría protegido de la luz del sol, y construir un cuarto de acero totalmente hermético no era muy práctico. Lo que funcionaba bastante bien, no obstante, era un tubo de metal estriado enterrado verticalmente en el suelo. O tres, como era el caso de este lugar.

O tuvo la tentación de ir a revisar las unidades de almacenamiento, pero sabía que si lo hacía no volvería a salir al campo de batalla, y tenía una cuota que cubrir. Ser el segundo al mando de los restrictores le daba ciertos privilegios extraordinarios, como dirigir ese lugar. Pero, si quería proteger su intimidad, tenía que tener una ocupación adecuada.

Lo cual significaba ocuparse de sus armas, aun cuando preferiría estar haciendo otras cosas. Apartó un maletín de primeros auxilios, tomó la caja donde estaba el equipo de limpieza de las armas y acercó una butaca a la mesa de autopsias.

La única puerta del lugar se abrió de repente, sin que se oyera ningún golpe. O miró con rabia por encima del hombro, pero cuando vio de quién se trataba se obligó a ocultar la expresión de disgusto. El señor X no era bienvenido, pero no se le podía negar la entrada al peso pesado de la Sociedad Restrictiva, aunque fuera por mero instinto de conservación.

De pie bajo una bombilla pelada, el jefe de los restrictores no era un buen oponente si uno quería mantenerse intacto. Con su metro noventa de estatura, tenía la envergadura de un camión y era cuadrado y sólido. Y como todos los miembros de la Sociedad que se habían iniciado hacía mucho tiempo, estaba totalmente descolorido. Su piel blanca nunca se ruborizaba ni el viento podía quemarla. Tenía el pelo del color de una telaraña. Los ojos eran color gris claro, como un cielo nublado, e igual de opacos.

El señor X miró a su alrededor con aire desprevenido, y, aunque no parecía estar revisando el orden de los objetos, sí parecía estar buscando algo.

—Me han dicho que has conseguido otro.

O puso la herramienta de limpieza sobre la mesa y contó las armas que tenía encima. Un cuchillo en su mano derecha. La pistola Glock en la parte baja de la espalda. Deseó tener más.

—Lo atrapé en el centro hace cerca de cuarenta y cinco minutos, en ZeroSum. Está en uno de los huecos, venga.

—Buen trabajo.

—Tenía pensado volver a salir. Ya mismo.

—¿De verdad? —El señor X se detuvo frente a la estantería y tomó un cuchillo de sierra—. ¿Sabes una cosa? He oído algo bastante alarmante.

O mantuvo la boca cerrada y movió la mano hacia el muslo, cerca del cuchillo.

—¿No me vas a preguntar de qué se trata? —dijo el jefe de los restrictores, mientras caminaba hacia las tres unidades de almacenamiento que estaban enterradas—. Tal vez se debe a que ya conoces el secreto.

O apoyó la mano sobre el cuchillo, mientras el señor X se acercaba a las tapas de malla metálica que cubrían los tubos. Los dos primeros cautivos no le importaban nada, pero el tercero sólo le incumbía a él.

—¿No tienes lugares libres, señor O? —La punta de la bota de combate del señor X tocó uno de los rollos de cuerda que desaparecía entre cada uno de los huecos—. Pensé que habías matado a dos después de que viste que no tenían nada valioso que decir.

—Lo hice.

—Entonces, con el civil que atrapaste esta noche, debería quedar un tubo vacío. ¿Cómo es que están todos ocupados?

—Atrapé a otro.

—¿Cuándo?

—Anoche.

—Estás mintiendo. —El señor X levantó de una patada la tapa de malla de la tercera unidad.

El primer impulso de O fue ponerse de pie de un salto, dar dos pasos veloces y enterrar su cuchillo en la garganta del señor X. Pero no lograría llegar tan lejos. El jefe de los restrictores tenía un estupendo recurso para congelar a sus subordinados. Lo único que tenía que hacer era mirarlos.

Así que O se quedó quieto, temblando por el esfuerzo de mantenerse sentado en la butaca.

El señor X sacó una linternita del bolsillo, la encendió y dirigió el rayo de luz hacia el hueco. Cuando oyó el gemido que salió del tubo, abrió mucho los ojos.

—¡Dios mío! Realmente es una hembra. ¿Por qué demonios no he sido informado?

O se levantó lentamente, dejando que el cuchillo colgara sobre la pierna, entre los pliegues de sus pantalones de trabajo, mientras mantenía la mano firmemente apoyada sobre el mango.

—Es nueva —dijo.

—Eso no es lo que me han dicho.

El señor X fue rápidamente hasta el baño y corrió la cortina de plástico de la ducha. Maldiciendo, le dio una patada al champú y al aceite de bebé que encontró en el rincón. Luego fue hasta el armario donde se guardaban las municiones y sacó la nevera portátil que estaba escondida detrás. La puso patas arriba, de modo que la comida que estaba dentro cayó al suelo. Dado que los restrictores no masticaban ni deglutían, eso era una prueba más que evidente.

La cara pálida del señor X estaba furiosa.

—Has estado escondiendo una mascota, ¿no es cierto?

O consideró las posibilidades que tenía de negarlo, mientras medía la distancia que los separaba.

—Ella es valiosa. La utilizo en mis interrogatorios.

—¿Cómo?

—A los machos de la especie no les gusta ver sufrir a una hembra. Ella me sirve para incentivarlos.

El señor X entornó los ojos.

—¿Por qué no me dijiste nada sobre ella?

—Éste es mi centro. Usted me lo dio para que lo manejara como quisiera. —Y cuando encontrara al malparido que había abierto la boca, lo iba a desollar vivo—. Yo me encargo de todo aquí, y usted lo sabe. La manera en que el trabajo no debería ser de su incumbencia.

—Debí haber sido informado. —El señor X estaba inmóvil, como petrificado—. ¿Estás pensando en hacer algo con ese cuchillo que tienes en la mano, hijo?

«Sí, papá, así es», pensó.

—¿Soy el jefe de este lugar, sí o no?

Mientras que el señor X balanceaba el peso de su cuerpo sobre las plantas de los pies, O se preparó para una confrontación.

Entonces su móvil comenzó a sonar. El primer timbrazo estremeció el aire lleno de tensión, como si fuera un grito. El segundo pareció menos extraño. El tercero ya no fue nada.

O se dio cuenta de que no estaba pensando con claridad y por eso actuaba con torpeza. Es cierto que era un tipo grande y un guerrero muy bueno, pero no podía competir con los trucos del señor X. Y si O quedaba herido y era asesinado, ¿quién cuidaría de su esposa?

—Responde al teléfono —ordenó el señor X—. Y ponlo en altavoz.

Eran noticias de otro enfrentamiento. Tres restrictores habían sido eliminados en la carretera, a tres kilómetros de allí. Habían encontrado el automóvil estrellado contra el tronco de un árbol y las quemaduras de su desintegración habían dejado marcas en la nieve.

Malparidos. La Hermandad de la Daga Negra. Otra vez.

Cuando O colgó, el señor X dijo:

—Bueno, entonces, ¿quieres pelear conmigo o quieres irte a trabajar? Lo primero significaría tu muerte segura e inmediata. Es decisión tuya.

—¿Estoy a cargo aquí?

—Siempre y cuando me des lo que necesito.

—Llevo mucho tiempo trayendo a muchos civiles a este lugar.

—Pero no es que estén hablando mucho.

O fue hasta los tubos y deslizó otra vez la tapa de malla sobre el tercer agujero, asegurándose de no perder de vista al señor X. Luego puso su bota de combate sobre la tapa y miró al jefe de los restrictores a los ojos.

—No puedo hacer nada si la Hermandad es secreta hasta para su propia especie.

—Tal vez sólo necesitas esforzarte un poco más.

«No le digas que se vaya a la mierda», pensó O. «Si fracasas en este pulso de fuerzas, tu hembra será comida para perros».

Mientras O trataba de dominar su temperamento, el señor X sonrió.

—Tu control sería más admirable si no fuera la única respuesta apropiada. Ahora, acerca de esta noche... Los hermanos buscarán los frascos de los cazavampiros que exterminaron. Ve a la casa del señor H enseguida y consigue el suyo. Mandaré a alguien a la casa de A y yo mismo iré a la casa de D.

El señor X se detuvo en la puerta.

—Sobre esa hembra... Si la usas como una herramienta, está bien. Pero si la estás conservando por alguna otra razón, tenemos un problema. Si te ablandas, te entregaré al Omega en pedacitos.

O ni siquiera se estremeció. Ya había sobrevivido una vez a las torturas del Omega y se imaginaba que podría volver a hacerlo. Por su mujer, estaba dispuesto a enfrentarse a cualquier cosa.

—Bueno, ¿qué me dices? —preguntó el jefe de los restrictores.

—Sí, maestro.

Mientras esperaba a que el coche del señor X arrancara, O sentía como si el corazón se le fuera a salir del pecho. Quería sacar a su mujer de ese agujero y abrazarla, pero sabía que ella jamás le correspondería. Para tratar de calmarse, limpió rápidamente la S & W. En realidad, la tarea no le ayudó mucho, pero cuando terminó, al menos habían dejado de temblarle las manos.

Se dirigió a la puerta, recogió las llaves de su camioneta y enfocó el detector de movimiento sobre el tercer agujero. Esa herramienta era una verdadera maravilla. Si algún cuerpo extraño se cruzaba en el camino del rayo láser, se ponía inmediatamente en funcionamiento un sistema de armas trianguladas, y quienquiera que estuviera curioseando acababa como un colador.

O dudó un momento antes de salir. ¡Dios, cómo quería abrazarla! La idea de perder a su mujer, aunque fuera sólo una hipótesis, lo volvía loco. Esa vampira... era la única razón de vivir que tenía ahora. No era la Sociedad. Ni los asesinatos.

—Voy a salir, esposa, así que pórtate bien. —O esperó un momento—. Volveré pronto y luego te asearemos. —Al ver que no había ninguna respuesta, agregó—: ¿Esposa?

O tragó saliva de manera compulsiva. Aunque se dijo que debía portarse como un hombre, no podía resignarse a salir sin escuchar la voz de ella.

—No me dejes ir sin despedirte.

Silencio.

El dolor penetró en lo profundo de su corazón y el amor que sentía por ella pareció aumentar. Respiró profundamente, mientras el delicioso peso de la desesperación se instalaba en su pecho. Pensaba que había conocido el amor antes de convertirse en restrictor. Pensaba que Jennifer, la mujer con la que había dormido y luchado durante años, había sido especial. Pero era tan ingenuo... Ahora sabía qué era realmente la pasión. Esa vampira que tenía cautiva era el dolor punzante que lo hacía sentirse de nuevo como un hombre. Ella era el alma que había reemplazado la que le había dado al Omega. Él vivía a través de ella, aunque era inmortal.

—Volveré en cuanto pueda, esposa.

* * *

Bella se desplomó en el agujero en cuanto oyó que la puerta se cerraba. El hecho de que el restrictor se hubiese marchado sintiéndose mal, debido a que ella no le había contestado, le produjo placer. La locura era total, y no podía hacer nada para evitarla.

En el fondo, le resultaba gracioso pensar que esa locura sería la causa de la muerte que la esperaba. Cuando se despertó en ese tubo, hacía ya muchas semanas, asumió que moriría de la manera tradicional, con el cuerpo hecho pedazos. Pero no, la suya era la muerte del yo. Mientras que su cuerpo parecía sobrevivir relativamente sano, ella sentía que su personalidad ya no vivía.

Tardó algún tiempo en llegar a esa conclusión, que alcanzó tras un proceso que, como sucede con las enfermedades, tuvo varias etapas. Al principio estaba demasiado conmocionada para hacer otra cosa que no fuera preguntarse cómo sería la tortura. Pero luego comenzaron a pasar los días sin que ocurriera nada terrible. Sí, el restrictor la golpeaba, y era asqueroso sentir sus ojos sobre el cuerpo, pero no le hacía lo que les hacía a los demás de su especie. Tampoco la había violado.

Así, poco a poco, Bella sintió renacer la esperanza; quizás lograra aguantar hasta que pudieran rescatarla. Ese periodo de esperanza duró un tiempo más largo. Tal vez toda una semana, aunque era difícil calcular el paso de los días.

Pero luego comenzó a descender hacia el abismo de manera irreversible; y entonces empezó a pensar en el restrictor. Tardó algún tiempo en darse cuenta de ello, pero acabó por comprender que tenía un extraño poder sobre su captor y, unos días después del descubrimiento, comenzó a usarlo. Al principio sólo quería poner a prueba al restrictor. Luego empezó a atormentarlo simplemente porque lo odiaba y quería hacerle daño.

Por alguna razón, el restrictor que la había secuestrado... la amaba. Con todo su corazón. A veces le gritaba y la aterrorizaba cuando estaba de mal humor, pero cuanto peor lo trataba ella, mejor la trataba él. Cuando ella se negaba a mirarlo, él entraba en una espiral de angustia. Cuando le llevaba regalos y ella se negaba a aceptarlos, lloraba. Se preocupaba por ella cada vez con más fervor y le imploraba que le prestara atención y se acurrucaba junto a ella; cuando Bella se apartaba, negándose a complacerlo, él se desmoronaba.

Jugar con las emociones del restrictor era su único mundo, y el odio y la crueldad que la alimentaban la estaban matando. Alguna vez había sido un ser vivo, una hija, una hermana... alguien... Ahora se estaba endureciendo y volviéndose como el acero, en medio de su pesadilla. Embalsamada.

Santa Virgen del Ocaso, Bella sabía que el restrictor nunca la dejaría ir. Y estaba tan segura de que se había apoderado de su futuro como si la hubiese matado. Lo único que tenía ahora era este horrible e infinito presente. Con él.

Sintió brotar de su pecho el pánico, una emoción que hacía mucho tiempo que no sentía.

Desesperada por regresar a la inconsciencia, se concentró en lo fría que estaba la tierra. El restrictor la mantenía vestida con ropa que había sacado de sus propios cajones y su armario, y estaba envuelta en mantas, medias térmicas y botas. Pero, a pesar de todo eso, el frío era implacable y penetraba a través de las distintas capas hasta entrar a sus huesos, convirtiendo su médula ósea en un lodo helado.

Bella comenzó a pensar en su granja, donde había vivido tan poco tiempo. Recordó el alegre fuego que ardía en la chimenea del salón y la felicidad que le producía el hecho de estar sola... Pero ésos no eran buenos recuerdos. La hacían recordar su vida anterior, le recordaban a su madre... a su hermano.

¡Dios, Rehvenge! Rehv la había vuelto loca con ese comportamiento tan dominante y controlador, pero tenía razón. Si ella se hubiese quedado con la familia, nunca habría conocido a Mary, la humana que vivía al lado. Y esa noche no habría atravesado el tramo de césped que separaba sus casas para asegurarse de que todo estaba bien. Y nunca se habría encontrado con el restrictor... De modo que nunca habría terminado así, muerta pero respirando.

Bella se preguntó cuánto tiempo la habría buscado su hermano. ¿Ya se habría dado por vencido? Era probable. Ni siquiera Rehv podía seguir adelante sin ninguna esperanza.

Estaba segura de que la había buscado, pero en cierta forma la alegraba que no la hubiese encontrado. Aunque era un vampiro muy agresivo, era un civil y podía salir herido si iba a rescatarla. Esos restrictores eran fuertes. Crueles y poderosos. No, quien la rescatara tendría que ser igual al monstruo que la tenía retenida.

Clara como una fotografía, a Bella se le vino a la cabeza la imagen de Zsadist. Vio sus salvajes ojos negros. La cicatriz que le recorría la cara y le deformaba el labio superior. Los tatuajes de esclavo de sangre que tenía alrededor de la garganta y las mu-

29

ñecas. Recordó las marcas que tenía en la espalda, seguramente de azotes. Y los piercings que colgaban de sus tetillas. Y su cuerpo musculoso y delgado.

Pensó en su voluntad perversa e indomable y en todo el odio que guardaba. Zsadist era aterrador, un espanto de su especie. Su gemelo decía que habían acabado con él, pero no habían logrado aniquilarlo. Y eso precisamente era lo que lo habría convertido en un buen salvador. Sólo él podía enfrentarse con el restrictor que se la había llevado. Probablemente, el tipo de brutalidad de Zsadist era lo que se necesitaba para vencer a su raptor y rescatarla. Pero eso no sucedería, porque él nunca trataría de encontrarla. Sólo la había visto dos veces.

Y la segunda vez la había hecho jurar que nunca se le volvería a acercar.

El miedo se apoderó de ella y Bella trató de controlarlo diciéndose que Rehvenge todavía debía estar buscándola. Y que, si encontraba alguna pista sobre su paradero, podría recurrir a la Hermandad. Entonces tal vez Zsadist fuera a rescatarla, porque era parte de su trabajo.

—¿Hola? ¿Hola? ¿Hay alguien ahí? —La voz masculina sonaba temblorosa e insegura.

Bella pensó que debía de ser el nuevo prisionero. Al principio siempre intentaban entrar en contacto con el exterior.

Bella se aclaró la garganta.

—Yo estoy... aquí.

Hubo una pausa.

—Ay, por Dios, ¿tú eres la mujer que secuestraron? ¿Eres... Bella?

Oír su nombre fue toda una sorpresa. ¡Demonios! El restrictor llevaba tanto tiempo diciéndole «esposa» que casi había olvidado que se llamaba de otra manera.

—Sí... sí, soy yo.

—Todavía estás viva.

Bueno, su corazón todavía latía, eso era cierto.

—¿Te conozco?

—Yo... yo fui a tu funeral. Con mis padres, Ralstam y Jilling.

Bella comenzó a temblar. Su madre y su hermano... ya la habían dado por muerta. Pero, claro, eso era previsible. Su madre era muy religiosa y tenía mucha fe en las tradiciones antiguas. Después de convencerse de que su hija estaba muerta, debía de haber insistido en hacer una ceremonia apropiada para que Bella pudiera entrar en el Ocaso.

¡Ay... por Dios! Saber que se habían dado por vencidos y entender que era lógico eran dos cosas muy distintas. Ya nadie la estaba buscando. Nunca más la buscarían.

Bella oyó algo extraño y comprendió que estaba sollozando.

—Voy a escapar —dijo el vampiro—. Y te voy a llevar conmigo.

Bella se deslizó por el interior del tubo hasta llegar al fondo. Ahora realmente estaba muerta. Muerta y enterrada.

¡Qué patético, que estuviese literalmente metida entre la tierra!

Z sadist llegó hasta un callejón. Las gruesas suelas de sus botas de combate rompieron los charcos de barro congelado y aplastaron los surcos de hielo que habían dejado las llantas de los automóviles. Estaba totalmente oscuro, pues los edificios de ladrillo que había a los lados no tenían ventanas y las nubes habían ocultado la luna. Sin embargo, mientras caminaba solo, la visión nocturna de Zsadist era perfecta y lo penetraba todo. Al igual que su rabia.

Sangre negra. Lo que necesitaba era más sangre negra. Necesitaba sentirla en sus manos y tener salpicaduras de sangre negra en la cara y la ropa. Necesitaba océanos de sangre penetrando en la tierra. Estaba decidido a hacer sangrar a los cazavampiros para honrar la memoria de Bella, y le ofrecería a ella cada nueva muerte.

Él sabía que Bella ya no estaba viva, en el fondo de su corazón sabía que debía de haber sido asesinada de una forma horrible. Entonces, ¿por qué siempre comenzaba por preguntarles por ella a esos bastardos? ¡Demonios, la verdad era que no lo sabía! Simplemente era lo primero que le salía de la boca, sin importar cuántas veces se dijera que ella debía de estar muerta.

E iba a seguir haciendo las mismas malditas preguntas. Quería saber dónde, cómo y con qué la habían matado. La información sólo lo consumiría más, pero necesitaba saberlo. Tenía que saberlo. Y algún día uno de ellos acabaría por hablar.

Z se detuvo. Olfateó el aire. Deseó sentir en sus narices el dulce olor a talco de bebé. ¡Maldición, no podía soportar por más tiempo... esto de no saber!

Pero luego soltó una carcajada aterradora. Claro que sí podría. Gracias a los cientos de años de cuidadoso entrenamiento con la Señora, su dueña, no había ningún nivel de tortura al que no hubiese sobrevivido. El dolor físico, la angustia mental, las profundidades de la humillación y la degradación, la desesperanza, la impotencia: «Ya he estado ahí, ya lo he sufrido».

Así que también podría sobrevivir a eso.

Levantó la vista al cielo y, cuando volvió a bajar la cabeza, se tambaleó. Se apoyó rápidamente contra un contenedor de basura, luego respiró hondo y esperó a que el mareo pasara. Pero nada.

Hora de alimentarse. Otra vez.

Maldiciendo, deseó poder pasar en blanco alguna noche más. Era cierto que, durante las dos últimas semanas, había estado obligándose a funcionar por pura fuerza de voluntad. Pero eso no era nada inusual. Y esa noche sencillamente no quería lidiar con la abstinencia de sangre.

«Vamos, vamos... concéntrate, estúpido».

Se obligó a seguir recorriendo los callejones del centro, entrando y saliendo del peligroso laberinto urbano de Caldwell, el área de clubes y drogas de Nueva York.

A las tres de la mañana tenía tanta necesidad de beber sangre que se sintió embriagado, y ésa fue la única razón por la que se dio por vencido. No podía soportar la disociación, la sensación de adormecimiento en el cuerpo. Le hacía recordar los estupores del opio que lo habían obligado a consumir cuando era esclavo de sangre.

Caminando tan rápido como podía, se dirigió a ZeroSum, el actual lugar de encuentro de la Hermandad en el centro de la ciudad. Los vigilantes lo dejaron saltarse la fila de espera, pues el acceso directo era uno de los privilegios de que disfrutaba la gente que gastaba como gastaba la Hermandad. ¡Diablos! Sólo el gusto de Phury por el humo rojo costaba un par de miles al mes, y a V y a Butch sólo les gustaba la copa más cara. Además, estaban las compras periódicas de Z.

El club estaba caliente y oscuro, y parecía una especie de cueva húmeda y tropical, con música tecno. En la pista de baile había montones de humanos que chupaban pirulís, bebían agua y sudaban, mientras se movían bajo haces de luces intermitentes. Alrededor había cuerpos contra los muros, en parejas o grupos de tres, contorsionándose, tocándose.

Z se dirigió al salón VIP y la horda humana le abrió paso, abriéndose en dos como una tela que se rasga. Aunque estaban aturdidos por el éxtasis y la cocaína, esos cuerpos recalentados todavía tenían el suficiente instinto de conservación como para entender que Z era una gran amenaza.

En la parte de atrás, un vigilante con el pelo cortado al rape lo dejó entrar en el mejor salón del club. Allí, en relativa calma, había veinte mesas con sillas cómodas, dispuestas a cierta distancia una de otra, y una luz que caía del techo iluminaba solamente la superficie de mármol negro. El reservado de la Hermandad estaba junto a la salida de emergencia y Z no se sorprendió al ver allí a Vishous y a Butch, con sendos vasos frente a ellos. El martini de Phury estaba a un lado, pero no había nadie enfrente.

Sus dos compañeros no parecieron alegrarse de verlo. No... parecían resignados a que hubiese llegado, como si tuvieran la esperanza de quitarse un peso de encima y él acabara de arrojarles una roca.

—¿Dónde está? —preguntó Z y señaló con la cabeza el martini de su gemelo.

—Atrás, comprando humo rojo —dijo Butch—. Se le acabaron las onzas.

Z se sentó a la izquierda y se recostó contra el respaldo, para salirse del rayo de luz que caía sobre la mesa. Al mirar a su alrededor, observó las caras de desconocidos sin importancia. El salón VIP tenía un núcleo de asiduos, pero ninguno de los grandes clientes se relacionaba más que con los integrantes de sus reducidos círculos. De hecho, todo el club estaba regido por el lema «no preguntes, no contestes», lo cual era una de las razones para que los hermanos frecuentaran ese local. Aunque el propietario de ZeroSum era un vampiro, necesitaban pasar desapercibidos y, por supuesto, no desvelar jamás su verdadera identidad.

Hacía más de un siglo que la Hermandad de la Daga Negra se había vuelto clandestina y operaba sin que el resto de los vampiros los conocieran ni supieran nada de su organización. Había rumores, claro, y los civiles conocían los nombres de algunos, pero sin tener acceso a ninguna información. Esa situación se mantenía desde hacía cien años, cuando la raza se dividió, y el secreto se hizo necesario. Ahora, sin embargo, había otra razón. Los restrictores estaban torturando a los civiles para conseguir información acerca la Hermandad, así que era imperativo mantener el secreto.

Como resultado, los pocos vampiros que trabajaban en ese club no estaban realmente seguros de que esos tipos grandes, con ropa de cuero, que bebían como locos y gastaban mucho dinero, fueran miembros de la Daga Negra. Y, por fortuna, la costumbre también desalentaba las preguntas, por no mencionar el efecto que tenía la apariencia de los hermanos.

Zsadist se movió con impaciencia en el reservado. Odiaba el club; de verdad lo odiaba. Odiaba sentir tantos cuerpos cerca de él. Odiaba el ruido. Los olores.

De repente, un jocoso grupo de tres mujeres humanas se acercó a la mesa de los hermanos. Las tres estaban trabajando esa noche, aunque lo que servían no cabía en un vaso. Eran unas típicas prostitutas de clase alta: con extensiones de cabello, senos de silicona, caras moldeadas por cirujanos plásticos y decoradas con pintura aerosol. En el club había mucha gente de esa clase, particularmente en el salón VIP. El Reverendo, el propietario y gerente de ZeroSum, creía en la diversificación como estrategia de mercado y ofrecía el cuerpo de estas mujeres, junto con el alcohol y las drogas. El vampiro también prestaba dinero, tenía un equipo de apostadores... y Dios sabe qué más negocios atendía desde su oficina de la parte trasera; servicios dirigidos principalmente a su clientela humana.

Mientras sonreían y hablaban, las tres prostitutas ofrecieron sus servicios, pero ninguna de ellas era lo que Z estaba buscando y V y Butch tampoco las contrataron. Dos minutos después, se fueron al siguiente reservado.

Z estaba terriblemente hambriento, pero cuando se trataba de comer, imponía siempre una condición que no era negociable.

—Hola, papaítos —dijo otra mujer—. ¿Alguno de ustedes está buscando compañía?

Z levantó la vista. Esta humana tenía una expresión dura en el rostro, que cuadraba perfectamente bien con su cuerpo. Iba vestida con ropa de cuero negro. Tenía los ojos vidriosos. Pelo corto.

Absolutamente perfecta.

Z puso la mano dentro del chorro de luz que caía sobre la mesa, levantó dos dedos y luego golpeó dos veces en el mármol con los nudillos. Butch y V comenzaron a moverse en el asiento y su tensión lo hizo sentirse incómodo.

La mujer sonrió.

—Está bien.

Zsadist se inclinó hacia delante y se levantó hasta mostrar toda la magnitud de su estatura. Gracias a ese movimiento, su cara quedó iluminada por la luz. La expresión de la prostituta pareció congelarse y dio un paso atrás.

En ese momento, Phury salió por una puerta que había a mano izquierda, seguido por un vampiro corpulento que llevaba una cresta punk: el Reverendo.

Cuando se acercaron a la mesa, el propietario del club esbozó una sonrisa forzada. Sus ojos color amatista registraron la vacilación de la prostituta.

—Buenas noches, caballeros. Lisa, ¿para dónde vas?

Lisa contuvo su reacción y dijo:

—A donde él quiera, jefe.

—Respuesta correcta.

«Suficiente charla», pensó Z.

—Salgamos. Ya.

Z empujó la puerta de emergencia y siguió a la mujer hacia un callejón detrás del club. El viento de diciembre penetró a través de la chaqueta ancha que se había puesto para cubrir las armas, pero el frío no pareció molestarlo, tampoco a Lisa, aunque estaba casi desnuda. La brisa helada comenzó a juguetear con el pelo, muy corto, de la mujer, que miró a Z sin temblar, con gesto altanero.

Se había comprometido, estaba lista para él. Era una auténtica profesional.

—Lo hacemos aquí —dijo Z y se metió entre las sombras. Sacó dos billetes de cien dólares del bolsillo y se los entregó. Los dedos de la mujer agarraron los billetes con fuerza, antes de hacerlos desaparecer entre su falda de cuero.

—¿Cómo lo quieres? —preguntó ella, mientras se le acercaba y buscaba agarrarse de sus hombros.

Zsadist le dio la vuelta y la arrinconó, de cara a la pared.

—Aquí yo soy el que manosea. No tú.

La mujer se puso tensa, y su miedo, que olía a sulfuro, le produjo cosquillas en la nariz a Z. Sin embargo, aún tuvo valor para decirle:

—Cuidado, cabrón. Si me haces un moretón, él te matará como a un animal.

—No te preocupes. Saldrás de esto intacta.

Pero ella seguía asustada. Afortunadamente, Zsadist fue inmune a la emoción.

Por lo general, lo único que podía excitarlo, la única manera de que eso que tenía entre las piernas se endureciera, era el miedo de una mujer. Últimamente, sin embargo, ese estímulo no estaba funcionando, pero a Zsadist no le importaba. Despreciaba las reacciones de esa cosa que tenía entre los pantalones y, como la mayor parte de las mujeres se morían de pánico cuando lo veían, esa cosa se excitaba con mucha más frecuencia de la que él quería. Habría sido mucho mejor que no se excitara en absoluto. ¡Mierda, probablemente Z era el único macho en el planeta que quería ser impotente!

—Inclina la cabeza hacia un lado —dijo Z—. Con la oreja contra el hombro.

La mujer obedeció lentamente y dejó expuesto su cuello. Ésa era la razón por la cual la había elegido. El pelo corto le garantizaba no tener que tocar nada para despejar el camino. Odiaba tener que poner sus manos en cualquier parte de una mujer.

Mientras observaba la garganta, su sed aumentó y los colmillos se alargaron. ¡Dios, tenía tanta sed que podría dejarla seca!

—¿Qué vas a hacer? —preguntó ella bruscamente—. ¿Morderme?

—Sí.

Z atacó rápidamente y la mantuvo inmóvil, mientras que ella se retorcía. Para que fuera más fácil para la mujer, la calmó con su mente y la hizo relajarse, produciéndole una especie de trance con el que sin duda estaba familiarizada. La prostituta se tranquilizó y Z bebió tanto como pudo… sintió el sabor de la cocaína y el alcohol que la mujer tenía en la sangre, así como los antibióticos que se había tomado.

Cuando terminó, lamió las marcas de los colmillos para iniciar el proceso de cicatrización y evitar que sangrara. Luego le subió el cuello para ocultar el mordisco, borró su recuerdo y la mandó de regreso al club.

Cuando estuvo solo, se recostó contra los ladrillos. La sangre humana era tan débil que apenas le producía lo que necesitaba, pero Z no estaba dispuesto a beber de hembras de su propia especie. Otra vez no. Nunca más.

Miró hacia el cielo. Las nubes que habían traído los vientos de hacía un rato ya se habían marchado y entre los edificios pudo ver un pedazo de cielo estrellado. Las constelaciones le informaron de que sólo quedaban un par de horas para que amaneciera.

Cuando tuvo la fuerza suficiente, cerró los ojos y se desmaterializó, para ir al único lugar en el que quería estar.

Gracias a Dios todavía tenía tiempo para ir allí. Para estar allí.

CAPÍTULO

3

John Matthew gimió y se dio la vuelta, para quedar de espaldas en la cama.

La mujer siguió su ejemplo y los senos desnudos hicieron presión sobre el ancho pecho desnudo de John. Con una sonrisa erótica, le metió la mano entre las piernas y encontró su pene erecto. El hombre echó hacia atrás la cabeza y gimió, mientras ella le levantaba el pene y se sentaba sobre él. Entonces John la agarró por las rodillas y ella comenzó a montarle, lenta y rítmicamente.

«Ah, sí...».

Se excitaba con una mano mientras lo provocaba con la otra, frotándose la palma contra los senos y subiendo hasta el cuello, y acariciándose con su largo cabello rubio platino. Luego la mujer se llevó la mano hasta la cara y se pasó el brazo por encima de la cabeza, formando un elegante arco. Cuando se echó hacia atrás, sus senos sobresalieron, con los pezones duros, hinchados y rosados. Tenía la piel tan pálida que parecía nieve fresca.

—Guerrero —dijo, rechinando los dientes—, ¿puedes aguantar esto?

¿Aguantar esto? Claro que sí. Y sólo para demostrar quién estaba aguantando qué, él la agarró de los muslos y levantó las caderas hasta que ella gritó.

Cuando se retiró, la mujer le sonrió desde arriba, frotándose contra él cada vez más deprisa. Estaba pegajosa y excitada, y él se sintió en el cielo.

—Guerrero, ¿puedes aguantar esto? —insistió con una voz más profunda, a causa del ejercicio físico.

—¡Demonios, sí! —gruñó él. Dios, en cuanto eyaculara, iba a darle la vuelta para embestirla una y otra vez.

—¿Puedes aguantar esto? —Se movió con más fuerza, exprimiéndolo. Con el brazo todavía sobre la cabeza, lo montaba como si fuera un toro, estrellándose contra él.

Eso era verdadero sexo... Asombroso, increíble, grandioso...

Las palabras de la mujer comenzaron a distorsionarse, a hacerse más profundas... comenzaron a sonar con un registro más bajo que el femenino.

—¿Puedes aguantar esto?

John sintió un estremecimiento. Algo estaba saliendo mal. Algo iba muy mal...

—¿Puedes aguantar esto? ¿Puedes aguantar esto? —De repente, de la garganta de la mujer comenzó a brotar una voz masculina, una voz ronca y masculina que se reía de él—. ¿Puedes aguantar esto?

John trató de quitársela de encima, pero estaba aferrada a él y seguía presionándolo.

—¿Crees que puedes aguantar esto? ¿Crees-que-puedes-aguantar-esto? ¿*Creesquepuedesaguantaresto*? —Ahora la voz masculina estaba gritando, rugiendo desde la cara femenina.

El cuchillo llegó hasta John por encima de la cabeza de la mujer, pero ahora ella era un hombre, un hombre de piel blanca, cabello incoloro y ojos del color de la niebla. Cuando la cuchilla resplandeció en el aire, John trató de pararla, pero su brazo ya no tenía músculos. Estaba flácido, desmadejado.

—¿Puedes aguantar esto, guerrero?

Con un golpe elegante, la daga aterrizó justamente en el centro del pecho del hombre. En el lugar por el que entró, sintió enseguida un dolor punzante, que recorrió todo su cuerpo con ardor y violencia. Trató de tomar aire, pero se ahogó con su propia sangre y tosió y trató de vomitar hasta que no pudo respirar más. Retorciéndose, trató de luchar contra la muerte que venía a por él...

—¡John! ¡John! ¡Despierta!

John abrió los ojos de par en par. Lo primero que se le vino a la cabeza era que le dolía la cara, aunque no entendía por qué, pues lo habían apuñalado en el pecho. Luego se dio cuenta de que tenía la boca totalmente abierta, como si estuviera gritando. Pero como no tenía cuerdas vocales, no le salía la voz.

Luego sintió las manos. Había unas manos que lo tenían agarrado de los brazos. El terror regresó y, en lo que fue para él una reacción asombrosa, se lanzó de la cama. Su pequeño cuerpo cayó de cara y su mejilla aterrizó sobre la alfombra.

—¡John! Soy yo, Wellsie.

La realidad regresó al oír su nombre y eso le permitió sacudirse la histeria, como si le hubiesen dado un puñetazo.

Ay, Dios... Estaba bien. Estaba bien. Estaba vivo.

Se lanzó a los brazos de Wellsie y enterró la cara entre su larga cabellera roja.

—Todo está bien. —Ella lo acomodó sobre su regazo y le acarició la espalda—. Estás en casa. Estás a salvo.

Casa. A salvo. Sí, después de sólo seis semanas, esto era su casa... la primera que tenía, después de crecer en el orfanato de Nuestra Señora y vivir luego en tugurios, desde que tenía dieciséis años. La casa de Wellsie y Tohrment era su casa.

Y aquí no sólo estaba seguro; también lo comprendían. ¡Aquí había conocido la verdad sobre sí mismo! Hasta que Tohrment lo encontró, no entendía por qué siempre había sido distinto de los demás, o por qué era tan delgado y tan débil. Pero los vampiros machos eran así antes de pasar por la transición. Aparentemente, hasta Tohr había sido pequeño, aunque ahora era un miembro de alto rango de la Hermandad de la Daga Negra.

Wellsie levantó la cabeza de John.

—¿Puedes decirme qué soñabas?

Él negó con la cabeza y volvió a sumergirse en su pecho, abrazándola con tanta fuerza que se sorprendió de que todavía pudiera respirar.

* * *

Zsadist se materializó frente a la granja de Bella y lanzó una maldición. Otra vez había señas de que allí había estado alguien. En la nieve de la entrada, frente a la puerta, había huellas frescas de llantas y pisadas. Había muchas pisadas, tantas pisadas hacia un lado y otro del automóvil que debía haber estado estacionado allí, que parecía como si estuvieran transportando cosas.

Eso hizo que se pusiera más nervioso, como si ella estuviese desapareciendo a plazos..

Entonces Z pensó que era terrible... Si la familia de Bella vaciaba la casa, él ya no sabría adónde ir para estar con ella.

Miró con rabia la puerta principal y las largas ventanas del salón. Tal vez debería llevarse algunas de las cosas de Bella. Sería un acto despreciable, pero podría hacerlo perfectamente, al fin y al cabo él no era nada más que un vil ladrón.

Z volvió a preguntarse por la familia de Bella. Sabía que eran aristócratas y pertenecían a la clase social más alta, pero eso era lo único que sabía y no quería conocerlos para averiguar más. Incluso en sus mejores días era muy desagradable con la gente, y la situación de Bella lo convertía además en alguien peligroso, no sólo desagradable. No, Tohrment era el vínculo con los parientes de ella y él siempre había tenido cuidado de no encontrárselos.

Z se dirigió a la parte trasera de la casa, entró por la cocina y apagó la alarma de seguridad. Como hacía todas las noches, lo primero que hizo fue revisar el acuario. Había partículas de comida flotando en la superficie del agua, evidencia de que alguien ya se había ocupado de los peces. Se molestó al pensar que le habían arrebatado esa pequeña dicha.

La verdad era que ahora Z pensaba que la casa de Bella era su espacio. Lo había limpiado todo después de que la secuestraron. Había regado las plantas y se había ocupado de la pecera. Había recorrido los pisos y las escaleras, había mirado por las ventanas, y se había sentado en cada sillón y cada sofá y cada cama. ¡Joder! Ya había decidido comprar la maldita casa cuando la familia de Bella la pusiera en venta. Aunque nunca había tenido una casa ni muchas posesiones personales, estaba dispuesto a ser el propietario de estas paredes y este techo y todo lo que había dentro. Sería como un altar consagrado a Bella.

Z hizo un recorrido rápido por la casa, fijándose en las cosas que se habían llevado. No era mucho. Un cuadro y un plato de plata del comedor, y un espejo que había en el vestíbulo. Sintió curiosidad por saber por qué se habían llevado esos objetos en particular y quiso tenerlos de vuelta a donde pertenecían.

Cuando regresó a la cocina, recordó cómo estaba ese lugar después del secuestro: todo lleno de sangre, con trozos de cristales, las sillas por los suelos y la vajilla hecha pedazos. Bajó los ojos hacia un rayón negro que había en el suelo de pino. Podía deducir cómo había sucedido todo. Bella luchando contra el restrictor, mientras que éste la arrastraba. La suela de caucho de su zapato chirriando contra el suelo.

El pecho se le llenó de rabia y comenzó a jadear a causa de esa horrible sensación tan conocida. Aunque... ¡Nada de esto tenía sentido! ¿Qué hacía él buscándola y obsesionándose por sus cosas y recorriendo su casa? Ellos no eran amigos. ¡Demonios, ni siquiera eran conocidos! Y él tampoco había sido amable con ella en las dos ocasiones en que se la había encontrado.

¡Dios, cómo se arrepentía de eso! Durante esos pocos momentos en que había estado con ella, desearía no haber sido tan... Bueno, no vomitar después de que se dio cuenta de que ella estaba excitada habría sido un buen comienzo. Pero no había podido evitar esa reacción. Aparte de esa perra enfermiza que había sido su dueña, ninguna otra mujer se había excitado nunca con él, así que él no asociaba la presencia de carne femenina excitada con nada bueno.

Mientras recordaba a Bella recostada contra su cuerpo, todavía se preguntaba cuál era la razón de que ella quisiera estar con él. Su cara era un maldito desastre. Su cuerpo no era mucho mejor, al menos la espalda. Y su reputación hacía que Jack «el Destripador» pareciera un niño explorador. ¡Maldición, él siempre estaba furioso con todo el mundo y por todo! Ella era hermosa y suave y amable, una mujer majestuosa y aristocrática, que provenía de un entorno privilegiado.

Ah, pero el meollo del asunto eran precisamente las diferencias que los separaban. Para ella, él era un macho que rompía totalmente la rutina. Una manifestación de rebeldía. Una criatura salvaje que la sacaría de su cómoda vida por una o dos horas Y aunque le resultaba doloroso, todavía pensaba que Bella era... adorable.

Z sintió detrás de él las campanadas de un reloj antiguo. Cinco en punto.

La puerta principal de la casa se abrió con un chirrido.

De manera silenciosa y veloz, Z sacó la daga negra de la funda que tenía en el pecho y se pegó a la pared. Inclinó un poco la cabeza para alcanzar a ver el corredor, hacia el vestíbulo.

Butch levantó las manos mientras entraba.

—Soy yo, Z.

Zsadist bajó la daga y la volvió a guardar.

El antiguo detective de homicidios era una anomalía en el mundo vampiro, el único humano que había sido admitido en el círculo más íntimo de la Hermandad. Butch era el compañero de casa de V, el compañero de pesas de Rhage en el gimnasio, el compinche de Phury en su gusto por la ropa. Y por sus propias razones, Butch estaba obsesionado por el secuestro de Bella, así que también tenía algo en común con Z.

—¿Qué pasa, policía?

—¿Vas para el complejo? —Aunque parecía una pregunta, la frase era más una sugerencia.

—Aún no.

—Va a amanecer.

«No me importa», pensó, pero dijo:

—¿Phury te mandó a buscarme?

—No, fue idea mía. Al ver que no regresabas tras disfrutar lo que pagaste, me imaginé que terminarías aquí.

Z cruzó los brazos sobre el pecho.

—¿Temes que haya matado a la mujer que llevé al callejón?

—No. La vi trabajando en el club antes de salir.

—Entonces, ¿por qué has venido?

Butch miró al suelo, como si estuviera pensando en lo que iba a decir; balanceó su peso sobre los caros mocasines reforzados que le gustaba usar, y se desabrochó el elegante abrigo de cachemira negro.

Ah... de manera que Butch estaba haciendo las veces de mensajero.

—Di lo que tengas que decir, policía.

El humano se pasó el pulgar por la ceja.

—Tú sabes que Tohr ha estado hablando con la familia de Bella, ¿no? ¿Y sabes también que el hermano de ella es un tipo muy impulsivo? Bueno, pues el tipo sabe que alguien ha estado viniendo aquí. Gracias al sistema de seguridad. Cada vez que lo apagan o lo encienden, él se da cuenta. Y quiere que esas visitas se acaben, Z.

Zsadist mostró los colmillos.

—¡Qué malo!

—Va a poner vigilantes.

—¿Y a él, por qué diablos le importa?

—Vamos, hombre, es la casa de su hermana.

—Quiero comprar la casa.

—Eso no va a pasar, Z. Tohr me ha dicho que la familia no piensa venderla. Quieren conservarla.

Z rechinó los dientes por un momento.

—Policía, hazte un favor y vete de aquí.

—Preferiría llevarte a casa. Ya se acerca el amanecer.

—Sí, realmente necesito que un humano me lo diga.

Butch refunfuñó, mientras soltaba el aire.

—Está bien, chamúscate si quieres. Pero no vuelvas aquí. Su familia ya ha tenido suficiente.

En cuanto la puerta se cerró, Z sintió que una ola de calor se apoderaba de su cuerpo, como si alguien lo hubiese envuelto en una manta eléctrica y subido la temperatura al máximo. Sintió gotas de sudor brotando de su cara y su pecho, y se le revolvió el estómago. Levantó las manos. Tenía las palmas húmedas y los dedos le temblaban.

«Las señales físicas del estrés», pensó.

Era evidente que estaba teniendo una reacción emocional, aunque no tenía idea de qué se trataba. Lo único que padecía eran los síntomas secundarios, pero por dentro no sentía nada, ninguna sensación que pudiera identificar.

Echó un vistazo a su alrededor y le dieron ganas de prenderle fuego a la casa, de quemarla para que nadie la pudiera tener. Eso era mejor que saber que no podría volver.

El problema era que quemar la casa era como hacerle daño a Bella.

Así que, si no podía convertirla en cenizas, quería llevarse algo. Mientras pensaba en qué podría llevarse que no fuera pesado, para que no le impidiera desmaterializarse, se puso la mano sobre la fina cadena que llevaba alrededor de la garganta.

La gargantilla, con sus pequeños diamantes incrustados, era de Bella. Z se la había encontrado la noche después de que había sido secuestrada, tirada en el suelo, debajo de la mesa de la cocina, en medio del desorden. Le había limpiado la sangre, había arreglado el broche y, desde ese día, la llevaba puesta en la garganta.

Y los diamantes eran eternos... Duraban para siempre. Al igual que sus recuerdos de ella.

Antes de marcharse, Zsadist le echó un último vistazo al acuario. Ya casi no había comida sobre el agua, pues la habían devorado las múltiples bocas que subían desde el fondo.

* * *

John no supo cuánto tiempo estuvo en brazos de Wellsie, pero tardó un rato en volver a la realidad. Cuando finalmente se recuperó, ella le sonrió.

—¿Seguro que no quieres contarme qué has soñado?

Las manos de John comenzaron a moverse y ella las observó con atención, pues aún no conocía bien el lenguaje de signos. Como el chico sabía que iba demasiado rápido, se inclinó y tomó de la mesilla de noche una de sus libretas y un bolígrafo.

«No ha sido nada. Ya estoy bien. Gracias por despertarme».

—¿Quieres volverte a acostar?

Él asintió. Durante el último mes y medio no había hecho otra cosa que dormir y comer. Pero su hambre y su cansancio parecían no tener fin. Claro, tenía que compensar veintitrés años de insomnio e inanición.

Se deslizó entre las sábanas y Wellsie se sentó junto a él. Cuando estaba de pie, no se notaba que estaba embarazada, pero cuando se sentaba, se asomaba una barriguita por debajo de su camisa suelta.

—¿Quieres que encienda la luz del baño?

Él negó con la cabeza. Eso sólo haría que se sintiera todavía más desamparado, y no quería que Wellsie pensara que era un cobarde.

—Estaré en el estudio; llámame si me necesitas.

Cuando Wellsie salió, John experimentó una especie de alivio, lo cual hizo que se sintiera mal. Estaba avergonzado; un hombre no se comportaba como él acababa de hacerlo. Un hombre habría luchado contra el demonio de cabellos descoloridos del sueño, y habría ganado. Aunque estuviera aterrorizado, un hombre no se habría acobardado ni habría temblado como un chiquillo de cinco años cuando se despertó.

Claro que John no era un hombre. Al menos, todavía no. Tohr le había dicho que el cambio no llegaría hasta que estuviera acercándose a los veinticinco años y John estaba impaciente porque pasaran los próximos dos. Porque aunque ahora entendía por qué medía sólo un metro sesenta y ocho y apenas pesaba cincuenta kilos, seguía siendo difícil. Odiaba ver todos los días en el espejo ese cuerpo esquelético. Odiaba usar ropa de niño, aunque ya podía conducir, votar y beber legalmente. Se deprimía cuando pensaba que nunca había tenido una erección, ni siquiera cuando se despertaba de uno de sus sueños eróticos. Y tampoco había besado nunca a una mujer.

No, sencillamente no se sentía muy viril. En especial teniendo en cuenta lo que le había ocurrido hacía casi un año. ¡Dios! Ya se acercaba el aniversario de ese ataque... Cerró los ojos y trató de no pensar en esa sucia escalera, ni en el hombre que le había puesto un cuchillo en la garganta, ni en esos horribles momentos en que le habían arrebatado algo irrecuperable: su inocencia, que se había esfumado para siempre.

Obligándose a no entrar en esa espiral de recuerdos, se dijo que al menos ya tenía una esperanza. Pronto se convertiría en un hombre.

Apartó las mantas y fue hasta el armario. Cuando abrió las puertas, se volvió a sorprender al ver lo que había dentro. Aún no se había acostumbrado a esa abundancia. Nunca había tenido tantos pantalones ni camisas ni chaquetas en toda su vida, pero ahí estaban, tan nuevos e impecables. Con las cremalleras en buen estado, con todos los botones, intactos, sin rotos ni descosidos. Incluso tenía un par de zapatillas Nike.

Tomó una chaqueta y se la puso, y luego metió sus delgadas piernas en unos pantalones de dril. En el baño se lavó las manos y la cara y se peinó el cabello negro. Luego se dirigió a la cocina, pasando a través de habitaciones que tenían una línea limpia y moderna, pero que estaban decoradas con muebles de estilo renacentista italiano, tapices y obras de arte. Se detuvo cuando oyó la voz de Wellsie, que salía por la puerta del estudio.

—... Una especie de pesadilla. Y ¿sabes, Tohr? Estaba aterrado... No, no quiso responder cuando le pedí que me contara de qué se trataba, y preferí no insistir. Creo que es hora de que vaya a ver a Havers. Sí... Ajá, ajá. Primero debe ver a Wrath. Bueno. Te quiero. ¿Qué? ¡Dios, Tohr, yo siento lo mismo! No sé cómo hemos podido vivir sin él todo este tiempo... ¡Es una bendición tan grande!

John se recostó contra la pared del pasillo y cerró los ojos. Era gracioso que él sintiera lo mismo con respecto a ellos.

CAPÍTULO
4

Habían pasado varias horas, o al menos eso parecía, cuando Bella se despertó al oír el ruido de la tapa de malla, que alguien parecía estar levantando. Enseguida sintió el olor dulzón del restrictor, que era aún más fuerte que el hedor agrio de la tierra húmeda.

—Hola, esposa. —Bella sintió que el arnés que llevaba alrededor del pecho le apretaba, mientras él tiraba de la cuerda para sacarla.

Con una sola mirada a los pálidos ojos color café del restrictor, Bella supo que no era momento de explorar hasta dónde podía llegar. Parecía estar frenético, con una sonrisa de excitación. Y el desequilibrio no le sentaba nada bien.

En cuanto los pies de Bella tocaron el suelo, el restrictor le dio un tirón al arnés, de manera que ella se cayó contra él.

—He dicho, esposa.

—Hola, David.

El restrictor cerró los ojos. Le encantaba que ella dijera su nombre.

—Tengo algo para ti.

Le dejó puestas las correas y la llevó hasta la mesa de acero inoxidable que había en el centro de la habitación. Cuando la aseguró a la mesa con un par de esposas, ella pensó que todavía debía de ser de noche. David no solía atarla durante el día, cuando sabía que ella no podía huir.

El restrictor fue hasta la puerta y la abrió de par en par. Enseguida se oyeron varios ruidos de forcejeos y gruñidos y luego regresó arrastrando a un vampiro civil, bastante descompuesto. La cabeza le colgaba de los hombros como si estuviera suelta, y los pies le arrastraban. Iba vestido con lo que debían de haber sido unos elegantes pantalones negros y un suéter de cachemira, pero ahora tenía la ropa rasgada, húmeda y manchada de sangre.

Con un gemido, Bella retrocedió hasta que las esposas le impidieron ir más lejos. No podía soportar que torturaran a nadie; simplemente no era capaz de aguantarlo.

El restrictor subió al vampiro a la mesa y lo tumbó boca arriba. Le puso cadenas alrededor de las muñecas y los tobillos y las aseguró con ganchos de metal. En cuanto el civil abrió los ojos y vio la estantería llena de herramientas, fue consciente de lo que le había sucedido, sintió pánico y comenzó a tirar de las cadenas, haciéndolas sonar contra la mesa metálica.

Bella miró los ojos azules del vampiro. Estaba aterrorizado y ella quiso tranquilizarlo, pero sabía que no sería muy inteligente. El restrictor estaba observando su reacción, esperando.

Luego sacó un cuchillo.

El vampiro que estaba sobre la mesa gritó cuando vio que el asesino se inclinaba sobre él. Pero lo único que David hizo fue cortar el suéter, para abrirlo totalmente y dejar expuestos el pecho y la garganta.

Aunque Bella trató de combatirla, el hambre de sangre se agitó en sus entrañas. Hacía mucho tiempo que no se alimentaba, tal vez meses, y todo el estrés que había soportado hacía que su cuerpo necesitara con urgencia lo que sólo podía brindarle el acto de beber del sexo opuesto.

El restrictor la tomó del brazo y tiró de ella.

—Me imaginé que debías de estar sedienta. —El asesino estiró la mano y le frotó la boca con el pulgar—. Así que te he conseguido esto para que te alimentes.

Ella abrió los ojos como platos.

—Así es. Él es sólo para ti. Un regalo. Está fresco, es joven. Mejor que los dos que tengo ahora en los hoyos. Y podemos conservarlo mientras te sea de utilidad. —El restrictor le levantó el labio superior para verle los dientes—. ¡Demonios...

mira cómo se alargan esos colmillos! Tienes hambre, ¿verdad, esposa?

Le clavó la mano en la nuca y la besó, lamiéndola con la lengua. De alguna manera ella logró controlar el impulso de vomitar hasta que él levantó la cabeza.

—Siempre me había preguntado cómo sería esto —dijo, mientras la observaba a la cara—. ¿Me excitará? No estoy seguro de si lo deseo o no. Creo que me gustas más pura. Pero tienes que hacerlo, ¿verdad? O te mueres.

El restrictor le empujó la cabeza hacia la garganta del macho. Cuando ella opuso resistencia, él se rió suavemente y le dijo al oído:

—Ésa es mi niña. Si te hubieras acercado gustosamente, creo que te habría golpeado lleno de celos —le acarició el pelo con la mano que tenía libre—. Ahora, bebe.

Bella miró al vampiro a los ojos. Había dejado de forcejear y la miraba fijamente, mientras que los ojos parecían estar a punto de salírsele de las órbitas. Aunque estaba hambrienta, no podía soportar la idea de beber de él.

El restrictor le apretó la nuca y le dijo con voz llena de furia:

—Será mejor que bebas de él. Me costó mucho trabajo conseguírtelo.

Bella abrió la boca y sintió la lengua como un papel de lija a causa de la sed.

—No...

El restrictor subió el cuchillo hasta la altura de sus ojos.

—De una manera u otra, él va a sangrar en el próximo minuto y medio. Si comienzo a trabajar con él, no va a durar mucho tiempo. Así que tal vez quieras intentarlo. ¿No crees, esposa?

Al pensar en la violación que estaba a punto de perpetrar, a Bella se le llenaron los ojos de lágrimas.

—Lo siento mucho —le susurró al macho encadenado.

De pronto sintió que le tiraban de la cabeza hacia atrás con brusquedad y la palma de la mano del restrictor la golpeó desde la izquierda. La bofetada sacudió la parte superior de su cuerpo, haciéndolo girar. El asesino la agarró del pelo para evitar que se cayera. Le dio un fuerte tirón, arqueando el cuerpo de Bella contra él. Ella no sabía qué se había hecho del cuchillo.

—No tienes por qué disculparte por eso —la agarró de la mandíbula y le clavó los dedos en las mejillas, debajo de los pómulos—. Yo soy el único por el que debes preocuparte. ¿Está claro? ¡He dicho si está claro!

—Sí —dijo ella jadeando.

—Sí ¿qué?

—Sí, David.

El restrictor le agarró el brazo que tenía libre y se lo retorció por detrás de la espalda. Bella sintió un dolor punzante en el hombro.

—Dime que me amas.

De repente, un sentimiento de rabia que brotó de la nada encendió una tormenta en el pecho de Bella. Ella nunca le diría esa palabra a él. Nunca.

—Dime que me amas —gritó, gritándole en la cara.

Los ojos de Bella brillaron y mostró los colmillos. Entonces, el asesino se excitó hasta tal punto que comenzó a temblar, mientras respiraba aceleradamente. Enseguida sintió el impulso de prepararse para luchar contra ella, excitado por la batalla, como si tuviera una erección. Ésa era la parte de la relación que lo hacía vivir. Él adoraba luchar contra ella. Su ex mujer no era tan fuerte como Bella, no había sido capaz de resistir mucho antes de morir.

—Dime que me amas.

—Yo... te... desprecio.

Mientras levantaba la mano y cerraba el puño, ella lo miró fijamente, con tranquilidad, lista para recibir el golpe. Se quedaron así un largo rato, atados por los vínculos de la violencia que fluía entre ellos. Al fondo, el civil que estaba sobre la mesa gimió.

De repente, el restrictor la abrazó:

—Te amo —dijo—. Te amo tanto... que no puedo vivir sin ti...

—¡Mierda! —dijo alguien.

Tanto el restrictor como Bella se volvieron a mirar hacia el lugar de donde provenía la voz. La puerta del centro de persuasión estaba abierta de par en par y un asesino de cabello descolorido estaba plantado en el umbral.

El tipo comenzó a reírse a carcajadas y luego dijo las tres palabras que desencadenaron los acontecimientos que siguieron...

—Esto pienso contarlo.

David corrió a perseguir al otro restrictor y salió a la calle.

Cuando oyó los primeros ruidos de la pelea, Bella no perdió ni un segundo. Comenzó a soltar las cadenas que sujetaban la muñeca derecha del civil, abrió los ganchos y las quitó. Ninguno de los dos dijo ni una palabra cuando ella le liberó la mano y luego comenzó a soltar la cadena del tobillo derecho. En cuanto pudo, el macho comenzó a moverse con el mismo frenesí que Bella y liberó rápidamente su lado izquierdo. Cuando quedó libre, saltó de la mesa y miró las esposas de acero que la sujetaban.

—No puedes salvarme —dijo Bella—. Él tiene las únicas llaves.

—No puedo creer que todavía estés viva. He oído hablar de ti...

—Vete, vete...

—Te va a matar.

—No, no lo hará. —Sólo haría que ella deseara la muerte—. ¡Vete! Esa pelea no va a durar toda la vida.

—Volveré a buscarte.

—Sólo vete a tu casa. —Cuando él abrió la boca, ella dijo—: Cállate y concéntrate. Si puedes, avisa a mi familia de que no estoy muerta. ¡Vete!

El vampiro tenía lágrimas en los ojos cuando los cerró. Respiró profundamente dos veces... y se desmaterializó.

Bella comenzó a temblar con tanta fuerza que se cayó al suelo, sin fuerzas para sostenerse en pie.

Los ruidos de la pelea que se desarrollaba afuera cesaron de repente. Hubo un momento de silencio y luego un rayo de luz y un estallido. Bella tuvo la certeza de que su restrictor había ganado.

Oh... Tenía por delante un día horrible. Sí, ése iba a ser un día horrible.

* * *

Zsadist se quedó en el jardín de la casa de Bella hasta el último momento y luego se desmaterializó, rumbo a la tenebrosa casa de monstruos gótica en que vivía toda la Hermandad. La mansión parecía salida de una película de terror, toda ella llena de gárgolas, sombras y ventanales con vitrales. Frente a la montaña de piedra había un patio lleno de coches y una caseta de vigilancia, que era el refugio de Butch y V. Un muro de más de dos metros encerraba el conjunto y había una entrada con dos puertas, así como varias sorpresas desagradables diseñadas para desalentar a cualquier visita no deseada.

Z caminó hacia las puertas de acero de la casa principal y abrió. Al entrar, marcó una clave en un teclado y enseguida se le permitió el acceso. Hizo una mueca cuando entró en el vestíbulo. La enormidad del espacio, con su pintura brillante, su decoración dorada y su estupendo suelo de mosaico, era como un bar lleno de gente, un exceso de estímulos.

A su derecha oyó el ruido de un comedor lleno de gente: el suave tintineo de los cubiertos y la vajilla, palabras incomprensibles de Beth, una risita de Wrath... luego la voz de bajo de Rhage, interrumpiendo. Hubo una pausa, tal vez porque Hollywood estaba haciendo una mueca, y luego la risa de todo el mundo se mezcló, desbordándose como un montón de canicas rodando sobre un suelo de mármol.

Z no tenía interés en reunirse con sus hermanos, y mucho menos en comer con ellos. Todos debían saber ya que había sido expulsado de la casa de Bella como si fuera un ladrón, por pasar demasiado tiempo allí. No se podían guardar muchos secretos en la Hermandad.

Z comenzó a subir de a dos en dos la enorme escalera. Cuanto más rápido subía, más se alejaba del ruido del comedor, y el silencio le gustaba. Al llegar al segundo piso dobló a mano izquierda y atravesó un largo corredor decorado con esculturas grecorromanas. Los atletas y guerreros de mármol estaban iluminados por focos, y sus brazos, piernas y pechos de mármol blanco formaban un extraño diseño al recortarse contra la pared rojo sangre. Si uno caminaba lo suficientemente rápido, era como pasar al lado de los peatones cuando se va en coche: el paso daba a los cuerpos inertes sensación de movimiento, de vida.

La habitación en la que Z dormía estaba al final del corredor y cuando abrió la puerta sintió un golpe de frío. Nunca encendía la calefacción ni el aire acondicionado, así como tampoco dormía en la cama ni usaba el teléfono, ni guardaba nada en los muebles antiguos. El armario era lo único que necesitaba y allí se dirigió para quitarse las armas. Guardaba las armas y la munición en una caja de seguridad que había al fondo y sus cuatro camisas y tres pantalones de cuero colgaban uno al lado del otro. Como no tenía nada más en el vestidor, cada vez que entraba pensaba en huesos, pues todos los ganchos vacíos, largos y frágiles, parecían eso en cierta forma.

Se desnudó y se duchó. Tenía hambre, pero le gustaba mantenerse así. El dolor de las ganas de comer, la ansiedad que le producía la sed... esas abstinencias que podía controlar le producían satisfacción. ¡Demonios, si pudiera controlar la falta de sueño, también dejaría de dormir! ¡Y la maldita necesidad de beber sangre...!

Quería estar limpio. Por dentro.

Cuando salió de la ducha, se pasó una cuchilla por la cabeza para mantenerse totalmente rapado, y luego se afeitó. Desnudo, helado, pesado por haberse alimentado, fue hasta el jergón que tenía en el suelo. Cuando se paró junto a las dos mantas dobladas, tan mullidas como un banco de madera, pensó en la cama de Bella. Era enorme y blanca. Almohadones y sábanas blancas, edredón blanco, enorme, y una manta suave y blanca a los pies.

Z se había recostado alguna vez en la cama de Bella. Le gustaba pensar que podía sentir su olor. A veces hasta había dado varias vueltas sobre ella, para sentir cómo cedía bajo el peso de su cuerpo. En esos momentos se sentía casi como si ella lo tocara, e incluso mejor. Él no resistía que nadie le pusiera las manos encima... Sin embargo, desearía que Bella lo hubiera hecho, aunque sólo fuera una vez. Con ella quizás hubiese sido capaz de tolerarlo.

* * *

Los ojos de Z se fijaron en la calavera que reposaba en el suelo, junto al jergón. Las cuencas de los ojos eran huecos negros y pensó en la combinación de iris y pupilas que alguna vez los habían habitado. Entre los dientes había un pedazo de cuero negro de unos cinco centímetros de ancho. Tradicionalmente, allí se escribían algunas palabras dedicadas a los muertos, pero la cinta que mordían estas mandíbulas estaba en blanco.

Cuando se recostó, puso la cabeza cerca de la calavera y el pasado regresó, era el año 1802...

El esclavo comenzó a despertarse. Estaba tumbado boca arriba y le dolía todo el cuerpo, aunque no podía entender por qué... Hasta que recordó que su transición había tenido lugar la noche anterior. Durante horas había quedado paralizado por el dolor de sus músculos que se estiraban, sus huesos aumentando de tamaño, su cuerpo transformándose en algo enorme.

Extrañamente... el cuello y las muñecas parecían dolerle de un modo particular, distinto.

Abrió los ojos. El techo estaba muy lejos y lo atravesaban delgados barrotes negros incrustados en la piedra. Cuando giró la cabeza, vio una puerta de roble con más barrotes, que se hundían entre sus gruesas tablas. En la pared también había cintas de acero... En el calabozo. Estaba en el calabozo, pero ¿por qué? Y sería mejor que se pusiera a trabajar antes de que...

Trató de sentarse, pero tenía los antebrazos y las piernas sujetos con correas. Abrió los ojos como platos y se sacudió...

—¡Cuidado! —Era la voz del herrero. Y estaba tatuando bandas negras sobre los puntos de bebida del esclavo.

¡Ay, Santa Virgen del Ocaso, no! Eso no...

El esclavo forcejeó para zafarse y el otro hombre levantó la vista con disgusto.

—¡Quieto! No me quiero ganar unos azotes por algo que no es mi culpa.

—Se lo ruego... —La voz del esclavo sonaba extraña. Era muy profunda—. Tenga piedad.

Se oyó una suave risa femenina. La Señora de la casa acababa de entrar a la celda y su vestido largo de seda blanca la seguía, deslizándose por el suelo de piedra, mientras que el cabello rubio caía sobre sus hombros.

El esclavo bajó la mirada como le correspondía y se dio cuenta de que estaba totalmente desnudo. Se ruborizó, avergonzado, y deseó tener algo encima.

—Estás despierto —dijo ella al acercarse.

Él no podía entender por qué la Señora había ido a visitar a alguien de una clase tan inferior. Sólo era un ayu-

dante de cocina, alguien que estaba por debajo de las criadas que hacían el aseo de sus habitaciones privadas.

—Mírame —ordenó la Señora.

Hizo lo que le decían, aunque iba en contra de todo lo que había aprendido. Nunca se le había permitido mirarla a la cara.

Lo que vio lo impactó. Ella lo estaba mirando como ninguna mujer lo había hecho nunca. La avidez resaltaba los delicados huesos de su rostro y la mirada oscura parecía brillar con algún propósito que él no alcanzaba a entender.

—Ojos amarillos —murmuró la mujer—. ¡Qué extraño! ¡Qué hermoso!

La mano de la Señora aterrizó sobre los muslos desnudos del esclavo. Él se sobresaltó al sentirla y se sintió incómodo. Eso no estaba bien, pensó. Ella no debería estar tocándolo ahí.

—¡Has resultado ser una espléndida sorpresa! No te preocupes, he compensado bien al que me habló de ti.

—Ama... le ruego que me deje ir a trabajar.

—Ah, claro que lo harás. —La mano de la Señora se deslizó por la pelvis del esclavo, donde los muslos se unían a la cadera. Él dio un salto y oyó que el herrero rezongaba en voz baja—. ¡Y qué suerte la mía! Mi esclavo de sangre ha tenido un infortunado accidente hoy. En cuanto arreglen sus habitaciones, serás trasladado allí.

El esclavo se quedó sin aire. Sabía que ella tenía un macho encerrado, porque le había llevado comida a la celda. A veces, cuando dejaba la bandeja a los vigilantes para que se la entraran, había oído ruidos extraños detrás de la pesada puerta...

La Señora debió de percibir el pánico del esclavo, porque se inclinó sobre él, acercándose lo suficiente para que pudiera sentir el perfume de su piel. Soltó una risita, como si hubiera comprobado el miedo que el muchacho sentía, y le hubiera gustado.

—En realidad, estoy deseando tenerte. —Cuando dio media vuelta para marcharse, lanzó una mirada intensa al herrero—. Cuidado, hazlo todo como te he dicho o serás expulsado a la luz del amanecer. Ni un paso en falso con esa aguja. *Tiene una piel demasiado perfecta para dañarla.*

El proceso del tatuaje terminó poco después y el herrero se llevó con él la única vela, lo que dejó al esclavo amarrado a la mesa, en medio de la oscuridad.

Desesperado y horrorizado, se estremeció al darse cuenta de la realidad de su nueva situación. Ahora estaba en el nivel más bajo de todos, lo conservarían vivo sólo para alimentar a otra persona... y sólo la Virgen sabía qué otras cosas le esperarían.

Pasó un largo rato antes de que la puerta se abriera de nuevo y la luz de un candelabro le mostrara que su futuro había llegado: la Señora, vestida con un traje negro y acompañada de dos machos conocidos por el amor que profesaban a los de su propio sexo.

—Límpienlo —ordenó.

Primero lo lavaron con cuidado y luego le aplicaron aceites aromáticos, siempre bajo la atenta mirada de la Señora, que contemplaba embelesada todo el proceso, dando vueltas a su alrededor con el candelabro, sin quedarse nunca quieta. El esclavo temblaba, pues odiaba sentir las manos de los machos sobre la cara, el pecho y sus partes íntimas. Tenía miedo de que alguno de ellos, o los dos, trataran de aprovecharse de él de una manera inapropiada.

Cuando terminaron, el más alto dijo:

—¿Quiere que ensayemos primero, Ama?

—Esta noche me lo reservaré para mí sola.

Se despojó del vestido, se subió con ligereza a la mesa y se sentó a horcajadas sobre el esclavo. Las manos de la Señora aterrizaron sobre sus partes íntimas y, mientras lo acariciaba, el esclavo se dio cuenta de que los otros dos estaban copulando. Al ver que permanecía flácido, la Señora lo cubrió con sus labios. Los ruidos que se oían eran horrendos. Eran los gemidos de los machos y los sonidos que producía la boca de la Señora, chupando y lamiendo.

Cuando el esclavo comenzó a llorar y las lágrimas le escurrieron de los ojos, rodaron por sus sienes y aterrizaron en sus orejas, la humillación fue absoluta. Nunca lo habían tocado entre las piernas. Siendo un macho que aún no había pasado la transición, su cuerpo no estaba preparado para aparearse ni era capaz de hacerlo, pero eso no significaba que no tuviera la ilusión de estar algún día con una mujer. Siempre se había imaginado que la unión sería maravillosa, porque ocasionalmente había visto en las habitaciones de los esclavos el placer que producía ese acto.

Pero ahora... al ver la manera en que estaba teniendo lugar ese contacto íntimo, se sintió avergonzado de haberse atrevido a desear algo así.

De repente la Señora lo soltó y le dio una bofetada. Mientras se bajaba de la mesa, el esclavo sintió el ardor del golpe en la mejilla.

—¡Tráiganme el ungüento! —ordenó bruscamente—. No sabe para qué sirve esa cosa.

Uno de los machos se acercó a la mesa con un frasquito. El esclavo sintió que alguien le ponía una mano grasienta encima, no estaba seguro de quién se trataba, y luego experimentó una sensación de ardor. Después comenzó a sentir un curioso peso en la entrepierna, sintió que algo se movía sobre su muslo y luego, lentamente, sobre el vientre.

—¡Ay... Virgen Santísima del Ocaso! —dijo uno de los hombres.

—¡Qué tamaño! —jadeó el otro—. Sería capaz de llenar todo un pozo.

La voz de la Señora parecía igualmente asombrada:

—Es enorme.

El esclavo levantó la cabeza. Sobre su vientre había una cosa inmensa e hinchada, que no se parecía a nada que hubiese visto antes.

Cuando la Señora se montó otra vez sobre sus caderas, el esclavo volvió a recostar la cabeza. Esta vez sintió que algo lo envolvía, algo húmedo. Levantó la cabeza de nuevo. Ella estaba a horcajadas sobre él y él estaba... dentro de ella. La mujer se sacudía sobre él, bombeando hacia arriba y hacia abajo, con la respiración entrecortada. El esclavo apenas tuvo conciencia de que los otros dos comenzaron de nuevo a gemir, y los sonidos guturales se fueron volviendo más fuertes a medida que la mujer se movía cada vez más rápido. Luego se escucharon gritos, de ella y de los hombres.

La Señora se derrumbó sobre el pecho del esclavo, respirando con dificultad. Aún jadeaba cuando dijo:

—Sujétenle la cabeza.

Uno de los hombres le puso la palma de la mano sobre la frente y luego le acarició el pelo con la mano que tenía libre.

—Tan hermoso. Tan suave. Y mira todos esos colores.

La Señora hundió la cara en el cuello del esclavo y le clavó los colmillos. Él gritó al sentir el pinchazo y la succión. Había visto a otros vampiros y vampiras bebiendo unos de otros, y siempre le había parecido... correcto. Pero eso dolía... era horrible y se sentía muy mareado, cada ve más mareado....

Debió de desmayarse, porque cuando se despertó ella estaba levantando la cabeza y se lamía los labios. Se bajó de encima de él, se vistió y los tres lo dejaron solo en la oscuridad. Momentos después entraron unos guardias que él reconoció.

Los guardias no quisieron mirarlo, aunque antes se trataban de manera amigable, pues él solía servirles la cerveza. Ahora, sin embargo, evitaban mirarlo y no decían nada. Cuando él se miró el cuerpo, sintió vergüenza, pues vio que, cualquiera que fuese el ungüento que le habían puesto, todavía estaba funcionando porque su pene seguía duro y grueso.

Al ver cómo brillaba sintió náuseas.

Quería decirles a los otros que no era culpa suya, que estaba tratando de hacer que se deshinchara, pero estaba demasiado mortificado para hablar, mientras que los guardias le quitaban las correas de los brazos y los tobillos. Cuando se puso de pie se desplomó, porque llevaba muchas horas acostado y sólo había pasado un día desde su transición. Nadie le ayudó mientras trataba de mantenerse erguido y él sabía que se debía a que no querían tocarlo, ya no querían estar cerca de él. Cuando iba a cubrirse, lo encadenaron con pericia, de manera que no le quedó ninguna mano libre.

La vergüenza fue peor cuando tuvo que caminar a lo largo del corredor. Podía sentir en las caderas el peso de su miembro meciéndose con cada paso que daba, sacudiéndose de manera obscena. Los ojos se le nublaron y las lágrimas comenzaron a deslizarse por sus mejillas; al verlo, uno de los vigilantes resopló con disgusto.

El esclavo fue llevado a una parte distinta del castillo, a otra habitación de paredes sólidas, con barras de acero incrustadas. Aquí había una cama sobre una plataforma, y un retrete apropiado, y una alfombra y antorchas en todas las paredes. Cuando lo dejaron allí, un chico de la cocina que él conocía de toda la vida, le llevó comida y agua. El chico, que aún no había pasado su transición, también se negó a mirarlo.

Le soltaron las manos y lo encerraron.

Desnudo y temblando, se fue hacia un rincón y se sentó en el suelo. Se abrazó con suavidad, pues nadie más iba a consolarlo, y trató de reconciliarse con ese nuevo cuerpo transformado... un cuerpo que había sido usado de una manera tan poco apropiada.

Mientras se mecía hacia delante y hacia atrás, pensó con preocupación en su futuro. Nunca había tenido ningún derecho, ni educación, ni identidad. Pero al menos antes podía moverse con libertad. Y era el dueño de su cuerpo y su sangre.

El recuerdo de la sensación de esas manos sobre su piel le produjo náuseas. Bajó la mirada hacia sus partes íntimas y se dio cuenta de que todavía podía sentir el olor de la Señora en su cuerpo. Se preguntó cuanto tiempo duraría la erección.

Y qué sucedería cuando ella regresara.

Zsadist se pasó las manos por la cara y se dio la vuelta. Ella volvería, sí. Y nunca vendría sola.

Cerró los ojos para no recordar más y trató de obligarse a dormir. La última visión que pasó por su cabeza fue una imagen de la casa de Bella, en medio de la pradera cubierta de nieve.

¡Dios, ese lugar estaba vacío, desierto, aunque lleno de cosas! Con la desaparición de Bella había sido despojado de su función más importante. Aunque todavía era una estructura sólida y capaz de resistir el azote del viento y de la lluvia, ya no era una casa.

No tenía alma.

En cierto modo, la casa de Bella era como él.

C uando Butch O'Neal aparcó el Escalade en el patio, ya
había amanecido. Mientras se bajaba, alcanzó a oír la
música de G-Unit retumbando en la Guarida, así que supo que
su compañero de casa ya había llegado. V no podía vivir sin su
música rap; era como el aire para él. Decía que los acordes del bajo y la percusión le ayudaban a mantener bajo control la intru-
sión de los pensamientos de los demás.

Butch fue hasta la puerta y marcó una clave. Se oyó una
cerradura que se abría y entró en un vestíbulo en el que marcó
otro código para entrar. Los vampiros eran expertos en el sistema de las puertas dobles. De esa manera uno nunca tenía que preocuparse porque alguien pudiera inundar la casa con la luz del sol,
pues una de las puertas siempre estaba cerrada.

La caseta de vigilancia, conocida como la Guarida, no era
muy lujosa; sólo tenía un salón, una cocina y dos habitaciones
con baño. Pero a él le gustaba, y le gustaba el vampiro con el que
vivía. Él y su compañero estaban tan unidos como... bueno, hermanos.

Cuando entró en el salón, los sofás de cuero negro estaban
vacíos, pero el televisor de plasma estaba encendido, sintonizado
en un canal deportivo, y por todas partes se sentía el olor a chocolate del humo rojo. Así que Phury debía de estar en la casa, o
acababa de salir.

—Hola, Lucy —gritó Butch.

Los dos hermanos salieron del fondo. Todavía estaban vestidos con su ropa de combate y los pantalones de cuero y las botas hacían que parecieran exactamente lo que eran: unos asesinos.

—Pareces cansado, policía —dijo Vishous.

—En realidad, me siento agotado.

Butch clavó los ojos en el porro que Phury tenía en la boca. Aunque había dejado atrás los días en que se drogaba, esa noche estuvo a punto de recaer y tuvo que hacer grandes esfuerzos para contenerse y no pedirle una calada a su amigo. Ya tenía dos adicciones, así que estaba bastante ocupado.

Sí, beber escocés y perseguir a una vampira que no lo deseaba parecía ser lo único para lo que tenía tiempo. Además, no había razón para alterar un sistema que funcionaba. La pena de amor lo hacía beber, y cuando estaba ebrio extrañaba todavía más a Marissa, así que entonces quería tomarse otra copa... Y así sucesivamente. Un perverso círculo vicioso, que incluso hacía girar la habitación.

—¿Has hablado con Z? —preguntó Phury.

Butch se quitó el abrigo de cachemir y lo colgó en el armario.

—Sí. No le ha gustado nada lo que le he dicho, pero en fin...

—¿Se va a mantener lejos de la casa?

—Eso creo. Bueno, suponiendo que no haya quemado todo el lugar después de echarme. Cuando me fui, tenía esa curiosa luz en sus ojos. Ya sabes, ésa que hace que a uno le entre pánico.

Phury se pasó una mano por su magnífica melena. El cabello le caía sobre los hombros, rubio rojizo, con reflejos marrones. Sin la melena ya era un tipo apuesto, pero con esa melena era... Sí, el hermano era guapo de verdad. Butch no era del otro equipo, pero se daba cuenta de que Phury era mucho más guapo que muchas mujeres. También se vestía mejor que la mayoría de las damas, cuando no llevaba su ropa de trabajo.

Butch se dijo que si el tipo no peleaba como un coloso muchos pensarían que era afeminado.

Phury tomó aire.

—Gracias por encargarte de...

De pronto sonó un teléfono, desde un escritorio lleno de ordenadores.

—Una llamada externa —murmuró V, mientras se acercaba a su puesto informático.

Vishous era el genio de la informática dentro de la Hermandad, en realidad, era el genio en todo, y era el encargado de las comunicaciones y la seguridad dentro del complejo. Lo controlaba todo desde sus Cuatro Juguetes, como llamaba a su cuarteto de ordenadores.

Juguetes... sí, claro. Butch no sabía nada de informática, pero si esos aparatos eran juguetes, entonces también estaban en el Pentágono, al mando de todo.

Mientras V esperaba que la llamada saltara al contestador, Butch le lanzó una mirada a Phury.

—¿Has visto mi nuevo traje de Marc Jacobs?

—¿Ya lo han traído?

—Sí, Fritz lo trajo esta mañana. Ha quedado perfecto.

—¡Grandioso!

Enseguida se dirigieron a la habitación y Butch soltó una carcajada. Al igual que Phury, era un metrosexual amante de los trapos. Era gracioso pensar que, cuando era policía, la ropa no le importaba un pito. Pero ahora que estaba con los hermanos, había entrado al mundo de la alta costura, y le fascinaba.

Phury estaba acariciando los metros de fino paño de lana negra que estaban colgados de una percha y suspirando de manera apropiada, cuando V entró en la habitación.

—Bella está viva.

Butch y Phury volvieron la cabeza enseguida y la tela cayó al suelo, formando un montoncito.

— Esta noche capturaron a un civil en el callejón detrás de ZeroSum y lo llevaron a un lugar en el bosque, con el propósito de alimentar a Bella. Él la vio. Habló con ella. Se las arregló para ayudarlo a escapar.

—Dime que el tipo es capaz de encontrar otra vez el lugar —dijo Butch con la respiración entrecortada, consciente de que le costaba trabajo respirar. Y no era el único que se había puesto alerta. Phury parecía tan conmovido que no era capaz de hablar.

—Sí. Dejó marcas en el camino, pues se fue desmaterializando cada ciento cincuenta metros hasta que llegó a la carretera 22. En este momento me está enviando por correo electrónico la ruta marcada en un mapa. Un tipo inteligente, ese civil.

Butch corrió al salón y se dirigió al armario para tomar su abrigo y las llaves del Escalade. No se había quitado la pistolera, así que todavía tenía la Glock bajo el brazo.

Pero V se interpuso entre él y la puerta.

—¿Adónde vas, hombre?

—¿Todavía no te ha llegado ese mapa?

—Un momento.

Butch miró con furia a su compañero de casa.

—Tú no puedes ir durante el día. Yo sí. ¿Por qué demonios tenemos que esperar?

—Policía —dijo V con voz más suave—, esto es un asunto de la Hermandad. Tú no entras en esto.

Butch se detuvo. Ah, claro, otra vez excluido.

Por supuesto, él podía hacer trabajos marginales, un poco de investigación en el escenario del crimen, poner a trabajar su materia gris en problemas tácticos. Pero cuando se iniciaba el combate, los hermanos siempre lo mantenían lejos del campo de batalla.

—¡Maldición, V...!

—No. Tú no vas a meterte en esto. Olvídalo.

* * *

Pasaron dos horas antes de que Phury tuviera suficiente información para ir hasta la habitación de su gemelo. Pensó que no tenía sentido despertar a Zsadist hasta que no hubieran localizado el lugar donde se encontraba Bella, y habían tardado más de lo que pensaban en descubrirlo.

Al ver que no había respuesta después de golpear en la puerta, entró. La habitación estaba tan fría como un congelador.

—¿Zsadist?

Z yacía sobre un par de mantas dobladas que había en el fondo, y estaba enrollado como un ovillo para proteger su cuerpo desnudo del frío de la habitación. Había una cama suntuosa a no más de tres metros de él, pero nunca había sido usada. Z siempre dormía en el suelo, no importaba dónde viviera.

Phury se acercó y se arrodilló junto a su gemelo. No tenía intención de tocarlo, pues sabía que si lo hacía Z reaccionaría violentamente.

«¡Por Dios!», pensó Phury. Al verlo dormido, con toda su rabia contenida, Z parecía casi frágil.

¡Diablos, olvidemos lo de «casi»! Zsadist siempre había sido endemoniadamente delgado, pero ahora, sin embargo, sólo era un puñado de huesos y venas grandes. ¿Qué le había pasado? Recordaba perfectamente que durante el rythe de Rhage, todos habían estado desnudos en la Tumba, y Z ciertamente no estaba como un esqueleto. Y eso había sido hacía sólo seis semanas.

Justo antes del secuestro de Bella...

—¿Zsadist? ¡Despierta, hermano!

Z se agitó y abrió lentamente los ojos negros. Por lo general se despertaba rápidamente al oír el menor ruido, pero estaba un poco torpe debido a que se había alimentado.

—La han encontrado —dijo Phury—. Han encontrado a Bella. Esta mañana estaba viva.

Z parpadeó un par de veces, como si no estuviera seguro de no estar soñando. Luego levantó el torso del jergón. Los aros de sus tetillas reflejaron la luz del corredor; se pasó las manos por la cara.

—¿Qué has dicho? —preguntó con voz ronca.

—Tenemos una pista sobre el paradero de Bella. Y confirmación de que está viva.

Z se puso más alerta y su conciencia se movía como un tren que va ganando velocidad y fuerza. Cada segundo que pasaba aumentaba su potencia, esa perversa vitalidad, hasta que la debilidad desapareció por completo.

—¿Dónde está? —preguntó.

—En una cabaña, en el bosque. Un vampiro civil logró escapar porque ella le ayudó.

Z se puso de pie enseguida y aterrizó en el piso de un salto.

—¿Cómo puedo llegar hasta allí?

—El vampiro que escapó le envió a V las coordenadas. Pero...

Z se dirigió a su armario.

—Consígueme un mapa.

—Es mediodía, hermano.

Z se detuvo. Lanzó a Phury una mirada de hielo.

—Entonces que vaya el policía. Que vaya Butch.

—Tohr no lo dejará...

—¡A la mierda! Que vaya el humano.

—Zsadist... para, por favor. Piensa. Butch no tendría ningún respaldo y puede haber varios restrictores en el lugar. ¿Quieres que Bella termine muerta en un torpe intento de rescate?

—El policía se sabe defender.

—Es bueno, pero sólo es un humano. No lo podemos enviar allí.

Z enseñó los colmillos.

—Tal vez lo que más le preocupa a Tohr es que el tipo termine clavado a una mesa y cuente todo lo que sabe sobre nosotros.

—Vamos, Z, Butch sabe muchas cosas. Sabe mucho sobre nosotros. Así que, claro, eso también tiene que ver.

—Pero si ella ayudó a escapar a un prisionero, ¿qué diablos crees que le estarán haciendo esos restrictores en este momento?

—Si varios de nosotros vamos al atardecer, es más probable que la rescatemos viva. Tú lo sabes. Tenemos que esperar.

Z se quedó inmóvil, desnudo, respirando con dificultad, mirando a su gemelo con odio. Cuando finalmente habló, su voz fue un gruñido de furia.

—Que Tohr le ruegue a Dios que todavía esté viva cuando la encuentre esta noche. O le arrancaré la cabeza, sin importar que sea un hermano.

Phury desvió la mirada hacia la calavera que yacía en el suelo y pensó que Z ya había demostrado su habilidad para decapitar.

—¿Me has oído, hermano? —preguntó bruscamente.

Phury asintió con la cabeza. ¡Maldición, tenía un mal presentimiento! Algo le decía que todo iba a salir muy mal...

CAPÍTULO

6

O conducía su camioneta F-150 por la carretera 22; la luz moribunda del sol de las cuatro de la tarde le daba en los ojos, haciendo que se sintiera como si tuviera resaca. Sí... junto con el dolor de cabeza, tenía los mismos cosquilleos que solía sentir después de una noche de borrachera, un estremecimiento que le corría por debajo de la piel como una legión de gusanos.

El peso de la culpa que arrastraba también le recordaba sus días de borracho, cuando se despertaba al lado de una mujer horrible, que despreciaba, pero a la cual se había tirado de todas maneras. Todo el asunto era como eso... sólo que mucho, mucho peor.

Movió las manos sobre el volante. Tenía pelados los nudillos y sabía que tenía arañazos en el cuello. Mientras lo cegaban las imágenes de lo ocurrido durante el día, sintió que el estómago se le revolvía. Estaba asqueado por las cosas que le había hecho a su mujer.

Bueno, ahora estaba asqueado. Cuando las estaba haciendo... sentía que estaba haciendo lo correcto.

¡Por Dios, debería haber tenido más cuidado! Después de todo, ella era un ser vivo... Mierda, ¿qué pasaría si se le había ido la mano? Nunca debió hacerle esas cosas... Pero cuando se dio cuenta de que ella había liberado al vampiro, perdió el control. Simplemente estalló y las esquirlas se clavaron en el cuerpo de la vampira.

O levantó el pie del acelerador. Quería regresar, sacarla del tubo y asegurarse de que todavía respiraba. El problema era que

68

no tenía tiempo, pues debía asistir a la reunión de los Principales, que estaba a punto de comenzar.

Mientras volvía a pisar el acelerador, pensaba que, de todas maneras, no sería capaz de dejarla una vez la viera, y entonces el Jefe de los restrictores iría a buscarlo. Y eso sería un problema. El centro de persuasión era un desastre. ¡Maldición!

Redujo la velocidad y giró a la derecha. El camión se salió de la carretera 22 y tomó un camino estrecho.

La cabaña del señor X, que también le servía de comando central a la Sociedad Restrictiva, estaba en mitad de un bosque de treinta hectáreas, completamente aislada. El lugar consistía solamente en una pequeña cabaña de madera con techo de pizarra verde oscuro y un cobertizo pequeño detrás. Cuando O detuvo la camioneta frente a la cabaña, había otros siete automóviles y camionetas aparcados de manera desordenada. Todos eran nacionales y la mayoría de más de cuatro años de antigüedad.

O entró a la cabaña y vio que era el último en llegar. Apiñados en el interior había otros diez Principales, con sus caras pálidas y solemnes y esos cuerpos anchos y musculosos. Eran los hombres más fuertes de la Sociedad Restrictiva, los que llevaban más tiempo como miembros. O era la única excepción en lo que se refería al tiempo de servicio. Hacía sólo tres años de su inducción y todos los demás lo despreciaban porque era nuevo.

Pero su opinión no tenía importancia. Él era tan fuerte como cualquier Principal y lo había demostrado. ¡Malditos envidiosos...! ¡Él nunca iba a ser como ellos, simples seguidores del Omega! No podía creer que esos idiotas se enorgullecieran de haberse descolorido y de perder su identidad. O combatía la progresiva pérdida de color. Se pintaba el pelo para mantenerlo café oscuro, como siempre había sido, y le tenía pavor al desvanecimiento del color de sus ojos. No quería tener el mismo aspecto que ellos.

—Llegas tarde —dijo el señor X. El jefe de los restrictores se recostó contra un refrigerador que no estaba conectado y sus ojos pálidos se fijaron en los arañazos del cuello de O—. ¿Estabas peleando?

—Usted sabe cómo son esos hermanos. —O encontró un asiento libre. Saludó a U, su compañero, con un gesto de la cabeza, sin hacer caso a los demás.

El jefe de los restrictores siguió mirándolo.

—¿Alguien ha visto al señor M?

«¡Mierda!», pensó O. Tendría que responder por ese restrictor que había matado por interrumpirlos a él y a su esposa.

—¿O? ¿Tienes algo que decir?

Desde la izquierda, U dijo:

—Yo lo vi. Justo antes del amanecer. Estaba peleando con un hermano en el centro.

El señor X dirigió su mirada al lugar donde estaba U, sentado junto a su compañero. O se estremeció. ¿Por qué estaría mintiendo su compañero?

—¿Los viste con tus propios ojos?

—Sí —contestó el otro restrictor, con voz firme.

—¿No hay ninguna posibilidad de que estés protegiendo a O?

Los restrictores eran despiadados, siempre luchando entre ellos por escalar posiciones. Ni siquiera entre los compañeros había mucha lealtad.

—¿U?

El hombre comenzó a mover su pálida cabeza hacia uno y otro lado.

—Él actúa solo. ¿Por qué tendría que arriesgar mi pellejo por él?

Evidentemente, ése era un razonamiento en el cual el señor X sentía que podía confiar, porque siguió adelante con la reunión. Después de asignar las cuotas de asesinatos y capturas, el grupo se disolvió.

O fue hasta donde estaba su compañero.

—Tengo que ir un minuto hasta el centro antes de salir. Quiero que me sigas.

Tenía que averiguar por qué U lo había salvado y no le preocupaba que el otro restrictor viera el estado en que había dejado el lugar. U no le causaría problemas. No era particularmente agresivo y tampoco era un tipo demasiado independiente. No tenía ideas propias.

Lo que hacía que fuera todavía más extraño el hecho de que hubiese tomado la iniciativa que acababa de tomar.

* * *

Zsadist observaba con atención el gran reloj de péndulo del vestíbulo de la mansión. De acuerdo con la posición de las manecillas, sabía que faltaban ocho minutos para la hora en que el sol se ponía oficialmente. Gracias a Dios era invierno y las noches eran largas.

Observaba las puertas dobles, mientras pensaba que sabía exactamente adónde iría tan pronto pudiera atravesarlas. Había memorizado la ubicación que les había dado el vampiro civil. Se desmaterializaría y estaría allí en un abrir y cerrar de ojos.

Siete minutos.

Sería mejor esperar hasta que el cielo estuviese totalmente oscuro, pero ¡al diablo con eso! En cuanto esa remota bola de fuego se deslizara tras el horizonte, Zsadist saldría. No le importaba terminar con un maldito bronceado.

Seis minutos.

Volvió a asegurarse de que llevaba todas las dagas en el pecho. Sacó la SIG Sauer de la funda que colgaba del lado derecho de su cinturón y la revisó una vez más; luego hizo lo mismo con la que tenía a la izquierda. Palpó el cuchillo que llevaba a la espalda y la daga de quince centímetros que portaba en el muslo.

Cinco minutos.

Z giró la cabeza hacia un lado para aflojar los músculos del cuello.

Cuatro minutos.

No podía esperar más. Iba a salir ahora.

—Te vas a quemar —dijo Phury desde atrás.

Z cerró los ojos. Sintió el impulso de atacar, que se fue volviendo cada vez más irresistible en la medida en que Phury siguió hablando.

—Z, hombre, ¿cómo vas a ayudarla si te conviertes en cenizas humeantes?

—¿Te excita ser un maldito cabrón, o es algo que te sale naturalmente?

Z miró a su hermano por encima del hombro y, sin que supiera por qué, se le vino a la cabeza el recuerdo de la noche en que Bella visitó la mansión. Phury parecía muy interesado en ella y Z recordó que los vio conversando, justo en el lugar donde estaba ahora. Los había observado desde las sombras, deseando a Bella, mientras que ella le sonreía a su gemelo.

—Pensé que querías que ella regresara —dijo Z con sarcasmo—, teniendo en cuenta que parecía estar tan interesada en ti y tan impresionada con tu apariencia y todo eso. O... tal vez quieres que siga desaparecida precisamente por eso. ¿Acaso se tambalearon tus votos de castidad, hermano?

Phury lo miró furioso, y Z sintió un malsano placer al darse cuenta de cuánto habían afectado a su gemelo sus palabras.

—Todos te vimos observándola la noche que vino aquí. No dejaste de mirarla un momento, ¿no es verdad? Sí, claro, y no sólo le mirabas la cara. ¿Te estabas preguntado cómo sería sentirla debajo de ti? ¿Acaso te pusiste nervioso por la posibilidad de romper tu celibato?

Phury apretó la boca hasta que sólo se vio una línea y Z deseó que su hermano reaccionara con violencia. Quería una reacción fuerte para contraatacar. Tal vez hasta podrían enfrentarse en los tres minutos que quedaban.

Pero sólo hubo silencio.

—¿No tienes nada que decirme? —Z miró de reojo el reloj—. No importa. Es hora de irme...

—Sufro por ella. Al igual que tú.

Z se volvió a mirar a su gemelo y fue testigo del dolor que se reflejó en la cara de Phury, pero se sintió lejos, como si estuviera viéndolo a través de unos prismáticos. De pronto se le ocurrió que debería sentir algo, algo parecido a la vergüenza o la pena, por obligar a Phury a revelarle algo tan íntimo y triste.

Pero sin decir palabra, Zsadist se desmaterializó.

Apareció en una zona boscosa, a poco menos de cien metros del lugar del que el vampiro civil había dicho que había escapado. Mientras se materializaba nuevamente, la luz moribunda del cielo lo cegó y Z se sintió como si se estuviera quemando el rostro con ácido. Hizo caso omiso del ardor y se dirigió hacia el noreste, trotando sobre la tierra cubierta de nieve.

Y ahí estaba, en medio del bosque, a unos treinta metros de una corriente de agua, una construcción de un piso, con una camioneta Ford F-150 negra y un Taurus plateado estacionados a un lado. Se fue acercando a la casa con cuidado, ocultándose tras los troncos de los pinos y moviéndose sigilosamente entre la nieve, mientras revisaba los alrededores del lugar. No tenía ventanas y sólo había una puerta. A través de las paredes podía oír el murmullo de gente hablando y moviéndose.

Sacó una de sus SIG, quitó el seguro y consideró las opciones que tenía. Aparecer dentro sería un movimiento muy torpe, pues no conocía el interior del lugar. Y la otra alternativa, aunque más satisfactoria, tampoco era muy inteligente: la idea de tumbar la puerta de una patada y entrar disparando era muy atractiva, pero a pesar de su instinto suicida, no iba a arriesgar la vida de Bella armando un tiroteo.

En ese momento, como por arte de magia, salió un restrictor de la casa y la puerta se cerró de un golpe. Momentos después lo siguió otro y luego se oyó un bip-bip, que indicaba que alguien estaba activando una alarma de seguridad.

El primer instinto de Z fue dispararles a la cabeza, pero mantuvo el dedo alejado del gatillo. Si los asesinos habían reactivado la alarma, había muchas posibilidades de que no hubiese nadie más dentro y las oportunidades de rescatar a Bella parecían mejorar. Pero ¿qué pasaría si eso era un simple procedimiento normal, que tenía lugar cada vez que alguien salía, independientemente de si había o no alguien dentro? En ese caso, lo único que haría sería alertar sobre su presencia e iniciar una maldita guerra.

Z observó a los dos restrictores, mientras se subían a la camioneta. Uno tenía el pelo marrón, lo que por lo general indicaba que era un recluta nuevo, pero ese tipo no actuaba como un novato: caminaba con seguridad y era el que tenía el control de la conversación. El otro, que sí tenía el cabello descolorido, era el que asentía todo el tiempo con la cabeza.

Encendieron el motor y la camioneta dio marcha atrás, aplastando la nieve bajo el peso de las ruedas. Sin luces, la F-150 bajó por un sendero apenas visible entre los árboles.

Dejar que esos dos bastardos se perdieran en el ocaso fue todo un ejercicio de contención, que Z llevó a cabo con éxito, a pesar de que lo que más deseaba era saltar sobre la camioneta, romper el parabrisas y sacar a esos dos bastardos de los pelos para aplastarles la cabeza.

Cuando el ruido de la camioneta se desvaneció, Z aguzó el oído en medio del silencio. Al no oír nada, volvió a considerar la idea de echar la puerta abajo, pero pensó en la alarma y miró el reloj. V llegaría en minuto y medio.

Iba a ser insoportable. Pero esperaría.

Entonces percibió un olor, algo... Olfateó el aire. Había gas propano alrededor, cerca. Probablemente le servía de combustible a ese generador que había en la parte trasera. Y también olía al queroseno de la calefacción. Pero había algo más, un olor como a humo, a quemado... Se miró las manos, preguntándose si tal vez estaría quemándose y no se había dado cuenta. Pero no.

¿Qué demonios era?

Sintió que la sangre se le enfriaba al entender de qué se trataba. Estaba de pie sobre un trozo de tierra quemada, un trozo más o menos del tamaño de un cuerpo. Algo había sido incinerado en ese sitio... en las últimas doce horas, a juzgar por el olor.

¿Acaso la habrían dejado afuera para que la quemara el sol?

Z se agachó y apoyó en el suelo la mano que tenía libre. Se imaginó a Bella tirada ahí, mientras que el sol salía; se la imaginó sintiendo un dolor mil veces peor que el que él había sentido cuando se había materializado hacía un momento.

De pronto el trozo de tierra ennegrecido pareció nublarse.

Z se restregó la cara y luego se quedó mirándose la palma de la mano. Estaba húmeda. ¿Acaso eran lágrimas?

Buscó en su pecho algún sentimiento, pero lo único que obtuvo fue información sobre su cuerpo. El cuerpo le temblaba porque sentía los músculos débiles. Estaba mareado y tenía náuseas. Pero eso era todo. No había ninguna emoción.

Se frotó el esternón y estaba a punto de hacerlo otra vez, cuando un par de botas de combate aparecieron en su línea de visión.

Miró a Phury a la cara. Parecía que tuviera puesta una máscara, rígida y pálida.

—¿Era ella? —preguntó con voz ronca y se arrodilló.

Z se echó hacia atrás. Sencillamente no podía estar cerca de nadie en ese momento, en especial de Phury.

Se puso de pie con dificultad.

—¿Ya ha llegado Vishous?

—Estoy detrás de ti, hermano —susurró V.

—Hay... —Se aclaró la garganta. Luego se frotó la cara con el antebrazo—. Hay una alarma de seguridad. Creo que no hay nadie, porque acaban de salir dos asesinos y han conectado la alarma, pero no estoy seguro.

—Me ocuparé de la alarma.

De repente, Z percibió otros aromas y miró hacia atrás. Allí estaba toda la Hermandad, incluso Wrath, que, como rey, se suponía que no debía estar en el campo de batalla. Todos estaban armados. Todos habían ido a rescatarla.

El grupo se pegó a las paredes de la casa, mientras V intentaba abrir la cerradura de la puerta con un gancho. El cañón de su Glock fue lo primero que entró. Al ver que no había reacción, se deslizó dentro y se encerró. Un momento después se oyó un pitido largo. Luego abrió la puerta.

—Podéis entrar.

Z se apresuró a entrar y prácticamente se llevó por delante a V.

Sus ojos penetraron los rincones oscuros de la habitación. El lugar era un caos y había cosas tiradas por todas partes. Ropa... cuchillos, esposas y... ¿botellas de champú? ¿Y qué diablos era eso? Dios, un botiquín de primeros auxilios, desordenado, del cual brotaban la gasa y el esparadrapo a través de la tapa destrozada. Parecía como si lo hubieran abierto a golpes.

Con el corazón a punto de salírsele del pecho y bañado en sudor, comenzó a buscar a Bella, pero sólo vio objetos inanimados: una pared cubierta con una estantería llena de instrumentos terroríficos. Un camastro. Un armario metálico a prueba de incendios, del tamaño de un automóvil. Una mesa de autopsias con cuatro cadenas de acero que colgaban de los bordes... cuya pulida superficie estaba manchada de sangre.

A Z se le cruzaron varias ideas por la mente. Bella estaba muerta. Ese trozo de tierra quemada era prueba de ello. Aunque, ¿y si había sido algún otro prisionero? ¿Y si a ella la hubiesen trasladado o algo así?

Los hermanos se mantenían en la retaguardia, como si supieran que no debían cruzarse en su camino. Z se acercó al armario metálico, con el arma en la mano. Luego arrancó las puertas. Simplemente agarró los paneles metálicos y los dobló hasta romper las bisagras. Después las arrojó lejos y las oyó estrellarse contra el suelo.

Armas. Munición. Explosivos plásticos.

El arsenal de sus enemigos.

Enseguida fue al baño. No había nada, sólo una ducha y un cubo.

—Ella no está aquí, hermano —dijo Phury.

En un arrebato de rabia, Z levantó la mesa de autopsias con una mano y la lanzó contra la pared. Al salir volando, una de las cadenas lo golpeó en el hombro, causándole un dolor agudo.

Y fue entonces cuando lo oyó. Un suave gemido.

Enseguida volvió la cabeza hacia la izquierda.

En el rincón, sobresalían de la tierra tres bocas cilíndricas de metal, que estaban cubiertas por tapas de malla pintadas del mismo color del suelo de tierra. Lo cual explicaba por qué no las había visto antes.

Z se acercó y le dio una patada a una de las tapas. Los gemidos se oyeron con más fuerza.

De repente se sintió mareado y se desplomó sobre las rodillas.

—¿Bella?

De la tierra brotó un balbuceo ininteligible y Z soltó el arma. ¿Cómo iba a hacer para...? Cuerdas, había cuerdas saliendo de lo que parecía un tubo de alcantarilla. Las agarró y tiró suavemente.

Lo que salió fue un vampiro sucio y ensangrentado, que parecía haber pasado por la transición hacía diez años. Estaba desnudo y temblando, con los labios azules y los ojos desorbitados.

Z lo sacó y Rhage lo arropó con su impermeable de cuero.

—Sácalo de aquí —dijo alguien, mientras Hollywood cortaba las cuerdas.

—¿Puedes desmaterializarte? —le preguntó al vampiro otro de los hermanos.

Z no prestó atención a la conversación. Se dirigió al otro hoyo, pero no había cuerdas que entraran en ése y su nariz no percibió ningún olor. El tubo estaba vacío.

Se estaba acercando al tercero, cuando el prisionero gritó:

—¡No! ¡Ése tiene una trampa y puede estallar si la tocan!

Z se quedó inmóvil.

—¿Cómo?

Castañeteando los dientes, el vampiro dijo:

—No... no sé. Sólo oí que el restrictor se lo estaba advirtiendo a uno de sus hombres.

Antes de que Z pudiera preguntar, Rhage comenzó a recorrer la habitación.

—Aquí hay un arma. Con el cañón apuntando en esa dirección. —Se oyó el sonido de algo metálico—. Ya la he desactivado. No estallará.

Z miró al techo, justo sobre el hoyo. Montado sobre las vigas visibles del techo, a unos cinco metros del suelo, había un pequeño dispositivo.

—V, ¿qué tenemos allí arriba?

—Un ojo láser. Si lo rompes, probablemente dispara...

—Esperad —dijo Rhage—. Aquí hay otra arma que desactivar.

V se acarició la barba.

—Debe de tener un mecanismo de activación por control remoto, aunque supongo que el tipo se lo habrá llevado. Eso es lo que yo haría. —Entornó los ojos para mirar el techo con atención—. Ese modelo en particular funciona con pilas de litio. Así que no hay posibilidad de desactivar el generador para apagarlo. Y son difíciles de desarmar.

Z miró a su alrededor, buscando algo que pudiera usar para quitar la tapa y pensó en el baño. Entró en éste, arrancó la cortina de la ducha y regresó con la barra de la que colgaba.

—Apartaos todos.

Rhage dijo enseguida:

—Z, hermano, no estoy seguro de haber encontrado todas las...

—Llevaos al civil. —Al ver que nadie se movía, soltó una maldición—. No tenemos tiempo que perder, y si alguien sale herido, seré yo. Por favor, hermanos, ¿tenéis la bondad de salir?

Cuando el lugar quedó vacío, Z se acercó al hoyo. Dándole la espalda a una de las armas que había sido retirada, como si estuviera en la línea de fuego, empujó la tapa con la barra. Enseguida se disparó un arma, con un fuerte estallido.

Z recibió el proyectil en la pantorrilla izquierda. El impacto lo hizo caer sobre una rodilla, pero hizo caso omiso del dolor y se arrastró hasta la boca del tubo. Agarró las cuerdas que bajaban hasta la tierra y comenzó a tirar de ellas.

Lo primero que vio fue el pelo. El hermoso y larguísimo cabello caoba de Bella la rodeaba, formando una especie de velo sobre su cara y sus hombros.

Z se sintió desfallecer y por un momento quedó ciego, como si hubiese tenido un desmayo pasajero, pero a pesar de todo siguió tirando de las cuerdas. De repente el esfuerzo pareció hacerse mucho más llevadero... porque había otras manos ayudándole... otras manos tirando de la cuerda y recostando a Bella sobre el suelo con suavidad.

Bella no se movió, pero respiraba. Iba vestida con un camisón transparente, manchado con su propia sangre. Z le quitó el pelo de la cara con delicadeza.

La conmoción fue tan grande que estuvo a punto de desmayarse.

—¡Ay, por Dios... por Dios... por Dios!

—¿Qué diablos te han hecho... —El que habló, no encontró las palabras para terminar la frase.

Luego se oyó que varios se aclaraban la garganta. Otros tosieron, quizás para disimular las náuseas.

Z la tomó entre sus brazos y sólo... la abrazó. Tenía que sacarla de allí, pero no podía moverse a causa de lo que le habían hecho a Bella. Parpadeando, mareado y gritando por dentro, comenzó a mecerla suavemente hacia delante y hacia atrás, mientras recitaba lamentos en lengua antigua.

Phury se arrodilló.

—Zsadist... Tenemos que sacarla de aquí.

Z recuperó la concentración y de repente no pudo pensar en otra cosa que en llevarla a la mansión. Cortó el arnés que envolvía el torso de Bella y luego se puso de pie con dificultad, con ella en brazos. Cuando intentó caminar, la pierna izquierda le falló y se tambaleó. Durante una fracción de segundo no pudo entender por qué.

—Déjame llevarla —dijo Phury, y estiró los brazos—. Has recibido un disparo.

Zsadist negó con la cabeza y pasó junto a su gemelo, cojeando.

Llevó a Bella hasta el Taurus que todavía estaba estacionado frente a la casa. Mientras la apretaba contra su pecho, rompió la ventanilla del conductor con el puño, metió el brazo y abrió el automóvil, lo que hizo que se disparara la alarma. Abrió la puerta trasera, se inclinó y la puso sobre el asiento de atrás. Cuando le dobló suavemente las piernas para acomodarla, el camisón se subió un poco y él se estremeció. Estaba llena de moratones.

La alarma seguía sonando, pero Z no hacía caso a nada. Sólo dijo:

—Que alguien me dé una chaqueta.

Estiró el brazo hacia atrás y alguien le puso en la mano una chaqueta de cuero. Z envolvió a Bella con cuidado en lo que parecía ser la chaqueta de Phury, luego cerró la puerta y se sentó frente al volante.

Lo último que oyó fue una orden de Wrath.

—V, saca esa mano tuya. Hay que incendiar este lugar.

Z metió las manos debajo del tablero, conectó los cables y salió volando del lugar, como un murciélago que huye del infierno.

* * *

O detuvo la camioneta junto a la acera de una zona oscura de la calle 10.

—Todavía no entiendo por qué mentiste.

—Si haces que te devuelvan al Omega, ¿qué pasará con nosotros? Eres uno de los cazavampiros más fuertes que tenemos.

O miró a su compañero con disgusto.

—Tienes un gran espíritu de equipo, ¿verdad?

—Me enorgullezco de lo que hacemos.

—Una mentalidad muy de los años cincuenta.

—Sí, y eso fue lo que te salvó el pellejo, así que dame las gracias.

«Lo que tú digas...», pensó O con ironía. Tenía mejores cosas que hacer que preocuparse por el espíritu de equipo de U y toda esa mierda.

Él y U se bajaron de la camioneta. ZeroSum, Screamer's y Snuff'd estaban a dos calles y, aunque hacía frío, había una enorme cola de gente esperando para entrar a los clubes. Sin duda, mucha de esa gente eran vampiros, pero, aunque no lo fueran, la noche iba a estar animada. Siempre había enfrentamientos con los hermanos.

O puso la alarma, se guardó las llaves en el bolsillo... y se quedó inmóvil en medio de la calle 10. Se quedó literalmente paralizado, no se podía mover.

Su esposa... ¡Por Dios, su esposa no tenía muy buen aspecto cuando salió con U!

O estiró la parte delantera de su suéter de cuello de tortuga, pues sentía que no podía respirar. No le importaba el dolor que ella debía de estar sintiendo; se lo merecía. Pero no podía soportar la idea de que se muriera, si ella lo dejaba... ¿Qué haría él si se estuviera muriendo en este mismo instante?

—¿Qué pasa? —preguntó U.

O buscó otra vez las llaves del coche y sintió que la angustia le corría por las venas.

—Tengo que irme.

—¿Te vas a escapar? Anoche no cumplimos con la cuota...

—Tengo que regresar al centro un segundo. L está en la Quinta cazando. Búscalo. Me reuniré otra vez contigo en treinta minutos.

O no esperó la respuesta de su compañero. Se metió en la camioneta y salió rápidamente de la ciudad por la carretera 22, atravesando las afueras de Caldwell. Estaba a unos quince minutos del centro de persuasión, cuando vio las luces de varios coches de policía estacionados a un lado del camino. Lanzó una maldición y frenó, con la esperanza de que se tratara sólo de un accidente.

Pero no, en el tiempo que había transcurrido desde que se marchó, la maldita policía había instalado otro puesto de control de alcoholemia. Habían cortado la carretera 22 y había conos naranja y señales en medio de la vía. Habían puesto un cartel en el que se anunciaba que la operación formaba pare de la campaña de Seguridad Vial del Departamento de Policía de Caldwell.

¡Por Dios! ¿Tenían que poner un control precisamente ahí? ¿En mitad de la nada? ¿Por qué no se iban a ponerlo al centro, cerca de los bares? Pero, claro, la gente que vivía en los alrededores de Caldwell tenía que conducir hasta su casa después de una noche de clubes en la gran ciudad...

Había un coche frente a él, y O golpeó el volante con los dedos. Tenía la tentación de sacar su Smith & Wesson y mandar al reino divino tanto a los policías como al conductor de ese coche que, como él, se había quedado atrapado en el control. Sólo por descargar su rabia.

De pronto se fijó en un coche que iba en sentido contrario. Se trataba de un Ford Taurus, que frenó con un suave chirrido y cuyas luces parecían un poco opacas.

¡Por Dios! Esos malditos coches no costaban una mierda y ésa era precisamente la razón por la que U había elegido esa marca y ese modelo. Camuflarse entre la población humana era esencial para mantener en secreto la guerra contra los vampiros.

Mientras el agente se acercaba al desgraciado ése, O pensó que era extraño que el conductor llevara abierta la ventanilla en una noche tan fría. Luego alcanzó a ver al tipo que iba conduciendo. El desgraciado tenía una cicatriz tan gruesa como un dedo, que le partía la cara en dos. Y un piercing en la oreja. Tal vez el coche era robado.

Obviamente, el policía pensó lo mismo, porque, cuando se agachó para hablar con el conductor, se llevó la mano al arma. Y la agarró con más fuerza cuando fijó la luz de la linterna en el asiento trasero del coche. El oficial se echó hacia atrás de repente, como si le hubiesen disparado entre los ojos, e hizo ademán de acercarse el radiotransmisor a los labios. Sólo que en ese momento el conductor sacó la cabeza por la ventana y se quedó mirándolo. Hubo un momento de tensión entre ambos.

Luego el policía soltó el arma y dejó seguir al Taurus, sin revisar siquiera la identificación del conductor.

O miró con rabia al policía que estaba revisando los coches en su lado de la carretera. El maldito todavía tenía detenida a la inofensiva camioneta de adelante, como si estuviera llena de vendedores de droga. Entretanto, su compañero del otro lado dejaba seguir a lo que parecía un asesino en serie, sin decirle nada. Era como estar en la cola equivocada de una taquilla.

Finalmente, llegó el turno de O. Fue tan amable como pudo y un par de minutos después quedó libre para seguir. Había recorrido cerca de ocho kilómetros, cuando vio una llamarada que iluminaba el paisaje a mano derecha. Por los alrededores del centro de persuasión.

Enseguida pensó en el calentador de queroseno, el que tenía una filtración.

O aceleró. Su mujer estaba metida en un hoyo en la tierra... Si había un incendio...

Se metió en el bosque y aceleró, tratando de esquivar los pinos, mientras se golpeaba la cabeza contra el techo, por los saltos que iba dando la camioneta. Se tranquilizó pensando que más arriba no se veía el reflejo naranja de un incendio. Si había habido una explosión, habría llamas, humo...

De pronto se apagaron las llamas. El centro de persuasión había desaparecido. Había sido eliminado. No era más que ceniza.

O puso el pie en el freno para evitar que la camioneta se estrellara contra un árbol. Luego miró el bosque a su alrededor, para asegurarse de que estaba en el lugar correcto. Cuando estuvo seguro, se bajó de un salto y se arrojó al suelo.

Agarró puñados de polvo y se metió entre los escombros hasta que la nariz y la boca se le llenaron de polvo y quedó todo cubierto de ceniza. Encontró trozos de metal derretido, pero nada más grande que la palma de su mano.

Aunque la cabeza le daba vueltas, de pronto recordó haber visto antes este mismo polvo extraño.

Echó la cabeza hacia atrás y elevó la voz al cielo. No supo qué fue lo que salió de su boca. Lo único que sabía era que eso era obra de la Hermandad. Porque a la academia de artes marciales de los restrictores le había ocurrido lo mismo hacía seis meses.

Polvo... cenizas... nada. Y se habían llevado a su esposa.

¿Estaría viva cuando la encontraron? ¿O sólo se habrían llevado su cadáver? ¿Estaría muerta?

Era culpa suya; todo era su culpa. Tenía tal necesidad de castigarla que no había tenido en cuenta todo lo que implicaba que el otro civil se hubiese escapado. Seguramente fue enseguida a la Hermandad para decirles dónde estaba Bella. Ellos sólo habían tenido que esperar a que anocheciera para ir a buscarla.

O se secó las lágrimas de desesperación que brotaban de sus ojos. Luego dejó de respirar. Giró la cabeza a uno y otro lado, para examinar los alrededores. El Ford Taurus plateado de U tampoco estaba.

«El control de la policía. El maldito control». Ese tenebroso tipo que iba al volante no era en realidad un hombre. Era un miembro de la Hermandad de la Daga Negra. Tenía que serlo. Y la esposa de O iba en el asiento trasero, apenas respirando o muerta. Por eso el policía se había asustado. La vio cuando había apuntado la luz hacia la parte trasera del automóvil, pero el hermano le había lavado el cerebro para convencerlo de que lo dejara pasar.

O corrió a la camioneta y pisó el acelerador. Se dirigió hacia el este, hacia la casa de U.

El Taurus tenía un sistema de seguridad LoJack.

Lo cual significaba que, con la tecnología apropiada, podría encontrar al maldito en donde fuera.

CAPÍTULO

7

B ella tuvo la vaga sensación de que iba en un coche. Pero, ¿cómo podía ser posible? Debía de estar alucinando. No... en realidad sonaba como un coche en marcha, el murmullo continuo de un motor. Y el movimiento era el de un coche, una sutil vibración que a veces se convertía en un salto, cuando algo en la carretera golpeaba las llantas.

Trató de abrir los ojos, pero descubrió que no podía y volvió a intentarlo. Como el esfuerzo la dejó exhausta, se dio por vencida. ¡Dios, se sentía muy cansada... como si tuviera un resfriado! También le dolía todo el cuerpo, en especial la cabeza y el estómago. Y tenía náuseas. Trató de recordar lo que había ocurrido, cómo había quedado libre, si es que estaba libre. Pero lo único que le venía a la cabeza era la imagen del restrictor que la amaba entrando por la puerta, cubierto de sangre negra. El resto era demasiado borroso.

Comenzó a tantear con la mano, descubrió que tenía algo sobre los hombros y se lo acercó. Cuero. Y olía a... nada parecido al empalagoso olor dulzón de un restrictor. Era el aroma de un macho de su especie. Respiró varias veces. Cuando captó el aroma a talco de bebé de los asesinos, se sintió confundida, hasta que acercó la nariz al asiento. Sí, ese olor estaba en la cabaña. Iba en el coche de un restrictor. Pero, entonces, ¿por qué sentía el humor de un vampiro en la prenda que llevaba encima? Y tam-

84

bién había algo más, otro olor... un aroma almizclado, con un toque de pino u otra fragancia verde.

Bella comenzó a temblar. Recordaba bien ese aroma, recordaba haberlo sentido la primera vez que fue al complejo de entrenamiento de la Hermandad, y luego un poco después, cuando estuvo en su mansión.

¡Zsadist! Zsadist estaba en el coche con ella.

Bella sintió que el corazón le palpitaba aceleradamente. Trató de abrir los ojos, pero sus párpados se negaron a obedecer, o tal vez ya estaban abiertos, pero estaba demasiado oscuro para que ella pudiera ver.

«¿Me habéis rescatado?, preguntó. «¿Has venido a buscarme, Zsadist?».

Sólo que de su boca no salió ningún sonido, aunque movió los labios. Volvió a modular las palabras y se obligó a expulsar aire a través de las cuerdas vocales. Pero sólo salió un gruñido ronco, nada más.

¿Por qué no le funcionaban los ojos?

Comenzó a moverse y luego oyó el sonido más dulce que alguna vez había llegado a sus oídos.

—Te tengo, Bella. —Era la voz de Zsadist. Suave, pero llena de fuerza—. Estás a salvo. Estás libre. Y nunca vas a regresar allí.

Zsadist había ido a buscarla. Había ido a buscarla...

Bella comenzó a sollozar. El coche pareció disminuir la velocidad un momento, pero luego la velocidad aumentó.

Se sintió tan aliviada que se deslizó otra vez a un estado de inconsciencia.

* * *

Zsadist abrió la puerta de su habitación de una patada y rompió la cerradura. La puerta crujió con fuerza y Bella se estremeció en sus brazos y gimió. Él se quedó frío al ver que ella volvía la cabeza a uno y otro lado entre sus brazos.

Era una buena señal, pensó. Era muy buena señal.

—Vamos, Bella, vuelve en ti. Despierta —pero Bella siguió inconsciente.

Z fue hasta el jergón y la recostó donde él dormía. Cuando levantó la vista, Wrath y Phury estaban en el umbral de la puerta, dos tipos enormes que bloqueaban casi totalmente la luz que procedía del corredor.

—Tiene que verla Havers —dijo Wrath—. Necesita que la curen.

—Havers puede hacer aquí lo que tenga que hacer. Ella no va a salir de esta habitación.

Z no se dio cuenta del largo silencio que siguió, pues estaba totalmente concentrado en vigilar la respiración de Bella. El pecho le subía y le bajaba con un ritmo normal, pero los latidos del corazón parecían muy débiles.

De pronto sintió un suspiro de Phury, que podría reconocer en cualquier parte.

—Zsadist...

—Olvídalo. La verá aquí. Y nadie la va a tocar sin mi permiso y si yo no estoy presente. —Cuando miró a sus hermanos con furia, Wrath y Phury parecían totalmente desconcertados—. ¡Por Dios! ¿Queréis que lo diga en la lengua antigua? Ella no irá a ninguna parte.

Wrath soltó una maldición, marcó unos números en su móvil y habló de manera rápida y contundente.

Cuando apagó el teléfono, dijo:

—Fritz ya está en la ciudad y va a recoger al doctor. Estarán aquí en veinte minutos.

Z asintió con la cabeza y miró los párpados de Bella. Deseó ser médico, para poder curarla él mismo. Quería brindarle alivio enseguida. ¡Cómo debía de haber sufrido!

Se dio cuenta de que Phury se había acercado y no le gustó ver que su hermano se arrodillaba. El instinto lo impulsaba a formar una barricada con su cuerpo, para proteger a Bella de su gemelo, de Wrath, del médico, de cualquier macho que pudiera verla. No entendía ese impulso, no entendía de dónde venía, pero era tan fuerte que casi se arrojó al cuello de Phury.

Y luego su gemelo estiró la mano, como si quisiera tocar el tobillo de Bella. Z enseñó los colmillos y de su boca salió un gruñido.

Phury levantó la cabeza.

—¿Por qué estás actuando así?

«Ella es mía», pensó Z.

Enseguida desechó esa idea, espantado de sí mismo. ¿Qué demonios estaba haciendo?

—Está herida —murmuró—. No la molestes, ¿vale?

Havers llegó quince minutos después. El médico, alto y delgado, llevaba un maletín de cuero negro en la mano y parecía listo para comenzar a trabajar. Pero cuando trató de acercarse, Z se puso de pie enseguida y lo interceptó, arrinconándolo contra la pared. Havers abrió sus ojos pálidos tras las gafas de carey y su maletín se estrelló contra el suelo.

Wrath lanzó una maldición.

—¡Por Dios!

Z hizo caso omiso de las manos que trataban de apartarlo y clavó al doctor con la mirada.

—La va a tratar mejor de lo que trataría a alguien de su familia. Si ella sufre innecesariamente, aunque sea un poco, se lo haré pagar una y cien veces.

El delgado cuerpo de Havers se estremeció.

Phury le dio un empujoncito, pero no logró nada.

—Z, tranquilo...

—No te metas en esto —respondió con brusquedad—. ¿Está claro, doctor?

—Sí... sí, señor. —Cuando Z lo soltó, Havers tosió y se arregló la corbata. Luego frunció el ceño—. Señor... Usted está sangrando. Su pierna...

—No se preocupe por mí. Preocúpese por ella. Ya.

El hombre asintió con la cabeza, buscó algo en el maletín y fue hasta el jergón. Cuando se arrodilló junto a Bella, Z deseó que hubiese más luz en la habitación.

Havers resopló con brusquedad, lo cual probablemente era lo más parecido a maldecir que podía hacer ese hombre tan refinado. Entre dientes y en lengua antigua, dijo:

—Hacerle esto a una mujer... ¡Que Dios se apiade!

—Cósale las heridas —le exigió Z, mientras miraba por encima del médico.

—Primero debo examinarla. Tengo que ver si hay heridas más serias.

Havers abrió su maletín y sacó un estetoscopio, un tensiómetro y una linterna. Comprobó el ritmo cardíaco y la respiración, le miró los oídos y la nariz, le tomó la tensión arterial. Cuando le abrió la boca, ella se encogió un poco, pero luego le levantó la cabeza y ella comenzó a forcejear con más fuerza.

Justo cuando Zsadist se disponía a lanzarse contra el médico, Phury lo agarró con uno de sus fuertes brazos y lo hizo retroceder.

—No le está haciendo daño, y tú lo sabes.

Z trató de soltarse, pues odiaba sentir el cuerpo de Phury contra el suyo. Pero al ver que su gemelo no aflojaba el brazo, pensó que era lo mejor. Estaba demasiado excitado, y atacar al médico sería una estupidez. ¡Demonios, probablemente no debería estar armado en este momento!

Obviamente, Phury estaba pensando algo parecido, porque le quitó las dagas de la cartuchera del pecho y se las entregó a Wrath. También le quitó las pistolas.

Havers levantó la vista y pareció muy aliviado al ver que le habían quitado las armas.

—Yo... bueno, voy a darle una medicación ligera para el dolor. La respiración y el pulso son bastante buenos, de modo que podrá resistir bien y eso hará que el resto del examen y lo que sigue sea más fácil de tolerar para ella. ¿De acuerdo?

El doctor sólo le puso la inyección cuando vio que Z asentía con la cabeza. Cuando la tensión del cuerpo de Bella pareció ceder, el médico sacó un par de tijeras y buscó el borde inferior del camisón ensangrentado que llevaba puesto.

Cuando lo levantó, Z sintió una oleada de rabia.

—¡Deténgase!

El doctor se preparó para recibir un golpe en la cabeza, pero lo único que hizo Z fue mirar a Phury y a Wrath.

—Ninguno de vosotros debe verla desnuda. Cerrad los ojos o daos la vuelta.

Los dos lo miraron con desconcierto durante un momento. Luego Wrath se volvió de espaldas y Phury cerró los ojos, aunque mantuvo agarrado a Z del pecho.

Zsadist miró al médico con intensidad.

—Si le va a quitar la ropa, cúbrala con algo.

—¿Qué puedo usar para cubrirla?

—Una toalla del baño.

—Yo la traeré —dijo Wrath. Después de alcanzársela al doctor, retomó su posición de cara a la puerta.

Havers puso la toalla encima del cuerpo de Bella y luego cortó el camisón por un lado. Levantó la mirada antes de retirar cualquier cosa.

—Necesitaré verle todo el cuerpo. Y voy a tener que tocarle el vientre.

—¿Para qué?

—Tengo que palparle los órganos internos para saber si hay alguna inflamación por trauma o infección.

—Que sea rápido.

Havers hizo a un lado la toalla.

Z se balanceó contra el cuerpo de su gemelo.

—¡Ay... nalla! —Se le quebró la voz—. ¡Ay, Dios... nalla!

Había algo grabado sobre la piel del estómago, en lo que parecían letras mayúsculas de cerca de siete centímetros. Como Z era analfabeto, no pudo saber qué decía, pero tuvo un horrible presentimiento...

—¿Qué dice? —siseó.

Havers se aclaró la garganta.

—Es un nombre. David. Dice «David»...

Wrath gruñó.

—¿En la piel? Ese animal...

Z interrumpió a su rey.

—Mataré a ese restrictor. Dios me tiene que ayudar para que no quede nada de él.

Havers revisó las heridas, con manos ligeras y cuidadosas.

—Deben tener cuidado de que no caiga sal cerca de estas heridas, si no, le quedarán cicatrices.

—¡No me diga! —Como si él no supiera cómo se forman las cicatrices...

Havers la cubrió y se ocupó de los pies, examinándolos, lo mismo que las pantorrillas. Retiró el camisón cuando llegó a las rodillas. Luego movió una de las piernas hacia un lado, para separar los muslos.

Z se abalanzó sobre él y arrastró a Phury.

—¿Qué diablos está haciendo?

Havers retiró las manos y se las puso sobre la cabeza.

—Tengo que hacerle un examen interno. En caso de que haya sido... violada...

Con un movimiento rápido, Wrath se paró frente a Z y le pasó los brazos por la cintura. La mirada del rey ardía a través de los cristales oscuros.

—Déjalo trabajar, Z. Es mejor para ella que la examine a conciencia.

Zsadist no se sintió capaz de mirar. Dejó caer la cabeza sobre el cuello de Wrath, perdiéndose entre la larga melena negra del rey. Los cuerpos de sus hermanos lo tenían atrapado, pero él estaba demasiado aterrorizado como para preocuparse por el exceso de contacto. Cerró los ojos con fuerza y respiró hondo, mientras que el olor de Phury y Wrath le invadía la nariz.

Oyó un ruido metálico, como si el médico estuviera buscando algo en el maletín. Luego oyó dos ruidos secos, como si el hombre se estuviera poniendo unos guantes. Otro sonido metálico. Algunos susurros. Después... silencio. No, no del todo. Pequeños ruidos. Luego un par de clics.

Z se recordó que todos los restrictores eran impotentes. Pero ya se podía imaginar lo que serían capaces de inventar para contrarrestar esa deficiencia.

Tembló de terror por ella, hasta que le castañetearon los dientes.

Sentado en el asiento delantero del Range Rover, John
Matthew miró a Tohr. Parecía preocupado, y aunque John
tenía miedo de conocer a Wrath, el rey, le preocupaba más ese
silencio. No podía entender qué pasaba. Bella había sido resca-
tada. Ya estaba a salvo. Así que todo el mundo debería estar feliz.
Pero no parecía así. Cuando Tohr llegó a su casa a recogerlo, abrazó a Wellsie en la cocina y se quedaron así un largo rato. Luego
dijo algo en lengua antigua, en voz baja, como si le costara trabajo hablar.

John quería conocer los detalles de lo que había sucedido,
pero era difícil averiguarlo en el coche, en medio de la oscuridad, porque no podía escribir, ni hablar por señas a Tohr, que
iba pendiente de la carretera. Además, Tohr no tenía cara de querer hablar.

—Ya hemos llegado —dijo Tohr.

Después de dar un giro rápido a la derecha, se metieron
por un camino sin pavimentar y de pronto John se dio cuenta de
que no podía ver nada por la ventanilla. Había una extraña niebla
en ese bosque que los rodeaba, todo parecía vagamente amorti-
guado y eso le producía náuseas.

En medio del paisaje nublado, de pronto surgió una puerta inmensa y se detuvieron. Había otro par de puertas más adelante y, cuando pasaron las primeras, quedaron atrapados entre

las dos, como un toro en un burladero. Tohr bajó la ventanilla, marcó una clave en el teclado de un intercomunicador y luego pudieron seguir su camino hacia...

«¡Por Dios! ¿Qué es esto?».

Un túnel subterráneo. Y a medida que penetraban entre la tierra, en un descenso constante, fueron apareciendo varias puertas más y las barricadas se fueron haciendo cada vez más grandes, hasta llegar a la última. Ésa era la mayor de todas, un monstruo brillante de acero que tenía una señal de peligro por alto voltaje clavada en la mitad. Tohr puso la cara frente a una cámara de seguridad y luego se oyó un sonido metálico. Las puertas se abrieron.

Antes de seguir, John le dio un golpecito en el brazo para llamar su atención.

—¿Es aquí donde viven los hermanos? —dijo lentamente con lenguaje de signos.

—Más o menos. Estamos entrando a través del centro de entrenamiento y luego iremos a la mansión —Tohr aceleró—. Cuando empiecen las clases, vendrás aquí de lunes a viernes. Un autobús te recogerá frente a nuestra casa a las cuatro en punto. Mi hermano Phury vive aquí, así que él te dará las primeras clases —al ver la mirada de John, Tohr explicó—: El complejo está totalmente conectado mediante subterráneos. Ya te enseñaré cómo entrar al sistema de túneles que une todos los edificios, pero debes guardar esa información sólo para ti. Cualquiera que se presente en cualquier parte del complejo sin ser invitado tendrá serios problemas. Tus compañeros de clase no serán bienvenidos, ¿entiendes lo que quiero decir?

John asintió con la cabeza. Mientras entraban al estacionamiento, recordó una noche no muy lejana. ¡Parecía que hubieran pasado cien años desde que fue allí con Mary y Bella!

John y Tohr se bajaron del Range Rover.

—¿Con quién recibiré el entrenamiento? —preguntó por señas.

—Con una docena de chicos, más o menos de tu misma edad. Todos tienen sangre guerrera en sus venas, lo cual es la razón para que los hayamos elegido. El entrenamiento se desarrollará a lo largo de su transición y se extenderá un poco más, hasta que pensemos que están listos para salir al campo de batalla.

Caminaron hasta un par de puertas metálicas que Tohr abrió de par en par. Al otro lado había un pasillo que parecía interminable. A medida que avanzaban, Tohr le fue mostrando un salón, el gimnasio, una sala de pesas. Se detuvo cuando llegaron a una puerta de vidrio opaco.

—Aquí es donde suelo estar, cuando no estoy en casa o en el campo de batalla.

John entró. El cuarto estaba más bien vacío y no tenía nada especial. El escritorio era de metal y estaba cubierto de ordenadores, teléfonos y papeles. Había varios archivadores apoyados contra una de las paredes. Sólo había dos lugares para sentarse, o tres, si uno le daba la vuelta a la papelera. Una silla de oficina normal en el rincón, y otra silla, horrible, detrás del escritorio. Esta última era una monstruosidad forrada en un cuero verde bastante gastado, con abolladuras, el asiento totalmente hundido y unas patas que le daban un nuevo significado a la palabra «burdo».

Tohr se apoyó en el alto respaldo de la silla.

—¿Puedes creer que Wellsie me obligó a deshacerme de esto?

John asintió con la cabeza e hizo la señal que quería decir: «Sí, sí puedo».

Tohr sonrió y fue hacia un armario que llegaba hasta el techo. Cuando abrió la puerta y marcó una clave en un teclado, el fondo del armario se deslizó y dejó ver una especie de pasadizo oscuro.

—Vamos.

John dio un paso adelante, aunque no podía ver mucho.

Era un túnel de metal, lo suficientemente ancho para dar paso a tres personas caminando hombro con hombro, y tan alto que todavía quedaba espacio encima de la cabeza de Tohr. Había luces en el techo cada tres metros, pero no alumbraban mucho en medio de tanta oscuridad.

«Esto es lo más fascinante que he visto en la vida», pensó John, cuando empezaron a caminar.

Los pasos de Tohr, con sus botas de combate, rebotaban contra la suave superficie de las paredes de acero, al igual que su voz de bajo.

—Mira, acerca del encuentro con Wrath, no quiero que te preocupes. Él es muy severo, pero no hay nada que temer. Y no

93

te asustes por sus gafas oscuras. Es casi ciego y tiene hipersensibilidad a la luz, por eso las usa. Pero aunque no puede ver, de todas maneras te va a leer como si fueras un libro abierto. Percibirá tus emociones con claridad meridiana.

Poco después apareció, a mano izquierda, una escalerilla que llevaba a una puerta con otro teclado. Tohr se detuvo y señaló el túnel, que seguía más allá de lo que John alcanzaba a ver.

—Si sigues caminando derecho por ahí, llegarás a la caseta de vigilancia, que está a unos ciento veinte metros.

Tohr subió las escaleras, marcó una contraseña y abrió la puerta. Enseguida entró una corriente de luz brillante, como agua de una presa.

John levantó la vista y sintió algo extraño palpitándole en el pecho. Tuvo la curiosa sensación de estar soñando.

—Todo está bien, hijo. —Tohr sonrió y su actitud adusta pareció suavizarse un poco—. Aquí arriba estás a salvo. Nadie te va a hacer daño. Confía en mí.

* * *

—Muy bien, ya he terminado —dijo Havers.

Zsadist abrió los ojos, pero sólo vio la espesa melena de Wrath.

—¿Acaso la...?

—Ella está bien. No hay señales de que la hayan obligado a tener sexo ni hay ningún trauma —se oyó otro ruido seco, como si el doctor se estuviera quitando los guantes.

Zsadist se mareó y sus hermanos lo sostuvieron. Cuando por fin levantó la cabeza, vio que Havers le había quitado a Bella el camisón ensangrentado y había vuelto a ponerle la toalla. En ese momento se estaba poniendo otro par de guantes. El hombre se inclinó sobre su maletín, sacó unas tijeras muy pequeñas y unas pinzas y luego levantó la vista.

—Ahora voy a curarle los ojos, ¿le parece bien? —cuando Z asintió con la cabeza, el doctor levantó los instrumentos—. Tenga cuidado, señor. Si usted me asusta, puedo dejarla ciega con esto. ¿Entiende lo que digo?

—Sí. Sólo le pido que no le haga daño...

—Ella no sentirá nada. Se lo prometo.

En esa ocasión Z no cerró los ojos, y observó los movimientos del médico con atención. La operación le pareció eterna. En algún momento creyó darse cuenta de que no se estaba sosteniendo por sus propios pies. Phury y Wrath lo mantenían en pie y la cabeza le colgaba junto al enorme hombro de Wrath. Tenía la mirada fija en el suelo.

—La última —murmuró Havers—. Muy bien. Hemos terminado con las suturas.

Todos los hombres que había en el cuarto respiraron profundamente, incluido el médico, y luego Havers se dirigió a su maletín y sacó un tubito. Le aplicó a Bella un ungüento sobre los párpados y luego volvió a guardar sus instrumentos.

Mientras que el médico se ponía de pie, Zsadist se soltó y caminó un poco. Wrath y Phury estiraron los brazos, aliviados.

—Las heridas que tiene son dolorosas, pero no representan una amenaza para su vida —dijo Havers—. Estarán totalmente curadas mañana o pasado mañana, siempre y cuando no las toquen. Está desnutrida y necesita alimentarse. Si la van a dejar en esta habitación, tendrán que encender la calefacción y pasarla a la cama. Deben traerle algo de comer y de beber para cuando se despierte. Y otra cosa. En el examen interno, encontré... —el médico miró a Wrath y a Phury, pero luego fijó la mirada en Zsadist—. Algo de carácter personal.

Zsadist se acercó al doctor.

—¿Qué?

Havers lo llevó a un rincón y habló en voz baja.

Z se quedó sin palabras, cuando el hombre terminó lo que tenía que decirle.

—¿Está seguro?

—Sí.

—¿Cuándo?

—No lo sé. Pero muy pronto.

Z miró a Bella.

—Ahora, supongo que tendrán aspirinas o algún calmante en la casa, ¿cierto?

Z no sabía a qué se refería; nunca tomaba medicinas para el dolor. Así que miró a Phury.

—Sí —dijo Phury.

—Que se tome un par de aspirinas. Y les dejaré algo más fuerte, por si la aspirina no fuera suficiente.

Havers sacó un frasquito de vidrio que tenía una tapa de caucho rojo y también dos jeringas hipodérmicas en su envoltorio estéril. Escribió algo en una libreta y luego le entregó a Z el papel y la medicina.

—Si es de día y tiene mucho dolor cuando se despierte, pueden ponerle una inyección de esto, de acuerdo con mis instrucciones. Es la misma morfina que acabo de administrarle, pero deben ser muy cuidadosos con la dosis. Llámenme si tienen preguntas o quieren que les enseñe cómo ponerle la inyección. Si es de noche, yo mismo puedo venir a ponerle la inyección —Havers bajó la mirada hacia la pierna de Z—. ¿Quiere que le examine la herida?

—¿Puedo bañarla?

—Sí, claro.

—¿Ahora?

—Sí —Havers frunció el ceño—. Pero, señor, su pierna...

Z fue al baño, abrió las llaves del yacusi y metió la mano bajo el chorro. Esperó hasta que estuviera caliente y luego volvió a por ella.

Cuando regresó a la habitación, el médico ya se había marchado, pero Mary, la mujer de Rhage, estaba en la puerta, esperando para ver a Bella. Phury y Wrath hablaron brevemente con la mujer y negaron con la cabeza. Ella se fue; parecía muy triste.

Cuando la puerta se cerró, Z se arrodilló junto al jergón y comenzó a levantar a Bella.

—Espera, Z —dijo la voz de Wrath con brusquedad—. Su familia debería encargarse de ella.

Z se detuvo y pensó en la persona que debía haber alimentado a los peces. ¡Dios... lo que estaba haciendo era una locura! Retenerla allí, lejos de aquellos que tenían derecho a cuidar de ella en medio de su dolor. Pero la idea de dejarla salir al mundo era insoportable. Acababa de encontrarla...

—Se irá con ellos mañana —dijo Z—. Esta noche se queda aquí.

Wrath negó con la cabeza.

—No es...

—¿Crees que está lista para viajar en este estado? —preguntó Z—. Déjala en paz. Dile a Tohr que llame a su familia y les diga que se la entregaremos mañana al anochecer. Ahora necesita un baño y dormir un poco.

Wrath apretó los labios. Hubo un largo silencio.

—Entonces, que se quede en otra habitación, Z. No se puede quedar contigo.

Zsadist se puso de pie y caminó hasta donde estaba el rey, en actitud provocativa.

—Trata de moverla.

—Por Dios, Z —intervino Phury—. Recapacita...

Wrath se inclinó hasta que su nariz quedó a milímetros de la de Zsadist.

—Ten cuidado, Z. Tú sabes muy bien que, si me amenazas, no sólo vas a terminar con la mandíbula fracturada.

Sí, ya habían pasado por eso durante el verano. Si seguía así, Z podía ser ejecutado legalmente bajo las antiguas normas de comportamiento. La vida del rey tenía más valor que la de todos los demás.

Aunque a Z no le importó lo más mínimo.

—¿Crees que me asusta una sentencia de muerte? Por favor... —entornó los ojos—. Pero te diré una cosa. Ya sea que decidas ejercer tu autoridad sobre mí o no, tardarás al menos un día en exponer el caso ante la Virgen Escribana para poder condenarme. Así que Bella se queda a dormir aquí esta noche.

Regresó donde estaba Bella y la levantó con todo el cuidado que pudo, mientras se aseguraba de que la toalla permaneciera donde debía estar. Sin mirar a Wrath o a su gemelo, pasó con ella hacia el baño y cerró la puerta con el pie.

La bañera ya estaba medio llena, así que la sostuvo, mientras se agachaba y comprobaba la temperatura. Perfecta. La metió en el agua y luego le sacó los brazos y los apoyó sobre las paredes de la bañera, de manera que quedara bien acomodada.

La toalla se empapó rápidamente y se pegó sobre el cuerpo de Bella. Z vio con claridad la suave curva de sus senos, la estrecha cavidad de las costillas, la extensión plana de su vientre. A medida que el agua fue subiendo, el borde de la toalla comenzó a flotar y juguetear con la parte superior de sus muslos.

Z sintió que el corazón le saltaba en el pecho y se sintió como un pervertido, mirándola mientras estaba herida e inconsciente.

Con la esperanza de protegerla de sus propios ojos y el deseo de concederle la intimidad que merecía, fue hasta el gabinete para buscar algún gel de baño. Pero sólo había sales, y decidió no usarlas, porque quizás fueran perjudiciales para sus heridas.

Estaba a punto de volverse hacia ella, cuando lo impresionó ver lo grande que era el espejo que había sobre el lavabo. Zsadist no quería que ella se viera en ese estado, porque cuanto menos supiera sobre lo que le habían hecho, mejor. Cubrió el espejo con dos toallas grandes y metió el borde de la tela detrás del marco.

Cuando regresó, la joven se había deslizado en el agua, pero al menos la parte superior de la toalla todavía estaba pegada a sus hombros y básicamente permanecía en su lugar. Z le pasó un brazo por la espalda y la levantó, luego tomó una esponja para enjabonarla. Tan pronto comenzó a lavarle el cuello, ella se movió y le salpicó. De su boca salieron unos balbuceos de terror que no cesaron ni siquiera cuando él dejó de frotarle con la esponja.

«¡Háblale, idiota!», se dijo.

—Bella... Bella, todo está bien. Tú estás bien.

Ella se quedó quieta y frunció el ceño. Luego abrió ligeramente los ojos y comenzó a parpadear. Cuando trató de limpiarse los párpados, él le retiró las manos de la cara.

—No. Es una pomada. No te la quites.

Bella se quedó paralizada. Se aclaró la garganta hasta que pudo hablar.

—¿Dónde... dónde estoy?

A Z le pareció que la voz de la mujer sonaba de forma hermosa, a pesar de que era apenas un balbuceo ronco.

—Estás con... —«estás conmigo», quiso decir—. Estás con la Hermandad. Estás a salvo.

Los ojos vidriosos de Bella se movieron, examinando el lugar, y Zsadist fue hasta el interruptor que había en la pared para bajar la intensidad de la luz. Aunque estaba alucinando, y sin duda no vería nada a causa de la pomada, no quería correr el riesgo de que ella lo viera. La última cosa sobre la que necesitaba preocuparse era qué pasaría si sus cicatrices no sanaban bien.

Cuando Bella dejó caer los brazos dentro del agua y apoyó los pies contra el fondo de la bañera, él cerró la llave y se echó hacia atrás. No tenía costumbre de tocar a la gente, así que no era ninguna sorpresa que ella no hubiese resistido el contacto de sus manos. El caso es que no ignoraba qué podía hacer para aliviarla. Tenía un aspecto terrible, sumida en una silenciosa agonía.

—Estás a salvo... —murmuró, aunque dudaba que lo creyera. Él no lo habría creído, si hubiera estado en su lugar.

—¿Zsadist está aquí?

Z frunció el ceño, sin saber qué hacer.

—Sí, estoy aquí.

—¿De verdad?

—Aquí mismo. Junto a ti —Z estiró el brazo con torpeza y le apretó la mano. Ella también se la apretó.

Y luego pareció deslizarse hacia una especie de delirio. Comenzó a balbucear, hacía sonidos que podrían haber sido palabras, y se estremecía. Z tomó otra toalla, la enrolló y se la puso debajo de la cabeza, para que no se la fuera a golpear contra el borde del yacusi.

Trató de pensar en alguna manera de ayudarla y, como fue la única cosa que se le ocurrió, comenzó a canturrear. Al ver que eso parecía tranquilizarla, empezó a cantar en voz baja y eligió un himno en lengua antigua, dedicado a la Virgen Escribana; un himno que hablaba de cielos azules, búhos blancos y praderas verdes.

Poco a poco, Bella se fue relajando, y respiró profundamente. Al cerrar los ojos, se recostó contra la toalla que él le había puesto debajo de la cabeza.

Como era el único consuelo que podía brindarle, Zsadist cantó de la forma más suave.

* * *

Phury se quedó observando el jergón en el que Bella había estado, pensando que el camisón rasgado que llevaba puesto cuando la encontraron lo hacía sentir náuseas. Luego posó la mirada en la calavera que había sobre el suelo, a mano izquierda. La calavera de una mujer.

—No puedo permitir esto —dijo Wrath, al oír que cesaba el ruido del agua en el baño.

—Z no le hará daño —murmuró Phury—. Mira la forma en que la trata. ¡Por Dios, está actuando como un macho enamorado!

—¿Y qué pasaría si su estado de ánimo cambia de repente? ¿Quieres que Bella forme parte de la lista de hembras que ha matado?

—Se volverá como loco si nos la llevamos.

—Pues...

De pronto los dos se quedaron inmóviles y luego se volvieron a mirar hacia el baño. A través de la puerta se escuchaba un sonido suave, rítmico. Como si alguien estuviera...

—¿Qué es eso? —preguntó Wrath.

Phury tampoco podía creerlo.

—Le está cantando.

Aunque cantaba en voz baja, la pureza y la belleza de la voz de Zsadist eran impresionantes. Siempre había tenido voz de tenor. En las raras ocasiones en que cantaba, los sonidos que salían de su boca eran asombrosos, capaces de hacer que el tiempo se detuviera y se deslizara hacia la eternidad.

—¡Maldición! —Wrath se subió las gafas oscuras sobre la frente y se frotó los ojos—. Vigílalo, Phury. Vigílalo bien.

—¿Acaso no es eso lo que siempre hago? Mira, esta noche tengo que ir a visitar a Havers, pero sólo para que me arregle la prótesis. Le pediré a Rhage que esté pendiente de todo hasta que regrese.

—Hazlo. No vamos a perder a esa chica mientras esté bajo nuestra responsabilidad, ¿está claro? ¡Por Dios... ese gemelo tuyo es capaz de enloquecer a cualquiera! —Wrath salió de la habitación.

Phury volvió a mirar el jergón y se imaginó a Bella acostada allí, junto a Zsadist. Eso no estaba bien. Z no tenía idea de lo que era el calor del afecto. Y esa pobre mujer había pasado las últimas seis semanas encerrada en un agujero helado.

«Debería ser yo el que estuviera ahí con ella. Bañándola. Consolándola. Cuidándola».

«Mía», pensó, mientras miraba hacia la puerta por la que se filtraba aquella melodía.

Phury comenzó a avanzar hacia el baño, pues de repente se sintió iracundo. El instinto de territorialidad prendió en su pecho como una hoguera, declarando un incendio de poder que rugía por todo su cuerpo. Cuando puso la mano sobre el pomo, oyó que la hermosa voz de tenor cambiaba de melodía.

Phury se quedó allí, temblando. Su rabia se convirtió en un anhelo que lo asustó, y apoyó la frente contra el dintel. «¡Ay, por Dios... no!».

Cerró los ojos con fuerza, tratando de encontrar otra explicación para su comportamiento. No había ninguna. Y, después de todo, Zsadist y él eran gemelos.

Así que era posible que desearan a la misma mujer. Que terminaran... eligiendo a la misma mujer.

Lanzó una maldición.

¡Por toda la sangre del mundo, eso sí era un problema como para salir corriendo! Para empezar, el hecho de que dos hombres anduvieran persiguiendo a la misma mujer ya era una situación fatal. Pero si además se trataba de dos guerreros, las posibilidades de peligro aumentaban seriamente. Después de todo, los vampiros eran animales. Caminaban, hablaban y eran capaces de llevar a cabo complicados razonamientos, pero básicamente eran animales. Así que había ciertos instintos que ni siquiera la inteligencia más poderosa era capaz de controlar.

¡Menos mal que él aún no había llegado a ese extremo!, pensó Phury. Se sentía atraído hacia Bella y la deseaba, pero aún no había descendido hasta el profundo sentimiento posesivo que caracteriza a un macho que ha elegido compañera. Y tampoco había sentido el olor de ese sentimiento en Z, así que tal vez había esperanzas.

Sin embargo, los dos debían alejarse de Bella. Probablemente debido a su naturaleza agresiva, los guerreros elegían compañera de forma rápida y definitiva. Así que ojalá Bella se marchara pronto y regresara al seno de su familia, adonde pertenecía.

Phury quitó la mano del picaporte y salió de la habitación. Bajó las escaleras como un zombi y se dirigió al jardín. Quería que el aire frío le ayudara a pensar con claridad. Pero lo único que ocurrió fue que su piel se erizó.

Estaba a punto de encender un porro cuando vio que el Ford Taurus que Z había usado para traer a Bella estaba aparcado frente a la mansión. Todavía tenía puesta la llave de contacto. Había quedado olvidado en medio de todo ese drama.

No, ésa no era la clase de escultura que necesitaban para adornar el jardín. ¡Sólo Dios sabía qué tipo de mecanismo de rastreo tendría instalado!

Phury se subió al automóvil y lo puso en marcha.

C uando John salió del túnel, quedó momentáneamente cegado por la claridad. Luego sus ojos se adaptaron. «¡Oh, Dios mío, es precioso!».

El amplio vestíbulo parecía un arco iris, tenía tantos colores que John sintió que sus retinas no podían captarlos todos. Desde las columnas de mármol verde y rojo, pasando por el suelo de mosaico multicolor y las decoraciones doradas por todas partes, hasta el...

¡El techo!

Un fresco con imágenes de ángeles, nubes y guerreros montados en grandes caballos cubría una extensión que parecía tan grande como un campo de fútbol. Y había más... Alrededor del segundo piso había un balcón forrado en laminilla de oro que tenía paneles pintados con imágenes similares. Luego estaba la inmensa escalera, con su propia barandilla decorada.

Las proporciones del espacio eran perfectas. Los colores, espléndidos. Las obras de arte, sublimes. Y no era como un edificio de Donald Trump para turistas. Incluso John, que no sabía nada acerca de estilos de decoración, tuvo la curiosa sensación de estar frente a algo auténtico. La persona que había construido y decorado esa mansión ciertamente sabía del tema y tenía el dinero necesario para comprar lo mejor de todo. Un verdadero aristócrata.

—Hermoso, ¿verdad? Mi hermano D construyó este lugar en 1914 —Tohr se puso las manos en las caderas, mientras miraba alrededor, luego se aclaró la garganta—. Sí, tenía un gusto fantástico. Siempre elegía lo mejor de lo mejor.

John observó atentamente la cara de Tohr. Nunca lo había oído hablar en ese tono. Con tanta tristeza...

Tohr sonrió e invitó a John a seguirlo, poniéndole una mano en el hombro.

—No me mires así. Me siento desnudo cuando lo haces.

Se dirigieron al segundo piso caminando sobre una alfombra roja, tan mullida que parecía que fuesen sobre un colchón. Cuando John llegó arriba, miró por el balcón hacia el diseño del suelo del vestíbulo. Los mosaicos formaban la imagen de un espectacular árbol frutal, en plena florescencia.

—Las manzanas forman parte de nuestros rituales —dijo Tohr—. O al menos así era cuando los realizábamos con regularidad. Últimamente no se han hecho muchas ceremonias, pero Wrath está convocando a la primera de solsticio del invierno que tendrá lugar en cien años o más.

—Eso es en lo que ha estado trabajando Wellsie, ¿no? —preguntó John con lenguaje de signos.

—Sí. Ella se está encargando de la mayor parte de la logística. Nos hace mucha falta volver a los rituales; sí, ya es hora de que lo hagamos.

Al ver que John seguía contemplando todo ese esplendor, Tohr dijo:

—Vamos, hijo, Wrath nos está esperando.

John asintió con la cabeza y siguió adelante. Enseguida cruzaron el corredor y llegaron a una puerta que tenía un escudo. Cuando Tohr estaba levantando la mano para golpear, los picaportes de bronce giraron, dejando ver el interior del salón. Pero resultó que no había nadie al otro lado. John se quedó pasmado, ¿cómo se habían abierto las puertas?

Miró hacia adentro. El salón era azul celeste y le recordó imágenes de un libro de historia. Era de estilo francés, según le pareció, con arabescos y muebles elegantes...

De repente, John sintió que le costaba trabajo tragar saliva.

—Milord —dijo Tohr, al tiempo que hacía una venia. Luego avanzó.

John se quedó en el umbral. Tras un espectacular escritorio francés, que era demasiado hermoso y demasiado pequeño para él, había un hombre gigantesco, con unos hombros incluso más grandes que los de Tohr. Una larga cabellera negra se desprendía desde la frente, donde la línea del cabello formaba una V; y su cara... Tenía una apariencia tan ruda que parecía decir «conmigo no se juega». ¡Por Dios, y esas gafas oscuras le daban una apariencia de crueldad absoluta!

—¿John? —dijo Tohr.

John se situó detrás de Tohr y trató de esconderse. Sí, era un gesto muy cobarde, pero nunca se había sentido tan pequeño y prescindible. ¡El enorme poder que emanaba del tipo que tenían enfrente le hizo pensar que él no existía!

El rey se movió en su silla y se inclinó sobre el escritorio.

—Ven aquí, hijo —dijo en voz baja y con un fuerte acento, en el que el sonido de la «j» pareció alargarse un poco.

—Adelante —Tohr le dio un empujón al ver que John no se movía—. No pasa nada.

John se tropezó con sus propios pies y atravesó el salón con torpeza. Se detuvo frente al escritorio, como una piedra que dejara de rodar al topar con algún objeto en su camino.

El rey se levantó lentamente, hasta que pareció más alto que un edificio. Wrath debía de medir más de dos metros, y la ropa negra que llevaba, en particular los pantalones de cuero, hacían que pareciera aún más grande.

—Ven aquí detrás.

John miró hacia atrás, para asegurarse de que Tohr todavía estaba en la habitación.

—Está bien, hijo —dijo el rey—. No te voy a hacer daño.

John caminó alrededor del escritorio, mientras que el corazón le latía aceleradamente, como el de un ratón. Cuando levantó la cabeza para mirar hacia arriba, el rey estiró un brazo. La parte interna del antebrazo, desde la muñeca hasta el codo, estaba cubierta de tatuajes negros. Los dibujos eran como los que John había visto en sueños, los que había grabado en el brazalete que llevaba puesto...

—Soy Wrath —dijo el hombre. Hubo una pausa—. ¿Quieres estrechar mi mano, hijo?

John le alargó la mano y pensó que sus huesos no soportarían el apretón. Sin embargo, cuando hicieron contacto, lo único que sintió fue un calor intenso.

—Ese nombre que está escrito en tu brazalete —dijo Wrath— es Tehrror. ¿Quieres seguir llamándote así, o John como hasta ahora?

John sintió pánico y miró a Tohr, porque no sabía qué quería y no sabía cómo decírselo al rey.

—Tranquilo, hijo. —Wrath sonrió—. Puedes decidirlo después.

De pronto el rey volvió la cara hacia un lado, como si hubiese oído algo en el pasillo. De manera igualmente súbita, sus labios esbozaron una sonrisa que le dio a su cara una expresión de reverencia.

—Leelan —dijo Wrath en voz baja.

—Lo siento, llego tarde —dijo la mujer, con una voz suave y adorable—. Mary y yo estamos muy preocupadas por Bella. Estamos tratando de pensar en alguna manera de ayudarla.

—Ya encontraréis la forma. Ven a conocer a John.

John se volvió hacia la puerta y vio a una mujer...

De repente quedó deslumbrado por una luz blanca que cubrió todo lo que veía. Como si le hubiesen apuntado con un rayo de luz halógena. Parpadeó y volvió a parpadear... Y entonces volvió a ver a la mujer, que pareció salir de la nada infinita. Tenía el pelo negro y unos ojos que le recordaban a alguien que había amado... No, no le recordaban nada... ésos eran los ojos de su... ¿Qué? ¿De su qué?

John se tambaleó y oyó voces que parecían venir de muy lejos.

En el fondo de su ser, en el pecho, allá en lo más profundo de su corazón, sintió que algo se rompía, como si él se partiera en dos. La estaba perdiendo... estaba perdiendo a la mujer de pelo negro... estaba...

Sintió que abría la boca, como si estuviera tratando de hablar, pero comenzó a temblar y los espasmos sacudieron su cuerpo hasta que cayó al suelo sin sentido.

* * *

Zsadist sabía que era hora de sacar a Bella de la bañera, porque ya llevaba ahí casi una hora y la piel se le estaba empezando a arrugar. Pero en ese momento vio a través del agua la toalla que le había mantenido encima.

¡Mierda! Sacarla con eso encima iba a ser un lío.

Entonces entornó los ojos, se inclinó y la retiró.

Volvió la cabeza para no mirar a Bella y dejó caer al suelo la toalla empapada; luego tomó una seca, que puso al lado de la bañera. Con los dientes apretados, se inclinó hacia delante, metió los brazos en el agua y agarró el cuerpo de la joven. Sus ojos terminaron a la altura de los senos.

¡Eran perfectos! Blancos como la crema y con pezones sonrosados. Y el agua comenzó a juguetear con los pezones, acariciándolos hasta hacerlos brillar.

Zsadist cerró los ojos, sacó los brazos de la bañera y se echó hacia atrás. Cuando estuvo listo para volver a intentarlo, se concentró en la pared que tenía enfrente y volvió a inclinarse... pero enseguida sintió un dolor punzante en las caderas. Miró hacia abajo, confundido.

Había un bulto inmenso en la entrepierna. Esa cosa estaba tan dura que había tensado al máximo la tela de sus pantalones de algodón. Al inclinarse hacia delante, obviamente la cosa había quedado atrapada contra la pared de la bañera y eso era lo que le había producido la punzada de dolor.

Maldiciendo, Zsadist retiró la cosa con el dorso de la mano, pues odiaba la sensación de peso que le producía, la manera en que se enredaba entre los pantalones y el hecho de tener que vérselas con esa extraña sensación. Pero, a pesar de lo mucho que lo intentó, no pudo lograr que la cosa se acomodara de manera correcta, pues la única manera de lograrlo sería meter las manos en los pantalones y colocarla manualmente, pero él preferiría morirse antes que hacer eso. Después de un rato se dio por vencido y dejó que la erección continuara, siempre en una posición que resultaba terriblemente dolorosa.

Respiró hondo, deslizó otra vez los brazos en el agua y los metió por debajo del cuerpo de Bella. La levantó y volvió a sorprenderse al ver lo ligera que era. Luego la apoyó contra la pared de mármol, ayudándose con la cadera y sosteniéndola de la clavícula, y recogió la toalla que había dejado en el borde del yacusi.

Pero, antes de envolverla en la toalla, fijó la mirada en las letras que había grabadas en la piel del estómago de la mujer.

Algo extraño pareció estremecerse en su pecho, como una pesada carga... No, era como una sensación de descenso, como si se estuviera cayendo, aunque seguía con los pies sobre el suelo. Zsadist estaba asombrado. Había pasado mucho tiempo desde la última vez que algo había logrado penetrar en las defensas de su rabia y de ese estado de anestesia en que vivía. Tuvo la sensación de estar... ¿triste?

«No importa», se dijo. Bella tenía escalofríos y se le puso la piel de gallina. No era el momento de psicoanalizarse.

Zsadist la envolvió bien y la llevó hasta la cama. Retiró la colcha cobertor, la acostó y luego quitó la toalla mojada. Mientras la cubría con las sábanas y las mantas, volvió a verle el vientre.

Esa extraña sensación regresó, y fue como si su corazón hubiese descendido hasta las entrañas. O tal vez hasta la entrepierna.

La arropó bien y luego se dirigió al control de la calefacción. Cuando se paró frente al termostato, vio botones, números y letras que no entendía, y se dio cuenta de que no sabía cómo encenderlo. Movió el botón desde el extremo izquierdo más o menos hasta el centro, pero no estaba seguro de qué era exactamente lo que había hecho.

Entonces miró hacia el escritorio. Allí estaban las dos jeringuillas y el frasquito de morfina, exactamente donde Havers los había dejado. Z se acercó, tomó una aguja, la droga y la fórmula con la dosis; luego se detuvo un momento, antes de salir de la habitación. Bella estaba muy quieta en la cama. Parecía muy pequeña entre todos los almohadones.

Se la imaginó metida en ese tubo enterrado en el suelo. Asustada. Dolorida. Con frío. Luego se imaginó al restrictor haciéndole lo que le había hecho; sujetándola, mientras que ella luchaba y gritaba.

Esta vez sí supo lo que sintió.

Sed de venganza. Gélida sed de venganza. Tanta que parecía llegar al infinito.

J ohn se despertó en el suelo y vio que Tohr y Wrath estaban junto a él y lo observaban con atención.

¿Dónde estaba la mujer de pelo negro? Trató de sentarse inmediatamente, pero unas manos fuertes se lo impidieron.

—Descansa un poco más, hombre —dijo Tohr.

John estiró el cuello para buscarla, y entonces la vio. Miraba con angustia desde la puerta. Tan pronto la vio, cada neurona de su cabeza comenzó a arder y la luz blanca regresó. Comenzó a temblar y su cuerpo se sacudió contra el suelo.

—¡Mierda, otra vez tiene convulsiones! —murmuró Tohr, mientras se inclinaba para tratar de controlar el ataque.

John se sentía como si algo le estuviera arrebatando el aliento. Estiró la mano hacia la mujer de pelo negro, tratando de alcanzarla.

—¿Qué necesitas, hijo? —La voz de Tohr parecía ir y venir en ondas, como una emisora de radio sin buena señal—. Te lo traeremos...

La mujer...

—Acércate, Leelan —dijo Wrath—. Tómale la mano.

La mujer de pelo negro se acercó y en cuanto sus manos se tocaron, todo se volvió negro.

Cuando volvió en sí, Tohr estaba diciendo:

—... de todas maneras lo voy a llevar a ver a Havers. Hola, hijo. Ya has vuelto...

John se sentó, pero la cabeza le daba vueltas. Se llevó las manos a la cara, como si eso lo ayudara a mantenerse consciente, y miró hacia la puerta. ¿Dónde estaba la mujer? Tenía que... John no sabía lo que tenía que hacer. Pero había algo que tenía que hacer. Algo relacionado con ella...

De manera frenética, dijo algo con lenguaje de signos.

—Se ha ido, hijo —dijo Wrath—. Vamos a mantenerlos alejados hasta que tengamos alguna idea de lo que sucede.

John miró a Tohr y comenzó otra vez a hacer señas, pero esta vez más lentamente. Tohr tradujo:

—Dice que necesita cuidarla.

Wrath se rió con suavidad.

—Creo que ése es mi trabajo, hijo. Ella es mi compañera, mi shellan, tu reina.

Por alguna razón John pareció relajarse al oír eso y poco a poco volvió a la normalidad. Quince minutos después se puso de pie.

Wrath le clavó a Tohr una mirada intensa.

—Quiero hablar contigo de estrategia, así que te necesito aquí. Sin embargo, Phury va a ir a la clínica esta noche. ¿Por qué no le pides que lleve al muchacho?

Tohr vaciló un momento y miró a John.

—¿Te parece bien, hijo? Mi hermano es un buen tipo. En todos los aspectos.

John asintió con la cabeza. Ya había causado suficientes problemas cayéndose al suelo como si sufriera de desmayos. Después de eso, estaba dispuesto a cualquier cosa.

¡Dios! ¿Qué sería lo que tenía esa mujer? Ahora que se había marchado, ya no podía recordar qué era lo que le había llamado tanto la atención. Ni siquiera podía recordar su cara. Era como si tuviera una amnesia repentina.

—Déjame llevarte al cuarto de mi hermano.

John le puso una mano en el brazo a Tohr. Cuando terminó de decir algo con lenguaje de signos, miró a Wrath.

Tohr sonrió.

—John dice que ha sido un honor conocerte.

—A mí también me ha encantado conocerte, hijo —el rey regresó al escritorio y se sentó—. Y, Tohr, cuando regreses, trae también a Vishous.

—Claro.

O le dio una patada tan fuerte al Taurus de U que su bota dejó una abolladura en el guardabarros trasero.

El maldito cacharro estaba aparcado a un lado de la carretera, en una zona desierta. En un lugar cualquiera de la carretera 14, a unos cuarenta kilómetros del centro.

El sistema de seguimiento de U era bastante bueno, pero estaba bloqueado y O había tardado más de una hora en localizar el coche. Cuando el maldito transmisor apareció por fin en la pantalla, el Taurus se movía rápidamente. Una vez localizado, O se montó en su camioneta para perseguirlo. Pensó que necesitaba ayuda, le hubiera venido bien que alguien rastreara en la pantalla mientras él iba en busca del coche, pero U estaba de cacería en el centro, y distraerlo a él o a cualquiera del patrullaje habría llamado mucho la atención.

Y O ya tenía suficientes problemas... problemas que volvieron a manifestarse cuando su móvil sonó por enésima vez. Había empezado a sonar hacía cerca de veinte minutos y, desde entonces, las llamadas no paraban. Sacó el Nokia de su chaqueta de cuero. El identificador de llamadas decía que no podía rastrear el número. Probablemente era U o, peor aún, el señor X.

Ya debían de saber que el centro había sido quemado.

Cuando el móvil por fin se calló, O marcó el número de U. Tan pronto como respondieron, dijo:

—¿Me estás buscando?

—¡Por Dios! ¿Qué ha pasado? ¡El señor X dice que ya no queda nada del centro!

—No sé qué ha podido pasar.

—Pero tú estabas allí, ¿no? Dijiste que ibas para allá.

—¿Eso le dijiste al señor X?

—Sí. Y, escucha, será mejor que tengas cuidado. El jefe está muy molesto y te está buscando.

O se recostó contra la fría carrocería del Taurus. No tenía tiempo para tonterías. Su esposa estaba en algún lugar lejos de él, y ya siguiera viva o la estuvieran enterrando, sin importar en qué estado estuviera, necesitaba tenerla de nuevo. Luego tenía que ir tras ese hermano lleno de cicatrices que se la había robado y acabar con ese asqueroso bastardo. Sin ninguna consideración.

—¿O? ¿Estás ahí?

Pensó que debería haber arreglado las cosas de modo que los demás hubieran pensado que había muerto en el incendio. Podría haber dejado allí la camioneta y haber atravesado el bosque a pie. Sí, pero luego ¿qué? Sin dinero, ni vehículo, ni refuerzos para atacar a la Hermandad jamás habría podido atrapar al bastardo de la cicatriz. Además, la Sociedad habría acabado descubriéndolo... No, era mejor así. Al menos, de esa manera podría contar con ayuda para matar al hijo de perra que había secuestrado a su esposa.

—¿O?

—Realmente no sé lo que pasó. Cuando llegué, el lugar ya estaba convertido en cenizas.

—El señor X piensa que tú lo incendiaste.

—Claro. Esa suposición le resulta muy conveniente, aunque yo no tuviera ningún motivo para hacerlo. Mira, te llamo más tarde.

Cerró el teléfono y se lo metió en el bolsillo de la chaqueta. Luego lo volvió a sacar y lo apagó.

Mientras se frotaba la cara, no podía sentir nada en absoluto, pero no era debido al frío.

¡Mierda, estaba metido en un buen lío! El señor X necesitaría culpar a alguien por el incendio y O era el más adecuado. Si no había muerto en la conflagración, el castigo que le esperaba iba a ser severo. Dios sabía lo que había ocurrido la última vez que había recibido una reprimenda, casi había muerto a manos del Omega. ¡Maldición! ¿Qué opciones tenía?

Cuando se le ocurrió la solución, sintió un estremecimiento, pero el estratega que llevaba dentro se sintió complacido.

El primer paso era tener acceso a los manuscritos de la Sociedad, antes de que el señor X lo encontrara. Eso significaba que necesitaba una conexión a Internet. Lo que implicaba que regresaría a la casa de U.

* * *

John salió del estudio de Wrath y dobló por el pasillo hacia la izquierda, caminando cerca de Tohr. Cada tres metros aproximadamente había una puerta sobre la pared que quedaba frente al balcón, como si el lugar fuera un hotel. ¿Cuánta gente vivía allí?

Tohr se detuvo y golpeó en una de las puertas. Al ver que no había respuesta, volvió a golpear y dijo:

—Phury, hermano, ¿tienes un segundo?

—¿Me estás buscando a mí? —dijo una voz profunda desde atrás.

Un hombre que tenía una espléndida cabellera venía caminando por el pasillo. La melena tenía todo tipo de colores y caía sobre su espalda en ondas. Sonrió a John y luego miró a Tohr.

—Oye, hermano —dijo Tohr. Los dos comenzaron a hablar en lengua antigua, mientras que el otro abría la puerta.

John miró hacia adentro. Había una cama enorme y antigua, con dosel y almohadones alineados contra una cabecera labrada. Muchos objetos sofisticados de decoración. El lugar olía a café.

Cuando Thor acabó su explicación, el hombre de la melena miró a John con una sonrisa.

—John, soy Phury. Creo que los dos vamos a ir al médico esta noche.

Tohr puso una mano sobre el hombro de John.

—Entonces nos vemos más tarde, ¿te parece bien? Tienes mi número de móvil. Mándame un mensaje de texto si necesitas algo.

John asintió con la cabeza y vio cómo Tohr se marchaba. Al ver desaparecer esos hombros enormes, se sintió muy solo.

Al menos hasta que Phury dijo con voz suave:

—No te preocupes. Él nunca está lejos y yo te voy a cuidar bien.

John levantó la vista hacia unos ojos amarillos muy cálidos. ¡Caramba, eran del color del plumaje de un jilguero! Mientras se relajaba, recordó el nombre. Phury... Éste era el tipo que se encargaría de parte de su entrenamiento.

«¡Qué bien!», pensó John.

—Vamos, entra. Acabo de regresar de hacer un recado.

Cuando John cruzó la puerta, el olor a café se volvió más fuerte.

—¿Alguna vez has estado en el consultorio de Havers?

John negó con la cabeza, luego vio un sillón junto a la ventana y fue a sentarse.

—Bueno, no tienes de qué preocuparte. Nos aseguraremos de que te trate bien. Creo que están buscando alguna pista sobre tu linaje, ¿no es cierto?

John asintió con la cabeza. Tohr había dicho que le harían un examen de sangre y un examen físico, lo cual probablemente era una buena idea, teniendo en cuenta el desmayo y las convulsiones que acababa de sufrir en la oficina de Wrath.

Sacó su libreta y escribió: «¿Por qué vas tú al médico?».

Phury se acercó y miró los garabatos. Con un sencillo movimiento de su inmenso cuerpo, levantó una bota enorme y la puso en el borde del sillón. John se echó hacia atrás, mientras que el hombre se subía un poco los pantalones de cuero.

Se quedó impresionado al ver la pierna de Phury. Era un amasijo de clavos y tornillos.

John estiró la mano para tocar el metal y luego levantó la mirada. No se dio cuenta de que se estaba tocando la garganta hasta que Phury sonrió.

—Sí, yo sé muy bien qué se siente cuando a uno le falta algo.

John volvió a mirar la pierna artificial y levantó la cabeza.

—¿Quieres saber cómo ocurrió? —al ver que John asentía con la cabeza, Phury vaciló y luego dijo—: Me disparé.

De pronto se abrió la puerta de par en par y una gruesa voz masculina atravesó la habitación.

—Necesito saber...

John volvió la cara al oír las palabras. Luego se encogió en el sillón.

El hombre que estaba parado en el umbral tenía el cuerpo lleno de cicatrices y una marca que le desfiguraba completamente el rostro y se lo partía en dos. Pero eso no fue lo que hizo que John quisiera desaparecer. Los ojos negros que brillaban en medio de ese rostro desfigurado eran como las sombras de una casa desierta, estaban llenos de malos presagios de dolor y destrucción.

Y para completar el cuadro, el hombre tenía sangre fresca en el pantalón y en la bota derecha.

Esa mirada maléfica pareció centrarse en John y golpeó la cara del muchacho como una bocanada de aire helado.

—¿Qué estás mirando?

Phury bajó la pierna.

—Z...

—Te he hecho una pregunta, niño.

John se apresuró a escribir algo en la libreta. Garabateó algo rápido y le pasó el papel al otro, pero en cierta manera eso empeoró la situación.

El hombre levantó su espantoso labio superior y dejó ver unos colmillos aterradores.

—Sí, no importa, chico.

—Atrás, Z —interrumpió Phury—. No tiene voz. No puede hablar —Phury se acercó la libreta a los ojos para poder ver bien—. Se está disculpando.

John resistió el impulso de esconderse detrás del sillón, mientras lo examinaban de cabo a rabo. Pero luego la agresividad que parecía irradiar del hombre disminuyó.

—¿No puedes hablar ni un poco?

John negó con la cabeza.

—Bueno, yo no sé leer. Así que estamos jodidos, tú y yo.

John escribió rápidamente. Cuando le mostró la libreta a Phury, el hombre de la mirada oscura frunció el ceño.

—¿Qué ha escrito?

—Dice que no hay problema. Él sabe escuchar y tú puedes hablar.

Los ojos desalmados desviaron la mirada.

—No tengo nada que decir. Ahora, ¿a qué maldita temperatura pongo el termostato?

—Ah, a veintiún grados —Phury atravesó la habitación—. El botón debe de estar aquí. ¿Lo ves?

—No lo he subido lo suficiente.

—Y tienes que asegurarte de que el interruptor que está en la parte inferior de la unidad esté totalmente movido a la derecha. Si no, no importa qué temperatura pongas, la calefacción no se pondrá en marcha.

—Sí... está bien. ¿Y puedes decirme qué dice aquí?

Phury miró un trozo de papel.

—Es la dosis para la inyección.

—No me digas. Entonces, ¿qué debo hacer?

—¿Está inquieta?

—En este momento no, pero quiero que me prepares esto y me digas qué hacer. Necesito tener lista una dosis, por si le vuelve el dolor y Havers no puede venir.

Phury tomó el frasquito y sacó la jeringuilla del paquetito estéril.

—Está bien.

—Hazlo bien —cuando Phury terminó de preparar la jeringa, volvió a ponerle la tapa y los dos hablaron un momento en lengua antigua. Luego el tipo terrible preguntó—: ¿Cuánto tiempo estarás fuera?

—Tal vez una hora.

—Entonces, hazme antes un favor. Llévate ese coche en que la traje.

—Ya lo he hecho.

El hombre de la cicatriz asintió con la cabeza y se marchó. La puerta se cerró de un golpe.

Phury se llevó las manos a la cadera y clavó la mirada en el suelo. Luego fue hasta una caja de caoba que tenía sobre una mesita y sacó lo que parecía un porro. Tomó el cigarro entre el pulgar y el índice, lo encendió, le dio una calada profunda y cerró los ojos. Cuando espiró, el humo tenía un olor como a granos de café tostado, combinados con chocolate caliente. Delicioso.

Cuando los músculos de John se relajaron, se preguntó qué sustancia sería. Ciertamente no era marihuana. Pero tampoco era un cigarrillo común.

«¿Quién es él?», escribió, y le enseñó la libreta a Phury.

—Zsadist. Mi hermano gemelo —Phury se rió al ver que John se quedaba boquiabierto—. Sí, lo sé, no nos parecemos mucho. Al menos, ya no. Escucha, él es un poco difícil, así que lo mejor es que no te le acerques.

«No me digas», pensó John.

Phury se ajustó la correa de la pistolera antes de meter en el bolsillo de la derecha una pistola y en el de la izquierda una daga de hoja negra. Luego, fue hasta el armario y regresó con un gabán de cuero negro.

Dejó el porro, o lo que fuera, en un cenicero de plata que había junto a la cama.

—Muy bien, vámonos.

CAPÍTULO

11

Z sadist entró en su cuarto en silencio. Después de fijar la temperatura y poner la medicina sobre el escritorio, se acercó a la cama y se recostó contra la pared, en medio de las sombras. Pareció quedar suspendido en el tiempo mientras velaba el sueño de Bella, concentrado en la suave elevación de las mantas que marcaba su respiración. Podía sentir cómo los minutos se convertían en horas, y sin embargo no se pudo mover, aunque se le durmieron las piernas por la quietud.

A la luz de las velas, vio cómo la piel de Bella iba sanando ante sus ojos. Era milagroso ver cómo cedía la inflamación alrededor de los párpados y cómo desaparecían los moratones de la cara y las cicatrices de los cortes. Gracias al profundo sopor en que se encontraba, el cuerpo de Bella estaba recuperándose y, mientras que su belleza volvía a salir a la luz, Zsadist se sentía inmensamente agradecido. En medio del exclusivo círculo en que ella se movía, una mujer con imperfecciones de cualquier tipo quedaría inmediatamente marginada. Los aristócratas eran así.

Zsadist pensó en la atractiva y apuesta cara de su gemelo y pensó que era Phury quien debía estar cuidándola. Phury era el perfecto salvador y era obvio que ella se sentía atraída hacia él. Además, a Bella le gustaría despertarse y ver a un hombre así. A cualquier mujer le gustaría.

Entonces, ¿por qué demonios no la levantaba y simplemente la depositaba en la cama de Phury? Inmediatamente.

Pero Zsadist no se podía mover. Y mientras la observaba recostada sobre almohadones que él nunca había usado, entre sábanas que nunca había tocado, recordó el pasado...

Ya habían transcurrido varios meses desde que el esclavo se despertó en cautiverio. Y en ese tiempo no había nada que no le hubieran hecho y era predecible que los abusos aumentaran.

La Señora estaba fascinada con las partes íntimas del esclavo y sentía la necesidad de exhibirlas ante otros hombres que disfrutaban de su favor. Llevaba a muchos extraños a la celda, sacaba el ungüento y lo exhibía como a un caballo ganador. Él sabía que ella lo hacía para provocar inseguridad en los demás, porque podía ver en sus ojos el placer con que observaba la manera en que los otros hombres sacudían la cabeza con admiración.

Cuando comenzaron las inevitables violaciones, el esclavo hizo lo posible por liberarse de su propia piel y sus huesos. Era mucho más tolerable cuando podía elevarse en el aire, elevarse cada vez más alto hasta estrellarse con el techo, como si fuera una nube. Si tenía suerte, podía transformarse enteramente y sólo flotar, observando a los demás desde arriba, siendo testigo de su propia humillación, de su dolor y de su degradación como si se tratara de otra persona. Pero eso no siempre funcionaba. A veces no podía liberarse y se veía obligado a aguantar.

La Señora siempre tenía que usar el ungüento y últimamente había notado algo extraño: aunque estuviese atrapado en su cuerpo y sintiera vívidamente todo lo que le estaban haciendo, aunque los sonidos y los olores penetraran en su cabeza como ratas, sentía un curioso desdoblamiento de la cintura para abajo. Todo lo que sentía en esa parte del cuerpo parecía como un eco, como algo ajeno al resto de él. Era extraño, pero el esclavo se sentía agradecido. Cualquier tipo de adormecimiento era bueno.

Cada vez que estaba solo, se dedicaba a aprender a controlar los enormes músculos y huesos que le habían queda-

do después de la transición. *Había tenido mucho éxito en esa tarea y había atacado varias veces a los guardias, sin sentirse arrepentido en lo más mínimo por sus actos de agresión. La verdad era que ya no le parecía que conociera a los hombres que lo vigilaban y a los que les resultaba tan desagradable cumplir con su deber: las caras le parecían conocidas, como los personajes de un sueño, pero no eran más que brumosos recuerdos de una vida pasada.*

Cada vez que los atacaba, lo golpeaban durante horas, aunque sólo en las palmas de las manos y las plantas de los pies, porque a la Señora le gustaba que siempre tuviera una apariencia agradable. Como resultado de sus ataques, ahora era vigilado por un escuadrón de guerreros que cambiaban regularmente, y todos usaban armadura si tenían que entrar a la celda. Más aun, la plataforma sobre la que estaba la cama tenía ahora cadenas que se podían soltar desde fuera, de manera que, después de ser usado, los guardias no tenían que poner en peligro su vida para soltarlo. Y cuando la Señora quería ir de visita, lo drogaban para someterlo, ya fuera por medio de la comida, o disparándole dardos a través de una ranura que había en la puerta.

Los días pasaban lentamente. Él vivía concentrado en descubrir las debilidades de los guardias y desligarse lo más posible de la depravación... hasta que gracias a todos sus esfuerzos murió. Y murió de manera tan definitiva que, aunque logró salir de la tutela de la Señora, ya nunca volvería a vivir de verdad.

Un día el esclavo estaba comiendo en su celda, tratando de guardar la energía para el próximo encuentro con los vigilantes, cuando vio que se abría la ventana corrediza que había en la puerta y aparecía una cerbatana. Inmediatamente se puso de pie, aunque no había dónde resguardarse, pero enseguida sintió la primera punzada en el cuello. Se sacó el dardo tan rápido como pudo, pero luego le dispararon otro y otro más, hasta que el cuerpo se le puso muy pesado.

Se despertó sobre la cama, encadenado.

La Señora estaba sentada junto a él, con la cabeza hacia abajo y el cabello cubriéndole la cara. Como si supiera que él había recuperado la conciencia, lo miró a los ojos.

—*Me voy a casar.*

¡Ay, Santa Virgen del Ocaso! Por fin las palabras que tanto deseaba oír. Ahora podría ser libre, pues si ella tenía un hellren, ya no necesitaría un esclavo de sangre y él podría volver a ocuparse de sus deberes en la cocina...

El esclavo se obligó a dirigirse a su dueña con respeto, aunque para él ella no valía nada.

—*Ama, ¿me dejarás ir?*

Silencio.

—*Por favor, déjame ir* —dijo él con tono de súplica. *Considerando todo lo que había pasado, renunciar a su orgullo por la posibilidad de ser libre era un sacrificio fácil de hacer*—. *Te lo ruego, Ama. Libérame de esta prisión.*

Cuando ella lo miró, tenía lágrimas en los ojos.

—*Resulta que no puedo... Tengo que conservarte. Debo conservarte.*

Él comenzó a forcejear y, cuanto más luchaba, más amor reflejaba el rostro de la mujer.

—*Eres tan magnífico* —dijo ella, mientras estiraba el brazo para tocarlo entre las piernas—. *Nunca he visto otro macho como tú. Si no fueras tan inferior a mí... te exhibiría en mi corte como mi consorte.*

El esclavo vio que la Señora movía lentamente el brazo hacia arriba y hacia abajo y supuso que debía estar acariciando ese colgajo de carne que tanto le interesaba. Por fortuna él no podía sentir nada.

—*Déjame ir...*

—*Nunca se te pone erecta sin el ungüento* —murmuró ella con voz triste—. *Y nunca alcanzas satisfacción. ¿Por qué?*

Ella comenzó a acariciarlo con más fuerza, hasta que él sintió un ardor en donde ella lo estaba tocando. Los ojos de la mujer se llenaron de frustración y se ensombrecieron.

—*¿Por qué? ¿Por qué no me deseas?* —*Al ver que él se quedaba en silencio, les gritó a sus otros sirvientes*—: *Soy hermosa.*

—*Sólo para los demás* —dijo el esclavo, sin poder contenerse.

La mujer dejó de respirar, como si él la estuviera estrangulando con sus propias manos. Luego deslizó la mi-

rada por el vientre y el pecho del esclavo, hasta subir a la
cara. Todavía tenía los ojos brillantes a causa de las lágrimas, pero ahora también los iluminaba la rabia.

La Señora se levantó de la cama y lo miró desde arriba.
Luego lo abofeteó con tanta fuerza que debió de hacerse
daño en la mano. Cuando el esclavo escupió sangre, se preguntó si no le habría arrancado un diente.

Los ojos de la mujer se posaron, furiosos, sobre los suyos; entonces el esclavo tuvo la certeza de que lo mandaría
matar y una profunda serenidad se apoderó de él. Así, al
menos, se acabaría este sufrimiento. La muerte... la muerte sería gloriosa.

Pero de repente ella sonrió, como si hubiese leído sus
pensamientos, como si hubiese penetrado dentro de él y se
los hubiese arrancado, como si se los hubiese robado tal como le había robado su cuerpo.

—No, no te mandaré al Ocaso.

Se inclinó y besó uno de los pezones del hombre, chu-
pándolo luego hasta metérselo en la boca. Su mano ser-
penteó por las costillas y el vientre del esclavo.

La mujer le lamió el vientre.

—Estás muy delgado. Necesitas alimentarte, ¿Verdad?

Siguió lamiéndolo por todo el cuerpo, besándolo y chu-
pándolo. Y luego todo pasó rápidamente. El ungüento. Se
subió sobre él. Esa asquerosa unión de sus cuerpos.

Cuando él cerró los ojos y volvió la cabeza, ella lo abofeteó una vez... dos veces... muchas más veces. Pero él se
negó a mirarla y ella no tenía suficiente fuerza para vol-
verle la cara, aunque lo agarró de las orejas.

Al ver que él se negaba a mirarla, ella comenzó a llorar con la misma fuerza con que su carne se golpeaba contra las caderas del esclavo. Cuando terminó, se marchó
envuelta en seda y poco después el esclavo fue liberado de
las cadenas.

Se incorporó sobre un brazo y se limpió la boca. Cuando se vio la mano manchada de sangre, se sorprendió de
tener todavía sangre roja. Se sentía tan sucio que no se
habría extrañado al ver que su sangre se había vuelto
marrón.

Se levantó de la cama, todavía mareado por los dardos, y buscó el rincón en que siempre se refugiaba. Se sentó y encogió las piernas contra el pecho, de manera que los talones le quedaron contra los genitales.

Poco después oyó un forcejeo fuera y luego los guardias empujaron hacia adentro a una mujer. La muchacha cayó al suelo, pero se lanzó contra la puerta en cuanto oyó que ésta se cerraba.

—¿Por qué? —gritó—. ¿Por qué me castigan?

El esclavo se puso de pie, sin saber qué hacer. Desde el día en que despertó en cautiverio no había visto a ninguna otra mujer distinta de la Señora. Ésta debía de ser una criada. Recordaba haberla visto antes...

Tan pronto como percibió el olor de la mujer, el esclavo sintió el deseo de beber sangre. Después de todo lo que la Señora le había hecho, no podía verla como alguien de quien podía beber, pero esa hembra diminuta era diferente. De repente sintió que se moría de sed y las exigencias de su cuerpo se manifestaron en un coro de gritos. Se acercó sigilosamente a la criada, movido sólo por el instinto.

La mujer estaba golpeando la puerta, pero luego pareció darse cuenta de que no estaba sola. Cuando dio media vuelta y vio con quién estaba encerrada, soltó un alarido.

El deseo de beber sangre era tan grande que casi lo dominaba, pero el esclavo se obligó a alejarse de la criada y regresó a donde estaba antes. Se acurrucó y se abrazó con fuerza, para contener su cuerpo, tembloroso y desnudo. Volvió la cabeza hacia la pared y trató de respirar... y tuvo ganas de llorar, al ver el animal en que se había convertido.

Después de un rato la mujer dejó de gritar y, luego de otro largo rato, dijo:

—De verdad eres tú, ¿no? El chico de la cocina. El que llevaba la cerveza.

El esclavo asintió con la cabeza, sin mirarla.

—Había oído rumores acerca de que te habían traído aquí, pero... creí a los que decían que habías muerto durante tu transición —hubo una pausa—. Eres tan grande... Como un guerrero. ¿Por qué?

El esclavo no tenía idea. Ni siquiera sabía qué aspecto tenía, pues no había ningún espejo en la celda.

La mujer se le acercó con cautela. Cuando él levantó la vista para mirarla, ella estaba observando sus tatuajes.

—De verdad, ¿qué te hacen aquí? —susurró—. Dicen que... al macho que vive en este lugar le hacen cosas terribles.

Al ver que él no decía nada, ella se sentó al lado y le tocó el brazo con suavidad. Al principio sintió miedo ante el contacto, pero luego se dio cuenta de que lo tranquilizaba.

—Estoy aquí para alimentarte con mi sangre, ¿no es cierto? Ésa es la razón por la que me han traído aquí —después de un momento ella logró liberar la mano con la que se estaba abrazando una de sus piernas y le puso la muñeca sobre la palma—. Tienes que beber.

Entonces el esclavo comenzó a llorar, a llorar por la generosidad de la criada, por su amabilidad, por la sensación que le producía la caricia de su mano sobre el hombro... el único contacto que había agradecido en... toda su vida.

Finalmente la mujer le puso la muñeca contra la boca. Aunque el esclavo dejó ver sus colmillos y la deseaba, no hizo otra cosa que besar la piel suave de la mujer y rechazarla. ¿Cómo podía quitarle a ella lo que regularmente le quitaban a él? Ella le estaba ofreciendo su sangre, cierto, pero la estaban obligando a hacerlo, pues no era más que otra prisionera de la Señora, igual que él.

Los guardias fueron más tarde. Cuando la encontraron acunándolo en su regazo, parecieron asombrarse, pero no la trataron con violencia. Al salir, la mujer miró al esclavo con expresión de preocupación.

Momentos después volvieron a dispararle dardos a través de la puerta, tantos que parecía que le estuvieran lanzando gravilla. Mientras se deslizaba a un estado de inconsciencia, pensó vagamente que la naturaleza frenética del ataque no presagiaba nada bueno.

Cuando despertó, la Señora estaba junto a él, furiosa. Tenía algo en la mano, pero no pudo ver qué era.

—¿Crees que eres demasiado bueno para los regalos que te doy?

La puerta se abrió y trajeron el cuerpo desmadejado de la joven. Cuando los guardias la soltaron, la muchacha cayó al suelo como un fardo. Muerta.

El esclavo lanzó un grito de furia y el rugido rebotó contra las paredes de piedra de la celda, convirtiéndose en un trueno ensordecedor. Les dio tal tirón a las cadenas de acero que le cortaron la carne y uno de los postes se rompió... pero él no dejaba de rugir.

Los guardias retrocedieron. Hasta la Señora parecía asombrada al ver la furia que había desatado. Pero, como siempre, no pasó mucho tiempo antes de que ella retomara el control.

—Salid —les gritó a los guardias.

Esperó hasta que el esclavo quedó exhausto. Luego se inclinó sobre él, pero de repente se puso pálida.

—Tus ojos —susurró, mientras le clavaba la mirada—. Tus ojos...

Por un momento pareció tener miedo de él, pero luego se revistió de una majestuosa tolerancia.

—¿Las mujeres que te obsequio no te gustan? Beberás de ellas —miró de reojo el cuerpo sin vida de la criada—. Y será mejor que no les permitas consolarte, o volveré a hacer esto mismo. Tú eres mío y de nadie más.

—No beberé —le gritó el esclavo—. ¡Nunca!

Ella retrocedió.

—No seas ridículo, esclavo.

Él enseñó los colmillos y siseó:

—¡Mírame, Ama! ¡Observa cómo me muero lentamente! —Esto último lo dijo con una voz atronadora que llenó la habitación. Cuando ella se quedó tiesa por la furia, la puerta se abrió de par en par y entraron varios guardias con espadas en la mano.

—Salid —les gritó, con la cara roja y temblando.

Levantó la mano y en ella apareció un látigo. Movió el brazo con fuerza hacia abajo y el látigo cruzó el pecho del esclavo, rompiendo la carne y haciendo brotar sangre. Él soltó una carcajada.

—Otra vez —gritó—. Hazlo otra vez. No siento nada, ¡eres tan débil!

De repente las palabras comenzaron a fluir sin control, como si dentro de él se hubiese roto un dique... Y el esclavo vociferó y la insultó, mientras ella lo azotaba, hasta que la plataforma de la cama quedó empapada en lo que hasta ese momento corría por sus venas. Cuando la Señora ya no pudo levantar más el brazo, estaba cubierta de sangre, jadeaba y sudaba a mares. Entretanto el esclavo permanecía concentrado y tranquilo, a pesar del dolor. Aunque fue él quien recibió el castigo, ella fue la primera en desmoronarse.

La Señora dejó caer la cabeza, como si aceptara la derrota, mientras luchaba por respirar a través de los labios blancos.

—Guardia —dijo con voz ronca—. ¡Guardia!

La puerta se abrió. Al ver lo que había ocurrido allí, el hombre uniformado que entró corriendo se tambaleó y se puso pálido.

—Sosténgale la cabeza —dijo la Señora con voz aflautada, mientras arrojaba el látigo—. Sosténgale la cabeza, he dicho. Ahora.

El guardia se resbaló sobre el suelo pegajoso. Luego el esclavo sintió una mano carnosa sobre la frente.

La Señora se inclinó sobre el cuerpo del esclavo, con la respiración todavía muy agitada.

—No tienes... permiso... de morirte.

La mano de la mujer buscó a tientas el pene del esclavo y luego se metió por debajo, hasta agarrar las dos bolas iguales que estaban detrás. Enseguida comenzó a apretarlas y retorcerlas, haciendo que todo el cuerpo del esclavo se convulsionara. Cuando él comenzó a gritar, ella se mordió la muñeca y la puso sobre la boca abierta del esclavo, de manera que el chorro de sangre comenzó a entrar dentro de él.

Z se alejó de la cama. No quería pensar en la Señora en presencia de Bella... como si toda esa perversión pudiera escapar de su mente y ponerla en peligro a ella, mientras dormía y se recuperaba.

Fue hasta su jergón y se dio cuenta de que se sentía curiosamente cansado. Exhausto, en realidad.

Cuando se estiró en el suelo, sintió un dolor endemoniado en la pierna.

¡Dios, se le había olvidado que lo habían herido! Se quitó las botas y los pantalones y acercó una vela. Dobló la pierna e inspeccionó la herida de la pantorrilla. Había orificios de entrada y de salida, lo que indicaba que la bala lo había atravesado. Sobreviviría.

Apagó la vela de un soplo, se cubrió las caderas con los pantalones y se recostó. Entonces oyó un ruido extraño, como un grito suave. Lo oyó varias veces y luego Bella comenzó a moverse en la cama; se oía el roce de las sábanas, como si estuviera retorciéndose.

Zsadist se levantó enseguida y fue hasta la cama, justo en el momento en que ella giró la cabeza hacia él y abrió los ojos.

Bella parpadeó, lo miró a la cara... y dio un grito.

Q uieres algo de comer, hombre? —le preguntó Phury a John, cuando entraron en la mansión. El muchacho parecía agotado, como lo hubiera estado cualquiera en su lugar. Eso de dejarse pinchar y examinar no era fácil. Phury mismo también estaba un poco cansado.

John negó con la cabeza y, tan pronto se cerró la puerta del vestíbulo, Tohr bajó corriendo las escaleras, con cara de padre preocupado, a pesar de que Phury lo había llamado para darle un informe, cuando volvían de camino a casa.

En general, la visita a Havers había sido satisfactoria. Independientemente del ataque, John gozaba de buena salud y los resultados del análisis de sangre pronto estarían disponibles. Con suerte eso les daría una pista sobre su linaje y ayudaría a John a encontrar a su familia. Así que no había razón para preocuparse.

Sin embargo, cuando Tohr le pasó el brazo por los hombros, el chico pareció aliviado. Enseguida tuvo lugar una cierta comunicación sin palabras y Tohr dijo:

—Creo que te llevaré a casa.

John asintió con la cabeza y dijo algo con lenguaje de signos. Tohr levantó la vista.

—Dice que había olvidado preguntarte cómo está tu pierna.

Phury levantó la rodilla y se golpeó la pantorrilla.

—Mejor, gracias. Cuídate, John.

Luego se quedó observando a los dos hombres hasta que desaparecieron tras la puerta debajo de la escalera.

«¡Qué buen chico!», pensó. Y menos mal que lo encontraron antes de su transición...

De repente un grito de mujer irrumpió en el vestíbulo, como si el sonido estuviera vivo y se hubiese lanzado en picado desde el balcón.

Phury se quedó helado. Bella.

Saltó hasta el segundo piso y atravesó el corredor de las esculturas. Cuando abrió la puerta de Zsadist, el cuarto se llenó de luz y la escena quedó instantáneamente grabada en su memoria: Bella estaba en la cama, encogida contra la cabecera, aferrada a las sábanas. Z estaba arrodillado frente a ella, desnudo de cintura para abajo.

Phury perdió el control y se abalanzó sobre Zsadist, agarrando a su gemelo de la garganta y lanzándolo contra la pared.

—¿Qué te pasa? —gritó, al tiempo que Z se estrellaba contra la pared de yeso—. ¡Maldito animal!

Z no reaccionó cuando Phury volvió a golpearlo. Y lo único que dijo fue:

—Llévatela. Llévatela a otro sitio.

Rhage y Wrath entraron a la habitación corriendo. Los dos comenzaron a hablar, pero Phury no podía oír nada debido al zumbido que sentía en los oídos. Nunca antes había sentido odio por Z. Era muy tolerante con su gemelo por todo lo que le había pasado. Pero abusar de Bella...

—Maldito enfermo —siseó Phury y volvió a golpear a su hermano contra la pared—. ¡Maldito enfermo... me das asco!

Z sólo lo miró fijamente, con sus ojos negros e impenetrables como el asfalto.

De repente los enormes brazos de Rhage los agarraron y los acercaron en una especie de abrazo triturador. Susurrando, el hermano dijo:

—Chicos, Bella no necesita esto ahora.

Phury soltó a Z. Respirando con dificultad, dijo:

—Lleváoslo de aquí hasta que la movamos.

¡Estaba temblando! Y la rabia no disminuyó, ni siquiera cuando Z salió de manera voluntaria, con Rhage pisándole los talones.

Phury se aclaró la garganta y miró a Wrath.

—Mi señor, ¿me concederías permiso para atenderla en privado?

—Sí —dijo Wrath con un gruñido, al tiempo que se dirigía a la puerta—. Y nos aseguraremos de que Z no regrese en un buen rato.

Phury miró a Bella. Estaba temblando, al tiempo que parpadeaba y se limpiaba los ojos. Cuando él se le acercó, ella se encogió contra los almohadones.

—Bella, soy Phury.

El cuerpo de Bella pareció relajarse un poco.

—¿Phury?

—Sí, soy yo.

—No puedo ver nada —dijo con voz quebrada—. No puedo...

—Lo sé, pero es por una pomada que te ha puesto el doctor. Traeré algo para quitártela.

Entró en el baño y regresó con una toalla mojada, pues se imaginó que en este momento ella necesitaba más ver dónde estaba que tener puesta la pomada.

Bella se encogió cuando él le puso la mano en la barbilla.

—Tranquila, Bella... —cuando puso la toalla sobre los ojos, la mujer se sacudió y luego lo arañó.

—No, no... aparta tus manos. Yo me lo quito.

Phury obedeció, y Bella lo miró durante un rato, sin ver.

—¿Phury? —dijo al fin con voz ronca—. ¿De verdad eres tú?

—Sí, soy yo —se sentó en el borde de la cama—. Estás en el complejo de la Hermandad. Llevas aquí cerca de siete horas. Tu familia ha sido informada de que estás bien y, cuando lo desees, puedes llamarlos.

Cuando ella le puso la mano sobre el brazo, él se quedó frío. Palpando con la mano, Bella subió por el hombro hasta el cuello; luego le tocó la cara y, finalmente, el pelo. Sonrió al sentir las espesas ondas y luego se llevó un mechón a la nariz. Respiró profundamente y le puso la otra mano sobre la pierna.

—Realmente eres tú. Recuerdo el olor de tu champú.

La cercanía y el contacto penetraron a través de la ropa y la piel de Phury hasta llegar a su sangre. Se sintió como un depravado por tener deseos sexuales, pero no pudo controlar su cuerpo. En especial cuando ella bajó la mano por el pelo hasta tocar sus pectorales.

Phury abrió los labios y comenzó a respirar aceleradamente. Quería abrazarla contra su pecho y apretarla con fuerza. Pero no movido por un deseo sexual, aunque era cierto que su cuerpo deseaba eso de ella. No, en este momento sólo necesitaba sentir el calor de Bella y convencerse de que estaba viva.

—Déjame limpiarte los ojos —dijo.

Cuando ella asintió con la cabeza, Phury le limpió los párpados con cuidado.

—¿Qué tal ahora?

Bella parpadeó. Sonrió un poco. Le puso la mano en la cara.

—Ahora te puedo ver mejor —frunció el ceño—. ¿Cómo salí de allí? No puedo recordar nada, excepto... que ayudé a escapar al otro vampiro y David regresó. Y luego venía en un coche. ¿O fue un sueño? Soñé que Zsadist me rescataba. ¿Fue así?

Pero Phury no se sentía capaz de hablar ahora de su gemelo, ni siquiera tangencialmente. Se levantó y puso la toallita sobre la mesilla de noche.

—Vamos, vamos a tu habitación.

—¿Dónde estoy ahora? —miró a su alrededor y luego abrió la boca—. Ésta es la habitación de Zsadist.

¿Cómo diablos lo sabía?

—Vamos.

—¿Dónde está él? ¿Dónde está Zsadist? —su voz tenía un tono de urgencia—. Necesito verlo. Necesito...

—Voy a llevarte a tu habitación...

—¡No! Quiero quedarme...

Estaba tan agitada que Phury decidió dejar de tratar de hablar con ella. Retiró las sábanas para poder levantarla...

¡Estaba desnuda! Volvió a cubrirla.

—¡Ay!, lo lamento... —se pasó una mano por el pelo. Nunca olvidaría la elegante línea del cuerpo de Bella—. Voy a... mm, voy a traerte algo que ponerte.

Fue hasta el armario de Z y se asombró de ver lo vacío que estaba. Ni siquiera había una bata para cubrirla y no estaba dispuesto a ponerle una de las camisas que su gemelo usaba para pelear. Se quitó el gabán de cuero y volvió a acercarse a Bella.

—Me daré la vuelta mientras te pones esto. Te buscaremos una bata...

—No me alejes de él —dijo Bella con voz quebrada y tono de súplica—. Por favor. El que estaba al lado de la cama era él. Yo no lo sabía porque no podía ver. Pero debe de haber sido él.

Claro que era él. Y el desgraciado estaba desnudo y listo para saltarle encima. Teniendo en cuenta todo lo que ella había pasado, lo que había estado a punto de suceder era horrible. Hacía algunos años Phury había visto a Z follando con una prostituta en un callejón. No había sido agradable y la idea de que Bella fuera sometida a eso le causaba náuseas.

—Ponte el gabán —Phury dio media vuelta—. No te vas a quedar aquí —cuando por fin oyó los crujidos del colchón y del cuero, respiró hondo—. ¿Ya estás visible?

—Sí, pero no me quiero ir.

Phury miró por encima del hombro. Bella estaba metida en el gabán que él usaba todo el tiempo y ese largo cabello color caoba le caía alrededor de los hombros, con las puntas tiesas, como si se le hubiese secado sin haber sido cepillado. Se la imaginó en la bañera, con el agua limpia rodando por su piel clara.

Y luego vio a Zsadist cerniéndose sobre ella, observándola con esos ojos negros y sin alma, con deseos de follarla, probablemente sólo porque estaba asustada. Sí, el miedo de la muchacha sería para él motivo de excitación. Era bien sabido que lo que más lo excitaba en una mujer era el terror, no algo hermoso o tierno o valioso.

«Sácala de aquí», pensó Phury. «Ahora».

—¿Puedes caminar? —le preguntó con voz temblorosa.

—Estoy mareada.

—Yo te llevaré —se le acercó y, aunque no podía creer que estuviera a punto de poner sus brazos alrededor del cuerpo de Bella, lo hizo... Deslizó las manos por detrás de la cintura y luego las separó, bajando una hasta llegar a las rodillas. Phury apenas se dio cuenta del peso, pues sus músculos parecían llevarla sin esfuerzo.

Cuando comenzó a avanzar hacia la puerta, ella se relajó contra él, apoyó la cabeza sobre su hombro y le agarró la camisa.

¡Oh... Dios! Se sentía muy bien.

Phury la llevó al otro lado de la casa, hasta la habitación que estaba junto a la suya.

* * *

John seguía a Thor sin ser consciente de nada, como un autómata. Salieron del centro de entrenamiento y cruzaron el aparcamiento donde habían dejado el Range Rover. El eco de sus pasos rebotaba contra el techo de cemento y resonaba en el espacio vacío.

—Sé que tienes que volver a por el resultado —dijo Tohr, mientras se montaban en la camioneta—. Cuando lo hagas, te acompañaré.

En realidad, John deseaba ir solo.

—¿Qué sucede, hijo? ¿Te molesta que no te haya llevado esta noche?

John le puso una mano a Tohr en el brazo y negó con la cabeza.

—Está bien, sólo quería estar seguro.

John desvió la mirada, con deseos de no haber ido nunca a ver al médico. O, al menos, de haber mantenido la boca cerrada cuando estuvo allí. ¡Qué estúpido era! No debería haber dicho ni una palabra sobre lo que le había ocurrido hacía casi un año. El problema fue que, después de contestar tantas preguntas sobre su salud, tenía ganas de hablar. Así que cuando el doctor le preguntó sobre su actividad sexual, mencionó lo de enero pasado. Pregunta. Respuesta. Como todas las otras... siempre lo mismo.

Por un momento sintió un gran alivio. Nunca había ido al médico ni nada parecido, y en el fondo siempre había pensado que debería haberlo hecho. Se imaginó que, si por lo menos lo mencionaba, podrían hacerle un examen completo y acabar con la historia del ataque cuanto antes. Pero en lugar de eso el médico comenzó a sugerirle una terapia y a insistir en la necesidad de hablar acerca de esa experiencia.

¡Como si quisiera revivirla! Había pasado meses tratando de olvidar el maldito ataque, así que no tenía intención de hurgar en esa herida. Le había costado mucho trabajo cerrarla.

—Hijo, ¿qué sucede?

De ninguna manera iba a ir a ver a un terapeuta. No era más que un trauma del pasado.

131

John sacó la libreta y escribió: «Sólo estoy cansado».

—¿Estás seguro?

Asintió con la cabeza y miró a Tohr, para que el hombre pensara que no estaba mintiendo. Entretanto, se moría de angustia por dentro. ¿Qué diablos pensaría Tohr si supiera lo que había ocurrido? Los hombres de verdad no permiten que les hagan eso, sin importar qué clase de arma les pongan en la garganta.

John escribió:

—La próxima vez quiero ir a ver a Havers solo, ¿de acuerdo?

Tohr frunció el ceño.

—Ah... en realidad no es una buena idea, hijo. Necesitas protección.

—Entonces tiene que ser otra persona. Tú no.

John no se sintió capaz de mirar a Tohr, mientras le mostraba el papel. Hubo un largo silencio.

—Está bien. Eso es... ah, está bien. Tal vez Butch pueda llevarte —dijo Tohr en voz baja.

John cerró los ojos y soltó el aire. Quienquiera que fuese Butch, estaría bien.

Tohr puso el coche en marcha.

—Será como quieras, John.

«John. No... hijo», pensó.

Mientras salían, lo único en lo que podía pensar era: «¡Querido Dios, por favor nunca dejes que Tohr lo sepa!».

Cuando Bella colgó el teléfono, tuvo la sensación pasajera de que la angustia que oprimía su pecho era tan explosiva que iba a volar en pedazos en cualquier momento. No había manera de que sus frágiles huesos y su delicada piel pudieran contener la desconocida emoción que estaba sintiendo.

Miró a su alrededor con desesperación y vio la imagen borrosa de muchos cuadros, muebles antiguos y lámparas montadas en jarrones orientales y... a Phury mirándola desde una otomana.

Se recordó que, al igual que su madre, ella era una dama. Así que al menos debería fingir que tenía un poco de autocontrol. Se aclaró la garganta.

—Gracias por quedarte mientras llamaba a mi familia.

—De nada.

—Mi madre sintió... un gran alivio cuando escuchó mi voz.

—Me lo puedo imaginar.

Bueno, al menos su madre había dicho que se sentía aliviada. Había hablado con la misma tranquilidad y ecuanimidad de siempre. ¡Esa mujer siempre era como un estanque de aguas tranquilas; ningún suceso terrenal, por terrible que fuera, podía afectarla! Y todo debido a su devoción a la Virgen Escribana. Para mahmen, todo sucedía por una razón... sin embargo, nada parecía particularmente importante.

—Mi madre... se siente muy aliviada. Ella... —Bella se detuvo. Ya había dicho eso, ¿no? Mahmen estaba... realmente estaba... aliviada.

Pero habría ayudado si por lo menos se le hubiera quebrado la voz. O hubiese mostrado algo distinto a la beatífica aceptación de los iluminados espirituales. ¡Por Dios, la mujer poco menos que había enterrado a su hija y luego había sido testigo de su resurrección! Uno pensaría que eso debería provocar algún tipo de reacción emocional. Pero, en lugar de ocurrir tal cosa, fue como si hubiesen hablado el día anterior y se hubiera borrado todo lo ocurrido durante las últimas seis semanas.

Bella volvió a mirar el teléfono y se envolvió el vientre con los brazos.

Sin que ningún síntoma lo anunciase, se desmoronó. Los sollozos brotaban de ella como estornudos: rápidos, fuertes e incontenibles.

La cama se hundió y unos brazos fuertes la rodearon. Ella trató de apartarse, pensando que un guerrero no querría lidiar con semejante muestra de debilidad.

—Perdóname...

—Está bien, Bella. Recuéstate sobre mí.

Bella se desmoronó sobre Phury y puso sus brazos alrededor de la fuerte cintura del hombre. El largo y hermoso cabello del vampiro le hacía cosquillas en la nariz; olía muy bien, y Bella se sintió muy aliviada abrazada a él. Hundió el rostro en su melena y respiró hondo.

Cuando finalmente se calmó, se sintió más ligera, pero no en un buen sentido. La rabia la había llenado y le había dado forma y peso. Pero ahora, como si su piel no fuera más que un colador, se estaba evaporando, convirtiéndose en aire... convirtiéndose en nada.

Bella no quería desaparecer.

Tomó aire y se soltó del abrazo de Phury. Parpadeando rápidamente, trató de enfocar la mirada, pero todavía tenía la vista borrosa a causa de la pomada. ¡Dios! ¿Qué le había hecho ese restrictor? Tenía la sensación de que había sido algo malo...

Bella se tocó los párpados.

—¿Qué me hizo ese asesino?

Phury sólo sacudió la cabeza.

—¿Fue tan horrible?

—Ya pasó. Estás a salvo. Eso es lo único que importa.

«Yo no siento que haya terminado», pensó.

Pero luego Phury sonrió y sus ojos amarillos, increíblemente tiernos, fueron como un bálsamo que la consoló.

—¿Sería más fácil si estuvieras en casa? Porque, si quieres, podemos encontrar una manera de llevarte, aunque pronto amanecerá.

Bella pensó en su madre y no se pudo imaginar cómo sería estar en la misma casa que esa mujer. En su estado de debilidad, no podría soportarlo. También pensó en Rehvenge. Si su hermano la veía con cualquier tipo de lesión, enloquecería y lo último que ella necesitaba era que él iniciara una guerra contra los restrictores. Bella no quería que hubiese más violencia. Por lo que se refería a ella, David se podía ir al infierno en ese mismo instante; aunque no quería que ninguno de sus seres queridos arriesgara la vida para enviarlo allí.

—No, no quiero ir a casa hasta que esté completamente bien. Y me siento tan cansada... —dejó la frase en el aire, al tiempo que miraba los almohadones.

Pasado un momento, Phury se puso de pie.

—Estaré en la habitación de al lado, si me necesitas.

—¿Quieres que te devuelva tu gabán?

—Ah, sí... voy a ver si hay una bata por aquí —Phury desapareció en un vestidor que había allí mismo y luego regresó con una bata de satén negro sobre el brazo—. Las habitaciones de huéspedes están preparadas sólo para hombres, así que probablemente esto te va a quedar enorme.

Bella tomó la bata y Phury se dio la vuelta. Cuando se quitó el pesado gabán de cuero, sintió frío, así que se envolvió rápidamente en la bata.

—Listo —dijo, con un sentimiento de gratitud por la discreción del hombre.

Cuando él se le acercó, ella le puso la chaqueta en las manos.

—Siempre te estoy dando las gracias, ¿verdad? —murmuró.

Phury la miró durante un rato. Luego levantó lentamente la chaqueta hasta la cara y respiró profundamente.

—Tú eres... —dejó la frase en el aire. Luego bajó la chaqueta y adoptó una extraña expresión.

En realidad no era una expresión. Era una máscara. Phury se había escondido.

—¿Phury?

—Me alegra que estés con nosotros. Trata de dormir un poco. Y, si puedes, come algo de lo que te he traído.

Luego la puerta se cerró detrás de él en silencio.

* * *

El viaje de regreso hasta la casa de Tohr fue extraño y John pasó todo el tiempo mirando por la ventana. El móvil de Tohr sonó dos veces. En las dos ocasiones habló en lengua antigua y el nombre de Zsadist salió a relucir repetidamente en la conversación.

Cuando giraron para tomar la entrada a la casa, vieron un automóvil desconocido estacionado allí. Un Volkswagen Jetta de color rojo. Sin embargo, Tohr no se mostró sorprendido y pasó junto al coche en dirección al garaje.

Apagó el motor del Range Rover y abrió la puerta.

—A propósito, las clases empiezan pasado mañana.

John levantó la vista mientras se desabrochaba el cinturón.

—¿Tan pronto? —preguntó con lenguaje de signos.

—Anoche se inscribió el último candidato. Estamos listos para empezar.

Los dos atravesaron el garaje en silencio. Tohr iba adelante y sus enormes hombros se movían con cada paso. Tenía la cabeza gacha, como si estuviera buscando grietas en el suelo de cemento.

John se detuvo y silbó.

Tohr también se detuvo.

—¿Sí? —dijo en voz baja.

John sacó su libreta, garabateó algo y se la mostró.

Tohr arrugó la frente mientras leía.

—No tienes razón para apenarte. Lo importante es que te sientas cómodo.

John estiró la mano y le dio un apretón en el brazo. Tohr negó con la cabeza.

—Está bien. Vamos, no quiero que te resfríes —el hombre se volvió a mirarlo, y entonces vio que el chico no se movía—. Ah, demonios... Sólo estoy... Estoy a tu disposición. Eso es todo.

John apoyó el bolígrafo sobre el papel y escribió:

—Nunca lo he dudado. Ni por un momento.

—Bien. No debes hacerlo. Para decirlo claramente, yo me siento como tu... —hubo una pausa, mientras Tohr se frotaba la frente con el pulgar—. Mira, no quiero agobiarte. Vamos adentro.

Antes de que John pudiera rogarle que terminara la frase, Tohr abrió la puerta de la casa. Se oyó la voz de Wellsie... y también la de otra mujer. John arrugó la frente, mientras atravesaba la cocina. Y luego se quedó inmóvil, al ver que una rubia lo miraba por encima del hombro.

Llevaba el pelo cortado a la altura de las orejas y tenía los ojos del color de las hojas recién brotadas. Llevaba los vaqueros por las caderas... ¡Dios, podía verle el ombligo y cerca de dos centímetros de carne más abajo! Y el jersey negro de cuello de tortuga era... Bueno, John podía ver claramente toda la perfección de su cuerpo, por decirlo de alguna manera.

Wellsie sonrió.

—Habéis llegado justo a tiempo, chicos. John, ésta es mi prima Sarelle. Sarelle, éste es John.

—Hola, John. —La mujer sonrió.

«¡Colmillos! ¡Dios, qué colmillos!», pensó. Algo parecido a una brisa ardiente recorrió la piel de John y lo dejó temblando de pies a cabeza. En medio de la confusión, abrió la boca.

Mientras se ponía rojo como un tomate, levantó la mano y saludó.

—Sarelle me está ayudando a preparar el festival de invierno —dijo Wellsie— y se va a quedar a comer algo antes de que amanezca. ¿Por qué no ponéis la mesa?

Cuando Sarelle volvió a sonreír, ese extraño cosquilleo se volvió tan fuerte que John se sintió como si estuviera levitando.

—John, ¿quieres ayudar a poner la mesa? —dijo Wellsie.

Él asintió con la cabeza y trató de recordar dónde estaban los cuchillos y los tenedores.

* * *

Las luces delanteras de la camioneta de O iluminaron la fachada de la cabaña del señor X. La anodina camioneta del jefe de los restrictores estaba estacionada junto a la puerta. O aparcó la camioneta detrás de la camioneta, bloqueándole la salida.

Cuando se bajó y el aire frío llegó a sus pulmones, tuvo conciencia de que se encontraba en una especie de trance. A pesar de lo que estaba a punto de hacer, sus emociones reposaban en su pecho como plumas suaves, todas en orden, sin que hubiese nada fuera de lugar. Su cuerpo también respiraba serenidad y se movía de manera brusca pero controlada, como un arma lista para disparar.

Había estado rebuscando entre los manuscritos y había tardado bastante en encontrarlo, pero por fin había hallado lo que necesitaba. Sabía lo que tenía que pasar.

Abrió la puerta de la cabaña sin llamar antes.

El señor X levantó la vista desde la mesa de la cocina. Tenía una expresión impasible, que no mostraba enojo ni burla, ni emoción de ningún tipo. Tampoco había señales de sorpresa.

Así que los dos estaban en una especie de trance.

El jefe de los restrictores se levantó sin decir una palabra y se llevó una mano a la espalda. O sabía lo que tenía detrás y sonrió al sacar su propio cuchillo.

—Así que, señor O...

—Estoy listo para un ascenso.

—¿Perdón?

O se apuntó con el cuchillo y puso la punta de la hoja contra su esternón. Haciendo un movimiento con las dos manos, se lo enterró en el pecho.

Lo último que vio antes de que se lo llevara el gran infierno blanco fue la cara de sorpresa del señor X. Una sorpresa que se convirtió rápidamente en terror, cuando el hombre entendió adónde iba O. Y lo que iba a hacer cuando llegara allí.

CAPÍTULO
14

Mientras estaba en la cama, Bella prestó atención a los sonidos que la rodeaban: rítmicas voces masculinas en el pasillo, roncas y de tonos graves... el viento golpeando contra la mansión, caprichoso e irregular... los crujidos del suelo de madera, rápidos y agudos.

Se obligó a cerrar los ojos.

Un minuto después estaba levantada y paseándose descalza sobre la suave alfombra oriental que cubría el suelo. Nada de la elegancia que la rodeaba parecía tener sentido y se sentía como si tuviera que transcribir lo que veía. La vida normal y la seguridad que la rodeaban eran para ella como una lengua desconocida, un idioma que había olvidado y que ya no sabía hablar ni leer. ¿O acaso todo era un sueño?

En un rincón de la habitación, un inmenso reloj de péndulo marcó las cinco de la mañana. ¿Cuánto tiempo llevaba libre en realidad? ¿Cuánto hacía que la habían rescatado los hermanos y la habían sacado de la tierra para devolverla al aire? ¿Ocho horas? Tal vez, sólo que parecían minutos. ¿O tal vez años?

La naturaleza confusa del tiempo era como su visión borrosa, algo que la aislaba y la asustaba.

Bella se apretó la bata de seda. ¿Qué le pasaba? Debería estar feliz. Después de Dios sabía cuántas semanas metida en un tubo en la tierra, con ese restrictor rondándola, debería estar llorando de alivio. Pero en lugar de eso, todo lo que la rodeaba le parecía falso e insustancial, como si estuviera en una casa de muñecas de tamaño natural, conviviendo con muñecos de papel.

Se detuvo frente a una ventana y se dio cuenta de que sólo había una cosa que le parecía real. Y Bella deseó estar con él.

Debió de ser Zsadist el que se acercó a la cama cuando se despertó. Ella estaba soñando que se encontraba de nuevo en el hoyo, con el restrictor. Cuando abrió los ojos, lo único que vio fue una inmensa figura negra, y por un momento no fue capaz de separar la realidad de la pesadilla.

Eso todavía le costaba trabajo.

¡Dios, quería ir con Zsadist, quería regresar a su habitación! Pero en medio de todo el caos que se había armado después de que ella gritara, él no había impedido que ella se fuera. Tal vez prefería que estuviera en otra parte.

Bella ordenó a sus pies que comenzaran a moverse de nuevo y diseñó una especie de circuito: alrededor de la cama enorme, otra vez hasta la silla, una vuelta por las ventanas, luego un recorrido por la cómoda, la puerta que daba al corredor y el escritorio antiguo. El circuito también pasaba por la chimenea y las estanterías llenas de libros.

Caminó. Y caminó. Y caminó.

Después de un rato entró en el baño. No se detuvo frente al espejo, no quería saber cómo tenía la cara. Lo que estaba buscando era un poco de agua caliente. Quería ducharse cientos de veces, miles de veces. Quería quitarse la capa superior de la piel y afeitarse el cabello que ese restrictor tanto amaba, y cortarse las uñas y limpiarse las orejas y restregarse las plantas de los pies.

Abrió la llave de la ducha. Cuando el agua salió caliente, se quitó la bata y se metió debajo del agua. En cuanto el agua entró en contacto con su espalda, se cubrió, movida por el instinto, y colocó un brazo sobre los senos y la otra mano protegiendo el vértice de los muslos... Hasta que se dio cuenta de que no necesitaba esconderse. Estaba sola. Aquí tenía intimidad.

Se enderezó y se obligó a poner las manos a los lados, con la sensación de que había pasado una eternidad desde la última vez que se había bañado en privado. El restrictor siempre estaba ahí, observando o, peor aún, ayudándola.

Gracias a Dios nunca había tratado de tener sexo con ella. Al principio, uno de sus grandes temores era ser víctima de una violación. Estaba aterrorizada, segura de que iba a forzarla, pero luego descubrió que el restrictor era impotente. Fuera cual fuese la intensidad con que la mirara, su cuerpo siempre permanecía flácido.

Bella se estremeció y tomó la pastilla de jabón, se enjabonó las manos y las pasó por sus brazos. Se enjabonó el cuello y luego los hombros, y luego fue bajando...

La mujer frunció el ceño y se inclinó hacia delante. Tenía algo extraño en el vientre... unos rayones. Rayones que... ¡Ay, por Dios! Eso era una D ¿no es así? Y lo siguiente... era una A. Luego una V y una I y otra D.

Bella dejó caer el jabón y se cubrió el vientre con las manos. Tenía el nombre del restrictor grabado en el cuerpo. Marcado en la piel. Como una abominable parodia del mayor ritual de apareamiento de su especie. Ella realmente era su esposa...

Salió de la ducha dando tumbos, se deslizó por el suelo de mármol, agarró una toalla y se envolvió en ella. Luego tomó otra toalla e hizo lo mismo. Habría usado tres, cuatro... cinco, si hubiese tenido más.

Temblando y con náuseas, fue hasta el espejo, que estaba cubierto de vapor. Tomó aire, quitó el vapor con el codo y se miró.

* * *

John se limpió la boca y, sin darse cuenta, dejó caer la servilleta. Maldiciendo, se agachó para recogerla... y lo mismo hizo Sarelle, que la atrapó primero. Él moduló la palabra «gracias» cuando ella se la entregó.

—De nada —dijo la chica.

¡Dios, le encantaba su voz! Y le encantaba su olor, como a lavanda. Y le encantaban sus largas manos delgadas.

Pero John lo pasó mal durante la cena. Wellsie y Tohr hablaron todo el tiempo por él y le dieron a Sarelle una versión coloreada de su vida. Lo poco que él había escrito en la libreta había sonado superfluo.

Cuando levantó la cabeza, Wellsie le estaba sonriendo. Pero luego se aclaró la garganta, como si estuviera tratando de hacerse la indiferente.

—Entonces, como estaba diciendo, en los tiempos antiguos un par de mujeres de la aristocracia solían dirigir la ceremonia del solsticio de invierno. A propósito, la madre de Bella era una de ellas. Quiero reunirme con ellas, asegurarme de que no olvidemos nada.

John dejó que la conversación siguiera su curso, sin prestarle mucha atención, hasta que Sarelle dijo:

—Bueno, supongo que será mejor que me vaya. Faltan treinta y cinco minutos para que amanezca. A mis padres les va a dar un ataque.

Movió el asiento hacia atrás y John se puso de pie, al igual que todo el mundo. Mientras tenían lugar las despedidas, trató de esconderse entre las sombras. Al menos hasta que Sarelle lo miró directamente.

—¿Me acompañas afuera? —preguntó ella.

John miró hacia la puerta. ¿Acompañarla hasta la puerta? ¿Hasta el coche?

De repente, una especie de instinto masculino inundó su pecho con tal fuerza que se estremeció. La palma de la mano le empezó a picar y bajó los ojos para mirársela, pues sentía como si tuviera algo en ella, como si estuviera sosteniendo algo...

Sarelle se aclaró la garganta.

—Bueno...

John se dio cuenta de que lo estaba esperando y se sacudió para salir de su pequeño trance. Dio un paso al frente e indicó con la mano el camino hacia la puerta.

Cuando salieron, ella dijo:

—Entonces, ¿estás preparado mentalmente para el entrenamiento?

John asintió con la cabeza y descubrió que sus ojos inspeccionaban los alrededores, buscando entre las sombras. Sintió cómo se ponía en tensión y cómo volvía a picarle la palma de la mano derecha. No estaba seguro de qué era exactamente lo que estaba buscando. Sólo sabía que tenía que protegerla a toda costa.

Las llaves tintinearon cuando Sarelle las sacó del bolsillo.

—Creo que un amigo mío va a estar en tu clase. Se suponía que se iba a inscribir hoy. —Sarelle abrió la puerta del automóvil—. En todo caso, tú ya sabes la verdadera razón por la que estoy aquí, ¿no?

John negó con la cabeza.

—Creo que ellos quieren que te alimentes de mí. Cuando comience tu transición.

John sufrió un ataque de tos por la impresión y tuvo la sensación de que los ojos se le habían salido de las órbitas.

—Lo siento. —Sarelle sonrió—. Supongo que no te lo han dicho.

Desde luego, de lo contrario, él habría recordado esa conversación.

—Yo estoy de acuerdo —dijo ella—. ¿Y tú?

«¡Ay, por Dios!».

—¿John? —Ella se aclaró la garganta—. Te diré lo que haremos. ¿Tienes algo para escribir?

Ofuscado, negó con la cabeza. Se había dejado la libreta en la casa. ¡Idiota!

—Dame tu mano. —Cuando él extendió la mano, ella sacó un bolígrafo de algún lado y se inclinó sobre la palma de John. La punta del bolígrafo se deslizó con suavidad sobre su piel—. Ésta es mi dirección de correo electrónico y éste mi apodo en el Messenger. Estaré en línea más o menos dentro de una hora. Escríbeme, ¿vale? Hablaremos un poco.

John miró lo que ella le había escrito. Se quedó mirándolo fijamente.

Ella se encogió de hombros.

—Bueno, claro que no tienes que hacerlo si no quieres. Sólo... ya sabes. Pensé que podríamos llegar a conocernos por esa vía. —Hizo una pausa, como si estuviera esperando una respuesta—. Mmm... pero haz lo que quieras. No tienes ninguna obligación... Quiero decir...

John le agarró la mano, le quitó el bolígrafo y la hizo extender la palma.

«Quiero hablar contigo», escribió.

Luego la miró directamente a los ojos e hizo la cosa más asombrosa y temeraria que había hecho nunca.

Le sonrió.

C uando amaneció y se cerraron las persianas metálicas que cubrían todas las ventanas, Bella se puso la bata negra y salió de su habitación. Inspeccionó rápidamente el pasillo. No había moros en la costa. ¡Bien! Cerró la puerta con sigilo y se deslizó sobre la alfombra persa sin hacer ningún ruido. Cuando llegó al principio de la enorme escalera, se detuvo y trató de recordar qué camino debía tomar.

El corredor de las esculturas, pensó, al recordar otro recorrido por ese pasillo hacía muchas, muchas semanas.

Empezó a caminar muy deprisa y después comenzó a correr, agarrándose las solapas de la bata y la abertura que había sobre las piernas. Pasó frente a muchas estatuas y puertas, hasta que llegó al final y se detuvo frente a la última. No se molestó en tratar de recuperar la compostura, porque era imposible. Se sentía flotando, en peligro de desintegración. Dio varios toques fuertes en la puerta.

Desde el otro lado se oyó un grito:

—¡Largo! Estoy dormido.

Bella giró el picaporte y empujó. A través de la puerta entró un rayo de luz que abrió una brecha en la oscuridad. Cuando la luz llegó hasta el jergón arreglado con mantas que había en el fondo, Zsadist se sentó. Estaba desnudo y se veía cómo sus músculos se endurecían bajo la piel y los aros de sus pezones brillaban con la luz.

—He dicho lar... ¿Bella? —Se cubrió con las manos—. ¡Por Dios! ¿Qué estás haciendo?

«Buena pregunta», pensó ella, mientras sentía que perdía el valor.

—¿Puedo... puedo quedarme aquí contigo?

Zsadist frunció el ceño.

—¿Qué estas...? No, no puedes.

Agarró algo del suelo y lo puso frente a sus caderas, mientras se ponía de pie. Sin disculparse por la invasión, ella lo contempló con atención: los tatuajes de esclavo alrededor de las muñecas y el cuello, el piercing en la oreja izquierda, sus ojos de obsidiana, el pelo cortado al rape. El cuerpo de Zsadist era tan delgado como ella recordaba, todo músculos, venas y huesos. De él emanaba, como un aroma, una salvaje sensación de poder.

—Bella, sal de aquí, ¿vale? Éste no es lugar para ti.

Ella hizo caso omiso del tono autoritario de sus ojos y su voz, porque, aunque la había abandonado el valor, la desesperación le dio la fuerza que necesitaba.

Esta vez no se le quebró la voz.

—Cuando estaba delirando en el coche, tú eras el que iba al volante, ¿verdad? —Zsadist no respondió, pero ella no necesitaba que lo hiciera—. Sí, eras tú. Ése eras tú. Tú me hablaste. Tú fuiste a rescatarme, ¿no?

Zsadist se sonrojó.

—La Hermandad fue a rescatarte.

—Pero me rescataste tú. Y me trajiste primero aquí. A tu habitación. —Bella observó la lujosa cama. Las mantas estaban desordenadas y la almohada mostraba las huellas de una cabeza—. Déjame quedarme.

—Mira, necesitas estar segura...

—Contigo estoy segura. Tú me salvaste. No dejarás que ese restrictor me atrape de nuevo.

—Aquí nadie puede tocarte. Este lugar está más vigilado que el maldito Pentágono.

—Por favor...

—No —contestó él con brusquedad—. Ahora, vete de aquí.

Bella comenzó a temblar.

—No puedo estar sola. Por favor, déjame quedarme contigo. Necesito... —Ella lo necesitaba a él, no a otro, pero no creía que Z reaccionara bien si se lo decía—. Necesito estar con alguien.

—Entonces, mejor busca a Phury.

—No, él no es lo que estoy buscando. —Ella deseaba al hombre que tenía enfrente. A pesar de toda su brutalidad, confiaba en él instintivamente.

Zsadist se pasó la mano por la cabeza. Varias veces. Luego su pecho se expandió.

—No me obligues a irme —susurró Bella.

Cuando él lanzó una maldición, ella respiró aliviada, pues supuso que eso era lo más cercano a un «sí» que podía esperar.

—Tengo que ponerme unos pantalones —murmuró.

Bella entró y cerró la puerta, luego bajó los ojos por un momento. Cuando volvió a levantar la mirada, él se había dado media vuelta y se estaba poniendo unos pantalones negros.

La espalda, con los surcos de las cicatrices, se estiró cuando él se agachó. Al ver ese terrible panorama, Bella sintió que necesitaba saber exactamente qué era lo que le había ocurrido a Zsadist. Absolutamente todo. Cada uno de los azotes. Había oído rumores sobre él; pero quería oír su verdad.

Zsadist había sobrevivido a lo que le habían hecho. Tal vez ella también podría.

Zsadist se volvió.

—¿Ya has comido?

—Sí, Phury me trajo comida.

Una sombra cruzó por la cara de Zsadist, pero fue tan fugaz que Bella no alcanzó a entenderla.

—¿Tienes dolor?

—No demasiado.

Zsadist fue hasta la cama y ahuecó los almohadones. Luego se puso a un lado, con la vista clavada en el suelo.

—Acuéstate.

Cuando ella se acercó, sintió deseos de abrazarlo, pero él se puso tenso, como si le hubiese leído la mente. ¡Dios, ella sabía que no le gustaba que lo tocaran, lo había aprendido de la peor manera posible! Pero de todos modos quería acercarse.

«Por favor, mírame», pensó.

Estaba a punto de pedírselo, cuando notó que él tenía algo alrededor de la garganta.

—Mi gargantilla —dijo, jadeando—. Llevas puesta mi gargantilla.

Ella estiró el brazo para tocarla, pero Zsadist retrocedió. Con un movimiento rápido, se quitó la frágil gargantilla de oro y diamantes y se la puso en la mano.

—Aquí está. Toma.

Bella bajó la vista. Su gargantilla de diamantes. De Tiffany. La usaba desde hacía años... era su joya más querida. Sentía que era como parte de ella y, cuando no la tenía puesta, se sentía desnuda. Ahora esos frágiles hilos le parecían totalmente ajenos.

Estaba caliente, pensó Bella, mientras acariciaba uno de los diamantes. Todavía tenía el calor de la piel de Zsadist.

—Quiero que la conserves —dijo Bella abruptamente.

—No.

—Pero...

—Suficiente charla. Acuéstate o vete de aquí.

Bella guardó la gargantilla en el bolsillo de la bata y miró a Zsadist. Tenía los ojos fijos en el suelo y, cuando respiraba, los aros de los pezones jugueteaban con la luz.

«Mírame», pensó.

Z no la miró y ella se metió en la cama. Cuando él se inclinó para taparla con las mantas, Bella se apartó para dejarle espacio, pero él sólo la tapó y luego regresó al rincón, al jergón que tenía en el suelo.

Bella se quedó mirando el techo durante unos minutos. Luego tomó una almohada, se deslizó fuera de la cama y fue hasta donde él estaba.

—¿Qué estás haciendo? —preguntó Zsadist con voz de alarma.

Ella puso la almohada sobre las mantas del jergón y se acostó, acomodándose en el suelo al lado del enorme cuerpo de Zsadist. Ahora su olor era mucho más fuerte, un aroma a pino y poder masculino. Buscando el calor de Zsadist, Bella se acercó hasta que su frente quedó contra la parte posterior del brazo de él. Aquel macho era tan fuerte que parecía un muro de piedra, y además era caliente, así que el cuerpo de Bella se relajó. Junto a él podía sentir el peso de sus propios huesos, el suelo duro que tenía debajo, las corrientes de aire que atravesaban la habitación. Bella volvía a entrar en contacto con el mundo que la rodeaba a través de la presencia de Zsadist.

«Más. Más cerca», se decía.

Se deslizó hasta quedar justo al lado de él. De los senos a los pies, su cuerpo entero sentía la proximidad de Z.

Éste se alejó bruscamente y retrocedió hasta quedar contra la pared.

—Lo siento —murmuró Bella y volvió a acercársele hasta quedar pegada a él—. Necesito esto de ti. Mi cuerpo necesita... —«a ti», pensó, pero dijo otra cosa— algo caliente.

De repente Zsadist se puso de pie.

¡No! La iba a echar...

—Vamos —dijo, refunfuñando—. Vamos a la cama. No soporto la idea de que estés en el suelo.

* * *

Quienquiera que dijese que uno no puede vender dos veces el mismo producto, no conoce al Omega.

O se dio la vuelta, se acostó sobre el estómago y levantó el cuerpo, apoyándose sobre unos brazos frágiles. Así era más fácil tolerar las náuseas. La gravedad ayudaba.

Mientras soportaba las arcadas, recordó el primer trato que había hecho con el padre de todos los restrictores. La noche de su introducción a la Sociedad Restrictiva entregó su alma, junto con su sangre y su corazón, a cambio de convertirse en un asesino inmortal, aprobado y respaldado.

Y ahora había hecho otro negocio. El señor X había desaparecido. Ahora él, O, era el jefe de los restrictores.

Por desgracia, también era el sirviente del Omega.

Trató de levantar la cabeza. Cuando lo hizo, la habitación comenzó a dar vueltas, pero estaba demasiado exhausto para molestarse en vomitar más. O tal vez no tenía nada más que vomitar.

La cabaña. Estaba en la cabaña del señor X. Y, a juzgar por la luz, acababa de amanecer. Cuando parpadeó en medio de la penumbra, se miró. Estaba desnudo. Lleno de moratones. Y detestaba el sabor que tenía en la boca.

Una ducha. Necesitaba una ducha.

O se levantó del suelo, apoyándose sobre una silla y el borde de una mesa. Cuando se puso de pie, por alguna extraña razón sus piernas lo hicieron pensar en un par de lámparas de aceite. Probablemente porque las dos estaban llenas de líquido.

La rodilla izquierda no aguantó el peso y O se cayó sobre el asiento. Mientras se envolvía los brazos alrededor del cuerpo, decidió que la ducha podía esperar.

¡Dios... el mundo era otra vez nuevo! Y había aprendido tantas cosas durante el proceso de su ascenso... Antes de cambiar de estatus, no sabía que el jefe de los restrictores era mucho más que el líder de los asesinos. En realidad, el Omega estaba atrapado en el reino intemporal y necesitaba un conducto para entrar en el tiempo. El jefe de los restrictores era el faro que el Omega utilizaba para encontrar su camino durante la travesía. Lo único que tenía que hacer era abrir el canal y hacer de faro.

Y ser el restrictor a cargo de esa tarea conllevaba grandes beneficios. Cosas que hacían que la técnica para paralizar que usaba el señor X pareciera un juego de niños.

El señor X... el antiguo maestro. O soltó una carcajada. A pesar de lo mal que se sentía, el señor X debía de estar peor. Seguro.

Las cosas habían funcionado muy bien después de apuñalarse en el pecho. Cuando O aterrizó a los pies del Omega, presentó su caso para efectuar un cambio de régimen. Resaltó el hecho de que las filas de la Sociedad cada vez estaban más disminuidas, en especial en el escalón de los Principales. Los hermanos se volvían cada vez más fuertes. El Rey Ciego había subido al poder. El señor X no mantenía un frente lo suficientemente fuerte.

Y todo eso era cierto. Pero no fue lo que decidió que el trato finalmente se cerrara.

No, el trato se cerró debido a la debilidad que el Omega tenía por O.

En la historia de la Sociedad había épocas en las que el Omega desarrollaba interés personal, si se puede llamar así, por un restrictor en particular. Pero eso no era ninguna ventaja. Los afectos del Omega eran intensos, pero pasajeros, y los rompimientos eran terribles, según decían los rumores. Pero O estaba dispuesto a suplicar, a fingir y a mentir para lograr lo que necesitaba, y el Omega había aceptado lo que le ofrecían.

¡Qué manera tan horrible de pasar el tiempo! Pero valía la pena.

O se preguntó qué le estaría pasando al señor X en ese instante. Cuando fue liberado, el Omega estaba a punto de llamar a casa al otro asesino, y eso ya debía de haber ocurrido. Las armas del antiguo jefe estaban sobre la mesa, al igual que su teléfono móvil y su BlackBerry. Y había rastros de un pequeño incendio frente a la puerta principal.

O miró el reloj digital que estaba al otro lado de la habitación. Aunque se sentía como una piltrafa, era hora de motivarse. Tomó el teléfono del señor X, marcó y se puso el auricular en el oído.

—¿Sí, maestro? —respondió U.

—Ha habido un cambio en el organigrama. Quiero que seas mi segundo al mando.

Silencio. Luego:

—¡Mierda! ¿Qué le ha pasado al señor X?

—Debe de estar tragándose la notificación de despido. Entonces, ¿cuento contigo?

—Ah, sí. Claro. Soy tu hombre.

—De ahora en adelante estás a cargo de los registros. No hay razón para que lo hagas en persona, un mensaje electrónico está bien. Y voy a mantener los escuadrones como están. Los Principales en parejas. Los Betas en grupos de cuatro. Pasa la voz sobre lo ocurrido con el señor X. Luego ven a la cabaña.

O colgó. La Sociedad no le importaba lo más mínimo. La estúpida guerra contra los vampiros le traía sin cuidado. Sólo tenía dos objetivos: recuperar a su mujer, viva o muerta, y matar al hermano de la cicatriz que se la había llevado.

Cuando se puso de pie, se miró el cuerpo y vio los signos de su impotencia. Un horrible pensamiento cruzó por su mente.

A diferencia de los restrictores, los vampiros no eran impotentes.

Se imaginó a su esposa hermosa y pura... La vio desnuda, con el pelo sobre los hombros y esas elegantes curvas de su esbelto cuerpo reflejando la luz. Espléndida. Perfecta, perfecta, perfecta. Absolutamente femenina.

Algo para ser adorado y poseído. Pero nunca mancillado. Una Madonna.

Pero cualquier ser que tuviera un pene querría follarla. Vampiro, humano, restrictor. Cualquier cosa.

Sintió que lo recorría una oleada de ira y de pronto deseó que estuviese muerta. Porque si ese horrible bastardo había tratado de tener sexo con ella... ¡Dios, iba a castrar a ese hermano con una cuchara antes de matarlo!

¡Y que Dios la ayudara a ella si lo había disfrutado!

C uando Phury se despertó, eran las tres y cuarto de la tarde. Había dormido muy mal, pues todavía estaba tan molesto por lo que había pasado la noche anterior que sus glándulas suprarrenales estaban muy alteradas, lo cual no ayudaba a conciliar el sueño.

Buscó un porro y lo encendió. Mientras aspiraba el humo rojo y éste penetraba en sus pulmones, trató de dominar el impulso de ir hasta la habitación de Zsadist para despertarlo con un golpe en la mandíbula. Pero esa fantasía resultaba muy atractiva.

¡Maldición! No podía creer que Z hubiese tratado de abusar de Bella de esa manera, y realmente odiaba a su hermano por semejante depravación. También se odiaba a sí mismo por haber sido tan estúpido de sorprenderse. Durante mucho tiempo había creído que algo había logrado sobrevivir a la esclavitud de Z, que todavía quedaba en él una pizca de alma. Pero, después de lo visto anoche, ya no tendría más dudas sobre la naturaleza cruel de su hermano. Ninguna.

Y, mierda, lo que más le remordía la conciencia era saber que había decepcionado a Bella. Nunca debió dejarla en la habitación de Z. No podía soportar la idea de haber sacrificado la seguridad de Bella por su necesidad de creer.

Bella...

Pensó en la manera en que la mujer se había dejado abrazar. En esos fugaces momentos en que se había sentido poderoso, capaz de protegerla de un ejército de restrictores. Durante esos instantes, ella lo había transformado en un verdadero hombre, alguien que tenía un propósito en la vida y era indispensable.

¡Qué revelación, ser algo distinto de un imbécil que siempre estaba pendiente de un loco suicida y destructivo!

Deseaba desesperadamente pasar la noche con ella y se había marchado sólo porque era lo correcto. Él no era de fiar. Ella estaba exhausta y, a pesar de sus votos de castidad, él no era de fiar. Quería socorrerla con su cuerpo. Quería adorarla y curarla con su propia piel y sus huesos.

Pero no podía pensar así.

Phury aspiró el porro profundamente y siseó un poco. Al retener el humo adentro, sintió que la tensión de sus hombros cedía. Mientras se dejaba invadir por la calma, miró su reserva de humo rojo. Ya se le estaba terminando y, a pesar de lo mucho que detestaba ir a ver al Reverendo, necesitaba más.

Sí, teniendo en cuenta los sentimientos que despertaba su gemelo en él, iba a necesitar mucho más. En realidad, el humo rojo sólo era un relajante muscular suave, nada como la marihuana ni ninguna de esas otras sustancias peligrosas. Pero Phury dependía de esos porros para mantenerse equilibrado, al igual que otra gente utilizaba el alcohol. Si no fuera porque tenía que recurrir al Reverendo para conseguirlo, diría que era un pasatiempo absolutamente inofensivo.

Absolutamente inofensivo y el único consuelo que tenía en la vida.

Cuando terminó el cigarro, apagó la colilla en un cenicero y se levantó. Después de ponerse la prótesis, fue al baño para bañarse y afeitarse; luego se puso unos pantalones y una de sus camisas de seda. Por último, metió el pie de verdad y el que no podía sentir en un par de mocasines.

Se miró al espejo. Se alisó un poco el pelo. Respiró profundamente.

Fue a la habitación de al lado y golpeó suavemente. Cuando vio que no obtenía respuesta, volvió a llamar, y luego abrió la puerta. La cama estaba deshecha, pero vacía, y Bella tampoco estaba en el baño.

Mientras regresaba al pasillo, se encendió una alarma en su cabeza. Antes de darse cuenta, estaba corriendo. Pasó frente a las escaleras y atravesó el corredor de las estatuas. No se molestó en golpear a la puerta de Z, sólo la abrió.

Phury se quedó frío.

Lo primero que pensó fue que Zsadist se iba a caer de la cama. El cuerpo de Z estaba sobre la colcha y justo en el borde del colchón, tan lejos como era posible. ¡Por Dios! La postura parecía infernalmente incómoda. Tenía los brazos alrededor del pecho desnudo, como si tuviera que abrazarse para mantenerse en una pieza, y las piernas dobladas y vueltas hacia un lado, con las rodillas suspendidas en el aire.

Pero tenía la cabeza vuelta en la otra dirección. Hacia Bella. Sus labios deformados estaban apenas abiertos, y no con una sonrisa maliciosa, y su frente, que normalmente estaba arrugada en una expresión agresiva, se veía relajada.

Z tenía una expresión de somnolienta reverencia.

La cara de Bella estaba inclinada hacia el hombre que estaba a su lado, con una expresión tan serena como un atardecer. Y su cuerpo estaba acurrucado junto al de Z, tan cerca como se lo permitían todas las sábanas y las mantas que la cubrían. ¡Demonios, era obvio que si pudiese estar abrazada a él, lo estaría! Y era igualmente obvio que Z había tratado de alejarse lo más posible.

Phury maldijo en voz baja. Fuera lo que fuese lo que hubiese ocurrido la noche anterior, ciertamente no se había tratado de ningún ataque por parte de Z. De ninguna manera. Resultaba evidente ver cómo estaban los dos en ese momento.

Phury cerró los ojos y después la puerta.

Como un lunático, consideró por un momento la posibilidad de regresar y enfrentarse con Zsadist para disputarle el derecho a estar acostado junto a Bella. Podía verse a sí mismo luchando cuerpo a cuerpo con su hermano, sosteniendo un anticuado cohntehst con su gemelo, para saber quién debía tenerla.

Pero éstos no eran los tiempos antiguos. Y las mujeres tenían derecho a elegir a quién buscaban. Con quién dormían. Con quién se apareaban.

Y Bella sabía dónde estaba Phury. Él le había dicho que su habitación estaba al lado. Si ella hubiese querido, habría recurrido a él.

Mientras se despertaba, Z se dio cuenta de una extraña sensación: tenía calor... ¿Acaso había olvidado apagar la calefacción después de que Bella se marchara? Debía de ser eso. Sólo que notó algo más. No estaba en el jergón. Y llevaba unos pantalones. Movió las piernas, tratando de entender el porqué y pensando que siempre dormía desnudo. Al sentir el roce del pantalón de algodón, Z se dio cuenta de que tenía el pene duro. Duro y grueso. ¿Qué demonios...?

Abrió los ojos como platos. Bella. Estaba en la cama con Bella.

Se echó hacia atrás enseguida...

Y se cayó del colchón, aterrizando sobre el trasero.

Bella se incorporó de inmediato.

—¿Zsadist?

Al agacharse, la bata se abrió y los ojos de Z cayeron sobre el seno que quedó al aire. Era perfecta, con su suave piel clara y ese pezoncito rosado... ¡Dios, Z sabía que el otro era exactamente igual, pero por alguna razón necesitaba verlo de todas maneras!

—¿Zsadist? —Bella se agachó todavía más; el pelo se le deslizó por encima del hombro y cayó sobre el borde de la cama, formando una espléndida cascada color caoba.

Esa cosa que tenía entre las piernas se agitó, impulsada por los latidos de su corazón.

Z dobló las rodillas y encogió las piernas con los muslos muy juntos, pues no quería que ella se diera cuenta.

—Tu bata —dijo bruscamente—. Ciérrala. Por favor.

Ella bajó la mirada y luego se cerró las solapas, ruborizándose. ¡Ay! Ahora tenía las mejillas tan rosadas como los pezones, pensó Z.

—¿Vienes otra vez a la cama? —preguntó la mujer.

La parte decente de él, esa que permanecía tan bien escondida, señaló que no era una buena idea.

—Por favor —susurró Bella y se metió el pelo detrás de la oreja.

Zsadist estudió el arco del cuerpo de la muchacha y la seda negra que cubría su piel y la protegía de las miradas, y esos ojos grandes y azules como zafiros, y la esbelta columna de su garganta.

No... realmente no era una buena idea tenerla cerca justo en este momento.

—Apártate un poco —dijo Zsadist.

Mientras que ella se movía hacia atrás, él bajó la mirada hacia la tela de sus pantalones. ¡Por Dios, la maldita cosa que tenía entre las piernas estaba enorme! Parecía como si tuviera otro brazo entre los pantalones. Y para esconder semejante tronco necesitaría una armadura.

Z miró la cama y saltó entre las sábanas con un movimiento rápido.

Lo cual fue una idea mala y dolorosa. Tan pronto estuvo bajo las mantas, Bella se amoldó a sus ángulos hasta convertirse en otra manta. Una manta suave, calientita y viva...

El antiguo esclavo tuvo un ataque de pánico. Ella lo recubría de tal manera que él no sabía qué hacer. Quería quitársela de encima. Pero también quería sentirla más cerca. Quería... ¡Por Dios! Quería montarla. Quería poseerla. Quería penetrarla.

El impulso del instinto era tan fuerte que se vio teniendo sexo con ella: acostándola sobre el vientre, levantando sus caderas de la cama y penetrándola desde atrás. Se vio metiendo su cosa dentro de ella y moviendo las caderas...

¡Por Dios, era repugnante! ¿Quería meter esa cosa asquerosa dentro de ella? Sería como meterle en la boca un cepillo de limpiar el inodoro.

—Estás temblando... —dijo Bella—. ¿Tienes frío?

Bella se le arrimó más y Z sintió el roce de sus senos, suaves y cálidos, contra la parte posterior del antebrazo. Esa cosa se retorció enloquecida y se sacudió contra los pantalones.

¡Mierda! Tenía la sensación de que eso significaba que estaba peligrosamente excitado.

¡Demonios, la cosa estaba palpitando y las pelotas que tenía debajo le dolían y Z se veía embistiendo a Bella como un toro! Pero lo único que lo excitaba era el temor de una mujer y Bella no estaba asustada. Entonces, ¿qué estaba ocasionando esa reacción en él?

—Zsadist —dijo Bella con voz suave.

—¿Qué?

Las cuatro palabras que ella dijo a continuación hicieron que el pecho de Z se convirtiera en un bloque de hormigón y la sangre se le congelara. Pero al menos todo lo demás se evaporó.

* * *

Cuando la puerta de su cuarto se abrió inesperadamente, Phury apretó la camiseta que se estaba metiendo por la cabeza.

Zsadist estaba en el umbral, desnudo de la cintura para arriba, y sus ojos negros resplandecían.

Phury maldijo en voz baja.

—Me alegra que hayas venido. Acerca de anoche... Te debo una disculpa.

—No quiero oírla. Ven conmigo.

—Z, me equivoqué al...

—Ven conmigo.

Phury acabó de ponerse la camiseta y miró el reloj.

—Tengo que dar una clase en media hora.

—No tardaremos.

—Ah... bueno, está bien.

Mientras seguía a Z por el pasillo, pensó que podía seguir con la disculpa por el camino.

—Mira, Zsadist, de verdad que siento mucho lo de anoche. —No se sorprendió al ver que su gemelo se quedaba callado—. Estaba equivocado. Sobre Bella y tú. —Z comenzó a caminar todavía más rápido—. He debido saber que nunca le harías daño. Te ofrezco un rythe.

Zsadist se detuvo y miró por encima del hombro.

—¿Para qué diablos?

—Te ofendí. Anoche.

—No, no me ofendiste.

Phury sólo pudo negar con la cabeza.

—Zsadist...

—Yo estoy enfermo. Soy desagradable. No soy de fiar. El hecho de que tengas la inteligencia suficiente para darte cuenta de eso no significa que tengas que lamerme el culo con una disculpa.

Phury quedó boquiabierto.

—Por Dios... Z. Tú no eres...

—¡Maldición! ¿Puedes apresurarte?

Z avanzó hacia su habitación y abrió la puerta.

Bella estaba sentada en la cama, con las solapas de la bata contra el cuello. Parecía estar totalmente confundida. Y demasiado hermosa para describirla.

Phury miró primero a Bella y luego a Z. Después se concentró en su gemelo.

—¿Qué es esto?

Z clavó sus ojos negros en el suelo.

—Ve con ella.

—¿Perdón?

—Necesita alimentarse.

Bella parecía avergonzada.

—No, espera, Zsadist, yo te deseo... a ti.

—A mí no me puedes tener.

—Pero yo quiero...

—Ni lo pienses. Me voy.

Phury sintió que su hermano lo empujaba hacia adentro y luego cerraba la puerta. Durante el silencio que siguió, no estaba seguro de si quería gritar de felicidad por el triunfo o... simplemente gritar.

Respiró hondo y miró hacia la cama. Bella estaba completamente encogida, con las rodillas contra el pecho.

¡Por Dios, nunca había permitido que una mujer tomara sangre de él! Nunca había querido arriesgarse debido a su celibato. Teniendo en cuenta sus necesidades sexuales y su sangre de guerrero, siempre había tenido temor de que, si dejaba que una mujer bebiera de su vena, no pudiera controlarse e intentara poseerla. Y si se trataba de Bella, sería mucho más difícil mantener la neutralidad.

Pero ella necesitaba beber. Además, ¿qué gracia tenía una promesa si era fácil de cumplir? Esto podía ser como una prueba de fuego para él, una oportunidad de poner a prueba su disciplina bajo las condiciones más extremas.

Se aclaró la garganta.

—Te ofrezco mi sangre.

Cuando Bella levantó los ojos para mirarlo, Phury sintió como si su piel no alcanzara a contener su esqueleto. Eso era lo que sentía un macho frente al rechazo. Como si se encogiera.

Phury desvió la mirada y pensó en Zsadist, a quien podía sentir al otro lado de la puerta.

—Es posible que él no sea capaz de hacerlo. Tú eres consciente de su... pasado, ¿no es cierto?

—¿Es muy cruel por mi parte pedírselo? —dijo Bella con una voz tensa y profunda, que revelaba el conflicto interno que estaba sufriendo—. ¿Lo es?

«Probablemente», pensó Phury.

—Sería mejor si usaras a alguien más. —«Dios, ¿por qué no puedo ser yo? ¿Por qué no puedes necesitarme a mí y no a Z?»—. No creo que fuera apropiado pedírselo a Wrath o a Rhage, pues ellos tienen compañera. Tal vez podría decirle a V...

—No... Yo necesito a Zsadist —dijo Bella y se llevó una mano temblorosa a la boca—. Lo siento mucho.

Él también lo sentía.

—Espera.

Cuando salió al pasillo, Phury encontró a Z junto a la puerta. Tenía la cabeza entre las manos y los hombros encorvados.

—¿Ya has terminado?, ¿tan rápido? —preguntó, y dejó caer los brazos.

—No. No ha pasado nada.

Z frunció el ceño y miró hacia adentro.

—¿Por qué no? Tienes que hacerlo. Ya oíste a Havers...

—Ella te quiere a ti.

—Entra allí y ábrete una vena...

—Bella sólo aceptará tu sangre.

—Necesita alimentarse, así que sólo...

Phury levantó la voz.

—¡No la voy a alimentar!

Z cerró la boca y entornó los ojos.

—¡Maldición! Vas a hacerlo por mí.

—No, no lo haré.

«Porque ella no me dejará hacerlo»...

Z avanzó y agarró a Phury de los hombros.

—Entonces lo harás por ella. Porque es lo mejor para ella y porque te sientes atraído hacia ella y porque quieres hacerlo. Hazlo por ella.

¡Por Dios! Mataría por hacerlo. Se moría de ganas de regresar a la habitación de Z, rasgarse la ropa, caer sobre el colchón y dejar que Bella se encaramara sobre su pecho y hundiera sus colmillos en su cuello, absorbiéndolo con sus labios y lo que tenía entre las piernas.

Las fosas nasales de Z temblaron.

—¡Dios... puedo oler lo mucho que la deseas! Así que ve. Ten sexo con ella, aliméntala.

—Ella no me quiere a mí, Z. Ella quiere... —dijo Phury con voz quebrada.

—Ella no sabe lo que quiere. ¡Acaba de salir del infierno, por todo el fuego del infierno!

—Tú eres el elegido. Para ella, eres el único. —Cuando los ojos de Zsadist se deslizaron hacia la puerta cerrada, Phury presionó un poco más, a pesar de lo doloroso que le resultaba—. Escucha lo que te estoy diciendo, hermano. Ella te quiere a ti. Y tú puedes hacerlo por ella.

—¡Claro que no puedo!

—Z, hazlo.

Z negó con su cabeza casi calva.

—Vamos, lo que corre por mis venas está envenenado. Tú lo sabes.

—No, no lo está.

Z soltó un gruñido, se echó hacia atrás y extendió sus muñecas, mostrando las bandas de esclavo de sangre tatuadas sobre las venas.

—¿Quieres que ella coma a través de esto? ¿Puedes soportar la idea de que su boca toque esto? Porque yo no puedo, te lo aseguro.

—¿Zsadist? —se oyó decir a Bella desde atrás. Sin que ellos se dieran cuenta, se había levantado y había abierto la puerta.

Al ver que Z cerraba los ojos, Phury susurró:

—Ella te quiere a ti.

—Estoy contaminado. Mi sangre la matará —dijo Z, con voz apenas audible.

—No. No la matará.

—Por favor... Zsadist —dijo Bella.

El sonido de esa humilde solicitud, llena de anhelo, hizo que a Phury se le congelara el pecho. Luego vio, como si estuviera anestesiado, el momento en que Z se volvía lentamente hacia ella.

Bella retrocedió un poco, pero sin dejar de mirarlo.

Los minutos se volvieron días... décadas... siglos. Y luego Zsadist entró a la habitación y la puerta se cerró.

Phury dio un paso atrás y se alejó por el corredor, con la mirada borrosa.

¿Acaso no tenía que estar en algún lado?

Una clase. Sí, iba a... dar una clase ahora.

CAPÍTULO
17

A las cuatro y diez, John se subió a un autobús con su mochila a la espalda.

—Buenos días, señor —dijo con entusiasmo el doggen que iba conduciendo—. ¡Bienvenido!

John asintió con la cabeza y miró a los doce muchachos que estaban sentados de dos en dos y lo observaban fijamente.

«¡Caramba! No se respira una energía muy positiva aquí, chicos», pensó.

Se sentó en el asiento libre que había detrás del conductor.

Cuando el autobús comenzó a moverse, bajó una especie de tabique, de manera que los estudiantes quedaron aislados del conductor y, por supuesto, no podían ver nada de frente. John se volvió y se sentó de lado para ver a sus compañeros, que iban todos detrás de él.

Todas las ventanas eran oscuras, pero las luces del suelo y del techo arrojaban suficiente luz como para que el chico alcanzara a ver a sus compañeros. Todos eran como él, delgados y bajitos, aunque tenían el pelo de diferentes colores, algunos eran rubios y otros morenos. Uno tenía el pelo rojo. Al igual que John, todos estaban vestidos con uniformes blancos de artes marciales. Y todos tenían el mismo maletín a sus pies, de la marca Nike, de nailon negro, lo suficientemente grande para guardar una muda y mucha comida. Cada uno tenía también una mochila y John supuso que todos guardaban allí lo mismo que él: un cuaderno, bolígrafos, un móvil y una calculadora. Tohr había enviado una lista de todo lo que debían llevar.

John abrazó su mochila contra el estómago y sintió que lo observaban. Le relajaba pensar en todos los números a los que podía mandar un mensaje de texto, así que los repetía en su cabeza una y otra vez. Su casa. El móvil de Wellsie. El de Tohr. El número de la Hermandad. El de Sarelle...

Pensar en ella le hizo sonreír. La noche anterior habían pasado varias horas chateando. Desde luego, la mejor forma de comunicarse con ella era el chat. En la medida en que los dos tenían que escribir lo que querían decir, se sentía como si fueran iguales. Y si ella le había gustado durante la cena, ahora realmente le fascinaba.

—¿Cómo te llamas?

John levantó la vista y vio que el que había hablado era un chico que estaba un par de asientos más allá. Tenía el pelo rubio y largo y llevaba un arete de diamante en la oreja.

«Por lo menos están hablando en nuestro idioma», pensó John.

Mientras abría su morral y sacaba la libreta, el chico dijo:

—¡Hola! ¿Estás sordo?

John escribió su nombre y le dio la vuelta a la libreta.

—¿John? ¿Qué clase de nombre es ése? ¿Y por qué tienes que escribir?

¡Mierda! Ese asunto de la escuela iba a ser una tortura.

—¿Qué te pasa? ¿No puedes hablar?

John miró al chico directamente a los ojos. Las leyes de la probabilidad indicaban que en cada grupo había siempre un miembro que se destacaba por molestar a todo el mundo y, obviamente, el de su grupo era ese rubio con el diamante en la oreja.

John negó con la cabeza a manera de respuesta.

—¿No puedes hablar? ¿Ni un poquito? —El chico levantó la voz, como para asegurarse de que todo el mundo oyera—. ¿Qué demonios haces preparándote para ser un soldado si no puedes hablar?

«No se pelea con las palabras, ¿o sí?», escribió John.

—¿Por qué tienes un nombre humano? —La pregunta provino del pelirrojo que estaba detrás de él.

163

John escribió: «Ellos me criaron», y le dio la vuelta a la libreta.

—Ah. Bueno, soy Blaylock. John... ¡Caramba, qué extraño!

Impulsivamente, John se subió la manga y mostró el brazalete que él mismo había hecho, el que tenía los caracteres con los que había soñado.

Blaylock se inclinó para verlo. Luego abrió mucho sus pálidos ojos azules.

—Su nombre verdadero es Tehrror.

Hubo unos murmullos. Muchos murmullos.

John recogió el brazo y volvió a recostarse en la ventanilla, pensando que habría preferido no subirse la manga. ¿Qué demonios estarían pensando ahora?

Después de un momento, Blaylock tuvo un gesto de cortesía y le presentó a los demás. Todos tenían nombres extraños. El rubio se llamaba Lash. ¿Acaso ese nombre era apropiado para un vampiro?

—Tehrror... —murmuró Blaylock—. Es un nombre muy antiguo. Es un verdadero nombre de guerrero.

John frunció el ceño. Y aunque sabía que era mejor no estar en el punto de mira de esos chicos, escribió:

—¿Acaso el tuyo no lo es? ¿Y los de los demás?.

Blaylock negó con la cabeza.

—Tenemos sangre guerrera, lo cual explica que hayamos sido elegidos para recibir este entrenamiento, pero ninguno de nosotros tiene un nombre como ése. ¿De qué línea desciendes? ¡Por Dios! ¿Desciendes de la Hermandad?

John frunció el ceño. Nunca se le había ocurrido que pudiese estar relacionado con los hermanos.

—Me imagino que es demasiado bueno para responderte —dijo Lash.

John prefirió dejarlo pasar. Sabía que estaba provocando mucho a esos chavales con eso de los nombres y el hecho de haber sido criado por humanos y su limitación para hablar. Tenía la sensación de que este día de escuela iba a ser una maldita prueba de resistencia, así que lo mejor sería ahorrar energías.

El viaje duró cerca de quince minutos y durante los últimos cinco hubo muchas paradas, lo cual significaba que estaban atravesando el sistema de puertas del centro de entrenamiento.

Cuando el autobús se detuvo, John se cargó al hombro su maletín y su mochila y salió. El aparcamiento subterráneo estaba tal como lo había visto la noche anterior; todavía no había ningún coche, sólo otro autobús igual a aquel en el que ellos habían viajado. Se hizo a un lado y observó, mientras los otros bajaban, el grupo de uniformes blancos. Su parloteo le recordó el aleteo de una bandada de palomas.

Las puertas del centro se abrieron de par en par y de pronto el grupo quedó paralizado.

Pero, claro, Phury podía hacerle eso a cualquier multitud. Con esa melena tan espectacular y su cuerpo inmenso, vestido de negro, era capaz de hacer que cualquiera quedara congelado.

—Hola, John —dijo y levantó la mano—. ¿Cómo vas?

Los otros chicos se volvieron a mirarlo.

John le sonrió a Phury. Luego trató de desaparecer. Sólo quería pasar desapercibido.

* * *

Bella observaba a Zsadist paseándose alrededor de la habitación, mientras recordaba lo que había sentido la noche anterior, cuando decidió ir a buscarlo. Se sentía enjaulada. Miserable. Atrapada.

¿Por qué demonios se había empeñado en forzar una situación que, evidentemente, Z deploraba?

Cuando estaba a punto de abrir la boca para desistir de todo el asunto, Zsadist se detuvo frente a la puerta del baño.

—Necesito un minuto —dijo. Luego se encerró en el baño.

Sin saber qué hacer, Bella fue hasta la cama y se sentó a esperar a que él saliera. Cuando oyó que abrían la ducha y el agua caía y caía, tuvo un angustioso acceso de introspección.

Trató de imaginarse regresando a la casa de su familia, recorriendo esas habitaciones que le resultaban tan familiares, sentándose en las sillas, abriendo puertas y durmiendo en su cama de la infancia. Todo le parecía extraño, como si fuera un fantasma en ese lugar que conocía tan bien.

¿Y cómo iba comportarse con su madre y su hermano? ¿Y la glymera?

Antes de que la secuestraran, Bella ya había caído en desgracia ante el mundo de la sociedad aristocrática. Ahora la marginarían definitivamente. Estar en manos de un restrictor... encerrada en la tierra... La aristocracia no manejaba bien ese tipo de situaciones difíciles, de modo que le echarían la culpa. ¡Mierda, probablemente por eso había estado tan reservada su madre cuando habló con ella!

«Es terrible», pensó Bella. ¿Cómo iba a ser, después de lo ocurrido, el resto de su vida?

La angustia la asfixiaba, y lo único que le permitía mantener la cordura era la idea de quedarse en esta habitación y dormir durante varios días con Zsadist a su lado. Él era el frío que la hacía mantenerse despierta. Y el calor que no la dejaba temblar.

Era el asesino que la mantenía a salvo.

Más tiempo... Primero más tiempo con él. Luego tal vez podría enfrentarse al mundo exterior.

Bella frunció el ceño al darse cuenta de que Zsadist llevaba demasiado rato en la ducha.

Fijó los ojos en el jergón que había en el rincón. ¿Cómo haría para dormir allí noche tras noche? El suelo debía de ser muy duro y no tenía almohada para apoyar la cabeza. Tampoco mantas para protegerse del frío.

Se concentró en la calavera que había junto a las mantas dobladas. La cinta de cuero negro entre los dientes indicaba que era alguien que él había amado. Obviamente, debía haber tenido una compañera, aunque nunca había oído nada sobre eso en los rumores que circulaban sobre él. ¿Su shellan se habría ido al reino del Ocaso por causas naturales o le habría sido arrebatada? ¿Sería ésa la razón por la que siempre estaba furioso?

Bella miró hacia el baño. ¿Qué estaría haciendo Zsadist?

Fue hasta la puerta y llamó con los nudillos. Como no obtuvo respuesta, abrió lentamente. Enseguida la golpeó una ola de aire frío y dio un paso atrás.

Envolviéndose en sus brazos, se metió en el aire helado y dijo:

—¿Zsadist?

A través de la puerta de vidrio lo vio sentado debajo de una ducha de agua helada. Se estaba meciendo hacia delante y hacia atrás, mientras gemía y se restregaba las muñecas con una toallita.

—¡Zsadist!

Bella se acercó corriendo y abrió la puerta de vidrio. Cerró las llaves a tientas y preguntó:

—¿Qué estás haciendo?

Zsadist levantó la cara para mirarla; tenía los ojos desorbitados, mientras se seguía meciendo y restregando, meciendo y restregando. La piel alrededor de las bandas negras estaba totalmente enrojecida y prácticamente en carne viva.

—¿Zsadist? —Bella hizo un esfuerzo para hablar con un tono suave y neutral—. ¿Qué estás haciendo?

—Yo... no puedo ser puro. Y no quiero que tú también te contamines. —Levantó una de las muñecas y la sangre se le escurrió por el antebrazo—. ¿Lo ves? Mira la impureza. La tengo por todas partes. Está dentro de mí.

Bella se sintió más alarmada por la voz de Zsadist que por lo que se había hecho, pues sus palabras tenían la espantosa lógica de la locura.

Tomó una toalla, se metió en la ducha y se acurrucó. Agarró las manos de Zsadist y le quitó la toallita.

Mientras le secaba con cuidado la piel enrojecida, dijo:

—Tú eres puro.

—Ah, no, no lo soy, en realidad no lo soy. —Zsadist comenzó a levantar la voz y parecía a punto de estallar—. Soy impuro. Estoy contaminado. Estoy contaminado, contaminado... —Ahora balbuceaba sin parar y las palabras brotaban de su boca de manera histérica—. ¿Ves la impureza? Yo la veo por todas partes. Me envuelve por completo. Me rodea. Puedo sentirla sobre mi piel...

—Shhh. Déjame... sólo...

Sin quitarle la vista de encima, como si él fuera a... —¡Dios, Bella no sabía qué sería capaz de hacer Zsadist en ese estado!—, tomó otra toalla a tientas; se la puso sobre los hombros y lo envolvió en ella, pero cuando trató de abrazarlo, él se apartó.

—No me toques —dijo con brusquedad—. Te ensuciarás.

Ella se arrodilló frente a él, mientras que su bata de seda se empapaba, pero ni siquiera notó el frío.

¡Dios! Zsadist parecía alguien que acabara de sobrevivir a un naufragio: con los ojos muy abiertos y la mirada perdida, los pantalones empapados pegados a las piernas y la piel del pecho erizada por el frío. Tenía los labios azules y estaba temblando.

—Lo siento mucho —susurró Bella. Quería asegurarle que él no estaba contaminado, pero sabía que eso sólo lo alteraría más.

El sonido de cada gota de agua que caía de la ducha resonaba entre ellos como un tambor al golpear contra el suelo y Bella se sorprendió recordando la noche en que lo había seguido hasta su habitación... la noche en que Zsadist había tocado su cuerpo excitado. Diez minutos después lo encontró acurrucado frente al retrete, vomitando por haberle puesto una mano encima.

«Estoy contaminado. Soy tan impuro. Estoy contaminado, contaminado...».

Con la cambiante velocidad de las pesadillas, Bella tuvo un atisbo de lucidez, que penetró en su conciencia con la frialdad de un rayo y le mostró algo horrible. Era obvio que Zsadist había sido maltratado cuando era esclavo de sangre y Bella había asumido que ésa era la razón por la cual no le gustaba que lo tocaran. Sólo que, a pesar de lo doloroso y aterrador que es el castigo físico, los golpes no hacen que uno se sienta sucio.

Pero el abuso sexual sí.

De repente Zsadist fijó sus ojos negros en la cara de Bella, como si hubiese percibido la conclusión a la que había llegado.

Movida por la compasión, se inclinó hacia él, pero la expresión de rabia que cubrió el rostro de Zsadist la hizo detenerse.

—¡Por Dios, mujer! —dijo tajantemente—. ¿Quieres cubrirte?

Bella se miró. Tenía la bata abierta hasta la cintura y los senos al aire. Agarrando las solapas, se cerró la bata enseguida.

En medio del tenso silencio que siguió, era difícil mirarlo a los ojos, así que fijó la vista en el hombro de Zsadist... luego siguió la línea del músculo hasta la clavícula y la base del cuello. Los ojos de Bella derivaron hacia la inmensa garganta... y la vena que latía justo debajo de la piel.

En ese momento la asaltó el hambre y se le alargaron los colmillos. ¡Qué hambre inoportuna! ¡Lo peor que podía pasar era que se le despertara la sed de sangre justo en este momento!

—¿Por qué me quieres a mí? —murmuró Zsadist, que había comprendido con claridad el estado en que ella se encontraba—. Tú eres mejor que esto.

—Tú eres...

—Yo sé lo que soy.

—No eres impuro.

—¡Maldición, Bella...!

—Y sólo te deseo a ti. Mira, de verdad lo siento y no tenemos que...

—¿Sabes una cosa? No más charla. Estoy cansado de tanta palabrería. —Estiró el brazo, apoyándolo sobre la rodilla, con la muñeca hacia arriba, y sus ojos negros se despojaron de toda emoción, incluso de la rabia—. Es tu funeral, mujer. Bebe, si quieres.

Cuando Bella vio lo que Zsadist le ofrecía con tanta reticencia, el tiempo se detuvo. ¡Que Dios los ayudara a los dos, porque iba a aprovecharlo! Con un movimiento rápido, se inclinó hacia la vena y lo mordió con precisión. Aunque debió dolerle, Zsadist no se inmutó.

En cuanto la sangre de Zsadist tocó su lengua, Bella gimió de felicidad. Ya antes había bebido sangre de aristócratas, pero nunca de un macho que perteneciera a la estirpe de los guerreros y, ciertamente, nunca había bebido de un miembro de la Hermandad. La sangre de Zsadist formó un delicioso lago en la boca de Bella, una invasión, una aterradora irrupción, una sensación casi épica, y luego ella tragó. El torrente del poder de Zsadist la recorrió de arriba abajo y fue como un incendio en la médula de sus huesos, una explosión que bombeó a su corazón una gloriosa corriente de energía.

Bella se estremeció y casi perdió contacto con la muñeca de Zsadist, de manera que tuvo que agarrarse de su antebrazo para mantenerse estable. Bebió en abundancia y con avidez, pues estaba necesitando no sólo la energía, sino sobre todo a él, a su macho.

Para ella, él era... el único.

Zsadist hizo el esfuerzo de mantenerse inmóvil mientras Bella se alimentaba. No quería perturbarla, pero cada vez que ella succionaba, se sentía a punto de desfallecer. La Señora era la única que se había alimentado de él y los recuerdos de esas violaciones eran tan agudos como los colmillos que tenía enterrados ahora en su muñeca. De repente lo asaltó el miedo, un miedo duro y vívido, un miedo que ya no era sombra del pasado, sino un pánico totalmente actual.

Zsadist sintió que se mareaba, que estaba a punto de desmayarse como un maldito afeminado.

En un desesperado intento por recuperar la compostura, se concentró en el cabello oscuro de Bella. Había un mechón cerca de la mano que tenía libre y el pelo brillaba bajo la luz de la ducha de manera adorable, tan grueso y tan distinto del cabello rubio de la Señora.

¡Dios, el cabello de Bella parecía realmente suave! Zsadist se dijo que, si encontrara valor suficiente, podría hundir su mano —no, toda la cara— en esas ondas color caoba. ¿Sería capaz de hacerlo?, se preguntó. ¿Sería capaz de acercarse tanto a una hembra, o se asfixiaría cuando el pánico fuera creciendo?

Tratándose de Bella, Zsadist pensó que podría hacerlo.

Sí... realmente le gustaría hundir la cara allí, en el pelo de Bella. Tal vez se enterrara allí y encontrara el camino hacia su cuello y así... podría besarla en la garganta. Con mucha suavidad. Sí... y luego podría seguir hacia arriba y rozarle la mejilla con los labios. Tal vez ella lo dejara hacerlo. No se acercaría a la boca. No se podía imaginar que ella quisiera estar tan cerca de su cicatriz y, de todas maneras, tenía el labio superior totalmente destrozado. Además, él no sabía besar. La Señora y sus secuaces siempre habían tenido la precaución de mantenerse lejos de sus colmillos. Y después nunca había deseado acercarse tanto a una mujer.

Bella se detuvo y ladeó la cabeza. Sus ojos azules como los zafiros se fijaron en los de Zsadist, para asegurarse de que estaba bien.

La expresión de preocupación ofendió el orgullo de Zsadist. ¡Por Dios, pensar que era tan débil que no era capaz de alimentar a una mujer! Y ¡qué humillación, darse cuenta de que ella lo sabía, mientras estaba pegada a su vena! Peor aún, unos minutos antes lo había mirado con una expresión de horror que indicaba que se estaba imaginando para qué otras cosas lo habían usado cuando era esclavo, aparte de beberle la sangre.

Zsadist no podía tolerar que ella sintiera compasión por él, no quería recibir esas miradas de preocupación, no estaba interesado en que lo acariciaran y lo mimaran. Abrió la boca, listo para retirar la cabeza de Bella de su muñeca, pero en algún momento del camino entre sus entrañas y la garganta, la sensación de rabia se disipó.

—Estoy bien —dijo bruscamente—. Firme como una roca. Firme como una roca.

La sensación de alivio que se reflejó en los ojos azules de Bella fue como otra bofetada.

Cuando ella empezó a beber de nuevo, Zsadist pensó que no podría soportar esa situación por mucho más tiempo.

Bueno... sí que podría soportarlo. Porque, aunque se odiaba a sí mismo por ello, mientras Bella seguía bebiendo suavemente de su muñeca, Zsadist se dio cuenta de que en realidad le gustaba.

Al menos hasta que pensó en lo que ella estaba tragando. Sangre contaminada... sangre oxidada... corroída, infectada, sangre sucia. ¡Por Dios, Zsadist sencillamente no podía entender por qué Bella había rechazado a Phury! Era perfecto, por dentro y por fuera. Sin embargo aquí estaba, sentada sobre el suelo helado, con los colmillos apoyados sobre una banda de esclavo, con él. ¿Por qué ella...?

Zsadist cerró los ojos. Después de todo lo que había pasado, sin duda la mujer se imaginaba que no merecía nada mejor, y por eso se conformaba con alguien que había sido infectado. Probablemente ese restrictor había acabado por completo con el respeto que sentía hacia sí misma.

¡Maldición, juraba ante Dios que le arrancaría a ese bastardo el último aliento con sus propias manos!

Bella dejó escapar un suspiro, soltó la muñeca de Zsadist y se recostó contra la pared de la ducha, con los párpados cerrados y el cuerpo laso. La seda de la bata estaba mojada y se le pegaba a las piernas, resaltando los muslos, las caderas... el pubis.

Cuando Zsadist sintió que eso que tenía entre los pantalones se ponía duro, deseó cortárselo.

Bella levantó los ojos para mirarlo. Zsadist tenía la impresión de que la muchacha iba a enfermar a causa del líquido contaminado con el que acababa de alimentarse.

—¿Estás bien? —preguntó.

—Gracias —dijo ella con voz ronca—. Gracias por dejarme...

—Sí, bueno, no me des más las gracias. —¡Dios, Zsadist hubiera querido protegerla de él mismo! La esencia de la Señora corría por su cuerpo, los ecos de la crueldad de esa mujer estaban atrapados en el infinito circuito de sus arterias y sus venas, y daban incesantes vueltas por su cuerpo. Y Bella acababa de ingerir parte de ese veneno.

Zsadist sentía que debió negarse; no debió dejarse convencer.

—Te voy a llevar a la cama —dijo.

Al ver que ella no ponía ninguna objeción, Zsadist la levantó, la sacó de la ducha y se detuvo junto al lavamanos para coger una toalla seca.

—El espejo —susurró Bella—. Has tapado el espejo. ¿Por qué?

Zsadist no respondió y siguió hacia la habitación; no soportaba hablar de las horribles cosas por las que ella había pasado.

—¿Tan mal estoy que es preferible que no me vea? —susurró Bella contra el hombro de Zsadist.

Cuando llegaron a la cama, la puso de pie.

—La bata está mojada. Debes quitártela. Usa esto para secarte, si quieres.

Ella tomó la toalla y empezó a aflojarse el cinturón de la bata. Zsadist dio media vuelta y enseguida oyó el roce de la tela, unos golpecitos y, luego, el ruido de las sábanas.

Algo muy básico y antiguo dentro de él lo invitó a acostarse con ella. Y no para abrazarla. Deseaba estar dentro de ella, moviéndose... liberando su deseo. En cierta forma, eso parecía lo correcto: darle, no sólo la sangre de sus venas, sino también su sexo.

Lo cual era un completo error.

Zsadist se pasó una mano por la cabeza y se preguntó de dónde habría salido esa idea tan mala. ¡Por Dios, tenía que olvidarse... Tenía que alejarse de ella!

Bueno, eso iba a ocurrir pronto, porque Bella se iría esa noche. Se marcharía a su casa.

De pronto, Zsadist creyó enloquecer y sintió el impulso de luchar para que ella se quedara en su cama. ¡Pero al diablo con ese instinto primitivo! Necesitaba hacer su trabajo. Necesitaba salir y encontrar a ese restrictor en particular y matarlo, por ella. Eso era lo que tenía que hacer.

Z se dirigió al armario, se puso una camisa y tomó sus armas. Mientras se ponía la pistolera del pecho, pensó en la posibilidad de pedirle una descripción del asesino que se la había llevado. Sólo que no quería traumatizarla... No, le pediría a Tohr que le preguntara, porque el hermano sabría manejar mejor esa situación. Cuando la devolvieran esa noche a su familia, le pediría a Tohr que le preguntara.

—Voy a salir —dijo Z, mientras se abrochaba la funda de cuero de la daga—. ¿Quieres que le pida a Fritz que te traiga algo de comida antes de que te vayas?

Como no hubo respuesta, Zsadist abrió la puerta y vio que ella estaba acostada de lado, observándolo.

En ese instante lo recorrió otra oleada de calor. Su instinto se rebelaba.

Quería verla comer. Después del sexo, despúes de entrar dentro de ella, quería verla comer la comida que él le sirviera y quería que la tomara de su mano. ¡Demonios, quería salir y cazar algo para ella, llevarle carne, cocinarla él mismo y dársela hasta saciarla! Luego quería acostarse junto a ella con una daga en la mano, para protegerla mientras dormía.

Zsadist se volvió a meter al vestidor. ¡Mierda, se estaba volviendo loco!

—Le pediré que te traiga algo —dijo.

Revisó la hoja de sus dos dagas negras y las probó en la parte interior del antebrazo, deslizándolas por la piel. Cuando sintió la punzada de dolor, se quedó mirando los dos agujeros que Bella le había dejado en la muñeca.

Se sacudió para volver a concentrarse, se puso la pistolera alrededor de las caderas y metió las dos SIG Sauer gemelas. Las dos nueve milímetros tenían el cargador lleno y en el cinturón había otros dos cargadores. Deslizó un cuchillo en un estuche que llevaba en la espalda y comprobó que llevaba algunas estrellas shuriken, los terribles objetos metálicos de varias afiladas puntas que tanto daño hacían. Luego se puso las botas de combate. Y lo último fue una chaqueta ligera, para cubrir todo el arsenal.

Cuando salió, Bella todavía lo estaba mirando desde la cama. Sus ojos eran tan azules... Azules como zafiros. Azules como la noche. Azules como...

—¿Zsadist?

Zsadist contuvo el aliento.

—¿Sí?

—¿Te parezco fea? —Al ver que él daba un paso atrás, se puso las manos sobre la cara—. No importa.

Zsadist pensó en la primera vez que la vio, cuando lo sorprendió en el gimnasio varias semanas atrás. Lo dejó perplejo, hizo que se sintiera como un imbécil y aún causaba ese efecto sobre él. Era como si él tuviera un interruptor que sólo ella conocía.

Zsadist carraspeó.

—Me pareces como siempre me has parecido.

Dio media vuelta, pero oyó un sollozo. Luego otro. Y otro. Zsadist miró por encima del hombro.

—Bella... ¡Demonios!

—Lo siento —dijo la mujer, todavía con las manos sobre la cara—. Lo si... siento. Vete. Estoy bi... bien... Lo siento, estoy bien.

Zsadist decidió acercarse y se sentó en el borde de la cama, mientras pensaba que ojalá tuviera el don de la palabra.

—No tienes nada de que apenarte.

—Invadí tu cuarto, tu cama. Te obligué a dormir a mi lado. Te... te hice darme de tu vena. Yo estoy tan... apenada... —Respiró hondo y trató de recuperar la compostura, pero su desaliento quedó flotando en el aire, como el olor de las gotas de lluvia sobre una acera en verano—. Sé que debería irme de aquí, sé que no me quieres aquí, pero sólo necesito... No puedo ir a mi casa. El restrictor me sacó de allí, así que no soporto la idea de volver. Y no quiero estar con mi familia. Ellos no van a entender lo que me está pasando en este momento y no tengo fuerzas para dar explicaciones. Sólo necesito un poco de tiempo para sacarme lo que tengo en la cabeza, pero no puedo estar sola. Aunque no quiero ver a nadie más sino a...

Se interrumpió. Parecía a punto de desfallecer.

—Te quedarás aquí todo el tiempo que quieras —dijo Zsadist.

Bella volvió a sollozar. ¡Maldición! Eso no era lo que había que decir.

—Bella... Yo... —¿Qué se suponía que debía hacer?

«Acaríciala, imbécil. Tómale la mano, idiota».

Zsadist no podía hacerlo.

—¿Quieres que me vaya de aquí? ¿Que te dé un poco de espacio?

El llanto arreció, y al cabo de un rato ella susurró:

—Yo te necesito.

¡Dios, si Zsadist había oído bien, que el cielo tuviera compasión!

—Bella, deja de llorar. Deja de llorar y mírame. —Después de un instante ella respiró profundo y se secó la cara. Cuando estuvo seguro de que le estaba prestando atención, Zsadist dijo—: No te preocupes por nada. Te puedes quedar aquí todo el tiempo que quieras. ¿Está claro?

Ella sólo se quedó mirándolo.

—Mueve la cabeza, para que esté seguro de que me has oído. —Cuando ella lo hizo, Zsadist se puso de pie—. Y yo soy lo último que necesitas. Así que deja de decir bobadas.

—Pero yo...

Zsadist se dirigió a la puerta.

—Regresaré antes del amanecer. Fritz sabe cómo encontrarme... cómo encontrarnos, a todos nosotros.

Z recorrió el pasillo de las estatuas, dobló a la izquierda y pasó frente al estudio de Wrath y a la gran escalera. Luego llamó a una puerta. No hubo respuesta. Volvió a llamar.

Se dirigió al primer piso y en la cocina encontró lo que estaba buscando.

Mary, la mujer de Rhage, estaba pelando patatas. Muchas patatas. Un ejército de patatas. La mujer levantó sus ojos grises y detuvo el cuchillo sobre la que estaba pelando en ese momento. Miró a su alrededor, como si pensara que él debía estar buscando a alguien más. O tal vez sólo deseaba no estar a solas con él.

—¿Podrías dejar eso por un rato? —dijo Z y señaló con la cabeza la montaña de patatas.

—Ah, claro. Rhage siempre puede comer otra cosa. Además, Fritz está a punto de tener un ataque porque voy a cocinar. ¿Qué... qué necesitas?

—Yo no. Bella. Creo que le vendría muy bien contar con una amiga en este momento.

Mary puso el cuchillo y la patata a medio pelar sobre la mesa.

—Tengo muchas ganas de verla.

—Está en mi cuarto. —Z dio media vuelta, mientras comenzaba a pensar en los callejones del centro que inspeccionaría.

—Zsadist.

Se detuvo, con la mano en la puerta.

—¿Qué?

—La estás cuidando muy bien.

Zsadist pensó en la sangre que había permitido que tomara. Y en la urgencia de tener un orgasmo que, increíblemente, había experimentado.

—En realidad no —dijo.

* * *

«A veces hay que empezar volviendo al punto de partida», pensó O, mientras trotaba por el bosque.

Cerca de trescientos metros más allá de donde había aparcado la camioneta, había una pequeña pradera en medio de los árboles. O se detuvo, todavía escondido entre los pinos.

Al otro lado de la manta de nieve estaba la casa donde había encontrado a su esposa. A la luz del atardecer parecía una postal. Lo único que faltaba era que saliera humo de la chimenea de ladrillo rojo.

O sacó los prismáticos e inspeccionó la zona, luego se concentró en la casa. Todas esas huellas de llantas a la entrada y las pisadas frente a la puerta le hicieron pensar que tal vez el lugar hubiese cambiado de dueños y estuviese desocupado. Pero todavía había muebles dentro, muebles que él reconoció porque estuvo allí con ella.

Dejó caer los gemelos, que quedaron colgando de su cuello, y se acurrucó. La esperaría allí. Si estaba viva, iría a su casa, o quien la estuviese cuidando iría a buscar sus cosas. Si estaba muerta, alguien comenzaría a sacar todas sus pertenencias.

Al menos eso esperaba. No tenía ninguna otra pista, no sabía su nombre ni el paradero de su familia. No podía suponer dónde podía estar. La otra opción era interrogar a vampiros civiles a ver si sabían algo sobre ella. Como ninguna otra mujer había sido secuestrada últimamente, con seguridad ella debía haber sido tema de conversación recurrente entre los vampiros. El problema era que por ese camino podría estar semanas... meses, buscándola. Y la información que se obtenía a través de las técnicas de persuasión no siempre era muy sólida.

No, era más probable obtener resultados si vigilaba su casa. Se sentaría y esperaría hasta que alguien apareciera y lo condujera hasta ella. Tal vez al final todo fuera todavía más fácil y el que apareciera fuera el hermano de la cicatriz.

Eso sería perfecto.

O se acomodó sobre los talones e hizo caso omiso del viento helado.

¡Esperaba que su esposa estuviera viva!

177

J ohn mantuvo la cabeza gacha y trató de conservar la calma.

El vestuario estaba lleno de vapor, voces y del ruido de las toallas mojadas golpeando sobre los traseros desnudos. Los estudiantes se habían quitado el uniforme sudado y se estaban duchando, antes de comer algo e ir al salón de clases.

Se respiraba el ambiente normal de un vestuario de muchachos, pero el asunto era que John no quería desnudarse allí. Aunque todos eran de su mismo tamaño, la escena parecía salida de cualquier pesadilla de las que había tenido en secundaria, hasta que abandonó el sistema educativo cuando tenía dieciséis años. Y ahora estaba demasiado exhausto para lidiar con esa situación.

Se imaginaba que debía de ser medianoche, pero se sentía como si fueran las cuatro de la mañana... como si fuera el día siguiente. El entrenamiento había sido agotador para él. Ninguno de los otros era fuerte, pero todos podían mantener las posiciones que Phury y Tohr les habían enseñado. ¡Demonios, algunos lo hacían hasta con naturalidad! Pero John era un desastre. Sus pies eran lentos, siempre tenía las manos en el lugar equivocado, y a destiempo. No tenía coordinación física. ¡Sin importar lo mucho que se esforzara, no era capaz de encontrar el equilibrio! Su cuerpo era como una bolsa de agua gelatinosa; si se movía en una dirección, se caía de bruces.

—Será mejor que te des prisa —dijo Blaylock—. Sólo tenemos ocho minutos.

John miró hacia la puerta de las duchas. Las llaves todavía estaban abiertas, pero hasta donde podía ver no había nadie ahí. Se quitó rápidamente el uniforme y se metió en...

¡Mierda! Lash estaba en el rincón. Como si hubiese estado esperando.

—Oye, gigante —le dijo el chico cuando lo vio, arrastrando las palabras—. La verdad es que no pareces...

Lash dejó de hablar y sólo se quedó mirando el pecho de John.

—Tú, maldito... —dijo. Y luego salió de las duchas.

John bajó la vista hacia la marca circular que tenía sobre el pectoral izquierdo, con la cual había nacido... la que Tohr le había contado que recibían los miembros de la Hermandad durante su iniciación.

¡Genial! Ahora podía añadir esa marca de nacimiento a la lista de cosas sobre las que no quería hablar con sus compañeros.

Cuando salió de la ducha con una toalla alrededor de la cintura, todos los chicos, incluso Blaylock, estaban juntos. Mientras lo observaban como si fueran un solo individuo, John se preguntó si los vampiros tendrían instintos gregarios, como los lobos o los perros.

Al ver que lo seguían mirando, pensó: «Ah, sí. Eso parece una respuesta afirmativa».

Bajó la cabeza y fue hasta su taquilla. Estaba deseando que ese día terminara.

* * *

Alrededor de las tres de la mañana, Phury caminaba rápidamente por la calle 10 hacia ZeroSum. Butch estaba esperando a la entrada, ante la puerta cromada del club, caminando despreocupadamente, a pesar del frío. Estaba muy atractivo con su abrigo largo de cachemira y su gorra de los Medias Rojas sobre los ojos.

—¿Qué tal ha ido todo? —preguntó Butch, cuando se estrecharon las manos.

—Fatal, no sabemos nada de los restrictores. Nadie ha averiguado nada. Oye, hermano, gracias por la compañía, la necesito.

—De nada. —Butch se caló la gorra todavía más. Al igual que los hermanos, se esforzaba por pasar desapercibido. Cuando era detective de homicidios había ayudado a encarcelar a varios traficantes de drogas, así que prefería que no le reconocieran en ciertos ambientes.

Dentro del club la música tecno era insoportable. Igual que las luces, y los humanos. Pero Phury tenía sus razones para querer ir allí, y Butch estaba siendo amable. Más o menos.

—Este sitio es una mierda —dijo el policía, mientras miraba a un tipo vestido de rosa y con el maquillaje a juego con la ropa—. ¡Prefiero mil veces a un grupo de patanes tomando cerveza que esta mierda!

Cuando llegaron a la sección VIP, les abrieron la cuerda de satén que hacía de barrera para que pudieran pasar.

Phury le hizo un gesto con la cabeza al vigilante y miró a Butch.

—No tardaré mucho.

—Sabes dónde encontrarme.

Mientras el policía avanzaba hacia la mesa, Phury caminó hasta el fondo de la zona VIP y se detuvo frente a los dos negros que custodiaban la puerta privada del Reverendo.

—Le diré que está usted aquí —dijo el de la izquierda.

Un segundo después lo dejaron entrar. La oficina era una cueva mal iluminada y de techo bajito y el vampiro que estaba detrás del escritorio dominaba el espacio, en especial cuando se puso de pie.

El Reverendo medía casi dos metros y la cresta con que se peinaba le sentaba tan bien como los trapos italianos con que se vestía. Tenía una expresión despiadada e inteligente, que cuadraba a la perfección con el peligroso negocio en que se movía. Sus ojos, sin embargo... no encajaban con el resto de su persona. Eran curiosamente hermosos, del color de las amatistas, un púrpura oscuro que brillaba.

—Regresaste muy pronto —dijo el Reverendo con un tono profundo, un poco más duro de lo normal.

«Dame la mercancía y muévete», pensó Phury.

Sacó el fajo de dinero y retiró tres billetes. Los puso sobre la tapa de cromo del escritorio.

—El doble de lo usual. Y la quiero en cuartos.

El Reverendo sonrió con indiferencia y se dirigió a alguien a quien Phury no podía ver.

—Rally, tráele al hombre lo que necesita. Y llena esas onzas. —Un secuaz salió de entre las sombras y se metió por una puerta diminuta que había en el rincón.

Cuando se quedaron solos, el Reverendo caminó alrededor del escritorio lentamente, como si tuviera aceite en las venas, lleno de un poder sinuoso. Se acercó lo suficiente como para que Phury deslizara una mano en su chaqueta y agarrara una de sus armas.

—¿Estás seguro de que no podemos llamar tu atención hacia algo más fuerte? —dijo el Reverendo—. Ese humo rojo es para principiantes.

—Si quisiera algo más, lo pediría.

El vampiro se detuvo junto a él. Muy cerca.

Phury frunció el ceño.

—¿Hay algún problema?

—Tienes un cabello hermoso, ¿lo sabías? Es como el de una hembra. Todos esos colores distintos. —La voz del Reverendo sonaba extrañamente hipnótica y sus ojos púrpura brillaban con una luz engañosa—. Hablando de hembras, he oído que no aprovechas lo que mis damas te ofrecen. ¿Es cierto eso?

—¿Qué te importa?

—Sólo quiero estar seguro de que atendemos tus necesidades. La satisfacción del cliente es tan importante... —El hombre se acercó todavía más y señaló con la cabeza el brazo de Phury, el que había desaparecido en la chaqueta—. Tienes la mano sobre el gatillo de un arma, ¿no es cierto? ¿Acaso me tienes miedo?

—Sólo quiero estar seguro de que puedo encargarme de ti.

—Ah, ¿de verdad?

—Sí.

El Reverendo sonrió y sus colmillos brillaron.

—¿Sabes? He oído un rumor... acerca de un miembro de la Hermandad que es célibe. Sí, imagínate, un guerrero con votos de castidad. Y también he oído otras cosas sobre ese hombre.

Sólo tiene una pierna. Tiene un gemelo sociópata y con la cara cortada. ¿Por casualidad sabes algo de ese hermano?

Phury negó con la cabeza.

—No.

—Ah, qué gracioso. Te he visto con un tipo que parece que llevara puesta una máscara de Halowen. De hecho, te he visto con un par de tipos que coinciden con las descripciones que he oído. No crees que...

—Hazme un favor y tráeme mi mercancía. Estaré afuera esperando. —Phury dio media vuelta. Para empezar, no estaba de buen humor: se sentía frustrado por no haber tenido una pelea y estaba sangrando por dentro por el rechazo de Bella. No era el momento para inventarse un conflicto. Estaba al borde de un ataque.

—¿Eres célibe porque te gustan los machos?

Phury miró por encima del hombro.

—¿Qué es lo que te pasa hoy? Siempre eres raro, pero hoy estás hecho un idiota.

—¿Sabes? Tal vez sólo necesitas dar el primer paso. No tengo hombres, pero estoy seguro de que podemos encontrar uno que sea complaciente.

Por segunda vez en las últimas veinticuatro horas, Phury perdió el control. Atravesó la oficina, agarró al Reverendo de las solapas del vestido Gucci y lo tiró contra la pared.

Phury se inclinó sobre el pecho del Reverendo.

—¿Por qué diablos me estás provocando? ¿Quieres pelearte conmigo?

—¿Vas a besarme antes de tener sexo? —murmuró el Reverendo, todavía en broma—. Me refiero a que es lo menos que puedes hacer, teniendo en cuenta que sólo nos conocemos en el terreno profesional. ¿O acaso no estás excitado?

—Vete a la mierda.

—¡Vaya, ésa sí que es una respuesta original! Esperaba algo más interesante de ti.

—Muy bien. ¿Qué tal esto?

Phury le dio un puñetazo en la boca y el pretendido beso no fue más que un golpe, nada remotamente sexual. Y lo hizo sólo para quitarle la expresión de burla a ese bastardo. Funcionó. El Reverendo se quedó tieso y gruñó, y Phury supo que había acabado con su farsa. Pero, sólo para asegurarse de que había aprendido la lección, le cortó el labio inferior con un colmillo.

En cuanto la sangre tocó su lengua, Phury se echó hacia atrás y abrió la boca. Impresionado, dijo:

—Vaya, mira qué sorpresa, devorador de pecados.

Al oír esa expresión, el Reverendo se puso muy serio. En medio del silencio que siguió, parecía estar considerando la posibilidad de negarlo.

Phury negó con la cabeza.

—Ni siquiera lo intentes. Puedo sentirlo.

Los ojos de amatista se entrecerraron.

—El término políticamente correcto es symphath.

Phury apretó las manos en un acto reflejo. «¡Mierda, un symphath!». Aquí en Caldwell y viviendo entre los vampiros. Tratando de hacerse pasar por un simple civil.

¡Dios, era una información crucial! Lo último que Wrath necesitaba era otra guerra civil entre la especie.

—Me gustaría dejar clara una cosa —dijo el Reverendo con voz suave—. Si me delatas, perderías a tu proveedor. Piensa en eso. ¿Dónde vas a conseguir lo que necesitas si yo salgo del juego?

Phury miró fijamente aquellos ojos púrpura, mientras seguía considerando las implicaciones del descubrimiento. Iba a contárselo a los hermanos enseguida, y vigilaría al Reverendo muy de cerca. En cuanto a delatarlo... La discriminación que los symphaths habían soportado a lo largo de la historia siempre le había parecido injusta, le parecía que debía ser tratados como los demás, mientras no empezaran a sacarse trucos de la manga. Y el Reverendo llevaba al menos cinco años al frente del club sin que hubiese habido ningún problema relacionado con un comportamiento symphath.

—Vamos a hacer un pequeño trato —dijo Phury, mirando fijamente los ojos violeta—. Yo me quedo callado y tú sigues como hasta ahora, sin llamar la atención sobre tu condición. Además, no volverás a molestarme nunca más. No voy a permitir que escarbes en mis emociones, que era lo que estabas haciendo hacía un momento, ¿no es cierto? Querías que me irritara porque estabas ávido por sentir esa emoción.

El Reverendo iba a decir algo, pero en ese momento la puerta de la oficina se abrió de par en par. De pronto apareció una vampiresa que se quedó inmóvil cuando vio lo que, sin duda, debía de ser un cuadro muy llamativo: dos machos muy juntos, el labio del Reverendo sangrando y Phury con sangre en la boca.

—Lárgate de aquí —gritó el Reverendo.

La mujer retrocedió tan rápidamente que se tropezó y se golpeó el codo con el marco de la puerta.

—Entonces, ¿tenemos un trato? —dijo Phury cuando la mujer se fue.

—Si admites que eres un hermano.

—No lo soy.

Los ojos del Reverendo brillaron.

—Sólo que no te creo.

De repente, Phury se dio cuenta de que no era accidental que lo de la Hermandad hubiese salido a la luz esta noche. Se inclinó sobre el hombre con brusquedad.

—Me preguntó cómo te iría si se supiera lo de tu identidad.

—Está bien. —El Reverendo tomó aire—. Tenemos un trato.

* * *

Butch levantó la vista cuando regresó la mujer que había enviado a ver si Phury estaba bien. Por lo general, la compra de mercancía era bastante rápida, pero hoy ya llevaba más de veinte minutos.

—¿Mi amigo todavía está allí? —preguntó Butch, mientras notaba casualmente que la mujer se estaba frotando el codo, como si le doliera.

—Ah, claro que está ahí dentro. —Cuando ella le lanzó una sonrisa forzada, Butch se dio cuenta de que era una vampira. Esa sonrisita era un gesto que todos hacían cuando estaban entre humanos.

Y era más o menos atractiva, supuso Butch, con ese cabello rubio largo y la ropa de cuero negro y esos senos y esas caderas. Cuando la mujer se deslizó en el reservado junto a él y él sintió su aroma, Butch pensó vagamente en el sexo por primera vez en... Bueno, desde que conoció a Marissa en el verano.

Le dio un sorbo largo a su copa y terminó el escocés que había en el vaso. Luego miró los senos de la mujer. Sí, estaba pensando en sexo, pero más como un reflejo físico que como otra cosa. El interés no era ni remotamente parecido a lo que había sentido con Marissa. En ese caso la necesidad había sido... desgarradora. Imponente. Importante.

La vampiresa que estaba a su lado le lanzó una mirada, como si adivinara la dirección de sus pensamientos.

—Tu amigo puede quedarse allí dentro un buen rato.

—¿Sí?

—Apenas estaban comenzando.

—Con la compra.

—Con el sexo.

Butch levantó bruscamente la cabeza y miró a la vampira a los ojos.

—¿Perdón?

—Ay, caramba... —Ella frunció el ceño—. ¿Acaso vosotros dos estáis juntos o algo así?

—No, no estamos juntos —contestó Butch de manera tajante—. ¿De qué diablos estás hablando?

—Sí, en realidad tú no pareces de ésos. Te vistes bien, es cierto, pero no irradias esa clase de energía.

—Y a mi amigo tampoco le gustan los hombres.

—¿Estás seguro?

Butch pensó en el asunto del celibato y comenzó a hacerse preguntas.

En fin. Necesitaba otro trago; no se iba a meter en los asuntos de Phury. Levantó el brazo y le hizo señas a una camarera, que se acercó corriendo.

—Otro escocés doble —dijo. En un acto de cortesía, se volvió hacia la vampira que estaba a su lado—. ¿Quieres algo?

La mano de la mujer aterrizó en sus piernas.

—De hecho, sí quiero algo. Pero ella no me lo puede dar.

Cuando la camarera se fue, Butch se echó hacia atrás en el reservado y abrió los brazos. La mujer aceptó la invitación, se inclinó sobre él y movió la mano hacia abajo. Su cuerpo reaccionó enseguida... la primera señal de vida que daba en meses, y Butch pensó fugazmente que tal vez podría sacarse a Marissa de la cabeza si follaba con alguien.

Mientras la mujer lo acariciaba a través del pantalón, Butch la observaba con interés clínico. Ya sabía cómo iba a acabar todo. Terminaría tirándosela en uno de los baños privados. Le llevaría diez minutos, a lo sumo. Se la quitaría de encima, terminaría su asunto y luego se alejaría de ella.

¡Por Dios, había ejecutado esa rutina cientos de veces durante el curso de su vida! Y en realidad no era más que masturbación disfrazada de sexo a dos. Nada importante.

Pensó en Marissa... y sintió que se le saltaban las lágrimas.

La mujer que tenía al lado se movió y sus senos terminaron sobre el brazo de Butch.

—Vamos atrás, papaíto.

Butch puso la mano sobre la de ella, se la llevó a la entrepierna y ella le ronroneó en el oído. Al menos hasta que él le retiró la mano.

—Lo siento. No puedo.

La mujer se echó hacia atrás y lo miró como si él estuviera jugando. Butch le devolvió la mirada.

Con seguridad, no entendía por qué Marissa le había afectado de esa manera. Lo único que sabía era que ese viejo patrón de tirarse a cualquier mujer por ahí ya no le funcionaba. NO podría hacerlo nunca más.

Súbitamente la voz de Phury atravesó el ruido del club.

—Oye, policía, ¿te vas o te quedas?

Butch levantó la mirada. Hubo una breve pausa, mientras hacía especulaciones sobre su amigo.

Los ojos amarillos del hermano se entrecerraron mientras lo miraba.

—¿Qué sucede, policía?

—Estoy listo para irme —dijo Butch, para cortar el tenso silencio.

Cuando se puso de pie, Phury le lanzó una mirada tremenda a la rubia. Una mirada que decía: «cierra la boca o...».

«¡Qué cosas...!», iba diciéndose Butch, mientras avanzaban hacia la puerta. Así que Phury realmente era gay.

B ella se despertó horas después, cuando sintió un ruidito. Miró hacia la ventana y observó cómo bajaba la persiana de acero. El amanecer debía de estar cerca.

Sintió un ataque de angustia en el pecho y miró hacia la puerta. Quería ver entrar a Zsadist, quería fijar sus ojos en él y asegurarse de que estaba sano y salvo. Aunque parecía estar normal cuando salió, Bella sabía que lo había sometido a una prueba muy dura.

Cerró los ojos y recordó cómo había aparecido Mary de repente. ¿Cómo había sabido Zsadist que necesitaba una amiga? Y, por todos los demonios, el hecho de que él hubiese ido a buscar a Mary y...

La puerta de la habitación se abrió de par en par sin ningún aviso.

Bella se sentó de un salto y se llevó las mantas a la garganta. Pero la sombra de Zsadist le produjo un asombroso alivio.

—Soy yo —dijo con tono brusco. Cuando entró, llevaba una bandeja y también le colgaba algo del hombro. Un maletín de lona—. ¿Te molesta que encienda alguna luz?

—Hola... — «Me alegra tanto que hayas regresado sano y salvo...», pensó—. En absoluto.

Zsadist encendió varias velas y ella parpadeó por el súbito cambio de iluminación.

—Te he traído algunas cosas de tu casa. —Puso la bandeja de comida sobre la mesita de noche y abrió la bolsa—. Es ropa, una chaqueta y alguna cosa más. También la botella de champú que estaba en la ducha. Un cepillo. Zapatos. Medias para calentarte los pies. También tu diario... Y no te preocupes, no lo he leído ni nada parecido.

—Me sorprendería que lo hubieras hecho. Sé que se puede confiar en ti.

—No, es que soy analfabeto.

Los ojos de Bella brillaron.

—En todo caso —siguió el vampiro con una voz tan dura como la posición de su mandíbula—, pensé que querrías tener algunas de tus pertenencias.

Cuando Zsadist puso el maletín sobre la cama, Bella sólo se quedó mirándolo hasta que, llena de emoción, estiró el brazo para tomarlo de la mano. Al ver que él retrocedía, se sonrojó y miró lo que le había llevado.

¡Dios... la ponía nerviosa ver sus cosas! En especial el diario.

Pero resultó muy reconfortante sacar su jersey rojo favorito, apoyar la nariz sobre él y sentir un halo del perfume que siempre había usado. Y... sí, era el cepillo, su cepillo, el que le gustaba, de cabeza ancha y cuadrada y con cerdas metálicas. Tomó el champú, lo destapó y aspiró. Ahh... Biolage. Totalmente distinto del olor de ese champú que el restrictor la obligaba a usar.

—Gracias. —La voz le tembló cuando sacó el diario—. Muchas gracias.

Bella acarició la tapa de cuero. No iba a abrirlo. Ahora no. Pero pronto...

Levantó la vista para mirar a Zsadist.

—¿Me... me llevarías a mi casa?

—Sí, puedo hacerlo.

—Me asusta ir allí, pero probablemente debería hacerlo.

—Sólo dime cuándo.

Bella reunió valor, pues de repente se sintió interesada en quitar del camino uno de los obstáculos más grandes, y dijo:

—Cuando se haga de noche. Quiero ir cuando anochezca.

—Está bien. Lo haremos. —Zsadist señaló la bandeja—. Ahora, come.

Bella hizo caso omiso de la comida y lo vio dirigirse al armario y quitarse todas las armas de encima. Era muy cuidadoso con ellas y las revisaba exhaustivamente; mientras tanto, ella se preguntaba dónde habría estado... qué habría hecho. Aunque tenía las manos limpias, había sangre negra en los antebrazos.

Prueba de que Zsadist había matado esa noche.

Bella supuso que debería sentir una especie de alegría al saber que había caído otro restrictor. Pero mientras veía a Zsadist caminar hacia el baño con unos pantalones de chándal sobre el brazo, pensó que le interesaba más que él estuviera bien.

Y... también pensó que estaba más interesada en el cuerpo de Zsadist. Se movía como un animal, en el mejor sentido: con un poder latente que se revelaba en cada uno de sus elegantes pasos. El deseo sexual que había despertado en ella desde la primera vez que lo vio, volvió a sacudirla. Lo deseaba.

Cuando la puerta del baño se cerró y la ducha empezó a funcionar, Bella se frotó los ojos y decidió que estaba completamente loca. El hombre había retrocedido con sólo sentir la amenaza de su mano sobre el brazo. ¿Realmente creía que querría estar con ella?

Enojada consigo misma, la vampira miró la comida. Era una especie de pollo a las hierbas, con patatas asadas y calabacín. Había un vaso de agua y otro de vino blanco, además de dos brillantes manzanas verdes y un trozo de tarta de zanahoria. Bella levantó el tenedor y comenzó a pinchar el pollo. Quería comerse lo que había en el plato, sólo porque él había tenido la consideración de llevárselo.

Cuando Zsadist salió del baño, vestido sólo con el pantalón de chándal, Bella se quedó helada y no pudo evitar quedarse mirándolo. Los aros de sus pezones brillaban con la luz de las velas, al igual que los músculos de su estómago y sus brazos. Al lado de la marca en forma de estrella de la Hermandad, había varios rasguños, y un moratón destacaba sobre su pecho desnudo.

—¿Estás herido?

Zsadist se acercó y miró el plato.

—No has comido mucho.

Bella no respondió, pues sus ojos quedaron atrapados por la curva de los huesos de las caderas de Zsadist, que sobresalían por encima de la pretina de los pantalones. ¡Por Dios... sólo un poco más abajo y podría verlo todo!

De repente recordó que lo había visto la noche anterior, cuando estaba restregándose con fuerza con la esponja, pues pensaba que estaba contaminado. Bella tragó saliva y pensó en todo lo que él habría sufrido, lo que le habrían hecho a su sexo. Desearlo, tal como ella lo hacía, parecía... inapropiado. Una invasión. Pero eso no cambiaba lo que sentía.

—No tengo mucha hambre —murmuró Bella.

Zsadist le acercó la bandeja.

—De todas maneras, come.

Cuando ella comenzó otra vez a pinchar el pollo, Zsadist tomó las dos manzanas y atravesó la habitación. Le dio un mordisco a una y se sentó en el suelo, con las piernas cruzadas y la mirada baja. Se puso un brazo sobre el estómago mientras masticaba.

—¿Has cenado abajo? —preguntó Bella.

Zsadist negó con la cabeza y le dio otro mordisco a la manzana.

—¿Eso es todo lo que vas a comer? —Cuando él se encogió de hombros en señal afirmativa, ella murmuró—: ¿Y eres tú el que me dice que coma?

—Sí, soy yo. Así que, ¿por qué no vuelves a tu trabajo, mujer?

—¿No te gusta el pollo?

—No me gusta la comida. —Zsadist tenía los ojos fijos en el suelo, como si no quisiera mirarla. Su voz sonaba cada vez más insistente—. Ahora, come.

—¿Por qué no te gusta la comida?

—No se puede confiar en ella —dijo tajantemente—. A menos que uno mismo la prepare, o pueda ver cómo la preparan, uno no sabe lo que contiene.

—¿Por qué crees que alguien alteraría...?

—¿Te he dicho alguna vez que detesto hablar?

—¿Dormirías a mi lado esta noche? —dijo Bella de manera apresurada, pensando que lo mejor sería tener una respuesta antes de que él se cerrara por completo.

Zsadist enarcó las cejas.

—¿De verdad lo quieres?

—Sí.

—Entonces, sí. Lo haría.

Mientras él mordisqueaba las dos manzanas y ella limpiaba el plato, el silencio no fue exactamente cómodo, pero tampoco fue horrible. Después de terminar el trozo de tarta de zanahoria, Bella fue al baño y se cepilló los dientes. Cuando regresó, Zsadist estaba terminando de pelar el corazón de la última manzana con sus colmillos, aprovechando los trocitos que todavía quedaban.

No podía entender cómo podía luchar con esa dieta. Tendría que comer más.

Y tuvo ganas de decir algo, pero en lugar de eso se deslizó en la cama y se acomodó, esperándolo. A medida que los minutos pasaban y lo único que él hacía era seguir mordisqueando la manzana, Bella sintió que no soportaba más la tensión.

«Es suficiente», pensó. Realmente debería irse a algún otro lugar de la casa. Estaba utilizando a Z en su propio beneficio, y eso no era justo.

Se estiró para apartar las mantas justo cuando él se levantó del suelo. Mientras caminaba hacia la cama, ella se quedó helada. Dejó los dos corazones de manzana junto al plato y luego cogió la servilleta que ella había usado para limpiarse la boca. Después de secarse las manos con la servilleta, tomó la bandeja y la sacó de la habitación. La dejó en el pasillo, al lado de la puerta.

Cuando regresó, Zsadist fue hasta el otro lado de la cama y se acostó. El colchón se hundió bajo su peso. Cruzó los brazos sobre el pecho, se acurrucó y cerró los ojos.

Las velas se fueron apagando, una por una. Cuando sólo quedaba una ardiendo, Zsadist dijo:

—La dejaré encendida para que puedas ver.

Bella lo miró.

—¿Zsadist?

—¿Sí?

—Cuando estaba... —Se aclaró la garganta—. Cuando estaba en ese agujero en el suelo, pensaba en ti. Quería que fueras a buscarme. Sabía que tú podrías rescatarme.

Zsadist arrugó la frente, aunque tenía los párpados cerrados.

—Yo también pensaba en ti.

—¿De verdad? —Zsadist movió la cabeza hacia arriba y hacia abajo en señal de afirmación, pero ella volvió a decir—: ¿De verdad?

—Sí. Algunos días... eras lo único en lo que podía pensar.

Bella sintió que abría los ojos como platos. Se acercó a él y apoyó la cabeza en su brazo.

—¿En serio? —Al ver que no respondía, insistió—: ¿Por qué?

Zsadist respiró profundo.

—Quería que regresaras. Eso es todo.

¡Ay... así que sólo estaba haciendo su trabajo!

Bella dejó caer el brazo y le dio la espalda.

—Bueno... gracias por ir a rescatarme.

En medio del silencio, se quedó observando cómo la vela se consumía sobre la mesita. La llama en forma de lágrima ondulaba con tanta elegancia...

De pronto Zsadist dijo en voz baja:

—Detestaba la idea de que estuvieras asustada y sola. Que alguien te hiciera daño. No podía... dejar las cosas así.

Bella dejó de respirar y lo miró por encima del hombro.

—No dormí ni un minuto en esas seis semanas —murmuró Zsadist—. Cada vez que cerraba los ojos, sólo podía verte pidiendo ayuda.

¡Por Dios, aunque su cara tenía una expresión dura, la voz de Zsadist era tan suave y hermosa como la llama de la vela!

Zsadist volvió la cabeza hacia ella y abrió los ojos. Esa mirada negra parecía llena de emoción.

—No sabía cómo podrías sobrevivir tanto tiempo. Estaba seguro de que estabas muerta. Pero luego encontramos el lugar y te saqué de ese agujero. Cuando vi lo que te habían hecho...

Bella se dio la vuelta lentamente, pues no deseaba asustarlo.

—No recuerdo nada de eso.

—Bien, eso es bueno.

—Algún día... Necesitaré saberlo. ¿Me lo contarás?

Zsadist cerró los ojos.

—Si realmente necesitas conocer los detalles.

Se quedaron callados un rato y luego Zsadist se dio la vuelta hacia ella.

—Odio preguntarte esto, pero ¿qué apariencia tiene ese asesino? ¿Puedes recordar algo específico sobre él?

«Muchas cosas», pensó Bella. «Demasiadas».

—Él... se tiñe el pelo de marrón.

—¿Qué?

—Quiero decir que estoy bastante segura de que lo hace. Más o menos cada semana se metía al baño y yo podía oler el tinte. Y a veces se le notaban las raíces. Una pequeña línea blanca justo sobre el cuero cabelludo.

—Pero pensé que el proceso de decoloración era bueno, porque significaba que llevaban más tiempo en la Sociedad.

—No lo sé. Creo que él tenía... o tiene... una posición de poder. Por lo que podía oír desde el agujero, los otros restrictores parecían tenerle respeto. Y lo llamaban «O».

—¿Algo más?

Bella se estremeció, pues recordó la pesadilla que había vivido.

—Él me amaba.

Zsadist dejó escapar un gruñido profundo y terrible. A Bella le gustó. La hizo sentirse protegida. Le dio fuerzas para seguir hablando.

—El restrictor, él decía que... me amaba, y en realidad lo hacía. Estaba obsesionado conmigo. —Bella soltó lentamente el aire, en un intento por tranquilizar su corazón—. Al comienzo le tenía pavor, pero después de un tiempo comencé a usar esos sentimientos en su contra. Quería hacerle daño.

—¿Y lo hiciste?

—A veces, sí. Le hice... llorar.

Zsadist adoptó una extraña expresión. Como si sintiera... envidia.

—¿Y cómo te sentiste?

—No quiero decírtelo.

—¿Porque disfrutaste?

—No quiero que pienses que soy cruel.

—La crueldad es diferente de la venganza.

Bella se imaginaba que eso era cierto en el mundo de un guerrero.

—No estoy segura de estar de acuerdo.

Zsadist la miró fijamente.

—Hay personas que te van a ahvenge. Tú lo sabes, ¿verdad?

Bella se imaginó a Zsadist saliendo en medio de la noche a cazar al restrictor y no pudo soportar la idea de que le pasara algo. Luego pensó en su hermano, lleno de rabia y orgullo, también dispuesto a matar al asesino.

—No... No quiero que lo hagas. Ni tú, ni Rehvenge, ni nadie más.

De repente se sintió un viento helado que recorrió toda la habitación, como si hubiesen abierto una ventana. Bella miró a su alrededor y se dio cuenta de que el frío procedía del cuerpo de Zsadist.

—¿Tienes compañero? —preguntó abruptamente.

—¿Por qué lo preguntas?... Ah, no, Rehvenge es mi hermano. No mi compañero.

Los enormes hombros descansaron. Pero luego Zsadist frunció el ceño.

—¿Alguna vez has tenido uno?

—¿Un compañero? Sí, por poco tiempo. Las cosas no funcionaron.

—¿Por qué?

—Debido a mi hermano. —Bella hizo una pausa—. En realidad, eso no es verdad. Pero cuando el hombre no fue capaz de oponerse a Rehv, le perdí el respeto. Y luego... luego el tipo filtró algunos detalles de nuestra relación a la glymera y las cosas se volvieron... complicadas.

En realidad se volvieron horribles. La reputación del hombre permaneció intacta, desde luego, mientras que la de ella se hizo añicos. Tal vez ésa era la razón por la que se sentía tan atraída por Zsadist. A Z no le importaba lo que la gente pensaba de él. No recurría a subterfugios, ni modales engañosos para esconder sus pensamientos y sus instintos. Era honesto, y ese candor, aunque sólo sirviera para revelar su rabia, hacía que fuera muy fiable.

—¿Vosotros dos erais...? —Zsadist dejó la pregunta en el aire.

—¿Éramos qué?

—¿Amantes? —En cuanto acabó de pronunciar esa palabra, Zsadist lanzó una maldición—. No importa, no es de mi...

—Ah, sí, lo éramos. Rehv lo descubrió y ahí fue cuando empezaron los problemas. Tú sabes cómo es la aristocracia. ¿Una mujer que se acuesta con alguien que no es su marido? Puedes estar seguro de que queda manchada para toda la vida. Quiero decir que siempre quise haber nacido en una familia común y corriente. Pero uno no puede elegir su linaje, ¿o sí?

—¿Amabas a ese hombre?

—Pensaba que sí. Pero... no. —Bella recordó la calavera que había junto al jergón de Zsadist—. ¿Alguna vez has estado enamorado?

Zsadist torció la boca en un gesto feroz.

—¿Tú qué crees?

Al ver que ella retrocedía asustada, él cerró los ojos.

—Lo siento. Quiero decir que no. Eso era un no.

Entonces, ¿por qué guardaba esa calavera? ¿De quién era? Bella estaba a punto de preguntar, cuando él la interrumpió.

—¿Tu hermano cree que va a atrapar a ese restrictor?

—Sin duda. Rehvenge es... Bueno, ha sido el jefe de la familia desde que mi padre murió, cuando yo era muy joven, y es muy agresivo. Extremadamente agresivo.

—Bueno, dile que se quede quieto. Yo te voy a ahvenge.

Bella lo miró a los ojos con angustia.

—No.

—Sí.

—Pero no quiero que lo hagas. —No podría vivir si resultaba muerto en el proceso.

—Y yo no me puedo contener. —Zsadist cerró los ojos—. Dios mío, no puedo respirar cuando pienso en que ese bastardo anda suelto por ahí. Tiene que morir.

El temor, la gratitud y algo inmensamente cálido se apoderaron del pecho de Bella y, de manera impulsiva, se inclinó y besó a Zsadist en los labios.

Él se echó hacia atrás con un silbido y los ojos más abiertos que si lo hubiese abofeteado.

¿Por qué había hecho eso?

—Lo siento. Lo siento. Yo...

—No, está bien. Todo está bien. —Zsadist se dio la vuelta hasta quedar otra vez de espaldas, y se llevó la mano a la boca. Se pasó los dedos por los labios, como si se estuviera limpiando el beso.

Cuando oyó que ella resoplaba con rabia, dijo:

—¿Qué sucede?

—¿Soy tan desagradable?

Zsadist dejó caer el brazo.

—No.

«¡Vaya mentira!».

—¿Quieres que te traiga una toalla húmeda?

Antes de que ella saltara de la cama, Zsadist la agarró del brazo.

—Ha sido mi primer beso, ¿vale? Simplemente, no lo esperaba.

Bella dejó de respirar. ¿Cómo era posible?

—Ay, mierda, no me mires así. —Zsadist la soltó.

Su primer beso... Era asombroso, no podía creerlo. Había sufrido más de lo que imaginaba.

—Zsadist.

—¿Qué?

—¿Me dejarías hacerlo otra vez?

Hubo una larga pausa. Ella se le acercó más, deslizándose por debajo de las sábanas y las mantas.

—No te tocaré en ninguna otra parte. Sólo mis labios. Sobre los tuyos.

«Vuelve la cabeza», deseó ella. «Vuelve la cabeza y mírame».

Y entonces él lo hizo.

Bella no se quedó esperando una invitación, ni que Zsadist cambiara de opinión. Apoyó sus labios sobre los de él con fuerza, y luego le hizo presión en la boca. Al ver que él no respondía, volvió a hacer contacto y esta vez lo acarició. Zsadist contuvo la respiración.

—¿Zsadist?

—Sí —susurró él.

—Afloja la boca.

Teniendo cuidado de no asustarlo, Bella se apoyó sobre los antebrazos y volvió a acercarse. Los labios de Zsadist eran increíblemente suaves, excepto en el lugar donde el superior estaba desfigurado. Para asegurarse de que él supiera que esa imperfección no le molestaba, Bella le prestó especial atención a ese lugar y volvía ahí una y otra vez.

Y de pronto sucedió: Zsadist comenzó a besarla. Fue sólo un ligero movimiento de la boca, pero ella lo sintió en el corazón. Cuando volvió a hacerlo, lo animó con un pequeño gemido y dejándolo tomar el control.

¡Era maravillosamente extraño, parecía tan inseguro, tanteando el camino a través de la boca de ella con la más suave de las caricias! Zsadist la besó con dulzura y con cuidado, y su boca sabía a manzanas y a hombre. Y el contacto entre ellos, aunque leve y lento, fue suficiente para excitarla.

Cuando Bella asomó la lengua y lo lamió, él se retiró de inmediato.

—No sé qué estoy haciendo aquí.

—Sí, sí lo sabes. —Bella se inclinó para mantener la conexión—. Claro que lo sabes.

—Pero...

Bella lo hizo callar con la boca y no pasó mucho tiempo antes de que él retomara el juego. Cuando ella sacó la lengua otra vez, él abrió los labios y su propia lengua se encontró con la de Bella, resbaladiza y caliente. Comenzó un pequeño remolino... y luego él estaba dentro de su boca, empujando, buscando.

La hembra sintió que Zsadist la deseaba, que el calor y los deseos de su enorme cuerpo estaban aumentando. Quería que extendiera los brazos y la arrastrara hacia él. Pero al ver que no lo hacía, se echó hacia atrás y lo miró. Zsadist tenía las mejillas encendidas y los ojos le brillaban. La deseaba, pero no hizo ningún movimiento para acercarse. Y ella tampoco iba a hacerlo.

—Quiero tocarte —dijo Bella.

Pero cuando levantó la mano, él se puso rígido y le agarró la muñeca con fuerza. El miedo tembló bajo la superficie de su piel y Bella pudo sentirlo activándose sobre su cuerpo como una red de alta tensión. Entonces esperó a que él se hiciera a la idea, no quería presionarlo.

Zsadist le fue soltando la muñeca lentamente.

—Sólo... ve despacio.

—Lo prometo.

Bella empezó con el brazo y deslizó los dedos hacia arriba y hacia abajo sobre la piel suave. Zsadist siguió el movimiento con los ojos y una expresión aprensiva que no la ofendió, mientras observaba cómo los músculos se estremecían y temblaban a medida que ella los tocaba. Bella lo acarició lentamente, permitiendo que él se acostumbrara a sentirla, y cuando estuvo segura de que se sentía cómodo, se inclinó hacia delante y apoyó los labios contra los bíceps. Luego el hombro. La clavícula. La parte superior de los pectorales.

Bella se dirigía al pezón con el piercing.

Cuando estuvo lo suficientemente cerca de aquel aro de plata con una bolita, levantó los ojos para mirarlo. Zsadist tenía los ojos muy abiertos, tan abiertos que la parte blanca se veía alrededor de los iris negros.

—Quiero besarte aquí —dijo Bella—. ¿Puedo?

Zsadist asintió con la cabeza y se humedeció los labios.

Cuando la boca de Bella hizo contacto, se sacudió como si alguien lo hubiera tirado al mismo tiempo de los brazos y las piernas. Pero ella no se amedrentó. Se metió el piercing en la boca y lo rodeó con la lengua.

Zsadist soltó un gemido que resonó como un rumor dentro de su pecho. Luego tomó aire de manera ruidosa. Tenía la cabeza contra la almohada, pero la mantenía en una postura que le permitía seguir vigilándola.

Cuando ella retorció el arito de plata y le dio un pequeño tirón, Zsadist arqueó el torso sobre la cama, doblando una pierna y clavando el talón en el colchón. Bella estimuló el pezón una y otra vez, hasta que él arrugó la colcha con sus puños.

—Ay... por Dios, Bella... —Zsadist respiraba con dificultad y su cuerpo emitía calor—. ¿Qué me estás haciendo?

—¿Quieres que me detenga?

—Eso o que lo hagas con más decisión.

—¿Qué tal un poco más?

—Sí... un poco más.

Bella lo fue estimulando con la boca, mientras jugueteaba con el aro, hasta que las caderas de Zsadist comenzaron a menearse.

Cuando miró hacia abajo, hacia el resto del cuerpo de Zsadist, Bella perdió el ritmo. Él tenía una erección enorme, que estaba haciendo presión contra el nailon de sus pantalones, y ella pudo verlo todo: la cabeza roma con sus elegantes bordes, el tallo grueso, los testículos debajo.

Zsadist era... enorme.

Bella sintió enseguida humedad entre sus muslos, y lo miró. Él todavía tenía los párpados y la boca abiertos, y su expresión se debatía entre el asombro, la impresión y el deseo.

Bella estiró la mano y le metió el pulgar entre los labios.

—Chúpame.

Zsadist succionó con fuerza, mientras la miraba y ella seguía en lo suyo. La hembra pudo sentir cómo comenzaba a apoderarse de él un cierto frenesí. La lujuria crecía dentro de él, convirtiéndolo en un barril lleno de explosivos y, ¿por qué negarlo?, eso era lo que ella deseaba. Quería que estallara sobre ella. Dentro de ella.

Bella le soltó el pezón, sacó el pulgar de su boca y volvió a inclinarse para embestirlo con la lengua entre los labios. Al sentir la invasión, el macho soltó un rugido salvaje y todo su cuerpo se sacudió contra la colcha, que tenía agarrada entre los puños.

Bella deseaba que él se relajara y la tocara, pero no podía esperar. Esa primera vez tendría que tomar el control. Así que empujó las mantas hacia un lado, deslizó la parte superior del tronco sobre el pecho de Zsadist y le pasó una pierna por encima de las caderas.

En cuanto sintió el peso de Bella sobre su cuerpo, Zsadist se quedó rígido y dejó de besarla.

—Zsadist, ¿qué pasa?

Se la quitó de encima con tanta fuerza que Bella rebotó contra el colchón.

Se levantó corriendo de la cama, jadeando y agotado, mientras su cuerpo se debatía entre el pasado y el presente, atrapado entre la espada y la pared.

Una parte de él quería más de lo que Bella le estaba haciendo. ¡Demonios, se moría por seguir explorando la novedosa sensación de estar excitado! Era increíble. Una revelación. Lo único bueno que había sentido en... toda su vida.

Santa Virgen del Ocaso, ahora entendía por qué los machos eran capaces de matar para proteger a sus compañeras.

Pero no podía soportar la idea de tener encima a una mujer, ni siquiera a Bella, y el pánico que sentía en este momento era peligroso. ¿Qué pasaría si la atacaba? ¡Por Dios, ya la había lanzado al otro lado de la maldita cama!

Zsadist la miró de reojo. Estaba increíblemente hermosa en medio de las sábanas revueltas y los almohadones diseminados por todas partes. Pero la verdad era que le tenía pánico y, debido a eso, tenía miedo de lo que le podía pasar a ella. A pesar de lo mucho que le habían gustado las caricias y los besos del comienzo, todo eso era un estímulo demasiado peligroso para él. Y no podía ponerse en una posición en la que pudiera perder el control.

—No volveremos a hacer eso nunca —dijo Zsadist—. Aquí no ha pasado nada.

—Pero te ha gustado —dijo Bella con voz suave pero firme—. He sentido las palpitaciones de tu sangre bajo mis manos.

—Sin discusión.

—Tu cuerpo está listo para mí.

—¿Acaso quieres resultar herida? —Al ver que ella se aferraba a un almohadón, Zsadist insistió—. Porque, para ser francos, el sexo y yo sólo funcionamos de una manera, y te aseguro que no quieres ser parte de eso.

—Me gustó la manera en que me besaste. Quiero estar contigo. Hacer el amor contigo.

—¿Hacer el amor? ¿Hacer el amor? —Zsadist abrió los brazos—. Bella... lo único que te puedo ofrecer es sexo. Y te aseguro que no te va a gustar. Además, francamente, a mí tampoco me gustaría follarte. Tú eres mucho mejor que las demás, mereces más que eso.

—Sentí tus labios sobre los míos. Fuiste tan gentil...

—Ay, por favor...

—¡Cállate y déjame terminar!

Z se quedó boquiabierto, como si Bella acabara de darle una patada en el trasero. Nadie había usado ese tono con él nunca. Y aunque eso ya era suficientemente extraño como para llamar su atención, el hecho de que ella fuera quien lo hiciera lo sorprendió aún más.

Bella se apartó el pelo detrás de los hombros.

—Si no quieres estar conmigo, está bien. Sólo dilo. Pero no te escondas detrás de la farsa de querer protegerme. ¿Crees que no sé que el sexo contigo será rudo?

—¿Por eso quieres hacerlo? —preguntó Zsadist con voz apagada—. ¿Acaso crees que, después de estar con ese restrictor, sólo mereces que te lastimen?

Bella frunció el ceño.

—En absoluto. Si sólo así puedo tenerte, entonces así es como te tendré.

Zsadist se pasó varias veces la mano por la cabeza, con la esperanza de que la fricción pusiera a trabajar su cerebro.

—Creo que estás confundida. —Clavó la mirada en el suelo—. No tienes idea de lo que estás diciendo.

—¡Maldito arrogante de mierda! —gritó ella.

Z levantó la cabeza enseguida. Bueno, acababa de recibir otra patada en el trasero...

—¿Perdón?

—Haznos a los dos un favor y no trates de pensar por mí, ¿vale? Porque siempre te vas a equivocar. —Luego se dirigió al baño y cerró la puerta de un golpe.

Zsadist parpadeó un par de veces. ¿Qué demonios había sucedido?

Miró alrededor de la habitación, como si los muebles o tal vez las cortinas pudieran ayudarlo. Luego su agudo sentido del oído percibió un sonido suave. Bella estaba... llorando.

Maldiciendo, Zsadist se dirigió al baño. No golpeó antes, sólo giró el picaporte y entró. Ella estaba de pie junto a la ducha, con los brazos cruzados y los ojos azules anegados en lágrimas.

¡Ay... Dios! ¿Qué se suponía que debía hacer un hombre en esa situación?

—Lo siento —murmuró Zsadist—. Si... herí tus sentimientos o algo así.

Ella lo miró con rabia.

—No estoy triste. Estoy furiosa y sexualmente frustrada.

Zsadist levantó la cabeza y siguió:

—Voy a decírtelo otra vez, Zsadist. Si no quieres estar conmigo, está bien, pero no trates de decirme que no sé lo que quiero.

Z se puso las manos en las caderas y miró el suelo de baldosines. «No digas nada, imbécil. Sólo mantén tu boca...».

—No es eso —dijo de manera atropellada, mientras se maldecía mentalmente. Hablar no era bueno. Hablar era una idea verdaderamente mala...

—No es ¿qué? ¿Quieres decir que sí me deseas?

Z pensó en esa cosa que todavía estaba tratando de salirse de sus pantalones. Bella tenía ojos. Podía verla.

—Tú sabes que te deseo.

—Entonces, si estoy dispuesta a estar contigo... a tu manera... —Bella guardó silencio un momento y él tuvo la sensación de que se ruborizaba—. Entonces, ¿por qué no podemos estar juntos?

Z contuvo la respiración hasta que los pulmones le ardieron y el corazón comenzó a palpitarle como loco. Se sentía como si estuviera mirando hacia abajo desde el borde de un precipicio. Por Dios, no podía decírselo... Pero lo hizo.

El estómago se le revolvió mientras las palabras salían de su boca.

—Ella siempre se ponía encima de mí. La Señora, mi dueña. Cuando ella... venía a verme, siempre se ponía encima. Tú... te apoyaste sobre mi pecho y... sí, así no puedo.

Zsadist se frotó la cara con las manos, tratando de esconderse de la mirada de Bella y para aliviar el dolor de cabeza que sintió de repente.

Oyó que alguien suspiraba y se dio cuenta de que era Bella.

—Zsadist, lo siento. No sabía...

—Sí... mierda... tal vez puedas olvidar lo que he dicho. —¡Dios, tenía que alejarse de ella antes de que su boca siguiera parloteando!—. Mira, voy a...

—¿Qué te hizo esa mujer? —preguntó Bella con una voz casi inaudible.

Zsadist la miró con rabia. «No te lo diré», pensó.

Bella se acercó.

—Zsadist, ¿acaso... te obligó a estar con ella en contra de tu voluntad?

Zsadist dio media vuelta.

—Voy al gimnasio. Te veré más tarde.

—Espera...

—Más tarde, Bella. No puedo... hacer esto.

Al salir, Z agarró sus zapatillas Nike y su MP3.

Lo que necesitaba en ese momento era una buena carrera. Una larga... carrera. ¿Qué importaba que no lo llevara a ninguna parte? Al menos podría tener la ilusión de escapar de sí mismo.

Phury observaba a Butch con curiosidad, a través de la mesa de billar de la mansión, mientras que el policía estudiaba su próximo tiro. El humano tenía algo raro, pero seguía jugando tan bien como siempre, porque dio a tres bolas con el mismo movimiento.

—Por Dios, Butch. Cuatro buenas tacadas seguidas. Recuérdame, ¿por qué sigo jugando contigo?

—Porque la esperanza es eterna. —Butch terminó su escocés de un trago—. ¿Quieres jugar otra partida?

—¿Por qué no? No me puede ir peor.

—Ordena las bolas, mientras yo me sirvo otro trago.

Mientras Phury recogía las bolas, pensó en la actitud de su amigo. Cada vez que se daba la vuelta, Butch se quedaba mirándolo fijamente.

—¿Te preocupa algo, policía?

El hombre se sirvió una copa mediana de Lagavulin y le dio un sorbo largo.

—Nada especial.

—Mentiroso. No me has quitado los ojos de encima desde que regresamos de ZeroSum. ¿Por qué no me dices qué sucede?

Los ojos almendrados de Butch se clavaron en los de su amigo.

—¿Eres gay, hermano?

Phury dejó caer la bola que tenía en la mano y apenas la oyó estrellarse contra el suelo de mármol.

—¿Qué? ¿Por qué...?

—Oí que estabas intimando con el Reverendo. —Mientras que Phury maldecía, Butch recogió la bola negra y la echó a rodar sobre el fieltro verde—. Mira, no me importa que lo seas. En realidad me importa un bledo lo que hagas. Pero me gustaría saberlo.

«¡Ay, esto es increíble!», pensó Phury. No sólo deseaba a la mujer que deseaba a su hermano gemelo, sino que ahora se suponía que estaba liado con un maldito symphath.

Obviamente, esa mujer que había irrumpido en la oficina cuando él y el Reverendo estaban hablando tenía una boca muy grande y... ¡Por Dios! Butch ya debía de habérselo dicho a Vishous. Esos dos eran como un matrimonio mayor, no tenían secretos entre ellos. Y V le iría con el chisme a Rhage. Y una vez que Rhage se enterara, sería como anunciar algo a través de la agencia Reuters.

—¿Lo eres o no lo eres?

—No, no soy gay.

—No te sientas en la obligación de esconderte ni nada de eso.

—No es eso. Sencillamente, no soy gay.

—Entonces ¿eres bisexual?

—Butch, déjalo, por favor. Si alguno de los hermanos tiene una inclinación rara es tu compañero de casa. —Al ver la mirada de asombro del policía, Phury murmuró—: Vamos, a estas alturas ya debes de saber lo de V. Vives con él.

—Obviamente no... Ah, hola, Bella.

Phury se dio media vuelta. Bella estaba en el umbral, vestida con la bata de satén negro. Phury no pudo quitarle los ojos de encima. El resplandor de la salud había regresado a su hermosa cara y estaba... impresionante.

—Hola —dijo Bella—. Phury, ¿puedo hablar contigo un minuto cuando termines la partida?

—Butch, ¿te importa que nos tomemos un descanso?

—En absoluto. Nos vemos más tarde, Bella.

El policía salió, y Phury puso su taco en la vitrina con innecesaria precisión, deslizando con cuidado la madera clara y suave sobre el soporte.

—Tienes muy buen aspecto. ¿Cómo te encuentras?

—Mejor. Mucho mejor.

Porque se había alimentado de Zsadist.

—Muy bien. ¿Qué quieres decirme? —preguntó Phury, tratando de no pensar en la imagen de Bella pegada a la vena de su gemelo.

Bella no respondió, sino que avanzó hacia la puerta de cristal, mientras que el extremo de la bata la seguía sobre el suelo de mármol como una sombra. A medida que caminaba, las puntas del pelo acariciaban la parte baja de su espalda y se mecían con el movimiento de sus caderas. Phury tuvo un ataque de deseo y rogó que ella no percibiera el olor.

—¡Ay, Phury, mira la luna, está casi llena! —Bella puso la mano sobre la ventana y acarició el vidrio—. Me gustaría poder...

—¿Quieres salir? Podría traerte un abrigo.

Bella le sonrió por encima del hombro.

—No tengo zapatos.

—También te puedo traer unos zapatos. Quédate aquí.

Segundos después regresó con un par de botas forradas en piel y una capa victoriana que Fritz, que era como una paloma mensajera, había encontrado en algún armario.

—Eres rápido —dijo Bella, mientras se envolvía en la capa de terciopelo color rojo sangre.

Phury se arrodilló frente a ella.

—Déjame ponerte las botas —dijo, y Bella levantó una rodilla.

Mientras le ponía las botas, Phury trató de no fijarse en lo suave que era la piel de su tobillo. Ni en cuánto lo excitaba el aroma de la hembra. Ni en cómo podría hacer a un lado la bata y...

—Ahora la otra —dijo con voz ronca.

Cuando Bella tuvo las botas puestas, él abrió la puerta y los dos salieron juntos, aplastando la nieve que cubría la terraza. Al llegar al lugar donde comenzaba el prado, Bella se subió el cuello de la capa y levantó la mirada. Su aliento formaba nubes de vapor blanco y el viento jugueteaba con el terciopelo rojo alrededor de su cuerpo, como si estuviera acariciando la tela.

—Pronto amanecerá —dijo Bella.

—Sí.

Phury se preguntó qué querría decirle Bella, pero luego adoptó una expresión muy seria y se imaginó cuál sería el tema de conversación. Zsadist, desde luego.

—Quiero preguntarte algo sobre él... —murmuró Bella—. Sobre tu gemelo.

—¿Qué quieres saber?

—¿Cómo se convirtió en esclavo?

Phury permaneció en silencio. No quería hablar del pasado.

—¿Phury? ¿Me lo dirás? Se lo preguntaría a él, pero... En fin... Tendría que contárselo.

—Una criada se lo llevó. Lo sacó a escondidas de la casa cuando tenía siete meses. No pudimos encontrarlos por ninguna parte y, hasta donde pudimos averiguar, la mujer murió dos años después. Luego supimos que había sido vendido como esclavo.

—Debió de ser terrible para tu familia.

—Lo peor. La muerte de un ser querido, pero sin tener el cuerpo para darle sepultura.

—Y cuando... cuando era esclavo de sangre... —Bella respiró profundamente—. ¿Sabes qué le ocurrió?

Phury se frotó la nuca. Al ver que él vacilaba, Bella dijo:

—No estoy hablando de las cicatrices, o la obligación de darle su sangre a alguien. Quiero saber acerca de... las otras cosas que pudieron hacerle.

—Mira, Bella...

—Necesito saberlo.

—¿Por qué? —preguntó Phury, aunque conocía de sobra la respuesta. Porque quería estar con Z, probablemente ya lo había intentado. Ese era el porqué.

—Sólo necesito saberlo.

—Deberías preguntárselo a él.

—No me lo dirá, tú sabes que no lo hará. —Bella le puso una mano en el brazo—. Por favor, ayúdame a entenderlo.

Phury permaneció en silencio, mientras se decía que estaba respetando la intimidad de Z. Eso era básicamente cierto, pero, además, una parte de él tampoco quería ayudar a que Z aterrizara en la cama de Bella.

La mujer le apretó el brazo.

—Me dijo que estaba atado. Y que no podía soportar tener a una mujer encima cuando... —Bella se detuvo—. ¿Qué le hicieron?

No podía creerlo... ¿Zsadist había hablado con ella sobre su cautiverio?

Phury maldijo entre dientes.

—Además de su sangre, fue utilizado para otros fines. Pero eso es lo único que diré.

—Ay, por Dios. —Bella agachó la cabeza—. Sólo necesitaba oírlo de alguien más. Necesitaba tener la certeza de que así fue.

En el momento en que se levantó una brisa helada, Phury respiró hondo, pues sintió que estaba asfixiado.

—Deberías entrar antes de que pesques un resfriado.

Bella asintió con la cabeza y comenzó a caminar hacia la casa.

—¿No vienes?

—Antes voy a fumarme un cigarrillo. Ve tú.

No la vio entrar a la casa, pero oyó cómo se cerraba la puerta.

Phury se metió las manos en los bolsillos y observó el jardín cubierto de nieve. Luego cerró los ojos y pensó en el pasado.

En cuanto pasó su transición, Phury comenzó a buscar a su gemelo sin descanso y peinó todo el Viejo Continente, buscando en las casas que eran lo suficientemente ricas como para tener sirvientes. Después de un tiempo, oyó repetidos rumores acerca de un hombre del tamaño de un guerrero, que vivía cautivo en casa de una mujer muy encumbrada de la glymera. Pero no pudo localizarla.

Lo cual tenía sentido. En esa época, a comienzos del siglo XIX, la especie todavía disfrutaba de una cierta cohesión y las antiguas reglas y costumbres sociales se mantenían con mucha fuerza. Si se descubría que alguien tenía a un guerrero como esclavo de sangre, esa persona tendría que enfrentarse a una sentencia de muerte, de acuerdo con la ley. Ésa era la razón por la cual Phury tenía que ser muy discreto en su búsqueda. Si preguntaba abiertamente por esa mujer en una reunión de la aristocracia y hablaba so-

bre su gemelo, o lo descubrían tratando de encontrar a Zsadist, podía poner una daga en el pecho de su hermano: la mejor y única defensa del culpable sería matar a Zsadist y deshacerse de su cadáver.

A finales del siglo XIX casi se había dado por vencido. Para entonces sus padres habían muerto por causas naturales. La sociedad de los vampiros se había fragmentado en Europa y había comenzado la primera migración a América. Phury no tenía raíces y vagaba por los países europeos buscando a su hermano, aunque ya casi sin esperanzas, teniendo como pistas sólo rumores e insinuaciones... cuando súbitamente encontró lo que estaba buscando.

La noche que ocurrió estaba en suelo inglés. Asistía a una reunión muy exclusiva en un castillo, en los acantilados de Dover. Mientras estaba en un rincón oscuro del salón de baile, alcanzó a oír la conversación de dos hombres acerca de su anfitriona. Decían que tenía un esclavo de sangre increíblemente bien dotado y que le gustaba que la observaran y a veces, incluso, lo compartía.

Phury comenzó a cortejar a la mujer desde esa misma noche.

No le preocupaba que su cara lo delatara, cosa posible porque él y Zsadist eran gemelos idénticos. En primer lugar, se vestía como un hombre adinerado y nadie sospecharía que alguien de su posición estuviera buscando a un esclavo, que había sido comprado legalmente en el mercado cuando era un chiquillo. En segundo lugar, siempre tenía cuidado de mantener un disfraz. Se dejó crecer una barba corta que escondía sus rasgos y ocultaba los ojos tras unas gafas oscuras, que justificaba diciendo que tenía muy mal la vista.

El nombre de la mujer era Catronia. Aristócrata y rica, estaba casada con un comerciante mestizo, que hacía negocios en el mundo de los humanos. Evidentemente, pasaba mucho tiempo sola, porque su hellren viajaba mucho, pero, de acuerdo con el rumor, tenía el esclavo de sangre desde antes de casarse.

Phury le pidió que lo admitiera en su casa y, como era un hombre culto y atento, ella le permitió entrar, a pesar de que no había dado muchas explicaciones sobre su lina-

je. Las cortes vivían llenas de farsantes y, como la mujer se sentía atraída hacia él, obviamente estaba dispuesta a pasar por alto ciertas formalidades. Sin embargo, fue cautelosa. Transcurrieron varias semanas y, aunque pasaba mucho tiempo con él, nunca lo llevó a ver al esclavo que decían que poseía.

Phury aprovechaba todas las oportunidades que tenía para registrar la casa y los jardines, con la esperanza de encontrar a su gemelo escondido en algún lugar oculto. El problema era que había ojos por todas partes y Catronia siempre lo mantenía ocupado. Cada vez que su hellren salía de viaje, lo cual sucedía con bastante frecuencia, Catronia visitaba la casa de Phury y, cuanto más trataba él de evitar su contacto, más lo deseaba ella.

Pero lo único que se necesitó fue tiempo. Tiempo, unido a la incapacidad de la mujer para resistir la tentación de exhibir su tesoro, su juguete, su esclavo. Una noche, justo antes del amanecer, Catronia lo invitó a su habitación por primera vez. La entrada secreta que él había estado buscando estaba localizada en la antecámara, en el fondo del armario. Luego bajaron juntos una enorme escalera muy empinada.

Phury todavía podía recordar la gruesa puerta de roble que se abrió a su paso y la imagen de aquel hombre encadenado, desnudo y con las piernas abiertas, sobre una plataforma cubierta con un tapiz.

Zsadist observaba el techo y tenía el pelo tan largo que caía sobre el suelo de piedra. Estaba afeitado y acicalado, como si lo hubiesen preparado para la visita de su dueña, y olía a costosos perfumes. La mujer se dirigió enseguida al esclavo y lo acarició, mientras que sus rapaces ojos color café proclamaban el hecho de que le pertenecía.

Antes de darse cuenta de lo que estaba haciendo, Phury se llevó la mano a la daga. Como si hubiese percibido el movimiento, Zsadist volvió lentamente la cabeza y lo miró con ojos indiferentes. No pareció reconocerlo, sólo lo miró con odio reconcentrado.

Phury sintió que lo sacudía una oleada de rabia y dolor, pero mantuvo su atención en buscar una salida. Al otro lado de la celda había otra puerta, pero no tenía picaporte, sólo una pequeña ranura más o menos a un metro cincuenta de altura. Phury pensó que tal vez podría atravesar por...

En ese momento Catronia comenzó a tocar las partes íntimas de su hermano. Tenía una especie de ungüento en las manos y, mientras frotaba los genitales de su gemelo, decía cosas horribles sobre el tamaño que adquirirían. Phury dejó ver sus colmillos y levantó la daga.

Entonces, se abrió súbitamente la puerta por la que ellos habían entrado y apareció un cortesano afeminado, vestido con una bata de armiño, que le anunció a Catronia que su hellren había regresado de manera inesperada y la estaba buscando. Era evidente que había escuchado rumores sobre la relación de su esposa con Phury.

Éste se acurrucó, preparado para matar a la mujer y al cortesano, pero en ese instante se oyó el eco de muchas personas que se acercaban.

El hellren bajó por las escaleras secretas con su guardia privada e invadió la celda. Parecía estar muy asombrado y claramente se notaba que no sabía que su mujer tenía un esclavo de sangre. Catronia comenzó a hablar, pero él le dio una bofetada tan fuerte que la mandó contra la pared de piedra.

Reinó una terrible confusión. La guardia privada apresó a Phury y el hellren se acercó a Zsadist con un cuchillo.

Matar a todos los soldados de la guardia fue un proceso largo y sangriento y, cuando Phury finalmente acabó con el último de ellos, ya no había rastros de Zsadist, sólo un hilo de sangre que salía de la celda.

Phury salió corriendo por el corredor, a través de los pasadizos subterráneos del castillo, siguiendo el rastro de la sangre. Cuando llegó a la superficie, ya casi estaba amaneciendo, así que supo que tenía que encontrar a Zsadist con rapidez. Se detuvo un momento para ubicarse, cuando oyó el ruido de unos golpes rítmicos que cortaban el aire.

Latigazos.

Entonces fue hacia el lugar del que provenían los ruidos y vio a Zsadist, atado a un árbol que daba sobre el mar, mientras tres guardias lo azotaban salvajemente.

Phury atacó a los guardias y, aunque los hombres lo repelieron con fuerza, estaba como loco. Los asesinó y luego soltó a Zsadist, pero enseguida vio que venían cinco guardias más, que habían salido de la muralla.

Con el sol a punto de salir y la luz quemándole la piel, Phury sabía que no tenía mucho más tiempo. Se cargó a Zsadist sobre los hombros, tomó una de las pistolas de los guardias y se la metió en el cinto. Luego miró el precipicio y el océano abajo. No era la mejor ruta hacia la libertad, pero era mucho mejor que tratar de abrirse paso hasta el castillo. Comenzó a correr, con la esperanza de poder lanzarse al océano.

Una daga lo alcanzó en una pierna y se tambaleó.

No había manera de recuperar el equilibrio o detenerse, así que él y Zsadist rodaron hasta el borde del precipicio y comenzaron a caer rebotando entre las rocas, hasta que una bota de Phury quedó atrapada en una hendidura. Cuando su cuerpo quedó suspendido en el aire, Phury se esforzó por agarrar a Zsadist, pues sabía muy bien que su hermano estaba inconsciente y se ahogaría si caía al agua, sin nadie que lo ayudara.

La piel ensangrentada de Zsadist se fue escurriendo de las manos de Phury hasta que se soltó...

Phury alcanzó a agarrarlo de la muñeca en el último segundo y lo apretó con fuerza. Pero fue tan grande el tirón que sintió una terrible punzada de dolor en la pierna. Los ojos se le nublaron momentáneamente. Luego pareció volver en sí y se volvió a desmayar. Podía sentir el cuerpo de Zsadist balanceándose peligrosamente en el aire y amenazando con soltarse.

Los guardias se asomaron desde el borde y, protegiéndose los ojos con las manos, vieron que la luz del día era cada vez más clara. Soltaron una carcajada, enfundaron de nuevo sus armas y los dieron por muertos.

A medida que el sol subía en el horizonte, la fuerza de Phury iba disminuyendo y se dio cuenta de que no podría sostener a Zsadist durante mucho más tiempo. La luz era cada vez más abrasadora y se sumaba a la agonía que ya sentía. Además, su tobillo seguía atrapado, sin importar lo mucho que se esforzaba por liberarlo.

Phury buscó a tientas la pistola que se había puesto en el cinto y, respirando profundamente, apuntó el cañón hacia la pierna.

Se disparó debajo de la rodilla. Dos veces. El dolor era espantoso, como una bola de fuego dentro del cuerpo, y dejó caer el arma. Apretando los dientes, apoyó contra la roca el pie que tenía libre y empujó con todas sus fuerzas. Cuando la pierna se quebró y se desprendió, lanzó un grito.

Luego sintió que el vacío se lo tragaba.

El mar estaba helado, pero eso hizo que recuperara la conciencia y también le cauterizó la herida, impidiendo que se desangrara. Mareado, con náuseas y desesperado, sacó la cabeza por encima de las olas, mientras seguía sosteniendo a Zsadist de la muñeca. Arrastró a su hermano hasta agarrarlo con los dos brazos y nadó hasta la playa, mientras mantenía la cabeza de Zsadist fuera del agua.

Por fortuna había una cueva cerca del lugar del que se habían lanzado al agua y Phury usó la última reserva de energía que le quedaba para arrastrarse, y arrastrar a su gemelo, hasta la oscura boca de la cueva. Se resguardaron a tientas en el fondo de la gruta y ese abrigo de rocas natural fue el que los salvó, pues les proporcionó la oscuridad que necesitaban.

Lejos de la luz del sol, se escondieron entre las rocas. Phury abrazó a su hermano para mantenerlo caliente y se quedó mirando fijamente la oscuridad, completamente perdido.

Phury se frotó los ojos. ¡Por Dios, la imagen de Zsadist encadenado a esa plataforma...!

Desde el rescate había tenido una pesadilla recurrente, que nunca dejaba de horrorizarlo cada vez que su inconsciente la traía a colación. El sueño siempre era el mismo: se encontraba corriendo escaleras abajo por la entrada secreta y abriendo la puerta de par en par. Zsadist atado. Catronia parada en la esquina, riéndose a carcajadas. Tan pronto él entraba a la celda, Z se volvía a mirarlo con esos ojos negros y sin vida, en medio de una cara aún sin cicatrices, y le decía con voz recia: «Déjame aquí. Quiero quedarme... aquí».

Phury siempre se despertaba en ese momento, sudando.

—¿Qué pasa, hermano? —preguntó Butch con voz ronca pero amable.

Phury lo miró por encima del hombro.

—Estoy disfrutando del paisaje.

—Déjame darte un consejo. Eso está muy bien en una playa tropical, pero no en medio de este frío. Mira, entra y come con nosotros, ¿vale? Rhage quiere tortitas, así que Mary ha hecho una tonelada. Fritz está a punto de morder todos los muebles.

—Sí. Vamos. —Mientras entraban, Phury dijo—: ¿Puedo preguntarte una cosa?

—Claro. ¿Qué quieres?

Phury se detuvo junto a la mesa de billar y tomó la bola número ocho.

—Cuando trabajabas en homicidios viste mucha gente jodida ¿no? Gente que había perdido a sus parejas... hijos. —Cuando Butch asintió con la cabeza, Phury siguió—: ¿Alguna vez supiste qué pasó con esa gente? Me refiero a los que sobrevivieron. ¿Sabes si alguna vez superaron el trauma?

Butch se pasó el pulgar por la ceja.

—No lo sé.

—Sí, ya suponía que no hacíais ese tipo de seguimiento...

—Pero puedo decirte que yo nunca he podido olvidarlos.

—¿Te refieres a que la imagen de esos cuerpos que viste se quedó grabada en tu memoria?

El humano negó con la cabeza.

—Te olvidas de los hermanos. Los hermanos y las hermanas.

—¿Qué?

—La gente pierde a su pareja, a sus hijos... y también pierde hermanas y hermanos. Yo perdí una hermana cuando tenía doce años. Dos chicos se la llevaron detrás de la cancha de béisbol de la escuela y abusaron de ella y la golpearon hasta matarla. Yo nunca lo superé.

—¡Por Dios...! —Phury se detuvo, pues se dio cuenta de que no estaban solos.

Zsadist permanecía en el umbral, desnudo de cintura para arriba. Estaba rojo y sudoroso de la cabeza a los pies, como si hubiera corrido un millón de kilómetros en el gimnasio.

Cuando Phury miró a su hermano, sintió una conocida sensación de abatimiento. Siempre ocurría lo mismo, como si Z impusiera un ambiente depresivo.

—Quiero que vosotros dos vengáis conmigo esta noche —dijo Z con brusquedad.

—¿Adónde? —preguntó Butch.

—Bella quiere ir a su casa, pero no me atrevo a llevarla sin contar con refuerzos. Necesito un coche, por si quiere traerse algo, y quiero que alguien inspeccione el lugar antes de que aterricemos allí. La buena noticia es que hay un túnel de escape que sale del sótano, por si la situación se pone fea. Lo revisé totalmente anoche, cuando fui a recoger algunas cosas.

—Cuenta conmigo —dijo Butch.

Los ojos de Zsadist se dirigieron al otro lado del salón.

—¿Tú también, Phury?

Después de un momento, Phury asintió con la cabeza.

—Sí, conmigo también.

E sa noche, mientras la luna se elevaba en el cielo, O se levantó del suelo refunfuñando. Llevaba horas esperando, desde que el sol se puso, con la esperanza de que apareciera alguien... sólo que no había pasado nada. Al igual que los dos días anteriores. Bueno, pensaba que había visto algo el día anterior, poco antes del amanecer, una especie de sombra que se movía dentro de la casa, pero, fuera lo que fuera, la había visto sólo una vez y después había desaparecido.

Deseaba con todas sus fuerzas poder emplear todos los recursos de la Sociedad para perseguir a su esposa. Si enviara a todos los restrictores que tenía... Pero eso sería como ponerse una pistola en la sien. Seguramente alguien le iría al Omega con el cuento de que toda la atención había sido desviada hacia una civil sin importancia. Y entonces tendría muchos problemas.

Miró el reloj y lanzó una maldición. Hablando del Omega...

O tenía que presentarse obligatoriamente ante su amo esa noche y no podía hacer otra cosa que acudir a la maldita cita. Mantenerse en buenos términos con el jefe era la única manera de recuperar a su mujer, y no se iba a arriesgar a que lo aniquilaran por faltar a una cita.

Sacó el teléfono y llamó a tres Betas para que vigilaran la casa. Como era un conocido lugar de reunión de los vampiros, al menos tenía una excusa para asignarles esa misión.

Veinte minutos después llegaron los asesinos por el bosque, pero el ruido de sus pasos fue enmascarado por la nieve. El trío de hombres de huesos grandes acababa de pasar su iniciación, así que todavía tenían el cabello oscuro y la piel quemada por el viento. Era evidente que estaban felices por el hecho de haber sido llamados y estaban dispuestos a pelear, pero O les dijo que sólo debían vigilar. Si aparecía alguien, no debían atacar sino esperar a que quien hubiera entrado tratara de salir, para poder atrapar a los vampiros vivos, fuesen machos o hembras. Sin excepción. Si él fuera de la familia de su mujer, pensaba O, lo que haría sería enviar primero a alguien que tanteara la situación, antes de que ella se presentara en la casa. Y si estaba muerta y sus familiares estaban sacando sus pertenencias, entonces quería atrapar a su familia viva para poder encontrar la tumba.

Después de aclararles a los Betas que sus cabezas estaban en juego, O atravesó el bosque hasta la camioneta, que estaba escondida entre unos pinos. Cuando iba por la carretera 22, vio que los restrictores habían estacionado la Explorer en la que viajaban justo en la carretera, a menos de un kilómetro de la desviación hacia la granja.

Llamó a los idiotas y les dijo que usaran la maldita cabeza y escondieran el coche. Luego fue hasta la cabaña. Mientras conducía, varias imágenes de su mujer cruzaron por su mente, nublando su visión. La vio en la ducha, adorable, con el pelo y la piel mojados. Así se veía especialmente pura...

Pero luego tuvo otra visión. La vio desnuda y acostada debajo de ese asqueroso vampiro que se la había llevado. El hombre la estaba tocando... besándola... penetrándola... Y a ella le gustaba. A la maldita perra le gustaba. Tenía la cabeza hacia atrás y gemía como una ramera, pidiendo más.

O apretó el volante hasta que los nudillos se le pusieron blancos. Trató de calmarse, pero su rabia era como un perro furioso amarrado a una cadena de papel.

En ese momento supo, con absoluta claridad, que si ella no estaba muerta, la mataría en cuanto la encontrara. Lo único que tenía que hacer era imaginársela con el hermano que se la había llevado y su capacidad de raciocinio desaparecía por completo.

Pero eso situaba a O frente a un dilema. Vivir sin ella sería horrible y, aunque cometer un acto suicida después de que ella muriera resultaba muy atractivo, una maniobra como ésa sólo haría que volviera a encontrarse con el Omega, y esta vez tendría que permanecer con él para siempre. Después de todo, los restrictores regresaban a su amo cuando se extinguían.

Pero luego se le ocurrió una idea. Se imaginó a su mujer dentro de muchos años, con la piel descolorida, el cabello rubio casi blanco y los ojos del color de las nubes. Una restrictora como él. La solución era tan perfecta que levantó el pie del acelerador y la camioneta se detuvo en medio de la carretera 22.

De esa manera sería suya para siempre.

* * *

Cuando la medianoche se fue acercando, Bella se puso unos vaqueros viejos y el suéter rojo que tanto le gustaba. Luego fue al baño, quitó las dos toallas del espejo y se miró. El reflejo que veía era el de la mujer que siempre había sido: ojos azules, pómulos salientes, labios grandes, abundante cabello oscuro.

Se levantó el borde del jersey y se miró el estómago. La piel estaba inmaculada y ya no quedaban rastros del nombre del restrictor. Se pasó la mano por el lugar donde estuvieron las letras.

—¿Estás lista? —preguntó Zsadist.

Bella levantó los ojos hacia el espejo. La imagen de él estaba detrás, vestido de negro y con el cuerpo lleno de armas. Tenía los ojos fijos en la piel que ella estaba examinando.

—Las cicatrices han desaparecido —dijo—. En sólo cuarenta y ocho horas.

—Sí. Me alegro.

—Tengo miedo de ir a mi casa.

—Phury y Butch vendrán con nosotros. Tienes mucha protección.

—Lo sé... —Se bajó el jersey—. Lo que pasa es que... ¿qué haré si no soporto estar allí?

—Entonces lo intentaremos otra noche. Todas las veces que haga falta. —Zsadist le dio la chaqueta.

Bella se la puso y dijo:

—Tú tienes mejores cosas que hacer que cuidarme.

—En este momento no. Dame la mano.

Los dedos le temblaban cuando estiró la mano. Bella pensó vagamente que era la primera vez que él le pedía que lo tocara y tuvo la esperanza de que ese contacto terminara en un abrazo.

Pero Zsadist no estaba interesado en eso. Cuando ella estiró la mano, le puso una pistola pequeña sobre la palma, sin siquiera tocarla.

Ella retrocedió con desagrado.

—No, yo...

—Tienes que cogerla...

—Espera, yo no...

—... así. —Zsadist le dio la vuelta a la pistola sobre la palma de Bella—. Aquí está el seguro. Abierto. Cerrado. ¿Lo has entendido? Abierto... cerrado. Tienes que estar muy cerca para matar a alguien con esto, pero está cargada con dos balas que podrán conmocionar al restrictor y darte tiempo para que puedas escapar. Sólo apunta y aprieta el gatillo dos veces. No necesitas recargarla ni nada. Y apunta al pecho, será un blanco más grande.

—No quiero esto.

—Y yo no quiero que la tengas. Pero es mejor que mandarte desprotegida.

Bella negó con la cabeza y cerró los ojos. A veces era horrible ese asunto de la vida.

—¿Bella? Bella, mírame. —Cuando Bella abrió los ojos, Zsadist dijo—: Guárdala en el bolsillo exterior de tu abrigo, en el lado derecho. Debes tenerla en la mano que usas más, por si tienes que utilizarla. —Ella abrió la boca, pero él siguió hablando—: Estarás con Butch y Phury. Y mientras estés con ellos, es extremadamente poco probable que necesites usarla.

—¿Dónde estarás tú?

—Por ahí. —Cuando Zsadist dio media vuelta, Bella notó que tenía un cuchillo en la parte de debajo de la espalda, además de las dos dagas que llevaba en el pecho y el par de pistolas de la cadera. Bella se preguntó cuántas más armas tendría encima, sin que ella pudiera verlas.

Zsadist se detuvo en el umbral, bajó la cabeza y dijo:

—Me voy a asegurar de que no tengas que sacar esa pistola, Bella. Te lo prometo. Pero no puedes ir desarmada.

Bella respiró hondo y deslizó el trozo de metal en el bolsillo de su abrigo.

Phury estaba esperando afuera, en el corredor, recostado contra la barandilla. También estaba vestido para el combate, con pistolas y esas dagas que se amarraban al pecho, y de su cuerpo emanaba una calma letal. Cuando ella le sonrió, él asintió y se puso su abrigo de cuero negro.

El móvil de Zsadist sonó.

—¿Estás ahí, policía? ¿Qué está pasando? —Tras colgar, hizo una señal con la cabeza—. Podemos irnos.

Los tres atravesaron el vestíbulo y salieron al patio. En medio del aire helado, los hombres agarraron sus armas y luego todos se desmaterializaron.

Bella reapareció frente a la puerta principal de su casa y observó la puerta roja y el aldabón de bronce. Podía sentir a Zsadist y a Phury detrás de ella, dos cuerpos masculinos enormes y llenos de tensión. Se oyeron unos pasos y ella miró por encima del hombro. Butch se estaba acercando. También había sacado el arma.

La idea de ir a su casa le pareció ahora un acto peligroso y egoísta. Abrió la puerta con la mente y luego entró.

El lugar seguía igual que siempre, a la mezcla de la cera de limón con la que limpiaba el suelo de tarima y las velas de romero que le gustaba encender.

Cuando oyó que la puerta se cerraba y la alarma de seguridad era desactivada, miró hacia atrás. Butch y Phury seguían detrás de ella, pero Zsadist ya no estaba por allí.

Bella sabía que no los había abandonado. Pero prefería que estuviese adentro, con ella.

Tomó aire y le echó un vistazo al salón. Con las luces apagadas, sólo vio sombras y formas que le resultaban conocidas, más la disposición de los muebles y las paredes que otra cosa.

—Todo está... ¡Dios, todo está exactamente igual!

Sin embargo descubrió una mancha clara sobre su escritorio, donde solía haber un espejo, un espejo que ella y su madre habían comprado juntas en Manhattan hacía cerca de una década. A Rehvenge siempre le había gustado. ¿Acaso se lo habría llevado? Bella no supo si sentirse conmovida u ofendida.

Cuando estiró la mano para encender una lámpara, Butch la detuvo.

—Sin luz. Lo siento.

Ella hizo un gesto de asentimiento. Mientras caminaba por la casa y veía cada vez más cosas, se sentía como si estuviese entre amigos muy antiguos que no había visto desde hacía muchos años. Era una sensación agradable y triste a la vez. Pero sobre todo era una sensación de alivio. Estaba segura de que se sentiría mal en la casa, y de momento todo estaba yendo mejor de lo que había pensado.

Bella se detuvo al llegar al comedor. Más allá del arco que había al fondo estaba la cocina. Sintió una oleada de pánico.

Se blindó contra el miedo y atravesó el comedor. Al ver todo tan limpio y ordenado, recordó la violenta lucha que había tenido lugar allí.

—Alguien ha limpiado... —murmuró Bella.

—Sí, Zsadist. —Butch se paró junto a ella, con el arma a la altura del pecho, e inspeccionó cuidadosamente el sitio con los ojos.

—¿Él... vino a limpiar?

—La noche después de que te secuestraran. Pasó horas aquí. La parte de abajo también está reluciente.

Bella trató de imaginarse a Zsadist con una fregona, limpiando las manchas de sangre y recogiendo los pedazos de vidrio.

«¿Por qué?», se preguntó.

Butch encogió los hombros.

—Dijo que era personal.

¿Acaso había hablado en voz alta? ¿Cómo la había oído Butch?

—¿Te explicó... a qué se refería?

Mientras que el humano negaba con la cabeza, Bella vio a Phury mirando atentamente hacia fuera.

—¿Quieres ir a tu habitación? —preguntó Butch.

Ella asintió, y Phury dijo:

—Yo me quedaré aquí arriba.

Abajo, en el sótano, Bella encontró todo en orden, arreglado... limpio. Abrió el armario, revisó los cajones de la cómoda, deambuló por el baño. Algunas cosas pequeñas captaron su atención. Una botella de perfume. Una revista de antes de que la secuestraran. Una vela que recordaba haber encendido junto a la bañera con patas en forma de garra.

Bella quería pasar horas... días, deambulando por ahí, tocándolo todo, deslizándose otra vez en su vida de una manera tranquila, profunda. Pero podía sentir que la tensión de Butch iba en aumento.

—Creo que ya he visto suficiente por hoy —dijo, aunque deseaba poderse quedar más tiempo.

Butch tomó la delantera, mientras regresaban al piso de arriba. Cuando entró a la cocina, miró a Phury.

—Está lista para marcharse.

Phury abrió su teléfono. Hubo una pausa.

—Z, hora de irnos. Arranca el coche.

Mientras Butch cerraba la puerta del sótano, Bella se acercó a su pecera y se preguntó si alguna vez volvería a vivir en aquella casa. Tuvo el presentimiento de que no sería así.

—¿Quieres llevarte algo? —preguntó Butch.

—No, creo que...

Afuera se oyó un disparo. Butch se puso delante de ella y la protegió con su cuerpo.

—No digas nada —le dijo al oído.

—Viene de allí —siseó Phury, señalando la puerta principal al tiempo que se ponía en cuclillas. Apuntó el arma hacia la puerta.

Otro disparo. Y otro. Se estaban acercando. Debían estar alrededor de la casa.

—Saldremos por el túnel —susurró Butch, mientras la empujaba hacia la puerta del sótano.

Phury miraba atentamente hacia la puerta principal, con el arma lista.

—Ahora os sigo.

Pero antes de que Butch tuviera tiempo de abrir la puerta del sótano, se oyó una fuerte detonación y todo pareció estallar en pedazos.

Las puertas de cristal que daban al jardín se rompieron en mil pedazos, cuando Zsadist las atravesó, empujado por una fuerza tremenda. Aterrizó en el suelo de la cocina y su cráneo se estrelló contra las baldosas con tanta fuerza que sonó como otro disparo. Luego el restrictor que lo había lanzado a través de la puerta le saltó al pecho con un grito horrible y los dos se deslizaron a través del cuarto, hacia las escaleras que llevaban al sótano.

Zsadist estaba inmóvil debajo del asesino. ¿Desmayado? ¿Muerto?

Bella gritó cuando Butch la apartó de un empujón. Lo único que podía hacer era esconderse detrás de la estufa, y Butch la empujó en esa dirección, protegiéndola con su cuerpo. Sólo que ahora estaban atrapados en la cocina.

Phury y Butch apuntaron sus armas contra la masa informe de brazos y piernas que había en el suelo, pero al asesino no le importó. El inmortal levantó el puño y golpeó a Zsadist en la cabeza.

—¡No! —rugió Bella.

Pero, curiosamente, el golpe pareció despertar a Zsadist. O tal vez fue la voz de Bella. Sus ojos negros se abrieron de repente y su rostro adquirió una expresión perversa. Metió las manos bajo las axilas del restrictor con un movimiento rápido y lo retorció con tanta fuerza que el torso del asesino se contorsionó formando un arco horrible.

En unos segundos Zsadist estaba encima, a horcajadas sobre el enemigo. Le agarró el brazo derecho y se lo torció hasta partirle los huesos. Luego le metió el pulgar debajo de la barbilla y lo hundió con tal fuerza que ya no se veía ni la mitad del dedo, mientras mostraba sus largos colmillos, que brillaron con un resplandor blanco y letal. Mordió al asesino en el cuello, atravesándole la laringe.

El asesino se sacudía de dolor, retorciéndose entre sus piernas. Pero eso fue sólo el comienzo. Luego Zsadist descuartizó a su víctima. Cuando vio que ya no se movía, se detuvo un momento jadeando y le metió los dedos entre el pelo oscuro, obviamente buscando verle las raíces blancas.

Pero Bella habría podido decirle que no era David. Suponiendo que hubiese tenido voz.

Zsadist maldijo y contuvo el aliento, pero se quedó encima de su presa, buscando señales de vida. Como si quisiera seguir.

Entonces frunció el ceño y levantó la vista, pues se dio cuenta de que la batalla había terminado y que había tenido testigos.

¡Era un terrible espectáculo! Tenía la cara llena se salpicaduras de la sangre negra del restrictor, y más manchas en el pecho y las manos.

Zsadist fijó sus ojos negros en los de Bella. Le estaban brillando, al igual que la sangre que había derramado para defen-

222

derla. Pero luego desvió la mirada rápidamente, como si quisiera ocultar la satisfacción que le producía matar.

—Acabé con los otros dos —dijo, todavía con la respiración agitada. Luego se sacó el borde de la camisa y se limpió la cara.

Phury se dirigió al corredor.

—¿Dónde están? ¿En el jardín?

—Búscalos en la puerta principal del Omega, si quieres. Los apuñalé a los dos. —Zsadist miró a Butch—. Llévala a casa. Ahora. Está demasiado impresionada para desmaterializarse. Y Phury, tú ve con ellos. Quiero que me llaméis en cuanto ella ponga un pie en el vestíbulo, ¿está claro?

—¿Qué vas a hacer tú? —preguntó Butch, al tiempo que empujaba a Bella alrededor del cadáver del restrictor.

Zsadist se puso de pie y desenfundó una daga.

—Haré desaparecer a éste y esperaré a que vengan otros. Cuando estos malnacidos no aparezcan, vendrán más.

—Regresaremos.

—No me importa lo que hagáis, con tal de que la llevéis a casa. Así que dejad de hablar y arrancad de una maldita vez.

Bella le tendió los brazos a Zsadist, por instinto, sin saber bien por qué lo hacía. Estaba horrorizada por lo que había visto y por el horrible aspecto que él tenía en ese instante: lleno de moratones y golpes, con la ropa empapada en su propia sangre y en la de los asesinos.

Zsadist hizo un gesto con la mano para rechazarla.

—Sacadla de aquí.

* * *

John saltó del autobús, tan aliviado de estar en casa que estuvo a punto de caer. ¡Por Dios, si se podía juzgar el entrenamiento por los dos primeros días, los próximos dos años iban a ser un infierno!

En cuanto atravesó la puerta principal, silbó.

Enseguida se oyó la voz de Wellsie, procedente del estudio.

—¡Hola! ¿Qué tal te ha ido en tu primer día?

Mientras se quitaba el abrigo, silbó dos veces, lo cual quería decir «bien, más o menos».

—¡Me alegro! Oye, Havers vendrá dentro de una hora, o cosa así.

John se dirigió al estudio y se detuvo ante la puerta. Sentada en el escritorio, Wellsie estaba rodeada de una colección de libros viejos, la mayoría de los cuales estaban abiertos. Al ver todas esas páginas desplegadas, John pensó en entusiastas perros tumbados patas arriba, esperando una caricia en la barriga.

Wellsie sonrió.

—Pareces cansado.

—Voy a recostarme un rato antes de que llegue Havers —dijo con lenguaje de signos.

—¿Estás seguro de que estás bien?

—Claro. —John sonrió para respaldar la pequeña mentira. Odiaba decirle mentiras, pero no quería hablar de sus fracasos. Dentro de dieciséis horas tendría que desplegarlos nuevamente ante el mismo público y necesitaba un descanso.

—Te despertaré cuando llegue el doctor.

—Gracias.

Cuando John dio media vuelta, ella dijo:

—Espero que sepas que para nosotros todo seguirá igual, independientemente del resultado de los análisis.

John miró a Wellsie. Así que ella también estaba preocupada por los resultados.

John se le acercó rápidamente y la abrazó, luego se marchó a su habitación. Ni siquiera puso la ropa sucia en la cesta, sólo dejó caer al suelo su mochila y se tumbó en la cama. ¡Por Dios, ser el hazmerreír de todo el mundo durante ocho horas seguidas era algo agotador! Estaba tan cansado que pensó que podría dormir una semana seguida!

Pero lo único en lo que podía pensar era en la visita de Havers. ¿Qué pasaría si todo era un error? ¿Qué pasaría si no se iba a convertir en algo fantástico y poderoso? ¿Si las visiones que tenía por las noches no eran más que el resultado de haber visto muchas películas de Drácula?

¿Qué pasaría si era primordialmente un humano?

Eso tendría cierto sentido. Aunque el entrenamiento acababa de empezar, estaba claro que él no era como los otros vampiros de la clase. Era un absoluto desastre en todos los ejercicios físicos, y, además, era mucho más débil que los otros. Tal vez la práctica ayudara, pero, la verdad, lo dudaba mucho.

John cerró los ojos y deseó tener un buen sueño. Un sueño que le diera un cuerpo grande, un sueño que lo volviera fuerte y...

La voz de Tohr lo despertó.

—Havers está aquí.

John bostezó y se desperezó, tratando de protegerse de la mirada de simpatía de Tohr.

—¿Cómo estás, hijo... quiero decir, John?

John sacudió la cabeza.

—Estoy bien, pero preferiría que me dijeras «hijo» —dijo por señas.

Tohr sonrió.

—Bien. Yo quiero lo mismo. Ahora, vamos a abrir el sobre con los resultados, ¿vale?

John siguió a Tohr hasta el salón. Havers estaba sentado en el sofá; parecía un profesor muy serio, con sus gafas de concha, su chaqueta oscura y su pajarita roja.

—Hola, John —dijo.

John levantó una mano y se sentó en el sillón que estaba más cerca de Wellsie.

—Ya tengo los resultados de tus exámenes de sangre. —Havers se sacó un papel del bolsillo interior de su chaqueta—. Al final, he tardado algo más de lo previsto porque me encontré con una anomalía que no esperaba.

John miró a Tohr. Luego a Wellsie. ¡Dios! ¿Qué pasaría si era totalmente humano? ¿Qué harían con él? ¿Tendría que irse...?

—John, eres un guerrero de pura cepa. Sólo hay un mínimo rastro de sangre humana en tu cuerpo.

Tohr estalló en una carcajada y aplaudió.

—¡Grandioso! ¡Eso es estupendo!

John comenzó a sonreír y fue riéndose con más ganas hasta soltar una carcajada.

—Pero hay algo más. —Havers se subió las gafas sobre la nariz—. Eres descendiente de Darius de Marklon. Tan cercano que podrías ser su hijo. Tan cercano... que debes de ser su hijo.

Un silencio fúnebre invadió el salón.

John miró a Tohr y a Wellsie alternativamente. Los dos estaban paralizados. ¿Era una buena noticia? ¿Una mala noticia? ¿Quién era Darius? A juzgar por la expresión de sus rostros, tal vez el tipo era un criminal o algo así...

Tohr se levantó de un salto y abrazó a John, apretándolo con tanta fuerza que casi se funden en un solo cuerpo. Mientras luchaba por respirar y tenía los pies colgando, John miró a Wellsie. Ella tenía las manos sobre la boca y estaba llorando.

De pronto Tohr lo soltó y dio un paso atrás. Tosió suavemente y dijo:

—Miradlo... —mientras lo contemplaba con ojos brillantes.

Carraspeó varias veces. Se frotó la cara. Parecía un poco mareado.

—¿Quién es Darius? —dijo John con lenguaje de signos, mientras se sentaba otra vez.

Tohr sonrió lentamente.

—Era mi mejor amigo, mi hermano de lucha, mi... me muero de ganas de hablarte de él. Y eso significa que tienes una hermana.

—¿Quién?

—Beth, nuestra reina. La shellan de Wrath...

—Sí, y me gustaría que habláramos de ella... —dijo Havers y miró a John—. No entiendo la reacción que tuviste al verla. Los resultados de tus escáneres están todos bien, al igual que el electrocardiograma y el análisis de sangre. Te creo cuando dices que ella fue la que causó las convulsiones, pero no tengo idea de cuál pueda ser la razón. Me gustaría que te mantuvieras alejado de Beth por un tiempo, para ver si sucede lo mismo en otro entorno, ¿te parece?

John asintió con la cabeza, aunque quería ver otra vez a la mujer, en especial si era de su familia. Una hermana. ¡Qué alegría...!

—Ahora, acerca de lo otro —dijo Havers con tono de énfasis.

Wellsie se inclinó hacia delante y le puso una mano a John en la rodilla.

—Havers quiere hablar contigo sobre algo.

John frunció el ceño.

—¿Qué? —dijo lentamente con lenguaje de signos.

El doctor sonrió, tratando de darle ánimos.

—Me gustaría que visitaras a un terapeuta.

John se quedó frío. Muerto de pánico, miró a Wellsie y luego a Tohr, mientras se preguntaba qué les habría dicho el doctor acerca de lo que le había sucedido hacía un año.

—¿Por qué tengo que ir? —preguntó por señas—. Estoy bien.

Wellsie respondió de manera neutral.

—Sólo se trata de ayudarte a hacer la transición a tu nuevo mundo.

—Y tu primera cita es mañana por la noche —dijo Havers, y bajó la cabeza. Luego lo miró por encima de las gafas y el mensaje era: «Si no vas, les contaré la verdadera razón por la cual debes ir».

John no pudo hacer nada y eso le molestó. Pero se imaginó que era mejor someterse a ese amable chantaje que dejar que Tohr y Wellsie se enteraran de lo que le habían hecho.

—Está bien. Iré.

—Yo te llevaré —dijo Tohr rápidamente. Luego frunció el ceño—. Quiero decir... podemos pedirle a alguien que te lleve... Butch te llevará.

John se puso rojo. Sí, no quería que Tohr estuviera cerca de ese terapeuta. De ninguna manera.

En ese momento sonó el timbre.

Wellsie sonrió.

—Ah, qué bien. Es Sarelle. Tenemos que preparar el festival de solsticio. John, ¿te gustaría ayudarnos?

¿Sarelle estaba otra vez aquí? No había mencionado nada cuando chatearon anoche.

—¿John? ¿Quieres trabajar con Sarelle?

John asintió con la cabeza y trató de hacerse el indiferente, aunque su cuerpo se había encendido como un letrero de neón. Sentía cosquillas de la cabeza a los pies.

—Sí. Puedo hacerlo.

Se puso las manos encima de las piernas y se las miró, tratando de contener una sonrisa.

B ella tenía que regresar a casa. Esa misma noche.

Rehvenge no era el tipo de hombre que tolerara bien la frustración, ni siquiera en las mejores circunstancias. Así que de ninguna manera iba a esperar más tiempo a que su hermana regresara a donde debía estar. ¡Maldición, él no sólo era su hermano, era su ghardian y eso le daba algunos derechos!

Se puso el abrigo de marta cibelina; la piel dio primero un giro alrededor de su enorme cuerpo y cayó luego a la altura de los tobillos. Llevaba un traje negro de Ermenegildo Zegna y las dos pistolas de calibre nueve milímetros que llevaba en la cinta atada alrededor del pecho eran de Heckler & Koch.

—Rehvenge, por favor no lo hagas.

Miró a su madre. Madalina estaba en el vestíbulo, bajo el candelabro, y su imagen era la representación misma de la realeza, con ese magnífico porte y todos sus diamantes y su bata de satén. Lo único que no cuadraba era la expresión de preocupación de su rostro, pero el problema no era que la tensión no se llevara bien con su gargantilla Harry Winston y su vestido de alta costura. El problema era que ella nunca se preocupaba. Nunca.

Rehvenge respiró hondo. Tenía más probabilidades de calmarla si no hacía gala de su famoso temperamento, porque, en el estado en que se encontraba, no era capaz de responder de sí mismo si perdía el control.

—De esa manera vendrá a casa —dijo Rehvenge.

Su madre se llevó una de sus esbeltas manos a la garganta, señal de que estaba atrapada entre lo que deseaba y lo que creía que era correcto.

—Pero es tan extremo...

—¿Quieres que vuelva a dormir en su cama? ¿Quieres que esté donde debe estar? —vociferó Rehvenge—. ¿O quieres que se quede con la Hermandad? Ellos son guerreros, mahmen. Guerreros sedientos de sangre, ávidos guerreros. ¿Crees que tendrían reparos en aprovecharse de una mujer? Y tú bien sabes que, por ley, el Rey Ciego puede acostarse con cualquier mujer que elija. ¿Quieres que Bella esté en ese tipo de ambiente? Yo no.

Al ver que su madre retrocedía, Rehvenge se dio cuenta de que le estaba gritando, así que tomó aire nuevamente.

—Pero, Rehvenge, yo hablé con ella. Todavía no quiere volver a casa. Y ellos son hombres honorables. En los tiempos antiguos...

—Ya ni siquiera sabemos quién forma parte de la Hermandad.

—Ellos la salvaron.

—Entonces ahora pueden devolverla a su familia. ¡Por Dios, ella es una mujer de la aristocracia! ¿Crees que la glymera la aceptará después de esto? Acuérdate de que ya tuvo esa otra historia.

Que había sido un verdadero desastre. El hombre no la merecía en absoluto, un total idiota, y sin embargo el bastardo había logrado escaparse sin decir nada. Bella, por otra parte, había sido la comidilla de la sociedad durante meses y, aunque fingía que no le importaba, Rehv sabía que sí le afectaba.

Rehv odiaba a la aristocracia en que estaban atrapados, realmente la odiaba.

Sacudió la cabeza, molesto consigo mismo.

—Nunca se debió marchar de esta casa. Nunca debí permitirlo.

Y en cuanto la tuviera de regreso, no la dejaría volver a salir sin su permiso. Iba a pedir autorización para aplicarle el estatus de sehcluded. Su sangre era lo suficientemente pura como para justificarlo y, francamente, Bella debería haber tenido esa condición desde el principio. Cuando eso sucediera, la Hermandad tendría la obligación legal de entregarla al cuidado de Rehvenge y, de ahí en adelante, no podría salir de la casa sin su autorización. Y había más. Cualquier hombre que quisiera verla tendría que pasar primero por él como cabeza de esa casa, y pensaba rechazar a cada uno de los sinvergüenzas que apareciesen. Había fallado una vez al proteger a su hermana, pero no permitiría que eso volviera a ocurrir.

Rehv miró el reloj, aunque sabía que ya era tarde para iniciar las gestiones. Le enviaría al rey la petición de sehclusion desde la oficina. Era extraño hacer algo tan antiguo y tradicional por correo electrónico, pero así funcionaban ahora las cosas...

—Rehvenge...

—¿Qué?

—La alejarás más de nosotros.

—Imposible. Una vez me encargue del asunto, no tendrá otro lugar adonde ir.

Tomó su bastón y se detuvo. Su madre se veía tan triste que se inclinó y la besó en la mejilla.

—No te preocupes por nada, mahmen. Voy a encargarme de que nunca le vuelva a pasar nada. ¿Por qué no preparas la casa para cuando regrese? Podrías quitar las cortinas negras.

Madalina negó con la cabeza. Con voz llena de respeto, dijo:

—No. Las quitaré cuando la tengamos aquí. Asumir que regresará sana y salva ofendería a la Virgen Escribana.

Rehv contuvo una maldición. La devoción de su madre por la Madre de la Raza era legendaria. ¡Demonios, debería haber sido parte de Las Elegidas, con todas esas plegarias y reglas y temores de que una palabra suelta pueda atraer una desgracia!

En fin. Ésa era la jaula espiritual de su madre, no la suya.

—Como quieras —dijo, se inclinó sobre su bastón y dio media vuelta.

Se movía lentamente por la casa y dependía de los distintos tipos de suelo para saber en qué habitación estaba. Había mármol en el corredor, una alfombra persa en el comedor, suelo de madera en la cocina. Usaba la vista sólo para saber si sus pies estaban bien apoyados y si era seguro descargar su peso en ellos. Llevaba el bastón por si cometía un error de criterio y perdía el equilibrio.

Cuando salió al garaje, se agarró del marco de la puerta antes de poner un pie, y luego el otro, en los escalones. Después de deslizarse dentro de su Bentley blindado, oprimió el botón del control de la puerta del garaje y esperó a que se abriera.

¡Maldición! Ardía en deseos de saber quiénes eran esos hermanos y dónde vivían. Iría allí, rompería la puerta y alejaría a Bella de esa gente.

Cuando la puerta se abrió totalmente, dio marcha atrás y aceleró tanto que las llantas chirriaron. Ahora que estaba al volante, podía moverse a la velocidad que quería. Rápido. Con agilidad. Sin tomar precauciones.

El inmenso jardín pasó borrosamente ante sus ojos, mientras recorría el camino hacia las puertas de la entrada, que estaban retiradas de la calle. Tuvo que detenerse un minuto mientras se abrían; luego se dirigió a la Avenida Thorne y bajó por una de las calles más lujosas de Caldwell.

Rehv trabajaba en cosas despreciables, para mantener segura a su familia y que nunca les faltara de nada. Pero era bueno en lo que hacía y su madre y su hermana se merecían la vida que llevaban. Él les daba todo lo que querían, complacía todos sus caprichos. Las cosas habían sido muy duras para ellas durante mucho tiempo...

Sí, la muerte de su padre había sido el primer regalo que les había dado, la primera de las muchas maneras en que había mejorado su calidad de vida y las había mantenido a salvo. Y no iba a detenerse ahora.

Rehv iba muy rápido y se dirigía al centro, cuando sintió un cosquilleo en la base del cráneo. Trató de hacer caso omiso de la sensación, pero en cuestión de segundos el cosquilleo se transformó en una fuerte punzada, como si una prensa metálica le oprimiera la parte superior de la columna. Levantó el pie del acelerador y esperó a que pasara.

Luego sucedió.

Sintió una puñalada de dolor y todo se volvió rojo de repente, como si se hubiese puesto un velo transparente sobre la cara: las luces de los coches que circulaban en sentido contrario se veían de color rosa, la calle le parecía como cubierta de óxido, y el cielo como un vino de borgoña. Miró el reloj del tablero, cuyos números tenían ahora un brillo color rubí.

¡No! Esto no debía de estar pasando...

Rehv parpadeó y se frotó los ojos. Cuando los volvió a abrir, había perdido la percepción de profundidad.

¡Sí, claro que estaba pasando! Y así no llegaría al centro.

Giró a la derecha y se metió en un pequeño centro comercial, el mismo en que estaba la Academia de Artes Marciales de Caldwell, antes de que se incendiara. Apagó las luces del Bentley y se metió entre los largos y estrechos edificios. Se detuvo.

Dejó el motor en marcha, se quitó el abrigo de piel y la chaqueta del traje y luego se enrolló la manga izquierda. A través de la neblina roja, abrió la guantera y sacó una jeringuilla hipodérmica y un torniquete de caucho. Las manos le temblaban tanto que dejó caer la aguja y tuvo que estirarse para recogerla.

Palpó los bolsillos de la chaqueta hasta que encontró el frasquito de dopamina y lo puso sobre el salpicadero.

Necesitó dos intentos para abrir el paquete de la jeringuilla y luego casi rompió la aguja al tratar de pasarla por la tapa de caucho de la dopamina. Cuando estuvo lista, se puso el torniquete alrededor de los bíceps con la otra mano, ayudándose con los dientes; luego trató de encontrar una vena. Como había perdido la visión en perspectiva y lo veía todo plano, el asunto era más complicado.

Sencillamente no podía ver bien. Todo lo que tenía enfrente era... rojo.

«Rojo... rojo... rojo...». La palabra resonó en su mente y se estrelló contra las paredes de su cráneo. El rojo era el color del pánico. El color de la desesperación. El color del desprecio que sentía hacia sí mismo.

No era el color de su sangre. No en ese momento, en todo caso.

Hizo un esfuerzo por concentrar su atención y se pasó los dedos por el antebrazo, buscando una ruta para la droga, una superautopista que la llevara enseguida a los receptores de su cerebro. Sólo que sus venas se estaban desintegrando.

No sintió nada cuando metió la aguja. Pero luego... sintió un pequeño ardor en el lugar donde se había puesto la inyección. El estado de insensibilidad en que se encontraba estaba a punto de terminar.

Mientras trataba de hallar bajo su piel una vena buena, comenzó a experimentar distintas sensaciones: su peso sobre el asiento de cuero del automóvil; la calefacción que soplaba alrededor de sus tobillos; el aire que entraba y salía de su boca y le secaba la lengua.

El terror le hizo enterrar más la jeringuilla y quitarse el torniquete. ¡Sólo Dios sabía si había encontrado el lugar correcto!

Con el corazón a punto de salírsele del pecho, miró fijamente el reloj.

—Vamos —musitó y comenzó a mecerse en el asiento del conductor—. Vamos... comienza a hacer efecto.

El rojo era el color de sus mentiras. Estaba atrapado en un mundo rojo. Y uno de esos días la dopamina no iba a funcionar. Se perdería para siempre en el rojo.

El reloj avanzó. Pasó un minuto.

—¡Ay!, mierda... —Se frotó los ojos como si eso pudiera hacer que recuperara la visión de profundidad y el espectro normal de los colores.

Su móvil sonó, pero no hizo caso.

—Por favor... —Odiaba el tono de súplica de su voz, pero no podía fingir que se sentía fuerte—. No quiero perderme...

En un instante recuperó la visión y el velo rojo comenzó a retirarse de su campo visual, mientras regresaba la visión en tres dimensiones. Era como si le hubieran sacado el demonio de dentro y su cuerpo se fuese anestesiando; todas las sensaciones se fueron evaporando, hasta que lo único que quedó fueron los pensamientos de su cabeza. Con la droga se convertía en un bulto que se movía, respiraba y hablaba, y que por fortuna sólo tenía que preocuparse por cuatro sentidos, ahora que el del tacto había quedado anestesiado por el medicamento.

Se desplomó sobre el asiento. El estrés que había rodeado el secuestro y el rescate de Bella estaba haciendo mella en él. Ésa era la razón por la cual el ataque lo había golpeado tan deprisa y con tanta fuerza. Y tal vez necesitaba ajustar otra vez la dosis. Iría a ver a Havers y le preguntaría.

Pasó un rato antes de que pudiera poner el coche en marcha. Al salir del centro comercial y deslizarse entre el tráfico, se dijo que sólo era otro coche en una larga fila. Anónimo. Como todo el mundo.

Esa mentira le produjo cierto alivio... y aumentó su soledad.

En un semáforo conectó el móvil para escuchar el mensaje que le habían dejado.

La alarma de seguridad de la casa de Bella había sido apagada durante poco más de una hora y acababa de volver a funcionar. Nuevamente, alguien había penetrado en la casa.

* * *

Zsadist encontró la Ford Explorer negra estacionada en el bosque, a cerca de trescientos metros de la entrada al camino que llevaba a la casa de Bella. Quería tranquilizarse y había decidido inspeccionar la zona. Sabía que estaba demasiado alterado para regresar; sabía que, en el estado en que se encontraba, era peligroso que se encontrara acompañado. Sí, era mejor que estuviera solo.

Luego vio una serie de pisadas en la nieve, que se dirigían a la casa.

Pegó la cara contra el vidrio y miró por las ventanillas. La alarma estaba puesta.

Tenía que ser el coche de esos restrictores. Podía sentir el dulce olor de los malditos asesinos por todas partes. Pero el hecho de que sólo hubiese huellas de una persona indicaba que tal vez el conductor había dejado primero a sus amigos y luego había ido a esconder la camioneta.

No importaba. De todas maneras la Sociedad regresaría a por su propiedad. ¿Y no sería maravilloso saber dónde diablos iban a parar? Pero ¿cómo podía hacer para seguir el rastro de la maldita camioneta?

Zsadist se puso las manos en las caderas... y de pronto vio el cinturón en el que llevaba las armas.

Mientras sacaba el móvil, pensó con orgullo en Vishous, ese maldito genio de la tecnología.

«Necesidad, madre, invención».

Se desmaterializó y reapareció debajo de la camioneta, para dejar el menor número posible de huellas. Cuando apoyó todo el peso de su cuerpo sobre la espalda, se encogió de dolor. ¡Dios, iba a pagar muy caro ese pequeño vuelo a través de las puertas de vidrio! Y también el golpe en la cabeza. Pero había sobrevivido a cosas peores.

Sacó una linterna de bolsillo e inspeccionó el chasis del automóvil, tratando de encontrar un sitio apropiado. Necesitaba un lugar más o menos grande, y no podía estar cerca del tubo de escape, porque, incluso con ese frío, las altas temperaturas podían ser un problema. Habría preferido meterse en la Explorer y esconder el teléfono debajo de un asiento, pero la alarma era una complicación. Si tenía alguna trampa, era posible que no pudiera volverla a conectar y así los restrictores sabrían que alguien había estado en el coche.

Como si la ventana destrozada no fuera suficiente pista.

¡Maldición! Debería haber revisado los bolsillos de esos restrictores antes de mandarlos al olvido. Uno de esos bastardos debía de tener las llaves. El problema era que estaba tan furioso que se había movido demasiado rápido.

Z maldijo, mientras pensaba en la manera en que Bella lo había mirado después de que acabara con ese asesino. Tenía los ojos muy abiertos, estaba pálida y no podía cerrar la boca por la impresión que le había causado lo que él había hecho.

El problema era que la misión de la Hermandad de proteger a la raza de los vampiros era un asunto desagradable. Era sucio y feo y, a veces, demasiado horrible para que los demás lo supieran. Siempre había sangre. Lo peor de todo era que Bella había visto su instinto asesino, su avidez por matar. Y Zsadist estaba bastante seguro de que eso era lo que más la perturbaba.

«Concentración, imbécil. Vamos, deja de pensar».

Z revisó el chasis un poco más, arrastrándose debajo de la camioneta. Finalmente encontró lo que estaba buscando: una hendidura perfecta. Se quitó la chaqueta, envolvió el teléfono y lo metió en el hueco. Comprobó que había quedado bien sujeto y luego se desmaterializó.

Sabía que esa trampa no iba a durar mucho allí, pero era mejor que nada. Y ahora Vishous podría rastrear la Explorer desde la casa, porque ese pequeño Nokia plateado tenía un chip GPS.

Z reapareció en el borde del jardín, para poder ver la parte trasera de la casa. Había hecho un buen trabajo al reparar la puerta. Por fortuna, el marco estaba intacto, así que había podido fijarlo y volver a conectar los sensores de la alarma. Luego encontró un toldo plástico en el garaje, que le sirvió para cubrir el monstruoso hueco que había en lugar de la cristalera.

Pensó en Bella... quizás después de lo que había visto ya no quisiera saber nada de él... Por una parte, eso le parecía bien, porque eso era lo que quería... aunque no, no quería que ella pensara que era un salvaje.

De pronto Z vio que, a lo lejos, dos luces se desviaban de la carretera 22 y tomaban la entrada privada hacia la casa. El coche redujo la marcha al llegar y luego se detuvo.

¿Era un Bentley? Sí, al menos eso parecía.

¡Por Dios! ¿Un automóvil tan lujoso como ése? Tenía que ser un miembro de la familia de Bella. Sin duda les habían notificado que el sistema de seguridad había estado apagado un rato y que lo habían vuelto a conectar hacía cerca de diez minutos.

¡Mierda! Ése no era buen momento para que alguien decidiera echar un vistazo. Con la suerte que le caracterizaba, seguro que los restrictores elegirían este momento para regresar a buscar su camioneta... y querrían echarle un vistazo a la casa por pura diversión.

Z maldijo en voz baja y esperó a que una de las puertas del Bentley se abriera... sólo que nadie salió del auto y el motor se mantuvo encendido. Eso era bueno. Como la alarma estaba activada, tal vez no querrían entrar. Y era lo mejor, porque la cocina estaba hecha un desastre.

Z olfateó el aire frío, pero no pudo percibir ningún olor. Sin embargo, el instinto le dijo que se trataba de un hombre. ¿El hermano de Bella? Era lo más probable. Él era el que solía ir a la casa de su hermana a inspeccionar de vez en cuando.

«Así es, amigo. Mira las ventanas del frente. ¿Ves? No hay nada raro. No hay nadie en la casa. Ahora, haznos un favor a los dos y lárgate de aquí».

El coche se quedó ahí durante lo que le parecieron a Z como cinco horas. Luego retrocedió, dobló por la calle y se perdió de vista.

Z respiró hondo. ¡Por Dios... estaba muy nervioso esa noche!

El tiempo pasó. Mientras permanecía allí, solo entre los pinos, mirando fijamente la casa de Bella, se preguntaba si ahora ella le tendría miedo.

Después de un rato se levantó un viento fuerte y el frío le penetró hasta los huesos. Z acogió el dolor con desesperación.

S entado al escritorio del estudio, John miraba fijamente lo que tenía enfrente. Sarelle tenía la cabeza agachada, mientras hojeaba uno de los libros antiguos, y el pelo le colgaba sobre la cara, de manera que sólo podía verle la barbilla. Los dos llevaban horas haciendo una lista de encantamientos para el festival de solsticio. Entretanto, Wellsie estaba en la cocina, pidiendo algunas cosas para la ceremonia.

Mientras Sarelle le daba la vuelta a otra página, John pensó que tenía unas manos muy bonitas.

—Listo —dijo Sarelle—. Creo que ése es el último.

Levantó la vista para mirarlo con sus ojos brillantes y fue como si lo golpeara un rayo: John sintió un golpe de calor y luego quedó un poco desorientado. Además, estaba seguro de que ahora también brillaba en la oscuridad.

Sarelle sonrió y cerró el libro. Se produjo un largo silencio.

—Entonces... mmmm, creo que mi amigo Lash está en tu clase.

¿Lash era amigo de ella? ¡Grandioso!

—Sí... y dice que tienes la marca de la Hermandad en el pecho. —Al ver que John no respondía, ella agregó—: ¿De verdad la tienes?

John se encogió de hombros y se puso a dibujar en el margen de la lista que había hecho.

—¿Puedo verla?

John cerró los ojos. ¡Como si tuviera ganas de que ella viera su pecho flacucho! ¡O esa marca de nacimiento que había resultado ser un verdadero dolor de cabeza!

—Yo no creo que te la hayas hecho tú mismo, como piensan ellos —dijo ella rápidamente—. Y no es que quiera investigar, ni nada por el estilo. Ni siquiera sé cómo es. Sólo tengo curiosidad.

Sarelle acercó su asiento al de John y él alcanzó a sentir el olor del perfume que usaba... o tal vez no era perfume. Tal vez sólo era... ella.

—¿En qué lado está?

Como si su mano le perteneciera a Sarelle, John se dio una palmada en el pectoral izquierdo.

—Desabróchate un poco la camisa. —Se inclinó hacia delante, con la cabeza ladeada para poder verle el pecho—. ¿John? ¿Puedo verla, por favor?

John miró hacia la puerta. Wellsie todavía estaba hablando por teléfono en la cocina, así que lo más probable era que tardara en regresar. Pero de todas maneras el estudio parecía un sitio demasiado público.

¡Pero en qué estaba pensando! ¿Realmente iba a hacerlo?

—¿John? Sólo quiero... ver.

Está bien, iba a hacerlo.

John se puso de pie e hizo señas con la cabeza hacia la puerta. Sin decir palabra, Sarelle lo siguió por el pasillo hasta su habitación.

Después de entrar, él cerró la puerta y se llevó las manos al botón superior de la camisa. Deseó que sus manos dejaran de temblar y juró cortárselas si seguían avergonzándolo. La amenaza pareció funcionar, porque pudo desabrocharse hasta el estómago sin mucho problema. Se abrió el lado izquierdo y desvió la mirada.

Cuando sintió un ligero contacto sobre la piel, dio un brinco.

—Lo siento, tengo las manos frías. —Sarelle se echó aire caliente en los dedos y volvió a tocar el pecho de John.

¡Mierda! Algo estaba pasando en su cuerpo, sentía una especie de inquietud debajo de la piel. Comenzó a respirar aceleradamente, con dificultad. Así que abrió la boca para poder tomar más aire.

—Es realmente genial.

John se sintió decepcionado cuando ella dejó caer la mano. Pero luego le sonrió.

—Entonces, ¿te gustaría salir conmigo algún día? Ya sabes, podemos ir al lugar donde se juega láser-tag. Eso puede ser divertido. O tal vez al cine.

John asintió, como el idiota que era.

—Bien.

Luego se miraron a los ojos. Ella era tan bonita que le entraban mareos con sólo mirarla.

—¿Quieres besarme? —susurró ella.

John abrió los ojos como platos. Como si hubiera estallado un globo detrás de su cabeza.

—Porque me gustaría que lo hicieras. —Sarelle se humedeció los labios—. De verdad que me gustaría.

«¡Caramba... la oportunidad de mi vida...! No te vayas a desmayar», se dijo a sí mismo. Desmayarse sería un desastre.

Enseguida John recordó todas las películas que había visto... pero no le sirvió de nada. Siendo un fanático del cine de terror, su cabeza se vio inundada de imágenes de Godzilla avanzando por Tokio y de Tiburón devorando la cola de Orca. ¡Vaya ayuda!

Entonces pensó en la mecánica del asunto. «Ladear la cabeza. Inclinarse hacia delante. Hacer contacto».

Sarelle miró a su alrededor y se sonrojó.

—Si no quieres, está bien. Sólo pensé que...

—¿John? —dijo de pronto la voz de Wellsie desde el pasillo. Se oía cada vez más cerca—. ¿Sarelle? ¿Dónde os habéis metido, chicos?

John pensó que si no aprovechaba ese momento, no lo haría nunca. Antes de perder el impulso, agarró la mano de Sarelle, le dio un tirón y le plantó un beso en la boca, apretando los labios contra los de ella. Sin lengua, pero la verdad es que no había tiempo y, probablemente, necesitaría maniobras de resucitación después de eso.

Luego la empujó hacia atrás. Y se preguntó cómo lo habría hecho.

Se arriesgó a mirarla. ¡Ay! Tenía una sonrisa radiante.

John pensó que el pecho le iba a estallar de felicidad.

Le estaba soltando la mano a Sarelle, cuando Wellsie asomó la cabeza por la puerta.

—Tengo que ir a... ¡Ay, lo siento! No sabía que vosotros dos...

John trató de esbozar una sonrisa, como si no pasara nada, y luego notó que Wellsie tenía los ojos fijos en su pecho. Bajó la vista. Tenía la camisa totalmente abierta.

Tratar de abrochársela sólo empeoró la situación, pero no pudo evitarlo.

—Será mejor que me vaya —dijo Sarelle—. Mi mahmen quiere que llegue temprano. John, me voy a conectar más tarde, ¿vale? Así pensaremos qué película iremos a ver. Buenas noches, Wellsie.

Mientras Sarelle avanzaba hacia el salón, John no pudo resistir la tentación de mirarla, a pesar de la presencia de Wellsie. Observó cómo descolgaba el abrigo del armario de la entrada, se lo ponía y sacaba las llaves del bolsillo. Momentos después se oyó el sonido de la puerta principal al cerrarse.

Hubo un largo silencio. Luego Wellsie soltó una carcajada y se echó el pelo hacia atrás.

—Yo, ay, no sé qué hacer... ni qué decirte... —dijo—. Excepto que ella me gusta mucho y que se ve que tiene buen gusto para los hombres.

John se restregó la cara con las manos, consciente de que estaba rojo como un tomate.

—Voy a dar un paseo —dijo con lenguaje de signos.

—Bueno, Tohr acaba de llamar. Va a pasar por la casa a recogerte. Pensó que tal vez querrías acompañarlo un rato en el centro de entrenamiento, pues tiene trabajo administrativo que hacer. En todo caso, puedes quedarte si quieres. Yo me voy a la reunión del Comité de los Principales.

John asintió con la cabeza, cuando Wellsie comenzó a dar media vuelta.

—Ah, John... —Wellsie se detuvo y miró por encima del hombro—. Tu camisa... está mal abrochada.

John bajó la mirada y comenzó a reírse. Aunque no emitió ningún sonido, sólo dejó salir su felicidad y Wellsie sonrió, obviamente feliz por él. Cuando se abrochó correctamente, sintió que nunca había querido tanto a esa mujer.

* * *

Después de regresar a la mansión, Bella pasó horas sentada en la cama de Zsadist, con su diario en el regazo. Al principio no hizo nada con el querido cuaderno, pues estaba demasiado impresionada por lo que había sucedido en su casa.

¡Dios mío! No podía decir que le sorprendiera que Zsadist fuera exactamente tan peligroso como había pensado que sería. Y él la había salvado. Si ese restrictor que había matado le hubiera puesto las manos encima, ella habría terminado otra vez metida en un hueco en la tierra.

El problema era que no podía decidir si lo que Zsadist había hecho era muestra de su fuerza o de su brutalidad.

Cuando decidió que probablemente era una prueba de ambas cosas, se preocupó al pensar si estaría bien. Lo habían herido y sin embargo todavía estaba allí, probablemente tratando de encontrar más asesinos. ¡Dios! ¿Qué pasaría si...?

«¿Qué pasaría si...? ¿Qué pasaría si...?». Se llevó las manos a la cabeza. Iba a volverse loca si seguía pensando en él.

Desesperada por centrar su atención en otros asuntos, comenzó a mirar al azar lo que había escrito en su diario durante el año pasado. El nombre de Zsadist ocupaba un lugar importante en las entradas inmediatamente anteriores al secuestro. Estaba obsesionada con él y no podía decir que eso hubiese cambiado. De hecho, sus sentimientos por él eran tan fuertes ahora, incluso después de lo que había visto esa noche, que Bella se preguntó si no...

Lo amaría.

De repente sintió que no podía estar sola después de ese descubrimiento. No podía estar sola porque no quería seguir pensando... no quería descubrir adónde podían llevarla sus pensamientos.

Se cepilló los dientes y el pelo y bajó al primer piso, con la esperanza de encontrarse con alguien. Pero cuando iba por la mitad de las escaleras, oyó voces que salían del comedor y se detuvo. Estaban reunidos para la última comida de la noche, pero la idea de encontrarse con todos los hermanos, y con Mary y Beth, parecía demasiado abrumadora. Además, Zsadist debía de estar ahí. ¿Y cómo podría mirarle a la cara sin delatarse? No había manera de que ese hombre se tomara bien la idea de que ella lo amaba. De ninguna manera.

Pero no podía esquivarlo eternamente. Tendría que verlo tarde o temprano. Y ella no era de las que se escondían.

Cuando llegó al pie de las escaleras y salió al suelo de mosaico del vestíbulo, se dio cuenta de que había olvidado ponerse los zapatos. ¿Cómo podía entrar en el comedor del rey y la reina con los pies descalzos?

Miró hacia el segundo piso y se sintió terriblemente agotada. Demasiado cansada para subir y volver a bajar y demasiado incómoda para seguir adelante, sólo se quedó oyendo el bullicio de la cena: se oían voces masculinas y femeninas, charlando y riendo. Descorcharon una botella de vino. Alguien le dio las gracias a Fritz por traer más cordero.

Bella se miró los pies descalzos y pensó que era una tonta. Una tonta absolutamente destrozada. Estaba perdida debido a lo que el restrictor le había hecho. Y se estremecía al pensar en lo que ella había visto hacer a Zsadist. Además, se sentía muy sola, después de darse cuenta de sus sentimientos hacia ese hombre.

Estaba a punto de tirar la toalla y regresar arriba, cuando algo le rozó la pierna. Dio un salto y miró hacia abajo, para encontrarse con los ojos verdes de un gato negro. El felino parpadeó, ronroneó y se frotó la cabeza contra la piel de su tobillo.

Bella se agachó y acarició la piel del gato con manos temblorosas. El animal era increíblemente elegante, todo líneas esbeltas y graciosas y movimientos sinuosos. Y sin tener ninguna razón aparente, a Bella se le aguaron los ojos. Cuanto más conmovida estaba, más cerca se sentía del gato, hasta que se sentó en el último escalón de la escalera y el animal trepó a su regazo.

—Se llama Boo.

Bella soltó un grito de sorpresa y levantó la vista. Phury estaba frente a ella. Era un hombre gigantesco que ya se había despojado de su ropa de combate y ahora estaba vestido con cachemira y lana. Llevaba una servilleta en la mano, como si acabara de levantarse de la mesa, y olía realmente bien, como si se hubiera duchado y afeitado recientemente. Mientras lo miraba, Bella se dio cuenta de que toda la charla y los ruidos del comedor habían cesado, lo cual significaba que todo el mundo sabía que ella había bajado y se había quedado afuera.

Phury se arrodilló y le puso la servilleta de lino en la mano. En ese momento se dio cuenta de las lágrimas que le resbalaban por las mejillas.

—¿No quieres venir con nosotros? —dijo con voz suave. Bella se secó la cara, todavía abrazada al gato.

—¿Hay posibilidades de entrar con él?

—Por supuesto. Boo siempre es bienvenido en nuestra mesa. Al igual que tú.

—No tengo zapatos.

—No importa. —Phury le ofreció la mano—. Vamos, Bella. Ven con nosotros.

* * *

Cuando Zsadist entró al vestíbulo, estaba tan frío y rígido que el cuerpo le dolía. Le hubiera gustado quedarse en la casa de Bella hasta el amanecer, pero no se encontraba bien y decidió regresar para descansar un rato.

Aunque no iba a comer, se dirigió al comedor, pero se detuvo en las sombras. Bella estaba sentada a la mesa, al lado de Phury. Había un plato de comida frente a ella, pero le estaba prestando más atención al gato que tenía en el regazo. Estaba acariciando a Boo y siguió haciéndolo, mientras levantaba la vista para mirar a Phury, que acababa de decir algo. Bella sonrió y, cuando volvió a agachar la cabeza, Phury se quedó mirándola, como si quisiera grabar en su memoria su perfil.

Z se dirigió rápidamente a las escaleras, sin ganas de irrumpir en medio de esa escena. Estaba casi fuera de la vista, cuando Tohr salió de la puerta que había debajo de las escaleras. El hermano parecía preocupado.

—Oye, Z, espera.

Zsadist soltó una maldición y no precisamente entre dientes. No tenía ningún interés en que lo acosaran con un asunto de política o procedimiento, y eso era de lo único que hablaba Tohr últimamente. El hombre estaba apretando cada vez más a la Hermandad, organizando turnos y tratando de convertir en soldados a cuatro indisciplinados como V, Phury, Rhage y Z. Por eso no era de extrañar que siempre tuviese ojeras y cara de estar doliéndole la cabeza.

—Zsadist, he dicho que esperes.

—Ahora no...

—Sí, ahora. El hermano de Bella le ha enviado una solicitud a Wrath. Le pide que le asigne a Bella el estatus de sehclusion y que lo nombre a él como su ghardian.

Z se detuvo en seco. Si eso sucedía, Bella desaparecería del panorama por completo. No la volverían a ver nunca. Ni siquiera la Hermandad podía alejarla de su ghardian.

—¡Z! ¿Has oído lo que he dicho?

«Haz una señal de asentimiento, idiota», se dijo a sí mismo. Apenas bajó la cabeza a manera de respuesta.

—Pero, ¿por qué me lo dices a mí?

Tohr apretó la boca.

—¿Quieres portarte como si ella no te importara? Está bien. Sólo pensé que te gustaría saberlo.

Tohr se dirigió al comedor.

Z se agarró de la barandilla y se frotó el pecho, sintiéndose como si alguien hubiese reemplazado el oxígeno de sus pulmones por humo. Miró hacia arriba y se preguntó si Bella regresaría a su habitación antes de marcharse. Tenía que hacerlo, porque allá estaba su diario. Podía dejar la ropa, pero no ese diario. A menos, claro, que ya se hubiese mudado.

¡Dios! ¿Cómo iba a decirle adiós?

Los dos tenían una conversación pendiente. Z no podía imaginarse qué iba a decirle, en especial después de que ella lo había visto ejecutando su desagradable acto de magia con ese asesino.

Se dirigió a la biblioteca y usó uno de los teléfonos. Marcó el número del móvil de Vishous. Oyó cómo sonaba el teléfono a través del auricular y también al otro lado del vestíbulo. Cuando V respondió, le contó que había colocado su móvil en la Explorer.

—Estaré pendiente —dijo V—. Pero ¿dónde estás? Hay un eco extraño en el teléfono.

—Llámame si ese coche se mueve. Estaré en el gimnasio. —Colgó y se dirigió al túnel subterráneo.

Pensó que podría encontrar algo de ropa en el vestuario y hacer ejercicio hasta agotarse. Cuando sus muslos estuvieran gritando y sus pantorrillas se hubiesen vuelto de piedra y tuviera la garganta lastimada de tanto jadear, el dolor aclararía su mente, lo purificaría... Ansiaba el dolor más que la comida.

Cuando llegó al vestuario se dirigió a la taquilla que tenía asignada y sacó sus zapatillas deportivas y unos pantalones cortos de deportes. En todo caso, prefería estar sin camisa, en especial si estaba solo.

Se desarmó y estaba a punto de desvestirse, cuando oyó algo que se movía entre las taquillas. Siguiendo el ruido, dio un paso adelante y se atravesó en el camino de... un diminuto desconocido.

Cuando el pequeño cuerpo del extraño se estrelló contra una de las taquillas, se oyó un ruido metálico.

Mierda. Era el chico. ¿Cómo era su nombre? John... algo. Y el chico parecía como si estuviera a punto de desmayarse.

Z lo fulminó con la mirada desde lo alto de su estatura. Estaba en un pésimo estado de ánimo en este momento, negro y frío como la noche, pero la idea de desquitarse con el muchacho le pareció mal.

—Lárgate de aquí, chico.

John buscó algo afanosamente. Una libreta y un bolígrafo. Cuando tuvo las dos cosas en la mano, Z negó con la cabeza.

—No sé leer, ¿recuerdas? Mira, sólo lárgate. Tohr está arriba, en la casa.

Z dio media vuelta y se quitó la camisa. Cuando oyó un jadeo, miró por encima del hombro. John tenía los ojos fijos en su espalda.

—¡Por Dios Santo, chico! ¡Lárgate de aquí!

El muchacho salió corriendo, y entonces Z se quitó los pantalones y comenzó a ponerse la ropa de deportes. Cuando iba a calzarse las zapatillas, se le ocurrió la estúpida idea de pensar en cuántas veces había metido los pies en ellas para castigar su cuerpo, igual que pensaba hacer ahora. Luego pensó en el número de veces en que se había dejado lastimar en peleas con los restrictores. Y en el número de veces que le había pedido a Phury que lo golpeara.

No, no se lo había pedido. Se lo había exigido. Había veces que le exigía a su gemelo que lo golpeara una y otra vez, hasta que su cara desfigurada se hinchaba y lo único que sentía era el dolor de sus huesos. En realidad no le gustaba involucrar a Phury. Habría preferido que el dolor fuese privado y se habría hecho daño él mismo, de haber podido. Pero era difícil golpearse uno mismo hasta la inconsciencia.

Z bajó lentamente las zapatillas hasta el suelo y se recostó contra la taquilla, pensando en dónde estaba su gemelo. Arriba en el comedor. Junto a Bella.

Sus ojos se posaron en el teléfono que había en la pared. Tal vez debería llamar a la casa.

En ese momento, Z oyó un silbido suave junto a él. Se volvió y frunció el ceño.

El chico estaba ahí, con una botella de agua en la mano; se le fue acercando con pasos vacilantes, el brazo extendido y la cabeza vuelta hacia otro lado. Era como si estuviera tratando de hacerse amigo de una pantera y esperara salir de la experiencia con todas las extremidades en su sitio.

John puso la botella de agua a un metro de distancia de Z, sobre el banco. Luego dio media vuelta y huyó.

Z se quedó mirando la puerta por la que había salido el chico. Mientras se cerraba, pensó en otras puertas del complejo. Las puertas principales de la mansión, específicamente.

Bella también se marcharía pronto. Podía estar marchándose en ese momento.

En este preciso momento.

Manzanas? ¿Y qué carajo me importan a mí las manzanas? —gritó O, mientras hablaba por el móvil.
Estaba que echaba humo, estaba iracundo ¡y U hablando sobre
unas malditas frutas! —Te acabo de decir que he encontrado a
tres Betas muertos. ¡Tres!

—Pero hoy hubo un pedido de cincuenta cajas de manzanas a cuatro sitios diferentes...

O tuvo que comenzar a pasearse por la cabaña, ¡que Dios
lo ayudara, porque sentía deseos de estrangularlo!

En cuanto volvió de su visita al Omega fue hasta la casa de
Bella y vio que la puerta estaba destrozada. Al mirar por la ventana de la cocina, vio sangre negra y trozos de cristales por todas
partes.

«¡Maldición!», se dijo, y se imaginó la escena. Estaba seguro de que eso era trabajo de un miembro de la Hermandad,
porque, a juzgar por el desastre que había en la cocina, el restrictor
que había sido eliminado allí fue descuartizado antes de ser apuñalado.

¿Estaría su esposa con el guerrero en ese momento? ¿O acaso había sido una visita de su familia, que quería llevarse sus cosas
y el miembro de la Hermandad sólo estaba acompañándolos?

¡Malditos Betas! Esos tres inútiles malnacidos se habían
dejado matar, así que O nunca sabría la respuesta. Hubiese es-

tado presente, o no, su esposa, con seguridad no volvería allí en mucho tiempo, gracias a la pelea que había tenido lugar. Si es que seguía viva.

O volvió a oír la cantinela de U:

—... el día más corto del año, veintiuno de diciembre, es la próxima semana. El solsticio de invierno es...

—Tengo una idea —dijo de pronto O—. Deja de hablar del maldito calendario. Quiero que vengas aquí y recojas la Explorer que esos Betas dejaron en el bosque. Luego...

—Escucha lo que te estoy diciendo. Las manzanas son parte de la ceremonia de solsticio en honor de la Virgen Escribana.

Esas dos palabras, «Virgen» y «Escribana», captaron la atención de O.

—¿Cómo lo sabes?

—He estado aquí durante doscientos años —dijo U con tono seco—. Llevan... no sé, tal vez un siglo sin celebrar el festival. Se supone que las manzanas representan la próxima primavera. Semillas, crecimiento, toda esa mierda.

—¿Qué clase de festival es ése?

—En el pasado se reunían cientos de vampiros y supongo que entonaban algunos cantos y hacían rituales. Realmente no lo sé. En todo caso, llevamos años intentando controlar la compra de algunos productos en los mercados locales, durante épocas específicas del año. Manzanas en diciembre. Caña de azúcar en abril. Lo hemos hecho más por costumbre que por otra cosa, porque esos vampiros llevan mucho tiempo calmados.

O se recostó contra la puerta de la cabaña.

—Pero ahora tienen un nuevo rey. Así que probablemente están reviviendo las tradiciones antiguas. Y tienes que darle las gracias al sistema de códigos de barras. Es mucho más eficaz que andar preguntando por ahí, que es lo que hacíamos antes. Como te he dicho, distintos locales han recibido pedidos por una gigantesca cantidad de manzanas. Es como si estuvieran comprando manzanas por todas partes.

—Así que estás diciendo que, la próxima semana, una cantidad de vampiros se van a reunir en algún lugar. A entonar cantos y bailar un poco en honor de la Virgen Escribana.

—Sí.

—¿Y comen manzanas?

—Eso es lo que creo.

O se rascó la nuca. No se había atrevido a plantear la idea de convertir a su esposa en restrictora, cuando estuvo con el Omega. Primero necesitaba averiguar si estaba viva y luego tendría que buscar la manera de que eso fuera posible. Obviamente, el problema más grave era que ella era una vampira y la única manera de convencer a los suyos de que la aceptaran entre ellos era decirles que sería su arma secreta. ¿Una mujer de la propia especie de los vampiros? La Hermandad nunca se imaginaría eso...

Aunque, desde luego, eso sólo era una justificación para el Omega. Su esposa nunca lucharía con nadie distinto de él.

Sí, la propuesta iba a ser difícil de plantear, pero una cosa que lo favorecía era que al Omega le encantaba que lo adularan. Así las cosas, organizar un enorme sacrificio en su honor, ¿no sería una maravillosa manera de suavizarlo?

U todavía estaba hablando.

—... pensando que yo podría revisar los mercados...

Mientras U seguía con su monserga, O comenzó a pensar en la posibilidad de usar veneno. Una gran cantidad de veneno. Un barril de veneno.

Manzanas envenenadas. Parecía una idea surgida de Blancanieves, ¿no?

—¡O! ¿Estás oyéndome?

—Sí.

—Entonces voy a ir a los mercados para averiguar cuándo...

—No, ahora no. Voy a decirte lo que vas a hacer.

* * *

Cuando Bella salió del estudio de Wrath estaba temblando de la ira, pero ni el rey ni Tohr trataron de detenerla o razonar con ella, lo cual probaba que eran hombres muy inteligentes.

Atravesó el pasillo descalza, y pisando con fuerza, hasta llegar a la habitación de Zsadist. Luego cerró la puerta de un golpe y se dirigió al teléfono, como si el aparato fuera un arma. Marcó el número del móvil de su hermano.

Rehvenge contestó con tono agresivo:

—¿Quién eres y cómo has conseguido este número?

—No te atrevas a hacerme esto.

Hubo un largo silencio. Luego Rehvenge dijo:

—Bella... Yo... Espera un segundo... —A través del teléfono se oyó el ruido de alguien moviéndose y luego la vampira oyó la voz de su hermano diciendo, con tono autoritario: «Será mejor que venga enseguida. ¿Está claro? Si tengo que ir a buscarlo, no le va a gustar lo que sucederá». Luego Rhevenge se aclaró la garganta y volvió a concentrarse en su conversación con ella—: Bella, ¿dónde estás? Déjame ir a recogerte. O, pídele a uno de los guerreros que te lleve a nuestra casa y hablamos allí.

—¿Acaso crees que quiero estar cerca de ti en estos momentos?

—Es mejor que la otra alternativa —dijo con voz sombría.

—¿Y qué alternativa es ésa?

—Que la Hermandad te traiga a casa a la fuerza.

—¿Por qué estás haciendo...?

—¿Por qué estoy haciendo esto? —La voz de Rehvenge adquirió ese tono de bajo profundo y airado al que ella estaba tan acostumbrada—. ¿Tienes alguna idea de lo que han sido para mí estas últimas seis semanas, sabiendo que estabas en manos de esas malditas cosas? ¿Saber que había puesto a mi hermana... a la hija de mi madre... en ese lugar?

—No fue culpa tuya...

—¡Deberías haber estado en casa!

Como siempre, Bella se sintió sacudida por el estallido de la furia de Rehv y entonces recordó que, en el fondo, su hermano siempre la había asustado un poco.

Pero luego lo oyó tomar aire profundamente. Después continuó hablando, pero ahora había un curioso tono de desesperación en su voz:

—¡Por Dios, Bella... sólo te pido que vengas a casa! Mahmen y yo te necesitamos. Te echamos de menos. Nosotros... yo necesito verte para creer que de verdad estás bien.

Ah, sí... Ésa era la otra faceta de su hermano, la faceta que ella amaba. El protector. El imprescindible. El macho brusco pero de corazón tierno, que siempre le había dado todo lo que ella había necesitado.

La tentación de someterse a Rhev era muy fuerte. Pero luego se vio a sí misma pasado un tiempo, sin poder salir nunca de la casa. Cosa que él era muy capaz de hacerle.

—¿Suspenderás la solicitud del estatus de sehclusion?

—Hablaremos de eso cuando estés durmiendo otra vez en tu propia cama.

Bella apretó el teléfono.

—Eso significa no, ¿verdad? —Hubo una pausa—. ¿Estás ahí? ¿Rehvenge?

—Sólo quiero que vuelvas a casa.

—Sí o no, Rehv. Dímelo ya.

—Nuestra madre no soportaría volver a pasar por algo así.

—¿Y tú crees que yo sí? —replicó ella—. ¡Perdóname, pero mahmen no fue la que terminó con el nombre del restrictor grabado en el estómago!

Bella soltó una maldición en cuanto esas palabras salieron de su boca. Sí, ése era exactamente el tipo de detalles que le iban a servir para convencerlo... ¡Vaya manera de negociar!

—Rehvenge...

—Te quiero en casa —dijo con una voz terriblemente fría.

—Acabo de salir de un cautiverio. No estoy interesada en volver a estar en prisión.

—¿Y qué vas a hacer?

—Sigue presionándome y lo verás.

Bella puso fin a la charla y tiró el teléfono inalámbrico contra la mesita de noche. «¡Maldito Rehv!».

Movida por un impulso irracional, agarró el auricular y dio media vuelta, lista para arrojarlo hasta el otro lado de la habitación.

—¡Zsadist! —Bella agarró nerviosamente el teléfono y lo apretó contra su pecho.

Zsadist estaba parado en silencio junto a la puerta, vestido sólo con un pantalón de deporte y sin camisa... Por alguna absurda razón, Bella notó que tampoco llevaba zapatos.

—Arrójalo si quieres —dijo Zsadist.

—No. Yo... ah... no. —Bella se volvió y puso de nuevo el auricular sobre el soporte, pero tuvo que hacer dos intentos para poder colocarlo bien.

Antes de volver a enfrentarse a Zsadist, lo recordó acurrucado encima de ese restrictor, golpeándolo hasta matarlo... Pero luego recordó también que él le había llevado algunas cosas de su casa... y la había rescatado... y le había permitido que bebiera de su vena. Bella se sintió atrapada en la red de Zsadist, atrapada entre la ternura y la crueldad.

Él rompió el silencio.

—No quiero que salgas corriendo como una loca en medio de la noche, sólo por lo que tu hermano quiere hacer. Y no me digas que no es eso lo que estás pensando.

¡Maldición, Zsadist era muy perspicaz!

—Pero ya sabes lo que quiere hacerme.

—Sí.

—Y por ley la Hermandad tiene que entregarme, así que no me puedo quedar aquí. ¿Crees que me gusta la única opción que tengo?

Sólo que ¿adónde podía ir?

—¿Por qué es tan malo regresar a casa de tu familia?

Bella lo fulminó con la mirada.

—Sí, realmente me muero de ganas de que me traten como a una incompetente, como a una niña, como... si fuera un objeto de propiedad de mi hermano. Eso me parece maravilloso. Claro.

Zsadist se pasó una mano por la cabeza.

—Eso de que la familia viva bajo el mismo techo tiene sentido. Es una época peligrosa para los vampiros civiles.

Lo último que ella necesitaba en este momento era que él estuviera de acuerdo con su hermano.

—También es una época peligrosa para los restrictores —murmuró Bella—. A juzgar por lo que le hiciste al de hoy.

Zsadist entrecerró los ojos.

—Si quieres que me disculpe por eso, no lo haré.

—Claro que no lo harás —replicó ella con tono tajante—. Tú nunca te disculpas por nada.

Zsadist negó lentamente con la cabeza.

—Quieres desahogarte discutiendo con alguien, pero estás hablando con el hombre equivocado, Bella. No te voy a complacer.

—¿Por qué no? Eres un experto en ponerte furioso.

El silencio que siguió hizo que a Bella le dieran ganas de gritarle. Quería sacarlo de sus casillas, algo que él no le negaba a nadie, y no podía entender por qué demonios Zsadist quería hacer una demostración de ecuanimidad cuando estaba con ella.

Zsadist levantó una ceja, como si hubiera entendido lo que la joven estaba pensando.

—Lo siento —dijo ella entre dientes—. Sólo te estoy provocando, ¿no? Lo siento.

Zsadist se encogió de hombros.

—Estar entre la espada y la pared es horrible. No te preocupes.

Bella se sentó en la cama. La idea de salir huyendo sola era absurda, pero se negaba a vivir bajo el control de Rehvenge.

—¿Tienes alguna sugerencia? —preguntó con voz suave. Cuando levantó los ojos, Zsadist estaba mirando al suelo.

Parecía tan controlado, recostado quieto contra la pared. Con ese cuerpo largo y delgado, parecía una grieta color carne en medio del yeso de la pared, una fisura que se hubiese abierto en la habitación.

—Dame cinco minutos —dijo. Luego se marchó del cuarto, todavía sin camisa.

Bella se dejó caer de espaldas sobre el colchón, pensando que cinco minutos no iban a cambiar la situación. Lo que necesitaba era tener otra clase de hermano esperándola en casa.

«Querida Virgen Escribana... Escapar de los restrictores debería haber cambiado las cosas para bien». Pero en lugar de eso, su vida todavía parecía estar más lejos de su control.

Claro, ahora podría elegir su propio champú.

Bella levantó la cabeza. Vio la ducha a través de la puerta del baño y se imaginó parada bajo un chorro de agua caliente. Eso sería agradable. Relajante. Refrescante. Además, así podría llorar de frustración sin sentirse avergonzada.

Se levantó, entró en el baño y abrió el grifo. El sonido del chorro le produjo alivio, al igual que la sensación del agua caliente, cuando se metió debajo. Finalmente no lloró. Sólo dejó caer la cabeza y permitió que el agua le corriera por el cuerpo.

Cuando salió, notó que alguien había cerrado la puerta del baño.

Probablemente Zsadist ya había regresado.

Se envolvió en una toalla y salió, aunque no tenía ninguna esperanza de que él hubiese hallado una solución.

CAPÍTULO
26

A l abrirse la puerta del baño, Z levantó la vista y maldijo entre dientes. Bella estaba roja de los pies a la cabeza y tenía el pelo recogido en un moño. Olía a ese elegante jabón francés que Fritz insistía en comprar. Y esa toalla alrededor de su cuerpo sólo le hizo pensar en lo fácil que sería verla totalmente desnuda.

Dar un tirón era lo único que tenía que hacer para conseguirlo.

—Wrath ha accedido a decir que no estará disponible por un tiempo —dijo—. Pero eso sólo significa una demora de cuarenta y ocho horas, o algo así. Habla con tu hermano. Trata de convencerlo. Si no lo logras, Wrath tendrá que responder y realmente no puede decir que no, teniendo en cuenta tu linaje.

Bella se subió un poquito la toalla.

—Está bien... gracias. Gracias por hacer el esfuerzo.

Zsadist asintió y miró la puerta de reojo, mientras pensaba que debería regresar al plan A: correr hasta agotarse. O pedirle a Phury que le golpeara.

Pero, en lugar de marcharse, se puso las manos en las caderas y dijo:

—Sí lamento una cosa.

—¿Qué? ¿De qué se trata?

—Lamento que hayas tenido que ver lo que le hice a ese asesino. —Levantó una mano y luego la dejó caer, resistiendo el impulso de acariciarse la cabeza—. Cuando dije que no me iba a disculpar por eso, me refería a que nunca me pesa matar a esos bastardos. Pero yo no quería... no me gusta que te quedes con esa imagen en la cabeza. La borraría de tu recuerdo si pudiera. Borraría todo esto... soportaría todo por ti. Yo... lamento tanto que todo esto te haya pasado a ti, Bella... Sí, lamento todo este asunto, incluso... mi participación.

Zsadist se dio cuenta de que ésa era su despedida. Y como se le estaba acabando el valor, se apresuró a decir sus últimas palabras:

—Eres una mujer muy valiosa. —Dejó caer la cabeza—. Y sé que encontrarás...

«... un compañero», terminó de decir para sus adentros. Sí, una mujer como ella ciertamente encontraría un compañero. De hecho, en esa misma casa había uno que no sólo la deseaba sino que era el candidato perfecto. Phury estaba sólo a unas puertas de distancia.

Z levantó la mirada con la intención de salir enseguida de la habitación... y de pronto dio un salto contra la puerta.

Bella estaba justo frente a él. Tan pronto sintió su aroma tan cerca, el corazón comenzó a palpitarle como loco y a producirle un cosquilleo que le hizo sentirse mareado.

—¿Es verdad que limpiaste mi casa? —preguntó ella.

La única respuesta que tenía para esa pregunta era demasiado reveladora.

—¿Es cierto?

—Sí, lo hice.

—Voy a darte un abrazo.

Z se quedó tieso y, antes de que pudiera apartarse, Bella le pasó los brazos alrededor de la cintura y apoyó la cabeza contra su pecho desnudo.

El vampiro se quedó ahí, sin moverse, sin respirar, sin devolver el abrazo... Lo único que podía hacer era sentir el cuerpo de Bella. Ella era una mujer alta, pero, así y todo, él le llevaba unos buenos quince centímetros. Y aunque era delgado para ser un guerrero, pesaba por lo menos treinta kilos más que la vampira. Sin embargo, se sintió abrumado por Bella.

¡Dios, cómo olía de bien!

Bella emitió una especie de suspiro, y se apretó todavía más contra el cuerpo de Zsadist. Él sintió sus senos contra el torso y, al bajar la mirada, vio que la curva de su nuca era endemoniadamente tentadora. Además, estaba el problema de esa cosa que tenía entre las piernas. Esa maldita cosa se estaba endureciendo, hinchándose, alargándose otra vez. Rápidamente.

Zsadist le puso las manos sobre los hombros, pero sólo rozándole la piel, y dijo:

—Bueno, Bella... Me tengo que ir.

—¿Por qué? —Bella se acercó más. Movió las caderas contra las de Zsadist y él apretó los dientes al sentir que la parte inferior de sus cuerpos se tocaba.

¡Mierda, ella tenía que estar sintiendo esa cosa entre sus piernas! ¿Cómo podía pasarla por alto? Esa cosa dura le estaba haciendo presión contra el vientre y tampoco es que el pantaloncito de deporte pudiera ocultarla mucho.

—¿Por qué tienes que irte? —susurró Bella y Zsadist sintió el roce de su respiración contra los pectorales.

—Porque...

Él dejó la frase en el aire y ella murmuró:

—¿Sabes lo que te digo? Esto me gusta.

—¿Qué?

Bella le tocó uno de los piercings en forma de aro que tenía en los pezones.

—Esto.

Zsadist tosió suavemente.

—Ah, yo... Yo mismo los hice.

—Te quedan muy bien. —Bella dio un paso atrás y dejó caer la toalla.

Z se tambaleó. Era endiabladamente hermosa, esos pechos y ese vientre plano y esas caderas... Y esa elegante ranura entre las piernas, que ahora veía con deslumbrante claridad. Las pocas mujeres humanas con las que había estado tenían vello ahí, pero Bella era una vampira, de manera que no tenía ni un pelo, y era maravillosamente suave.

—De verdad que me tengo que ir —dijo con voz ronca.

—No huyas.

—Tengo que irme. Si me quedo...

—Quédate conmigo —dijo Bella y se volvió a abrazar a Zsadist. Luego se soltó el pelo y una cascada de rizos oscuros cayó sobre los dos.

Z cerró los ojos y echó la cabeza hacia atrás, en un intento por no quedar totalmente sumergido en el aroma de Bella. Con voz ronca, dijo:

—¿De verdad sólo quieres follar, Bella? Porque eso es lo único que puedo ofrecerte.

—Tienes mucho más que ofrecer...

—No, no es cierto.

—Tú has sido muy tierno conmigo. Me has cuidado. Me has bañado y me has abrazado...

—Pero no querrás tenerme dentro de ti.

—Ya estás dentro de mí, Zsadist. Tu sangre ya forma parte de mí.

Hubo un largo silencio.

—¿No has oído lo que dicen de mí?

Bella frunció el ceño.

—Eso son tonterías sin importancia...

—¿Qué dice la gente sobre mí, Bella? Vamos, quiero oírlo de tus labios. Así sabré que lo entiendes. —A medida que Zsadist la presionaba, la tristeza de Bella era cada vez más palpable, pero él tenía que sacarla de la fantasía en la que estaba sumergida—. Sé que debes haber oído cosas sobre mí. Los chismes llegan incluso a tu nivel social. ¿Qué dice la gente?

—Algunos... algunos piensan que matas a mujeres sólo por entretenimiento. Pero yo no creo que...

—¿Sabes cómo me gané esa reputación?

Bella se cubrió los senos y dio un paso atrás, mientras negaba con la cabeza. Zsadist se agachó y le pasó la toalla, luego señaló la calavera que había en la esquina.

—Asesiné a esa mujer. Ahora, dime, ¿quieres estar con un hombre que pudo hacer algo como eso? ¿Que fue capaz de lastimar de esa manera a una mujer? ¿Quieres tener a esa clase de bastardo sobre ti, dentro de tu cuerpo?

—Era ella —susurró Bella—. Regresaste y asesinaste a tu dueña, ¿no es cierto?

Z se estremeció.

—Durante un tiempo pensé que eso podría curarme.

—Pero no sucedió.

—No me digas. —Zsadist pasó al lado de Bella y dio paseos nerviosos, mientras la presión se acumulaba dentro de él. Finalmente abrió la boca y las palabras simplemente salieron disparadas—. Un par de años después de liberarme, supe que ella... ¡Mierda! Supe que ella tenía otro hombre en esa celda. Yo... viajé durante dos días y entré a escondidas en la casa, justo antes del amanecer. —Z sacudió la cabeza. No quería hablar, realmente no quería hacerlo, pero su boca seguía moviéndose—. ¡Por Dios! Era un muchacho tan joven, tan joven, tal como era yo cuando ella me atrapó. Y no tenía intención de matarla, pero ella llegó justo cuando yo estaba saliendo con el esclavo. Cuando la vi... supe que, si no la atacaba, ella iba a llamar a los guardias. También sabía que después de un tiempo terminaría apresando a otro hombre y lo encadenaría y le haría... Ah, maldición. ¿Por qué demonios te estoy contando esto?

—Te amo, Zsadist.

Z entrecerró los ojos.

—No seas melodramática, Bella.

Zsadist salió de la habitación enseguida, pero no avanzó más de cinco metros por el pasillo.

Ella lo amaba. ¿Ella lo amaba?

¡Mentira! Ella pensaba que lo amaba. Y tan pronto como regresara al mundo real, se iba a dar cuenta de eso. ¡Por Dios, acababa de salir de una situación horrible y estaba viviendo en una especie de burbuja en la mansión! Nada de eso formaba parte de su vida y estaba pasando demasiado tiempo con él.

Y sin embargo... ¡Dios, quería estar con ella! Quería acostarse a su lado y besarla. Quería hacer incluso más que eso. Quería... hacérselo todo, besarla y tocarla y chuparla y lamerla. Pero ¿adónde exactamente pensaba que llevaría todo eso? Incluso si lograba aceptar la idea de penetrarla para tener sexo, no quería arriesgarse a eyacular dentro de ella.

Y eso era algo que nunca había hecho. ¡Demonios, él nunca había eyaculado, bajo ninguna circunstancia! Cuando era esclavo de sangre, nunca había estado realmente excitado sexualmente. Y después, cuando había estado con unas pocas prostitutas que había comprado para follar, no estaba buscando tener un orgasmo. Esos interludios anónimos sólo eran experimentos para ver si el sexo era tan malo como siempre le había parecido.

En cuanto a masturbarse, no soportaba tocarse esa maldita *cosa* ni para orinar, mucho menos cuando ella exigía su atención. Y nunca había querido tratar de aliviar la tensión con su propia mano, porque nunca había estado tan excitado, ni siquiera cuando esa cosa estaba dura.

¡Demonios, todo eso del sexo era tan jodido para él! Como si tuviera algún tipo de deficiencia en el cerebro.

De hecho, tenía varias deficiencias.

Zsadist pensó en todos los vacíos que tenía, los espacios en blanco de su vida, aspectos en que los demás sentían cosas y él no. Cuando llegaba la hora, él era como una pantalla, más vacía que sólida; las emociones lo atravesaban sin tocarlo, sólo la rabia permanecía y lo abrazaba.

Pero eso no era enteramente cierto... Bella le hacía sentir cosas. Cuando lo había besado antes en la cama, le había hecho sentirse... excitado y lleno de deseo. Muy masculino. Sexual, por primera vez en su vida.

Empujado por la desesperación, Zsadist comenzó a sentir que un eco de lo que había sido antes de que la Señora lo apresara quería salir otra vez a la luz. Se sorprendió deseando otra vez esa sensación que había experimentado cuando besó a Bella. Y también quería excitarla. Quería sentirla jadeando y ardiendo de deseo.

No era justo con ella... pero, después de todo, él era un hijo de puta y deseaba desesperadamente lo que ella le había dado antes. Y Bella se iría pronto. Así que sólo tenía ese día.

Zsadist abrió la puerta y regresó a la habitación.

Bella estaba acostada en la cama, y evidentemente se sorprendió al verlo regresar. Cuando la vio sentarse de un salto, Zsadist tuvo un postrer ataque de decencia. ¿Cómo diablos podía estar con ella? ¡Dios, ella era tan... hermosa, y él no era más que un asqueroso desgraciado!

Se quedó plantado en medio de la habitación. «Demuestra que no eres un bastardo y huye», pensó. «Pero antes, explica tu proceder».

—Yo también quiero estar contigo, Bella, pero no quiero follar simplemente. —Al ver que ella comenzaba a decir algo, Zsadist levantó una mano para detenerla—. Por favor, sólo escúchame. Yo quiero estar contigo, pero no creo tener lo que tú necesitas. Yo no soy el hombre para ti y definitivamente éste no es un buen momento.

Zsadist soltó el aire, pensando que era un imbécil. Aquí estaba, diciéndole que no, jugando al caballero... mientras que mentalmente le estaba arrancando las sábanas para cubrirla con su propia piel.

La cosa que colgaba de sus caderas se agitó como un martillo.

Zsadist se preguntó a qué sabría Bella en ese lugar dulce que había entre sus piernas.

—Ven aquí, Zsadist. —Bella levantó las mantas y le mostró a Zsadist su cuerpo desnudo—. Deja de pensar. Ven a la cama.

—Yo...

De repente le vinieron a los labios palabras que nunca le había dicho a nadie, una confesión especial, una traicionera revelación. Zsadist desvió la mirada y simplemente las dejó salir, sin tener una razón muy clara para hacerlo.

—Bella, cuando era esclavo, me hicieron... Ah, me hicieron muchas cosas. Cosas sexuales. —Debería detenerse. En este mismo momento—. Había hombres, Bella. Contra mi voluntad, había hombres.

Zsadist oyó una exclamación.

Eso era bueno, pensó, aunque se sintió horrorizado al oírla. Tal vez podría salvarla haciendo que ella sintiera asco de él. Porque ¿qué mujer querría estar con un hombre al que le habían hecho algo así? Ése no era el ideal heroico. Estaba muy lejos de serlo.

Zsadist se aclaró la garganta y clavó la vista en un agujero en el suelo.

—Mira, yo no... No quiero tu compasión. Al decirte esto no estoy buscando hacerte sentir mal. Es sólo que... yo estoy jodido. Es como si tuviera todos los cables cruzados cuando se trata de todo este asunto del... ya sabes, del sexo. Yo te deseo, pero eso no está bien. Tú no deberías estar conmigo. Tú eres pura, mereces mucho más que eso.

Se produjo un largo silencio. ¡Ah, tenía que mirarla! Cuando lo hizo, Bella se levantó de la cama, como si estuviera esperando que él alzara los ojos. Caminó hacia él desnuda, cubierta sólo por la luz de una única vela.

—Bésame —susurró en medio de la penumbra—. Sólo bésame.

—¡Por Dios! ¿Cuál es tu problema? —Al ver que ella se encogía, Zsadist agregó—: Quiero decir, ¿por qué? ¿Por qué yo, de todos los hombres que podrías tener?

—Te deseo a ti. —Bella se llevó la mano al pecho—. Es una respuesta normal, una respuesta natural hacia el sexo opuesto, ¿o no?

—Pero yo no soy normal.

—Lo sé. Pero tampoco eres impuro ni estás contaminado, y eres muy valioso. —Bella tomó las manos de Zsadist, que estaban temblando, y se las puso sobre los hombros.

Tenía una piel tan suave, que la idea de dañarla de alguna forma lo dejó frío. Al igual que la de meter dentro de ella esa cosa que tenía entre las piernas. No, no podía usar la parte inferior de su cuerpo, ¿o sí? Estaba desconcertado, lleno de dudas, de angustia.

De repente, tuvo una idea. Esto podía ser sólo para ella.

Con las manos sobre los hombros de Bella, Zsadist le dio la vuelta, haciendo que la espalda de ella quedara contra su cuerpo. Con lentitud, acarició las curvas de la cintura y las caderas. Cuando ella arqueó la espalda y suspiró, Zsadist alcanzó a ver las puntas de los senos por encima del hombro. Quería tocarla ahí... y se dio cuenta de que podía hacerlo. Movió las manos sobre las costillas de Bella, sintiendo cada uno de sus delicados huesos, hasta que las palmas envolvieron los pechos. Ella arqueó más la espalda y entreabrió la boca.

Al ver que se le ofrecía de esa manera, Zsadist tuvo el impulso instintivo de penetrarla de todas las formas posibles. En un acto reflejo, se pasó la lengua por el labio superior, mientras agarraba uno de los pezones entre el pulgar y el índice. Se imaginó cómo sería meter su lengua en la boca de Bella, entrar entre sus dientes y sus colmillos y poseerla de esa forma.

Como si supiera lo que él estaba pensando, Bella trató de darse la vuelta para quedar frente a él, pero Z se resistió; le parecía que estaban demasiado cerca... casi no podía creer que ella se le estaba entregando, que iba a permitir que alguien como él le hiciera cosas íntimas y eróticas a su cuerpo. Zsadist la detuvo, agarrándola de las caderas y apretándola con fuerza contra sus muslos. Rechinó los dientes cuando sintió el trasero de Bella contra esa cosa dura que hacía presión contra sus pantalones.

—Zsadist... déjame besarte. —Bella trató nuevamente de volverse, pero él se lo impidió.

A pesar de que ella forcejeó un poco, la mantuvo en su lugar con facilidad.

—Será mejor para ti de esta forma. Será mejor que no puedas verme.

—No, no lo será.

Zsadist apoyó la cabeza sobre el hombro de Bella.

—Si sólo pudiera lograr que aceptaras a Phury... Yo antes era igual que él... somos gemelos. Podrías pretender que se trata de mí.

Bella se zafó de las manos de Zsadist.

—Pero no serías tú. Y yo te deseo a ti.

Mientras lo miraba con expectativa femenina, Zsadist se dio cuenta de que se dirigían hacia la cama, que estaba justo detrás de ella. Y que iban a follar. Pero, Dios... él no tenía idea de cómo hacerlo de forma que ella se sintiera bien. Podría decirse que era casi virgen, a juzgar por lo poco que sabía sobre la manera de complacer a una mujer.

Tras asimilar esa terrible revelación, pensó en el otro compañero que Bella había tenido, ese aristócrata que, sin duda, debía de saber mucho más que él acerca del sexo. Y enseguida sintió brotar de la nada la necesidad totalmente irracional de buscar a ese antiguo amante y matarlo.

Zsadist cerró los ojos. Estaba horrorizado de sí mismo.

—¿Qué sucede? —preguntó Bella.

Ese tipo de violento impulso territorial era una de las características de los machos que han elegido compañera. De hecho, era lo que los identificaba.

Z levantó el brazo, puso la nariz contra su bíceps y aspiró con hondura... El aroma de los machos enamorados estaba comenzando a brotar de su piel. Todavía era suave, probablemente sólo él podía reconocerlo, pero ya estaba ahí.

¡Mierda! ¿Qué iba a hacer ahora?

Sus instintos respondieron por él y, mientras todo su cuerpo rugía, Zsadist levantó a Bella entre sus brazos y la llevó a la cama.

B ella miró fijamente la cara de Zsadist mientras él atravesaba
la habitación con ella en sus brazos. Tenía los ojos entornados, de manera que sólo se veían un par de ranuras que brillaban
con avidez erótica. Cuando la puso sobre la cama, se quedó mirando su cuerpo y ella pensó que parecía que fuera a comérsela viva.

Pero se limitó a quedarse quieto junto a ella.

—Arquea la espalda, por favor —le ordenó al cabo de unos
instantes.

Bueno... no era lo que ella esperaba.

—Arquea la espalda, Bella.

Sintiéndose extrañamente expuesta, Bella hizo lo que él le
pedía y se apoyó sobre la cabeza hasta levantar el cuerpo del colchón. Mientras se movía sobre la cama, observó la parte delantera
del pantalón de Zsadist. El pene erecto se sacudió poderosamente y
la idea de que pronto estaría dentro de ella la ayudó a complacerlo.

Zsadist se agachó y rozó con los nudillos uno de los pezones de Bella.

—Quiero sentirlo dentro de mi boca.

Bella sintió una deliciosa oleada de deseo.

—Entonces, bésame...

—Sshh. —Los nudillos de Zsadist bajaron entre sus senos
hasta llegar al vientre. Se detuvieron en el ombligo. Luego trazó
un pequeño círculo con el índice alrededor del ombligo y paró.

—No te detengas —gimió ella.

No se detuvo. Siguió bajando hasta rozar la parte superior del pubis. Bella se mordió el labio y miró el cuerpo de Zsadist, ese inmenso cuerpo de guerrero, con todos esos músculos. ¡Dios... realmente se estaba preparando para recibirlo!

—Zsadist...

—Quiero seguir bajando, Bella. Y no voy a poder detenerme. —Con la mano que tenía libre, Zsadist se tocó los labios, como si se estuviera imaginando lo que vendría—. ¿Estás preparada para dejarme hacerlo?

—Sí...

Zsadist se pasó los dedos por la cicatriz de la boca, mientras acariciaba la parte exterior de la vagina de Bella.

—Quisiera tener algo más bonito que ofrecerte. Porque sé que vas a ser perfecta. Lo sé.

Bella detestó el sentimiento de vergüenza que ocultaba ese cumplido.

—Yo creo que tú eres...

—Tienes una última oportunidad para decirme que no, Bella. Si no lo haces en este momento, voy a apropiarme de ti. Sin consideraciones. Y no creo que pueda hacerlo con mucha gentileza.

Bella abrió los brazos como si se le ofreciera. Zsadist asintió con la cabeza, como si tuvieran una especie de acuerdo, y se dirigió al extremo inferior de la cama.

—Abre las piernas. Quiero verte.

Bella se estremeció con nerviosismo.

Zsadist negó con la cabeza.

—Demasiado tarde, Bella. Ya es... demasiado tarde. Enséñamelo...

Bella dobló lentamente una rodilla y se fue abriendo poco a poco.

La cara de Zsadist pareció derretirse y toda la brusquedad y la tensión de tantos años lo abandonaron.

—Oh... por Dios... —susurró—. Eres... hermosa.

Apoyándose en los brazos, Zsadist se agachó sobre la cama, con los ojos fijos en las partes íntimas de Bella, como si nunca hubiese visto algo parecido. Cuando llegó a la altura de la vagina, unas manos grandes subieron por la parte interior de sus muslos y fueron abriéndolos un poco más.

Pero luego frunció el ceño y levantó la vista para mirarla a la cara.

—Espera, se supone que debo besarte antes en la boca, ¿no? Me refiero a que los hombres por lo general empiezan por arriba y luego van bajando, ¿no?

¡Qué pregunta tan extraña... como si nunca antes hubiese hecho esto!

Antes de que ella pudiera responder, Zsadist comenzó a retirarse, así que ella se sentó y le agarró la cara con las manos.

—Puedes hacerme lo que quieras.

Los ojos de Zsadist brillaron y se mantuvo en esa posición por una fracción de segundo.

Luego se abalanzó sobre ella, recostándola de nuevo sobre la cama. Le metió la lengua en la boca y las manos entre el pelo, empujándola, levantándola, moviéndole la cabeza. El deseo de Zsadist era feroz: la necesidad de aparearse de un guerrero de sangre ardiente. Iba a poseerla con toda su fuerza y ella se sentiría agotada cuando él terminara. Agotada y absolutamente dichosa. Bella se moría de ganas de copular con él.

De repente, Zsadist se detuvo y se alejó de la boca de Bella. Tenía la respiración agitada y un rubor en las mejillas. La miró a los ojos.

Y luego le sonrió.

Bella quedó tan sorprendida que no supo qué hacer. Nunca antes había visto esa expresión en la cara de Zsadist y, como tenía el labio superior levantado, no se veía la cicatriz; sólo asomaban sus dientes y sus colmillos brillantes.

—Me gusta esto —dijo—. Tú debajo de mí... Es delicioso. Eres suave y tibia. ¿Te parece que peso mucho? Ven, déjame...

Cuando Zsadist se levantó sobre los brazos, su pene erecto quedó contra la vagina de Bella y entonces la sonrisa se desvaneció de su cara. Era como si no le hubiese gustado la sensación, pero ¿cómo podía ser posible? Estaba excitado. Bella podía sentir que tenía una erección.

Cambió de posición con un movimiento rápido, de manera que las piernas de ella quedaron cerradas, atrapadas entre las rodillas de él. Bella no podía entender qué había ocurrido, pero fuera lo que fuese, no había sido bueno.

—Es delicioso tenerte sobre mí —dijo Bella para distraerlo—. Excepto por una cosa.

—¿Qué?

—Te has detenido.

Él se le echó encima enseguida y buscó el cuello de Bella con su boca. Mientras le mordisqueaba la piel, ella echó la cabeza hacia atrás sobre la almohada, para dejar expuesta su garganta. Agarrándolo de la parte posterior de la cabeza, lo empujó hacia su vena.

—Ah, sí... —gimió, con la esperanza de que él se alimentara de ella.

Zsadist hizo un sonido que significaba no, pero antes de que ella pudiera protestar por la negativa, ya estaba besándole la clavícula.

—Quiero besarte los senos —dijo con la boca sobre la piel de Bella.

—Hazlo.

—Antes debes saber algo.

—¿Qué?

Zsadist levantó la cabeza.

—La noche que llegaste... cuando te bañé... hice un enorme esfuerzo para no mirarte. Realmente lo hice. Te tapé con una toalla aunque estabas entre el agua.

—Eso fue muy gentil...

—Pero cuando te saqué de la bañera... vi tus senos. —Puso una de sus manos sobre el pecho de Bella—. No pude evitarlo. Lo juro. Traté de respetar tu intimidad, pero tú estabas... No pude contener mis ojos. Tenías los pezones duros por el frío. Tan pequeños y sonrosados. Hermosos.

Zsadist acarició la punta dura de un pecho con el pulgar, mientras ella se derretía.

—Está bien —balbuceó Bella.

—No, no estuvo bien. Tú estabas indefensa y no estuvo bien que te mirara.

—No, tú...

Zsadist se movió y su miembro erecto hizo presión contra la parte superior de los muslos de Bella.

—Sucedió esto.

—¿Qué suced...? Ah, ¿te excitaste?

Zsadist apretó la boca.

—Sí. No pude evitarlo.

Bella sonrió.

—Pero no hiciste nada, ¿cierto?

—No.

—Entonces, está bien. —Bella arqueó la espalda y observó los ojos de Zsadist, clavados en sus senos—. Bésame, Zsadist. Justo donde estás mirando. Ahora.

Zsadist abrió los labios y su lengua se posó sobre el pecho de Bella. Cuando la besó y chupó la parte interna de los pezones, fue muy dulce y tierno. Primero les dio un tirón y luego trazó un lánguido círculo alrededor, para volverlos a chupar después... mientras le acariciaba con las manos la cintura, las caderas y las piernas.

¡Qué ironía que le preocupara no poder hacerlo con suavidad! No sólo no fue brutal sino que mientras la chupaba y cerraba los ojos para saborearla, tenía una actitud de absoluta adoración, como si estuviera en medio de un trance.

—¡Por Dios! —murmuró, mientras se movía hacia el otro seno—. No me imaginé que esto fuera así.

—¿A qué... te refieres?

—Podría pasarme toda la vida lamiéndote.

Bella le agarró la cabeza con las manos y lo atrajo hacia ella. Y aunque le costó un poco de trabajo, logró separar las piernas y sacar una, de manera que Zsadist quedó casi metido entre sus muslos. Bella se moría por sentirlo excitado, pero él volvió a levantarse.

Cuando se echó hacia atrás, ella protestó, pero luego le metió las manos entre los muslos y comenzó a bajar por la parte interna de las piernas. Entonces ella abrió las piernas y el colchón comenzó a sacudirse bajo el peso de su cuerpo.

Era el cuerpo de Zsadist, que estaba temblando, mientras la contemplaba.

—Eres tan delicada... y resplandeces.

La primera vez que le pasó el dedo por la vagina, Bella sintió que se desmayaba. Como soltó un gemido ronco, Zsadist la miró enseguida a los ojos y maldijo:

—¡Maldición, no sé qué estoy haciendo! Estoy tratando de tener cuidado...

Bella le agarró la mano antes de que pudiera retirarla.

—Más...

Zsadist pareció dudar por un momento. Luego volvió a tocarla.

—Eres perfecta. ¡Y, Dios, eres tan suave! Necesito saber...

Zsadist se agachó y Bella sintió la presión de sus hombros. Luego sintió una caricia aterciopelada.

Eran los labios de Zsadist.

Esta vez, cuando ella se sacudió sobre la cama y pronunció su nombre, Zsadist sólo volvió a besarla y luego la lamió. Levantó la cabeza y tragó saliva, soltó un gruñido de éxtasis que provocó que a Bella se le paralizara el corazón dentro del pecho. Se miraron a los ojos.

—¡Ay... Santa Virgen Escribana... eres deliciosa! —dijo Zsadist y volvió a besarla allá abajo.

El vampiro se estiró sobre la cama, metiendo los brazos por debajo de las rodillas de Bella, y llenó totalmente el espacio entre sus muslos... Con infinita calma, como un hombre que no va a ir a ninguna parte durante un buen rato. Su respiración era caliente y entrecortada, su boca parecía ávida y desesperada. Zsadist la exploró con compulsión erótica, lamiéndola y acariciándola con la lengua y chupándola con los labios.

Cuando las caderas de Bella volvieron a sacudirse, Zsadist le puso un brazo sobre el estómago y la mantuvo en su lugar. Al sentir que volvía a estremecerse, se detuvo, sin levantar la cabeza.

—¿Estás bien? —preguntó con voz ronca, y sus palabras vibraron entre lo más íntimo del cuerpo de Bella.

—Por favor... —Fue lo único que se le ocurrió decir a ella.

Zsadist se retiró un poco y lo único que Bella pudo hacer fue mirar sus labios húmedos y pensar en dónde habían estado.

—Bella, no creo que pueda detenerme. Siento este... rugido en mi mente que me obliga a mantener la boca sobre ti. ¿Cómo puedo hacer que esto... sea agradable para ti?

—Haz que... déjame llegar —dijo ella con voz ronca.

Zsadist parpadeó, como si ella lo hubiese sorprendido.

—¿Cómo puedo hacer que llegues al orgasmo?

—Sólo sigue haciendo lo que estás haciendo. Pero más deprisa.

Zsadist entendió rápidamente y fue implacable cuando descubrió lo que podía hacer para que ella alcanzara el orgasmo. La fue empujando con fuerza, observándola, mientras ella se deshacía una y otra vez... muchas veces. Era como si él se alimentara del placer de ella y su hambre fuese insaciable.

Finalmente, cuando Zsadist levantó la cabeza, Bella estaba agotada.

Él la miró con gesto solemne y dijo:

—Gracias.

—¡Por Dios... soy yo la que tiene que dar las gracias!

Zsadist negó con la cabeza.

—Permitiste que un animal entrara en la parte más hermosa de ti. Estoy inmensamente agradecido.

Zsadist se alejó un poco, pero todavía tenía en las mejillas el rubor de la excitación. Y su miembro seguía erecto y presionando.

Bella le tendió los brazos.

—¿Adónde vas? No hemos terminado.

Al ver que él vacilaba, ella se acordó. Se dio la vuelta para quedar sobre el vientre y se puso a cuatro patas, sin ninguna vergüenza. Pero Zsadist no se movió, así que ella lo miró. Había cerrado los ojos como si estuviera sufriendo y eso la confundió.

—Sé que sólo lo haces de esta manera —dijo Bella con voz suave—. Eso fue lo que me dijiste. Para mí está bien. De verdad. —Hubo un largo silencio—. Zsadist, quiero terminar lo que empezamos. Quiero conocerte... de esta manera.

Zsadist se restregó la cara. Bella pensó que se iba a marchar, pero luego se movió para ubicarse detrás de ella. La tomó de las caderas con suavidad y luego la empujó hacia un lado, de modo que la hembra quedó de espaldas.

—Pero tú sólo...

—No contigo —dijo con voz ronca—. Contigo no quiero hacerlo así.

Bella abrió las piernas, lista para él, pero Zsadist se limitó a sentarse sobre los talones. Luego se estremeció.

—Déjame traer un condón —dijo.

—¿Por qué? No estoy en mi periodo de fertilidad, así que no necesitas condón. Y quiero que... termines.

Zsadist frunció el ceño sobre sus ojos oscuros.

—Zsadist... no ha sido suficiente para mí. Quiero estar plenamente contigo.

Bella estaba a punto de levantarse para atraerlo hacia ella, cuando él se levantó y se llevó las manos a la parte delantera de su pantalón. Se desató con torpeza el cordón y luego se lo bajó, dejando al descubierto sus partes íntimas.

Bella tragó saliva.

El pene erecto de Zsadist era enorme. Una exageración de la naturaleza, perfectamente hermosa y sólida como una piedra.

¡Por Dios Santo! ¿No sería demasiado grande para ella?

Las manos le temblaron cuando acomodó el pantalón debajo de los testículos. Luego se inclinó sobre el cuerpo de Bella y se colocó a la altura debida.

Cuando ella estiró la mano para acariciarlo, Zsadist se echó hacia atrás.

—¡No! —Al ver que ella se asustaba, Zsadist lanzó una maldición—. Lo siento... Mira, sólo déjame a mí.

Zsadist movió las caderas hacia delante y Bella sintió la cabeza del pene, redonda y ardiente, contra su vagina. Luego metió la mano por debajo de una las rodillas de Bella, le levantó la pierna y comenzó a hacer presión hacia adentro, poco a poco. Mientras que el cuerpo de Zsadist se cubría de sudor, un extraño aroma llegó hasta la nariz de Bella. Por un momento se preguntó si...

No, Zsadist no podía estar enamorándose de ella. No era su naturaleza.

—¡Por Dios... eres muy estrecha! —dijo con voz quebrada—. ¡Ay... Bella, no quiero desgarrarte!

—Sigue empujando. Con suavidad.

Bella sintió cómo su cuerpo parecía rebelarse contra la presión y el ensanchamiento. A pesar de que estaba dispuesta a recibirlo, Zsadist constituía una invasión, pero la verdad era que le encantaba lo que estaba sintiendo, en especial cuando él dejó escapar el aire que tenía en el pecho y se estremeció. Una vez que estuvo totalmente dentro, Zsadist abrió la boca y los colmillos se le alargaron, por el placer que estaba sintiendo.

Bella le acarició los hombros, sintiendo sus músculos y el calor que despedían.

—¿Está bien así? —preguntó Zsadist, con los dientes apretados.

Bella le plantó un beso en el cuello y movió las caderas. Él siseó.

—Hazme el amor —dijo ella.

Zsadist gimió y comenzó a moverse sobre ella como si fuera una ola gigante, mientras que su grueso pene la acariciaba por dentro.

—¡Ay, Dios...! —Zsadist dejó caer la cabeza sobre el cuello de Bella. A medida que el ritmo de sus movimientos se intensificaba y la respiración se aceleraba, le dijo al oído—: Bella... estoy asustado... pero no puedo... parar...

Luego soltó un rugido, se levantó apoyándose en los brazos y dejó que sus caderas se moviesen libremente, mientras que, con cada embestida, iba empujando a Bella hacia la parte superior de la cama. Entonces ella se agarró de sus muñecas, para mantenerse firme. Mientras él empujaba, ella podía sentir que estaba otra vez cerca del orgasmo y, cuanto más rápido era el ritmo, más cerca se sentía.

El éxtasis partió de la vagina, pero luego se extendió por todo su cuerpo. La sensación duró una eternidad y las contracciones de sus músculos internos se aferraron a la parte de él que la había penetrado.

Cuando recuperó la conciencia, Bella se dio cuenta de que Zsadist estaba quieto, totalmente paralizado sobre ella. Parpadeó para aclararse los ojos llenos de lágrimas y lo miró a la cara. Los afilados ángulos de su rostro mostraban una tensión que se extendía por todo su cuerpo.

—¿Estás bien? —preguntó con voz profunda—. Gritaste. Muy fuerte.

Bella le tocó la cara.

—No fue un grito de dolor.

—Gracias a Dios. —Zsadist aflojó los hombros y soltó el aire—. No soportaría la idea de hacerte daño.

La besó con ternura. Luego sacó su pene del cuerpo de Bella, se levantó de la cama y, mientras se subía el pantaloncito de deporte, se dirigió al baño y cerró la puerta.

Bella frunció el ceño. No estaba segura de que Zsadist hubiera alcanzado el orgasmo. Cuando se retiró, su pene todavía parecía totalmente erecto.

Salió de la cama y miró hacia abajo. Cuando vio que no tenía nada escurriéndole por los muslos, tomó la bata y fue tras él, sin molestarse en llamar.

Zsadist tenía los brazos sobre el lavamanos y la cabeza agachada. Respiraba con dificultad y parecía estar ardiendo de fiebre. Tenía la piel pegajosa y parecía extrañamente rígido.

—¿Qué sucede, nallla? —dijo con voz ronca.

Bella se detuvo en seco, pues no estaba segura de haber oído bien. Pero le había dicho... Mi amor. Le había dicho «mi amor».

—¿Por qué no... —Bella no sabía cómo decirlo—. ¿Por qué paraste antes de...?

Al ver que Zsadist sólo sacudía la cabeza con gesto negativo, Bella se le acercó y lo giró, para poder verlo de frente. A través del pantaloncillo pudo ver que el pene seguía palpitando, todavía dolorosamente rígido. De hecho parecía como si le doliera todo el cuerpo.

—Déjame aliviarte —dijo Bella y estiró las manos.

Zsadist dio un paso atrás, hasta quedar contra la pared de mármol, entre la ducha y el lavamanos.

—No, Bella... no lo hagas...

Bella se recogió la bata y comenzó a arrodillarse frente a él.

—¡No! —Zsadist la agarró para evitarlo.

Bella lo miró directamente a los ojos y puso las manos en la cinturilla del pantalón.

—Déjame hacerlo por ti.

Zsadist le agarró las manos y se las apretó hasta causarle dolor.

—Quiero hacerlo, Zsadist —dijo ella con firmeza—. Deja que yo me encargue.

Se produjo un largo silencio y ella empleó el tiempo en evaluar la cantidad de dolor, deseo y temor que mostraban los ojos de Zsadist. Luego se estremeció. No podía creer la conclusión a la que parecía estar llegando, pero tenía la impresión de que Zsadist nunca se había permitido tener un orgasmo. ¿O estaría sacando conclusiones apresuradas?

En todo caso, no podía preguntárselo. Zsadist estaba tambaleándose al borde de un abismo y si ella decía o hacía algo equivocado, saldría huyendo de la habitación.

—Zsadist, no te voy a hacer daño. Y puedes mantener el control de la situación, si quieres. Pararemos si no te sientes bien. Puedes confiar en mí.

Pasó un buen rato antes de que Zsadist comenzara a aflojar las manos. Finalmente la soltó y la alejó de su cuerpo. Luego se bajó el pantaloncillo con nerviosismo.

El pene erecto llenó el espacio que mediaba entre ellos.

—Sólo cógelo —dijo con voz quebrada.

—A ti. Te voy a coger a ti.

Cuando Bella envolvió el pene con sus manos, Zsadist dejó escapar un gemido y echó la cabeza hacia atrás. ¡Por Dios, estaba duro! Duro como el acero, pero rodeado de una piel tan suave como la de sus labios.

—Eres...

—Sshhh —la interrumpió él—. Nada de... charla. No puedo... No puedo hablar.

Zsadist comenzó a mecerse mientras ella lo apretaba. Primero lentamente y luego cada vez más rápido. Tomó la cara de Bella entre sus manos y la besó, luego su cuerpo tomó el control y comenzó a sacudirse como un loco. Ella se movía cada vez más deprisa mientras Zsadist ejecutaba esa vieja danza masculina. Cada vez más deprisa... hacia delante y hacia atrás...

Pero después de un rato pareció estancarse. Estaba haciendo un gran esfuerzo, tenía los músculos del cuello tan tensos que parecían a punto de salirse de la piel y el cuerpo estaba cubierto de sudor. Pero no parecía poder encontrar el alivio buscado.

Zsadist se detuvo, jadeando.

—Esto no va a funcionar.

—Tranquilo, relájate. Relájate y déjate ir...

—No. Necesito... —Zsadist tomó una de las manos de Bella y la puso sobre sus testículos—. Aprieta. Aprieta con fuerza.

Bella lo miró con expresión de alarma.

—¿Qué? No te quiero hacer daño...

Zsadist puso su mano sobre la de ella, como si fuera un guante de hierro, y comenzó a retorcerse los testículos hasta que soltó un alarido. Luego le agarró la otra muñeca y le mantuvo la mano sobre el pene.

Bella trató de zafarse para suspender el sufrimiento que él mismo se estaba causando, pero Zsadist comenzó a moverse de nuevo. Y cuanto más trataba de soltarlo Bella, más le apretaba él la mano sobre ese lugar tan sensible de la anatomía masculina. Ella no podía creerlo, estaba horrorizada, pensando en el dolor que él debía de estar sintiendo...

Zsadist gritó como loco y su grito rebotó contra las paredes de mármol del baño, hasta que Bella estuvo segura de que todo el mundo en la mansión lo había escuchado. Luego sintió las poderosas embestidas de su eyaculación, ardientes chorros que le empaparon las manos y la parte delantera de la bata.

Inmediatamente después, Zsadist se desplomó sobre los hombros de Bella y ella recibió todo el peso de su cuerpo. Respiraba como un tren de carga y todos sus músculos temblaban de manera espasmódica. Cuando por fin le soltó la mano, Bella tuvo que despegarla de sus testículos.

Bella estaba helada mientras sostenía el peso de Zsadist.

Algo horrible acababa de brotar entre ellos, una cierta perversión sexual que cruzaba la línea que hay entre el placer y el dolor. Y aunque le parecía cruel, la verdad era que quería salir corriendo. Quería escapar de la terrible certeza de que le había hecho daño a Zsadsit porque él la había obligado y que sólo así había llegado al orgasmo.

Sin embargo, en ese momento se oyó una especie de gemido. O al menos eso parecía.

Contuvo la respiración y escuchó atentamente. Otra vez ese sonido, como un sollozo, y Bella sintió que Zsadist se estremecía.

¡Por Dios! Estaba llorando...

Bella lo envolvió entre sus brazos y se recordó que él no había pedido las torturas que había recibido. Tampoco había elegido libremente los efectos posteriores de todo lo que había sufrido.

Trató de levantarle la cabeza para besarlo, pero él no se dejó y enterró la cabeza entre su pelo. Bella lo acunó y lo consoló, mientras él trataba de ocultar que estaba llorando. Después de un rato, Zsadist se levantó y se restregó la cara con las manos. Evitó la mirada de Bella, mientras estiraba la mano y abría la ducha.

Le quitó la bata con un movimiento rápido y luego la enrolló y la tiró al cubo de la basura.

—Espera, me gusta esa bata...

—Te compraré una nueva.

Luego Zsadist la empujó hacia la ducha. Cuando sintió que ella se resistía, la levantó como una pluma y la metió debajo del chorro de agua y comenzó a enjabonarle las manos de manera frenética.

—Zsadist, espera. —Bella trató de soltarse, pero él la agarró con más fuerza—. No estoy sucia... Zsadist, déjalo. No necesito que me laves porque tú...

Zsadist cerró los ojos.

—Por favor... tengo que hacerlo. No te puedo dejar toda... llena de esa porquería.

—Zsadist —dijo ella con voz firme—. Mírame. —Cuando él la miró, dijo—: No es necesario.

—No sé qué otra cosa hacer.

—Regresa a la cama conmigo. —Bella cerró la llave—. Abrázame. Déjame abrazarte. Eso es lo único que tienes que hacer.

Y, francamente, ella también lo necesitaba, pues estaba muy conmovida.

Bella se envolvió en una toalla y llevó a Zsadist hacia la habitación. Tras meterse juntos debajo de las mantas, lo abrazó, pero ella estaba tan rígida como él. Había pensado que la intimidad ayudaría, pero no funcionó.

Después de un largo rato, la voz de Zsadist atravesó la oscuridad.

—Si yo hubiese sabido que tenía que ser así, nunca habría permitido que pasara.

Bella levantó la cara para mirarlo.

—¿Es la primera vez que has tenido una eyaculación?

El silencio no la sorprendió. Lo que la sorprendió fue que él respondiera después de un rato.

—Sí.

—¿Nunca te habías... masturbado? —susurró Bella, aunque ya conocía la respuesta. ¡Por Dios... lo que debían de haber sido todos esos años como esclavo de sangre! Todos esos abusos... Bella sintió ganas de llorar, pero sabía que eso haría que él se sintiera más incómodo.

Zsadist respiró hondo.

—No me gusta tocarme ahí. Francamente, detesto el hecho de que esa cosa haya estado dentro de ti. Quisiera que estuvieras ahora mismo en la bañera, rodeada de desinfectante.

—Me ha encantado estar contigo. Estoy feliz de que hayamos estado juntos. —Lo que le había resultado difícil fue lo que pasó después—. Pero acerca de lo que sucedió en el baño...

—No quiero que seas parte de eso. No quiero que me hagas eso, para que termines... toda cubierta de esa porquería.

—Me gustó producirte un orgasmo. Sólo que... te quiero mucho para hacerte daño. Tal vez podríamos tratar de...

Zsadist se incorporó.

—Lo siento... Tengo que... Tengo que ir a ver a V. Tengo trabajo que hacer.

Bella le agarró del brazo.

—¿Qué pasaría si te dijera que creo que eres hermoso?

—Pensaría que me tienes lástima y me enfurecería.

—No te tengo lástima. Quisiera que hubieras eyaculado dentro de mí y creo que eres fabuloso cuando estás excitado. Tienes un pene grueso y largo y me moría de ganas de tocarlo. Todavía quiero hacerlo. Y quiero tenerte dentro de mi boca. ¿Qué te parecería eso?

Zsadist se zafó y se puso de pie. Se vistió rápidamente y dijo:

—Si necesitas adornar lo que pasó para poder soportarlo, está bien. Pero la verdad es que te estás engañando. Muy pronto vas a darte cuenta de que sigues siendo una mujer muy valiosa. Y entonces lamentarás haber estado conmigo.

—No, no lo haré.

—Espera y verás.

Zsadist salió de la habitación, antes de que ella pudiera encontrar la respuesta apropiada para eso.

Bella cruzó los brazos sobre el pecho y se hundió en un sentimiento de frustración. Luego arrojó lejos las mantas. ¡Maldición, este cuarto estaba hirviendo! O tal vez estaba tan agotada que su química interna se había alterado totalmente.

Como no se sentía capaz de quedarse en la cama, se vistió y salió al corredor de las estatuas. No sabía adónde iba, pero le daba igual... Sólo quería soltar todo el calor que se acumulaba en su cuerpo.

Z sadist se detuvo de repente a mitad del túnel, a medio camino entre la casa principal y la guarida de Vishous y Butch.

Cuando miró hacia atrás, no vio nada más que la fila de luces del techo. Y hacia delante sólo había más de lo mismo, una hilera de parches de luz que se extendían hasta el infinito. La puerta por la que había llegado al túnel y aquella por la que saldría no se alcanzaban a ver.

Bueno, ¿no era eso una perfecta representación de la vida?

Se recostó contra la pared de acero del túnel y se sintió atrapado, a pesar de que nada ni nadie lo detenía.

¡Ay, pero eso no era cierto! Bella lo tenía atrapado. Lo tenía encadenado. Lo tenía atado con su hermoso cuerpo y su tierno corazón y esa equivocada quimera de amor que brillaba en sus ojos de color zafiro. Atrapado... estaba atrapado.

De repente recordó la noche en que Phury lo liberó finalmente de la esclavitud.

Cuando la Señora apareció con otro hombre, el esclavo se quedó indiferente. Después de diez décadas, ya no le importaba sentir la mirada de otros hombres y las violaciones y los abusos no eran nada nuevo para él. Su existencia era un inmenso infierno siempre idéntico, y la única tortura real era la naturaleza infinita de su cautiverio.

Pero de pronto sintió algo extraño. Algo... diferente. Entonces volvió la cabeza y miró al desconocido. Lo primero que pensó fue que era un hombre gigantesco y que estaba vestido con ropa costosa, así que debía de ser un guerrero. Luego pensó que esos ojos amarillos que lo observaban contenían una terrible tristeza. En realidad, el desconocido que estaba de pie contra la puerta se había puesto tan pálido que su piel parecía de pergamino.

Cuando el olor del ungüento llegó hasta la nariz del esclavo, volvió a clavar la mirada en el techo, sin mostrar ningún interés en lo que sucedería después. Sin embargo, de pronto sintió que lo invadía una oleada de emoción. El esclavo volvió a mirar al hombre que estaba dentro de la celda y frunció el ceño. El guerrero estaba sacando una daga y miraba a su dueña como si la fuera a matar...

En ese momento se abrió la otra puerta y apareció uno de los hombres de la corte, que dijo algo con tono angustiado. Súbitamente la celda se llenó de guardias y armas y rabia. El hombre que lideraba el grupo agarró a la Señora con brusquedad y la lanzó lejos con tanta fuerza que la mujer se estrelló contra la pared de piedra. Luego el hombre se dirigió hacia el esclavo y desenfundó un cuchillo. El esclavo gritó cuando vio que la hoja del cuchillo se dirigía a su cara. Luego sintió un dolor agudo que se extendió por la frente, la nariz y la mejilla y perdió el conocimiento.

Cuando recuperó la conciencia estaba colgando del cuello, y el peso de los brazos, las piernas y el torso amenazaban con asfixiarlo. Era como si su cuerpo supiera que estaba a punto de morir y lo hubiese despertado con la remota esperanza de que la mente pudiera ayudarlo. Un intento fallido, pensó el esclavo.

Querida Virgen, ¿acaso no debería estar sintiendo un terrible dolor? Luego se preguntó si le habrían echado agua encima, pues tenía la piel mojada. Entonces se dio cuenta de que algo espeso le escurría sobre los ojos. Sangre. Estaba empapado en su propia sangre.

¿Y qué era todo ese ruido a su alrededor? ¿Espadas? ¿Un combate?

Mientras luchaba por respirar, levantó los ojos y durante una fracción de segundo se olvidó de la asfixia. El mar. Estaba mirando hacia el inmenso mar. El esclavo se sintió dichoso por un momento... y luego se quedó ciego y sin aire. Trató de parpadear y se desmayó, aunque se sentía agradecido por haber podido ver el océano una última vez antes de morir. Se preguntó vagamente si el Ocaso sería parecido a ese vasto horizonte, una extensión infinita que era a la vez un hogar y un sitio desconocido.

Justo cuando vio una luz blanca brillante delante de él, sintió que la presión sobre la garganta cedía y que alguien manipulaba su cuerpo con brusquedad. Oyó gritos y sintió movimientos fuertes, luego una carrera irregular, que terminó abruptamente. Entretanto, la agonía se apoderó de su cuerpo y penetró en sus huesos, golpeándolo con puños terribles.

Se oyeron dos disparos. Gruñidos de dolor que no habían salido de su boca. Y luego un grito y un golpe de viento sobre la espalda. Estaba cayendo... estaba en el aire, cayendo...

¡Ay, Dios, el océano! El pánico se apoderó de él. La sal...

Sintió el golpe contra el agua sólo un momento, antes de que la sensación del agua del mar sobre su carne viva nublara su mente. Se desmayó.

Cuando volvió en sí una vez más, su cuerpo no era más que un depósito de dolores. Se dio cuenta vagamente de que estaba helado por un lado, pero moderadamente caliente por el otro, así que se movió para ver qué pasaba. En cuanto lo hizo, sintió que el calor que sentía en su espalda también se movía... Alguien lo tenía abrazado. Había un hombre contra su espalda.

El esclavo se separó enseguida de ese cuerpo duro y se arrastró por el suelo. Aunque tenía la visión borrosa, alcanzó a distinguir una roca en medio de la oscuridad y se ocultó tras ella. Cuando se sintió protegido, respiró y tomó conciencia del dolor de su cuerpo y luego sintió el olor del mar y un hedor a pescado muerto.

También percibió un ligero aroma. Un agudo y ligero...

Miró por encima del borde de la roca. Aunque no veía muy bien, fue capaz de distinguir la figura del hombre que había entrado en la celda con la Señora. El guerrero estaba sentado contra la pared y su largo cabello le colgaba sobre los hombros. Tenía la ropa hecha jirones y sus ojos amarillos resplandecían de tristeza.

Ése era el otro olor, pensó el esclavo. La tristeza que el hombre estaba sintiendo tenía un olor.

Cuando el esclavo volvió a olfatear el aire, sintió un extraño tirón en la cara y se llevó los dedos a la mejilla. Tenía una herida allí, una línea rígida que le cortaba la piel... y le llegaba hasta la frente. Luego la siguió hacia abajo, hasta el labio superior. Y recordó el cuchillo acercándosele. Recordó haber gritado cuando sintió cómo lo cortaban.

El esclavo comenzó a temblar y se envolvió entre sus propios brazos.

—Deberíamos calentarnos mutuamente —dijo el guerrero—. De verdad, eso es lo único que trataba de hacer. No... no te voy a hacer nada. Sólo quisiera ofrecerte un poco de consuelo, si puedo.

Pero todos los hombres que llevaba la Señora siempre querían estar con el esclavo. Ésa era la razón por la cual los llevaba. Porque le gustaba observar...

Sin embargo, el esclavo recordó haber visto al guerrero levantando una daga y mirando a la Señora como si la fuera a destripar como a un cerdo.

El esclavo abrió la boca y preguntó con voz ronca:

—¿Quién es usted, señor?

Su boca no funcionaba como solía hacerlo y las palabras le salieron distorsionadas. Volvió a intentarlo, pero el guerrero lo interrumpió.

—He oído tu pregunta. —El ligero olor a tristeza se fue volviendo más fuerte, hasta que superó el hedor a pescado muerto—. Soy Phury. Yo soy... tu hermano.

—No, no. —El esclavo negó con la cabeza—. Yo no tengo familia, señor.

—No, no me... —El hombre se aclaró la garganta—. No me digas señor. Y siempre has tenido familia. Alguien te separó de nosotros. Llevo un siglo buscándote.

—Me temo que se equivoca.

El guerrero se movió, como si fuera a levantarse, y el esclavo dio un paso atrás, bajó los ojos y se cubrió la cabeza con los brazos. No podía soportar la idea de que lo golpearan otra vez, aunque mereciera un castigo por su insubordinación.

—No quería ofenderlo, señor —dijo rápidamente, aunque con dificultad—. Reconozco su superioridad y la respeto.

—¡Dulce Virgen Altísima! —Un sonido ahogado atravesó la cueva—. No te voy a golpear. Estás a salvo... Conmigo estás a salvo. Por fin te he encontrado, hermano mío.

El esclavo volvió a sacudir la cabeza, sin poder oír nada de lo que le decían, porque de repente se dio cuenta de lo que pasaría cuando anocheciera, lo que tenía que pasar. Él era propiedad de su dueña, lo cual significaba que tendrían que devolverlo.

—Le ruego —gimió— que no me devuelva a mi ama. Máteme ahora... No me devuelva, por favor.

—Preferiría matarnos a los dos antes que permitir que volvieras allá.

El esclavo levantó la mirada. Los ojos amarillos del guerrero ardían a través de la penumbra.

Durante un momento, se quedó observando ese brillo. Y luego recordó que hacía mucho, mucho tiempo, cuando despertó de su transición en cautiverio, la Señora le había dicho que le gustaban mucho sus ojos... sus ojos de color amarillo claro.

Había pocas personas de su raza que tuvieran los iris color oro.

Así que las palabras y los actos del guerrero comenzaron a penetrar en su cabeza. ¿Por qué un desconocido querría luchar para obtener su liberación?

El guerrero se movió, hizo una mueca de dolor y se levantó con las manos en uno de sus muslos.

La parte inferior de la pierna del hombre había desaparecido.

El esclavo abrió los ojos desmesuradamente, aterrorizado al ver la amputación. ¿Cómo había hecho el guerrero para sacarlo del agua con esa herida? Seguramente había tenido que hacer un gran esfuerzo para mantenerse a flote él mismo. ¿Por qué no había dejado que el esclavo se ahogara?

Sólo un lazo de sangre podía suscitar semejante generosidad.

—¿Tú eres mi hermano? —musitó el esclavo a través de su labio desfigurado—. ¿De verdad soy sangre de tu sangre?

—Sí, yo soy tu hermano gemelo.

El esclavo comenzó a temblar.

—No es cierto.

—Sí es cierto.

Un curioso pánico se apoderó del esclavo, helándole la sangre. Se agazapó como un animal, a pesar de tener la cara en carne viva, y se cubrió de la cabeza a los pies. Nunca se le había pasado por la cabeza que podía ser algo distinto de un esclavo, que podía tener la oportunidad de vivir de una manera diferente... vivir como un hombre libre, no como una propiedad.

El esclavo comenzó a mecerse sobre el suelo de tierra. Cuando se detuvo, volvió a mirar al guerrero. ¿Qué había pasado con su familia? ¿Por qué había ocurrido eso? ¿Quién era él? Y...

—¿Sabes si tengo un nombre? —susurró el esclavo—. ¿Me dieron un nombre alguna vez?

El guerrero tomó aire con dificultad, como si tuviera todas las costillas rotas.

—Tu nombre es Zsadist —dijo, luego fue soltando el aire poco a poco, hasta que acabó escupiendo las palabras—. Eres el hijo... de Ahgony, un gran guerrero. Y el amado hijo de nuestra... madre, Naseen.

El guerrero emitió un doloroso gemido y dejó caer la cabeza entre las manos.

Mientras lloraba, el esclavo lo observaba.

Zsadist sacudió la cabeza al recordar las horas de silencio que siguieron. Phury y él pasaron la mayor parte del tiempo sólo observándose fijamente. Los dos estaban en muy malas condiciones, pero Phury era el más fuerte, incluso con su pierna amputada. Recogió leña de la que traía el mar y fibras y algas y construyó una frágil balsa. Cuando el sol se puso, se arrastraron hasta el mar y flotaron a lo largo de la costa, hacia la libertad.

La libertad.

Pero Zsadist no era libre; nunca lo había sido. Esos años perdidos habían permanecido para siempre con él y la rabia que le producía lo que le habían robado y todo lo que le habían hecho estaba más viva que él mismo.

Recordó a Bella diciendo que lo amaba. Y sintió deseos de gritar.

Pero en lugar de eso comenzó a caminar hacia la guarida. No tenía ninguna virtud que lo hiciera valioso a los ojos de Bella, sólo tenía su sed de venganza, así que se pondría a trabajar. Quería ver a todos los restrictores aplastados frente a él, tirados en la nieve como troncos, a manera de testimonio de la única cosa que le podía ofrecer a Bella.

Y en cuanto al restrictor que la había secuestrado, el que le había hecho daño, le aguardaba una muerte especial. Z no tenía amor para darle a nadie. Pero por Bella sacaría todo el odio que tenía adentro y lo torturaría hasta que la última bocanada de aire abandonara sus pulmones.

P hury encendió un porro y miró los dieciséis botes de Aqua Net que estaban alineados sobre la mesa de centro de Butch y V.

—¿Qué estáis haciendo con esos botes de fijador para el pelo? ¿Habéis decidido vestiros de mujer?

Butch levantó el trozo de PVC en el que estaba haciendo un agujero.

—Bodoqueras, amigo mío. Lanzapatatas. Toda una fiesta.

—¿Perdón?

—¿Acaso nunca fuiste a un campamento de verano?

—Tejer cestas y tallar madera son actividades humanas. Sin ánimo de ofender, nosotros tenemos mejores cosas que enseñarles a nuestros jóvenes.

—La vida comienza cuando uno participa en un robo de calzoncillos a medianoche. Pero lo bueno llega cuando se pone la patata en este extremo, se llena la base con fijador y...

—Y luego lo enciendes —gritó V desde su habitación. Salió vestido con una bata y secándose el pelo con una toalla—. Hace un estruendo enorme.

—Un estruendo enorme —repitió Butch.

Phury miró a su hermano.

—V, ¿ya habías hecho esto antes?

—Sí, anoche. Pero la bodoquera se atascó.

Butch maldijo.

—La patata era demasiado grande. Malditos agricultores de Idaho. Esta noche vamos a ensayar con patatas más pequeñas. Va a ser genial. Desde luego, la trayectoria puede ser un problema...

—Pero en realidad es como el golf —dijo V y arrojó la toalla sobre una silla. Se puso un guante en la mano derecha para ocultar los tatuajes sagrados que la cubrían desde la palma hasta los dedos y también el dorso—. Me refiero a que debes pensar en el arco que hace la pelota en el aire...

Butch asintió vigorosamente.

—Sí, es como el golf. El viento desempeña un papel importante...

—Esencial.

Phury siguió fumando durante otro par de minutos, mientras ellos seguían intercambiando comentarios. Después de un rato se sintió obligado a decir:

—Vosotros dos pasáis demasiado tiempo juntos. ¿Sabéis a qué me refiero?

V sacudió la cabeza y miró al policía.

—El hermano no aprecia mucho este tipo de cosas. Nunca lo ha hecho.

—Entonces apuntemos a su cuarto.

—Cierto. Y como su cuarto da al jardín...

—¡Excelente!

De pronto se abrió la puerta que daba al túnel y los tres se volvieron a mirar.

Zsadist estaba en el umbral... y tenía el cuerpo impregnado del olor de Bella. También despedía el sofocante olor del sexo y un ligero toque del aroma que expelen los machos que han elegido compañera.

Phury se quedó tieso y le dio una larga calada al porro. ¡Oh, no... habían estado juntos!

El impulso de salir corriendo hacia la casa para ver si Bella todavía estaba respirando era casi irresistible. Al igual que el deseo de frotarse el pecho hasta que se desvaneciera el doloroso vacío que sentía adentro.

Su gemelo acababa de apropiarse de lo único que Phury deseaba en el mundo.

—¿Ya se movió esa camioneta? —le dijo Z a Vishous.

V fue a la mesa de los ordenadores y oprimió algunas teclas.

—No.

—Enséñamelo.

Zsadist se acercó y se inclinó, y V señaló una pantalla.

—Ahí está. Si se pone en marcha, puedo saber adónde va.

—¿Sabes cómo meterte en una de esas Explorer sin que se dispare la alarma?

—Por favor. Sólo es un coche. Si todavía está ahí cuando caiga la noche, te meteré sin problemas.

Z se enderezó.

—Necesito un teléfono nuevo.

Vishous abrió un cajón del escritorio, sacó un teléfono y lo revisó.

—Listo. Le diré a todo el mundo cuál es tu nuevo número.

—Llámame si esa cosa se mueve.

Mientras Zsadist les daba la espalda, Phury le dio otra calada al porro y contuvo el aliento. La puerta del túnel se cerró con fuerza.

Sin darse cuenta de lo que hacía, Phury apagó el porro y salió tras su gemelo.

En el túnel, Z se detuvo cuando oyó pasos detrás de él. Se dio la vuelta. La luz del techo iluminó sus mejillas hundidas debajo de los pómulos, la mandíbula redondeada y la línea de la cicatriz.

—¿Qué? —preguntó y su voz de bajo rebotó contra las paredes. Luego frunció el ceño—. Déjame adivinar. Es sobre Bella.

Phury se detuvo.

—Tal vez.

—Definitivamente. —Z bajó los ojos y los clavó en el suelo del túnel—. Puedes sentir el olor de ella en mí, ¿verdad?

Durante el largo silencio que se produjo, Phury pensó en lo bueno que sería tener un porro entre los labios.

—Sólo necesito saber una cosa... ¿Ella está bien después... de estar contigo?

Z cruzó los brazos sobre el pecho.

—Sí. Y no te preocupes, no querrá volver a hacerlo.

—¿Por qué?

—La hice... —El labio desfigurado de Z se adelgazó hasta convertirse en una raya—. No importa.

—¿Qué? ¿Qué hiciste?

—La hice lastimarme. —Al ver que Phury retrocedía, Z soltó una risa amarga y triste—. Sí, no tienes que asumir esa actitud protectora. Ella no se me volverá a acercar.

—¿Cómo...? ¿Qué sucedió?

—Mira, no pienso hablar de eso contigo.

De repente, sin previo aviso, Z fijó la vista en la cara de Phury. La fuerza de su mirada lo sorprendió, porque el hombre rara vez miraba a la gente a los ojos.

—Sin rodeos, hermano mío. Yo sé que ella te gusta y... bueno, espero que cuando las cosas se enfríen un poco, tal vez tú puedas... estar con ella.

¿Acaso estaba loco?, pensó Phury. ¿Se había vuelto loco?

—¿Cómo demonios podría funcionar eso, Z? Es la mujer que tú has elegido.

Zsadist se frotó la calva.

—En realidad no.

—Mientes.

—Pero eso no importa, ¿sabes? Muy pronto ella saldrá de ese estado postraumático en que se encuentra y querrá relacionarse con alguien normal...

Phury negó con la cabeza, pues sabía bien que un macho que ha elegido pareja no renuncia nunca a lo que siente por su hembra. A menos que muera.

—Z, estás loco. ¿Cómo puedes decir que quieres que yo esté con ella? Eso te mataría.

De repente la expresión de Zsadist se cubrió de dolor. «¡Cuánto sufrimiento!», pensó Phury. Tan profundo que parecía imposible que alguien pudiera sobrevivir a ese dolor.

Y luego se le acercó. Phury se preparó para... ¡Dios, no tenía idea de lo que iba a suceder!

Finalmente Z levantó una mano, pero no parecía impulsado por la rabia o la violencia. Y cuando Phury sintió que la palma de su gemelo aterrizaba delicadamente en su cara, trató de recordar la última vez que Z lo había tocado con suavidad. O simplemente tocado.

Mientras su pulgar acariciaba una mejilla lisa y perfecta, Zsadist dijo:

—Tú eres el hombre que yo podría haber sido. Eres el potencial que yo tenía y que perdí. Eres el honor, la fuerza y la ternura que ella necesita. Cuidarás de ella. Yo quiero que tú la cuides. —Zsadist dejó caer la mano—. Serás un buen compañero para ella. Contigo como su hellren, ella podrá caminar con la frente en alto. Podrá estar orgullosa de que la vean contigo a su lado. Será socialmente invencible. La glymera no podrá tocarla.

La tentación era demasiado fuerte, y Phury sintió que estaba a punto de ceder. Pero ¿qué pasaría con su gemelo?

—Ay, por Dios... Z. ¿Cómo puedes soportar la idea de que yo esté con ella?

Instantáneamente desapareció de la actitud de Z todo rastro de ternura.

—Ya seas tú u sea otro, el dolor es el mismo. Además, ¿crees que no estoy acostumbrado a sufrir? —Z esbozó una sonrisa malévola—. Para mí, el dolor es como mi hogar.

Phury pensó en Bella y en cómo había rechazado la posibilidad de alimentarse de su vena.

—Pero ¿no crees que ella tiene una opinión en todo esto?

—Ella verá la luz finalmente. No es estúpida. En absoluto. —Z dio media vuelta y comenzó a caminar. Luego se detuvo y, sin mirar hacia atrás, agregó—: Hay otra razón por la cual quiero que estés con ella.

—¿Y ésta sí tendrá sentido?

—Tú mereces ser feliz. —Phury dejó de respirar mientras Zsadist murmuraba—: Vives menos que media vida. Siempre lo has hecho. Ella te cuidará y eso... eso será bueno. Eso es lo que deseo para ti.

Antes de que Phury pudiera decir algo, Z lo interrumpió:

—¿Recuerdas aquel día en esa cueva... después de que me rescataras? ¿El día que nos sentamos a esperar que el sol se pusiera?

—Sí —murmuró Phury, observando la espalda de su gemelo.

—Ese lugar olía a demonios, ¿no es cierto? ¿Lo recuerdas? ¿El olor a pescado muerto?

—Lo recuerdo todo.

—¿Sabes una cosa? Todavía te veo recostado contra la pared de la cueva, con todo el pelo pegado y la ropa mojada y manchada de sangre. Tenías un aspecto horrible. —Z se rió con amargura—. Estoy seguro de que yo estaba peor, claro. En todo caso... dijiste que querías darme un poco de consuelo, si podías.

—Sí, lo dije.

Hubo un largo silencio. Luego Z se puso rígido, y Phury sintió que un viento helado se instalaba en torno a él. Z lo miró por encima del hombro. Sus ojos negros parecían de hielo y su cara se ensombreció como el suelo del infierno.

—Yo no tengo remedio. Nunca lo tendré. Pero estoy seguro de que tú sí tienes esperanzas. Así que toma a esa mujer que tanto deseas. Tómala y hazla entrar en razón. La sacaría de mi cuarto si pudiera, pero ella no quiere irse.

Luego Z desapareció, las pisadas de sus botas de combate resonando contra el suelo.

* * *

Horas más tarde, Bella se paseaba por la mansión. Había pasado parte de la noche con Beth y Mary, cuya amistad había sido un gran consuelo. Pero ahora todo estaba en silencio, porque los hermanos y todo el mundo se habían ido a dormir. Sólo quedaban ella y Boo, deambulando por los pasillos, mientras el día avanzaba. El gato siempre iba a su lado, como si supiera que Bella necesitaba compañía.

¡Por Dios, estaba exhausta, tan cansada que apenas podía permanecer de pie, y también estaba dolorida! El problema era que sentía una inquietud en el cuerpo que no le permitía descansar, como si su motor interno se negara a apagarse.

De pronto sintió una oleada de calor que le recorrió todo el cuerpo, como si alguien le hubiese puesto un secador de pelo en cada centímetro de piel, y Bella pensó que seguramente estaba desarrollando alguna enfermedad, aunque no sabía cómo había podido contagiarse. Había estado con los restrictores durante seis semanas, y era imposible que le hubieran contagiado algún virus. Además, ninguno de los hermanos, ni sus shellans, estaban enfermos. Tal vez sólo era algo emocional.

289

Al darse cuenta de que había regresado al pasillo de las estatuas, se detuvo. Se preguntó si Zsadist estaría en el cuarto.

Y se decepcionó cuando abrió la puerta y vio que no estaba.

Ese hombre era como una adicción, pensó. Sabía que no le convenía, pero tampoco podía dejarlo.

—Hora de dormir, Boo.

El gato maulló, como si estuviera renunciando a sus deberes de escolta, y luego salió corriendo por el pasillo, silencioso y grácil.

Bella cerró la puerta, y entonces volvió a sentir otra oleada de calor. Se quitó la chaqueta y fue hasta la ventana para abrirla, pero, claro, las persianas estaban cerradas: eran las dos de la tarde. Desesperada, se dirigió a la ducha para refrescarse y se quedó debajo del chorro de agua fría durante mucho tiempo. Pero se sintió todavía peor cuando salió, con la piel pegajosa y la cabeza pesada.

Se envolvió en una toalla y fue hasta la cama para arreglar el desorden de sábanas. Antes de meterse en ella, miró de reojo el teléfono y pensó que debería llamar a su hermano. Necesitaban encontrarse cara a cara y tenían que hacerlo pronto, porque el periodo de gracia que le había dado Wrath no iba a durar para siempre. Y como Rehv nunca dormía, estaba segura de que estaría levantado.

Pero al sentir otra oleada de calor se dio cuenta de que no podía hablar con su hermano en ese momento. Descansaría un poco y lo llamaría al anochecer. Cuando el sol se ocultara, llamaría a Rehvenge y se reuniría con él en algún lugar neutral y público. Y le convencería de que acabara de una vez por todas con ese asunto de la sehclusion.

Bella se sentó en el borde de la cama y sintió una extraña presión entre las piernas.

Seguramente a consecuencia de haber estado con Zsadist, pensó. Había pasado mucho tiempo desde la última vez que había tenido un hombre dentro de su cuerpo. Y el único amante que había tenido no estaba equipado de esa manera. No se movía de esa manera.

Bella recordó imágenes de Zsadist sobre ella, con la cara apretada y seria, y el cuerpo en tensión, y sintió un estremecimiento que la dejó temblando. Enseguida experimentó una aguda sensación en la vagina, como si él la estuviera penetrando de nuevo, y sintió como si una mezcla de miel y ácido estuviera viajando por sus venas.

Frunció el ceño, se quitó la toalla y se miró el cuerpo. Tenía los senos más grandes de lo normal y los pezones tenían un color rosa más profundo. ¿Rastros de la boca de Zsadist? Desde luego.

Maldiciendo, se acostó en la cama y se tapó con una sábana. Sintió que el cuerpo le hervía y abrió las piernas, tratando de refrescarse. Sin embargo, el dolor parecía volverse cada vez más agudo.

* * *

La nevada arreciaba más y más y la luz de la tarde comenzaba a desvanecerse, pero O no era consciente de nada de eso mientras avanzaba con su camioneta hacia el sur, por la carretera 22. Cuando llegó al lugar preciso, se detuvo a un lado de la carretera y miró a U.

—La Explorer está a unos cien metros de aquí, en línea recta. Sácala de ese bosque. Luego ve a comprar lo que necesitamos y averigua con precisión los días de esas entregas. Quiero tener controladas esas manzanas y tener el arsénico listo.

—Bien. —U se desabrochó el cinturón de seguridad—. Pero, escucha, tienes que hablar ante la Sociedad. Es una tradición que todos los jefes de los restrictores...

—Sí, sí.

O miró cómo los limpiaparabrisas despejaban la nieve del cristal. Ahora que U estaba encargado de todo este asunto del festival de solsticio podía volver a ocuparse de buscar respuestas para su problema más importante: ¿cómo demonios iba a encontrar a su esposa?

—Pero el jefe de los restrictores siempre se dirige a los miembros de la Sociedad cuando toma posesión de su cargo.

¡Por Dios, la voz de U realmente estaba empezando a exasperarlo! Al igual que su estrecha mentalidad, siempre apegada a las tradiciones.

—O, tienes que...

—Cierra ya la boca. No estoy interesado en hacer ninguna reunión.

—Está bien. —U guardó silencio, pero su actitud de desaprobación era evidente—. Entonces, ¿dónde quieres que estén los escuadrones?

—¿Dónde crees? En el centro.

—Si encuentran civiles en los combates con los hermanos, ¿quieres que los equipos tomen prisioneros o que los maten? ¿Y vamos a construir otro centro de persuasión?

—No me importa.

—Pero necesitamos... —U dejó la frase sin terminar.

¿Cómo la iba a encontrar? ¿Dónde podría estar?

—O, escucha.

O miró a U con furia, listo para explotar.

—¿Qué?

U abrió y cerró la boca durante un momento, como si fuera un pez, sin atreverse a hablar.

—Nada —dijo finalmente.

—Muy bien. No quiero saber más de ti. Sal del coche y ponte a hacer algo que no sea regañarme.

En cuanto las botas de U tocaron el suelo, O arrancó. Pero no fue muy lejos. Tomó el desvío hacia la casa de su esposa e inspeccionó brevemente el lugar.

No había huellas de llantas sobre la nieve fresca. Tampoco había luces. Estaba desierta.

¡Malditos Betas!

O dio media vuelta y se dirigió al centro. Tenía los ojos secos por la falta de sueño, pero no iba a desperdiciar la noche reposando. ¡A la mierda!

¡Si no lograba matar algo esa noche, iba a volverse loco!

Z sadist pasó el día en el centro de entrenamiento. Se ejercitó con el saco de boxeo sin usar guantes. Levantó pesas. Corrió. Levantó más pesas. Practicó con las dagas. Cuando regresó a la casa principal eran casi las cuatro y estaba listo para irse de cacería.

En cuanto puso un pie en el vestíbulo, se detuvo. Había algo raro en el ambiente.

Miró a su alrededor. Luego dirigió la vista al segundo piso. Aguzó el oído buscando ruidos extraños. Olisqueó el aire, pero lo único que sintió fue el olor del desayuno, que estaban sirviendo en este momento en el comedor, y se dirigió hacia allá, convencido de que había algo raro, pero sin poder identificar de qué se trataba. Encontró a los hermanos sentados a la mesa y curiosamente callados, aunque Mary y Beth estaban comiendo y charlando tranquilamente. A Bella no se la veía por ningún lado.

Zsadist no tenía el más mínimo interés en la comida, pero de todas maneras se dirigió a la silla vacía que había junto Vishous. Cuando se sentó, sintió el cuerpo rígido y pensó que se debía a todo el ejercicio que había hecho durante el día.

—¿Ya se movió esa Explorer? —le preguntó a Vishous.

—No se había movido cuando vine a desayunar. En cuanto vuelva lo comprobaré otra vez, pero no te preocupes. El ordenador registrará todo movimiento, aunque yo no esté mirando. Podremos seguirle el rastro.

—¿Estás seguro?

Vishous lo miró con irritación.

—Sí, lo estoy. Yo mismo diseñé el programa.

Z asintió con la cabeza, luego se llevó una mano a la barbilla y movió la cabeza hacia un lado. ¡Por Dios, estaba rígido!

Un segundo después entró Fritz, con dos manzanas brillantes y un cuchillo. Después de darle las gracias al mayordomo, Z comenzó a pelar una de las manzanas. Mientras lo hacía, se reacomodó en el asiento. ¡Mierda... tenía una extraña sensación en las piernas y también en la zona lumbar! ¿Tal vez se había excedido en el ejercicio? Volvió a moverse en el asiento y luego se concentró de nuevo en la manzana, a la que daba vueltas y vueltas, mientras mantenía la hoja del cuchillo contra la carne blanca. Casi había terminado, y se dio cuenta de que no dejaba de cruzar y descruzar las piernas por debajo de la mesa, como si fuera una maldita bailarina.

Miró de reojo a los otros hombres. V estaba abriendo y cerrando la tapa del encendedor y golpeando el suelo con el pie. Rhage se estaba dando masaje en el hombro. Luego en el brazo. Luego en el pecho. Phury estaba jugando con la taza de café y se mordía el labio inferior, mientras golpeaba la mesa con los dedos. Wrath movía la cabeza hacia la izquierda y la derecha y hacia delante y hacia atrás, tenso como la cuerda de un violín. Butch también parecía inquieto.

Ninguno, ni siquiera Rhage, había probado el desayuno.

Pero Mary y Beth estaban como siempre y se levantaron para llevar los platos a la cocina. Luego comenzaron a discutir y a bromear con Fritz, por tener que ayudarle a traer más café y frutas.

Cuando la casa se estremeció con la primera oleada de energía, las mujeres acababan de salir del comedor. Esa fuerza invisible fue directamente hasta la cosa que Zsadist tenía entre las piernas y la hizo endurecerse al instante. Zsadist se quedó frío, y al mirar a los hermanos vio que todos, también Butch, estaban paralizados, como si se estuvieran preguntando si era normal lo que sentían.

Un segundo después le golpeó otra ola. El miembro de Zsadist se engrosó todavía más. Alguien lanzó una maldición.

—¡Mierda! —dijo otro con un gruñido.

—Esto no puede estar pasando...

En ese momento se abrió la puerta de la cocina y apareció Beth, con una bandeja de fruta cortada en trocitos.

—Mary va a traer más café...

Wrath se levantó con tanta premura que el asiento se fue hacia atrás y chocó contra el suelo. Se dirigió a Beth, le arrancó la bandeja de las manos y la puso descuidadamente sobre la mesa. Al ver que los trozos de fresa y melón se salían de la bandeja de plata y rodaban sobre la mesa de caoba, Beth lo miró con desaprobación.

—Wrath, ¿qué...?

Wrath la atrajo hacia su cuerpo y comenzó a besarla de manera tan frenética, empujándola hacia atrás, que parecía que fuera a poseerla allí mismo, frente a toda la Hermandad. Sin que sus labios se separaran, la levantó por la cintura y la agarró del trasero. Beth soltó una carcajada y envolvió las piernas alrededor de las caderas de Wrath. El rey tenía la cara hundida en el cuello de su leelan cuando salieron del comedor.

Enseguida se sintió otra oleada que reverberó a lo largo de la casa, sacudiendo los cuerpos de los hombres que estaban en el comedor. Zsadist se agarró del borde de la mesa, y no fue el único. Vishous tenía los nudillos blancos por la fuerza con que se estaba aferrando a la mesa.

Bella... debía de ser Bella. Tenía que ser eso. Bella había entrado en celo.

Havers se lo había advertido, pensó Z. Cuando el doctor le hizo el examen interno, dijo que parecía que Bella estaba próxima a entrar en su periodo de fertilidad.

¡Qué iban a hacer! Una hembra en celo, en una casa con seis machos.

Era sólo cuestión de tiempo que los hermanos comenzaran a sentir la llamada de sus instintos sexuales. Y todos se dieron cuenta del peligro en que estaban.

Cuando Mary apareció por la puerta, Rhage se le acercó como un tanque, le quitó la cafetera y trató de ponerla sobre la mesita auxiliar, pero quedó muy al borde y la jarra se cayó, desparramando el líquido. Rhage arrinconó a Mary contra la pared y la cubrió con su cuerpo, mientras bajaba la cabeza y gemía con tanta fuerza que el candelero de cristal se estremeció. El gesto de sorpresa de Mary fue seguido luego por un suspiro muy femenino.

Rhage la levantó y la sacó del comedor en segundos.

Butch se miró el regazo y luego miró a los demás.

—Oídme, no quisiera parecer vulgar, pero ¿todo el mundo aquí está...?

—Sí —dijo V entre dientes.

—¿Queréis decirme qué diablos está pasando?

—Bella ha entrado en celo —dijo V, y arrojó a un lado la servilleta—. ¡Por Dios! ¿Cuánto falta para que anochezca?

Phury miró el reloj.

—Casi dos horas.

—Para ese momento estaremos hechos un desastre. Dime que tienes humo rojo.

—Sí, bastante.

—Butch, hazte un favor y lárgate de la casa lo más rápido que puedas. No pensé que a los humanos les afectara, pero como parece que sí te está afectando, será mejor que te vayas cuanto antes.

En ese momento sintieron otro asalto y Z se desplomó contra el respaldo del asiento, mientras que sus caderas se sacudían involuntariamente. Oyó los gruñidos de los demás y se dio cuenta de que estaban metidos en un lío. Independientemente de lo civilizados que pretendieran ser, los machos no podía evitar reaccionar ante la presencia de una hembra en su periodo de fertilidad, y el impulso sexual iría aumentando a medida que el celo fuese progresando e intensificándose.

Si no fuera de día, podrían haberse salvado huyendo de la casa. Pero estaban atrapados en el complejo y, cuando por fin estuviera suficientemente oscuro como para salir, ya sería demasiado tarde. Después de una exposición prolongada a la presencia de una hembra en su periodo de fertilidad, los machos se niegan instintivamente a alejarse de ésta. Sin importar lo que piensen racionalmente, sus cuerpos se niegan a alejarse y, si llegan a hacerlo, sufren dolores peores que las ansias sexuales que estaban experimentando. Wrath y Rhage podían aliviar sus necesidades, pero el resto de los hermanos estaban metidos en graves problemas. Su única esperanza era drogarse.

Y Bella... ¡Ay, Dios... ella iba a sufrir más que todos ellos juntos!

V se levantó de la mesa y tuvo que agarrarse al respaldo de la silla para mantenerse firme.

—Vamos, Phury. Necesitamos fumar. Ahora. Z, ¿te ocuparás de ella?

Zsadist cerró los ojos.

—¿Z? Z, tú la vas a montar... ¿no?

* * *

John levantó la vista de la mesa de la cocina cuando oyó que el teléfono estaba sonando. Sal y Regin, los criados de la casa, estaban comprando provisiones. Así que contestó él.

—John, ¿eres tú? —Era Thor, llamando por la línea de abajo.

John silbó y se metió otro bocado de arroz blanco y salsa de jengibre.

—Escucha, hoy no hay escuela. Estoy llamando a todas las familias.

John bajó el tenedor y volvió a silbar, en un tono ascendente.

—Hay una... complicación en el complejo. Pero mañana, como mucho pasado mañana, podremos volver. Ya veremos cómo están las cosas. En vista de esto, cambiamos tu cita con Havers. Butch irá a recogerte ahora mismo, ¿de acuerdo?

John silbó dos veces, de manera corta y rápida.

—Muy bien... Butch es humano, pero es genial. Confío en él. —En ese momento sonó el timbre—. Probablemente es él, sí, es Butch. Ya lo veo en la pantalla del monitor. Escucha, John... sobre todo este asunto del terapeuta... Si te pone los pelos de punta, no tienes que volver, ¿comprendes? No permitiré que nadie te obligue.

John dejó escapar un suspiro y pensó: «Gracias».

Tohr se rió.

—Sí, a mí tampoco me gusta todo ese asunto de andar hablando de lo que sentimos... ¡Ay! Wellsie, ¿qué te pasa?

Luego hubo una rápida conversación en lengua antigua.

—En todo caso —dijo Tohr por el teléfono—, quiero que me mandes un mensaje cuando termines, ¿vale?

John silbó dos veces, colgó y puso el plato y el tenedor en el lavaplatos.

Terapeuta... entrenamiento... Ninguna de las dos cosas lo entusiasmaba mucho, pero si tenía que elegir, prefería ver a cualquier psiquiatra, en lugar de tener que pasar un día con Lash. ¡Demonios, al menos la cita con el médico no duraría más de sesenta minutos! A Lash tenía que aguantarlo durante varias horas.

Recogió su chaqueta y la libreta. Luego abrió la puerta y se encontró con un humano enorme que le sonrió.

—Hola, J. Soy Butch. Butch O'Neal. Tu chófer y acompañante.

¡Caramba! Este Butch O'Neal estaba... bueno, el hombre iba vestido como un modelo de revista. Debajo de un abrigo de cachemira negro llevaba un elegante traje a rayas, una corbata increíble y una impecable camisa blanca. Tenía el pelo oscuro peinado cuidadosamente sobre la frente y los zapatos... ¡Caramba! Eran Gucci, unos Gucci originales... de cuero negro, con la etiqueta roja y verde, con letras doradas.

Era curioso que no fuera un tipo apuesto, al menos no en el sentido tradicional. Tenía una nariz que obviamente había sufrido varias lesiones y sus ojos color avellana eran demasiado penetrantes como para que se pudieran considerar atractivos. Pero era como un arma lista para disparar: tenía una inteligencia de acero y un peligroso poder que inspiraba respeto. Una combinación literalmente letal.

—¿John? ¿Qué sucede?

John silbó y le extendió la mano. Tras los saludos, Butch volvió a sonreír.

—Entonces, ¿estás listo? —preguntó el hombre con un tono un poco más suave. Era como si le hubiesen dicho de qué se trataba, que John tenía que regresar a la consulta de Havers para «hablar con alguien».

¿Acaso todo el mundo tenía que enterarse?

Mientras cerraba la puerta, John pensó en lo que pasaría si los chicos de la clase se enteraban, y le dieron ganas de vomitar.

Butch y él se dirigieron al Escalade negro. En el interior del coche hacía un agradable calor y olía a cuero y a la fuerte loción para después del afeitado que se había puesto Butch.

Arrancaron y Butch puso música. Mystikal comenzó a reverberar dentro del automóvil. John se dedicó a mirar por la ventanilla los copos de nieve y los colores del atardecer, pensando que realmente le gustaría estar camino de otra parte. Bueno, excepto del centro de entrenamiento.

—Entonces, John —dijo Butch—. No te voy a decir mentiras. Sé por qué nos dirigimos a la clínica y te quiero contar que yo también tuve que ir a ver al psiquiatra.

Cuando John levantó la vista con expresión de asombro, Butch asintió con la cabeza.

—Sí, cuando estaba en el cuerpo de policía. Fui detective de la división de homicidios durante diez años, y en homicidios se ven cosas bastante jodidas. Y siempre había un tipo muy sincero, con gafas de abuelito y una libreta en la mano, que me perseguía para que habláramos. Lo detestaba.

John suspiró, extrañamente convencido de que iba a odiar esa experiencia tanto como la odiaba Butch.

—Pero lo curioso es que... —Butch llegó a una señal de stop y se detuvo. Un segundo después, se lanzó al tráfico—. Lo curioso es que... creo que me ayudó. No cuando estaba sentado frente al doctor Trascendencia, el superhéroe de la comunicación de sentimientos. Francamente, yo quería largarme siempre, sentía como un cosquilleo en la piel. Pero después... cuando pensaba en lo que habíamos hablado, me daba cuenta de que el hombre tenía razón en algunas cosas. Y eso me tranquilizaba, y entonces pensaba que había hecho bien en hablar con él. Así que, a fin de cuentas, fue una buena experiencia.

John ladeó la cabeza.

—¿Quieres saber qué cosas vi? —murmuró Butch, interpretando el gesto del muchacho. El hombre se quedó en silencio durante un largo rato. Sólo respondió cuando entraron en otro vecindario muy elegante—. Nada especial, hijo. Nada especial.

Butch giró para tomar la entrada a una casa, se detuvo frente a una reja y bajó la ventanilla. Después de oprimir el botón del intercomunicador y decir su nombre, los autorizaron a pasar.

Cuando el Escalade se detuvo frente a una mansión del tamaño de una escuela y con fachada de estuco, John abrió la puerta. Una vez que estuvo con Butch al otro lado de la camioneta, se dio cuenta de que el hombre había sacado un arma: la llevaba en la mano, apuntando hacia abajo, a la altura del muslo, y pasaba casi inadvertida.

John ya había visto ese truco. Phury había hecho algo parecido cuando fueron juntos a la clínica, hacía dos noches. ¿Acaso los hermanos no estaban seguros aquí?

John miró a su alrededor. Todo parecía muy normal.

Tal vez los hermanos no estaban seguros en ninguna parte.

Butch agarró a John del brazo y caminó apresuradamente hacia una puerta de acero sólido, mientras inspeccionaba con la vista el garaje con capacidad para diez coches que había detrás de la casa, los robles de los alrededores y los otros dos coches que estaban aparcados frente a lo que parecía una entrada de servicio. John casi tuvo que correr para seguirle el paso.

Cuando llegaron a la puerta posterior Butch asomó la cara a una cámara y los paneles de acero que había frente a ellos hicieron un ruido metálico y se deslizaron hacia atrás. Entraron a un vestíbulo, las puertas se cerraron detrás de ellos y luego se abrió un montacargas. Bajaron un piso y salieron del ascensor.

Frente a ellos había una enfermera que John reconoció de la otra vez que había ido. La mujer sonrió, dándoles la bienvenida, después de lo cual Butch guardó el arma en un estuche, debajo de su brazo izquierdo.

La enfermera señaló un corredor.

—Petrilla está esperando.

John apretó su libreta, respiró hondo y siguió a la mujer, mientras se sentía como si avanzara hacia el patíbulo.

* * *

Z se detuvo frente a la puerta de su habitación. Sólo quería echarle un vistazo a Bella y luego huiría rápidamente hacia el cuarto de Phury, para drogarse hasta quedar inconsciente. Detestaba la sensación de embotamiento que producen las drogas, pero cualquier cosa era mejor que esa violenta necesidad de aparearse urgentemente.

Entreabrió la puerta y se desplomó sobre el marco. La habitación olía como un jardín lleno de flores, era la fragancia más deliciosa que había sentido en la vida.

Luego percibió algo raro en sus pantalones y vio que la cosa que tenía entre las piernas luchaba por salir.

—Bella —dijo, en medio de la oscuridad.

Oyó un gemido, entró y cerró la puerta.

«¡Ay, por Dios, ese aroma!». Sintió un rugido que salía del fondo de la garganta y sus dedos se convirtieron en garras. Luego sus pies tomaron el control y avanzó hasta la cama, mientras sus instintos dejaban atrás a la razón.

Bella estaba retorciéndose sobre el colchón, envuelta entre las sábanas. Cuando le vio, lanzó un grito, pero luego se calmó, como si se hubiese obligado a mantener la tranquilidad.

—Estoy bien. —Se acostó sobre el vientre y sus muslos se restregaron uno contra el otro, mientras se cubría con la colcha—. De verdad... estoy... Esto va a ser...

En ese momento la recorrió otra ola tan poderosa que empujó a Zsadist hacia atrás, mientras se encogía como un ovillo.

—Vete —dijo con voz ronca—. Es peor... cuando estás aquí. ¡Ay... Dios...!

Al oír que ella comenzaba a maldecir, Z retrocedió hasta la puerta, aunque todo su cuerpo le gritaba que se quedara.

Salir del cuarto fue tan difícil como alejar a un mastín de su presa. Cerró la puerta, corrió hacia el cuarto de Phury.

Desde que comenzó a avanzar por el pasillo de las estatuas sintió el olor de lo que V y su hermano gemelo estaban fumando. Y cuando entró a la habitación, la cortina de humo ya era tan espesa como la niebla.

Vishous y Phury estaban acostados en la cama y cada uno tenía entre los dedos un porro. Tenían la boca cerrada y el cuerpo tenso.

—¿Qué demonios estás haciendo aquí? —preguntó V.

—Dame un poco —dijo Z, mientras señalaba con la cabeza la caja de caoba que estaba en medio de los dos.

—¿Por qué la has dejado sola? —V dio una calada al porro y la punta color naranja brilló con más intensidad—. El celo no ha pasado todavía.

—Dice que es peor si yo estoy con ella. —Z se inclinó sobre su gemelo y agarró un porro. Le costó trabajo encenderlo, porque las manos le temblaban.

—¿Cómo dices?

—¿Acaso te parezco alguien que tenga experiencia en esta mierda?

—Pero se supone que es menos terrible cuando están con un macho. —V se restregó la cara y luego miró a Z con incredulidad—. Espera un minuto... no te has acostado con ella, ¿verdad? ¿Z? ¡Z, responde la maldita pregunta!

—No, no lo he hecho —respondió Z, consciente de que Phury estaba muy, muy callado.

—¿Cómo puedes dejar así a esa pobre mujer, en esa condición?

—Ella dijo que estaba bien.

—Sí, bueno, es que apenas está empezando. Pero no va a estar bien. La única manera de aliviar el dolor es que un macho eyacule dentro de ella, ¿me entiendes? No puedes dejarla así. Es una crueldad.

Z avanzó hasta una de las ventanas. Las persianas todavía estaban cerradas y pensó en el sol, ese terrible carcelero. ¡Dios, ojalá pudiera salir de la casa! Sentía como si una trampa se estuviera cerniendo sobre él, y el impulso de salir corriendo era casi tan fuerte como la lujuria que lo paralizaba.

Pensó en Phury, que tenía los ojos cerrados y no decía ni una palabra.

«Ésta es tu oportunidad», pensó Z. «Manda a tu hermano al otro extremo del pasillo, adonde está ella. Mándalo para que la monte durante el celo. Vamos. Dile que salga de aquí y vaya a tu cuarto y se quite la ropa y la cubra con su cuerpo».

¡Ay... Dios!

La voz de Vishous interrumpió su tortura:

—Zsadsit, eso no está bien y tú lo sabes, ¿verdad? —dijo V, tratando de hacerle entrar en razón—. No puedes hacerle esto, ella está...

—¿Qué tal si dejas de meterte en lo que no te importa, hermano?

Se produjo un corto silencio.

—Muy bien, entonces yo me haré cargo.

Z volvió la cabeza y vio que Vishous apagaba el porro y se ponía de pie. Cuando se arregló los pantalones de cuero, Zsadist vio con claridad que el hombre estaba excitado y tenía el pene erecto.

Zsadist se abalanzó desde el otro lado de la habitación con tanta rapidez que ni siquiera sintió los pies. Tumbó a Vishous en el suelo, le puso las manos en la garganta y comenzó a estrangularlo. Enseguida asomaron un par de colmillos afilados como cuchillos, que Zsadist enseñó, emitiendo un sonido sibilante.

—Si te acercas a ella, te mato.

Luego se oyó un estruendo detrás de él, seguramente era Phury, que corría a separarlos, pero V impidió todo intento de rescate.

—¡Phury! ¡No! —V tomó un poco de aire con dificultad—. Esto es entre él... y yo.

Los ojos de diamante de Vishous resplandecieron, levantó la vista hacia Zsadist y, aunque luchaba por respirar, habló.

—Relájate, Zsadist... no seas imbécil... —dijo con la misma firmeza de siempre. Luego tomó aire—. Yo no voy a ir a ninguna parte... Sólo quería llamar tu atención. Ahora, afloja... las manos.

Z aflojó las manos, pero no lo soltó.

Vishous respiró profundamente. Un par de veces.

—¿Ahora sí sientes la energía que corre por tus venas, Z? ¿Sientes el instinto territorial pulsando en tu interior? Ya estableciste un lazo con ella.

Z quiso negarlo, pero era una tarea difícil, después de la demostración que acababa de hacer. Y del hecho de que todavía tenía las manos sobre la garganta de Vishous.

Luego V susurró:

—El camino para salir del infierno te está esperando. Ella está al final del corredor, hombre. No seas tonto. Ve a buscarla. Eso os ayudará a los dos.

Z levantó la pierna y se quitó de encima de Vishous. Luego se dejó caer al suelo. Para evitar pensar en caminos de salida y hembras y sexo, se preguntó qué habría sucedido con el porro que se estaba fumando. Miró hacia la ventana de reojo y vio que había tenido la decencia de ponerlo sobre el alféizar antes de abalanzarse sobre Vishous como una fiera.

Bueno, ¿acaso no era todo un caballero?

—Ella te puede consolar —dijo V.

—Yo no estoy buscando que me consuelen. Además, no quiero preñarla, ¿me entiendes? Eso sería un maldito desastre.

—¿Es su primera vez?

—No lo sé.

—Si es el primer periodo de fertilidad, las posibilidades son prácticamente nulas.

—Decir que son «prácticamente nulas» no es suficiente. ¿Qué otra cosa puede aliviarla?

Phury habló desde la cama.

—Todavía tienes la morfina, ¿no? Ya sabes, esa jeringa que preparé con la droga que Havers dejó. Si no vas a ayudarla, úsala. He oído que eso es lo que hacen las hembras que no tienen compañero.

V se sentó y apoyó los brazos sobre las rodillas. Mientras se echaba el pelo hacia atrás, el tatuaje que tenía en la sien derecha resplandeció.

—Eso no solucionará el problema totalmente, pero es mejor que nada.

En ese momento, otra oleada de calor cortó el aire. Los tres gruñeron y quedaron momentáneamente incapacitados, mientras que sus cuerpos se deshacían por el esfuerzo de combatir el deseo de ir a donde los necesitaban, donde podrían aliviar el sufrimiento de una mujer.

En cuanto se sintió capaz, Z se puso de pie. Cuando salía del cuarto, vio que Vishous se estaba acostando otra vez en la cama de Phury y encendía otro porro.

Cuando Z regresó al otro extremo de la casa, se preparó para entrar de nuevo a su habitación. Al abrir la puerta, no se atrevió a mirar hacia donde estaba Bella sino que siguió derecho hasta el escritorio.

Encontró las jeringuillas y tomó la que Phury había llenado. Respiró hondo y dio media vuelta, pero descubrió que la cama estaba vacía.

—¿Bella? —Se acercó—. Bella, ¿dónde...?

La encontró tirada en el suelo, hecha un ovillo, con una almohada entre las piernas y temblando.

La hembra comenzó a gemir al notar que él se arrodillaba junto a ella.

—Duele...

—Ay, por Dios... lo sé, nalla. —Zsadist le quitó el pelo de los ojos—. Yo te voy a cuidar.

—Por favor... duele demasiado. —Bella se dio la vuelta; tenía los senos hinchados y los pezones rojos... Hermosos. Irresis-

304

tibles—. Duele. Duele mucho. Zsadist, esto no va a pasar. Está empeorando. Está...

De repente Bella comenzó a tener convulsiones y de su cuerpo salió una explosión de energía. La potencia de las hormonas que emanaron de ella lo dejó ciego y por un momento quedó tan obnubilado por la reacción animal de su cuerpo que no sintió nada... ni siquiera cuando ella lo agarró del antebrazo con tanta fuerza que habría podido doblarle los huesos.

Cuando pasó, Zsadist se preguntó si le habría roto la muñeca. Pero no porque le preocupara el dolor; estaba dispuesto a aceptar todo lo que ella necesitara darle. Pero si se aferraba a él con tanta desesperación, no podía imaginarse lo que debería estar sintiendo en las entrañas.

Zsadist hizo una mueca al ver que Bella se había mordido el labio inferior con tanta fuerza que se había hecho sangre. Le quitó la sangre de la boca con el pulgar y luego se lo limpió en el pantalón, pues no quería lamerla para evitar despertar sus ansias de beber sangre.

—Nalla... —Zsadist miró la aguja que tenía en la mano.

«Hazlo», se dijo. «Ponle la droga. Acaba con este sufrimiento».

—Bella, necesito saber una cosa.

—¿Qué? —dijo ella entre sollozos.

—¿Ésta es tu primera vez?

Ella asintió con la cabeza.

—No sabía que sería tan terrible... ¡Ay, Dios!

Su cuerpo sufrió otro espasmo y las piernas apretaron la almohada.

Zsadist volvió a mirar la jeringuilla. El hecho de que fuera «mejor que nada» no era suficientemente bueno, pero eyacular dentro de ella le parecía un sacrilegio. ¡Maldición, sus eyaculaciones eran la peor de las dos pésimas opciones que Bella tenía, pero en lo biológico, él podía hacer mucho más por ella que la morfina!

Z estiró el brazo y puso la jeringuilla sobre la mesita de noche. Luego se levantó, se quitó las botas y se sacó la camisa por encima de la cabeza. Se bajó la bragueta, liberando esa cosa horrible, larga y dolorida, y se quitó los pantalones.

Necesitaba experimentar dolor para alcanzar el orgasmo, pero eso no le preocupaba. ¡Demonios, podía infligirse suficiente daño como para provocar una eyaculación! Para eso tenía colmillos, ¿no?

Bella se retorcía de dolor cuando él la levantó y la puso sobre la cama. Estaba magnífica, recostada contra las almohadas, con las mejillas rojas, los labios entreabiertos y la piel resplandeciendo de deseo. Pero parecía estar sufriendo tanto...

—Sshhh... calma —susurró Zsadist, mientras se subía a la cama y se montaba sobre ella.

Al primer contacto con la piel de Zsadist, Bella gimió y volvió a morderse el labio. Esta vez él se inclinó sobre ella y lamió las gotas que brotaban de la boca. Al sentir el sabor de la sangre en la lengua, ese cosquilleo eléctrico, Zsadist se estremeció de pavor y recordó que llevaba más de un siglo alimentándose de una sangre débil.

Lanzó una maldición y decidió hacer a un lado todo su pasado para poder concentrarse en Bella. Debajo de él, las piernas de Bella no paraban de temblar y Zsadist tuvo que abrírselas a la fuerza con las manos y mantenérselas luego abiertas haciéndole presión con los muslos. Cuando le tocó la vagina con la mano, se estremeció. Bella estaba hirviendo y tenía la vagina empapada e hinchada. De pronto ella soltó un grito y el orgasmo que siguió pareció aliviar un poco el sufrimiento, pues los brazos y las piernas dejaron de temblar y la respiración se regularizó un poco.

Tal vez esto iba a ser más fácil de lo que había pensado. Tal vez Vishous estaba equivocado y ella no necesitaba tener a un hombre adentro. En cuyo caso, él podía seguir besándola y acariciándola durante horas y horas. ¡Por Dios, le encantaría hacerlo durante todo un día! La primera vez que había puesto la boca allá abajo había estado muy poco tiempo...

Zsadist miró de reojo su ropa. Probablemente habría sido mejor quedarse vestido.

La potencia de la energía que salió de ella en ese momento fue tan grande que Zsadist salió expulsado hacia atrás, como si unas manos invisibles lo hubiesen empujado. Bella gritó de desesperación, mientras él se tambaleaba sobre ella. Cuando la oleada pasó, Zsadist cayó otra vez sobre ella. Obviamente, el orgasmo había empeorado la situación y ahora Bella estaba llorando con tanta fuerza que ni siquiera le salían lágrimas. Sólo se estremecía de manera espasmódica, mientras se retorcía y se contorsionaba debajo de él.

—Quédate quieta, nalla —dijo Zsadist con angustia—. Déjame meterte esto.

Pero ella estaba demasiado lejos para oírlo. Así que él tuvo que mantenerla quieta a la fuerza, haciéndole presión con el antebrazo sobre la clavícula, mientras la obligaba a levantar una pierna. Moviendo las caderas, Zsadist trató de acomodar la cosa que le colgaba entre las piernas de manera que pudiera penetrarla, pero no pudo encontrar el ángulo adecuado. Aunque estaba atrapada bajo todo el peso de su cuerpo y su fuerza, Bella todavía lograba moverse.

Maldiciendo, Z metió una mano entre sus piernas y agarró lo que necesitaba para penetrarla. Llevó al bastardo hasta el umbral de la vagina y luego empujó con fuerza hasta llegar al fondo. Los dos gritaron al unísono.

Luego dejó caer la cabeza y mantuvo la presión como si su vida dependiera de ello, mientras se perdía en la sensación que le proporcionaba la vagina estrecha y pegajosa de Bella. Su cuerpo tomó el control en ese momento y comenzó a mover las caderas como si fueran pistones, con un ritmo castigador y progresivo que produjo una gigantesca presión sobre sus testículos y despertó una sensación de ardor en la parte baja del vientre.

¡Sí! Estaba a punto de eyacular. Tal como había ocurrido en el baño, cuando ella le tenía apretados los testículos. Sólo que esta vez la sensación era más ardiente, más salvaje, más descontrolada.

—¡Ay, Dios! —gritó.

Los cuerpos de Bella y Zsadist producían un sonido como de agua golpeándose contra un dique; él estaba prácticamente ciego y sudaba a mares sobre ella, mientras que el olor del apareamiento era como un rugido en su nariz... Y luego Bella dijo su nombre y se quedó quieta debajo de él. La vagina se aferró al pene y comenzó a hacer presión de manera intermitente, como si lo estuviera ordeñando, hasta que... ¡Ay, no!

Zsadist tuvo el reflejo de retirarse, pero el orgasmo lo atacó por detrás y le subió por la columna hasta clavarse en la parte posterior de su cabeza, al mismo tiempo que sentía que su cuerpo soltaba una descarga dentro de Bella. Y la maldita cosa no paraba. El semen seguía saliendo en oleadas inmensas, derramándose dentro de ella, llenándola. No había nada que él pudiera hacer para detener las erupciones, aunque sabía que estaba eyaculando en su interior

Cuando pasó el último estremecimiento, Zsadist levantó la cabeza. Bella tenía los ojos cerrados, respiraba normalmente y ya habían desaparecido los surcos de sufrimiento de su cara.

Bella le acarició las costillas y subió las manos hasta apoyarlas sobre los hombros, antes de volver la cara y suspirar sobre su bíceps. El silencio que rodeaba tanto la habitación como el cuerpo de Bella era desconcertante. Al igual que el hecho de que hubiese eyaculado sólo porque ella lo había hecho sentirse... bien.

¿Bien? No, eso se quedaba corto. Ella lo había hecho sentirse... vivo. Como si acabara de despertarse de un largo sueño.

Z le acarició el cabello y extendió sus ondas oscuras sobre la almohada color crema. No había sentido ningún dolor, su cuerpo no había sufrido. Sólo había sentido placer. Era un milagro...

Sólo que en ese momento tomó conciencia de la humedad que rodeaba el lugar donde sus cuerpos estaban unidos.

Las implicaciones de lo que había hecho dentro de ella lo llenaron de angustia y no pudo evitar la compulsión de limpiarla. Zsadist se retiró y fue rápidamente hasta el baño, donde agarró una toalla. Cuando regresó a la cama, sin embargo, ella tenía convulsiones nuevamente y parecía que el deseo estaba aumentando. Zsadist bajó la vista hacia sus genitales y vio que la cosa que colgaba de su pubis también estaba endureciéndose y alargándose otra vez.

—Zsadist... —gimió Bella—. Está... volviendo.

Zsadist dejó la toalla a un lado y volvió a montarse sobre ella, pero antes de penetrarla fijó la mirada en sus ojos vidriosos y tuvo un ataque de remordimiento. ¡Era terrible que quisiera más, cuando las consecuencias eran tan espantosas para ella! ¡Por Dios, había eyaculado dentro de ella y su esperma cubría todas las partes más íntimas y hermosas de Bella, y la delicada piel de sus muslos y...!

—Puedo drogarte —dijo Zsadist—. Puedo hacer que no sientas dolor y así no me tendrás dentro de ti. Puedo ayudarte sin hacerte daño.

Zsadist la miró fijamente, en espera de una respuesta, atrapado entre la biología de Bella y su propia realidad.

B utch se quitó el abrigo y se sentó en la sala de espera del médico.

Lo bueno era que acababa de anochecer, de modo que los clientes vampiros todavía tardarían un tiempo en aparecer. Lo que necesitaba era estar solo durante un rato. Al menos hasta que recuperase la compostura.

El asunto era que esa clínica tan particular funcionaba en el sótano de la mansión de Havers. Lo cual significaba que Butch estaba en la misma casa que la hermana de Havers, en este mismo momento. Sí... Marissa, la vampira que él quería más que a cualquier persona en el planeta, estaba ahora bajo el mismo techo que él.

¡Por Dios, esa obsesión por ella era una pesadilla nueva y diferente! Nunca había sufrido tanto por una mujer y no podía decir que se lo recomendaba a nadie. Todo eso no era más que un dolor de cabeza... y de corazón.

En septiembre, cuando había ido a verla y ella lo había rechazado sin siquiera mirarle a la cara, había jurado no volver a molestarla. Y no lo había hecho. Técnicamente. Todos esos rodeos que daba desde entonces, esos patéticos rodeos en los que siempre terminaba en aquella casa, realmente no la molestaban... porque ella no se había enterado.

Su comportamiento era patético, pero mientras ella no supiera lo mal que estaba, casi se podía decir que podía controlar la situación. Lo cual explicaba por qué estaba tan nervioso esa noche. No quería que lo pillaran dando vueltas por la clínica, para que ella no pensara que estaba buscándola. Después de todo, un hombre tenía que mantener el orgullo. La cabeza bien alta, de cara a los demás.

Butch miró el reloj. Apenas habían pasado trece minutos. Imaginaba que la sesión con el psiquiatra duraría aproximadamente una hora, así que el segundero de su Patek Philippe todavía tenía que dar cuarenta y siete vueltas más antes de que pudiera meter otra vez al chico en la camioneta y largarse de allí.

—¿Le gustaría tomar un café? —preguntó una voz femenina.

Butch levantó la vista. Una enfermera de uniforme blanco estaba de pie frente a él. Parecía bastante joven, en especial porque estaba jugando con una de las mangas del uniforme. También se veía que estaba desesperada por hacer algo.

—Sí, gracias. Me encantaría tomar café.

La muchacha esbozó una amplia sonrisa y le asomaron los colmillos.

—¿Cómo le gusta tomarlo?

—Solo. Un café solo. Gracias.

El susurro de las suelas blandas de los zapatos de la muchacha se fue desvaneciendo a medida que avanzaba por el pasillo.

Butch se abrió la chaqueta de doble botonadura y se inclinó hacia delante, apoyando los codos sobre las rodillas. El traje que se había puesto era uno de sus favoritos. Al igual que la corbata. Y los mocasines Gucci.

Si por casualidad se encontraba con Marissa, al menos tendría buen aspecto, no fuera ella a pensar que se estaba descuidando.

* * *

—¿Quieres que te ponga la droga?

Bella fijó la vista en la cara de Zsadist, mientras él se cernía sobre ella. Sus ojos negros parecían sólo unas ranuras y todavía tenía en las mejillas ese hermoso rubor de la excitación sexual. Bella podía sentir su peso y, cuando el deseo volvió a levantarse como una ola, recordó lo que había sentido cuando él había eyaculado dentro de ella. En cuanto comenzó, sintió una maravillosa y refrescante sensación de alivio, el primer consuelo que tenía desde que los síntomas del celo comenzaron a manifestarse hacía dos horas.

Pero el deseo estaba de vuelta.

—¿Quieres que te duerma, Bella?

Tal vez sería mejor si la drogaba. Iba a ser una larga noche y, por lo que sabía, se iría poniendo peor con el paso de las horas. ¿Realmente era justo pedirle a Zsadist que se quedara?

Algo suave acarició su mejilla. Era el pulgar de Zsadist, deslizándose suavemente por su piel.

—No te voy a dejar —dijo Zsadist—. No importa cuánto dure ni cuántas veces suceda. Te montaré y te dejaré chupar mi sangre hasta que termine. No te voy a abandonar.

Al mirarle directamente a la cara, Bella supo, sin necesidad de preguntar, que ésa sería su única noche juntos. Pudo ver con claridad la decisión en los ojos de Zsadist.

Una noche y ninguna más.

De pronto Zsadist se levantó y fue hasta la mesita de noche. Su gigantesca erección quedó colgando de las caderas y cuando regresaba con la jeringa, ella lo agarró del pene.

Zsadist se tambaleó y siseó, antes de desplomarse sobre el colchón, apoyado en una mano.

—Tú —susurró Bella—. No quiero la droga. Te quiero a ti.

Zsadist arrojó la jeringuilla al suelo y la besó, mientras le abría las piernas con las rodillas. Bella lo guió dentro de su cuerpo y sintió una gloriosa sensación mientras él la llenaba con su semen. Con una poderosa explosión, su placer creció y se convirtió en dos deseos independientes: el deseo sexual y la necesidad de beber sangre. Al ver con el rabillo del ojo la gruesa vena que sobresalía en el cuello de Zsadist, los colmillos se le alargaron.

Como si él hubiese percibido lo que ella necesitaba, Zsadist se acomodó de manera que pudiera permanecer dentro de ella, mientras le ofrecía su garganta.

—Bebe —dijo con voz ronca, sin dejar de moverse dentro de ella hacia delante y hacia atrás—. Toma lo que necesitas.

Bella lo mordió sin vacilar ni un instante y perforó su piel justo en el lugar marcado con la banda de esclavo. En cuanto sintió en la lengua el sabor de la sangre de Zsadist, percibió un rugido que parecía brotar de él. Y luego la fuerza y la potencia de Zsadist la invadieron y se apoderaron de ella.

* * *

O cayó inmóvil sobre su prisionero, sin estar seguro de haber oído bien.

El vampiro que había atrapado en el centro y que había traído al cobertizo que había detrás de la cabaña estaba atado a la mesa, como una mariposa disecada. Lo había capturado sólo para descargar en él su frustración, pero nunca se imaginó que le diría algo útil.

—¿Qué has dicho? —O acercó más la oreja a la boca del vampiro.

—Ella se llama... Bella. La hembra... que fue secuestrada... su nombre es... Bella.

O se enderezó y sintió sobre la piel una extraña sensación.

—¿Sabes si está viva?

—Pensé que estaba muerta. —El vampiro tosió suavemente—. Lleva mucho tiempo desaparecida.

—¿Dónde vive su familia? —Al ver que no recibía respuesta inmediata, O hizo algo que le garantizaba que el vampiro abriera la boca. Después de que se desvaneció el eco del alarido, O dijo—: ¿Dónde está su familia?

—No lo sé. Yo... realmente no lo sé. Su familia... Yo no sé... No sé...

Balbuceos y más balbuceos. El vampiro había caído en esa etapa del interrogatorio en que el prisionero sólo dice incoherencias, en medio de una estúpida verborrea que no sirve para nada.

O le dio un golpe para callarlo.

—Una dirección. Quiero una dirección.

Cuando vio que no obtenía respuesta, decidió intentar otro estímulo. El vampiro se quedó sin aire después del nuevo ataque y luego dijo apresuradamente:

—27, Callejón Formann.

O sintió que el corazón comenzaba a latirle con fuerza. De pronto, se inclinó sobre el vampiro.

312

—Voy a ir allí ahora mismo. Si has dicho la verdad, te dejaré libre. Pero si no lo has hecho, te mataré lentamente en cuanto regrese. Ahora, ¿quieres añadir algo?

El vampiro pareció perder el conocimiento. Luego volvió en sí.

—¿Hola? —dijo O—. ¿Has oído lo que te he dicho?

Para acosarlo más, O aplicó presión sobre un área muy sensible. El prisionero saltó como un perro.

—Dime la verdad —dijo O en voz baja—. Y te dejaré ir. Todo esto llegará a su fin.

El vampiro abrió la boca, dejando ver sus dientes apretados. Luego le corrió una lágrima por la mejilla amoratada. Aunque sintió la tentación de torturarlo más para aumentar la agonía, a manera de incentivo, O decidió no atizar más la batalla entre la conciencia y el instinto de conservación.

—27, Thorne.

—Avenida Thorne, ¿verdad?

—Sí.

O le secó la lágrima. Luego le cortó la garganta de un lado a otro.

—Mentiroso —dijo, mientras el vampiro se desangraba.

O no se quedó más tiempo, sólo agarró su chaqueta llena de armas y se marchó. Estaba seguro de que ninguna de las dos direcciones era correcta. Ése era el problema con la persuasión. Uno realmente no podía confiar en la información que obtenía.

Revisaría las dos calles, pero estaba seguro de que le habían engañado.

Una maldita pérdida de tiempo.

CAPÍTULO

32

B utch le dio vueltas al último sorbo de café que tenía en la
taza, pensando que tenía el mismo color del escocés.
Cuando se tomó el café ya frío, pensó que ojalá fuera un trago de
Lagavulin.

Miró el reloj. Faltaban seis minutos para las siete. ¡Dios, esperaba que la sesión sólo durara una hora! Si todo salía bien, podría
dejar a John en casa de Tohr y Wellsie muy pronto y estar sentado
en su sofá, con una copa en la mano, antes de que empezara CSI.

Luego hizo una mueca. No era raro que Marissa no quisiera verlo. ¡Si él era un excelente partido! Un alcohólico que
vivía en un mundo que no era el suyo.

«Sí, cariño, vamos al altar».

Mientras se imaginaba sentado en su casa, Butch recordó
la advertencia de V de mantenerse alejado del complejo. El problema era que estar en un bar, o rondando las calles solo, no era
un buen plan en ese estado de ánimo. Se sentía tan miserable como el clima.

Pocos minutos después se oyeron voces en el pasillo y John
dobló una esquina, acompañado de una mujer mayor. Se veía que
el pobre chico había pasado un rato muy malo. Tenía el pelo revuelto, como si se hubiera pasado las manos por la cabeza muchas veces, y los ojos pegados al suelo. Y abrazaba su libreta contra el pecho, como si fuera un chaleco antibalas.

—Entonces, tenemos que concretar la próxima cita, John —dijo la mujer con voz suave—. Después de que lo pienses un poco.

John no respondió y Butch se olvidó totalmente de sus propios problemas. Lo que había pasado en ese consultorio, fuera lo que fuera, todavía estaba muy reciente y el chico necesitaba un amigo. Butch le pasó un brazo por encima de manera vacilante y cuando sintió que John se recostaba contra él, todos sus instintos protectores reaccionaron. No le importaba que la terapeuta se pareciera a Mary Poppins; lo único que quería era gritarle por haber dejado al muchacho en ese estado.

—¿John? —dijo la mujer—. Volveremos a vernos la próxima...

—Sí, nosotros la llamaremos —dijo Butch.

—Como ya le he dicho a John, no hay prisa. Pero creo que debe regresar.

Butch miró a la mujer con irritación... pero se quedó frío al fijarse en sus ojos. Tenía una mirada tan endemoniadamente seria, tan fúnebre... ¿Qué diablos había pasado en esa sesión?

Butch miró por encima de la cabeza de John.

—Vámonos, chico.

Pero John no se movió, así que Butch le dio un pequeño empujón y lo condujo fuera de la clínica, mientras seguía abrazándolo. Cuando llegaron al coche, el chico se subió, pero no se puso el cinturón. Solo se quedó mirando fijamente hacia delante.

Butch se sentó y cerró la puerta. Luego miró a John.

—Ni siquiera te voy a preguntar qué sucede. Lo único que necesito saber es adónde quieres ir. Si tienes ganas de ir a casa, te llevaré con Tohr y Wellsie. Si quieres venir a la Guarida conmigo, iremos al complejo. Si sólo quieres dar vueltas por ahí, te llevaré hasta Canadá y después volveremos. Estoy dispuesto a cualquier cosa, sólo dime qué quieres. Y si no quieres decidir ahora, daremos varias vueltas por la ciudad hasta que puedas decidirte.

El pequeño pecho de John se expandió y luego se contrajo. Abrió la libreta con manos rápidas y sacó el bolígrafo. Hubo una pausa, luego escribió algo y le pasó el papel a Butch.

«1189, calle Siete».

Butch frunció el ceño. Ésa era una parte horrible de la ciudad.

Abrió la boca para preguntar por qué quería ir ahí entre tantos lugares posibles, pero luego la cerró. Era evidente que el chico ya había oído demasiadas preguntas ese día. Además, Butch estaba armado y allí era donde John quería ir. Una promesa era una promesa.

—Muy bien, amigo. Vamos a la calle Siete.

«Pero primero da unas cuantas vueltas», escribió el chico.

—No hay problema. Así nos tranquilizaremos.

Butch puso en marcha el motor. Cuando dio marcha atrás, vio una luz detrás de ellos. Había un coche acercándose a la parte posterior de la mansión, un enorme y costoso Bentley. Butch frenó para darle paso y...

De pronto dejó de respirar.

Marissa salió de la casa por una puerta lateral. El cabello rubio hasta la cintura voló con el viento, hasta que lo metió debajo de la capa negra que llevaba puesta.

Las luces de seguridad resaltaron las refinadas líneas de su rostro, su espléndida melena clara y su piel blanca, absolutamente perfecta. Butch recordó lo que sintió al besarla, la única vez que lo había hecho, y el pecho le dolió como si le estuvieran aplastando los pulmones. Conmovido, sintió el impulso de bajar del automóvil y arrojarse entre el lodo para implorarle como el animal que era.

Pero Marissa se dirigía al Bentley. Butch observó cómo se abría la puerta del coche, como si el conductor se hubiese estirado para hacerlo. Cuando la luz interior se encendió, Butch no alcanzó a ver mucho, pero sí lo suficiente para saber que la persona que iba al volante era un hombre.

Marissa se agarró la capa con las manos y se deslizó dentro del coche, luego cerró la puerta.

La luz interior se apagó.

Butch sintió vagamente un ruido a su lado y miró a John. El chico se había agazapado contra la ventanilla y observaba todo desde el otro lado, con pánico en los ojos. Fue ahí cuando se dio cuenta de que había sacado el arma y estaba farfullando.

Totalmente desconcertado por esa absurda reacción, quitó el pie del freno y pisó el acelerador.

—No te preocupes, hijo. No pasa nada.

Mientras daba la vuelta, Butch miró hacia el Bentley por el espejo retrovisor y dejó escapar una grosería. Cuando se incorporó al tráfico, agarró el volante con tanta fuerza que los nudillos le dolieron.

* * *

Rehvenge frunció el ceño al ver que Marissa se subía al Bentley. ¡Dios, había olvidado lo hermosa que era! Y también olía muy bien... Su nariz se llenó con el limpio aroma del océano.

—¿Por qué no me dejas recogerte por la puerta principal? —dijo él, mientras contemplaba el hermoso cabello rubio y la piel impecable de la muchacha—. Deberías dejar que te recogiera como debe ser.

—Tú sabes cómo es Havers. —La puerta se cerró con un golpe seco—. Querría que nos casáramos.

—Eso es ridículo.

—¿Y acaso tú no eres igual con tu hermana?

—Sin comentarios.

Mientras que Rehvenge esperaba que un Escalade saliera del aparcamiento, Marissa le puso una mano sobre la manga de su abrigo de piel.

—Sé que ya te lo he dicho, pero lamento mucho lo que le pasó a Bella. ¿Cómo está?

¿Cómo diablos iba él a saberlo?

—Preferiría no hablar de ella. No quiero ofenderte, pero... No, no quiero hablar de eso.

—Rehv, esta noche no tiene que pasar nada. Yo sé que has tenido una época difícil y, francamente, me sorprendió que aceptaras verme.

—No seas ridícula. Me alegra que me hayas llamado. —Rehv estiró la mano y apretó la de Marissa. Los huesos debajo de la piel parecían tan delicados que Rehv recordó que debía tratarla con mucha suavidad. Ella no era como las hembras a las cuales estaba acostumbrado.

Durante el viaje hacia el centro, Rehv sintió que Marissa estaba cada vez más nerviosa.

—No te preocupes. En serio, me alegro mucho de que me llamaras.

—En realidad me siento bastante incómoda. Sencillamente no sé qué hacer.

—Lo tomaremos con calma.

—Sólo he estado con Wrath.

—Lo sé. Por eso te dije que venía a buscarte en el coche. Pensé que estarías demasiado nerviosa para desmaterializarte.

—Lo estoy.

Al llegar a un semáforo, Rehv le sonrió.

—Te voy a cuidar muy bien.

Marissa lo miró con sus ojos de color azul pálido.

—Eres muy bueno, Rehvenge.

Él hizo caso omiso de esa consideración tan errada y se concentró en el tráfico.

Veinte minutos después estaban subiendo en un ascensor muy elegante que conducía al ático de Rehvenge. El apartamento ocupaba la mitad del último piso de un edificio de treinta y dos pisos, que tenía vista sobre el río Hudson y la ciudad de Caldwell. Debido a los grandes ventanales, Rehvenge nunca lo usaba durante el día, pero era perfecto para la noche.

Dejó las luces bajas y esperó a que Marissa deambulara por allí y observara los objetos que un decorador había comprado para ambientar su guarida. A Rehvenge no le importaban nada los objetos, ni la vista, ni los dispositivos sofisticados. Lo que le gustaba era la intimidad que el apartamento le brindaba. Bella nunca había estado allí, y tampoco su madre. De hecho, ninguna de las dos conocía la existencia del ático.

Como si se hubiese dado cuenta de que estaba perdiendo tiempo, de pronto Marissa dio media vuelta y lo miró. Bajo esa iluminación, su belleza era absolutamente impactante y Rehv dio gracias por la dosis extra de dopamina que se había inyectado hacía cerca de una hora. En los symphaths, la droga producía el efecto contrario al que tenía en los humanos o los vampiros. Aumentaba la actividad de cierto neurotransmisor, garantizando que el paciente symphath no pudiera sentir placer ni... nada. Con el sentido del tacto totalmente dormido, Rehv podía controlar mejor el resto de sus impulsos.

Lo cual era la única razón por la cual Marissa no corría ningún peligro al estar sola con él, teniendo en cuenta lo que iba a hacer.

Rehv se quitó el abrigo y se acercó a ella, confiando en su bastón más que nunca, debido a que no podía quitarle los ojos de encima. Apoyó el bastón contra las piernas y deshizo lentamente el nudo que mantenía la capa en su lugar. Marissa se quedó mirando las manos de Rehv, que temblaban mientras le deslizaban la capa de lana negra por los hombros. Cuando dejó la capa sobre una silla, Rehv le sonrió. El vestido que ella llevaba era exactamente el tipo de prenda que usaría su madre y que él querría que su hermana usara más a menudo: un vestido de satén color azul pálido, que le sentaba muy bien. Era un Dior. Tenía que ser un Dior.

—Ven aquí, Marissa.

La atrajo hacia un sofá de cuero para que se sentara junto a él. Gracias al resplandor que entraba por las ventanas, el cabello rubio de Marissa parecía como un chal de seda y Rehv tomó algunos mechones entre los dedos. Ella estaba tan ávida que él podía sentir sus ansias con claridad.

—Has esperado mucho tiempo, ¿no es cierto?

Marissa asintió con la cabeza y se miró las manos. Las tenía entrelazadas sobre el regazo, y eran una mancha de color marfil sobre la seda azul.

—¿Cuánto?

—Meses —susurró Marissa.

—Entonces necesitarás bastante, ¿no? —Al ver que ella se sonrojaba, Rehv insistió—: ¿No es así, Marissa?

—Sí —dijo ella entre dientes; era evidente que se sentía incómoda.

Rehv sonrió con ferocidad. Era bueno estar cerca de una mujer tan valiosa. Su modestia y amabilidad eran tremendamente atractivas.

Rehv se quitó la chaqueta y se deshizo el nudo de la corbata. Estaba preparado para ofrecerle su muñeca, pero ahora que estaba frente a ella, quería sentirla en su cuello. Hacía una eternidad que no permitía que ninguna hembra se alimentara de él y se sorprendió al ver lo excitado que se sentía.

Se desabrochó el cuello de la camisa y luego el resto de los botones hasta el pecho. Movido por un ataque de excitación, se sacó la camisa del pantalón y la abrió totalmente.

Marissa abrió los ojos como platos al ver el pecho desnudo de Rehv y sus tatuajes.

—No sabía que estabas tatuado —murmuró con voz temblorosa, mientras se estremecía de pies a cabeza.

Rehv se volvió a sentar cómodamente en el sofá, abrió los brazos y cruzó la pierna.

—Ven aquí, Marissa. Toma lo que necesitas.

Marissa bajó la vista hacia la muñeca de Rehv, que estaba cubierta por el puño doble de la camisa y todavía tenía puesto el gemelo.

—No —dijo Rehv—. Quiero que lo hagas de mi garganta. Es lo único que te pido.

Al ver que Marissa vacilaba, Rehv se dio cuenta de que los rumores sobre ella eran ciertos. Realmente no la había tocado ningún hombre. Y la pureza de la muchacha era... algo asombroso.

Rehv cerró los ojos al sentir que la bestia que tenía dentro comenzaba a moverse y a respirar. Una bestia atrapada en una jaula de medicamentos. ¡Por Dios, tal vez eso no era tan buena idea!

Pero inmediatamente después ella comenzó a moverse sobre él lentamente, escalando por su cuerpo, mientras lo envolvía el olor a mar. Rehv abrió los ojos para verle a la cara y se dio cuenta de que era imposible detenerse. Y tampoco quería hacerlo; tenía que permitirse percibir algunas sensaciones. Así que, escapándose un poco a su férrea disciplina, abrió el canal del sentido del tacto y recibió con avidez, incluso a pesar de la droga, todo tipo de información que llegaba a él a través de la niebla de la dopamina.

Primero sintió contra su piel la suavidad de la seda del vestido de Marissa; luego, la tibieza del cuerpo de la muchacha, mezclándose con su propio calor. Ella tenía todo el peso apoyado sobre su hombro y... sí, le había metido una rodilla entre las piernas.

Marissa entreabrió los labios y enseñó los colmillos.

Durante una fracción de segundo, el demonio que Rehv llevaba dentro soltó un aullido y tuvo que hacer un gran esfuerzo mental para controlarse, aterrorizado. Gracias a Dios, la maldita cabeza vino en su ayuda y su lado racional se apresuró a tomar el control de la situación, encadenando los instintos y acallando el deseo de dominarla.

Cuando se inclinó hacia la garganta de Rehv, Marissa se tambaleó, pues su posición no era muy firme en la medida en que estaba tratando de mantenerse suspendida sobre él.

—Acuéstate sobre mí —dijo Rehv con voz gutural—. Apóyate totalmente... sobre mí.

Marissa hizo una mueca, pero dejó que la parte inferior de su cuerpo descansara sobre las caderas de Rehv. Estaba claro que la preocupaba encontrarse con una erección y, al ver que no había nada de ese tipo, bajó la vista hacia sus cuerpos, como si creyera que se había equivocado de lugar.

—No tienes que preocuparte por eso —murmuró Rehv, mientras le acariciaba los esbeltos brazos—. Conmigo no. —La expresión de alivio de Marissa fue tan inconfundible que Rehv se sintió ofendido—. ¿Acaso sería tan horrible estar conmigo?

—Ay, no, Rehvenge. No es eso. —Marissa miró de reojo los gruesos músculos del pecho de Rehv—. Tú eres... bastante atractivo. Es sólo que... hay otra persona. Para mí, hay otra persona.

—Todavía amas a Wrath.

Marissa negó con la cabeza.

—No, pero no puedo pensar en la persona que deseo. Ahora... no.

Rehv le levantó la barbilla.

—¿Qué clase de idiota se niega a ofrecerte su sangre cuando necesitas alimentarte?

—Por favor. No hablemos más de eso. — Marissa fijó la mirada en el cuello de Rehv y abrió los ojos abruptamente.

—¡Cuánta avidez! —gruñó Rehv, feliz de ser usado—. Adelante. Y no te preocupes por hacerlo con suavidad. Tómame. Cuanto más firme, mejor.

Marissa enseñó los colmillos y se los clavó. Las dos punzadas atravesaron la cortina de la droga y un dolor dulce se abrió paso por el cuerpo de Rehv. Mientras gemía, pensó que nunca se había sentido agradecido por su impotencia, pero ahora sí lo estaba. Si su miembro funcionara, seguramente ya le habría quitado el vestido a Marissa, le habría abierto las piernas y la habría penetrado mientras ella se alimentaba.

Casi inmediatamente ella se retiró y se pasó la lengua por los labios.

—Notarás que mi sangre tiene un sabor distinto a la de Wrath —dijo Rehv; debido a que ella sólo se había alimentado de un macho, no sabría exactamente por qué su sangre tenía un efecto particular sobre la lengua. En realidad, la inexperiencia de la muchacha era la única razón por la cual él podía ayudarla. Cualquier otra hembra con un poco más de mundo se habría dado cuenta enseguida de por qué la sangre de Rehv tenía un sabor diferente—. Vamos, toma un poco más. Te acostumbrarás.

Marissa volvió a bajar la cabeza y Rehv sintió el ardor de un nuevo mordisco.

Rehv la abrazó y la apretó contra su pecho, mientras ella cerraba los ojos. Hacía mucho tiempo que no abrazaba a nadie y, aunque no se podía permitir el lujo de absorber totalmente la sensación, le pareció sublime.

Mientras ella bebía de su vena, Rehv sintió el impulso absurdo de llorar.

* * *

O apretó el acelerador de la camioneta y pasó junto a otro inmenso muro de piedra.

¡Maldición, las casas de la avenida Thorne eran inmensas! Bueno, no es que uno pudiera ver las mansiones desde la calle. O sólo suponía que, a juzgar por las rampas y los muros, las viviendas de adentro no debían de ser precisamente chalecitos adosados.

Al llegar al final de este muro en particular, O vio una entrada de vehículos y puso el pie en el freno. A la izquierda había una plaquita de bronce que decía: 27, Avenida Thorne. O se inclinó hacia delante para mirar un poco más allá, pero en medio de la oscuridad no podía saber qué había al otro lado.

«¡Qué más da!», se dijo, y entró sin pensarlo. Se detuvo a poco más de cien metros de la calle, junto a una gigantesca reja negra. Enseguida vio las cámaras que había en la parte superior de las rejas y el intercomunicador. Todo en aquella casa parecía decir: «Cuidado, no pase».

Bueno... eso era interesante. La otra dirección había sido un fiasco, sólo una casa como tantas, en un vecindario como tantos, llena de humanos viendo televisión en el salón. Pero detrás de una instalación como ésa debía de haber algo grande.

Ahora tenía curiosidad.

Aunque atravesar esas rejas sin ser visto requeriría una estrategia coordinada y una cuidadosa ejecución. Y lo último que necesitaba era tener problemas con la policía, sólo por invadir la casa de algún peso pesado.

Pero ¿por qué ese vampiro se había sacado de la manga esta dirección para salvar el pellejo?

En ese momento O vio algo extraño: una cinta negra atada a la reja. No, dos cintas, una a cada lado, moviéndose con el viento.

¿Acaso estaban de luto?

Paralizado por su propio pánico, se bajó de la camioneta y caminó sobre el hielo hacia la cinta que había a mano derecha. Estaba más o menos a dos metros de altura, así que tuvo que estirar el brazo para alcanzar a tocarla.

—¿Estás muerta, esposa? —susurró. Dejó caer el brazo y miró la noche oscura a través de las rejas.

Regresó a la camioneta y dio marcha atrás. Tenía que atravesar ese muro. Encontrar un lugar donde dejar el coche.

Cinco minutos después estaba maldiciendo. En la avenida Thorne no había ningún sitio discreto donde aparcar. La calle no era más que una fila de muros rectos, sin ningún recoveco. ¡Malditos millonarios!

O aceleró y miró a la izquierda. Luego a la derecha. Tal vez podría dejar la camioneta en la parte de abajo de la colina y subir caminando. Era más o menos medio kilómetro, y en subida, pero podría hacerlo bastante rápido. Claro que las luces de la calle por las que tendría que pasar serían un problema, pero tampoco es que la gente de ese vecindario pudiera ver mucho desde sus torres de marfil.

En ese momento sonó el móvil y él respondió con un irritado:

—¿Qué?

La voz de U, que ya estaba comenzando a detestar, parecía muy tensa:

—Tenemos un problema. Dos restrictores han sido arrestados por la policía.

O cerró los ojos.

—¿Qué demonios han hecho?

—Estaban golpeando a un vampiro civil, cuando pasó una patrulla que iba de incógnito. Dos policías entraron en la pelea y después aparecieron más policías. Se los llevaron detenidos y uno de ellos acaba de llamarme.

—Sácalos bajo fianza —dijo rápidamente O—. ¿Por qué me llamas a mí?

Hubo un momento de silencio. Luego U dijo, con tono de admonición:

—Porque tú tienes que saberlo. Mira, los dos tipos tenían una buena cantidad de armas escondidas, todas sin licencia y procedentes del mercado negro, sin números de serie en el cañón. No hay manera de que los dejen salir bajo fianza. Ningún defensor público es así de bueno. Tienes que sacarlos tú.

O miró a izquierda y derecha y luego dio la vuelta. Definitivamente no podía aparcar allí. Tenía que bajar hasta el cruce de la avenida Thorne con la calle Bellman y dejar el camión en un callejón.

—¿Me oyes?

—Tengo cosas que hacer.

U tosió como si estuviera conteniendo la rabia.

—Sin ánimo de ofender, no puedo pensar en nada que sea más importante que esto. ¿Qué pasará si esos restrictores se involucran en una pelea en la cárcel? ¿Quieres que cuando vean la sangre negra algún enfermero se dé cuenta de que no son humanos? Tienes que contactar con el Omega y pedirle que se los lleve a casa.

—Hazlo tú. —O aceleró aunque ahora iba colina abajo.

—¿Qué?

—Contacta con el Omega. —Llegó a una señal de stop al final de la avenida Thorne y giró a la izquierda. Había todo tipo de tiendas sofisticadas en la calle, y O aparcó frente a una llamada Kitty's Attic.

—O... Ese tipo de solicitud debe salir del jefe de los restrictores. Tú lo sabes.

O se detuvo, antes de apagar el motor.

¡Sensacional! Justo lo que quería. Pasar más tiempo con el maldito jefe. ¡Maldición! No podía vivir ni un día más sin saber qué había pasado con su mujer. No tenía tiempo para las mierdas de la Sociedad.

—¿O?

Apoyó la cabeza contra el volante y se dio un par de golpes en él.

No tenía más remedio que ocuparse de ese asunto, porque si la cosa se complicaba, y era muy probable que así fuera, el Omega iría a buscarlo. Y eso sería mucho peor que perder ahora un poco de tiempo.

—Está bien. Iré a verlo. —Lanzó una maldición, mientras arrancaba de nuevo. Antes de comenzar a avanzar, miró otra vez hacia la avenida Thorne.

—O, estoy preocupado por la Sociedad. Tienes que reunirte con la gente. Las cosas se están complicando.

—Pero tú eres el que hace los controles.

—Sí, pero ellos te quieren ver a ti. Están cuestionando tu liderazgo.

—U, ¿sabes lo que dicen de los mensajeros, no es cierto?

—¿Perdón?

—Si sigues trayendo malas noticias, acabarás muerto. —O apagó el teléfono y lo cerró. Luego aceleró.

C uando Phury se sentó en la cama, estaba tan agobiado por la necesidad de tener sexo que apenas pudo servirse otro trago de vodka. La botella y el vaso temblaban en sus manos. ¡Demonios, todo el colchón estaba temblando!

Miró a Vishous, que estaba recostado contra la cabecera de la cama, junto a él. El hermano también tenía un aspecto horrible. Y no era para menos.

Habían pasado cinco horas desde que empezó el periodo de fertilidad de Bella y ya estaban hechos un guiñapo, con el cuerpo dominado por los instintos y la mente totalmente perdida. El irrefrenable impulso de quedarse en la mansión era superior a cualquier cosa, pues la fuerza del celo de Bella los tenía atrapados, paralizados. Gracias a Dios contaban con el humo rojo y el Grey Goose. Drogarse ayudaba realmente mucho.

Aunque no lo solucionaba todo. Phury trató de no pensar en lo que debía de estar ocurriendo en el cuarto de Z. El hecho de que su hermano no hubiese regresado mostraba con claridad que la solución había sido prestar su cuerpo, no usar la morfina.

Los dos. Juntos. Una y otra vez.

—¿Cómo vas? —preguntó V.

—Más o menos como tú, hermano. —Dio un sorbo a su vaso, mientras dejaba que su cuerpo se ahogara en las sensaciones eróticas que tenía atrapadas bajo la piel. Luego miró de reojo el baño.

Estaba a punto de levantarse y buscar nuevamente un poco de privacidad, cuando Vishous dijo:

—Creo que tengo problemas.

Phury soltó una carcajada.

—Esto no va a durar toda la vida.

—No, me refiero a que... Creo que me pasa algo.

Phury arrugó la frente. La cara del hermano parecía tensa, pero aparte de eso parecía igual que siempre. Rasgos atractivos, barbita, tatuajes de arabescos alrededor de la sien derecha. Los ojos de diamante resplandecían, sin que el vodka o los porros o el celo de Bella les hubieran restado brillo. Y esas pupilas renegridas destellaban con una inteligencia inmensa e incomprensible, un genio tan poderoso que era enervante.

—¿A qué te refieres, V?

—Yo, ay... —Vishous se aclaró la garganta—. Sólo Butch lo sabe. No se lo dirás a nadie, ¿vale?

—Sí. No hay problema.

V se acarició su cuidada barbita

—Ya no tengo visiones.

—Quieres decir que no puedes ver...

—Lo que va a pasar. Sí. Ya no tengo visiones. La última que tuve fue hace más o menos tres días, justo antes de que Z fuera a buscar a Bella. Los vi juntos. En ese Ford Taurus. Viniendo hacia acá. Después de eso, no he visto... nada más.

—¿Alguna vez te había ocurrido algo parecido?

—No, y ya tampoco escucho los pensamientos de los demás. Es como si todo el poder se hubiera secado como un manantial.

De repente la tensión de Vishous pareció no tener nada que ver con el celo de Bella. Parecía tenso a causa... del temor. Vishous estaba asustado. Y eso era una anomalía muy desconcertante. De todos los hermanos, V era el único que nunca tenía miedo. Era como si hubiese nacido sin los sensores del miedo en el cerebro.

—Tal vez sólo es una cosa temporal —dijo Phury—. ¿O crees que Havers podría ayudar?

—Esto no es un asunto fisiológico. —V se terminó el vodka que tenía en el vaso y estiró la mano—. No acapares la botella, hermano.

Phury le pasó el vodka.

—Tal vez podrías hablar con...

Pero ¿con quién? ¿A quién podía recurrir en busca de respuestas, él, que lo sabía todo?

Vishous negó con la cabeza.

—No quiero... En realidad no quiero hablar sobre esto. Olvida que te lo he contado. —Mientras se servía otro vodka, su cara adquirió una expresión hermética, como una casa que alguien cierra y prepara para un desastre—. Estoy seguro de que volverá. Quiero decir... sí. Ya volverá.

Puso la botella sobre la mesa que tenía al lado y levantó la mano enguantada.

—Después de todo, esta cosa todavía brilla como una lámpara. Y hasta que no pierda esa asombrosa lucecita, supongo que todo estará normal. Bueno... normal para mí.

Se quedaron un rato en silencio, contemplando cada uno su vaso, con el ritmo del rap de música de fondo.

Luego Phury carraspeó.

—¿Puedo preguntarte por ellos?

—¿Por quiénes?

—Bella. Bella y Zsadist.

V dejó escapar una maldición.

—No soy una bola de cristal, ya sabes. Y detesto predecir el futuro.

—Sí, lo siento. Olvídalo.

Hubo una larga pausa. Luego Vishous dijo:

—No sé qué va a pasar con ellos. Y no lo sé sencillamente porque ya no... puedo ver lo que va a pasar.

* * *

Cuando Butch se bajó del Escalade, observó el decrépito edificio de apartamentos y volvió a preguntarse por qué demonios querría John ir allí. La calle Siete era muy fea y peligrosa.

—¿Es aquí?

Cuando el chico asintió con la cabeza, Butch activó la alarma de la camioneta, aunque no le preocupaba que alguien se metiera mientras ellos no estaban. La gente de por allí estaría convencida de que dentro de ese coche había algún traficante.

O alguien todavía más cuidadoso con sus negocios, que seguramente estaría armado.

John avanzó hasta la puerta del edificio y la empujó. Se abrió con un chirrido. No tenía cerradura. ¡Qué sorpresa! Butch lo siguió con desconfianza, con la mano dentro de la chaqueta del traje, para poder sacar el arma con facilidad si la cosa se ponía fea.

El chico dobló hacia la izquierda por un largo pasillo. El lugar olía a humo de tabaco y a basura descompuesta, y hacía casi tanto frío como fuera. Los residentes parecían ratas: no se veían, pero se les oía al otro lado de las frágiles paredes.

Al fondo del corredor, el chico abrió una puerta de emergencia.

Había una escalera a mano derecha. Los escalones estaban podridos y se oía una gotera de agua un par de pisos más arriba.

John apoyó la mano sobre una barandilla que estaba a medio pegar en la pared y comenzó a subir lentamente hasta llegar al rellano entre el segundo y el tercer piso. Arriba, la luz fluorescente que colgaba del techo parecía estar en las últimas, y los tubos parpadeaban con desesperación, como si trataran de aferrarse a su vida útil.

John se quedó mirando el suelo lleno de grietas y luego levantó la vista hacia la ventana. El vidrio estaba lleno de hendiduras en forma de estrella, como si alguien lo hubiese roto a botellazos. Pero no se había caído porque estaba cubierto por una malla de alambre.

Desde el piso de arriba se oyó un estallido de palabrotas, una especie de combate verbal que sin duda terminaría a puñetazos. Butch estaba a punto de sugerir que se largaran de allí, cuando John dio media vuelta por decisión propia y comenzó a bajar las escaleras.

En menos de un minuto y medio, estaban otra vez en el Escalade, alejándose de la parte sórdida de la ciudad.

Butch se detuvo en un semáforo.

—¿Adónde vamos?

John escribió algo y le mostró la libreta.

—A casa —murmuró Butch, sin saber todavía la razón por la cual el chico había querido ir a ese lugar.

* * *

John saludó rápidamente a Wellsie cuando entró a la casa y siguió hacia su habitación. Agradeció el hecho de que ella pareciera entender que necesitaba estar solo. Después de cerrar la puerta, arrojó la libreta sobre la cama, se quitó el abrigo y se dirigió al baño. Mientras el agua se calentaba, se quitó la ropa. Después de ponerse debajo del chorro, por fin dejó de temblar.

Cuando salió de la ducha, se puso una camiseta y unos pantalones de sudadera y miró de reojo el ordenador que estaba sobre el escritorio. Se sentó frente a él, pensando que tal vez debería escribir algo. La terapeuta se lo había sugerido.

¡Dios! Hablar con ella acerca de lo que había sucedido había sido casi tan terrible como la experiencia misma. Y la verdad era que no tenía la intención de ser tan abierto. Pero después de cerca de veinte minutos, perdió totalmente el control y, una vez comenzó a contar la historia, su mano se puso a escribir como loca, sin poder parar.

Cerró los ojos y trató de recordar qué cara tenía el hombre que lo había agredido. Sólo pudo evocar una imagen vaga, pero lo que sí vio con claridad fue el cuchillo. Era una navaja de muelle, con una hoja de cinco pulgadas y una punta en extremo afilada.

John pasó el dedo por el ratón de su portátil y el protector de pantalla de Windows XP parpadeó. Tenía un mensaje nuevo en el buzón. Era de Sarelle. Lo leyó tres veces antes de responder.

Finalmente contestó:

«Hola, Sarelle, mañana por la noche no puedo. Realmente lo siento. Nos veremos otro día. Hasta pronto, John».

En realidad... no quería volver a verla. En todo caso, durante algún tiempo. No quería ver a ninguna mujer, exceptuando a Wellsie, Mary, Beth y Bella. No quería que hubiese nada ni remotamente sexual en su vida hasta que lograra entender lo que le había sucedido hacía cerca de un año.

Salió del correo y abrió un documento nuevo de Word.

Apoyó los dedos sobre el teclado por un segundo. Luego comenzó a escribir sin parar.

Z sadist arrastró la cabeza hasta el borde de la cama y miró el reloj. Diez de la mañana. Diez... diez en punto. ¿Cuántas horas? Dieciséis...

Cerró los ojos, se sentía tan exhausto que apenas podía respirar. Estaba acostado boca arriba, con las piernas abiertas y los brazos extendidos. Se había quedado en esa posición desde que se bajó de encima de Bella, hacía cerca de una hora.

Se sentía como si hubiese pasado un año desde el momento en que regresó a la habitación la noche anterior. Tenía el cuello y las muñecas doloridos por la cantidad de veces que Bella se había alimentado de él, y la cosa que tenía entre las piernas también le dolía. El aire que los rodeaba estaba saturado del olor que emanan los machos cuando están enamorados y las sábanas estaban empapadas de una combinación de sangre y la otra cosa que ella necesitaba de él.

Pero Zsadist pensaba que no cambiaría ni un solo minuto de todo lo que había pasado.

Cuando cerró los ojos, se preguntó si podría dormir. Se estaba muriendo de inanición, necesitaba con desesperación comer y beber sangre y, a pesar de que preferiría no hacerlo, sabía que tenía que satisfacer sus necesidades. Sin embargo, no podía moverse.

Al notar que una mano le acariciaba la parte baja del vientre, abrió los ojos para mirar a Bella. Sus hormonas femeninas estaban subiendo de nuevo y la respuesta que ella esperaba de él ya estaba en proceso, pues la cosa se estaba volviendo a endurecer.

Zsadist hizo un esfuerzo para darse la vuelta y poder ir a donde tenía que estar, pero se sentía demasiado débil. Bella se movió con nerviosismo y él trató de levantarse otra vez, pero la cabeza le pesaba demasiado.

Así que la agarró del brazo y la ayudó a que se subiera sobre él. Los muslos de Bella se abrieron sobre las caderas de Zsadist. La vampira lo miró con horror y comenzó a retroceder.

—Está bien —dijo con voz quebrada. Luego trató de aclararse la garganta, pero la tenía demasiado seca—. Yo sé que eres tú.

Bella lo besó en la boca y él le devolvió el beso, aunque no podía levantar los brazos para abrazarla. ¡Dios, cómo le gustaba besarla! Adoraba sentir la boca de ella contra la suya, adoraba tenerla junto a su cara, adoraba sentir la respiración de ella en sus pulmones, adoraba... ¿la adoraba a ella? ¿Sería eso lo que había ocurrido durante la noche? ¿Que había caído en su poder?

El olor que despedían los dos le dio la respuesta. Y darse cuenta de eso debería haberlo sorprendido, pero estaba demasiado cansado para pensar, para luchar, para oponer resistencia a sus sentimientos.

Bella se acomodó y deslizó el miembro de Zsadist dentro de ella. A pesar de lo cansado que estaba, Z rugió de éxtasis. Sentir a Bella de esta manera era increíble, y él sabía que esa sensación no se debía al celo.

Bella cabalgó sobre Zsadist con las manos apoyadas en los pectorales y marcando el ritmo con sus propias caderas, pues él ya no podía hacer más fuerza. Z sintió que se acercaba a otra explosión, en especial mientras observaba cómo se mecían los senos de Bella.

—Eres muy hermosa —dijo con voz ronca.

Ella se detuvo un momento para inclinarse y volver a besarlo, y su cabello oscuro cayó alrededor de él, formando un dulce refugio. Cuando la hembra se enderezó, Zsadist quedó maravillado al verla. Estaba resplandeciendo de salud y vitalidad, gracias a todo lo que él le había dado; una espléndida hembra a quien él...

Amaba. Sí, la amaba.

Eso fue lo que le cruzó por la mente, al tiempo que volvía a eyacular dentro de ella.

De pronto, Bella se desplomó sobre él y se estremeció; el celo había terminado. La rugiente energía femenina se fue evaporando de la habitación como una tormenta que termina. Bella respiró aliviada y se retiró de encima de Zsadist, despegando con cuidado su maravillosa vagina del miembro de él. La cosa cayó sin vida sobre su vientre, Zsadist sintió el frío de la habitación sobre ese pedazo de carne y le pareció muy poco atractivo, comparado con la tibia carne de Bella.

—¿Estás bien? —preguntó él.

—Sí... —susurró ella, mientras se acomodaba de lado y comenzaba a deslizarse hacia el sueño—. Sí, Zsadist... sí.

Zsadist pensó que ella iba a necesitar comer algo. Tenía que ir a por comida.

Después de reunir toda su fuerza de voluntad, respiró hondo varias veces... Finalmente se esforzó al máximo para levantarse de la cama. Pero al incorporarse sintió que la cabeza le daba vueltas y que los muebles, el suelo y las paredes giraban vertiginosamente, cambiando de lugar, hasta que ya no supo dónde estaba.

El vértigo empeoró cuando bajó las piernas de la cama. Y al tratar de ponerse de pie perdió totalmente el equilibrio. Se fue de bruces contra la pared y tuvo que agarrarse a las cortinas.

Se recuperó un poco, se soltó y se inclinó sobre ella; la cogió en sus brazos y la llevó hasta el jergón, donde la depositó con cuidado y la tapó con la colcha que habían tirado al suelo hacía horas. Ya estaba dando media vuelta cuando ella lo agarró del brazo.

—Tienes que alimentarte —le dijo, y trató de llevarlo hacia ella—. Ven a mi garganta.

¡Dios, qué tentación!

—Ahora vuelvo —dijo Zsadist, y se fue dando tumbos. Se dirigió al armario y se puso unos pantalones. Luego quitó las sábanas de la cama y el protector del colchón y salió.

* * *

Phury abrió los ojos y se dio cuenta de que no podía respirar, lo cual era lógico, claro, pues tenía la cara aplastada contra las mantas. Retiró la boca y la nariz del lío de mantas y trató de enfocar la visión. Lo primero que vio, a unos diez centímetros de su cabeza, fue un cenicero lleno de colillas. En el suelo.

«¿Qué demonios es esto? Ay...». Estaba con la cabeza colgando, a los pies del colchón.

Oyó un ronquido y se enderezó enseguida, volvió la cabeza y se encontró de frente con uno de los pies de Vishous. Un poco más allá vio una pierna de Butch.

Phury soltó una carcajada, que hizo que el policía levantara la cabeza de una almohada. El humano se miró de pies a cabeza y luego miró a Phury. Parpadeó un par de veces, como si tuviera la sensación de seguir soñando.

—Ay, Dios —dijo con voz ronca. Luego miró a Vishous, que estaba profundamente dormido junto a él—. ¡Ay... Dios, esto es muy raro!

—Tápate, policía. No eres tan atractivo.

—Cierto. —Se restregó la cara con las manos—. Pero eso no significa que me guste despertarme con dos hombres.

—V te dijo que no regresaras.

—Es verdad. Fue una mala idea.

Había sido una noche muy larga. Después de un rato, cuando incluso la sensación de la ropa contra la piel era insoportable, perdieron todo tipo de recato y se dedicaron simplemente a aguantar, encendiendo un porro tras otro, tomando escocés o vodka y corriendo al baño cada vez que necesitaban procurarse un poco de alivio en privado.

—¿Ya se acabó? —preguntó Butch—. Dime que ya se acabó.

Phury se movió en la cama.

—Sí, eso creo.

Tomó una sábana y se la lanzó a Butch, que se tapó enseguida y tapó también a Vishous. V ni siquiera se inmutó. Estaba profundamente dormido, con los ojos cerrados y roncando suavemente.

El policía lanzó una maldición y se acomodó en la cama, poniendo una almohada contra la cabecera. Se pasó varias veces las manos por el pelo hasta dejárselo de punta y bostezó con tanta fuerza que Phury pudo oír cómo le crujía la mandíbula.

—Diablos, vampiro, nunca pensé que diría esto, pero no tengo absolutamente ningún interés en el sexo. Gracias a Dios.

Phury se puso unos pantalones de chándal.

—¿Quieres algo de comer? Voy a la cocina.

Los ojos de Butch resplandecieron de interés.

—¿Realmente estás pensando subir la comida aquí? ¿Y yo no tendré que moverme?

—Me deberás una, sí, pero tengo ganas de hacerlo.

—Eres un sol.

Phury se puso una camiseta encima.

—¿Qué quieres?

—Lo que haya. ¿Por qué no te traes todo el refrigerador? Me estoy muriendo de hambre.

Phury bajó a la cocina y estaba a punto de comenzar a saquear el refrigerador, cuando oyó ruidos que venían de la lavandería. Se acercó y abrió la puerta.

Zsadist estaba metiendo un montón de sábanas en la lavadora.

Y ¡Santa Virgen del Ocaso, tenía un aspecto horrible! Se le notaban todos los huesos del cuerpo... Debía de haber perdido entre cinco y siete kilos durante la noche. Y tenía el cuello y las muñecas llenos de mordiscos. Pero... olía a deliciosas especias y lo rodeaba una paz tan completa y profunda que Phury se preguntó si sus sentidos no lo estarían engañando.

—¿Hermano? —dijo.

Z no levantó la vista.

—¿Sabes cómo funciona esta cosa?

—Pues sí. Pones un poco de jabón en este compartimiento y oprimes el botón... Así, déjame ayudarte.

Z terminó de cargar la lavadora y dio un paso atrás, todavía con los ojos clavados en el suelo. Cuando la máquina comenzó a llenarse de agua, Z susurró un «gracias» y se dirigió a la cocina.

Phury lo siguió, con el corazón en la garganta. Quería saber si todo estaba bien y no sólo por lo que se refería a Bella.

No daba con las palabras adecuadas para preguntarlo. Z sacó del refrigerador un pavo asado, le arrancó una pata y le dio un mordisco. Lo masticó con desesperación y dejó el hueso limpio en un segundo. Luego, arrancó la otra pata e hizo lo mismo.

¡Por Dios! Su hermano nunca comía carne. Claro que tampoco había tenido nunca una noche como ésa. Ninguno de los dos.

Z podía sentir encima la mirada de Phury y habría dejado de comer si hubiese podido. Odiaba que la gente lo mirara, sobre todo cuando estaba masticando, pero, sencillamente, no podía parar de comer.

Sin dejar de meterse comida en la boca, sacó un cuchillo y un plato y comenzó a cortar tajadas finas de la pechuga del pavo. Tuvo el cuidado de elegir la mejor carne para Bella. Los pedazos menos buenos, los residuos, la parte más cercana al corazón, se los comió él mismo.

¿Qué otra cosa podría necesitar Bella? Quería que ella comiera alimentos que le aportaran calorías. Y beber... debía llevarle algo de beber. Regresó al refrigerador y comenzó a hacer una cuidadosa elección. Deseaba elegir con cuidado, pues sólo le llevaría lo que fuera digno de su paladar.

—¿Zsadist?

¡Por Dios, se le había olvidado que Phury todavía estaba allí!

—Sí —dijo, al tiempo que abría un recipiente de plástico.

El puré de patatas que había dentro tenía buen aspecto, aunque en realidad habría preferido llevarle algo que él mismo hubiese preparado. No es que supiera cocinar, claro. ¡Por Dios, no sabía leer, no sabía cómo funcionaba una maldita lavadora, no sabía cocinar!

Tenía que dejarla libre para que encontrara un macho que tuviera al menos un poco de cerebro.

—No quisiera meterme en lo que no me incumbe —dijo Phury.

—Pero lo estás haciendo. —Zsadist sacó de la despensa una hogaza del pan casero de Fritz y lo apretó con los dedos. Estaba blandito, pero de todas maneras lo olisqueó. Bien, estaba suficientemente fresco para Bella.

—¿Ella está bien? ¿Y... tú?

—Estamos bien.

—¿Qué tal fue? —Phury tosió con nerviosismo—. Quiero decir, no es porque se trate de Bella. Es sólo que... he oído muchas historias y no sé qué creer.

Z tomó un poco de puré de patatas y lo puso en el plato, junto al pavo; luego sirvió una cucharada de arroz y encima una buena dosis de salsa de carne. Después metió el plato en el microondas, feliz de encontrar una máquina que sabía manejar.

Mientras observaba el plato dando vueltas, pensó en la pregunta de su gemelo y recordó lo que había sentido al tener a Bella sobre sus caderas. De las muchas veces que follaron durante la noche, ésa fue la que más le gustó. Ella estaba tan hermosa sobre él, en especial cuando lo besó...

A lo largo de todo el furor del celo, pero particularmente en esa ocasión, Bella había logrado quitarle de encima el peso de su pasado y marcarlo con algo bueno. Atesoraría por el resto de sus días todo el afecto que le había brindado.

El microondas paró y Zsadist se dio cuenta de que Phury todavía estaba esperando una respuesta.

Puso la comida sobre una bandeja y tomó algunos cubiertos para poder alimentarla como se debía.

Cuando dio media vuelta y estaba a punto de salir de la cocina, murmuró:

—Ella es más hermosa de lo que pueden expresar las palabras. —Luego levantó los ojos hacia Phury—. Y anoche fui bendecido con el increíble privilegio de estar con ella.

Por alguna razón, Phury retrocedió asombrado y estiró la mano.

—Zsadist, tus...

—Tengo que llevarle la comida a mi nalla. Nos vemos después.

—¡Espera! ¡Zsadist! Tus...

Z sólo sacudió la cabeza y siguió andando.

✝

P or qué no me enseñaste esto en cuanto llegué? —le preguntó Rehvenge a su doggen. Al ver que el criado se sonrojaba de vergüenza y horror, le dio una palmadita en la espalda
al pobre hombre—. Está bien. No importa.

—Señor, fui a buscarlo cuando me di cuenta de que usted había regresado. Pero usted estaba profundamente dormido.
Yo no estaba seguro de qué quería decir esa imagen y no deseaba
molestarlo. Usted nunca descansa.

Sí, después de alimentar a Marissa, Rehvenge se había apagado como una lámpara. Era la primera vez que cerraba los ojos
y se dormía profundamente en... ¡Dios, quién sabe cuánto tiempo! Pero eso era un problema.

Rehv se sentó frente a la pantalla del ordenador y volvió
a revisar el archivo digital. Vio lo mismo que había visto la primera vez: un hombre de cabello oscuro y vestido con ropa negra, que estaba en el interior de un coche estacionado frente a la
reja de entrada. Luego se bajaba de una camioneta y se acercaba
a tocar las cintas fúnebres que estaban colgadas de los barrotes
de hierro.

Rehv acercó más la imagen, hasta ver con claridad la cara
del sujeto. Era un tipo común y corriente, ni apuesto ni feo. Pero tenía un cuerpo enorme. Y la chaqueta parecía acolchada o llena de armas.

Rehv congeló la imagen y luego copió en la parte inferior derecha el dato de la fecha y la hora en que fue tomada. Cerró ese archivo y abrió los de la otra cámara que vigilaba la reja principal, la que funcionaba con un sensor de calor. Obtuvo la grabación que había hecho esa otra cámara exactamente en el mismo momento.

Cuando leyó los datos del sensor, a Rehv se le pusieron los ojos como platos. La temperatura corporal de ese «hombre» no superaba los diez grados centígrados. Un restrictor.

Rehv cerró ese programa y volvió a poner la imagen de la cara del hombre mientras observaba las cintas. La estudió atentamente. Tristeza, miedo... rabia. Ninguna de esas emociones era gratuita; todas estaban ligadas a algo personal. Algo perdido.

Así que ése era el desgraciado que se había llevado a Bella. Y había regresado a buscarla.

A Rehv no le sorprendió que el restrictor hubiese encontrado la casa. El secuestro de Bella había sido una noticia muy comentada dentro del mundillo de los vampiros, y la dirección de la familia nunca había sido un misterio para los de su especie... De hecho, gracias al consejo espiritual que solía brindar su mahmen, la mansión de la avenida Thorne era bastante conocida. Lo único que se necesitaba era capturar a un civil que supiera dónde vivían.

Pero la pregunta más importante era: ¿Por qué el asesino no había cruzado la reja?

¡Mierda! ¿Qué hora era? Cuatro de la tarde. ¡Había que darse prisa!

—Es un restrictor —dijo Rehv, al tiempo que clavaba el bastón en el suelo y se ponía de pie con rapidez—. Tenemos que evacuar la casa inmediatamente. Busca a Lahni y dile que ayude a la señora a prepararse. Luego las sacarás por el túnel y las llevarás a un lugar seguro en la camioneta.

El doggen se puso blanco como un papel.

—Señor, no tenía idea de que fuera un...

Rehv le puso una mano en el hombro para calmarlo.

—Has actuado bien. Pero ahora tienes que moverte rápido. Ve a buscar a Lahni.

Rehv fue hasta la habitación de su madre tan rápido como pudo.

—¿Mahmen? —dijo, al tiempo que abría la puerta—. Mahmen, despierta.

Su madre se sentó enseguida en la cama cubierta con sábanas de seda, con el cabello recogido en una cofia.

—Pero es... todavía es de día. ¿Por qué...?

—Lahni viene a ayudarte. Tienes que levantarte y vestirte.

—Virgen Santa, Rehvenge. ¿Por qué?

—Tienes que salir de la casa.

—¿Qué...?

—Ahora, mahmen. Te lo explicaré después. —Rehvenge le dio un beso en cada mejilla, al mismo tiempo que entraba la doncella—. Ah, qué bien, Lahni, viste rápidamente a la señora.

—Sí, señor —dijo la criada, e hizo una reverencia.

—¡Rehvenge! ¿Qué está...?

—Date prisa. Te irás con los criados. Te llamaré después.

Rehvenge bajó a su apartamento privado y cerró la puerta para no oír a su madre, que lo llamaba a gritos. Tomó el teléfono y marcó el número de la Hermandad, con una sensación de desagrado por lo que tenía que hacer. Pero la seguridad de Bella era lo primero. Después de dejar un mensaje, se dirigió a su vestidor.

En ese momento la mansión estaba sellada para evitar la luz del día, así que no había manera de que un restrictor pudiera entrar. Las ventanas y las puertas estaban protegidas por persianas a prueba de balas y de incendios, y la casa tenía paredes de piedra de sesenta centímetros de espesor. Además, había suficientes cámaras y alarmas de seguridad, así que si alguien llegaba siquiera a estornudar dentro de su propiedad él se daría cuenta. Pero, de todas maneras, quería que su mahmen se marchara.

Porque, en cuanto anocheciera, abriría las rejas de hierro y extendería la alfombra roja. Quería tener un encuentro con ese restrictor.

Rehv se quitó la bata y se puso unos pantalones negros y un jersey de cuello alto. No sacaría las armas hasta que su madre se hubiese marchado. Se pondría más histérica de lo que ya lo estaba si le veía armado hasta los dientes.

Antes de regresar para ver cómo avanzaba el proceso de evacuación, miró de reojo un cajón cerrado con llave. Se acercaba la hora de aplicarse su dosis de dopamina de la tarde. ¡Perfecto!

Rehv sonrió y salió de la habitación sin inyectarse, listo para que todos sus sentidos se pusieran alerta para el juego que se avecinaba.

* * *

Cuando las persianas se abrieron al caer la noche, Zsadist estaba acostado de lado, viendo dormir a Bella. Ella reposaba de espaldas, recostada sobre su brazo, con la cabeza al nivel de su pecho. Estaba totalmente desnuda y no tenía nada encima, porque todavía irradiaba el calor de los rescoldos de su periodo de fertilidad.

Cuando Zsadist regresó de su expedición a la cocina, Bella comió de su mano y luego durmió una siesta, mientras él cambiaba la cama con sábanas limpias. Desde entonces habían estado acostados juntos, en medio de la oscuridad absoluta.

Zsadist movió la mano desde los muslos de Bella hasta la parte inferior de sus senos y le acarició uno de los pezones con el dedo índice. Llevaba horas así, mimándola, cantándole en voz baja. Aunque estaba tan cansado que tenía los ojos medio cerrados, la paz que los rodeaba era mejor que el reposo que podría lograr si los cerraba.

Bella se movió y su cadera rozó la de Zsadist, que se sorprendió al sentir que el deseo de penetrarla volvía a crecer en su interior, aunque se imaginaba que, después de todo lo que había pasado, ya no le debían de quedar ganas de nada.

Zsadist se echó hacia atrás y se miró la parte inferior del cuerpo. La cabeza de esa cosa que había usado con ella se había salido del resorte de los pantalones cortos y, mientras el tallo se alargaba, la punta roma se asomaba cada vez más.

Sintiéndose como si estuviese vulnerando una ley sagrada, acercó el dedo con el que había estado trazando círculos alrededor de los pezones de Bella y le dio un empujoncito. La cosa estaba dura, así que se mantuvo en su lugar.

Cerró los ojos y, haciendo una mueca, agarró la cosa con la mano. La palma se cerró sobre ella y le sorprendió ver cómo se deslizaba sobre el tallo duro la piel suave que lo recubría. Y la sensación era extraña. En realidad, no era nada desagradable. De hecho, le recordaba un poco lo que había sentido al estar dentro de Bella, sólo que no era tan bueno, por supuesto.

¡Por Dios, qué estúpido era! Tenía miedo de su propio... ¿miembro? ¿verga? ¿pene? ¿Cómo demonios debía llamarlo? ¿Cómo lo llamaban los hombres normales? Claro, tampoco era cosa de llamarlo Bill. Pero de alguna manera eso de referirse a él como... «esa cosa», ya no parecía correcto.

Porque ahora habían hecho las paces, por decirlo de alguna manera.

Zsadist lo soltó y deslizó la mano por debajo del resorte de los pantalones. Le daba un poco de asco y se sentía nervioso, pero se imaginaba que tenía que terminar su exploración. No sabía cuándo se sentiría capaz de volver a hacerlo.

Hizo a un lado el... pene, sí, empezaría llamándolo pene... para que se metiera dentro de los calzoncillos, pero se quitara del camino, y luego se tocó los testículos. Sintió que un rayo subía a través del tallo erecto y que la punta se estremecía.

Eso fue bastante agradable.

Arrugó la frente mientras exploraba por primera vez en la vida lo que la generosa Virgen le había dado. Era curioso que lo hubiera acompañado durante tanto tiempo y nunca hubiese hecho lo que los machos recién salidos de la transición se pasan el día haciendo.

Cuando se volvió a tocar los testículos, sintió más presión y el pene se puso todavía más duro. Una cascada de sensaciones se disparó en la parte inferior de su cuerpo, y por su mente cruzaron imágenes de Bella, de los dos copulando, de él abriéndole las piernas y penetrando dentro de ella. Zsadist recordó con dolorosa claridad lo que había sentido al tenerla debajo, lo que ese íntimo canal de Bella había hecho por él, lo estrecha que era...

Luego todo comenzó a crecer como una bola de nieve, las imágenes que veía en su mente, las corrientes de energía que emanaban del lugar donde tenía la mano. Empezó a respirar aceleradamente y entreabrió los labios. Su cuerpo pareció sacudirse y las caderas se levantaron. De manera impulsiva, se acostó sobre la espalda y se bajó los calzoncillos.

Y luego se dio cuenta de lo que estaba haciendo. ¿Se estaba masturbando? ¿Al lado de Bella? ¡Dios, era un maldito desgraciado!

Asqueado de sí mismo, Zsadist retiró la mano y comenzó a subirse otra vez los pantalones.

—No te detengas —dijo Bella en voz baja.

Z sintió que se congelaba. ¡Le habían pillado!

Enseguida miró a Bella a los ojos, mientras se ponía rojo como un tomate.

Pero ella sólo le sonrió y le acarició el brazo.

—Eres tan hermoso... La forma en que te estremeces... Termina, Zsadist. Sé que quieres hacerlo y no tienes nada de que avergonzarte. —Luego le besó en el brazo y clavó los ojos en la tela estirada de los calzoncillos—. Termina —susurró—. Déjame verte terminar.

Sintiéndose como un idiota, pero sin ser capaz de detenerse, se sentó en la cama y se quitó los pantalones.

Bella lanzó una suave exclamación aprobatoria cuando Zsadist se volvió a acostar. Apoyándose en la fuerza de Bella, deslizó lentamente la mano por el estómago, sintiendo las aristas de sus músculos y la piel suave y sin vello que los cubría. Realmente no esperaba ser capaz de continuar...

Tenía el pene tan duro que podía sentir las palpitaciones de su corazón con sólo ponerle una mano encima.

Clavó la mirada en los ojos azul profundo de Bella, mientras movía la mano hacia arriba y hacia abajo. Destellos de placer comenzaron a recorrer todo su cuerpo. ¡Dios... el hecho de que ella lo estuviese mirando le había ayudado, aunque no debería ser así! Antes, cuando lo observaban...

No, el pasado no era bienvenido. Si se ponía a pensar en lo que había ocurrido hacía un siglo, iba a perder ese momento maravilloso con Bella.

Zsadist hizo a un lado los recuerdos y cerró esa puerta de un golpe. «Los ojos de Bella... míralos. Quédate con ellos. Ahógate en ellos».

La mirada de Bella era increíble, brillaba con ternura, mientras lo sostenía con firmeza, como si él estuviese entre sus brazos. Zsadist le miró los labios. Los senos. El vientre... El deseo que corría por su sangre fue creciendo de manera exponencial hasta que estalló y cada centímetro de su cuerpo se sintió sumergido en la tensión erótica.

Bella bajó la mirada. Mientras lo miraba masturbarse, se mordió el labio inferior. Sus colmillos parecían dos pequeñas dagas blancas y Zsadist deseó sentirlos de nuevo sobre su piel. Quería que bebiera de él.

—Bella... —dijo con voz ronca. ¡Maldición, realmente lo estaba haciendo!

Levantó una pierna, mientras trataba de ahogar el gemido que le subía por la garganta y movía la mano cada vez más rápido. Luego concentró el movimiento en la punta. Un segundo después, perdió el control. Soltó un grito, al tiempo que clavaba la cabeza en la almohada y su columna se arqueaba casi hasta tocar el techo. Unos chorros de algo tibio cayeron enseguida sobre su pecho y su vientre, y las descargas continuaron con un ritmo regular durante un rato, mientras que él terminaba de masturbarse. Se detuvo cuando la cabeza se le puso tan sensible que ya no se la podía tocar.

Cuando se acostó de lado y besó a Bella, respiraba con dificultad y se sentía totalmente mareado. Al echarse un poco hacia atrás, pudo ver en los ojos de la joven que ella entendía perfectamente lo que acababa de suceder. Sabía que lo había ayudado a masturbarse por primera vez y, sin embargo, no lo miraba con lástima. Parecía no importarle que hasta ahora hubiese sido un estúpido que no era capaz de tocar su propio cuerpo.

Zsadist abrió la boca.

—Te a...

Un golpe en la puerta interrumpió la declaración que no tenía ninguna necesidad de hacer.

—¡Cuidado con abrir esa puerta! —vociferó, al tiempo que se limpiaba con los pantalones. Besó a Bella y la cubrió con una sábana, antes de ir hasta el otro lado de la habitación.

Apoyó el hombro contra la puerta, como si quienquiera que estuviese del otro lado pudiera echarla abajo para entrar en la habitación. Fue un impulso estúpido, pero no quería que nadie viera el resplandor que Bella emanaba después del celo. Eso sólo estaba reservado para él.

—¿Qué? —dijo.

Enseguida se oyó la voz embozada de Phury:

—Anoche se movió la Explorer en la que escondiste tu teléfono y fue a visitar los supermercados donde Wellsie había hecho el pedido de manzanas para el festival de solsticio. Ya hemos cancelado los pedidos, pero tenemos que hacer un reconocimiento. La Hermandad se va a reunir en el estudio de Wrath dentro de diez minutos.

Z cerró los ojos y apoyó la frente contra la madera de la puerta. La vida real estaba de regreso.

—Zsadist, ¿me has oído?

El vampiro miró a Bella, mientras pensaba que su tiempo había llegado a su fin. Y a juzgar por la manera en que ella se aferró a la sábana, subiéndosela hasta el cuello, como si tuviera frío, estaba claro que ella también lo sabía.

«¡Dios... esto duele!», pensó. Y en realidad sentía que le dolía.

—Ahí estaré —dijo.

Bajó los ojos para no ver a Bella, dio media vuelta y se dirigió a la ducha.

CAPÍTULO
36

O caminaba furioso por la cabaña, reuniendo las municiones que necesitaba. Hacía sólo media hora que había regresado y el día anterior había sido un absoluto desperdi-
cio. Primero fue a ver al Omega y había recibido una maldita
paliza verbal. El Omega lo había vapuleado con su lengua, literalmente. El jefe estaba muy enfadado por la detención de los dos
restrictores, como si fuera culpa de O que esos incompetentes se
hubiesen dejado esposar y encerrar.

Después, sacaron a los restrictores del mundo humano,
cosa que no les resultó tan fácil, pero que finalmente lograron,
con la colaboración de los miembros de la Sociedad, que no se
sintieron nada complacidos con la situación. Cosa que los dos
restrictores liberados pudieron comprobar.

¡O estaba seguro de que esos dos restrictores debían de estar lamentando el día que vendieron su alma! El Omega comenzó a torturarlos enseguida, y la escena parecía salida de una película de terror. Lo peor era que los asesinos eran inmortales, así
que el castigo podía extenderse hasta que el Omega se cansara.

Parecía muy entusiasmado cuando O se marchó.

El regreso al mundo temporal había sido un absoluto desastre. En ausencia de O, unos Betas habían acordado rebelarse.
Un escuadrón entero, cuatro, decidió combatir el aburrimiento
atacando a otros restrictores e iniciaron una especie de cacería que

terminó con varias bajas entre los miembros de la Sociedad. Los mensajes de voz que U le había dejado en el transcurso de seis horas eran cada vez más dramáticos y daban ganas de gritar.

U era un absoluto fracaso como segundo al mando. No fue capaz de controlar la insurrección de los Betas, y un humano resultó muerto durante los enfrentamientos. A O el muerto le importaba un pepino, pero lo que le preocupaba era el cuerpo. Lo último que necesitaba era que la policía terminara involucrándose en el asunto.

Así que fue hasta el escenario del crimen y se tuvo que ensuciar las manos para deshacerse del maldito cadáver; luego perdió un par de horas identificando a los desgraciados Betas que comenzaron todo, y haciendo una visita a cada uno de ellos. Quería matarlos, pero si había más bajas en las filas de la Sociedad tendría otro problema con el jefe.

Para cuando terminó de darles una paliza a ese cuarteto de idiotas, lo cual había sucedido hacía sólo media hora, ya estaba totalmente enfurecido. Y en ese preciso momento fue cuando llamó U, para darle la buena noticia de que los pedidos de manzanas para el festival de solsticio habían sido cancelados. Y ¿por qué los habían cancelado? Porque, de alguna manera, los vampiros se habían dado cuenta de que los estaban siguiendo.

Sí, U era excelente para hacer operaciones encubiertas. ¡Genial!

Así que el sacrificio masivo que había pensado ofrecerle al Omega como tributo había quedado en nada. Ya no tenía forma de adular al jefe y, si su esposa estaba viva, iba a ser más difícil convertirla en restrictora.

En ese momento. O perdió el control. Le gritó a U por el teléfono. Le dijo todo tipo de obscenidades. Y U recibió la reprimenda telefónica como si fuera una maldita mujer, quedándose callado y quieto. El silencio enloqueció más a O, porque detestaba que la gente no se defendiera.

¡Por Dios, pensaba que U era un tipo duro, pero en realidad el desgraciado era un débil y O estaba harto! Sabía que tenía que ponerle un cuchillo en el pecho, y estaba decidido a hacerlo, pero ya había tenido suficientes distracciones.

¡Al diablo la Sociedad y U y los Betas y el Omega! Tenía que hacer un trabajo más importante.

O cogió las llaves de la camioneta y salió de la cabaña. Iría directamente al número 27 de la Avenida Thorne y entraría en la mansión. Tal vez era la voz de la desesperación, pero estaba seguro de que, detrás de esas rejas de hierro, estaba la respuesta que buscaba.

Finalmente, averiguaría dónde y cómo estaba su esposa.

Ya casi había llegado a la F-150 cuando la cabeza le empezó a zumbar, seguramente debido al altercado que había tenido con U. Hizo caso omiso de la sensación y se sentó al volante. Arrancó y tosió un par de veces, tratando de relajarse un poco. Se sentía raro.

Había recorrido poco más de medio kilómetro cuando se le cortó la respiración. Asfixiado, se llevó las manos a la garganta, giró el volante a la derecha y pisó el freno. Abrió la puerta y se bajó con dificultad. El aire frío le produjo uno o dos segundos de alivio, pero luego volvió a sentirse asfixiado.

Se desplomó. Al caerse de bruces sobre la nieve, sintió que la visión se le iba por momentos, como la luz de una lámpara estropeada. Y luego se desmayó.

* * *

Zsadist avanzaba por el pasillo hacia el estudio de Wrath. Tenía la mente alerta, pero sentía el cuerpo aletargado. Entró en el estudio, donde ya estaban todos los hermanos reunidos, y enseguida se quedaron en silencio. Haciendo caso omiso del grupo, clavó los ojos en el suelo y se dirigió al rincón donde usualmente se situaba. Oyó que alguien se aclaraba la garganta para poner a rodar la bola. Probablemente fue Wrath.

Luego habló Tohrment:

—Ha llamado el hermano de Bella. Ha postergado la solicitud de sehclusion y ha solicitado que ella se quede aquí durante un par de días más.

Z levantó enseguida la cabeza.

—¿Por qué?

—No me ha dado ninguna razón. —Tohr miró a Z con los ojos entornados—. ¡Ay... por Dios!

Los demás miraron inmediatamente en esa dirección y se oyeron un par de exclamaciones en voz baja. Luego la Hermandad y Butch se quedaron mirándole.

—¿Qué demonios estáis mirando?

Phury señaló el espejo antiguo que colgaba de la pared, al lado de las puertas.

—Míralo tú mismo.

Zsadist atravesó el cuarto, listo para mandarlos a la mierda. Lo único que importaba en ese momento era Bella.

Se quedó boquiabierto al ver su reflejo. Luego levantó una mano temblorosa y la puso sobre el reflejo de sus ojos en el espejo. Ya no tenía los iris negros. Se habían vuelto amarillos. Como los de su hermano gemelo.

—Phury —dijo con voz suave—. Phury, ¿qué me ha ocurrido?

Cuando Phury se aproximó por detrás, su cara apareció en el espejo junto a la de Z. Luego apareció el siniestro reflejo de Wrath, con su pelo largo y sus gafas oscuras. Luego la belleza decadente de Rhage. Y la gorra de los Medias Rojas de Vishous. Y el pelo en punta de Tohrment. Y la nariz torcida de Butch.

Uno por uno, todos fueron dándole una palmadita en el hombro.

—Bienvenido a casa, hermano —susurró Phury.

Zsadist se quedó mirando a los hombres que estaban detrás de él. Y tuvo la extraña sensación de que, si se desmayaba y se caía hacia atrás, ellos lo sostendrían.

* * *

Al poco de marcharse Zsadist, Bella salió de la habitación y se fue a buscarlo. Estaba a punto de llamar a su hermano para acordar un encuentro, cuando se dio cuenta de que debía ocuparse de su amante antes de meterse de lleno otra vez en su drama familiar.

Zsadist necesitaba algo de ella. Y con urgencia. Se había quedado casi seco después de estar con ella y Bella sabía exactamente cuán debilitado estaba y con cuánta desesperación necesitaba alimentarse de la vena. Con la cantidad de sangre de él que corría ahora por sus venas podía sentir la necesidad de manera vívida, y también sabía exactamente en qué lugar de la casa se encontraba. Lo único que tenía que hacer para percibir su presencia era recurrir a sus sentidos.

Bella siguió las palpitaciones de Zsadist por el corredor de las estatuas, luego dobló por una esquina y se dirigió a la puerta que estaba abierta, frente a las escaleras. Del estudio salían acaloradas voces masculinas y una de ellas era la de Zsadist.

—No vas a salir esta noche —gritó alguien.

—No trates de darme órdenes, Tohr —dijo Zsadist con un tono letal—. Eso sólo me enfurece y no sirve de nada.

—Pero mírate... ¡pareces un esqueleto! A menos que te alimentes, te quedarás en casa.

Bella entró al estudio en el momento en que Zsadist decía:

—Trata de mantenerme encerrado aquí y verás dónde terminas, hermano.

Los dos hombres estaban frente a frente, mirándose a los ojos y con los colmillos asomados. Toda la Hermandad los observaba.

«¡Por Dios!», pensó Bella. «¡Cuánta agresividad!».

Pero... Tohrment tenía razón. Bella no había podido verlo bien en medio de la penumbra del cuarto, pero aquí, a plena luz, Zsadist parecía un cadáver. Los huesos de la cabeza se le salían a través de la piel, la camiseta le colgaba del cuerpo como de un gancho y los pantalones le quedaban enormes. Sus ojos oscuros parecían tan intensos como siempre, pero el resto de su cuerpo estaba en muy malas condiciones.

Tohrment negó con la cabeza.

—Sé razonable...

—Me encargaré de que Bella sea ahvenged. Eso es totalmente razonable.

—No, no lo es —dijo la mujer. Su intervención hizo que todas las miradas se dirigieran a ella.

Cuando Zsadist la miró, sus iris cambiaron de color y pasaron del sombrío negro que ella conocía a un amarillo vivo e incandescente.

—Tus ojos —susurró Bella—. ¿Qué ha sucedido con tus...?

Wrath la interrumpió.

—Bella, tu hermano nos ha pedido que te quedes aquí un poco más.

Bella se sorprendió tanto que dejó de mirar a Zsadist.

—¿Perdón, mi señor?

—No quiere que se tome ninguna decisión sobre tu sehclusion en este momento y desea que permanezcas aquí.

—¿Por qué?

—No tengo ni idea. Tal vez tú podrías preguntárselo.

¡Por Dios, como si las cosas no estuvieran ya bastante confusas! Bella miró nuevamente a Zsadist, pero él tenía los ojos fijos en una ventana que había al otro lado del estudio.

—Desde luego, nos encanta que te quedes más tiempo —dijo Wrath.

Al ver que Zsadist se ponía rígido, Bella se preguntó hasta qué punto eso sería cierto.

—Yo no quiero ser ahvenged —dijo Bella en voz alta. Vio que Zsadist volvía enseguida la cabeza para mirarla, y se dirigió directamente a él—: Estoy muy agradecida por todo lo que has hecho por mí. Pero no quiero que nadie más salga herido tratando de atrapar al restrictor que me secuestró. En especial tú.

Zsadist frunció el ceño con irritación.

—No es decisión tuya.

—Claro que sí. —Al imaginárselo yendo a pelear, el terror se apoderó de ella—. ¡Por Dios, Zsadist... no quiero ser responsable de que termines muerto!

—El que va a terminar muerto es ese restrictor, no yo.

—¡No puedes estar hablando en serio! ¡Virgen Santa, mírate! No estás en condiciones de pelear. Estás tan débil...

Enseguida se oyó un rumor colectivo en toda la habitación y los ojos de Zsadist volvieron a ensombrecerse.

Bella se llevó una mano a la boca. Débil. Le había dicho que estaba débil. Delante de toda la Hermandad.

No había peor insulto. El solo hecho de insinuar que un macho no tenía suficiente fuerza ya era imperdonable entre los guerreros, independientemente de la razón. Pero decirlo en voz alta, ante testigos, era una castración social absoluta, una irrevocable condena de su valor como macho.

Bella se apresuró a decir:

—Lo siento, no he querido decir...

Zsadist levantó los brazos para evitar que ella lo tocara.

—Aléjate de mí.

Bella volvió a llevarse la mano a la boca, mientras él pasaba por su lado como si fuese una bala. Luego se dirigió a la puerta y se marchó por el pasillo. Cuando se sintió capaz, Bella se enfrentó a la mirada de desaprobación de todos los hermanos.

—Me disculparé con él enseguida. Y oíd esto, yo no dudo ni un segundo de su coraje o su fuerza. Me preocupo por él porque...

«Díselo», pensó Bella. Lo entenderán.

—Lo amo.

La tensión que había en el salón cedió abruptamente. Bueno, en su mayor parte. Phury dio media vuelta, se dirigió hacia el hogar y se recostó en la chimenea. Luego bajó la cabeza, como si quisiera estar entre las llamas.

—Me alegra que tus sentimentos sean ésos —dijo Wrath—. Él lo necesita. Ahora ve a buscarle y discúlpate.

Cuando Bella salía del estudio, Tohrment la interceptó y la miró a los ojos:

—Trata de alimentarle mientras lo haces, ¿vale?

—Estoy rezando para que me deje hacerlo.

Rehvenge rondaba por su casa de una habitación a otra con paso frenético. Lo veía todo rojo, tenía los sentidos aguzados y hacía horas que había abandonado el bastón. Como ya no tenía frío, se quitó el jersey de cuello alto y se colgó las armas sobre la piel. Sentía todas y cada una de las partes de su cuerpo y se deleitaba con el poder de sus músculos y sus huesos. Y también había otras cosas. Cosas que no había experimentado en...

¡Dios, hacía una década que no se permitía llegar tan lejos! Y como, además, esta vez era planeado, un descenso deliberado al terreno de la locura, sentía que tenía el control; lo cual probablemente era una peligrosa falacia, pero no le importaba. Se sentía... liberado. Y quería enfrentarse a su enemigo con una desesperación que era prácticamente sexual.

Así que también se sentía muy frustrado porque el momento no llegaba.

Miró a través de una de las ventanas de la biblioteca. Había dejado la reja de entrada totalmente abierta, tratando de invitar a los visitantes a seguir. Pero nada. Rien. Cero.

El reloj de péndulo dio las doce.

Estaba seguro de que el restrictor se presentaría, pero nadie había atravesado la reja ni había subido por la entrada hasta la casa. Y, de acuerdo con las cámaras de seguridad periféricas, los coches que habían pasado por la calle eran los de la gente del vecindario: varios *mercedes,* un *maybach,* varias camionetas Lexus, cuatro BMW.

¡Maldición! Tenía tantas ganas de que ese restrictor apareciera que quería gritar; el impulso de pelear, de ahvenge a su familia, de proteger su territorio estaba totalmente justificado. Descendía por línea materna de la élite de los guerreros, y por sus venas corría el instinto agresivo; siempre había sido así. Añadía leña al fuego la rabia que le producía lo que le había sucedido con su hermana y el hecho de que hubiese tenido que sacar a su mahmen de la casa a plena luz del día. Así que Rehvenge estaba convertido en un barril de pólvora listo para estallar.

En ese momento pensó en la Hermandad. Él habría sido un buen candidato para la Hermandad, si hubiesen reclutado gente antes de su transición... Sólo que, ¿quién demonios sabía qué hacía ahora la Hermandad? Habían pasado a la clandestinidad después de que la civilización de los vampiros se derrumbara y se habían convertido en un enclave secreto en el que se protegían entre ellos más de lo que protegían a la raza que habían jurado defender.

No podía dejar de pensar que si la Hermandad hubiera estado más preocupada por su trabajo y menos por protegerse, habrían podido evitar el secuestro de Bella. O, al menos, la habrían encontrado antes.

Rehv seguía paseándose por la casa sin orden ni concierto, excitado por la rabia y el odio que corrían por sus venas, mirando por las ventanas y las puertas y revisando los monitores. Después de un rato decidió que esa espera era absurda. Iba a enloquecer si seguía deambulando así toda la noche, y tenía cosas que hacer en el centro. Si activaba las alarmas, podría desmaterializarse en segundos.

Cuando regresó a su habitación, fue hasta el vestidor y se detuvo frente a la cómoda. Ir a trabajar sin tomar la medicación era imposible, aunque eso significaba que, en caso de que el maldito restrictor apareciera, tendría que usar un arma en vez de sus propias manos.

Rehv sacó un frasquito de dopamina, una jeringuilla y un torniquete. Mientras preparaba la aguja y se amarraba el torniquete en el brazo, se quedó mirando el líquido transparente que estaba a punto de inyectarse. Havers había mencionado que, en esas dosis tan altas, el medicamento podía producir paranoia en algunos vampiros. Y Rehv venía duplicando la dosis prescrita desde... ¡Por Dios, desde que Bella había sido secuestrada! Así que tal vez estaba perdiendo el control.

Pero luego pensó en la temperatura corporal de esa cosa que se había acercado a la reja. Diez grados centígrados no era la temperatura de un ser vivo. No era la de un ser humano.

Rehv se puso la inyección y esperó a que la visión se le aclarara y la sensibilidad corporal desapareciera. Luego se vistió con ropa de abrigo, tomó el bastón y salió.

* * *

Cuando Zsadist entró en ZeroSum, tenía plena conciencia de la silenciosa preocupación de Phury, que lo seguía como una sombra. Por fortuna le resultaba fácil hacer caso omiso de su gemelo, o esa angustia habría terminado con él.

«Débil. Estás tan débil...».

Sí, bueno, enseguida se encargaría de eso.

—Dame veinte minutos —le dijo a Phury—. Y encontrémonos después afuera, en el callejón.

No desperdició ni un segundo. Eligió a una prostituta que tenía el pelo recogido en una trenza sobre la nuca, le dio doscientos dólares y luego la sacó del club prácticamente a empellones. A la mujer no pareció importarle su cara ni su tamaño, ni la manera como la empujó. Tenía la mirada totalmente perdida, seguramente por todas las drogas que había consumido.

Cuando salieron al callejón, la mujer soltó una carcajada.

—¿Cómo quieres hacerlo? —dijo y comenzó a bailar sobre sus tacones altos. Luego se tropezó y se puso las manos en la cabeza, mientras se estiraba en medio del aire frío—. Tienes cara de que te gusta el sexo duro. Me parece bien.

Zsadist la hizo girar de manera que quedara con la cara contra la pared de ladrillo y la mantuvo quieta agarrándola del cuello. Mientras ella se reía y trataba fingidamente de forcejear, Zsadist la sujetó con fuerza y pensó en la cantidad de mujeres humanas que había mordido a lo largo de los años. ¿Recordarían algo, después de todo? ¿Tendrían pesadillas con él?

«Abusador», pensó. No era más que un abusador, que usaba a esas mujeres de la misma manera en que la Señora lo hacía con él.

La única diferencia era que él no tenía opción.

¿O sí? Hoy podría haber usado a Bella; ella quería que lo hiciera. Pero si bebía la sangre de Bella, separarse hubiera sido todavía más difícil para los dos. Y ése era el único futuro que les esperaba. Ella no quería que él la vengara. Pero él no podría descansar mientras que ese restrictor anduviera suelto por ahí...

Y más allá de eso, Zsadist no podía soportar que Bella se destruyera tratando de amar al hombre equivocado. Tenía que lograr que se alejara de él. Quería verla feliz y a salvo, quería que en los próximos mil años ella se despertara cada día con una sonrisa tranquila en los labios. Quería que tuviera un buen compañero, un hombre del que se pudiera sentir orgullosa.

A pesar del sentimiento que le unía a ella, el deseo de que fuera feliz era más fuerte que el deseo de que estuviera con él.

La prostituta se contoneó.

—¿Vamos a hacerlo o no, papi? Porque me estoy sintiendo muy excitada.

Z enseñó sus colmillos y dio un paso atrás, listo para atacar.

—¡Zsadist... no!

Al oír la voz de Bella, Zsadist volvió la cabeza. Estaba en medio del callejón, a unos cuatro metros de distancia. Tenía los ojos muy abiertos, por la impresión, y se llevaba las manos a la boca.

—No —repitió Bella con voz ronca—. No... lo hagas.

El primer impulso de Zsadist fue sacarla de allí, llevarla de regreso a la casa y luego gritarle por haber salido. Pero después se le ocurrió que ésa era la oportunidad de cortar definitivamente todos los lazos entre ellos. Sería una operación dolorosa, pero ella se recuperaría de la amputación. Aunque él no lograra hacerlo.

La ramera miró a Bella y luego se rió de manera estridente.

—¿Ella va a mirarnos? Porque eso te costará cincuenta más.

Bella se llevó la mano a la garganta. Le dolía tanto el pecho que no podía respirar. ¿Verlo tan cerca de otra hembra... una mujer humana, una prostituta... y con el propósito de alimentarse? ¿Después de todo lo que habían compartido la noche anterior?

—Por favor —dijo Bella—, úsame a mí. Tómame a mí. No hagas esto.

Zsadist giró nuevamente a la mujer para que quedara frente a Bella; luego le pasó un brazo por el pecho. La prostituta se rió y se restregó contra él, frotando su cuerpo contra el de Zsadist y moviendo las caderas con un vaivén sinuoso.

Bella estiró las manos hacia el aire helado.

—Te amo. No quise ofenderte delante de los hermanos. Por favor, no hagas eso para vengarte de mí.

Zsadist la miró directamente a la cara. Sus ojos brillaban con tristeza y la más absoluta desolación, pero aun así sacó los colmillos... y los clavó en el cuello de la mujer. Bella dejó escapar un grito al verle tragar; la mujer volvió a carcajearse ruidosamente.

Bella se tambaleó. Mientras volvía a morder a la mujer y succionaba con más fuerza, Zsadist siguió mirándola. Incapaz de observar la escena por más tiempo, Bella se desmaterializó y se dirigió al único lugar en el que pudo pensar.

La casa de su familia.

✦

E l Reverendo quiere verlo.

Phury levantó la vista del vaso de agua mineral que había pedido. Uno de los guardias de seguridad de ZeroSum se cernía sobre él, irradiando una silenciosa amenaza.

—¿Alguna razón en particular?

—Usted es un cliente muy apreciado.

—Entonces deberían dejarme en paz.

—¿Eso es un no?

Phury levantó una ceja.

—Sí, es un no.

El hombre desapareció y regresó con refuerzos: dos tipos igual de grandes que él.

—El Reverendo desea verlo.

—Sí, ya me lo ha dicho.

—Ahora.

La única razón por la que Phury salió del reservado fue porque el trío parecía dispuesto a llevarlo a toda costa y, si se negaba y se enfrentaba a ellos, se organizaría un alboroto que llamaría mucho la atención.

En cuanto entró en la oficina del Reverendo, se dio cuenta de que el hombre estaba muy alterado. Aunque eso no era ninguna novedad.

—Dejadnos solos —murmuró el vampiro desde detrás del escritorio.

Cuando se quedaron solos, el Reverendo se recostó contra el respaldo de la silla con una extraña expresión, que no presagiaba nada bueno. El instinto impulsó a Phury a llevarse una mano a la espalda, cerca de la daga que llevaba en el cinturón.

—He estado pensando en nuestro último encuentro —dijo el Reverendo, mientras hacía ejercicios de estiramiento con sus largos dedos. La luz que le caía encima resaltaba los pómulos salientes, la mandíbula afilada y los hombros enormes. Se había recortado un poco el penacho y la línea negra no sobresalía más que unos cinco centímetros del cuero cabelludo—. Sí... he estado pensando en el hecho de que conoces mi pequeño secreto. Me siento demasiado expuesto.

Phury guardó silencio, mientras se preguntaba dónde acabaría todo eso.

El Reverendo echó la silla hacia atrás y cruzó las piernas, apoyando un tobillo sobre la rodilla. El movimiento hizo que su cara chaqueta se abriera de par en par y dejara a la vista un pecho gigantesco.

—Puedes imaginarme cómo me siento. No puedo dormir.

—Toma un somnífero. Eso te hará dormir profundamente.

—También podría fumarme una tonelada de humo rojo. Al igual que tú, ¿no? —El Reverendo se pasó una mano por el penacho y esbozó una sonrisa—. Sí, en realidad no me siento muy seguro.

¡Qué mentira tan grande! El tipo se mantenía rodeado de guardaespaldas que eran tan astutos como letales. Y, definitivamente, era alguien que podía defenderse solo. Además, en los conflictos los symphaths tenían ventajas que nadie más tenía.

El Reverendo dejó de sonreír.

—Estaba pensando que tal vez tú podrías revelar tu secreto. Así estaríamos empatados.

—No tengo ningún secreto.

—Mentira... Hermano. —La boca del Reverendo pareció esbozar otra sonrisa, pero sus ojos se mantuvieron muy serios—. Porque tú eres miembro de la Hermandad. Tú y esos grandotes con los que vienes aquí. El de la barbita de chivo que se toma mi vodka. El tipo con la cara desfigurada que chupa la sangre de mis rameras. No sé qué pensar del humano que os acompaña, pero no importa.

Phury le sostuvo la mirada, sentado al otro lado del escritorio.

—Acabas de violar todas las normas sociales de nuestra especie. Pero, claro, ¿por qué habríamos de esperar buenos modales de un traficante de drogas?

—Y los drogadictos siempre dicen mentiras. Así que, de todas maneras, la pregunta era inútil, ¿no?

—Cuidado, amigo —dijo Phury en voz baja.

—¿O qué? ¿Me estás diciendo que eres un hermano y será mejor que me cuide o vas a lastimarme?

—La salud nunca se debe tomar a la ligera.

—¿Por qué no lo admites? ¿O acaso los hermanos tienen miedo de que la raza a la que le fallaron se rebele? ¿Se están escondiendo de todos nosotros debido al pésimo trabajo que vienen haciendo últimamente?

Phury dio media vuelta.

—No sé para qué estás hablando conmigo.

—Es por el humo rojo. —La voz del Reverendo era como un cuchillo afilado—. Se me han acabado las reservas.

Phury sintió un estremecimiento de angustia en el pecho. Luego miró por encima del hombro.

—Hay otros vendedores.

—Que te diviertas buscándolos.

Phury puso la mano sobre el picaporte de la puerta. Al ver que no giraba, miró hacia atrás. El Reverendo le estaba observando, quieto como un gato, y le tenía encerrado en la oficina con la fuerza del pensamiento.

Phury agarró el picaporte con más fuerza y tiró, arrancándolo de la puerta. Cuando ésta se abrió, arrojó el pedazo de bronce sobre el escritorio del Reverendo.

—Creo que vas a tener que arreglar esto.

Alcanzó a dar dos pasos antes de que una mano le agarrara del brazo. La cara del Reverendo parecía de piedra, al igual que su mano. Cuando el hombre parpadeó con sus ojos violeta, algo sucedió entre Phury y él, una especie de intercambio... una corriente de...

De repente Phury sintió un abrumador ataque de culpa, como si alguien hubiese levantado la tapa de sus preocupaciones y sus más hondos temores por el futuro de la raza de los vampiros. Tenía que responder, pues no podía soportar la presión.

Impulsado por esa angustia, se sorprendió diciendo:

—Vivimos y morimos por nuestra raza. La especie es nuestra primera y única preocupación. Peleamos todas las noches y atesoramos los jarrones de los restrictores que matamos. La clandestinidad es la forma de proteger a los civiles. Cuanto menos sepan sobre nosotros, más seguros están. Por esa razón desaparecimos.

Tan pronto como terminó de hablar, lanzó una maldición.

«¡Maldición, nunca se puede confiar en un symphath!», pensó. O en lo que se siente cuando uno está con ellos.

—Déjame ir, devorador de pecados —dijo entre dientes—. Y mantente alejado de mi cabeza.

El Reverendo aflojó la mano e hizo una especie de venia, un sorpresivo gesto de respeto y dijo:

—Bueno, mira qué coincidencia, guerrero. Acaba de llegar un cargamento de humo rojo.

Enseguida se alejó, perdiéndose lentamente entre la multitud. Phury se quedó observando cómo el penacho, los hombros y el aura del Reverendo se perdían entre la gente cuyas adicciones alimentaba.

* * *

Bella reapareció frente a la casa de su familia. Las luces de fuera estaban apagadas, lo cual era extraño, pero ella estaba llorando, así que tampoco veía mucho. Entró, desactivó la alarma y se quedó parada en el vestíbulo.

¿Cómo podía Zsadist hacerle eso? Se sentía tan ofendida como si hubiese tenido sexo frente a ella. ¡Dios, siempre había sabido que podía ser cruel, pero eso había sido demasiado, incluso tratándose de Zsadist!

Sólo que no había actuado así por despecho... porque ella lo había ofendido. No, eso sería muy mezquino. Bella sospechaba que Zsadist había mordido a esa mujer para romper con ella. Porque quería enviarle un mensaje, un mensaje absolutamente claro de que no era bienvenida en su vida.

Pues bien, había funcionado.

Humillada y derrotada, Bella echó un vistazo alrededor del vestíbulo. Todo estaba igual. El papel azul de las paredes, el suelo de mármol negro, el resplandeciente candelabro que colgaba del techo. Era como retroceder en el tiempo. Ella había crecido en esta casa, la última hija que había tenido su madre, la hermana consentida de un hermano que la adoraba, la hija de un padre que nunca conoció...

Espera un minuto. Todo estaba en silencio. Había demasiado silencio.

—¿Mahmen? ¿Lahni? —Nada. Bella se secó las lágrimas—. ¿Lahni?

¿Dónde estaban los criados? ¿Y su madre? Sabía que Rehv estaría fuera, haciendo lo que fuese durante las noches, así que no esperaba encontrarse con él. Pero los demás siempre estaban en casa.

Bella se acercó a la escalera curva y gritó:

—¿Mahmen?

Subió las escaleras y fue hasta la habitación de su madre. La cama estaba deshecha, todo estaba en desorden... algo que los doggen nunca permitirían en condiciones normales. Asaltada por un ataque de pánico, se dirigió por el corredor hasta la habitación de Rehvenge. La cama de su hermano también estaba deshecha y las sábanas y las montañas de mantas y colchas de piel que Rehv siempre usaba estaban apiladas a un lado. Bella nunca había visto tanto desorden.

La casa no era segura. Ésa era la razón por la cual Rehv había insistido en que ella se quedara con la Hermandad.

Bella salió corriendo por el pasillo y bajó las escaleras. Tenía que salir para desmaterializarse, porque las paredes de la mansión tenían un recubrimiento de acero.

Salió rápidamente a la puerta principal... pero no sabía adónde ir. No conocía la dirección del refugio de seguridad de su hermano, y seguramente era allí donde estaban su madre y los criados. Y no iba a perder más tiempo llamándolo ahora, por lo menos desde la casa.

No había alternativa. Tenía el corazón roto y estaba furiosa y agotada, y la idea de regresar a la mansión de la Hermandad empeoraba la situación, pero no se iba a portar como una estúpida. Cerró los ojos y desapareció para regresar al complejo de los hermanos.

* * *

Zsadist terminó rápidamente con la ramera y se concentró en Bella. Como su sangre corría por las venas de ella, pudo sentirla materializándose en algún lugar hacia el sureste. Calculaba que su destino era la zona de la calle Bellman y la avenida Thorne: un vecindario muy elegante. Obviamente, había ido a la casa de su familia.

Enseguida sus instintos se pusieron alerta, pues la llamada del hermano de Bella había sido muy extraña. Lo más probable era que allí estuviera pasando algo. ¿Qué otra razón podía tener el hombre para querer que Bella se quedara con la Hermandad, después de que había estado a punto de solicitar el estatus de sehclusion?

Cuando Z estaba a punto de ir a buscarla, la sintió viajando otra vez. Esta vez aterrizó en la puerta de la mansión de la Hermandad. Y se quedó ahí.

¡Gracias a Dios! Por el momento no tendría que preocuparse por la seguridad de Bella.

La puerta trasera del club se abrió de repente y Phury apareció con gesto hosco.

—¿Te has alimentado ya?

—Sí.

—Entonces ve a casa y espera a que te haga efecto y la fuerza regrese.

—Ya ha vuelto. —«Más o menos», se dijo.

—Z...

Phury dejó de hablar y los dos miraron hacia la calle del Comercio. A la salida del callejón, tres hombres de pelo blanco, vestidos de negro, pasaron caminando en fila. Los restrictores iban mirando hacia el frente, como si hubiesen encontrado un objetivo y se estuviesen aproximando.

Sin decir una palabra, Z y Phury comenzaron a correr, moviéndose con ligereza sobre la nieve fresca. Cuando salieron a la calle del Comercio resultó que los restrictores no habían hallado una víctima sino que se estaban encontrando con otros de su misma clase, dos de los cuales tenían el pelo marrón.

Z se llevó la mano a una de las dagas y fijó los ojos en los dos con el pelo oscuro. Santa Virgen del Ocaso, ojalá uno de ellos fuera el que estaba buscando.

—Espera, Z —siseó Phury, mientras sacaba el teléfono—. Quédate ahí mientras pido refuerzos.

—¿Qué tal si tú llamas, mientras yo los mato? —dijo Z, al tiempo que desenfundaba la daga.

Z arrancó a correr, mientras mantenía el cuchillo pegado a la pierna, pues ésa era una zona muy expuesta y con muchos humanos alrededor.

Los restrictores lo vieron enseguida y adoptaron la posición de ataque, con las rodillas flexionadas y los brazos levantados. Para acorralar a los desgraciados, Z corrió en círculo alrededor de ellos y los asesinos lo siguieron, formando un triángulo. Cuando Z se metió entre las sombras, los restrictores lo siguieron como si fueran uno.

Después de que la oscuridad se los tragó a todos, Zsadist levantó su daga negra, descubrió sus colmillos y atacó. Entretanto, rezaba pidiendo que, cuando terminara toda esa danza de violencia, uno de los dos restrictores de pelo oscuro tuviera las raíces blancas.

E staba empezando a amanecer cuando U llegó a la cabaña y abrió la puerta. Redujo el paso al entrar, pues quería saborear el momento. El puesto de comando era suyo. Se había convertido en el jefe de los restrictores. O ya no existía.

U no podía creer lo que había hecho. No podía creer que había tenido el valor de pedirle al Omega un cambio de líder. Y tampoco podía creer que el jefe hubiese estado de acuerdo con él y hubiese llamado a casa a O.

U no tenía madera de líder, pero tanto él como el supremo jefe no tuvieron otra opción. Después de todo lo que había ocurrido el día anterior, con los malditos Betas y los arrestos y la rebelión, se avecinaba una anarquía total entre los cazavampiros. Entretanto, O no estaba haciendo nada. Incluso parecía que le molestaba tener que hacer su trabajo.

U estaba contra la pared. Llevaba casi dos siglos en la Sociedad y prefería morirse antes que verla convertida en una improvisada reunión de asesinos a sueldo, desorganizados y torpes, que ocasionalmente perseguían vampiros. Ya hasta se les estaba olvidando quién era su objetivo, y hacía tres días que O lo había mandado todo al garete.

No, en el terreno temporal había que dirigir la Sociedad con mano firme y decidida. Así que era preciso reemplazar a O.

U se sentó a la mesa y encendió el ordenador portátil. Lo primero en la agenda era convocar una asamblea general y hacer una demostración de fuerza. Eso era lo único que O había hecho bien. Los otros restrictores le tenían miedo.

U revisó la lista de Betas para encontrar uno que pudiera sacrificar para dar ejemplo, pero no pudo avanzar mucho, pues recibió un mensaje con muy malas noticias. Anoche había habido una sangrienta pelea en el centro. Dos miembros de la Hermandad contra siete restrictores. Por fortuna parecía que los dos hermanos habían salido heridos. Pero sólo había sobrevivido uno de los cazavampiros, así que la Sociedad había perdido más miembros.

¡Por Dios, el reclutamiento tenía que ser una prioridad! ¿Pero cómo demonios iba a encontrar tiempo? Primero tenía que tomar las riendas.

U se frotó los ojos, mientras pensaba en la tarea que le esperaba.

«Bienvenido al cargo de Jefe de los restrictores», pensó y comenzó a hacer una llamada.

* * *

Bella miró a Rhage con furia, sin importarte que el vampiro pesara setenta kilos más que ella y le llevara veinte centímetros de estatura.

Por desgracia, al hermano no pareció importarle que ella estuviera iracunda. Y no se movió de la puerta que estaba cuidando.

—Pero quiero verlo.

—No es un buen momento, Bella.

—¿Es muy grave la herida?

—Esto es un asunto de la Hermandad —dijo Rhage con voz suave—. Vete, te avisaremos si pasa algo.

—Ah, claro. Igual que me disteis... ¡Por Dios, tuve que enterarme a través de Fritz!

En ese momento, la puerta de la habitación se abrió.

Zsadist parecía más apagado que nunca y estaba bastante magullado. Tenía un ojo tan hinchado que casi no lo podía abrir, la boca rota y el brazo colgando de un cabestrillo. Tenía cortes por toda la nuca y la cabeza, como si hubiese caído sobre piedras o algo así.

Zsadist la miró y Bella se estremeció. Los ojos le cambiaron de color enseguida, recuperando el tono amarillo, pero sólo miró a Rhage y dijo:

—Phury por fin está descansando. —Luego movió la cabeza en dirección de Bella y agregó rápidamente—: Si ha venido a acompañarlo, déjala entrar. Su presencia le dará un poco de consuelo.

Zsadist dio media vuelta y comenzó a avanzar por el pasillo. Iba cojeando, arrastrando la pierna izquierda, como si tuviera una herida en el muslo.

Bella soltó una maldición y fue tras él, aunque no sabía por qué se molestaba en hacerlo. Zsadist no iba a aceptar nada de ella, ni su sangre ni su amor... y, ciertamente, tampoco su preocupación. No quería nada de ella.

Bueno, sólo quería que se fuera.

Antes de que lo alcanzara, Zsadist se detuvo abruptamente y se volvió a mirarla.

—Si Phury necesita alimentarse, ¿le dejarás beber de tu vena?

Bella se quedó paralizada. Zsadist no sólo bebía de otra mujer, sino que le resultaba fácil compartirla con su gemelo. Como si no fuera nada especial. ¡Por Dios! ¿Acaso nada de lo que habían compartido había tenido significado para él?

—¿Lo dejarás? —Los nuevos ojos amarillos de Zsadist se entrecerraron mientras la miraba—. ¿Bella?

—Sí —dijo ella en voz baja—. Yo lo cuidaré.

—Gracias.

—Creo que te desprecio.

—Ya era hora.

Bella dio media vuelta, lista para regresar a la habitación de Phury. Zsadits dijo en voz baja:

—¿Ya has sangrado?

¡Ah, sensacional, otra sorpresa! Él quería saber si la había dejado embarazada. Y sin duda se sentiría aliviado cuando supiera la buena noticia de que no había sido así.

Bella le fulminó con la mirada por encima del hombro.

—He tenido dolores. No tienes nada de que preocuparte.

Zsadist asintió con la cabeza.

Antes de que pudiera huir, ella dijo:

—Dime una cosa. Si quedara embarazada, ¿te casarías conmigo?

—Cuidaría de ti y de tu hijo hasta que otro macho se hiciera cargo.

—Mi hijo... como si no fuera también tuyo. —Al ver que él no decía nada, tuvo que insistir—: ¿Ni siquiera lo reconocerías?

La única respuesta de Zsadist fue cruzar los brazos sobre el pecho.

Bella sacudió la cabeza.

—¡Qué horror! Realmente no tienes sentimientos, ¿no?

Zsadist la miró durante un largo rato.

—Nunca te he pedido nada, ¿o sí?

—Ah, no. Nunca lo has hecho. —Bella dejó escapar una carcajada de rabia—. Dios no permita que te atrevas a hacer algo así.

—Cuida a Phury. Él lo necesita. Al igual que tú.

—No te atrevas a decirme qué es lo que necesito.

Bella no esperó a que Zsadist respondiera. Se volvió por el corredor hasta la puerta de Phury, apartó a Rhage del camino y se encerró con el gemelo de Zsadist. Estaba tan enojada que le llevó un segundo darse cuenta de que estaba en la oscuridad y que la habitación olía a humo rojo, ese delicioso aroma a chocolate.

—¿Quién está ahí? —dijo Phury bruscamente desde la cama.

Bella carraspeó.

—Bella.

Se oyó un suspiro desgarrado.

—Hola.

—Hola. ¿Cómo te sientes?

—Absolutamente genial, gracias por preguntar.

Bella sonrió y se acercó a él. Usando su visión nocturna, pudo ver que Phury estaba tumbado sobre la cama, vestido sólo con unos calzoncillos. Tenía una venda alrededor del estómago y estaba lleno de moratones. Y... ¡Oh...! Bella nunca había visto su pierna...

—No te preocupes —dijo él de manera tajante—. Perdí ese pie y esa pierna hace un siglo. Y de verdad estoy bien. Sólo es un problema de estética.

—Entonces, ¿por qué tienes esa venda en el estómago?

—Hace que mi trasero parezca más pequeño.

Bella se rió. Esperaba que Phury estuviera medio muerto y realmente tenía muy mal aspecto, pero no estaba a las puertas de la muerte.

—¿Qué te sucedió? —preguntó Bella.

—Tengo una herida en el costado.

—¿Con qué te la hicieron?

—Con un cuchillo.

Eso la hizo estremecerse. Tal vez sólo parecía que Phury estaba bien.

—Estoy bien, Bella. De verdad. En seis horas estaré listo para salir otra vez. —Hubo un breve silencio—. ¿Qué sucede? ¿Estás bien?

—Sólo quería ver cómo estabas.

—Bueno... estoy bien.

—Y... ¿necesitas alimentarte?

Phury se puso tieso y luego agarró abruptamente la colcha y se la echó sobre las caderas. Bella se preguntó por qué estaría actuando como si tuviera algo que esconder...

En ese momento, Bella miró por primera vez a Phury como a un hombre. Realmente era muy atractivo, con esa magnífica melena y esa cara apuesta, de facciones clásicas. Tenía un cuerpo espectacular, musculoso, y parecía mucho más fuerte que su gemelo. Pero sin importar lo atractivo que fuera, Phury no era el hombre destinado a ella.

Era una lástima, pensó. Para los dos. ¡Dios, cómo odiaba hacerle daño a Phury!

—¿Lo necesitas? —preguntó Bella—. ¿Necesitas beber sangre?

—¿Te estás ofreciendo?

Bella tragó saliva.

—Sí. Entonces... ¿Puedo ofrecerte mi vena?

Una extraña fragancia impregnó el aire de la habitación y era tan fuerte que eclipsó el aroma del humo rojo. Era el olor denso y penetrante del apetito masculino. El olor que despedía el deseo de Phury de estar con ella.

Bella cerró los ojos y rezó para que, en caso de que él aceptara la oferta, ella pudiera cumplir con su parte sin llorar.

***

Ese mismo día, más tarde, cuando anocheció, Rehvenge estaba mirando las cintas fúnebres que colgaban del retrato de su hermana. Cuando sonó su móvil, miró el identificador de llamadas y abrió el teléfono.

—Hola, Bella —dijo con voz suave.

—¿Cómo sabías que...?

—¿Que eras tú? Era un número imposible de rastrear. Tiene que ser muy difícil de rastrear si este teléfono no puede localizarlo. —Al menos todavía estaba segura en la mansión de la Hermandad, pensó Rehv. Dondequiera que fuera que se encontrase—. Me alegra que me llames.

—Fui a casa anoche.

Rehv apretó el teléfono con fuerza.

—¿Anoche? ¡Demonios! No quería que...

De pronto comenzó a oír a través del teléfono unos amargos sollozos que le dejaron sin palabras y sin aire y aplacaron su furia.

—¡Bella! ¿Qué sucede? ¿Bella? ¡Bella! ¿Acaso alguno de los hermanos te ha hecho daño?

—No. —Bella respiró profundamente—. Y no me grites. No lo soporto. Ya estoy harta de tus gritos. Para ya.

Rehv tomó aire y trató de controlar su temperamento.

—¿Qué pasa? ¿Por qué quieres volver ahora?

—¿Cuándo puedo regresar a casa?

—Háblame.

Hubo un largo rato de silencio. Estaba claro que su hermana ya no confiaba en él. ¿Y acaso podía culparla?

—Bella, por favor. Lo siento... Sólo cuéntame qué pasa. —Al ver que no había respuesta, dijo—: ¿Acaso yo...? —Se aclaró la voz—. ¿Tan enfadada estás conmigo que no quieres ni hablarme?

—¿Cuándo puedo ir a casa?

—Bella...

—Respóndeme, hermano.

—No lo sé.

—Entonces quiero ir al refugio de seguridad.

—No puedes. Ya sabes que no quiero que mahmen y tú estéis en el mismo sitio cuando hay problemas. Pero, bueno, ¿por qué quieres marcharte de ese lugar? Hace sólo un día no querías estar en ninguna otra parte.

Hubo un largo silencio.

—Tuve mi periodo de fertilidad.

Rehv se quedó sin respiración. Cerró los ojos.

—¿Estuviste con uno de ellos?

—Sí.

Sentarse en este momento sería una muy buena idea, pero no había ningún asiento lo suficientemente cerca. Así que se apoyó sobre el bastón y se arrodilló en la alfombra persa. Justo frente al retrato.

—¿Estás... bien?

—Sí.

—¿Y él quiere quedarse contigo?

—No.

—¿Cómo?

—No me desea.

Rehv dejó asomar sus colmillos.

—¿Estás embarazada?

—No.

«¡Gracias a Dios!».

—¿Quién fue?

—No te lo diría aunque me amenazaras con matarme, Rehv. Te lo repito, me quiero ir de aquí.

¡Por Dios! Bella en celo, viviendo en un lugar lleno de machos... lleno de guerreros de sangre caliente. Y el Rey Ciego...

—Bella, dime que sólo uno de ellos te montó. Dime que fue sólo uno y que no te hizo daño.

—¿Por qué? ¿Porque tienes miedo de tener a una puta por hermana? ¿Miedo de que la glymera me margine otra vez?

—¡Al diablo con la glymera! Es porque te quiero... y no puedo soportar la idea de que la Hermandad haya abusado de ti cuando estabas en un estado tan vulnerable.

Hubo una pausa. Mientras esperaba, la garganta le ardía tanto que parecía que se hubiese tragado una caja de clavos.

—Fue sólo uno y yo lo amo —dijo Bella—. También debes saber que me dio a escoger entre estar con él y drogarme para dejarme inconsciente. Yo quise estar con él. Pero nunca te diré su nombre. Francamente, no quiero volver a hablar de él nunca. Y ahora dime, ¿cuándo puedo regresar a casa?

Está bien. Eso estaba bien. Al menos podría sacarla de allí.

—Dame un poco de tiempo para encontrar un lugar seguro. Llámame en treinta minutos.

—Espera, Rehvenge, quiero que desistas de la solicitud de sehclusion. Si lo haces, me someteré voluntariamente a andar con una escolta cada vez que salga, si así te sientes más tranquilo. ¿Te parece un trato justo?

Rehvenge se llevó la mano a los ojos.

—¿Rehvenge? Dijiste que me querías. Demuéstralo. Retira la solicitud y te prometo que trabajaremos juntos... ¿Rehvenge?

Rehvenge dejó caer el brazo y levantó los ojos para contemplar el retrato de Bella. Tan hermosa, tan pura. La mantendría siempre así si pudiera, pero ya no era una niñita. Y estaba demostrando ser mucho más fuerte y resistente de lo que él se había imaginado. Haber pasado por lo que pasó, haber sobrevivido...

—Está bien... La retiraré.

—Y yo te llamaré en media hora.

Y a había caído la noche y salía luz de la cabaña. U no se había movido del ordenador en todo el día. A través de correos electrónicos y su móvil, había rastreado a los veintiocho restrictores que quedaban en Caldwell y había programado una asamblea general a medianoche. En la reunión los volvería a organizar en escuadrones y asignaría a un equipo de cinco hombres la tarea de reclutamiento.

Después de la reunión de esa noche, sólo pondría dos escuadrones de Betas a vigilar el centro. Los vampiros civiles ya no iban tanto a los bares como antes, porque muchos habían sido capturados en esa zona para ser llevados al centro de persuasión. Era hora de cambiar de táctica y centrarse en otra parte.

Después de pensarlo un poco, decidió enviar al resto de sus hombres a las áreas residenciales. Los vampiros estaban activos de noche. En sus casas. Sólo era cuestión de hallarlos entre los humanos...

—Eres un maldito desgraciado.

U se levantó de un salto.

O estaba parado en la puerta de la cabaña, desnudo. Tenía el pecho cubierto de arañazos, como si algo lo hubiese agarrado con fuerza, y la cara hinchada y el pelo revuelto. Y, además, estaba muy enfadado.

En cuanto cerró la puerta, U ya no pudo moverse: ninguno de sus grandes músculos le obedeció para adoptar la postura defensiva que necesitaba y eso le indicó con claridad quién era el jefe de los restrictores ahora. Sólo el jefe tenía ese tipo de control físico sobre sus subordinados.

—Olvidaste dos cosas importantes. —O sacó desprevenidamente un cuchillo de una funda que estaba colgada de la pared—. Una, que el Omega es muy voluble. Y dos, que tiene una debilidad especial por mí. En realidad no me llevó mucho tiempo convencerlo de que me dejara volver al redil.

U trató de correr y oponer resistencia, quería gritar.

—Así que despídete, U. Y saluda al Omega de mi parte cuando lo veas. Él te está esperando.

* * *

Seis en punto. Ya casi era hora de irse.

Bella miró alrededor de la habitación de huéspedes en que estaba y pensó que ya había guardado en las maletas todas sus pertenencias. Para empezar, no tenía mucho y, en todo caso, lo había sacado todo de la habitación de Zsadist la noche anterior.

Fritz llegaría en cualquier momento para recoger sus maletas y llevarlas a casa de Havers y Marissa. Gracias a Dios el médico y su hermana habían querido devolverle un favor a Rehvenge y habían aceptado recibirla. Su mansión, y la clínica, era una verdadera fortaleza. Hasta Rehv había quedado satisfecho, convencido de que allí estaría segura.

Luego, a las seis y media, ella se desmaterializaría e iría allí, donde se encontraría con Rehv.

De repente Bella fue hasta el baño de manera compulsiva y miró detrás de la cortina de la ducha, para asegurarse de que había guardado el champú. No, no había nada. Y tampoco quedaba nada de ella en la habitación. Ni en la casa. Cuando se marchara, nadie sabría que había estado en la mansión. Nadie...

Se oyó un golpecito. Bella fue hasta la puerta y la abrió.

—Hola, Fritz, mis cosas están sobre el...

Zsadist estaba de pie en el corredor, vestido para el combate. Con pantalones de cuero. Armas. Cuchillos.

Bella dio un paso atrás.

—¿Qué estás haciendo aquí?

Zsadist entró en la habitación y no dijo nada. Pero parecía listo a abalanzarse sobre algo.

—Si has venido para hacer de guardaespaldas, debes saber que no necesito un guardia armado —dijo Bella, tratando de mantener el control—. Voy a desmaterializarme para reaparecer en casa de Havers, y ya sabes que es perfectamente segura.

Zsadist no dijo ni una palabra. Sólo se quedó mirándola, todo poder y fuerza masculina.

—¿Has venido sólo para asustarme? —preguntó ella bruscamente—. ¿O hay alguna razón para esta visita?

Cuando Zsadist cerró la puerta tras él, el corazón de Bella comenzó a latir aceleradamente. En especial al ver que echaba el seguro.

Bella fue retrocediendo hasta quedar contra la cama.

—¿Qué es lo que quieres, Zsadist?

Zsadist avanzó hacia ella, como si quisiera atacarla, con sus ojos amarillos fijos en su rostro. Su cuerpo era un manojo de tensión y no se necesitaba ser muy sagaz para imaginarse qué tipo de alivio estaba buscando.

—No me digas que has venido a aparearte.

—Muy bien, no lo diré —murmuró Zsadist con una voz ronca y profunda.

Bella levantó una mano como si tratara de defenderse. ¡Como si pudiera! Si lo deseaba, Zsadist podría aprovecharse de ella, con o sin su consentimiento. Sólo que... sería una estupidez rechazarlo. A pesar de todo lo que le había hecho, todavía lo deseaba.

—No voy a acostarme contigo.

—No he venido a hablar de mí —dijo Zsadist, al tiempo que llegaba hasta donde ella estaba.

El olor de Zsadist... su cuerpo... tan cerca. Y ella era tan idiota, y estaba tan enamorada...

—Aléjate de mí. Ya no te deseo.

—Mentira, sé que me deseas. Puedo olerlo. —Zsadist estiró la mano y le tocó el cuello, pasándole el índice por la yugular—. Y puedo sentir el deseo palpitando en esta vena.

—Te odiaré si lo haces.

—Ya me odias.

«¡Ojalá eso fuera cierto!», se dijo Bella.

—Zsadist, no voy a acostarme contigo, al menos voluntariamente...

Zsadist se inclinó, de manera que su boca quedó al lado del oído de la vampira.

—No te estoy pidiendo eso.

—Entonces, ¿qué quieres? —Le dio un empujón, pero no logró moverlo—. Maldito, ¿por qué estás haciendo esto?

—Porque acabo de pasar por la habitación de mi hermano gemelo.

—¿Perdón?

—No le dejaste beber tu sangre. —La boca de Zsadist rozó el cuello de Bella. Luego se echó hacia atrás y la miró fijamente—. Nunca lo vas a aceptar, ¿verdad? Nunca estarás con Phury, sin importar que él sea el hombre adecuado para ti, en todos los aspectos.

—Zsadsit, por Dios, déjame en paz...

—No vas a aceptar a mi gemelo. Así que nunca regresarás aquí, ¿verdad?

Bella soltó el aire.

—No, no voy a regresar.

—Ésa es la razón por la que he venido a verte.

Bella sintió que la rabia se levantaba dentro de ella y se unía a su deseo de estar con él.

—No lo entiendo. Has aprovechado todas las oportunidades que has tenido para alejarme de tu lado. ¿Recuerdas ese pequeño episodio de anoche en el callejón? Bebiste la sangre de esa mujer para que yo me fuera, ¿no es así? No tenía nada que ver con el comentario que hice antes.

—Bella...

—Y luego querías que yo estuviera con tu hermano. Mira, ya sé que no me amas, pero sabes muy bien lo que yo siento por ti. ¿Tienes alguna idea de qué se siente cuando el hombre que amas te pide que alimentes a otro vampiro?

Zsadist dejó caer la mano y se alejó.

—Tienes razón. —Se restregó la cara—. No debería estar aquí, pero no podía dejarte ir sin... En el fondo de mi mente, siempre pensé que regresarías. Ya sabes, que estarías con Phury. Siempre pensé que te vería otra vez, aunque fuera de lejos.

Bella estaba harta de esa situación. ¿Pero qué le pasaba a Zsadist?

—¿Por qué demonios te importa si vuelves a verme o no?

Zsadist sólo sacudió la cabeza y se dirigió a la puerta, lo cual hizo que ella se pusiera casi violenta.

—¡Contéstame! ¿Por qué te importa que yo no regrese nunca? —Zsadist tenía la mano sobre el picaporte de la puerta, cuando ella le gritó—: ¿Por qué te importa?

—¡No me importa!

Bella se lanzó rápidamente hasta el otro lado de la habitación, con la intención de pegarle, de arañarle, de hacerle daño. Se sentía muy frustrada. Pero en ese momento Zsadist dio media vuelta y, en lugar de abofetearle, Bella le agarró de la cabeza y atrajo su boca hacia la de ella. Zsadist la abrazó enseguida, apretándola tanto que ella casi no podía respirar. Mientras le metía la lengua en la boca, la levantó del suelo y la llevó a la cama.

Tener relaciones sexuales en medio de tanta desesperación y furia era una mala idea. Una idea muy mala.

Sin embargo, un segundo después ya estaban en la cama. Zsadist le quitó los pantalones y estaba a punto de arrancarle el resto de la ropa, cuando se oyó un golpecito en la puerta.

Enseguida sonó la voz de Fritz, respetuosa y agradable:

—Señora, si sus maletas están listas...

—Ahora no, Fritz —dijo Zsadist con voz ronca. Luego alargó los colmillos, destrozó la seda que cubría la entrepierna de Bella y pasó la lengua por el centro de la vagina y la lamió, mientras dejaba escapar un gemido. Bella se mordió el labio para no gritar y se aferró a la cabeza de Zsadist, mientras movía las caderas.

—Ay, señor, le ruego que me perdone. Pensé que estaba en el centro de entrenamiento... —volvió a oírse la voz de Fritz.

—Más tarde, Fritz.

—Claro. ¿Cuánto tiempo cree usted...?

El resto de las palabras del criado fueron interrumpidas por un gruñido erótico de Zsadist, que le dijo a Fritz todo lo que necesitaba saber. Y probablemente un poco más.

—Ay... por Dios. Discúlpeme, señor. No regresaré por las cosas de la señora hasta que... lo vea.

La lengua de Zsadist daba vueltas por la vagina de Bella y sus manos se aferraban a sus piernas. Mientras la acariciaba y la besaba con brusquedad, susurraba cosas sucias y lujuriosas contra sus partes más secretas. Bella hacía presión contra la boca de Zsadist, arqueando la espalda. Pero él fue tan brusco, tan voraz... que ella se desmoronó. Entretanto, Zsadist siguió excitándola para alargar el orgasmo, como si no quisiera que se acabara nunca.

El silencio y la quietud que siguieron fueron tan estremecedores para Bella como el momento en que la boca de Zsadist se separó de su sexo. Cuando se levantó de entre las piernas de ella, se limpió la boca con la mano. Y mientras la miraba, se lamió la palma para saborear hasta la última gota de lo que se había quedado en su cara.

—Vas a detenerte ahí, ¿no? —dijo Bella con tono áspero.

—Ya te lo dije. No vine aquí para acostarme contigo. Sólo quería esto. Sólo quería tenerte en mi boca por última vez.

—Eres un maldito egoísta. —¡Qué ironía que lo acusara de egoísta por no aprovecharse de ella! ¡Era horrible!

Zsadist emitió un sonido gutural.

—¿Crees que no mataría por estar dentro de ti en este mismo momento?

—Vete al infierno, Zsadist. Vete ahora...

Zsadist se movió con la velocidad de un rayo y la tumbó sobre la cama, aprisionándola con el peso de su cuerpo.

—Ya estoy en el infierno —siseó, mientras le clavaba las caderas. Luego se apretó contra la vagina de Bella y su gigantesco pene erecto hizo presión sobre el lugar donde tenía la boca hacía un segundo. Maldiciendo, se echó hacia atrás, se abrió los pantalones de cuero... y la embistió, ensanchándola tanto que fue casi doloroso. Bella gritó al sentir la invasión, pero levantó las caderas para que él pudiera entrar todavía más.

Zsadist le agarró las rodillas y le estiró las piernas hacia arriba, mientras la penetraba hasta el fondo; luego comenzó a moverse contra ella y su cuerpo de guerrero no tuvo ninguna compasión. Ella se aferró al cuello de Zsadist, chupándole la sangre, perdida en medio de ese ritmo frenético. Bella siempre había pensado que el sexo con él sería así. Duro, fuerte, salvaje... brusco. Tuvieron el orgasmo a la vez. Chorros ardientes llenaron enseguida la vagina de Bella y luego se escurrieron por sus piernas, mientras que él seguía moviéndose.

Cuando Zsadist finalmente se desplomó sobre ella, le soltó las piernas y respiró contra su cuello.

—¡Ay, Dios... no era mi intención que esto pasara! —dijo finalmente.

—Estoy muy segura de eso. —Bella lo empujó hacia un lado y se sentó, más cansada de lo que se había sentido en toda su vida—. Tengo que encontrarme con mi hermano en un momento. Quiero que te vayas.

Zsadist lanzó una maldición llena de dolor. Luego le alcanzó los pantalones, aunque no los soltó. Se quedó mirándola durante un largo rato, mientras ella, como una tonta, esperaba que él le dijera lo que quería oír: «Lamento haberte hecho daño, te amo, no te vayas».

Después de un momento dejó caer la mano, se puso de pie y comenzó a arreglarse la ropa y a cerrarse los pantalones. Luego fue hacia la puerta, moviéndose con esa elegancia letal con la que siempre caminaba. Cuando se volvió para mirarla por encima del hombro, Bella se dio cuenta de que él no se había quitado las armas para hacer el amor. También estaba completamente vestido.

Claro, sólo había sido sexo.

—Lo siento... —dijo Zsadist en voz baja.

—No me vengas con eso ahora.

—Entonces... gracias, Bella... por... todo. Sí, de verdad. Yo... gracias.

Y se marchó.

* * *

John se quedó rezagado en el gimnasio; el resto de la clase estaba en los vestuarios. Eran las siete de la noche, pero habría jurado que eran las tres de la mañana. ¡Qué día! El entrenamiento había comenzado a medio día y habían tenido varias horas de clase sobre tácticas y tecnología, dictadas por dos hermanos llamados Vishous y Rhage. Al atardecer había llegado Tohr y había comenzado lo duro. Las tres horas de entrenamiento físico habían sido brutales. Múltiples vueltas a la pista. Yudo. Más entrenamiento en manejo de armas de combate cuerpo a cuerpo, que incluyó una introducción a los nunchakus.

Esos dos bastones de madera unidos por una cadena fueron una verdadera pesadilla para John y dejaron al descubierto todas sus debilidades, en especial su pésima coordinación visual y motora. Pero John no se iba a dar por vencido. Mientras los otros chicos se fueron a las duchas, él regresó hasta el cuarto donde se guardaba el equipo y tomó uno de los juegos de armas. Pensó que podría practicar hasta que el autobús llegara, y ducharse después en casa.

Comenzó a girar lentamente los nunchakus hacia un lado y el sonido que producían le resultó en extremo relajante. Después de ir aumentando gradualmente la velocidad, los hizo volar por un instante y los lanzó hacia la izquierda. Luego los recuperó. Hizo ese ejercicio una y otra vez, hasta que comenzó a sudar de nuevo. Otra vez y otra vez y...

De pronto, uno de los bastones lo golpeó en la cabeza.

El golpe le hizo aflojar las rodillas y, después de resistir por un momento, se dejó caer al suelo. Se protegió con el brazo y se llevó una mano a la sien izquierda. Estrellas. Definitivamente estaba viendo estrellitas.

En medio del dolor, John escuchó una risita que provenía de atrás. El tono de satisfacción de la risa le hizo suponer de quién se trataba, pero de todas maneras tuvo que mirar. Lash estaba de pie más o menos a metro y medio, con el pelo húmedo, vestido con su ropa de calle y una sonrisita en el rostro.

—Eres un idiota.

John fijó la vista en la colchoneta, sintiendo que realmente no le importaba que Lash le hubiese visto cuando se golpeó. Ya le había visto hacerlo en clase, así que eso no representaba ninguna humillación nueva.

¡Estaba muy mareado! ¡Si al menos no tuviera la vista borrosa y pudiera ver con claridad! Sacudió la cabeza, estiró el cuello y vio otro par de nunchakus en el suelo. ¿Acaso Lash se los había lanzado?

—No le agradas a nadie por aquí, John. ¿Por qué no te largas? Ah, espera. Eso significaría que no podrías seguir andando detrás de los hermanos. Y entonces ¿a qué te dedicarías todo el día?

La carcajada del chico fue interrumpida abruptamente por una voz profunda que le advirtió:

—No te muevas si no es para respirar, rubio.

Una mano gigantesca apareció frente a la cara de John, que levantó enseguida la vista. Zsadist estaba a su lado, con todo el equipo de combate encima.

Sin pensarlo dos veces, John agarró la mano que Z le tendía y se apoyó en ella para levantarse.

Zsadist tenía los ojos entornados y le brillaban de rabia.

—El autobús ya ha llegado, así que trae tus cosas. Te veré frente al vestuario.

John se apresuró a hacer lo que le decían, pensando que, cuando un hombre como Zsadist le dice a uno que haga algo, hay que hacerlo rápido. Cuando llegó a la puerta, sin embargo, sintió la necesidad de mirar hacia atrás.

Zsadist mantenía a Lash agarrado del cuello y lo había levantado del suelo, de manera que tenía los pies colgando. Con un tono fúnebre, la voz del guerrero dijo:

—Vi cómo lo derribabas y te mataría ahora mismo por eso, pero no estoy interesado en lidiar después con tus padres. Así que presta atención, niño. Si vuelves a hacer algo así otra vez, te voy a sacar los ojos y te los haré tragar. ¿Está claro?

En respuesta, la boca de Lash se movió como una válvula de un solo sentido. El aire entró, pero no salió nada. Y luego se orinó en los pantalones.

—Supongo que eso es un sí —dijo Zsadsit y lo dejó caer.

John no se quedó a ver más. Corrió a su taquilla, sacó su mochila y un momento después estaba en el pasillo.

Zsadist lo estaba esperando.

—Vamos.

John siguió al hermano hasta la camioneta, mientras se preguntaba cómo podría darle las gracias por lo que había hecho. Luego Zsadist se detuvo junto al autobús, le hizo entrar y él también se subió.

Los demás alumnos se encogieron en su puesto. En especial cuando Zsadist sacó una de sus dagas.

—Sentémonos aquí —le dijo a John y señaló un asiento con la punta negra de la daga.

John se sentó junto a la ventana. Zsadist se acomodó junto a él. Una vez instalado, se sacó una manzana del bolsillo.

—Falta uno por subir —le dijo Zsadist al conductor—. Y John y yo bajaremos los últimos.

El doggen que estaba al volante asintió con la cabeza.

—Claro, señor. Como desee.

Lash se subió lentamente a la camioneta; la marca roja en su garganta parecía sólo una mancha de su piel clara. Cuando vio a Zsadist, se tambaleó.

—Nos estás haciendo perder tiempo, niño —dijo Zsadist, mientras deslizaba el cuchillo sobre la piel de la manzana—. Siéntate de una vez.

Lash hizo lo que le ordenaban.

La camioneta arrancó, y nadie dijo nada. En especial después de que el panel divisorio se cerrara y todos quedaran atrapados detrás.

Zsadist fue pelando la manzana con un movimiento continuo. Al terminar, depositó la cáscara verde sobre la rodilla y luego cortó un trozo y se lo ofreció a John sobre la hoja de la daga. John tomó el trozo de manzana con los dedos y se lo comió, mientras Zsadist cortaba otro para él y se lo llevaba a la boca. Así siguieron hasta que sólo quedó el corazón de la fruta.

Zsadist tomó la cáscara y el corazón y los arrojó en la bolsita de basura que colgaba del panel divisorio. Luego limpió la hoja de la daga sobre los pantalones de cuero y comenzó a lanzarla al aire y agarrarla. Y siguió haciéndolo durante todo el trayecto hasta la ciudad. Cuando llegaron a la primera parada, hubo unos minutos de vacilación después de que se abriese el panel de división. Luego se bajaron dos chicos apresuradamente.

Zsadist los siguió con los ojos y se quedó mirándolos fijamente, como si estuviera memorizando sus rostros. Entretanto, siguió jugando todo el tiempo a lanzar al aire la daga, cuyo metal oscuro brillaba antes de caer siempre en el mismo lugar de la gigantesca palma, incluso mientras observaba a los estudiantes.

En cada parada sucedió lo mismo, hasta que John y él se quedaron solos.

Cuando la división se cerró, Zsadsit deslizó la daga en la funda que llevaba sobre el pecho. Luego se pasó al asiento de enfrente, se recostó contra la ventanilla y cerró los ojos.

John sabía que no estaba dormido, porque el ritmo de su respiración no cambió ni se relajó en lo más mínimo. Simplemente, no quería hablar con él.

John sacó su libreta y el bolígrafo. Escribió algo con cuidado, dobló el papel y lo sostuvo en la mano. Tenía que darle las gracias. Aunque Zsadist no sabía leer, tenía que decirle algo.

Por fin la camioneta se detuvo y la división se abrió, John dejó el papel en el asiento de Zsadist, sin tratar de entregárselo. Y se aseguró de no levantar la mirada mientras bajaba los escalones y cruzaba la calle. Sin embargo, al llegar al jardín se detuvo para ver cómo arrancaba la camioneta, mientras la nieve caía sobre su cabeza, sus hombros y su mochila.

Cuando el bus desapareció en medio de la incipiente tormenta, apareció la silueta de Zsadist al otro lado de la calle. El hermano sacó la nota y la sostuvo en el aire entre el dedo índice y el corazón. Luego hizo un gesto con la cabeza, se guardó la nota en el bolsillo trasero y se desmaterializó.

John se quedó mirando el lugar donde había estado Zsadist, mientras espesos copos de nieve fueron llenando las huellas que habían dejado sus botas de combate.

De pronto se abrió la puerta del garaje detrás de él y el Range Rover salió marcha atrás. Wellsie bajó la ventanilla. Llevaba el pelo rojo recogido en un moño. La calefacción del coche estaba al máximo y rugía casi tanto como el motor.

—Hola, John —dijo Wellsie y estiró la mano para que él se la agarrara—. Oye, ¿ése que acabo de ver era Zsadist?

John asintió con la cabeza.

—¿Qué estaba haciendo aquí?

John puso la mochila en el suelo y contestó con lenguaje de signos:

—Venía en el autobús conmigo.

Wellsie frunció el ceño.

—Me gustaría que te mantuvieras alejado de él, ¿vale? Él... tiene muchos problemas. ¿Sabes a qué me refiero?

En realidad John no estaba tan seguro. Sí, a veces el tipo era lo suficientemente aterrador como para hacer que el Coco pareciera una hermanita de la caridad, pero evidentemente no era tan malo.

—En fin. Me voy a recoger a Sarelle. Hemos tenido problemas y ha habido que cancelar el pedido de manzanas. Tenemos una reunión con los organizadores para decidir qué hacer. ¿Quieres venir?

John negó con la cabeza.

—Tengo que estudiar.

—Bueno. —Wellsie le sonrió—. Te he dejado un poco de arroz y salsa de jengibre en el refrigerador.

—¡Gracias! ¡Me estoy muriendo de hambre!

—Eso pensé. Nos vemos más tarde.

John le dijo adiós con la mano, mientras ella arrancaba. De camino a la casa, se fijó distraídamente en que las cadenas que Tohr le había puesto a la camioneta dejaban unos surcos profundos sobre la nieve fresca.

P ara aquí. —O abrió la puerta de la Explorer antes de que
la camioneta se detuviera totalmente, al comienzo de la
avenida Thorne. Miró rápidamente la colina y luego le lanzó al
Beta una mirada de advertencia.

—Quiero que des una cuantas vueltas por el vecindario
hasta que te llame. Luego quiero que vengas al número veintisiete. Pero no entres, pasa de largo. Unos cincuenta metros más
adelante, el muro de piedra forma una esquina. Ahí es donde
quiero que te detengas. —Cuando el Beta asintió con la cabeza,
O agregó—: Si la cagas, te pondré a los pies del Omega.

O no esperó a que el restrictor le respondiera con alguna
de esas absurdas promesas de buen comportamiento que siempre hacían semejantes tipos. Saltó al pavimento enseguida y subió corriendo la colina. Convertido en un arsenal itinerante, su
cuerpo soportaba el peso de las armas y los explosivos que se había colgado, como si fuera un árbol de Navidad paramilitar.

Pasó frente a la entrada del número veintisiete y miró hacia el sendero que subía a la casa. Cincuenta metros más adelante
llegó a la esquina en la que le dijo al estúpido Beta que lo recogiera. Dio tres pasos hacia atrás y pegó un salto, con la intención
de alcanzar el borde de la tapia de tres metros.

Lo consiguió sin problemas, pero cuando sus manos se posaron sobre el muro recibió una fuerte descarga eléctrica que lo

dejó aturdido por un momento. Si hubiera sido un humano, ahora estaría chamuscado en el suelo, y aun siendo un restrictor la descarga lo dejó sin aire. De todas maneras, consiguió saltar y pasar al otro lado.

Las luces de seguridad se encendieron y O se escondió detrás de un árbol, mientras sacaba su pistola con silenciador. Si aparecían perros de presa, estaba preparado para disparar. Pero no se oyó ningún ladrido. Y tampoco se veía en la mansión ningún movimiento de luces encendiéndose o pasos de guardias de seguridad.

Mientras esperaba, estudió el lugar. La parte trasera de la casa era magnífica, con sus ladrillos rojos y las ventanas blancas, y las terrazas que se extendían bajo porches de dos pisos. El jardín también era una joyita. ¡Qué barbaridad... el mantenimiento anual de este monstruo debía de ser más de lo que una familia media ganaba en una década!

«Hora de acercarse», pensó O y atravesó el jardín en dirección a la casa, corriendo agazapado, con el arma lista. Cuando llegó hasta la pared, estaba feliz. La ventana junto a la cual se paró estaba equipada con rieles que corrían de arriba abajo a cada lado, y encima había un discreto dintel en forma de caja.

Persianas retráctiles de acero. Y, según parecía, cada puerta y cada ventana tenían una.

En el noreste, donde no hay que preocuparse por las tormentas tropicales o los huracanes, sólo había un tipo de persona que instalaba esa clase de seguridad encima de cada pedazo de vidrio: el tipo de propietarios que necesitan protegerse de la luz del sol.

Allí vivían vampiros.

Las persianas estaban alzadas porque era de noche y O miró hacia el interior. La casa estaba a oscuras, lo cual no era muy alentador, pero de todas maneras entraría.

La pregunta era cómo entrar. Era evidente que el lugar tenía alarmas y sistemas de seguridad por todas partes. Y O podía apostar que alguien que instala un sistema eléctrico de seguridad en el muro de cerramiento no tiene en su casa cualquier alarma tradicional. Aquí tenía que haber tecnología muy sofisticada.

Decidió que lo mejor sería cortar el suministro de energía, así que se fue a buscar el lugar por el que entraba la corriente eléctrica en la mansión. Lo encontró detrás de un garaje con capacidad para seis coches, situado en un cuarto trastero que contenía tres unidades de aire acondicionado, un ventilador viejo y un generador de emergencia. El grueso cable que conducía la energía estaba protegido por una caja de metal que salía de la tierra y se dividía en cuatro conexiones principales.

O puso una carga de explosivos plásticos junto a la caja y luego instaló otra en el centro del generador. Se escondió detrás del garaje e hizo estallar los explosivos con un control remoto. Se oyeron dos estallidos, pero las llamaradas y el humo se desvanecieron rápidamente.

Esperó a ver si alguien se acercaba. Pero nada. Se asomó de manera impulsiva al garaje. Había dos espacios vacíos, pero en los otros había coches muy bonitos, tan bonitos que ni siquiera pudo saber de qué marca eran.

Suspendido el suministro de energía, corrió hasta la parte delantera de la casa, dando un rodeo por detrás de la cerca de madera que adornaba la fachada. Un par de puertas de vidrio parecían la mejor vía de entrada. Golpeó uno de los vidrios con el puño enguantado para romperlo y quitar el seguro. En cuanto estuvo dentro, comenzó a cerrar la puerta. Era esencial que los contactos de la alarma estuvieran en su lugar, por si tuvieran instalado algún generador de emergencia... ¡Mierda!

Los electrodos de las puertas funcionaban con pilas de litio... lo que quería decir que los contactos no trabajaban con energía eléctrica. Entonces se dio cuenta de que estaba justo en medio de un rayo láser. ¡Maldición! Todo esto era tan sofisticado... como si fuera un maldito museo, o la Casa Blanca o la alcoba del Papa.

La única razón por la que había logrado entrar en la casa era porque alguien había querido que lo hiciera.

O aguzó el oído. Silencio absoluto. ¿Sería una trampa?

Se quedó paralizado un momento más, sin apenas respirar, y se aseguró de tener el arma lista, antes de comenzar a recorrer en silencio una serie de salones que parecían salidos de una revista de decoración. A medida que avanzaba, O sentía ganas de apuñalar las pinturas que colgaban de las paredes, arrancar los candelabros y romper las esbeltas patas de las mesas y las sillas. Quería quemar las cortinas. Quería cagarse en las alfombras. Quería dañarlo todo, porque era hermoso y porque, si su mujer alguna vez había vivido allí, eso significaba que ella era muy superior a él.

Dobló una esquina y salió a una especie de recibidor, donde frenó en seco.

Colgado de la pared, dentro de un adornado marco dorado, había un retrato de su esposa... y el cuadro estaba cubierto con un par de colgaduras de seda negra. Debajo del cuadro, sobre una mesa con base de mármol, había un cáliz de oro boca abajo y un pedazo de tela blanca con tres hileras de diez piedrecitas cada una. Había veintinueve rubíes. La última piedra, la de la esquina inferior izquierda, era negra.

El ritual era distinto del que él había conocido cuando era humano, pero, sin duda, esto era un homenaje a su esposa.

Los intestinos de O se transformaron en serpientes que siseaban y hervían de cólera dentro de su vientre. Pensó en vomitar.

Su mujer estaba muerta.

* * *

—No me mires así —murmuró Phury, mientras cojeaba por su habitación. El costado le dolía horriblemente y estaba tratando de prepararse para salir, de manera que la expresión de mamá gallina de Butch no le resultaba de mucha ayuda.

El policía sacudió la cabeza.

—Necesitas ir al médico, muchachote.

El hecho de que el humano tuviera razón hizo que Phury se enfadara aún más.

—No es cierto.

—Si fueras a pasar el día durmiendo en el sofá, tal vez. Pero ¿peleando? Vamos, hombre. Si Tohr supiera que vas a salir en esas condiciones, colgaría tu cabeza de un palo.

Cierto.

—Estoy bien. Sólo tengo que hacer un poco de calentamiento.

—Sí, hacer estiramientos es la mejor forma de curar ese agujero que tienes en el hígado. De hecho, tal vez te pueda traer un tubo de pegamento; se lo echamos por encima, y quizás cierre. Buen plan.

Phury miró al policía con rabia. Butch levantó una ceja.

—Estás colmando mi paciencia, policía.

—No me digas. Oye, ¿qué tal si... me gritas mientras te llevo a la clínica de Havers?

—No necesito una escolta.

—Pero es que sé que si no te llevo, no vas a ir. —Butch se sacó del bolsillo las llaves del Escalade y las sacudió en el aire—. Además, soy un buen taxista. Pregúntaselo a John.

—No quiero ir.

—Bueno... como diría Vishous, vas a ir por las buenas o por las malas, tú decides.

* * *

Rehvenge aparcó el Bentley frente a la mansión de Havers y Marissa y subió con cuidado hasta la inmensa puerta. Levantó la pesada aldaba en forma de cabeza de león, la dejó caer y escuchó cómo reverberaba el golpe. De inmediato fue recibido por un doggen que lo condujo hasta un salón.

Marissa se levantó del sofá de seda sobre el que estaba sentada y Rehv la saludó con una pequeña reverencia. Cuando se quedaron solos, Marissa se le acercó con los brazos estirados; su vestido largo de color amarillo pálido la seguía como una sombra. Rehv le agarró las manos y se las besó.

—Rehv... Me alegra tanto que nos hayas llamado. Queremos ayudar.

—Os agradezco mucho que hayáis aceptado recibir a Bella.

—Será muy bienvenida y podrá quedarse todo el tiempo que necesite. Aunque me gustaría que nos dijeras qué está sucediendo.

—Simplemente, vivimos tiempos difíciles.

—Cierto. —Marissa frunció el ceño y miró por encima del hombro de Rehv—. ¿Ella no viene contigo?

—Nos encontraremos aquí. Ya no tardará. —Rehv miró el reloj—. Sí... yo me adelanté un poco.

Llevó a Marissa hasta el sofá y, cuando se sentaron, los pliegues de su abrigo de piel cayeron sobre los pies de Marissa. Ella se agachó y acarició la piel, sonriendo un poco. Se quedaron callados durante un rato.

Rehv se dio cuenta de que estaba ansioso por ver a Bella. En realidad, estaba... nervioso.

—¿Cómo te encuentras? —preguntó Rehv, con la esperanza de poder concentrarse en otra cosa.

—Ah, te refieres a después de... —Marissa se sonrojó—. Bien. Muy bien. Yo... te lo agradezco.

A Rehv realmente le gustaba el modo de ser de Marissa. Tan suave y amable. Tan tímida y modesta, aunque era una de las bellezas de su especie y todo el mundo lo sabía. ¡Caray, que Wrath se hubiera alejado de ella era algo que nadie podía entender!

—¿Recurrirás a mí otra vez? —preguntó Rehv en voz baja—. ¿Me dejarás alimentarte otra vez?

—Sí —contestó Marissa y bajó los ojos—. Si tú me lo permites.

—Con el mayor gusto —contestó Rehv. Cuando Marissa levantó los ojos con alarma, él se obligó a sonreír, aunque en realidad no tenía ganas de hacerlo. Quería hacer otras cosas con su boca en ese momento, pero ninguna de ellas haría que la muchacha se sintiera muy cómoda. ¡Menos mal que se había suministrado su dosis de dopamina!, se dijo Rehv—. No te preocupes, tahlly. Sólo quieres mi sangre, ya lo sé.

Marissa lo estudió con la mirada y luego asintió.

—Y si tú... si tú necesitas alimentarte...

Rehv bajó la cabeza y la miró con lujuria, mientras que le pasaban por la mente una serie de imágenes eróticas. Cuando ella se echó hacia atrás, claramente alarmada por su expresión, Rehv no se sorprendió. No había manera de que ella pudiera lidiar con las perversiones a las que él estaba acostumbrado.

Rehv volvió a levantar la cabeza.

—Es una oferta muy generosa, querida. Pero nuestra relación será unilateral.

Una ola de alivio cruzó por la cara de la muchacha; en ese momento, el teléfono de Rehv comenzó a sonar y él lo sacó para mirar quién era. El corazón le dio un salto. Era la gente que controlaba la seguridad de su casa.

—Discúlpame un momento.

Después de oír el informe de que un intruso había saltado el muro, había disparado varios detectores de movimiento en el jardín y había cortado el suministro de energía, Rehv les dijo que apagaran todas las alarmas interiores. Quería que, quienquiera que hubiese entrado, se quedara ahí.

En cuanto viera a Bella saldría para la casa.

—¿Pasa algo malo? —preguntó Marissa, mientras él cerraba el teléfono.

—Ah, no. En absoluto. —«Todo lo contrario», pensó, muy satisfecho.

Cuando sonó la aldaba de la puerta principal, Rehvenge se puso rígido.

Un criado pasó frente a la puerta del salón para ir a abrir.

—¿Queréis que os deje solos? —preguntó Marissa.

La enorme puerta de la mansión se abrió y se cerró. Se oyó un intercambio de voces, una era la del doggen, la otra era... la de Bella.

Bella apareció en el umbral, Rehv apoyó el bastón en el suelo y se levantó lentamente. Estaba vestida con vaqueros y una parka negra, y su cabello largo brillaba sobre los hombros. Estaba... viva... saludable. Pero su rostro parecía haber envejecido y la boca estaba enmarcada ahora por arrugas de estrés y preocupación.

Rehv esperaba que ella corriera hacia sus brazos, pero sólo se quedó mirándolo... aislada, inalcanzable. O tal vez sólo estaba tan aturdida por todo lo que le había sucedido que ya no tenía capacidad de reacción.

A Rehvenge se le llenaron los ojos de lágrimas cuando clavó el bastón en el suelo y se le acercó, apresuradamente, aunque no podía sentir el roce de la fina alfombra bajo sus zapatos. Sin embargo alcanzó a ver la impresión de la cara de Bella cuando la acercó contra su pecho.

Rehv deseó poder sentir el abrazo que le estaba dando a su hermana. Luego se le ocurrió pensar que no sabía si ella también lo estaba abrazando. No quería forzarla, así que la soltó.

Cuando él dejó caer los brazos, ella se quedó junto a él, sin moverse. Así que volvió a abrazarla.

—Ay... Dios, Rehvenge... —Bella se estremeció.

—Te quiero, hermana mía —dijo él con voz ronca, sin sentirse avergonzado por expresar sus sentimientos y su ternura.

O salió de la mansión y dejó abierta la puerta principal. Mientras avanzaba por la calle de entrada, los copos de nieve daban vueltas en medio del viento helado.

La imagen de ese retrato despertaba en su cabeza un eco
que no se desvanecía. Había matado a su mujer. La había golpeado de manera tan salvaje que ella se había muerto. Dios...
debería haberla llevado a un médico. O, tal vez, si el hermano de
la cicatriz no se la hubiese llevado, quizás ella habría vivido... Tal
vez se había muerto porque la habían movido.

Entonces, ¿la había matado, habría vivido si la hubieran
dejado quedarse con él? ¿Qué habría pasado si...? ¡Maldición!
La búsqueda de la verdad era una mierda. Ella estaba muerta y él
no tenía nada que enterrar porque ese desgraciado hermano se la
había arrebatado. Punto. No había nada más que pensar.

De repente O vio las luces de un coche que venía hacia
él. Cuando estuvo un poco más cerca, vio que una camioneta negra se había detenido frente a la reja.

Ese maldito Beta. ¿Qué demonios estaba haciendo? O todavía no lo había llamado para que lo recogiera y ése no era el sitio
acordado... Espera, el coche era un Range Rover, no un Explorer.

O comenzó a correr a través de la nieve, escondido entre
las sombras. Estaba a un par de metros de la reja, cuando bajaron la
ventanilla de la camioneta.

Oyó que una voz femenina decía:

—Con todo lo que ha sucedido con Bella, no sé si su madre recibirá visitas. Pero al menos podemos intentarlo.

O se acercó a la verja para esconderse detrás de una de las columnas y sacó su arma. Vio un manchón de pelo rojo, cuando la mujer que iba tras el volante se inclinó y presionó el botón del intercomunicador. Junto a ella, en el puesto del copiloto, iba otra mujer, una rubia de pelo corto. La otra dijo algo y la pelirroja sonrió, dejando ver un largo par de colmillos.

La mujer volvió a oprimir el botón del intercomunicador, y entonces O dijo en voz alta:

—No hay nadie en casa.

La pelirroja levantó la vista y él le apuntó con su Smith & Wesson.

—¡Sarelle, corre! —gritó.

O apretó el gatillo.

* * *

John estaba sumergido en sus estudios y a punto de tirarse por la ventana a causa del cansancio mental, cuando alguien golpeó en su puerta. John silbó, sin levantar la cabeza del libro.

—Hola, hijo —dijo Tohr—. ¿Cómo va el estudio?

John estiró los brazos por encima de la cabeza y luego movió las manos y dijo:

—Mejor que el entrenamiento físico.

—No te preocupes por eso. Ya llegará el día en que lo hagas bien.

—Tal vez.

—No, de verdad. Yo era igual antes de mi transición. Un torpe absoluto. Confía en mí. Ya mejorarás.

John sonrió.

—Llegas temprano.

—En realidad voy al centro, para adelantar un poco de trabajo administrativo. ¿Quieres venir conmigo? Podrías estudiar en mi oficina.

John asintió con la cabeza y agarró la chaqueta, después guardó sus libros en la mochila. Le vendría bien un cambio de escenario. Tenía sueño y todavía tenía que leer otras veintidós páginas. Así que alejarse de la cama era una gran idea.

Iban caminando por el corredor cuando Tohr se tambaleó de repente y se fue contra la pared. Enseguida se llevó la mano al corazón, como si tuviera dificultad para respirar.

John lo sujetó para que no cayera. Tohr se había puesto gris, y el muchacho lo miró muy asustado.

—Estoy bien... —Tohr se dio masaje en el esternón e hizo una mueca de dolor. Luego tomó aire por la boca—. No, yo... de pronto he sentido un dolor. Probablemente habré comido algo que me ha sentado mal; no te preocupes, ya me estoy recuperando.

Pero aún estaba muy pálido y parecía enfermo cuando salieron al garaje y se acercaron al Volvo.

—Le dije a Wellsie que esta noche se llevara el Range Rover —dijo Tohr, mientras se montaban en el coche—. Le puse las cadenas para mayor seguridad. No me gusta que ande conduciendo en la nieve. —Parecía estar hablando por hablar, escupiendo palabras al azar—. Ella piensa que soy muy protector, demasiado.

—¿Estás seguro de que es buena idea salir? —preguntó John—. Pareces enfermo.

Tohr vaciló un momento, antes de arrancar el motor, mientras se tocaba el pecho por debajo de la chaqueta de cuero.

—No, no. Estoy bien, no es nada.

* * *

Butch observó a Havers mientras examinaba a Phury. El doctor le quitó la venda con manos firmes y seguras.

Obviamente, Phury se sentía muy incómodo en el papel de paciente. Sentado a la mesa de examen, con la camisa por fuera, el enorme cuerpo de Phury dominaba el espacio e irradiaba una energía particular que le hacía parecer un ogro. Un ogro salido de uno de los cuentos de los hermanos Grimm.

—Esto no ha sanado como debería —declaró Havers—. Usted dijo que lo hirieron anoche, ¿cierto? Así que ya debería estar cicatrizando. Pero la herida sigue casi abierta.

Butch le lanzó a Phury una mirada que significaba «te lo dije».

El hermano moduló con los labios un «vete a la mierda» y luego musitó:

—Estoy bien.

—No señor, no está bien. ¿Cuándo fue la última vez que se alimentó?

—No lo sé. Hace algún tiempo. —Phury bajó la cabeza para mirarse la herida y arrugó la frente, como si le sorprendiera que tuviera tan mal aspecto.

—Usted tiene que alimentarse. —El médico abrió un paquete de gasa y cubrió la herida. Después la pegó con esparadrapo y dijo—: Y debería hacerlo esta misma noche.

Havers se quitó los guantes, los arrojó a una papelera de desechos biológicos y anotó algo en la historia clínica. Luego se detuvo un momento junto a la puerta.

—¿Hay alguien a quien pueda recurrir ahora mismo?

Phury negó con la cabeza, mientras se arreglaba la camisa.

—Me encargaré del asunto. Gracias, doctor.

Cuando se quedaron solos, Butch dijo:

—¿Adónde te llevo, muchacho?

—Al centro. Es hora de salir de cacería.

—Sí, claro. Ya has oído al hombre del estetoscopio. ¿O piensas que estaba de broma?

Phury se bajó de la mesa de examen y sus botas golpearon el suelo con un ruido seco. Luego dio media vuelta para coger la funda de la daga.

—Mira, policía, para mí es un poco complicado conseguir a alguien —dijo—. Porque yo no... por mi manera de ser, sólo me gusta hacerlo con un tipo determinado de hembras, y tengo que hablar primero con ellas. Ya sabes, preguntarles si están dispuestas a dejarme chupar de su vena. El celibato es complicado.

—Entonces empieza a llamar ahora. No estás en condiciones de pelear y tú lo sabes.

—Úsame a mí.

Butch y Phury miraron hacia la puerta. Bella estaba en el umbral.

—No tenía intención de escucharos —dijo—. Pero la puerta estaba abierta y yo pasaba por aquí. Mi... hermano se acaba de ir.

Butch miró de reojo a Phury. El hombre estaba inmóvil como una estatua.

—¿Qué pasa? —preguntó Phury con voz ronca.

—Nada. Todavía quiero ayudarte. Así que te estoy dando otra oportunidad.

—Pero hace doce horas no habrías sido capaz de soportarlo.

—Sí, sí habría sido capaz. Tú fuiste el que dijo que no.

—Habrías llorado durante todo el proceso.

Butch se deslizó hacia la puerta.

—Os espero afuera.

—Quédate, policía —dijo Phury—. Si no te importa.

Butch soltó una maldición y dio media vuelta. Había un asiento al lado de la salida. Se sentó allí y trató de convertirse en un objeto inanimado.

—¿Acaso Zsadist...?

Bella interrumpió la pregunta de Phury.

—Esto no tiene nada que ver con él.

Se produjo un largo silencio. Y luego el aire fue invadido por un olor como a especias oscuras que emanaba del cuerpo de Phury.

Como si el olor fuera una especie de respuesta, Bella entró en el salón, cerró la puerta y comenzó a subirse la manga.

Butch miró de reojo a Phury y vio que estaba temblando, con los ojos brillantes como el sol y el cuerpo... Bueno, obviamente estaba excitado, por decirlo de algún modo.

«Muy bien, hora de irse», pensó y se levantó, dispuesto a marcharse.

—Policía, necesito que te quedes mientras lo hacemos —dijo Phury con una especie de gruñido.

Butch resopló, aunque sabía muy bien cuál era la razón para que Phury no quisiera quedarse solo con aquella hembra en ese momento. Irradiaba tanta energía erótica que parecía un semental.

—¿Butch?

—Sí, está bien, me quedaré. —Aunque no pensaba mirar. ¡Faltaría más!

Maldiciendo, Butch se inclinó sobre las rodillas, apoyó la frente sobre las manos y clavó la vista en sus zapatos.

Se oyó un crujido, como si alguien se estuviera subiendo a la mesa de examen. Luego, ruido de ropa.

Silencio.

¡Mierda! Tenía que mirar.

Butch echó un vistazo y luego no pudo despegar los ojos de lo que veía: Bella estaba sobre la mesa, con las piernas colgando y la muñeca apoyada sobre el muslo, con la parte interna hacia arriba. Phury la miraba fijamente, con una expresión de deseo y amor desesperado, mientras se arrodillaba delante de ella. Las manos le temblaban cuando agarró la palma de Bella y su brazo y enseñó los colmillos. Los tenía enormes ahora, tan largos que no podía cerrar la boca.

Siseando, Phury agachó la cabeza hacia el brazo de Bella. Ella se retorció al sentir el pinchazo de los colmillos, aunque sus ojos inexpresivos sólo siguieron contemplando la pared. Luego Phury se estremeció, la soltó y levantó la vista para mirarla.

—¿Por qué te paras? —preguntó Bella.

—Porque tú estás...

Phury miró de reojo a Butch, que se sonrojó y volvió a clavar la mirada en sus mocasines.

El hermano susurró:

—¿Ya has sangrado?

Butch se estremeció. ¡Todo lo que estaba pasando le resultaba tan extraño!

—Bella, ¿crees que estás embarazada?

Efectivamente, demasiado extraño.

—¿Queréis que me vaya? —preguntó Butch, con la esperanza de que lo echaran de allí a patadas.

Cuando los dos dijeron que no, volvió a contemplarse los zapatos.

—No, no lo estoy —dijo Bella—. Realmente no... bueno, ya sabes. Quiero decir que... he tenido dolores, ¿vale? Después vendrá el periodo y luego todo habrá terminado.

—Debes decirle a Havers que te haga un reconocimiento.

—¿Quieres o no quieres beber?

Más silencio. Luego otro siseo. Seguido de un gemido.

Butch echó otro vistazo. Phury estaba encima de la muñeca de Bella y el esbelto brazo de la muchacha estaba atrapado en la jaula del cuerpo del hermano, mientras que bebía con avidez. Bella lo observaba desde arriba. Después de un momento, levantó la otra mano y la puso sobre la melena multicolor de

Phury. Lo acarició con ternura, mientras los ojos le brillaban, llenos de lágrimas.

Butch se levantó del asiento y salió sigilosamente por la puerta, dejando a la pareja de vampiros dedicada a lo suyo. La triste intimidad de lo que estaba pasando entre ellos requería que los dejara solos.

Una vez afuera, se recostó contra la pared, todavía conmovido por el drama de dentro, aunque ya no los estaba viendo.

—Hola, Butch.

Butch alzó la cabeza. Marissa estaba de pie, en el otro extremo del corredor.

¡Dios Santo!

Mientras caminaba hacia él, Butch pudo sentir el olor de la muchacha, ese limpio aroma a mar, que penetró por su nariz y llegó hasta su cerebro y su sangre. Tenía el pelo recogido y llevaba un vestido amarillo de talle alto.

¡Dios... Estaba radiante!

Butch se aclaró la garganta.

—Hola, Marissa. ¿Cómo estás?

—Tienes buen aspecto —dijo ella.

—Gracias. —Marissa estaba fantástica, pero Butch decidió guardar silencio.

«Mierda, es como si me estuvieran clavando un puñal», pensó. Sí... Ver a esta mujer y recibir una puñalada en el corazón sólo eran dos caras de la misma moneda.

En lo único que podía pensar era en la imagen de ella subiéndose a ese Bentley con un hombre.

—¿Cómo te va? —preguntó ella.

¿Cómo le iba? Llevaba cinco meses actuando como un idiota.

—Bien. Muy bien.

—Butch, yo...

Butch le sonrió y se enderezó.

—Escucha, ¿me harías un favor? Voy afuera, al coche. ¿Podrías avisar a Phury cuando salga? Gracias. —Se arregló la corbata y se abotonó la chaqueta del traje, luego recogió el abrigo—. Cuídate, Marissa.

Se dirigió al ascensor.

—Butch, espera.

¡Que Dios le ayudara! Butch se detuvo.

—¿Cómo... estás? —volvió a preguntar ella.

Butch pensó en la posibilidad de dar media vuelta, pero se negó a volver a caer.

—Ya te he dicho que perfectamente, gracias. Cuídate, Marissa.

¡Mierda! Eso ya lo había dicho. ¿Es que no se le ocurría nada original que decir?

—Yo quisiera... —Marissa se contuvo—. ¿Te gustaría venir a visitarme? ¿Algún día?

Eso lo hizo dar media vuelta. ¡Ella era tan hermosa! Como una princesa. Y con ese lenguaje victoriano y esa amabilidad, hacía que se sintiera como un absoluto imbécil, un estúpido que sólo sabía emitir balbuceos y cometer torpezas.

—¿Butch? Tal vez podrías... venir algún día a visitarme.

—¿Por qué querría hacerlo?

Ella se sonrojó y pareció perder el entusiasmo.

—Tenía la esperanza de que...

—¿Tenías la esperanza ¿de qué?

—De que tal vez...

—¿Qué?

—Quisieras buscarme alguna vez. Cuando tengas tiempo. Tal vez podrías venir... de visita.

¡Cómo podía decir eso! Ya lo había hecho y ella se había negado a recibirlo. No había manera de que él se ofreciera voluntariamente a sufrir otro golpe como ése. Esa mujer, esa hembra... lo que fuera... era totalmente capaz de darle una patada en el culo y él no estaba dispuesto a recibir un trato semejante, muchas gracias. Además, el señor Bentley venía a buscarla por la puerta trasera.

Al recordar eso, una parte muy perversa y masculina de Butch se preguntó si Marissa todavía sería la virgen inmaculada que había conocido en el verano. Probablemente no. Aunque todavía fuera tímida, ahora que ya no estaba con Wrath seguramente se habría buscado un amante. Demonios, Butch sabía por experiencia propia el tipo de besos que ella podía darle a un hombre; había sucedido sólo una vez, pero él casi arranca el brazo de la silla de pura excitación. Así que, sí... definitivamente debía de tener un hombre. Tal vez dos. Y los mantendría bien ocupados.

Al ver que Marissa volvía a abrir su boquita perfecta y sonrosada, Butch la interrumpió:

—No, no pienso venir a visitarte. Pero te repito lo que ya te he dicho: Espero que tú... te cuides mucho.

Muy bien, era la tercera vez que decía lo mismo. Tenía que salir antes de repetirlo una cuarta.

Butch se acercó al ascensor. De manera milagrosa, el aparato se abrió en cuanto oprimió el botón para subir. Entró y se abstuvo de mirarla.

Cuando las puertas se cerraron, pensó que tal vez ella lo había llamado por su nombre una última vez. Pero, conociéndose, debía de ser fruto de su imaginación. Porque realmente deseaba que ella...

«Ay, cállate, O'Neal. Sólo cállate y olvídalo».

Butch salió de la clínica casi corriendo, como alma que lleva el diablo. Aquello era una fuga en toda regla.

Z sadist siguió al restrictor de cabello descolorido hasta el laberinto de callejones del centro. El asesino se movía rápidamente entre la nieve, siempre alerta, explorando el terreno, al acecho de su presa entre la gente que salía de los clubes y se quedaba rezagada en medio del frío, con sus vestidos de fiesta.

Z se movía con agilidad tras el cazavampiros, corriendo sobre las plantas de los pies, siguiéndolo de cerca pero sin aproximarse demasiado. Ya casi estaba amaneciendo , pero quería matar a ese asesino antes de que acabara la noche. Lo único que necesitaba era lograr sacarlo del área donde pudiese haber testigos humanos indiscretos...

El momento perfecto se presentó cuando el restrictor disminuyó al paso en la intersección entre la calle ocho y la calle del Comercio. No fue más que un segundo, un momento de vacilación para decidir si doblaba a la izquierda o a la derecha.

Zsadist lo atacó con rapidez; se materializó detrás de él y le pasó un brazo por el cuello para arrastrarlo hacia las sombras. El restrictor se defendió y se entabló una lucha silenciosa que duró unos minutos, hasta que se impuso la fortaleza del vampiro. Cuando el restrictor cayó al suelo, Z se arrodilló sobre él y le miró a los ojos mientras levantaba la daga. Luego le clavó la hoja negra entre el pecho robusto y enseguida se produjo un estallido y una llamarada que se desvanecieron rápidamente.

Se puso de pie, pero esta vez no sintió ninguna satisfacción. Funcionaba como si llevara puesto un piloto automático, y aunque se sentía listo para matar, su cabeza permanecía como en medio de un sueño.

En lo único que podía pensar era en Bella. De hecho, la sensación era todavía más profunda. La ausencia de Bella era como un peso tangible sobre su cuerpo: la extrañaba con una desesperación que resultaba casi mortal.

Ah, sí. Así que los rumores eran verdad. Después de que el macho elige compañera, estar sin ella es como estar muerto. Ya lo había oído, pero nunca había creído que fuese cierto. Ahora estaba experimentando la verdad en carne propia.

De pronto sonó su móvil y Zsadist contestó, porque eso es lo que se suele hacer cuando el teléfono suena. Pero la verdad era que no tenía ningún interés en saber quién estaba al otro lado de la línea.

—Z, hermano —dijo Vishous—. Hemos recibido un mensaje muy extraño en el buzón general. Era un tipo que quería hablar contigo.

—¿Preguntó por mí? ¿Dijo mi nombre?

—En realidad fue un poco difícil entenderle porque parecía muy agitado, pero mencionó tu cicatriz.

¿El hermano de Bella?, se preguntó Z. Aunque ahora que ella había regresado al mundo, ¿qué tendría que reclamar su hermano?

Bueno... sólo que su hermana había sido montada durante su periodo de fertilidad y todavía no había una fecha para la ceremonia de desposorio. Sí, eso era algo que molestaría a cualquier hermano.

—¿De qué número procedía la llamada?

Vishous recitó el número.

—Y dejó el nombre de Ormond.

Entonces no debía de ser el hermano mayor de Bella, supuso Z.

—¿Ormond? Ése es un nombre humano.

—No sabría decirte. Así que lo mejor será que tengas cuidado.

Z colgó, marcó lentamente el número y esperó, pensando que ojalá lo hubiese recordado bien.

Cuando respondieron, nadie saludó al otro lado de la línea. Sólo se oyó una gruesa voz masculina que dijo:

—Número desconocido e imposible de rastrear. Así que debes de ser tú, hermano.

—¿Y tú quién eres?

—Quiero verte en persona.

—Lo siento, no estoy interesado en salir con nadie ahora.

—Sí, me imagino que con esa cara no tienes mucha suerte en ese campo. Pero no te estoy buscando para ligar.

—¡Qué alivio! Ahora, ¿quién diablos eres tú?

—Mi nombre es David. ¿Te suena?

La rabia nubló de tal manera la visión de Z que sólo pudo ver las marcas en el estómago de Bella. Apretó el teléfono hasta que el pobre aparato crujió, pero había decidido controlar su impulsividad.

Z se obligó a hacerse el desentendido y dijo:

—Me temo que no, David. Pero ¿por qué no me refrescas la memoria?

—Tú tomaste algo que era mío.

—¿Te robé la billetera? Creo que lo recordaría.

—¡Mi mujer! —gritó el restrictor.

Todos los instintos de Z estallaron dentro de su cuerpo al mismo tiempo y no hubo manera de detener el rugido que salió de su boca. Se alejó el teléfono hasta que el sonido se desvaneció.

—... demasiado cerca del amanecer.

—¿Qué dices? —dijo Z con tono áspero—. Tengo problemas de señal.

—¿Crees que esto es un maldito chiste? —espetó el restrictor.

—Tranquilo, no quisiera que tuvieras una embolia.

El asesino jadeó con furia, pero luego se controló.

—Quiero verte al anochecer. Tenemos mucho que hablar, tú y yo, y no quiero andar con prisas porque se acerca el amanecer. Además, he estado muy ocupado en las últimas horas y necesito descansar. Acabé con una de tus hembras, una atractiva pelirroja. Fue un tiro perfecto. ¡Que en paz descanse!

Al oír eso, el rugido de Z alcanzó a pasar por la línea telefónica. El asesino se rió.

—Los hermanos sois tan protectores... Pues bien, mira esto. Conseguí otra. Otra hembra. Y la convencí de que me diera ese número a través del cual te localicé. Realmente fue muy colaboradora. Una linda rubia.

Z se llevó la mano a una de las dagas.

—¿Dónde quieres que nos veamos?

Hubo una pausa.

—Primero las condiciones. Naturalmente quiero que vengas solo y así es como nos vamos a asegurar de que de verdad lo hagas. —Z oyó un gemido femenino en el fondo—. Si alguno de mis compañeros ve a tus hermanos rondando por ahí, la cortarán en pedacitos. Con una sola llamada telefónica. Y lo harán lentamente.

Zsadist cerró los ojos. Estaba tan harto de la muerte, el sufrimiento y el dolor... El suyo y el de los demás. Esa pobre mujer...

—¿Dónde?

—En la función de las seis del Show de horror Rocky, en la plaza Lucas. Siéntate en la parte de atrás. Yo te encontraré.

Luego Z ya no oyó nada más, pero el teléfono volvió a sonar inmediatamente después.

Ahora la voz de V parecía azorada:

—Tenemos un problema. El hermano de Bella encontró a Wellsie muerta, a la entrada de su casa. Ven enseguida, Z.

* * *

Desde el otro lado del escritorio, John vio que Tohr estaba colgando el teléfono. Las manos le temblaban tanto que el auricular se sacudió sobre el soporte.

—Debe de tener desconectado el móvil, o se le habrá acabado la batería... Llamaré otra vez a casa. —Tohr levantó el teléfono. Marcó rápidamente. Pero se equivocó de número y tuvo que volver a empezar. Entretanto no dejaba de darse masaje en el centro del pecho, arrugando la camisa.

Mientras Tohr miraba al vacío, paralizado, escuchando cómo sonaba el teléfono de su casa, John oyó pasos que se dirigían a la oficina por el corredor. De repente sintió algo horrible, como un ataque de fiebre. Miró de reojo hacia la puerta y luego otra vez a Tohr.

Obviamente, Tohr también sintió los pasos, porque dejó caer el auricular sobre el escritorio como a cámara lenta, mientras todavía resonaba el timbre del teléfono. Fijó los ojos en la puerta y se aferró a los brazos de la silla.

Entonces saltó el contestador, y a través del auricular se oyó la voz de Wellsie diciendo: «Hola, es la casa de Wellsie y Tohr. No podemos atenderte ahora...»

Todos los hermanos estaban afuera, en el pasillo. Wrath estaba el primero, liderando el sombrío grupo.

Se oyó un estruendo y John se volvió a mirar a Tohr. El hombre se había levantado de la silla como un resorte y la silla se cayó al suelo. Temblaba de los pies a la cabeza y sudaba tanto que ya tenía la camisa empapada debajo de los brazos.

—Hermano mío —dijo Wrath, con un tono de impotencia que contrastaba con la fiereza de su actitud. Y esa impotencia era aterradora.

Tohr gimió, se llevó la mano al esternón y comenzó a frotarlo de manera circular, con movimientos rápidos y desesperados.

—Vosotros... no podéis estar aquí. No... —Estiró una mano como si quisiera expulsarlos a todos y luego dio un paso atrás. Pero no tenía adónde ir. Se estrelló contra el archivador—. Wrath, no... mi señor, por favor, no... Ay, Dios. No lo digas. No me digas que...

—Lo lamento mucho...

Tohr comenzó a mecerse hacia delante y hacia atrás, mientras movía los brazos como si fuera a vomitar.

John estalló en llanto.

No quería llorar, pero comenzó a entender lo que sucedía y el horror le resultó insoportable. Hundió la cabeza en las manos y en lo único que podía pensar era en Wellsie dando marcha atrás para salir del garaje, como si fuera un día cualquiera.

Cuando una mano enorme lo levantó de la silla y lo apretó contra un pecho, pensó que era uno de los hermanos. Pero era Tohr. Tohr lo estaba abrazando, aferrándose a él.

El hombre empezó a murmurar como un loco y sus palabras parecían incomprensibles hasta que por fin adquirieron sentido.

—¿Por qué no me llamasteis? ¿Por qué no me llamó Havers? Debió llamarme... Ay, Dios, el bebé se la llevó... Yo sabía que lo del embarazo no era buena idea...

De pronto todo cambió en el cuarto, como si alguien hubiese encendido las luces o tal vez la calefacción. John sintió primero el cambio en el aire y luego Tohr se quedó callado, como si también lo hubiese sentido.

Tohr aflojó los brazos.

—¿Wrath? Fue... el bebé, ¿no?

—Saquen al chico de aquí.

John negó con la cabeza y se aferró a la cintura de Tohr.

—¿Cómo murió Wellsie, Wrath? —preguntó Tohrment con voz fuerte y retiró las manos de la espalda de John—. Tienes que decírmelo. Ya mismo.

—Saca al chico de aquí —le gritó Wrath a Phury.

John trató de forcejear cuando Phury lo agarró de la cintura y lo levantó del suelo. Vishous y Rhage se situaron cada uno a un lado de Tohr. La puerta se cerró.

Una vez fuera de la oficina, Phury puso a John en el suelo y lo mantuvo quieto. Hubo uno o dos minutos de silencio... y luego un grito desgarrado hizo añicos el aire, como si el oxígeno fuera cristal.

La explosión que siguió fue tan fuerte que destrozó la puerta de vidrio. Volaron cristales a todas partes, mientras que Phury protegía a John con su cuerpo.

Luego las luces fluorescentes del techo fueron estallando una a una en ambos extremos del corredor, dejando sólo una columna de chispas y humo que salía de cada lámpara. La energía vibró en el suelo de cemento y lo rajó a todo lo ancho.

A través de la puerta destrozada, John vio una especie de remolino dentro de la oficina y los hermanos salieron enseguida, con los brazos levantados para protegerse la cara. Varios pedazos de muebles daban vueltas alrededor de un hueco negro que había en el centro de la habitación y que recordaba vagamente la silueta de Tohr.

Se oyó otro aullido sobrenatural y luego el vacío negro desapareció, mientras que los muebles se estrellaban contra el suelo; finalmente, todo dejó de temblar. Una lluvia de papeles aterrizó suavemente sobre el caos, como la nieve después de un accidente de tráfico.

Tohrment había desaparecido.

John se soltó de los brazos de Phury y corrió a la oficina. Mientras los hermanos lo miraban, abrió la boca y gritó, sin poder producir ningún sonido:

—¡Papá... papá... papá!

A lgunos días duran una eternidad, pensaría Phury mucho después. Y cuando el sol cae, todavía no han terminado.

Esa noche, cuando se abrieron las persianas, Phury se sentó en un sofá estilizado en el estudio de Wrath y observó a Zsadist. Los otros hermanos estaban tan callados como él.

Z acababa de arrojar otra bomba en lo que ya era una zona de desastre. Primero había sido Tohr, Wellsie y esa otra muchacha. Ahora esto.

—¡Por Dios, Z...! —Wrath se frotó los ojos y sacudió la cabeza—. ¿No se te ocurrió mencionar esto antes?

—Teníamos otras cosas de las que ocuparnos. Además, voy a encontrarme con el restrictor a solas, sin importar lo que vosotros digáis. Es algo que no voy a discutir.

—Z, hombre... no puedo dejar que lo hagas.

Phury se preparó para la reacción de su gemelo. Al igual que los demás. Todos estaban exhaustos pero, conociendo a Z, tendría suficiente energía para armar un escándalo.

Sin embargo, su hermano sólo se encogió de hombros.

—El restrictor me quiere a mí y yo quiero encargarme de él. Por Bella. Por Tohr. Además, ¿qué hay de la muchacha que tiene como rehén? No puedo dejar de ir, e ir con refuerzos es imposible.

—Hermano, estarías cavando tu tumba.

—Entonces voy a tratar de hacer el mayor daño posible antes de que me saque de este mundo.

Wrath cruzó los brazos sobre el pecho.

—No, Z, no puedo dejar que te vayas.

—Matarán a esa muchacha.

—Hay otra manera de solucionar esto. Sólo tenemos que encontrarla.

Hubo un segundo de silencio, luego Z dijo:

—Quiero que todo el mundo salga para poder hablar con Wrath. Excepto tú, Phury. Quédate.

Butch, Vishous y Rhage se miraron los unos a los otros y luego miraron al rey. Cuando Wrath asintió con la cabeza, se marcharon.

Z cerró al salir ellos y se quedó apoyado contra la puerta.

—No puedes detenerme. Voy a ahvenge a mi shellan. Voy a ahvenge a la shellan de Tohr. No tienes manera de impedírmelo. Es mi derecho como guerrero.

Wrath soltó una maldición.

—No estás casado con ella.

—No necesito una ceremonia para saber que ella es mi shellan.

—Z...

—¿Y qué pasa con Tohr? ¿Estás diciendo que él no es mi hermano? Porque tú estuviste ahí la noche que ingresé a la Hermandad de la Daga Negra. Tú sabes que Tohrment es carne de mi carne ahora. También tengo derecho a vengarlo a él.

Wrath se recostó en la silla y su peso hizo que la madera protestara.

—Por Dios, Zsadist, no estoy diciendo que no puedas ir. Sólo que no quiero que vayas solo.

Phury miraba a uno y otro alternativamente. Nunca había visto a Zsadist tan calmado. Su hermano estaba tan concentrado que parecía de piedra, con la mirada llena de determinación. Si todo el asunto no fuese tan horrible, su actitud sería admirable. Cuánto había cambiado.

—Yo no puse las reglas de ese encuentro —dijo Z.

—Si vas solo, terminarás muerto.

—Bueno... creo que estoy listo para salir del partido.

Phury sintió que la piel se le estiraba.

—¿Cómo dices? —siseó Wrath.

Z se alejó de la puerta y atravesó el exquisito salón de estilo francés. Se detuvo frente al fuego y las llamas iluminaron su cara desfigurada.

—Estoy listo para terminar con todo.

—¿De qué demonios estás hablando?

—Quiero irme así y quiero llevarme conmigo a ese restrictor. Quiero una mierda heroica. Volar en llamas con mi enemigo.

Wrath se quedó boquiabierto.

—¿Me estás pidiendo que autorice tu suicidio?

Z negó con la cabeza.

—No, porque a menos que me encadenes, no hay manera de que me impidas presentarme en ese teatro esta noche. Lo que te estoy pidiendo es que te asegures de que nadie más salga herido. Quiero que les ordenes a los demás, en especial a él —miró intencionalmente a Phury—, que no se metan.

Wrath se quitó las gafas oscuras y se volvió a frotar los ojos. Cuando levantó la vista, sus pálidos iris verdes resplandecían y las pupilas parecían un par de reflectores en medio de su cara.

—Ha habido demasiadas muertes en la Hermandad. No lo hagas.

—Tengo que hacerlo. Lo voy a hacer. Así que ordénales a los demás que se mantengan alejados.

Hubo un largo y tenso silencio. Luego Wrath respondió lo único que podía responder:

—Entonces, que así sea.

Con el plan que conduciría a la muerte de Z en marcha, Phury se inclinó hacia delante y apoyó los codos en las rodillas. Pensó en el sabor de la sangre de Bella y en ese gusto tan especial que había detectado su lengua.

—Lo siento.

Cuando notó que Wrath y Z se volvían a mirarlo, se dio cuenta de que debía haber pensado en voz alta. Entonces se puso de pie.

—Lo siento, ¿os importa que me vaya?

Zsadist frunció el ceño.

—Espera. Necesito algo de ti.

Phury miró a su hermano gemelo a la cara y recorrió con los ojos la cicatriz que se la partía en dos, fijándose como nunca antes en los detalles.

—Habla.

—Prométeme que no dejarás la Hermandad después de que me vaya. —Z señaló a Wrath—. Y quiero que lo jures sobre su anillo.

—¿Por qué?

—Sólo hazlo.

Phury frunció el ceño.

—¿Por qué?

—No quiero que estés solo.

Phury miró a Z durante un largo e intenso rato, pensando en el camino que habían seguido sus vidas. Realmente arrastraban una maldición, pero desconocía totalmente el porqué. Tal vez sólo era mala suerte, aunque le habría gustado pensar que existía una razón.

Una lógica... pensar que todo esto tenía una lógica era mejor que pensar que sólo era el resultado de un destino caprichoso que había decidido acabar con ellos.

—Bebí de ella —dijo de repente—. Bella. Anoche, cuando fui a la clínica de Havers, bebí de la sangre de Bella. ¿Todavía quieres dejarme bajo la protección de alguien?

Zsadist cerró los ojos. Una ola de tristeza brotó de su cuerpo y atravesó la habitación como un viento helado.

—Me alegra que lo hayas hecho. Ahora, ¿me darás tu palabra?

—Vamos, Z...

—Lo único que quiero es tener tu promesa. Nada más.

—Claro. Como quieras.

Z respiró aliviado.

Phury fue hasta donde estaba Wrath, se arrodilló sobre una pierna y se acercó al anillo del rey. Luego dijo en lengua antigua:

—Permaneceré en la Hermandad mientras siga respirando. Ofrezco esta promesa con humildad y espero que sea agradable a tus oídos, mi señor.

—Aceptada —contestó Wrath—. Tiende tus labios hacia mi anillo y sella tus palabras con tu honor.

Phury besó el diamante negro del rey y se levantó.

—Ahora, si ya hemos terminado con la representación, tengo que irme.

Cuando llegó a la puerta, se detuvo y miró hacia atrás, fijando los ojos en la cara de Wrath.

—¿Alguna vez te he dicho lo honrado que me siento por haber tenido la oportunidad de servirte?

Wrath retrocedió un poco.

—Ah, no, pero...

—Realmente ha sido un honor. —Al ver que el rey entornaba los ojos, Phury sonrió—. Un gran honor.

Phury salió y se alegró de encontrarse con Vishous y Butch a la salida del estudio.

—Hola, chicos. —Le dio una palmadita en el hombro a cada uno—. Sois una pareja muy especial, ¿lo sabíais? El genio de la casa y un tiburón humano. ¿Quién lo habría pensado? —Al ver que los dos lo miraban con extrañeza, preguntó—: ¿Rhage se ha ido a su habitación?

Cuando Butch y Vishous asintieron, se encaminó hacia allá y llamó a la puerta. Rhage abrió y Phury sonrió, al tiempo que le ponía la mano en el cuello y decía:

—Hola, hermano.

Debió de hacer una pausa un poco larga, porque Rhage lo miró con suspicacia.

—¿Qué sucede, Phury?

—Nada. —Dejó caer la mano—. Sólo pasaba por aquí. Cuida a tu mujer, ¿me oyes? Tienes mucha suerte... eres un tipo con mucha suerte. Nos vemos.

Phury se dirigió a su habitación, deseando que Tohr estuviera allí... Ojalá supieran dónde estaba. Mientras lamentaba lo que le había pasado a Tohr, preparó sus armas y se las puso; luego revisó el pasillo. Podía oír a la Hermandad hablando en el estudio de Wrath.

Para evitar encontrárselos, se desmaterializó y reapareció frente a la habitación que estaba junto a la de Zsadist. Después de cerrar la puerta, se dirigió al baño y encendió la luz. Luego se quedó mirando su imagen en el espejo.

Desenfundó una de sus dagas, se agarró un mechón de pelo, le acercó la hoja y lo cortó de un tajo. Hizo lo mismo una y otra vez, hasta que todas las ondas rojas, rubias y marrones de su melena fueron cayendo al suelo y le cubrieron las botas. Cuando se dejó sólo un par de centímetros de pelo alrededor de toda la cabeza, agarró un envase de crema de afeitar, se embadurnó la cabeza y sacó una cuchilla de debajo del lavamanos.

Se rapó por completo, se limpió el cuero cabelludo con una toalla y se sacudió la camisa. El cuello le picaba porque todavía tenía restos de pelo sobre la piel. Sentía la cabeza más ligera. Se pasó una mano por la calva, y luego se acercó al espejo y se miró atentamente.

Tomó otra vez la daga y la apuntó hacia su frente.

La mano le tembló cuando se enterró el cuchillo y lo fue bajando por todo el centro de su cara, terminando con una curva en forma de *S* sobre el labio superior. La sangre empezó a brotar y a escurrir por su rostro. Luego Phury lo limpió todo con una toalla.

* * *

Zsadist se preparó con cuidado. Cuando terminó de ponerse las armas encima, salió del vestidor. La habitación estaba a oscuras y la atravesó más por costumbre que guiado por sus ojos, mientras se dirigía al pozo de luz que salía del baño. Fue hasta el lavamanos, abrió la llave y se agachó hacia el chorro de agua para recoger un poco entre las manos. Se echó agua en la cara y se restregó los ojos. Bebió un poco de la que le quedaba entre las palmas.

Cuando se iba a secar, sintió que Phury había entrado a la habitación y se estaba acercando, aunque no podía verlo.

—Phury... iba a ir a buscarte antes de marcharme.

Con una toalla bajo la barbilla, Z miró su reflejo en el espejo y se fijó en sus nuevos ojos amarillos. Reflexionó sobre el recorrido de su vida y pensó que la mayor parte de ella había sido una mierda. Pero había habido dos cosas valiosas. Una mujer. Y un hombre.

—Te quiero —dijo con voz ronca y se dio cuenta de que era la primera vez que le decía esas palabras a su gemelo—. Sólo quería decírtelo.

Phury se paró detrás de él.

Al ver el reflejo de su gemelo, Z retrocedió aterrado. Sin pelo. Con una cicatriz que le partía la cara en dos. Los ojos fijos y sin vida.

—¡Ay, Virgen Santa! —exclamó Z—. ¿Qué demonios has hecho...?

—Yo también te quiero, hermano mío. —Phury levantó su arma. Llevaba en la mano una jeringuilla hipodérmica de las que el médico había dejado para Bella—. Y tú tienes que vivir.

Zsadist dio media vuelta al mismo tiempo que su gemelo bajó el brazo. La aguja alcanzó a Z en el cuello y enseguida sintió cómo el chorro de morfina entraba en su yugular. Gritando, se agarró de los hombros de Phury. Pero cuando la droga hizo efecto, se desmadejó y sintió cómo lo acostaban en el suelo.

Phury se arrodilló junto a él y le acarició la cara.

—Siempre has sido la única razón de mi vida. Si mueres, no me queda nada. Estoy totalmente perdido. Y a ti te necesitan aquí.

Zsadist trató de agarrar a su hermano, pero no pudo ni levantar los brazos cuando Phury se puso de pie.

—Dios, Z, siempre pensé que esta tragedia nuestra se acabaría algún día. Pero sigue y sigue, ¿no?

Zsadist perdió totalmente la conciencia, mientras oía cómo las botas de su hermano salían de la habitación.

ohn estaba en la cama, acostado de lado, hecho un ovillo y mirando fijamente la oscuridad. La habitación que le habían dado en la mansión de la Hermandad era lujosa e impersonal, y no lo hacía sentirse ni mejor ni peor.

Desde algún sitio cercano al rincón, oyó que un reloj daba una, dos, tres campanadas... Siguió contándolas hasta que llegó a seis. Dio una vuelta en la cama y reflexionó sobre el hecho de que en otras seis horas comenzaría un nuevo día. La medianoche. Ya no sería martes sino miércoles.

Pensó en los días, las semanas, los meses y los años de su vida, un tiempo que le pertenecía porque lo había vivido, y por eso podía reclamarlo como suyo.

¡Qué arbitraria era esa división del tiempo! ¡Qué acto tan típicamente humano —y vampiresco— ese de tener que dividir el infinito en partes para poder creer que lo controlaban!

¡Qué estupidez! Uno no controla nada en la vida. Y nadie lo hace.

¡Si hubiera alguna manera de hacerlo! ¿No sería maravilloso poder apretar un botón para volver atrás y borrar todo el maldito día que acababa de pasar? De esa manera no tendría que sentirse como se sentía ahora.

John resopló y dio otra vuelta. Ese dolor era... imposible de imaginar, una terrible revelación.

Su tristeza era como una enfermedad, que afectaba a todo su cuerpo y lo hacía temblar aunque no tenía frío, le sacudía el estómago aunque lo tenía vacío, y hacía que le dolieran las articulaciones y el pecho. Nunca había pensado que la tristeza pudiera ser una enfermedad física, pero lo era. Y John sabía que estaría enfermo durante mucho tiempo.

¡Él debía haber acompañado a Wellsie, en lugar de quedarse en casa para estudiar tácticas! Si hubiese estado en ese coche, tal vez habría podido salvarla... ¿O también estaría muerto?

Bueno, eso sería mejor que esta existencia. Incluso si no había vida después de la vida, incluso si uno simplemente se iba y eso era todo, seguramente sería mejor que lo que estaba sufriendo.

Wellsie... muerta, muerta. Su cuerpo ahora era sólo cenizas. Por lo que había alcanzado a escuchar, Vishous le había puesto encima la mano derecha en el lugar del crimen y luego había traído lo que había quedado. Habría una ceremonia formal de despedida para su viaje al Ocaso, pero John no sabía en qué consistía y tampoco podían hacerla hasta que Tohr apareciera.

Y Tohr también había desaparecido. Se había ido. ¿Estaría muerto? Estaba tan cerca el amanecer cuando se marchó... De hecho, tal vez ésa había sido precisamente su intención. Tal vez había salido al encuentro de la luz del sol para poder estar con el espíritu de Wellsie.

Nada, no quedaba nada... todo parecía haberse evaporado.

Sarelle... ahora también Sarelle estaba en manos de los restrictores. La había perdido antes de poder conocerla de verdad. Zsadist iba a tratar de rescatarla, pero ¿quién sabía lo que podía ocurrir?

John vio la imagen de la cara de Wellsie, con su pelo rojo y su pequeña barriga de embarazada. Vio el pelo de Tohr y sus ojos azules y sus anchos hombros enfundados en la chaqueta de cuero negro. Pensó en Sarelle, estudiando minuciosamente esos libros viejos, con el pelo rubio cayéndole sobre la cara y sus largas y hermosas manos pasando las páginas.

John volvió a sentir la tentación de empezar a llorar otra vez, pero se sentó rápidamente y se obligó a contenerse. Ya no quería llorar más. No volvería a llorar por ninguno de ellos. Las lágrimas eran totalmente inútiles, una debilidad que no era digna del recuerdo de los que se habían ido.

Su homenaje para ellos sería la fuerza. Les ofrecería el tributo de su poder. Y la venganza sería la oración que recitaría junto a sus tumbas.

John se levantó de la cama, entró en el baño y luego se vistió y se puso las zapatillas deportivas que Wellsie le había comprado. Momentos después estaba abajo, atravesando la puerta secreta que llevaba al túnel subterráneo. Caminó rápidamente a través del laberinto de acero, con los ojos fijos al frente y moviendo los brazos con el ritmo de un soldado.

Cuando salió a la oficina de Tohr, vio que habían limpiado todo el desorden. El escritorio estaba de nuevo en su sitio y la horrible silla verde estaba metida detrás. Los papeles, los bolígrafos. los archivos... todo había sido recogido y ordenado. Incluso el ordenador y el teléfono estaban donde debían estar, aunque los dos habían terminado destrozados la noche anterior. Debían ser nuevos...

El orden había sido restablecido.

Fue hasta el gimnasio y encendió las luces del techo. Hoy no había clases por lo que había ocurrido y se preguntó si, ahora que Tohr no estaba, no tendrían que suspender todo el entrenamiento.

John atravesó las colchonetas hasta el cuarto donde guardaban el equipo y sus zapatos hicieron rechinar la tela azul del forro. Sacó dos dagas de la vitrina de los cuchillos y luego agarró una funda lo suficientemente pequeña para colgársela al pecho. Una vez que se puso las correas, se dirigió al centro del gimnasio.

Tal como Tohr le había enseñado, comenzó con el movimiento de bajar la cabeza.

Y luego puso las manos sobre las dagas y comenzó a entrenar, recubriéndose de odio contra el enemigo e imaginándose a todos los restrictores que iba a matar.

* * *

Phury entró en el teatro y se sentó en la parte de atrás. El lugar estaba muy animado y concurrido, lleno de gente joven en parejas y grupos de estudiantes. Oyó susurros y conversaciones en voz alta. Escuchó risas, el crujido de las envolturas de los caramelos y gente sorbiendo y masticando.

Cuando la película comenzó, las luces se apagaron y todo el mundo comenzó a gritar groserías.

Phury se dio cuenta del momento en que el restrictor se acercó, porque pudo sentir en el aire el olor dulzón, aun a través de las palomitas de maíz y los perfumes femeninos que emanaban de las parejas.

De pronto apareció un teléfono móvil frente a su cara.

—Tómalo y póntelo en la oreja.

Phury lo hizo y oyó a través de la línea una respiración entrecortada.

Un actor gritaba: «¡Maldición, Janet, vamos a tirar!».

Phury sintió la voz del restrictor justo detrás de su cabeza.

—Dile que vas a venir conmigo sin problema. Prométele que va a vivir porque tú vas a hacer lo que se te dice. Y no hables en vuestro idioma antiguo, quiero entender lo que dices.

Phury comenzó a hablar por el teléfono, aunque desconocía el significado exacto de las palabras que usó. Lo único que pudo oír fue que la muchacha comenzó a sollozar al otro lado.

El restrictor le quitó el teléfono enseguida.

—Ahora, ponte esto.

Un par de esposas de acero cayeron sobre sus piernas. Phury se esposó y esperó.

—¿Ves esa salida a mano derecha? Vamos hacia allá. Tú irás primero, hay una camioneta esperándonos justo afuera. Vas a subirte por la puerta del copiloto. Yo estaré todo el tiempo detrás de ti, con el teléfono en la boca. Si intentas jugármela, o veo a alguno de tus hermanos, ordenaré que la maten. Ah, y para tu información, tiene un cuchillo en la garganta, así que será rápido. ¿Está claro?

Phury asintió con la cabeza.

—Ahora levántate y empieza a moverte.

Phury se puso de pie y se dirigió a la puerta. Mientras caminaba, se dio cuenta de que en algún momento se le había cruzado la idea de que podría salir vivo de todo aquello. Era impresionantemente bueno con las armas y llevaba unas cuantas escondidas. Pero este restrictor era astuto y lo había atrapado amenazándolo con terminar con la vida de esa muchacha civil.

Cuando Phury abrió la puerta lateral del teatro de una patada, estaba seguro de que ésa sería su última noche.

* * *

Zsadist volvió en sí por pura fuerza de voluntad, tras luchar denodadamente contra la confusión que le producía la droga y aferrarse como pudo a su conciencia. Se arrastró por el suelo de mármol del baño hasta la alfombra de la alcoba, donde se puso en pie con gran dificultad. Cuando llegó hasta la puerta, apenas tuvo fuerzas para abrirla con el pensamiento.

En cuanto salió al pasillo de las estatuas, trató de gritar. Al principio sólo salieron murmullos roncos de su garganta, pero luego logró sacar un grito. Y otro. Y otro. El esfuerzo hizo que se derrumbara, y cayó al suelo.

El ruido de pasos que se aproximaban velozmente hizo que se sintiera mareado y aliviado.

Wrath y Rhage se arrodillaron junto a él y lo incorporaron. Zsadist hizo caso omiso de sus preguntas, pues no podía entender todas las palabras, y dijo:

—Phury... se fue... Phury... se fue...

Sintió que el estómago se le revolvía, se dio la vuelta sobre un costado y vomitó. Eso le vino bien y, cuando acabó, se sintió un poco más lúcido.

—Tenéis que encontrarlo...

Wrath y Rhage seguían disparándole preguntas a toda velocidad y Z pensó que probablemente eso era la causa del rumor que sentía en los oídos. Era eso o que su cabeza estaba a punto de estallar.

Cuando levantó la cara de la alfombra, sintió que todo le daba vueltas y dio gracias a Dios de que la dosis de morfina estuviese calculada para el peso de Bella. Porque se sentía morir.

Volvió a tener otro espasmo en el vientre y vomitó otra vez sobre la alfombra. ¡Mierda... nunca había tolerado los opiáceos!

Luego se oyeron más pasos que venían por el pasillo. Más voces. Alguien que le limpiaba la boca con una toalla mojada. Era Fritz. Cuando volvió a sufrir otro ataque de arcadas, alguien le puso una papelera frente a la cara.

—Gracias —dijo Z y volvió a vomitar.

Con cada espasmo, su mente reaccionaba mejor, al igual que su cuerpo. Se metió dos dedos hasta el fondo para seguir vomitando. Cuanto más pronto expulsara la droga de su organismo, antes podría ir tras Phury.

Ese maldito cabrón, queriendo dárselas de héroe... Iba a matar a su gemelo, de verdad que lo mataría. Se suponía que Phury era el que iba a vivir.

Pero ¿adónde demonios se lo habrían llevado? ¿Y cómo iba a hacer para encontrarlo? El teatro era el punto de encuentro, pero no debían de haberse quedado mucho tiempo allí.

Después de un rato, Zsadist dejó de vomitar, porque ya no le quedaba nada en el estómago, pero siguió con las arcadas. Entonces se le ocurrió la única solución posible y el estómago volvió a revolvérsele, pero esta vez no fue por efecto de la droga.

Se oyeron más pasos por el corredor. La voz de Vishous. Una emergencia civil. Una familia de seis miembros atrapada en su casa, rodeada de restrictores.

Z levantó la cabeza. Luego se incorporó. Finalmente se puso de pie. Su fuerza de voluntad, que siempre lo había salvado, acudió otra vez en su ayuda.

—Yo iré a por Phury —les dijo a sus hermanos—. Vosotros, encargaos del trabajo.

Después de una breve pausa, Wrath dijo:

—Entonces, que así sea.

CAPÍTULO
46

B ella estaba sentada en una silla estilo Luis XIV, con las
piernas cruzadas a la altura de los tobillos y las manos
sobre el regazo. A mano izquierda había una chimenea de mármol en la que chisporroteaba el fuego y Bella tenía una taza de té
al lado. Marissa estaba sentada frente a ella, sobre un delicado sofá, y pasaba una hebra de seda amarilla a través de la urdimbre de
un bordado. No se oía nada.

De pronto Bella pensó que iba a gritar...

Se puso de pie de un salto, impulsada por el instinto. Zsadist... Zsadist estaba cerca.

—¿Qué ocurre? —preguntó Marissa.

Los golpes en la puerta principal resonaron como un tambor, y un momento después Zsadist entró en el salón. Estaba vestido con su ropa de combate, con armas en las caderas y dagas
sobre el pecho, sostenidas con correas. El criado que lo seguía parecía aterrorizado.

—Déjanos solos —le dijo a Marissa—. Y llévate a tu criado contigo.

Al ver que Marissa vacilaba, Bella la miró con gesto supli-
cante.

—Está bien. Está... Vete, por favor.

Marissa inclinó la cabeza.

—Estaré cerca.

Bella se mantuvo en su lugar cuando se quedaron solos.

—Te necesito —dijo Zsadist.

La vampira frunció el ceño. Dios, ésas eran las palabras que quería oír desde hacía tiempo. ¡Qué lástima que llegaran tan tarde!

—¿Para qué?

—Phury bebió de tu vena.

—Sí.

—Necesito que lo encuentres.

—¿Acaso ha desaparecido?

—Tu sangre corre por las venas de Phury. Necesito que tú...

—Que lo encuentre. Sí, ya te he oído. Pero dime por qué. —La breve pausa que siguió la hizo estremecerse.

—El restrictor lo ha atrapado. David lo tiene.

Bella se quedó sin aire y su corazón dejó de latir.

—¿Cómo?

—No tengo tiempo para explicaciones. —Zsadist se acercó y parecía que la iba a tomar de las manos, pero luego se detuvo—. Por favor. Eres la única que puede llevarme a él, porque tu sangre corre por sus venas.

—Claro... por supuesto que lo encontraré por ti.

Bella pensó en la cadena de los lazos de sangre. Ella podía localizar a Phury en cualquier parte porque él había bebido de su sangre. Y después de que ella bebiera de la garganta de Zsadist, él podía localizarla por la misma razón.

Zsadist se le acercó hasta quedar frente a su cara.

—Quiero que te acerques un máximo de cincuenta metros, no más, ¿está claro? Y luego te desmaterializarás y regresarás aquí.

Bella lo miró a los ojos.

—No te decepcionaré.

—Quisiera que hubiese otra manera de encontrarlo.

—No lo dudo.

Bella salió del salón y fue a por su abrigo. Luego se quedó quieta en el vestíbulo. Cerró los ojos y comenzó a buscar en el aire, atravesando primero las paredes de la estancia, luego la estructura exterior de la casa de Havers. Su mente pasó por encima de los arbustos y el prado, atravesó otros árboles y otras casas... Viajó por encima de coches, camiones y edificios, cruzó parques, ríos y quebradas. Y luego siguió todavía más lejos, hasta el campo y las montañas...

Cuando encontró la fuente de energía de Phury, la asaltó un terrible dolor, como si eso fuera lo que él estaba sintiendo. Al ver que Bella se tambaleaba, Zsadist la agarró del brazo.

Bella lo empujó a un lado.

—Lo he encontrado. ¡Es horrible! Él está...

Zsadist la volvió a agarrar del brazo y se lo apretó.

—Cincuenta metros. No más cerca. ¿Está claro?

—Sí. Ahora, déjame ir.

Bella salió por la puerta principal, se desmaterializó y reapareció de nuevo a cerca de veinte metros de una pequeña cabaña en el bosque.

Enseguida sintió que Zsadist tomaba forma a su lado.

—Vete —siseó Zsadist—. Lárgate de aquí.

—Pero...

—Si quieres ayudar, vete, para que no tenga que preocuparme por ti. Vete.

Bella lo miró a la cara por última vez y se desmaterializó.

* * *

Zsadist avanzó sigilosamente hasta la cabaña de madera y dio gracias por el aire frío, que le ayudó a expulsar un poco más de morfina de su organismo. Desenfundó una daga y miró por la ventana. Dentro no había nada, sólo unos muebles rústicos y baratos y un ordenador.

Una ola de pánico lo recorrió de arriba abajo, como si hubiese caído una lluvia helada en su sangre.

Y luego oyó un ruido... un golpe seco. Después otro.

Unos veinticinco metros más atrás había un cobertizo pequeño y sin ventanas. Corrió hasta allí y escuchó durante un segundo. Luego cambió el cuchillo por una Beretta y tumbó la puerta de una patada.

Lo que vio frente a él fue como una imagen salida de su propio pasado: un hombre encadenado a una mesa, que estaba recibiendo una terrible paliza. Y un psicópata demente de pie junto a la víctima.

Phury levantó la cara; tenía los labios hinchados y ensangrentados y la nariz totalmente destrozada. El restrictor, que llevaba puesta una manopla de bronce, se volvió enseguida hacia la puerta y pareció momentáneamente desconcertado.

Zsadsit apuntó al maldito desgraciado, pero el asesino estaba detrás de Phury, que quedaba en medio de la línea de tiro. Si cometía el más mínimo error de cálculo, la bala iría a parar al cuerpo de su gemelo. Z bajó el cañón, puso el dedo en el gatillo y le disparó al restrictor en la pierna, destrozándole la rodilla. El bastardo lanzó un grito y cayó al suelo.

Z se abalanzó sobre él, pero cuando lo agarró, se oyó otro disparo.

Una punzada de dolor atravesó el hombro de Z. Se dio cuenta de que lo habían herido, pero ahora no podía pensar en eso. Se concentró en controlar el arma del restrictor, mientras que el enemigo parecía estar tratando de hacer lo mismo con la suya. Lucharon un rato en el suelo, intentando dominarse mutuamente, a pesar de la sangre que los dos estaban perdiendo y que los empapaba. Se dieron puñetazos y se atacaron con pies y manos, hasta que las dos armas quedaron fuera de su alcance.

Tras unos cuatro minutos de lucha cuerpo a cuerpo, Z sintió que comenzaba a perder energía a una velocidad alarmante. De pronto quedó debajo, con el restrictor sentado sobre su pecho. Z se sacudió con la intención de que su cuerpo se deshiciera del peso que tenía encima, pero aunque la mente dio la orden, las extremidades se negaron a obedecer. Se miró el hombro de reojo. Estaba sangrando mucho, seguramente la bala había perforado una arteria. Y la inyección de morfina no ayudaba.

En un momento de tregua en mitad del forcejeo, el restrictor comenzó a jadear y hacer muecas, como si la pierna lo estuviera matando de dolor.

—¿Quién... demonios... eres tú?

—Yo soy... el que buscas —dijo Z, mientras respiraba con la misma dificultad. Mierda... Tenía que hacer un esfuerzo para no perder la visión—. Yo soy... el que... te la quitó.

—¿Cómo... puedo estar... seguro de eso?

—Yo vi cómo... se desvanecieron... las cicatrices de su vientre. Hasta que... tu marca... desapareció.

El restrictor se quedó frío.

Ése habría sido un excelente momento para tomar la iniciativa, pero Z estaba demasiado agotado.

—Ella está muerta —susurró el asesino.

—No.

—Pero el retrato...

—Está viva. Respira. Y tú... nunca... vas a volver a verla.

El asesino abrió la boca y lanzó un alarido de furia que estalló como un incendio.

En medio del ruido, Z se serenó un poco. De pronto sintió que le resultaba más fácil respirar. O tal vez sencillamente había dejado de respirar por completo. Luego vio cómo el asesino se movía a cámara lenta, sacaba una de las dagas negras que Z tenía en el pecho y la levantaba por encima de su cabeza con las dos manos.

Zsadist siguió atentamente sus pensamientos, pues quería saber cuál iba a ser el último que le cruzara por la cabeza. Pensó en Phury y sintió ganas de llorar, porque no había duda de que su gemelo no duraría mucho más tiempo que él. Sentía no haber podido salvarlo... Siempre le había fallado.

Y luego pensó en Bella. Los ojos se le llenaron de lágrimas mientras pasaron por su cabeza distintas imágenes de ella... tan vívidas, tan claras... que Zsadist finalmente la vio aparecer por detrás del hombro del restrictor. Parecía tan real, que era como si de verdad estuviera delante de él.

—Te amo —susurró Zsadist, mientras que su propia daga se dirigía a su pecho.

—David —dijo la voz de Bella con tono autoritario.

El cuerpo entero del restrictor se sacudió y la trayectoria de la daga se desvió hasta clavarse en el suelo de madera, cerca del brazo de Z.

—David, ven aquí.

El restrictor se puso de pie con dificultad, mientras Bella le tendía un brazo.

—Tú estabas muerta —dijo el restrictor con voz quebrada.

—No.

—Fui a tu casa... Vi el retrato. —El restrictor comenzó a llorar, mientras se arrastraba cojeando hacia ella, dejando un rastro de sangre tras él—. Pensé que te había matado.

—No lo hiciste. Ven aquí.

Z trató de hablar desesperadamente, asaltado por la horrible sospecha de que eso no era una visión. Comenzó a gritar, pero lo único que salió de su garganta fue un gemido. Y luego vio que el restrictor estaba en los brazos de Bella, llorando como un niño.

Inmediatamente después, vio cómo Bella sacaba una mano y la llevaba hasta la espalda del restrictor. En la mano tenía la pistolita que él le había dado antes de ir a su casa.

¡No...!

Bella parecía extrañamente serena mientras levantaba el arma cada vez más. Moviéndose lentamente, murmuraba palabras de consuelo, al mismo tiempo que colocaba el cañón de la pistola a la altura del cráneo de David. Se inclinó hacia atrás y, cuando él levantó la cabeza para mirarla a los ojos, el arma quedó justo al lado de su oreja.

—Te amo —dijo David.

Bella apretó el gatillo.

La explosión le sacudió la mano y todo el brazo, y se tambaleó. Cuando el ruido y el humo del estallido se desvanecieron, Bella oyó un golpe seco y miró hacia el suelo. El restrictor estaba tumbado de lado y todavía parpadeaba. Aunque esperaba que la cabeza le saliera volando o algo así, sólo tenía un agujero en la sien.

Bella sintió náuseas, pero hizo caso omiso de la sensación y saltó por encima del cuerpo del restrictor hacia donde estaba Zsadist.

Había sangre por todas partes.

—Bella... —Zsadist trató de levantar las manos del suelo y de hablar, pero su boca se movía lentamente.

Ella lo interrumpió y comenzó a palparle el pecho, en busca de la funda de las dagas. Sacó la que le quedaba y dijo:

—Tengo que clavársela en el esternón ¿no es cierto?

La voz de Bella era tan débil como su aspecto. Temblorosa. Aterrorizada.

—Corre... sal... de...

—En el corazón, ¿verdad? Si no es así, no desaparecerá ¿No? ¡Zsadist, contéstame!

Él asintió al fin con la cabeza, y ella se dirigió al restrictor y le dio la vuelta, empujándolo con el pie, para que quedara boca arriba. El asesino tenía los ojos fijos en ella y Bella supo que seguiría viendo esos ojos en sus pesadillas durante muchos años. Agarró el cuchillo con las dos manos, lo levantó sobre la cabeza y lo clavó. Cuando tuvo que hacer fuerza para enterrarlo bien, la vampira se sintió tan asqueada que tuvo arcadas, pero luego se produjo un estallido y una llamarada que acabó con todo.

Bella se dejó ir hacia atrás y cayó al suelo, pero sólo se permitió tomar aire un par de veces. Enseguida se acercó a Zsadist, se quitó el abrigo y el suéter y envolvió el hombro del herido con éste. Luego se quitó el cinturón y lo puso alrededor del improvisado vendaje, para apretarlo y mantenerlo en su lugar.

Zsadist trató de luchar contra ella todo el tiempo, mientras la instaba a huir y abandonarlos.

—Cállate —le dijo ella y luego se mordió la muñeca—: Bebe o te mueres, es tu elección. Pero decide rápido, porque necesito ir a atender a Phury y luego tengo que sacaros a los dos de aquí.

Bella estiró el brazo y lo puso encima de la boca de Zsadist, pero la sangre no pasaba de la barrera de sus labios cerrados y se escurría lentamente.

—Maldito bastardo —susurró ella—. ¿Tanto me odias?

Zsadist levantó la cabeza y se aferró a la vena de Bella. Tenía la boca tan fría que ella se dio cuenta de lo cerca que estaba de la muerte. Al principio bebió con lentitud, pero luego comenzó a chupar cada vez con más avidez. Mientras lo hacía, emitía débiles gorjeos que contrastaban con su inmenso cuerpo de guerrero. Parecía como si estuviera maullando, como un gato hambriento frente a un plato de leche.

Al cabo de un rato dejó caer la cabeza hacia atrás y cerró los ojos con cara de satisfacción. La sangre de Bella había penetrado dentro de él y ella lo vio respirar a través de la boca abierta. Pero no tenía tiempo para contemplarlo, así que corrió hasta el otro lado del cobertizo para atender a Phury. Estaba inconsciente, encadenado a la mesa y totalmente cubierto de sangre. Pero su pecho subía y bajaba rítmicamente.

¡Maldición! De las cadenas de acero colgaban candados de seguridad. Tendría que romperlos con algo. Miró hacia la izquierda, hacia una espeluznante colección de herramientas...

Y ahí fue cuando vio el cuerpo, tirado en un rincón. Una muchacha joven, de cabello rubio y corto.

Comenzaron a saltársele las lágrimas, mientras examinaba a la chica para asegurarse de que estaba muerta. Cuando tuvo la certeza de que ya había entrado en el Ocaso, Bella se secó los ojos y se obligó a concentrarse. Necesitaba sacar de allí a los vivos; ellos eran su prioridad. Después... alguno de los hermanos podría regresar y...

Bella se estremeció, casi a punto de sufrir un ataque de histeria; pero se recuperó enseguida. Cogió una sierra eléctrica, la encendió y cortó rápidamente las cadenas de Phury. Cuando vio que él no reaccionaba a pesar del ruido, volvió a sentir pánico.

Entonces miró a Zsadist, que había logrado incorporarse, aunque aún seguía en el suelo.

—Voy a por la camioneta que está junto a la cabaña —dijo Bella—. Quédate aquí y conserva tu energía. Necesito que me ayudes a mover a Phury. Sigue inconsciente. Y la chica... —Se le quebró la voz—. Tendremos que dejarla...

Bella corrió hasta la cabaña entre la nieve, mientras pensaba con desesperación que tenía que encontrar las llaves de la camioneta y trataba de no pensar en qué iba a hacer si no las encontraba.

Afortunadamente estaban colgadas de un gancho junto a la puerta. Las cogió, corrió hasta el vehículo, lo puso en marcha y rodeó la cabaña para llegar hasta el cobertizo. Luego giró el volante y dio marcha atrás para situar el remolque justo frente a la puerta.

Iba a bajarse cuando vio a Zsadist caminando como un borracho, con Phury en sus brazos. Bella pensó que su amante no iba a aguantar mucho con todo ese peso encima, así que abrió el remolque y enseguida los dos cayeron dentro, formando una sola masa de carne, extremidades y sangre. Bella los empujó con los pies y luego se subió al remolque, para empujarlos hasta el fondo.

Cuando vio que ya no había riesgo de que se cayeran, saltó al suelo y se dispuso a cerrar de un golpe el remolque. Entonces se encontró con los ojos de Zsadist.

—Bella. —La voz de Zsadist era apenas un susurro, respaldado por un suspiro de tristeza—. No quiero esto para ti. Todo esto... tan horrible.

Bella dio media vuelta. Subió al asiento del conductor y arrancó.

La única vía de escape era la carreterita de un solo carril que salía de la cabaña y Bella rogó que no se encontrara con nadie en el camino. Cuando llegó a la carretera 22, recitó una plegaria de agradecimiento a la Virgen Escribana y se dirigió a la clínica de Havers a toda velocidad.

Colocó el espejo retrovisor y miró hacia la parte de atrás de la camioneta. Debía de hacer un frío horrible allá afuera, pero no se atrevió a reducir la velocidad.

Tal vez el frío les ayudara a permanecer espabilados.

* * *

Phury tuvo conciencia de que un viento helado rozaba su piel desnuda y su cabeza rapada. Gimió y se hizo un ovillo. ¡Dios, se estaba congelando! ¿Acaso eso era lo que uno tenía que pasar para llegar al Ocaso? Gracias a la Virgen sólo ocurría una vez.

De pronto sintió que algo se movía contra él. Unos brazos... unos brazos lo estaban rodeando, unos brazos que lo acercaron hacia una fuente de calor. Temblando, Phury se dejó arrastrar por quien lo abrazaba con tanta suavidad.

¿Qué era ese ruido? Cerca de su oído... un sonido distinto del rugido del viento.

Un canto. Alguien le estaba cantando.

Phury sonrió. ¡Era perfecto! Los ángeles que lo llevaban al Ocaso realmente tenían unas voces muy hermosas.

Pensó en Zsadist y comparó la magnífica melodía que escuchaba ahora con las que había escuchado en la vida real.

Sí, recordaba que Zsadist también tenía una voz angelical.

C uando Zsadist se despertó, su primer impulso fue sentarse. ¡Muy mala idea! El hombro protestó y le produjo un dolor tan agudo que volvió a desmayarse.

Segundo intento.

Esta vez, al despertarse, al menos se acordó de lo que no debía hacer. Giró lentamente la cabeza, en lugar de tratar de ponerse en posición vertical. ¿Dónde demonios estaba? El lugar parecía algo así como una habitación de huéspedes y un cuarto de hospital al mismo tiempo... Havers. Estaba en la clínica de Havers.

Y había alguien sentado entre las sombras, al otro lado de la habitación.

—¿Bella? —dijo con voz ronca.

—Lo siento. —Butch se inclinó hacia delante y entró en la zona de luz—. Sólo soy yo.

—¿Dónde está Bella? —¡Dios casi no tenía voz!—. ¿Está bien?

—Ella está bien.

—¿Dónde... dónde está?

—Está... Bueno, se va a ir de la ciudad, Z. De hecho, creo que ya se ha marchado.

Zsadist cerró los ojos y contempló brevemente las ventajas de volverse a desmayar.

No podía culparla por querer marcharse. ¡Por Dios, los trances que había tenido que pasar! Entre otras, tener que matar a ese restrictor. Era mejor que ella se alejara de Caldwell.

Aunque a él le doliera todo por tener que perderla.

Zsadist se aclaró la garganta.

—¿Y Phury? ¿Está...?

—En el cuarto de al lado. Muy magullado, pero bien. Los dos lleváis un par de días fuera de combate.

—¿Y Tohr?

—Nadie tiene idea ni de su paradero. Es como si se hubiese evaporado. —El policía resopló suavemente—. Se supone que John se va a quedar en la mansión, pero no hemos podido sacarlo del centro de entrenamiento. Duerme en la oficina de Tohr. ¿Hay algo más que quieras saber? —Al ver que Z negaba con la cabeza, el policía se puso de pie—. Ahora te dejaré solo. Pensé que te sentirías mejor si sabías cómo estaban las cosas.

—Gracias... Butch.

Los ojos del policía brillaron cuando escuchó su nombre y Z se dio cuenta de que nunca antes lo había pronunciado.

—De nada —dijo el humano—. Ha sido un placer.

Cuando la puerta se cerró, Zsadist se sentó. La cabeza le daba vueltas, pero de todas formas se arrancó los electrodos del pecho y el sensor que tenía en el dedo índice. Enseguida estalló un estruendo de alarmas y Zsadist las silenció, empujando el panel de monitores que estaba junto a la cama. La maraña de cables se desconectó de la pared, mientras que todo el andamiaje caía al suelo y al cabo de un instante se restablecía el silencio.

Hizo una mueca de dolor cuando al arrancarse el catéter y luego miró el suero que tenía en el antebrazo. Estaba a punto de arrancárselo también, pero pensó que sería mejor no hacerlo. Sólo Dios sabía qué le estaban inyectando. Tal vez lo necesitaba.

Se puso de pie y sintió que su cuerpo era una masa informe y fofa debajo de la piel. El atril del que colgaba el suero le sirvió de bastón, y apoyado en él salió al corredor. Cuando comenzó a caminar hacia la habitación de al lado, varias enfermeras llegaron corriendo desde distintas direcciones. Él se las quitó de encima y abrió la primera puerta que encontró.

Phury estaba acostado en una cama inmensa y tenía cables y tubos por todas partes, como si fuera el panel de control de una central telefónica.

Enseguida giró la cabeza.

—Z... ¿qué haces levantado?

—Joderle la vida al equipo médico. —Cerró la puerta y comenzó a caminar hacia la cama—. De hecho, son bastante rápidos.

—No deberías estar...

—Cállate y hazte a un lado.

Phury puso cara de asombro, pero se deslizó hacia el borde de la cama, mientras Z se dejaba caer sobre el colchón. Se recostó sobre las almohadas y los dos dejaron escapar un suspiro idéntico.

Z se frotó los ojos.

—Estás horrible sin todo ese pelo, ¿sabes?

—Pues tú estás igual. Ahora que sabes lo horrible que eres... ¿Te dejarás crecer el pelo?

—No. Mis días de reina de belleza ya se acabaron.

Phury se rió entre dientes. Luego hubo un largo silencio.

Entretanto, Zsadist no dejaba de recordar lo que había sentido cuando entró en ese cobertizo y vio a Phury encadenado a la mesa, sin pelo, con la cara destrozada. Haber tenido que presenciar el sufrimiento de su gemelo había sido... horrible.

Z carraspeó.

—No debería haber abusado de ti todo este tiempo.

La cama se sacudió, como si Phury hubiese girado abruptamente la cabeza.

—¿Qué?

—Cuando quería... sentir dolor. No debería haberte obligado a golpearme.

Phury no contestó nada y Z se volvió para mirarlo, justo cuando su gemelo se tapaba los ojos con las manos.

—Fui muy cruel al obligarte a ello —dijo Z, en medio de la tensión que se respiraba entre ellos.

—Detestaba hacerte eso.

—Lo sé y también lo sabía cuando te hacía golpearme hasta sangrar. Y que me alimentara de tu sufrimiento es la parte más cruel de todo el asunto. Nunca más te volveré a pedir que lo hagas.

Phury respiró hondo.

—Prefería hacerlo yo a que lo hiciera otro. Así que, cuando lo necesites, avísame. Yo lo haré.

—¡Por Dios, Phury...!

—¿Qué? Es la única forma que tengo de cuidarte. La única forma de tocarte.

Ahora fue Z el que se cubrió con el antebrazo los ojos llenos de lágrimas. Tuvo que toser un par de veces antes de poder hablar.

—Mira, deja ya esa manía de salvarme, hermano mío, ¿vale? Eso ya se acabó. Fin. Es hora de que te liberes de esa carga.

No hubo ninguna respuesta, así que Z volvió a mirar a Phury... justo cuando le corría una lágrima por la mejilla.

—¡Ah... demonios! —murmuró Z.

—Sí. ¡A la mierda! —Otra lágrima salió de los ojos de Phury—. ¡Maldición! ¡Debo de tener una fuga o algo así!

—Muy bien, prepárate.

Phury se restregó la cara con las palmas de las manos.

—¿Por qué?

—Porque... creo que voy a tratar de abrazarte.

Phury dejó caer las manos, mientras miraba a su hermano con una expresión de desconcierto.

Sintiéndose como un completo idiota, Z se acercó a su gemelo.

—Levanta la cabeza, maldición. —Phury levantó el cuello y Z deslizó el brazo por debajo. Los dos se quedaron inmóviles, en esa posición tan extraña—. Fue mucho más fácil cuando estabas desmayado en la parte de atrás de esa camioneta, ¿sabes?

—¿Eras tú?

—¿Creíste que era Papá Noel o algo así?

Z sintió que se le erizaba el vello por todas partes. ¡Esa situación era realmente extraña! ¿Qué diablos estaba haciendo?

—Pensé que eras un ángel —dijo Phury en voz baja, mientras recostaba otra vez la cabeza sobre el brazo de Z—. Cuando comenzaste a cantarme, creí que me estabas acompañando en mi camino al Ocaso.

—No soy ningún ángel. —Zsadist estiró la mano y acarició la mejilla de Phury, secándole las lágrimas. Luego le cerró los párpados con los dedos.

—Estoy cansado —murmuró Phury—. Tan... cansado...

Z miró la cara de su gemelo y pensó que en realidad lo hacía por primera vez. Los moratones ya estaban sanando, la hinchazón estaba cediendo y la herida que él mismo se había hecho estaba comenzando a cerrarse. Pero ahora sobresalían los rastros del cansancio y la tensión, así que su aspecto no había mejorado gran cosa.

—Estás cansado desde hace siglos, Phury. Es hora de que te liberes de mí.

—No creas que puedo.

Zsadist tomó aire.

—La noche en que me raptaron y me separaron de la familia... No, no me mires, por favor. Estamos demasiado... cerca. No puedo respirar si me miras... Por Dios, sólo cierra los ojos, ¿vale? —Z volvió a toser y trató de aclararse la voz para poder seguir hablando, a pesar de que sentía la garganta cerrada—. Esa noche, no fue culpa tuya que no te raptaran a ti. Y tú no puedes tratar de compensar el hecho de que tuviste suerte y yo no. Quiero que dejes de preocuparte por mí.

Phury soltó el aire con dificultad.

—¿Tienes... tienes alguna idea de lo que sentí cuando te vi en esa celda, desnudo y encadenado, y... cuando supe lo que esa mujer te había hecho durante tanto tiempo?

—Phury...

—Lo sé todo, Z. Sé todo lo que te pasó. Lo escuché de boca de hombres que... habían estado allí. Antes de que supiera que eras tú, ya había oído rumores.

Zsadist tragó saliva, aunque sintió un ataque de asco.

—Siempre tuve la esperanza de que no lo supieras. Recé para que tú...

—Así que tienes que entender por qué muero por ti todos los días. Tu dolor es mío.

—No, no lo es. Júrame que dejarás esto.

—No puedo.

Z cerró los ojos. Mientras estaban acostados uno al lado del otro, deseaba implorar perdón por todas las cosas horribles que había hecho desde que Phury lo había rescatado... y quería insultar a su gemelo por ser tan condenadamente heroico. Pero, sobre todo, quería devolverle todos esos años perdidos. Su hermano se merecía mucho más de lo que la vida le había dado.

—Bueno, no me estás dando ninguna alternativa.

Phury levantó abruptamente la cabeza del brazo de Z .

—Si te matas...

—Lo único que quiero es dejar de causarte tantas preocupaciones.

Z presintió que Phury se desmoronaba completamente.

—¡Ay... por favor...!

—Pero no sé si podré hacerlo, la verdad. Tú sabes que mis instintos... se han alimentado sólo de rabia. Probablemente siempre voy a ser impulsivo.

—¡Déjalo ya!

—A veces pienso que si me esfuerzo... Pero no, no creo que resulte. ¡Mierda, no lo sé! Probablemente no sea posible.

—¡Yo te ayudaré!

Z negó con la cabeza.

—No. No quiero ayuda. Esto es algo que tengo que hacer solo.

Se quedaron en silencio durante un rato.

—Se me está durmiendo el brazo —dijo Z.

Phury levantó la cabeza y Zsadist sacó el brazo, pero no se movió de donde estaba.

* * *

Antes de irse, Bella fue hasta la habitación que le habían dado a Zsadist. Había retrasado su viaje durante varios días, pero se decía así misma que no era porque estuviera esperando a que Zsadist se recuperara, lo cual era mentira.

La puerta estaba entreabierta, así que golpeó en el marco. Se preguntaba qué diría Zsadist si ella entraba sin más. Probablemente nada.

—Siga —dijo una voz femenina.

Bella entró al cuarto. La cama estaba vacía y todo el equipo de control médico estaba tirado en el suelo. Una enfermera se dedicaba a recoger los pedazos y echarlos en un cubo de basura. Era evidente que Zsadist ya estaba levantado y andaba por ahí.

La enfermera sonrió.

—¿Lo está buscando? Está en el cuarto de al lado, con su hermano.

—Gracias.

Bella pasó a la habitación de al lado y golpeó suavemente. Cuando vio que no obtenía ninguna respuesta, entró.

Los dos vampiros estaban acostados de lado, espalda contra espalda, tan juntos que parecía que sus columnas estuviesen pegadas. Tenían los brazos y las piernas doblados en la misma posición, con la barbilla contra el pecho. Bella se los imaginó así dentro del vientre de su madre, descansando, sin saber todos los horrores que los esperaban en el mundo exterior.

Era extraño pensar que su sangre corría por las venas de los dos. Era su único legado para ellos, la única cosa que estaba dejando atrás.

De manera inesperada, Zsadist abrió los ojos. Bella se sorprendió tanto con el brillo dorado de sus ojos, que dio un salto.

—Bella... —Zsadist trató de agarrarla—. Bella...

La mujer dio un paso atrás.

—He venido a despedirme.

Cuando él dejó caer el brazo, ella desvió la mirada.

—¿Adónde vas? —preguntó—. ¿A un lugar seguro?

—Sí. —Se iba al sur, a Charleston, en Carolina del Sur, donde vivían unos parientes lejanos, que estaban encantados de acogerla—. Será un nuevo comienzo para mí. Una nueva vida.

—Bien. Eso está bien.

Bella cerró los ojos. Una sola vez... le habría gustado sentir un poco de arrepentimiento en la voz de Zsadist aunque fuera una sola vez, ahora que ella se estaba marchando. Pero, claro, después pensó que, como eso era la despedida, al menos ya no tendría que sufrir más decepciones.

—Fuiste muy valiente —dijo Zsadist—. Te debo la vida. Y también la de él. Eres tan... valiente...

Claro que no. Bella estaba a punto de desmoronarse totalmente.

—Espero que Phury y tú os recuperéis pronto. Sí, espero que...

Se produjo un largo silencio. Luego Bella miró por última vez la cara de Zsadist. En ese momento supo que, aunque llegara a casarse algún día, ningún hombre podría ocupar en su corazón el lugar de Zsadist.

Y a pesar de lo poco romántico que sonaba, eso era una desgracia absoluta. Claro, se suponía que ella superaría la sensación de pérdida y todo eso. Pero la verdad era que lo amaba y que no iban a terminar juntos, de manera que lo único que deseaba hacer era echarse en una cama, apagar las luces y quedarse allí, inerte... durante un siglo.

—Quiero que sepas algo —dijo Bella—. Tú me dijiste que algún día me iba a despertar y lamentaría haber estado contigo. Bueno, es cierto. Pero no por lo que pueda decir la glymera. —Bella cruzó los brazos sobre el pecho—. Después de haber sido marginada por la alta sociedad una vez, ya no le temo a la aristocracia y me habría sentido orgullosa... de estar a tu lado. Pero, sí, lamento haber estado contigo.

Porque dejarlo era horriblemente duro. Peor que todo lo que había pasado en poder del restrictor.

A fin de cuentas, habría sido mejor no saber qué se estaba perdiendo.

Sin decir nada más, Bella dio media vuelta y salió de la habitación.

* * *

Mientras el amanecer comenzaba a pintar el paisaje, Butch entró en la guarida, se quitó el abrigo y se sentó en el sofá de cuero. El canal de deportes estaba en silencio, pero *Late Registration*, de Kanye West, resonaba por todas partes.

De pronto apareció V en la puerta de la cocina. Obviamente, acababa de regresar de una noche de cacería: estaba sin camisa, tenía un ojo negro y todavía llevaba puestos los pantalones de cuero y las botas de combate.

—¿Cómo estás? —preguntó Butch, mientras observaba otro moretón que comenzaba a aparecer en el hombro de su compañero de casa.

—No mejor que tú. Estás hecho un asco, policía.

—Así es. —Butch dejó caer la cabeza hacia atrás. Le había parecido que, mientras el resto de los hermanos salían a hacer su trabajo, lo mejor que podía hacer era quedarse con Z. Pero estaba agotado, aunque lo único que había hecho era sentarse en una silla durante tres días seguidos.

—Aquí tengo algo que te va a animar.

Butch negó con la cabeza tan pronto vio frente a sus ojos una copa de vino.

—Tú sabes que no tomo vino.

—Pruébalo.

—No, lo que necesito es una ducha y luego algo más sustancioso. —Butch apoyó las manos sobre las rodillas y comenzó a levantarse.

Vishous se interpuso en su camino.

—Necesitas esto. Créeme.

Butch volvió a sentarse, mientras tomaba la copa. Olfateó el vino. Bebió un poco.

—No está mal. Un poco espeso, pero no está mal. ¿Es un merlot?

—No exactamente.

Echó la cabeza hacia atrás y tragó, muy serio. El vino tenía un sabor fuerte, que le quemaba las entrañas al bajar hacia el estómago y eso hizo que se sintiera un poco mareado. Entonces se preguntó cuándo había sido la última vez que había comido algo.

Cuando se tomó el último sorbo, frunció el ceño. Vishous lo observaba muy de cerca.

—¿Pasa algo? —Puso la copa sobre la mesa y levantó una ceja.

—No... no, todo está bien. Ahora todo estará bien.

Butch pensó en los problemas de su compañero.

—Oye, quería preguntarte por tus visiones. ¿Siguen sin volver?

—Bueno, acabo de tener una hace diez minutos. Así que tal vez han regresado.

—Eso sería genial. No me gusta verte tan preocupado.

—Tú sí que eres genial, policía. ¿Lo sabías? —Vishous sonrió y se pasó una mano por el pelo. Cuando dejó caer el brazo, Butch alcanzó a ver la muñeca del guerrero. En la parte interna había una herida reciente. Como si se la hubiera hecho hacía sólo unos minutos.

Butch miró la copa. Una horrible sospecha lo hizo fijar los ojos nuevamente en la muñeca de su compañero de casa.

—¡Por... Dios! V, ¿qué... qué has hecho? —Se puso de pie en cuanto sintió el primer espasmo en el estómago—. ¡Ay, Dios... Vishous!

Corrió al baño para vomitar, pero no le dio tiempo a llegar tan lejos. En cuanto entró en la habitación, V lo empujó y lo tumbó sobre la cama. Cuando Butch comenzó a tener arcadas, Vishous lo acostó de espaldas y le empujó la barbilla hacia atrás con la base de la mano, para mantenerle la boca cerrada.

—No opongas resistencia —dijo V con tono áspero—. Mantenla adentro. Tienes que mantenerla adentro.

Butch sintió que el estómago se le revolvía y se atragantó con lo que le subió hasta la garganta. Aterrorizado, con náuseas y sin poder respirar, le dio un empellón al pesado cuerpo que lo tenía inmovilizado y logró desplazar a Vishous hacia un lado. Pero antes de que pudiera soltarse totalmente, V lo agarró desde atrás y volvió a ponerle una mano en la mandíbula para cerrarle la boca.

—Mantenla... adentro —gruñó V, mientras forcejeaban en la cama.

Butch sintió que una pierna gigante le pasaba por encima y le atrapaba los muslos. La táctica funcionó, pues ya no pudo moverse más, aunque siguió forcejeando.

Los espasmos y las náuseas se intensificaron hasta que Butch pensó que se le iban a salir los ojos. Luego notó una explosión en sus entrañas y una lluvia de chispas que empezaron a correr por su cuerpo... chispas que le producían primero un cosquilleo... luego un zumbido. Se quedó quieto, mientras intentaba soportarlo.

V lo soltó y le quitó la mano de la boca, aunque siguió sujetándolo con un brazo por encima del pecho.

—Así ... No te resistas. Sólo respira. Lo estás haciendo bien.

El zumbido parecía ir en aumento y se estaba convirtiendo en algo parecido a la excitación sexual, pero no exactamente... No, definitivamente no era una sensación erótica, pero su cuerpo no captaba la diferencia. Butch sintió que el pene se le endurecía y la erección hizo presión contra sus pantalones; también tenía mucho calor. Butch arqueó la espalda y se le escapó un gemido.

—Sigue así —le dijo V al oído—. No opongas resistencia. Déjala fluir a través de ti.

Butch percibió que sus caderas se movían de manera involuntaria y volvió a gemir. Se sentía tan caliente como si fuera el centro del sol, tenía la piel increíblemente sensible y de repente se quedó ciego... Y luego el zumbido de sus entrañas pasó a su corazón. En segundos, todas sus venas se encendieron como si estuvieran llenas de gasolina y todo su interior se convirtió en una red de llamas, que cada vez ardía más y más. Se cubrió de sudor, mientras su cuerpo giraba y se sacudía. Echó la cabeza hacia atrás, contra el hombro de Vishous. Unos gruñidos roncos brotaron de su boca.

—Me... voy... a morir.

La voz de V le contestó enseguida, sin perder ni un instante.

—Te vas a quedar conmigo, amigo. Sigue respirando. Esto no va a durar mucho más.

Justo cuando Butch pensó que ya no podría soportar más ese infierno, un orgasmo gigantesco se apoderó de él. Vishous lo sujetó para que no se hiciera daño durante los espasmos. Mientras, recitaba algo en lengua antigua. Y luego todo terminó. La tormenta pasó.

Jadeando y muy débil, Butch se estremeció. V se levantó de la cama y lo cubrió con una manta.

—¿Por qué...? —preguntó Butch, como si estuviera borracho—. ¿Por qué, V?

Vishous se acercó y lo miró de frente. Los dos ojos de diamante del hermano estaban brillando... hasta que de pronto el izquierdo se volvió todo negro y la pupila creció hasta que el iris y la parte blanca se convirtieron en un agujero infinito.

—El porqué... no lo sé. Pero vi que debías beber de mi sangre. O morirías. —V estiró una mano y acarició el pelo de Butch—. Duerme. Te sentirás mejor cuando caiga la noche, porque ya estás a salvo.

—¿Esto habría podido... matarme? —Suponía que sí. En realidad, durante todo el tiempo había pensado que iba a morirse.

—No te la habría dado si no hubiera estado seguro de que sobrevivirías. Ahora, cierra los ojos. Déjate llevar, ¿vale? —Vishous se dirigió a la puerta, pero luego se detuvo en el umbral.

Cuando el hermano miró hacia atrás, Butch sintió la sensación más extraña... una especie de vínculo se había establecido entre ellos, algo más tangible que el aire que separaba sus cuerpos. Forjado en el horno del que él acababa de salir, profundo como la sangre de sus venas... una conexión milagrosa.

«Hermano mío», pensó Butch.

—No voy a permitir que te pase nada, policía.

Y Butch supo que eso era absolutamente cierto, aunque en realidad no le gustaba que lo hubiese engañado de esa manera. Claro que, si él hubiese sabido lo que había en la copa, nunca se lo habría tragado.

—¿En qué me convierte esto? —preguntó Butch en voz baja.

—En nada que no fueras antes. Todavía eres sólo un humano.

Butch suspiró aliviado.

—Escucha, hermano, hazme un favor. No vuelvas a hacer algo como esto, creo que tengo derecho a decidir lo que quiero hacer... —Luego sonrió—. Y todavía no somos pareja.

V soltó una carcajada.

—Ahora duérmete, amigo. Más tarde podrás vengarte.

—Lo haré.

Cuando la inmensa espalda del hermano desapareció por el corredor, Butch cerró los ojos.

Todavía eres sólo un humano... Sólo... un... humano.

Luego, el sueño se apoderó de él.

CAPÍTULO
48

La noche siguiente, Zsadist se puso sus pantalones de cuero. Estaba un poco dolorido, pero se sentía increíblemente fuerte y sabía que era gracias a la sangre de Bella, que todavía lo seguía nutriendo, dándole toda su potencia y haciéndolo sentirse en plenitud.

Se aclaró la garganta mientras se abrochaba los pantalones, tratando de no llorar al recordarla.

—Gracias por traerme esto, policía.

Butch asintió con la cabeza.

—De nada. ¿Vas a tratar de desmaterializarte para regresar a casa? He traído la camioneta, por si no te sientes capaz de hacerlo.

Z se puso un jersey negro de cuello alto, metió los pies entre sus botas de combate y salió.

—¿Z? Z, amigo...

Zsadist volvió la cabeza para mirar al policía. Parpadeó un par de veces.

—Lo siento. ¿Qué has dicho?

—¿Quieres venir conmigo en el coche?

Z prestó atención a Butch por primera vez desde que el hombre había entrado a su habitación, hacía diez minutos. Estaba a punto de responder a la pregunta, cuando sus instintos encendieron las alarmas. Levantó la cabeza y olfateó el aire. Luego miró al humano. ¿Qué demonios...?

442

—Policía, ¿dónde has estado desde la última vez que te vi?

—En ningún lado.

—Hueles distinto.

Butch se ruborizó.

—Es una nueva loción para después del afeitado.

—No. No, no es...

—Bueno, qué, ¿quieres venir conmigo o no? —Butch lo miró muy serio, como si no estuviera dispuesto a seguir con ese tema.

Z se encogió de hombros.

—Está bien, sí. Vamos a por Phury. Los dos iremos contigo.

Quince minutos después estaban saliendo de la clínica, camino a la mansión. Z se sentó en el asiento trasero y observó el paisaje invernal. Estaba nevando otra vez y los copos formaban rayas horizontales contra la camioneta, mientras que ésta se deslizaba rápidamente por la carretera 22. Podía oír a Phury y a Butch conversando en voz baja en los asientos delanteros, pero el sonido era como un murmullo lejano, muy lejano. De hecho, se sentía como si todo estuviera lejos... fuera de su ámbito, fuera de contexto...

—Hogar, dulce hogar, caballeros —dijo Butch, cuando entraron en el jardín del complejo.

¿Ya habían llegado?

Los tres se bajaron de la camioneta y se dirigieron a la mansión, mientras la nieve fresca crujía bajo sus botas. En cuanto entraron en el vestíbulo, se les acercaron las mujeres de la casa. O, mejor, se le acercaron a Phury. Mary y Beth lo envolvieron en sus brazos y le dieron una calurosa bienvenida.

Mientras Phury las abrazaba, Z se refugió en las sombras. Observó disimuladamente, preguntándose cómo sería estar en medio de esa maraña de brazos y deseando que también hubiese un saludo de bienvenida para él.

Hubo una extraña pausa cuando Mary y Beth lo miraron desde los brazos de Phury. Las mujeres desviaron rápidamente la mirada y evitaron sus ojos.

—Wrath está arriba —dijo Beth—, esperándoos con el resto de los hermanos.

—¿Alguna noticia de Tohr? —preguntó Phury.

—No, y eso tiene a todo el mundo con los nervios de punta. A John también.

—Más tarde iré a ver al chico.

Mary y Beth le dieron un último abrazo a Phury; luego él y Butch se dirigieron a las escaleras. Z los siguió.

—¿Zsadist?

Z miró por encima del hombro al oír la voz de Beth. Estaba de pie, con los brazos sobre el pecho, y Mary estaba a su lado, con una actitud igual de tensa.

—Nos alegra que hayas regresado —dijo la reina.

Z frunció el ceño, pues sabía que eso no podía ser cierto. No podía creer que a ellas les gustara la idea de tenerlo cerca.

Luego Mary dijo:

—Encendí una vela por ti. Y recé para que regresaras a casa sano y salvo.

Una vela... ¿por él? ¿Sólo por él? Cuando sintió que se ponía colorado, le pareció ridículo concederle tanto significado a un acto de amabilidad.

—Gracias. —Les hizo una venia y luego subió corriendo las escaleras, seguro de estar rojo como un rubí. ¡Bueno! Tal vez algún día aprendería a relacionarse con los demás de una forma natural y todo eso... Algún día.

Pero cuando entró en el estudio de Wrath y sintió los ojos de todos sus hermanos sobre él, pensó: «Tal vez no». No podía soportar el escrutinio; era demasiado, aún estaba muy débil. Cuando sintió que las manos le empezaron a temblar, se las metió entre los bolsillos y se dirigió a su rincón de siempre, lejos de los demás.

—No quiero que nadie salga de cacería esta noche —anunció Wrath—. Estamos demasiado alterados para ser eficaces. Y quiero que todos estéis de vuelta a las cuatro de la mañana. Al amanecer, tendremos una ceremonia de duelo por Wellsie, que durará todo el día, así que os quiero bien alimentados e hidratados. En cuanto a la ceremonia de despedida, no podemos hacerla sin que esté presente Tohr, de manera que tendrá que esperar hasta que él aparezca.

—No puedo creer que nadie sepa adónde fue —dijo Phury.

Vishous encendió un cigarro.

—He ido a su casa todas las noches y todavía no hay rastro de él. Sus criados no lo han visto ni han tenido noticias suyas.

Dejó sus dagas. Sus armas. Su ropa. Los coches. Podría estar en cualquier parte.

—¿Qué pasa con el entrenamiento? —preguntó Phury—. ¿Lo seguimos haciendo?

Wrath negó con la cabeza.

—Me gustaría, pero estamos cortos de personal y no quiero recargarte de trabajo. Necesitas tiempo para recuperarte...

—Yo podría ayudar —dijo Zsadist.

Todas las cabezas se volvieron en su dirección; la expresión de incredulidad de todos habría sido motivo de risa, si no hubiese sido tan incómoda.

Zsadist se aclaró la garganta.

—Quiero decir que Phury estaría a cargo y él tendría que hacer la parte de las clases teóricas, porque yo no sé leer. Pero soy bueno con un cuchillo, vosotros lo sabéis. También con los puños, las armas, los explosivos. Yo podría ayudar con el entrenamiento físico y la parte de las armas. —Al ver que no había ninguna respuesta, bajó la mirada—. Bueno, o tal vez no. Da igual. Cualquier cosa que digáis me parecerá bien.

El silencio que siguió a sus palabras hizo que se sintiera horriblemente inquieto. Movió las piernas. Miró de reojo la puerta.

«¡A la mierda!», pensó. Debía haberse quedado callado.

—Creo que eso sería genial —dijo Wrath lentamente—. Pero ¿estás seguro de que es lo que quieres hacer?

Z se encogió de hombros.

—Puedo intentarlo.

Más silencio.

—Está bien... que así sea. Y gracias por echarnos una mano.

—Claro. Con gusto.

Cuando la reunión se terminó, media hora después, Z fue el primero en salir del estudio. No quería hablar con los hermanos sobre lo que se había ofrecido a hacer o cómo se sentía. Sabía que todos tenían curiosidad por saber qué le pasaba y probablemente querrían buscar señales de la redención que había experimentado o algo así.

Fue a su habitación y tomó sus armas. Tenía una dura tarea, una larga y dura tarea, y quería que todo acabara cuanto antes.

Pero cuando fue al gabinete donde guardaba las armas, sus ojos alcanzaron a ver la bata negra de satén que Bella tanto había usado. Hacía unos días la había arrojado a la papelera del baño, pero obviamente Fritz la había recogido y la había vuelto a colgar. Z se inclinó y la tocó, luego la descolgó del gancho, se la envolvió en el brazo y acarició la suave tela. Se la llevó a la nariz, respiró hondo y sintió no sólo el aroma de Bella sino el olor de su propio deseo por ella.

Estaba a punto de volver a colgarla, cuando vio algo que brillaba y que cayó a sus pies. Se agachó. Era la gargantilla de Bella.

Jugó con ella un rato, contemplando la fragilidad de la cadena y la forma en que brillaban los diamantes; luego se la puso y sacó sus armas. Cuando volvió a salir a la habitación, tenía el propósito de marcharse enseguida, pero su mirada se cruzó de pronto con la calavera de su dueña, que todavía estaba puesta junto al jergón.

Atravesó la habitación, se arrodilló frente a la calavera y se quedó mirando las órbitas vacías de los ojos.

Un momento después fue al baño, agarró una toalla y regresó donde estaba la calavera. La envolvió en la toalla, la recogió y salió rápidamente, casi corriendo por el pasillo de las estatuas. Bajó las escaleras hasta el primer piso, atravesó el comedor, entró por la puerta de servicio y cruzó la cocina.

Las escaleras hacia el sótano estaban al fondo y Zsadist no encendió la luz cuando bajó. Mientras descendía, el rugido de la vieja caldera de carbón de la mansión se fue haciendo más fuerte.

Al acercarse a la inmensa bestia de hierro, Zsadist sintió el calor, como si la caldera estuviera viva. Se inclinó y miró por la ventanita de vidrio del horno. Llamas anaranjadas lamían y roían los carbones que les habían arrojado, siempre con deseos de más. Quitó la tranca, abrió la puerta y sintió el golpe de calor en la cara. Sin vacilar ni un segundo, arrojó la calavera envuelta en la toalla.

Zsadist no se quedó a ver cómo se quemaba, sino que dio media vuelta y regresó arriba.

Al llegar al vestíbulo, se detuvo y luego subió al segundo piso. Una vez en la parte superior de las escaleras, tomó a mano derecha por el corredor y golpeó en una de las puertas.

Rhage abrió. Tenía una toalla alrededor de la cintura y pareció sorprenderse al ver de quién se trataba.

—Hola, hermano.

—¿Puedo hablar con Mary un segundo?

Hollywood frunció el ceño, pero dijo por encima del hombro:

—Mary, Z quiere verte.

Mary se estaba cerrando la bata y atándose el cinturón, y haciéndolo se acercó a la puerta.

—Hola.

—¿Te molesta que hable con ella en privado? —dijo Z, mientras miraba a Rhage.

Cuando vio que el hermano arrugaba la frente, Z pensó: «Claro que le molesta, a ningún hombre le gusta que su compañera esté a solas con otro. Especialmente si ese otro hombre soy yo».

Z se pasó la mano por la calva.

—Hablaremos aquí en el pasillo. No tardaré.

Mary se interpuso entre ellos y empujó a su hellren para que entrara a la habitación.

—Está bien, Rhage. Ve y termina de llenar la bañera.

Los ojos de Rhage brillaron cuando su instinto animal se unió a la reacción del macho. Hubo una tensa pausa y luego Mary recibió un sonoro beso en la garganta y la puerta se cerró.

—¿Qué sucede? —preguntó Mary. Z podía sentir que le tenía miedo, pero de todas maneras lo miró a los ojos.

Ella siempre le había gustado, pensó.

—Creo que antes eras maestra de niños autistas.

—Ah... sí, así es.

—¿Eran muy lentos para aprender?

Mary frunció el ceño.

—Bueno, sí. A veces.

—Y eso... —Se aclaró la garganta—. ¿Eso te enervaba? Quiero decir, ¿ellos te hacían sentirte frustrada?

—No. Si alguna vez me sentía decepcionada era conmigo misma, por no encontrar la manera correcta de enseñarles.

Zsadist asintió con la cabeza, no se atrevía a mirar a Mary a los ojos y centró toda su atención en la puerta, que estaba a espaldas de la muchacha.

—¿Por qué lo preguntas, Zsadist?

Z respiró hondo y luego se lanzó a la piscina. Cuando terminó de hablar, se arriesgó a mirarla.

Mary tenía una mano sobre la boca y sus ojos expresaban tanta ternura que Z pensó que eran como la luz del sol.

—Ay, Zsadist, sí... Sí, lo haré.

* * *

Phury sacudió la cabeza cuando se subió al Escalade.

—Tiene que ser ZeroSum.

Necesitaba ir allí esa noche.

—Me lo imaginaba —dijo V, mientras se sentaba detrás del volante; Butch se sentó en la parte de atrás de la camioneta.

Durante el trayecto hasta la ciudad, los tres guardaron silencio absoluto. Ni siquiera pusieron música.

«Tantas muertes, tantas pérdidas», pensó Phury. Wellsie. Esa jovencita, Sarelle, cuyo cuerpo había sido entregado a sus padres por V.

Y la desaparición de Tohr también era como una muerte. Al igual que la de Bella.

Todo ese sufrimiento le hizo pensar en Z. Quería creer que Zsadist estaba en proceso de recuperarse o algo parecido. Pero la idea de que ese hombre se convirtiera en alguien totalmente distinto no tenía ningún fundamento. Su hermano no tardaría en volver a sentir esa absurda necesidad de rodearse de dolor, y cuando eso ocurriera todo volvería a comenzar.

Phury se restregó la cara. Esta noche se sentía como si tuviera mil años, sin duda, pero también estaba agitado e inquieto... Se sentía traumatizado interiormente, aunque su piel ya había sanado. Sencillamente no podía aguantar más. Necesitaba ayuda.

Veinte minutos después, Vishous se detuvo frente a la parte trasera de ZeroSum y aparcó la camioneta en un lugar prohibido. Los vigilantes los dejaron pasar enseguida y los tres se dirigieron al salón VIP. Phury pidió un martini y, cuando se lo llevaron, se lo bebió de un solo trago.

Ayuda. Necesitaba ayuda. Necesitaba una ayuda de doble efecto... o iba a explotar.

—Si me disculpáis... —murmuró y se dirigió al fondo, a la oficina del Reverendo. Los dos guardaespaldas lo saludaron con un movimiento de cabeza y uno se llevó el reloj a la boca y dijo algo. Un segundo después le dieron permiso para seguir.

Phury entró a la cueva y fijó la vista en el Reverendo. El vampiro estaba sentado detrás de su escritorio, vestido con un elegante traje de rayas y parecía más un hombre de negocios que un vendedor de drogas.

El Reverendo soltó una risita.

—¿Dónde demonios está toda esa hermosa melena?

Phury miró hacia atrás para asegurarse de que la puerta estaba cerrada. Luego sacó tres billetes de cien.

—Quiero un poco de H.

El Reverendo entornó sus ojos color violeta.

—¿Qué has dicho?

—Heroína.

—¿Estás seguro?

«No», pensó Phury.

—Sí —dijo.

El Reverendo se pasó la mano por la cabeza. Luego se inclinó hacia delante y apretó un botón del intercomunicador.

—Ralley, quiero que me subas trescientos de Reina. Asegúrate de que sea de grano fino. —El Reverendo se recostó contra la silla—. Para serte franco, no creo que debas llevarte a casa esa clase de mercancía. No necesitas esa mierda.

—No es que me importe tu opinión, pero dijiste que debería probar algo más fuerte.

—Retiro el comentario.

—Creí que los symphaths no tenían conciencia.

—También soy hijo de mi madre. Así que tengo un poco de conciencia.

—¡Qué suerte tienes!

El Reverendo clavó la barbilla en el pecho y sus ojos de color púrpura brillaron por un segundo de manera maléfica. Luego sonrió.

—No... los afortunados sois todos vosotros.

Rally llegó un momento después y la transacción se hizo sin problemas. El paquete cabía perfectamente en el bolsillo interior de la chaqueta de Phury.

Cuando salía, el Reverendo dijo:

—Eso que llevas ahí es de una pureza absoluta. Letalmente pura. Puedes regar un poco en el porro o derretirla e inyectártela. Pero te doy un consejo. Será más seguro para ti que te la fumes. Así tendrás más control sobre la dosis.

—Estás muy familiarizado con tus productos.

—Ah, nunca uso ninguno de esos tóxicos. Eso te mata. Pero la gente me cuenta qué es lo que funciona mejor y qué es lo que te manda a la morgue.

El significado de lo que estaba haciendo lo hizo estremecerse y sintió un desagradable cosquilleo por toda la piel. Pero cuando regresó a la mesa de la Hermandad, estaba impaciente por volver a casa. Quería doparse totalmente. Quería sentir el adormecimiento profundo que había oído que producía la heroína. Y sabía que había comprado suficiente droga como para visitar el infierno celestial por lo menos un par de veces.

—¿Qué te sucede? —le preguntó Butch—. Estás muy inquieto esta noche.

—Nada. —Metió la mano entre el bolsillo interior y palpó lo que había comprado, y comenzó a mover el pie por debajo de la mesa.

«Soy un adicto», pensó.

Pero ya no le importaba. La muerte lo rodeaba por todas partes, el hedor del dolor y el fracaso contaminaba el aire que respiraba. Necesitaba bajarse de ese tren infernal por un rato, incluso si eso significaba montarse en otra bestia salvaje.

Por fortuna, o tal vez infortunadamente, Butch y V no se entretuvieron mucho en el club y todos regresaron a casa un poco después de la medianoche. Cuando entraron al vestíbulo, Phury estaba impaciente y sentía una especie de rubor que le estallaba por debajo de la ropa. No podía esperar más para estar solo.

—¿Quieres comer algo? —dijo Vishous, y bostezó.

—Por supuesto —dijo Butch. Luego miró de reojo a Phury, mientras V se dirigía a la cocina—. Phury, ¿quieres comer algo con nosotros?

—No, nos vemos más tarde. —Phury puso el primer pie en las escaleras, y pudo sentir que Butch no le quitaba los ojos de encima.

—Oye, Phury —le dijo Butch.

Phury soltó una maldición y miró por encima del hombro. Se sintió todavía más paranoico cuando vio la mirada intensa del policía.

«Butch lo sabe», pensó. De alguna manera, el humano sabía lo que él iba a hacer.

—¿Estás seguro de que no quieres comer con nosotros? —dijo el humano con voz neutra.

Phury ni siquiera tuvo que pensar. O tal vez se negó a permitirse esa veleidad.

—Sí, estoy seguro.

—Ten cuidado, amigo. Algunas cosas son muy difíciles de deshacer. Te lo dice un amigo.

Phury pensó en Z. En él mismo. En el miserable futuro que les esperaba y que no tenía ningún interés en disfrutar.

—¡Si lo sabré yo! —dijo, y se marchó.

Cuando llegó a su habitación, cerró la puerta y dejó la chaqueta de cuero sobre una silla. Sacó el paquete, tomó un poco de humo rojo y de papel de fumar y lió un porro. Ni siquiera pensó en la posibilidad de inyectarse. Eso ya se acercaba mucho al estatus de adicto.

Al menos por esta primera vez.

Humedeció el borde del papel y lo presionó con los dedos para cerrar bien el porro. Luego se dirigió a la cama y se acomodó sobre los almohadones. Tomó el mechero, lo prendió, de manera que la llama cobró vida, y se inclinó sobre el resplandor anaranjado, con el porro entre los labios.

Un golpe en la puerta le hizo perder la paciencia. ¡Maldito Butch!

Apagó el encendedor.

—¿Qué?

Al ver que no había respuesta, atravesó la habitación rápidamente y abrió la puerta.

John dio un paso atrás.

Phury respiró hondo. Luego volvió a tomar aire. Calma. Tenía que calmarse.

—¿Qué sucede, hijo? —preguntó, mientras acariciaba el porro con el índice.

John levantó su libreta, escribió unas cuantas palabras y le dio la vuelta al cuaderno.

—Siento molestarte. Necesito ayuda con mis posiciones de yudo y tú eres muy bueno para eso.

—Ah... sí, claro. Pero esta noche no, John. Lo siento. Estoy... ocupado.

El chico asintió con la cabeza y, después de una pausa, se despidió con un gesto de la mano y se marchó.

Phury cerró la puerta, le puso el seguro y regresó a su cama. Volvió a prender el encendedor, se puso el porro entre los labios...

Pero justo cuando la llama tocó la punta del porro, se quedó paralizado.

No podía respirar. No podía... Comenzó a jadear. Las palmas de las manos le empezaron a sudar, sintió gotas de sudor sobre el labio superior y en las axilas, y por todo el pecho.

¿Qué demonios estaba haciendo? ¿Qué carajo estaba haciendo?

Drogadicto... maldito drogadicto. Drogadicto de mala muerte... ¿Llevaba heroína a la casa del rey? ¿La preparaba en el complejo de la Hermandad? ¿Estaba intoxicándose porque era demasiado débil para enfrentarse a la realidad?

No, no lo haría. No deshonraría de esa manera a sus hermanos ni a su rey. Ya era suficientemente malo que se hubiera vuelto adicto al humo rojo. Pero ¿también a la heroína?

Temblando de pies a cabeza, Phury corrió al escritorio, tomó el paquete y entró en el baño. Arrojó a la taza el porro y toda la heroína y tiró de la cadena. Luego volvió a tirar de ella. Una y otra vez.

Salió a trompicones de su cuarto y cruzó el pasillo a paso rápido.

John estaba bajando las escaleras cuando Phury dobló la esquina y prácticamente se arrojó escaleras abajo. Agarró al chico y lo apretó entre sus brazos con tanta fuerza que casi le parte los huesos.

Apoyó la cabeza contra el hombro del chico y se estremeció.

—Ay, por Dios... ¡gracias! Gracias, gracias...

Unos frágiles brazos lo rodearon y le dieron unas palmaditas en la espalda.

Phury se separó finalmente de John, y tuvo que secarse los ojos.

—Creo que ésta es una noche estupenda para trabajar en tus posiciones. Sí. Y en realidad es un buen momento para mí. Vamos.

El chico lo miró, y de repente pareció que esos ojos supieran muchas cosas. Fue una sensación muy extraña y luego la boca de John moduló algo lentamente, formando palabras que se entendían perfectamente, aunque no tenían sonido.

—Estás en una prisión que no tiene barrotes. Me preocupas mucho.

Phury parpadeó, atrapado en una extraña urdimbre del tiempo. Alguien más le había dicho eso mismo... el verano pasado.

La puerta del vestíbulo se abrió, rompiendo la magia del momento. Phury y John miraron, sobresaltados por el ruido. Era Zsadist.

—Ah, hola, Phury. John.

Phury se rascó la nuca, tratando de regresar de ese extraño *déjà vu* que acababa de tener con John.

—Hola, Z, ¿de dónde vienes?

—De un pequeño viaje. Un viaje muy largo. ¿Qué hacéis vosotros por aquí?

—Íbamos a practicar las posiciones de John en el gimnasio.

Z cerró la puerta.

—Os acompaño. O... tal vez debería plantearlo de otro modo. ¿Puedo acompañaros?

Phury no supo qué contestar, sólo se quedó mirando fijamente a su hermano. John pareció igual de sorprendido, pero al menos tuvo el acierto de asentir con la cabeza.

Phury parpadeó, tratando de concentrarse.

—Sí, claro, hermano. Ven con nosotros. Tú siempre... eres bienvenido.

Zsadist atravesó el suelo de mosaico.

—Gracias. Muchas gracias.

Enseguida los tres se dirigieron al pasaje subterráneo.

Mientras caminaban hacia el centro de entrenamiento, Phury miró de reojo a John y pensó que, en ocasiones, sólo se necesita un segundo para evitar un accidente mortal.

A veces toda tu vida puede colgar de un hilo. O de una fracción de segundo. O de un golpe en la puerta.

Eso era lo que hacía que un hombre comenzara a creer en lo divino. Realmente así era.

Dos meses después...

B ella se materializó frente a la mansión de la Hermandad y levantó la vista para contemplar la austera fachada gris. Pensaba que nunca iba a regresar. Pero el destino tenía otros planes para ella.

Abrió la puerta exterior y entró en el vestíbulo. Cuando oprimió el botón del intercomunicador y puso la cara frente a la cámara, se sintió como si estuviera en medio de un sueño.

Fritz abrió las puertas de par en par, le hizo una reverencia y le dedicó una sonrisa.

—¡Señorita! ¡Qué alegría verla!

—Hola. —Bella entró y negó con la cabeza cuando Fritz trató de quitarle el abrigo—. No voy a quedarme mucho tiempo. He venido a hablar un momento con Zsadist. Será sólo un minuto.

—Por supuesto. El señor está por aquí. Tenga la bondad de seguirme. —Fritz la condujo a través del vestíbulo mientras le hablaba alegremente, contándole cosas, como lo que habían hecho en Año Nuevo.

El doggen se detuvo antes de abrir la puerta de la biblioteca.

—Le ruego que me perdone, señorita, pero usted parece estar... ¿Le importaría anunciarse usted misma... cuando esté lista?

—Ay, Fritz, usted me conoce muy bien. Es verdad, necesito un momento.

Fritz asintió con la cabeza, sonrió y desapareció.

Bella tomó aire y aguzó el oído para escuchar los ruidos de la casa. Se oían algunas voces amortiguadas y pasos fuertes, que parecían ser de los hermanos. Bella miró el reloj. Eran las siete de la tarde. Debían de estar preparándose para salir.

Se preguntó cómo estaría Phury. Y si Tohr ya habría regresado. Y cómo estaría John.

Demorando... Estaba demorando lo que había ido a hacer.

«Ahora o nunca», pensó y giró el picaporte de bronce. La puerta se abrió lentamente, sin hacer ruido.

Bella contuvo la respiración, mientras se asomaba a la biblioteca.

Zsadist estaba sentado frente a una mesa, inclinado sobre una hoja de papel, y su puño gigantesco sujetaba un fino lápiz. Mary estaba a su lado y entre los dos había un libro abierto.

—Recuerda que delante de a, o, u, la g suena distinto que delante de la e y la i —dijo Mary y señaló el libro—. Mira, por ejemplo, cómo suena en gato o gorro y cómo suena en genio o gigante. Inténtalo otra vez.

Zsadist se pasó una mano por la cabeza rapada. Luego dijo algo en voz baja, que Bella no alcanzó a oír, y volvió a mover el lápiz sobre el papel.

—¡Bien! —Mary le puso una mano en el brazo—. ¡Ya lo has aprendido!

Zsadist levantó la vista y sonrió. Luego giró la cabeza hacia donde estaba Bella y se quedó paralizado.

«¡Ay, Santa Virgen del Ocaso!», pensó Bella, mientras lo contemplaba. Todavía lo amaba. Lo sintió en las entrañas...

Pero... ¿Qué era... eso? ¿Qué ocurría? La cara de Zsadist parecía distinta. Algo había cambiado. No era la cicatriz, era otra cosa.

—Lamento interrumpir —dijo Bella—. Me preguntaba si podía hablar con Zsadist.

Bella apenas se dio cuenta de que Mary se levantó enseguida y se le acercó. Se abrazaron y luego salió y cerró la puerta.

—Hola —dijo Zsadist. Luego se levantó lentamente de la silla.

Bella puso los ojos como platos y retrocedió un poco.

—¡Por Dios! Pareces otro...

Zsadist se llevó una mano al pecho.

—Ah... sí, he engordado como cuarenta kilos. Havers... Havers dice que probablemente ya no voy a ganar más peso. Ahora estoy en unos ciento treinta.

Entonces a eso se debía el cambio en su cara. Ya no tenía las mejillas chupadas, ni los rasgos tan afilados; y sus ojos ya no estaban hundidos. Estaba... guapo. Y mucho más parecido a Phury.

Zsadist se aclaró la garganta con nerviosismo.

—Sí... Rhage y yo... hemos estado comiendo juntos.

¡Por Dios, eso parecía! El cuerpo de este Zsadist no tenía nada que ver con lo que ella recordaba. Tenía unos hombros inmensos y cubiertos de músculos que se dibujaban claramente debajo de la camiseta

—También se nota que has estado alimentándote de la vena —murmuró Bella y enseguida quiso retirar sus palabras. Al igual que el tono de censura con que las dijo.

No era de su incumbencia quién lo había estado alimentando, aunque, no podía evitarlo, le dolía imaginárselo usando la vena de otra hembra de la especie... Y seguramente así debía de ser, porque la sangre humana no podía haber producido semejante mejoría.

Zsadist dejó caer la mano.

—Rhage siempre usa a una de las Elegidas, pues no puede alimentarse de la sangre de Mary. Yo también me he estado alimentando de las Elegidas. —Hubo una pausa—. Tú tienes muy buen aspecto.

—Gracias.

Otra larga pausa.

—Mmmm... Bella, ¿qué te trae por aquí? No es que me moleste...

—Tengo que hablar contigo.

Zsadist no supo qué decir ante eso.

—¿Qué estás haciendo? —preguntó Bella y señaló los papeles que había sobre el escritorio. Eso tampoco era de su incumbencia, pero no se le ocurría nada que decir. No sabía por dónde comenzar. Estaba perdida.

—Estoy aprendiendo a leer.

A Bella le brillaron los ojos.

—¡Caramba! Y ¿cómo vas?

—Bien. Lento, pero estoy trabajando duro. —Zsadist miró los papeles de reojo—. Mary tiene mucha paciencia conmigo.

Silencio. Un largo silencio. ¡Por Dios, ahora que estaba frente a él, sencillamente no podía encontrar las palabras!

—El otro día fui a Charleston —dijo Zsadist.

—¿Qué? —¿Él había ido a verla?

—No fue fácil encontrarte, pero lo hice. En cuanto salí de la clínica, la primera noche.

—No me enteré.

—No quería que lo hicieras.

—Ah. —Bella suspiró, mientras un extraño dolor parecía danzar debajo de su piel. «Hora de saltar del abismo», pensó—. Escucha, Zsadist, he venido a decirte que...

—No quería verte hasta que terminara. —Cuando los ojos amarillos de Zsadist la miraron, algo pareció cambiar en el aire que los rodeaba.

—Hasta que terminaras ¿qué? —susurró ella.

Zsadist bajó la vista hacia el lápiz que tenía en la mano.

—Mi cambio.

Bella sacudió la cabeza.

—Lo siento. No entiendo...

—Quería devolverte esto. —Zsadist sacó la gargantilla del bolsillo—. Iba a devolvértela esa primera noche, pero luego pensé que... Bueno, en todo caso, la usé hasta que ya no me la pude abrochar, y ahora simplemente la llevo en el bolsillo.

Bella dejó escapar todo el aire que tenía en los pulmones. Zsadist comenzó a rascarse la cabeza.

—La gargantilla era una buena excusa —murmuró Zsadist.

—¿Para qué?

—Pensé que tal vez podía ir a Charleston y presentarme en tu puerta para devolvértela y quizás... tú podrías invitarme a pasar. O algo así. Me preocupaba que alguien te estuviera cortejando, así que he tratado de ir lo más rápido posible. Me refiero a que pensé que tal vez si aprendía a leer y me cuidaba mejor y trataba de dejar de ser un maldito miserable... —Zsadist sacudió la cabeza—. Pero no me malinterpretes. No es que esperara que te alegraras de verme. Sólo esperaba que... tú sabes... que tomaras un café conmigo. Un té. Que habláramos un rato. O algo así. Amigos, tal vez. Sólo que si ya tenías un pretendiente, él no lo permitiría. Así que, sí, ésa es la razón por la que he intentado darme mucha prisa...

Zsadsit levantó sus ojos amarillos hacia ella. Estaba haciendo una mueca curiosa, como si tuviera miedo de lo que pudiera ver en la cara de Bella.

—¿Amigos? —dijo Bella.

—Sí... Me refiero a que nunca te faltaría al respeto pidiéndote que fuéramos otra cosa. Sé que tú lamentas... En todo caso, sencillamente no podía dejarte ir sin... Sí, por eso... amigos.

Zsadist la había ido a buscar...

—Yo... ¿Qué es lo que estás diciendo, Zsadist? —preguntó Bella tartamudeando, aunque había oído cada palabra perfectamente.

Zsadist volvió a mirar el lápiz que tenía en la mano. Pasó la página del cuaderno de espiral que tenía encima de la mesa, se agachó y escribió lentamente algo en la página en blanco. Luego arrancó la hoja.

La mano le temblaba cuando se la pasó.

—Está un poco emborronado.

Bella tomó el papel. En letras mayúsculas un poco inseguras, como las de un niño, había escritas dos palabras:

TE AMO

Bella apretó los labios y sintió que los ojos le ardían. Luego las palabras se volvieron borrosas y desaparecieron de su vista.

—Tal vez no se entiende —dijo él en voz baja—. Puedo volver a hacerlo.

Bella negó con la cabeza.

—Lo he entendido perfectamente. Es... hermoso.

—No espero nada a cambio. Quiero decir que... sé que tú... ya no... sientes lo mismo por mí. Pero quería que lo supieras.

Es importante que lo sepas. Y si hay alguna posibilidad de que podamos estar juntos... no puedo dejar mi trabajo en la Hermandad, pero puedo prometerte que me cuidaré mucho más... —Zsadist frunció el ceño y dejó de hablar—. Mierda. ¿Qué estoy diciendo? Me había prometido no ponerte en esta situación.

Bella apretó la hoja de papel contra su pecho y luego se abalanzó sobre Zsadist, golpeándolo con tanta fuerza que se tambaleó. Cuando él la rodeó con sus brazos de manera vacilante, como si en realidad no entendiera qué era lo que estaba haciendo o por qué, Bella comenzó a llorar.

Mientras se preparaba para ese encuentro, nunca había considerado la posibilidad de que ellos dos pudieran tener algún tipo de futuro.

Cuando él le levantó la cara y la miró, Bella trató de sonreír, pero se sentía tan eufórica que no pudo controlarse.

—No quería hacerte llorar...

—Ay, por Dios... Zsadist, yo también te amo.

—¿Qué...?

—Te amo.

—Dilo otra vez.

—Te amo.

—Otra vez... por favor —susurró—. Necesito oírlo... otra vez.

—Yo te amo...

La reacción de Zsadsit fue comenzar a rezarle a la Virgen Escribana en lengua antigua.

Abrazado a Bella y con la cara hundida en su pelo, Zsadist dio gracias con tanta elocuencia que ella comenzó a llorar otra vez.

Cuando recitó la última estrofa de la plegaria, Zsadist dijo:

—Hasta que tú me encontraste, estaba muerto aunque respiraba. Estaba ciego, aunque podía ver. Y luego tú llegaste... y desperté.

Bella le acarició la cara. Zsadist se le fue acercando a cámara lenta, apoyó sus labios sobre los de ella y le dio el más dulce de los besos.

Bella pensó en la ternura de ese beso. A pesar de lo grande y poderoso que era, la había besado... con la mayor dulzura.

Luego él dio un paso atrás.

—Pero, espera, ¿por qué estás aquí? Quiero decir, me alegra que...

—Estoy esperando un hijo tuyo.

Zsadsit frunció el ceño. Abrió la boca. La cerró y sacudió la cabeza.

—Perdona... ¿qué has dicho?

—Estoy esperando un hijo tuyo. —Esta vez Zsadist se quedó totalmente inmóvil y callado—. Vas a ser padre. —Nada todavía—. Estoy embarazada.

Bueno, Bella ya no sabía cómo decírselo. ¿Qué pasaría si él no deseaba tener hijos?

Zsadist comenzó a tambalearse y se puso pálido.

—¿Llevas en tu vientre a mi hijo?

—Sí. Yo...

De repente él la agarró de los brazos con fuerza.

—¿Estás bien? ¿Havers dijo que estabas bien?

—De momento, sí. Soy un poco joven, pero tal vez eso pueda ser una ventaja cuando llegue el momento de dar a luz. Havers dice que el bebé está bien y que puedo seguir haciendo mi vida normal... Bueno, salvo que no debo desmaterializarme después del sexto mes. Y, ah... —Se sonrojó... se puso completamente roja—. Que no podré tener relaciones sexuales o alimentarme de la vena después del mes catorce y hasta que el niño nazca. Lo cual será alrededor del mes dieciocho.

Cuando el doctor le hizo esas advertencias, Bella pensó que no tendría que preocuparse por ninguna de esas dos cosas. Pero tal vez ahora...

Zsadist estaba asintiendo con la cabeza, pero realmente no parecía muy contento.

—Yo puedo cuidarte.

—Sé que lo harás. Y que me mantendrás a salvo. —Bella dijo esto último porque sabía que era algo que a él le preocupaba.

—¿Te quedarás aquí conmigo?

Bella sonrió.

—Me encantaría.

—¿Te casarás conmigo?

—¿Es una propuesta de matrimonio?

—Sí.

Pero Zsadsit estaba cada vez más pálido. O más exactamente, se había puesto literalmente verde, del mismo color que un helado de menta. Y esa manera de hablar, como un poco mecánica, ya la estaba empezando a asustar.

—Zsadist... ¿de verdad quieres hacerlo? Quiero decir... no tienes que casarte conmigo, si no...

—¿Dónde está tu hermano?

La pregunta la sorprendió.

—¿Rehvenge? Ah... en casa, supongo.

—Vamos a hablar con él. Ahora mismo. —Zsadist la agarró de la mano y la arrastró hasta el vestíbulo.

—Zsadist...

—Le pediremos su consentimiento y nos casaremos esta noche. E iremos en el coche de V. No quiero que vuelvas a desmaterializarte.

Zsadist tiraba de ella con tanto ímpetu que Bella tuvo que correr.

—Espera, Havers dijo que podía hacerlo hasta el mes...

—No quiero correr riesgos.

—Zsadsit, eso no es necesario.

De repente paró.

—¿Estás segura de que quieres tener a mi hijo?

—Ah, sí. ¡Ay, Virgen Santa, claro que sí! Y ahora todavía más... —Bella le sonrió, le agarró la mano y se la puso sobre el vientre—. Vas a ser un padre maravilloso.

Y fue en ese momento cuando Zsadist cayó desmayado.

* * *

Zsadist abrió los ojos y vio a Bella mirándolo desde arriba, con el rostro iluminado por el amor. Alrededor había otros habitantes de la casa, pero él sólo la vio a ella.

—Hola —dijo ella suavemente.

Zsadist estiró la mano y le acarició la cara. No iba a llorar. No iba a...

¡Oh! ¿Y por qué no?

Zsadist le sonrió, mientras las lágrimas resbalaban por sus mejillas.

—Espero que... Espero que sea una niña y que se parezca a...

La voz se le quebró y, luego, comenzó a llorar abiertamente, como un completo afeminado. Delante de todos los hermanos. Y de Butch. Y de Beth. Y de Mary. Bella debía de estar aterrada por su debilidad, pero no podía evitarlo. Era la primera vez en toda su vida que se sentía... afortunado. Bendecido. Privilegiado. Ese momento, ese perfecto y resplandeciente fragmento del tiempo, ese sublime instante, mientras yacía de espaldas sobre el suelo del vestíbulo, rodeado de su amada Bella y el bebé que estaba esperando y toda la Hermandad... era el día más feliz de su vida.

Cuando Zsadist paró sus patéticos sollozos, Rhage se arrodilló con una sonrisa tan amplia que parecía que sus mejillas fueran a estallar.

—Bajamos corriendo cuando sentimos el golpe de tu cabeza contra el suelo. Ten cuidado, papi. ¿Me dejarás que le enseñe a pelear al chiquitín?

Hollywood le tendió la mano y, cuando Zsadist la agarró para levantarse, Wrath también se acercó.

—¡Felicidades, hermano mío! Que la Virgen os bendiga a ti, a tu shellan y a tu hijo.

Cuando Vishous y Butch se acercaron a felicitarlo, Z ya estaba sentado. Secándose las lágrimas. ¡Por Dios, había llorado como un verdadero marica! ¡Mierda! Por fortuna, eso no parecía importarle a nadie.

Respiró hondo y miró a su alrededor buscando a Phury... y ahí estaba su gemelo.

En los dos meses que habían transcurrido desde el encuentro entre Phury y ese restrictor, el pelo le había crecido hasta la altura de la mandíbula y la cicatriz que él mismo se había hecho en la cara ya había desaparecido totalmente. Pero sus ojos seguían estando opacos y tristes. Y ahora parecían más tristes.

Phury se acercó y todos guardaron silencio.

—Me encanta la idea de ser tío —dijo en voz baja—. Estoy muy feliz por ti, Z. Por ti también... Bella.

Zsadist le estrechó la mano y se la apretó con tanta fuerza que pudo sentir los huesos de su gemelo.

—Serás un tío excelente.

—¿Y tal vez el whard? —sugirió Bella.

Phury asintió con la cabeza.

—Me sentiré honrado de ser el whard del pequeño.

Fritz entró con una bandeja de plata llena de elegantes copas de cristal. El doggen estaba radiante y completamente feliz.

—Para celebrar la ocasión.

Enseguida se oyeron distintas voces y risas, y el ruido de copas que pasaban de mano en mano. Zsadist miró a Bella, y en ese momento alguien le puso una copa en la mano.

«Te amo», moduló con los labios. Ella le sonrió y le puso algo en la mano. La gargantilla.

—Llévala siempre contigo —susurró—. Te traerá suerte.

Zsadist le besó la mano.

—Siempre.

De repente Wrath se irguió y exhibió su imponente estatura, mientras levantaba la copa de champán y echaba la cabeza hacia atrás. Luego gritó con una voz tan fuerte y resonante que uno podría jurar que las paredes de la mansión se estremecieron.

—¡Por el pequeño!

Todos se pusieron de pie, levantaron sus copas y gritaron con todas sus fuerzas:

—¡Por el pequeño!

Ah, sí... Con seguridad el coro de sus voces era lo suficientemente poderoso como para llegar hasta los santos oídos de la Virgen Escribana. Que era lo que la tradición exigía.

«¡Qué maravilloso brindis!», pensó Z, mientras abrazaba a Bella para besarla en la boca.

—¡Por el pequeño! —volvieron a gritar todos los habitantes de la casa.

—Por ti —dijo Zsadist contra los labios de Bella—. Nalla.

Sí, bueno, habría sido mejor que no me desmayara —murmuró Z, al tiempo que enfilaba la entrada hacia la casa de seguridad en que vivía la familia de Bella—. Y que no me pusiera a llorar como una niña. Definitivamente eso fue lo peor. ¡Dios!

—Creo que todo eso fue muy tierno.

Zsadist soltó un gruñido y apagó el motor, se palpó la SIG Sauer y dio la vuelta para ayudarla a bajar de la camioneta. ¡Maldición! Ella ya tenía la puerta abierta y se estaba bajando en medio de la nieve.

—Espérame —refunfuñó Zsadsit, y la agarró del brazo.

Bella le clavó la mirada y dijo:

—Zsadist, si sigues tratándome como si fuera de cristal durante los próximos dieciséis meses, voy a volverme loca.

—Escucha, mujer, no quiero que te resbales en el hielo. Llevas tacones altos.

—¡Ay, por el amor de Dios...!

Zsadist cerró la puerta del coche, le dio un beso rápido y luego le pasó el brazo alrededor de la cintura y la condujo hasta la entrada de una enorme casa, soberbia construcción de estilo Tudor. Inspeccionó el jardín cubierto de nieve, mientras mantenía el dedo en el gatillo.

—Zsadist, quiero que guardes el arma antes de que te presente a mi hermano.

—No hay problema. En ese momento ya estaremos dentro de la casa.

—Aquí no nos va a pasar nada. Estamos en medio de la nada.

—Si crees que voy a correr el más mínimo riesgo contigo y mi hijo, estás loca.

Zsadist sabía que estaba exagerando, pero no podía evitarlo. Era un hombre enamorado. Y estaba con su mujer embarazada. Había pocas cosas más agresivas o peligrosas sobre la tierra. Se les llamaba huracanes, terremotos y tornados.

Bella no discutió con él. En lugar de eso sonrió y puso su mano encima de la de Zsadist.

—Supongo que uno debe tener cuidado con lo que desea.

—¿A qué te refieres? —Zsadist la puso delante de él cuando llegaron a la puerta, para protegerla con su cuerpo. No le gustaba la luz del porche porque los hacía demasiado visibles.

La apagó con la fuerza de su mente, y ella se rió.

—Siempre quise que te portaras como un hombre enamorado.

Zsadist le besó el cuello.

—Bueno, se ha cumplido tu deseo. Estoy muy enamorado. Profundamente enamorado. Profunda, profunda, ultra...

Cuando se inclinó para tocar el aldabón de bronce, su cuerpo hizo contacto con el de ella. Bella dejó escapar un suave ronroneo y se restregó contra él. Zsadist se quedó tieso.

¡Ay, Dios! Ay... no. Enseguida tuvo una erección. Lo único que había necesitado era un pequeño roce y ya tenía una enorme e inquieta...

En ese momento se abrió la puerta. Zsadist esperaba encontrarse con un doggen, pero, en lugar de eso, al otro lado de la puerta había una mujer alta y esbelta, de pelo blanco, vestida con un largo traje negro y muchos diamantes encima.

¡Mierda! La madre de Bella. Z guardó el arma en la pistolera que llevaba en la parte inferior de la espalda y se aseguró de tener totalmente abrochada la chaqueta de doble abotonadura. Luego entrelazó las manos justo delante de su bragueta, para ocultar lo que le ocurría.

Se había vestido de la manera más conservadora posible, con el primer traje que se ponía en la vida. E incluso se había puesto un par de mocasines elegantes. Quería usar un jersey de cuello alto para cubrirse la banda de esclavo que tenía en la garganta, pero Bella se había opuesto y él supuso que tenía razón. No había necesidad de esconder su pasado. Además, sin importar cómo estuviera vestido, o que fuera miembro de la Hermandad, la glymera nunca lo aceptaría... y no sólo por haber sido usado como esclavo de sangre, sino por su apariencia.

Bella no necesitaba la bendición de la sociedad para nada y él tampoco. Aunque iba a tratar de representar su papel lo mejor posible ante la familia de Bella.

La embarazada avanzó.

—Mahmen.

Mientras Bella y su madre se abrazaban formalmente, Z entró en la casa, cerró la puerta y miró a su alrededor. Era una casa bastante elegante y lujosa, apropiada para la aristocracia, pero a él las cortinas y toda la decoración le importaban un comino. Lo que le pareció muy apropiado fue la seguridad de las ventanas, que funcionaba con pilas de litio. Y los receptores de rayos láser instalados en las puertas. Y los detectores de movimiento del techo. La casa había ganado muchos puntos ante él por eso.

Bella dio un paso atrás. Parecía un poco tiesa en presencia de su madre y Zsadist podía entender por qué. A juzgar por el vestido y todos los brillantes que exhibía, la mujer era una aristócrata de corazón. Y los aristócratas tendían a ser tan acogedores como una tormenta de nieve.

—Mahmen, éste es Zsadist. Mi compañero.

Z se preparó para recibir la mirada de la madre, que lo observó de pies a cabeza. Una vez. Dos... y, sí, una tercera vez.

¡Ay, Dios... iba a ser una velada realmente larga!

Luego se preguntó si la mujer también sabría que él había dejado embarazada a su hija.

La madre de Bella dio un paso adelante y Zsadist supuso que le tendería la mano, pero no lo hizo. En lugar de eso, los ojos se le llenaron de lágrimas.

¡Genial! Y ahora, ¿qué debía hacer?

La madre cayó a los pies de Zsadist y el sofisticado traje negro se arremolinó alrededor de sus elegantes mocasines.

—Guerrero, gracias. Muchas gracias por traer a casa a mi Bella.

Zsadist observó fijamente a la mujer durante un momento. Luego se inclinó y la levantó del suelo con suavidad. Mientras la ayudaba a levantarse, miró a Bella... que tenía una cara como la que la gente pone cuando ve un truco de magia. Un clamoroso «No puede ser», unido a una expresión de asombro.

Mientras su madre se alejaba y se secaba los ojos con cuidado, Bella se aclaró la garganta y preguntó:

—¿Y dónde está Rehvenge?

—Aquí estoy.

La voz procedía de una habitación a oscuras y Zsadist miró hacia la izquierda, cuando un vampiro gigantesco con un bastón...

¡Mierda! ¡Ay... mierda! Esto no podía estar pasando.

El Reverendo. El hermano de Bella era ese rudo vendedor de drogas, de ojos color violeta y peinado de penacho... que, de acuerdo con lo que había dicho Phury, era al menos medio symphath.

¡Todo era una verdadera pesadilla! La Hermandad debía expulsar al Reverendo de la ciudad, y él, en lugar de ayudar a sus hermanos, estaba intimando con el desgraciado y con toda su familia. Por Dios, ¿sabría Bella lo que era su hermano? Y no sólo que vendía drogas...

Z la miró de reojo. Probablemente no, fue el dictamen de sus instintos. Ninguna de las dos cosas.

—Rehvenge, éste es... Zsadist —dijo Bella.

Z volvió a mirar al vampiro. El par de ojos violeta lo miraban sin pestañear, pero debajo de esa aparente calma había una chispa del mismo tipo de nerviosismo que estaba sintiendo Z. ¡Mierda! ¿Cómo acabaría todo?

—¿Rehv? —murmuró Bella—. Mmm... ¿Zsadist?

El Reverendo sonrió con frialdad.

—Entonces, ahora que has dejado embarazada a mi hermana, ¿te vas a casar con ella? ¿O esto es sólo una visita social?

Las dos mujeres dejaron escapar una exclamación y Zsadist sintió que sus ojos se oscurecían. Mientras atraía abiertamente a Bella para que se quedara junto a él, sintió el impulso de enseñar los colmillos. Iba a hacer su mejor esfuerzo por no incomodar a nadie, pero si ese desgraciado volvía a soltar otra frase ofensiva, le arrastraría afuera y le golpearía hasta que se disculpara por ofender a las damas.

Se sintió muy orgulloso de sí mismo cuando sólo dejó escapar un siseo.

—Sí, me voy a casar con ella. Y si te dejas de bravuconadas, es posible que te invitemos a la ceremonia. Si no, te borraremos de la lista.

Al Reverendo le brillaron los ojos. Pero luego soltó una carcajada.

—Tranquilo, hermano. Sólo quería estar seguro de que vas a cuidar de mi hermana.

El vampiro le tendió la mano. Zsadist se la estrechó enseguida.

—Para ti, cuñado. Y claro que voy a cuidar de ella, no te preocupes.

EPÍLOGO

Veinte meses después...

Mierda... qué cansancio! Ese entrenamiento lo iba a matar. Claro que quería entrar en la Hermandad, o al menos ser uno de sus soldados, pero ¿cómo podía alguien sobrevivir a eso?

Cuando por fin se acabó el entrenamiento, el joven vampiro dejó caer los hombros porque la clase de combate cuerpo a cuerpo por fin había terminado. Pero no se atrevió a dar más muestras de debilidad.

Al igual que los demás estudiantes, le tenía pánico y mucho respeto a su maestro, un inmenso guerrero lleno de cicatrices, que era miembro de la Hermandad de la Daga Negra. Circulaban muchos rumores sobre él: que se comía a los restrictores después de matarlos; que asesinaba hembras por deporte; que esas cicatrices se las había hecho él mismo porque le gustaba sentir dolor...

Que mataba a los reclutas que cometían errores.

—Vayan a las duchas —dijo el guerrero y su voz retumbó en el gimnasio—. El autobús está esperándolos. Empezaremos de nuevo mañana, a las cuatro en punto. Así que duerman bien.

El candidato corrió con los demás a las duchas y se sintió aliviado cuando entró en el baño. ¡Dios... al menos los demás chicos de su clase estaban tan cansados y doloridos como él! En este momento se sentían como reses, de pie debajo del chorro de agua, sin poder apenas respirar, y totalmente exhaustos.

Gracias a la Virgen Escribana no tendría que regresar a esas malditas colchonetas azules hasta dentro de dieciséis horas.

Pero cuando se fue a vestir, se dio cuenta de que había olvidado su sudadera. Atravesó el pasillo con pasos rápidos y se deslizó de nuevo en el gimnasio...

El joven frenó en seco.

El maestro estaba al fondo, sin camisa, golpeando un saco de boxeo, y los aros que tenía en los pezones brillaban, mientras bailaba alrededor de su objetivo. ¡Santa Virgen del Ocaso! Tenía las marcas de los esclavos de sangre y cicatrices que le bajaban por la espalda. Pero, demonios, ¡cómo se movía! Tenía una energía, una habilidad y una potencia increíbles. Letales. Muy letales. Totalmente letales.

El candidato sabía que debía marcharse, pero no era capaz de quitarle los ojos de encima. Nunca había visto nada que golpeara con tanta rapidez o tanta fuerza como los puños de ese gigante. Obviamente, todos los rumores sobre el instructor eran ciertos. Era un asesino consumado.

De pronto se oyó un sonido metálico, se abrió una puerta al otro extremo del gimnasio y se escuchó el llanto de un recién nacido, que resonaba contra el techo alto. El guerrero se detuvo en mitad de un golpe y dio media vuelta. Se le acercó una hermosa mujer que llevaba un bebé envuelto en una manta rosa. Su cara se suavizó inmediatamente, de hecho, pareció derretirse.

—Siento interrumpirte —dijo la mujer, por encima del llanto del bebé—. Pero la nena quiere ver a su papá.

El guerrero besó a la mujer, al tiempo que tomaba entre sus enormes brazos a la pequeña y la acunaba contra su pecho desnudo. El bebé estiró las manos y las enredó en el cuello de su padre, luego se recostó contra su pecho y se calmó enseguida.

El guerrero dio media vuelta y clavó la mirada en el candidato, al otro extremo de las colchonetas.

—El autobús llegará pronto, hijo. Será mejor que te apresures.

Luego hizo un guiño y le dio la espalda. Puso la mano en la cintura de su esposa, la atrajo hacia él y la volvió a besar en la boca.

El candidato se quedó mirando la espalda del guerrero y vio lo que no había podido ver antes, a causa del frenético movimiento. Encima de algunas de las cicatrices, había dos nombres en lengua antigua, tatuados en su piel, uno encima del otro.

Bella... y Nalla.

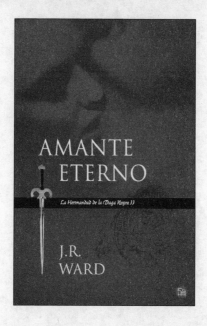

AMANTE
ETERNO

La Hermandad de la (Daga Negra)1

J.R.
WARD

Bajo las sombras de la noche, en Caldwell, Nueva York, se libra una mortífera guerra entre los vampiros y sus cazadores. Los vampiros guerreros de la Hermandad de la Daga Negra defienden a los suyos. Rhage es el mejor luchador y el amante más apasionado, pero teme el momento en que pueda convertirse en un peligro para todos porque arrastra una maldición. Mary Luce, superviviente de muchas penalidades, es arrojada contra su voluntad al mundo de Rhage y queda bajo su protección. Con una maldición propia, que amenaza su vida, Mary no busca amor. Sin embargo, una intensa atracción surge entre ellos. Y mientras sus enemigos se aproximan, Mary lucha desesperadamente por alcanzar la vida eterna junto a su amado...

«Peligrosamente adictiva.»   *Publishers Weekly*

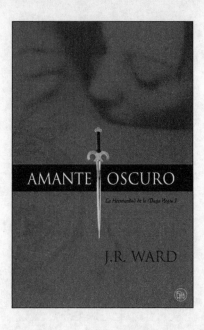

AMANTE OSCURO

La Hermandad de la (Daga Negra 1

J.R. WARD

En las sombras de la noche, en Caldwell, Nueva York, transcurre una cruel guerra entre los vampiros y sus verdugos. Existe una hermandad secreta de seis vampiros guerreros, los defensores de toda su raza. Wrath, el líder, tiene una deuda pendiente con los que mataron a sus padres. Cuando cae muerto uno de sus guerreros, dejando huérfana a una muchacha mestiza, ignorante de su herencia y su destino, no le queda más remedio que acoger a la joven en su mundo. Beth Randall no puede resistir los avances de ese desconocido que la visita cada noche. Sus historias sobre la Hermandad de la Daga Negra le aterran y le fascinan... y su simple roce hace que salte la chispa de un fuego que puede acabar consumiéndoles a los dos.

«No es fácil darle otra vuelta de tuerca al mito vampírico, pero Ward lo logra de forma extraordinaria. La serie *La Hermandad de la Daga Negra* ofrece toneladas de emociones fuertes.»
Romantic Times